피천득 문학 전집 7

번역 이야기집
셰익스피어 이야기들

피천득 문학 전집 7

번역 이야기집
셰익스피어 이야기들

찰스 램과 메리 램 지음 / 피천득 옮김
정정호 책임 편집

범우사

일러두기

1. 본서의 저본으로는 피천득이 번역한 1957년판 《셰익스피어 이야기들》을 사용했다.
2. 작품 배열순서는 찰스 램과 메리 램의 1807년 판 *Tales from Shakespeare*에 따르지 않고 역자 피천득의 배열순서에 따랐다.
3. 번역본에 빠진 원저자 머리말을 편집자가 번역해 실었다.
4. 원서에는 없고 번역본에 피천득 자신이 새로 써서 맨 마지막에 포함시킨 비극 《안토니와 클레오파트라》는 부록으로 배치했다.
5. 원서와 번역본에는 없는 주요등장인물 소개를 청소년과 일반 독자의 편의를 위해 편집자가 작성하여 시작 부분에 추가하였다.
6. 본문에 나오는 표현은 대부분 오늘날의 한국어 표기법으로 바꾸었다.
7. 외래어 및 외래어 인명은 모두 오늘날 표기법을 따랐다.

| 머리말 |

피천득 문학 전집(전7권)을 내면서

> 요즘은 과거에 비해 사람들이 시를 많이 읽지 않습니다.… 요즘의 시대가 먹고 사는 게 너무나 힘들고 경쟁이 치열하기 때문이라는 생각이 들기도 합니다. 남을 누르고 이겨야 살 수 있는 세계에서 시는 사실 잘 읽히지 않습니다. 하지만 그럴수록 오히려 시를 가까이 두고 읽어야 할 필요가 있습니다. 시는 영혼의 가장 좋은 양식이고 교육입니다. 시를 읽으면 마음이 맑아지고 영혼이 정갈해집니다. 이것은 마른 나무에서 꽃이 피는 것과 같은 일입니다.
>
> — 피천득, 〈시와 함께한 나의 문학 인생〉(2005)

 피천득은 1910년 5월 29일 서울 종로 청진동에서 태어났다. 3개월 후 8월 29일, 한반도에서 500년 이상 지속된 조선왕국이 경술국치로 식민제국주의 일본에 강제 병합되는 민족 최대의 역사적 비극이 일어났다. 우리 민족 최대 수치의 날, 피천득은 태어난 지 3개월 만에 나라를 잃어버린 망국민(亡國民)이 되었다. 더욱이 7세에 아버지를 여의고 10세에 어머니마저 잃은 고애자(孤哀子) 피천득은 문자 그대로 천애 고아가 되었다. 금아 피천득에게 망국민의식과 고아의식은 그의 삶, 문학, 사상의 뿌리로 자리 잡게 되었다. 특별히 일찍 여읜 '엄마'에 대한 간절한 그리움과 기다림의 서정성과 일제강점기에 대한 반항 정신이 교묘하게 배합되어 있다. 금아의 짧고 아름다운 서정시와 수필은 이런 엄혹한 식민지 수탈시대를 견디어 내면서 피어난 사막의 꽃과 열매들이다. 피천득은 1991년 한 신문사와의 대담에서 "겪으신 시대 가운데 [어느 시대가] 최악"인가에 대한 질문에 "나는 일제 말이 최악이었다고 생각합니다. 당시 아무런 희망이 없었어요. 정말 암담했습니다. 생활 자체도 너무 어려웠다."라고 답변했다.

시문집《산호와 진주》(1969)에서 산호와 진주는 피천득 삶과 문학의 표상이다. 〈서문〉에서 밝혔듯이 산호와 진주는 그의 '소원'이나 그것들은 "바다 속 깊이깊이" 있었고 "파도는 언제나 거세고 바다 밑은 무"서웠다. 산호와 진주는 피천득의 무의식 세계다. 망국민 고아가 거센 파도와 무서운 바다라는 일제강점기의 황량한 역사 속에서 쉽사리 현실을 찾아 나설 수는 없다. 결국, 피천득은 마음속 깊이 묻어둔 생각과 이미지들을 모국어로 주조하여 아름다운 산호와 진주라는 서정적 문학 세계를 창조해냈다. 그는 바다처럼 깊고 넓은 꿈이 있었기에 어두운 현실에 굴복하지 않고 기다리며 문학이라는 치유과정을 거쳐 사무사(思無邪)의 경지에 이르게 된 것이다.

피천득 시와 수필에 자주 등장하는 하늘, 바다, 창공, 학, 종달새 등은 억압된 무의식 세계가 자유를 갈구하는 강력한 흐름으로, 이러한 하강과 상승의 역동적 나선형 구조는 피천득 문학의 토대다. 문인과 학자로서 피천득은 거의 100년 가까이 초지일관 겸손, 단순, 순수를 실천하며 지행합일의 정면교사(正面敎師) 삶을 살았다. 문학은 녹색 식물처럼 궁핍한 시대와 현실에서도 그 토양에서 각종 자양분을 빨아들이고 대기에서 햇빛을 받아들여 생명의 원천인 엽록소를 만들어 내는 광합성 작용을 통해 피천득 삶의 뿌리가 내려졌고 아름다운 열매가 맺혔다.

문인 피천득은 1926년 《신민》(新民) 2월호에 첫 시조 〈가을비〉를 발표하였고 1930년 4월 7일 《동아일보》에 첫 시 〈차즘〉(찾음)으로 등단하였다. 1930년대에 《신동아》, 《동광》, 《신가정》 등 신문, 잡지에 시와 시조를 지속해서 발표함으로써 시인으로의 긴 문학 인생을 시작하였다. 그러나 피천득은 일제강점기의 문화억압과 역사침탈이 극에 달했던 1938년부터 1945년 해방 전까지는 글쓰기를 멈추었다. 그에게 이런 절필은 일종의 "소극적 저항"이었다. 해방 후 피천득은 지난 17년간에 걸쳐 쓴 시들을 모아 첫 시집 《서정시집》(상호출판사, 1947)을 펴냈다.

금아 선생의 첫 수필은 1932년 5월 8일자 《동아일보》에 실린 〈은전 한 닢〉이다. 이후 피천득은 시인보다는 〈수필〉, 〈인연〉 등의 수필가로 알려지게 된다. 문학 인생을 시로 시작한 피천득 본인도 이 사실에 아쉬움을 토로한 바 있으나, 사실 그의 서정시와 짧은 서정 수필은 형식과 운율에서 하나가 될 수 있다. 피천득은 첫 시집을 낸 지 12년 만인 1959년 시, 수필, 번역을 묶어 《금아시문선》(경문사, 1959)을 펴냈고, 그 후 다시 10년 뒤 그간에 쓴 시와 수필을 묶어 《산호와 진주: 금아 시문선》(1969)을 일조각에서 냈다. 다시 10여 년 후 1980년 그는 비로소 본격적인 시집 《금아시선》(일조각, 1980)과 수필집 《금아문선》(일조각, 1980)을 각각 출판했다.

피천득의 작품집 발간의 특징은 매번 새로운 시집이나 수필집을 내기보다 이전 작품을 개정 증보하는 방식이어서 그의 작품집을 보면 문학적 성장과 변화의 궤적이 그대로 드러난다. 초기 서정시와 서정 수필의 기조를 평생 지속한 피천득은 작품 활동한 지 40여 년이 지난 1970년대에 또다시 거의 절필한다. 좋은 작품을 더 이상 쓸 수 없다면 글쓰기를 중지해야 한다고 믿었다. 지나친 결벽성으로 피천득은 아쉽게도 평생 100편 내외의 시집 한 권, 수필집 한 권뿐이라는 지독한 과작(寡作)의 작가가 되었다.

번역은 피천득의 문학 생애에서 매우 중요하다. 피천득은 1926년 9월 《동아일보》에 프랑스 작가 알퐁스 도데의 단편소설 〈마지막 수업〉을 번역하여 4회에 걸쳐 연재하였다. 그는 일제강점기 당시 모국어의 중요성을 알리기 위해 약관 16세 나이에 최초 번역을 발표하였다. 어떤 의미에서 시와 수필을 본격적으로 쓰기에 앞서 번역을 한 셈인데, 피천득은 영문학 교수였지만 번역은 창작과 상호 보완되는 엄연한 문학 행위로 여겼다. 1959년 나온 《금아 시문선》에는 외국시 번역과 자작시 영역을 포함하는 등, 번역을 독립적 문학 활동으로 삼았다. 이런 의미에서 정본(定本) 전집에 번역작업은 반드시 포함되어야 한다. 번역은 피천득에게 외국 문학의 단순한 영향문제보다 모국어에 대한 감수성 제고와 더 깊은 관계가 있으며, 피천득 전집 7권 중 번역이 4권으로 양적으로도 가장 많다. 여기서 번역문학가 피천득의 새로운 위상이 드러난다.

또한, 피천득은 별로 알려지지 않았지만 많은 산문을 썼다. 동화, 서평, 발문, 평설, 논문 등 아주 다양하다. 그동안 우리는 피천득의 '수필'에만 집중했는데, 이제는 그의 '산문'도 읽고 살펴보아야 할 때가 되었다. 사실 문인 피천득은 어떤 한 장르에 매이지 않고 폭넓게 쓴 다면체적 작가다. 하지만 순혈주의에 경도된 우리 문단과 학계는 이러한 다–장르적 문인을 높이 평가하지 않는 경향이 있다. 혼종의 시대인 21세기 예술은 이미 다–장르나 혼합장르가 부상하고 있다. 따라서 피천득 문학을 논할 때 시, 수필, 산문, 번역을 모두 종합적으로 살피는 것이 절대적으로 필요하다.

학자와 문인으로 금아 피천득의 삶은 어떠했던가. 일제강점기 등 험난한 한국 최근세사를 거의 100년간 살아내면서 그는 삶과 문학과 사상을 일치시켰다. 일제강점기의 끝 무렵인 1930년대 말부터 해방될 때까지 상하이 유학을 마치고 돌아온 홍사단우 피천득은 불령선인(不逞鮮人)[반일 반동분자]으로 낙인찍혀 변변한 공직을 얻지 못했다. 일제의 모국어 말살 정책으로 절필하고 금강산에 들어가 1년간 불경 공부하면서 신사참배와 일본식 성명 강요에 굴복하지 않았다. 피천득은 그 후로도 모든 종류의 억압과 착취에 저항하는 정치적 무의식을 지니고 일생 "소극적 저항"의 삶을 유지했다. (순응적 인간보다 저항적 인간을 더 좋아한 피천득은 1970—80년대 대표적 저항 지식인 리영희선생과의 2003년 대담에서 괴테보다 베토벤을 높게 평가했다. 그 이유는 어느 날 그 지역 통치자인 대공(大公)이 탄 큰 마차가 지나가자 괴테는 고개를 숙여 목례를 올렸으나 베토벤은 그렇게 하지 않았기 때문이다. 피천득이 제일 좋아하는 음악은 베토벤의 것이었고 저항적 인간 베토벤을 더 존경하고 사랑하였다. 피천득은 일제강점기와 그 이후에도 이런 의미에서 "소극적 저항"의 문인이었다.)

2005년에 쓴 〈시와 함께한 나의 문학인생〉은 피천득 문학의 회고

이자 하나의 문학 선언문이다. 인간으로서 문인으로서 선비로서 피천득의 정직하고 검박한 삶은 궁핍한 시대를 살아가는 한 사람으로 우리가 본받을만한 "큰 바위 얼굴"이다. 삶과 문학과 사상이 일치하지 않는다면 그 밖에 모든 문학적 업적이 무슨 소용일까 라는 생각마저 든다. 피천득의 글을 읽을 때 이런 면을 종합적으로 숙고해야 그의 문학 세계를 균형 있고 온전하게 평가할 수 있으리라.

피천득 자신이 직접 밝힌 문학의 목표는 "순수한 동심", "맑고 고매한 서정성", "위대한 정신세계(고결한 정신)"이다. 이 세 가지가 피천득의 시, 수필, 산문, 번역을 지배하는 3대 원칙이고, 그의 삶과 문학의 대주제는 '사랑'이다. 그는 문학의 본질을 '정(情)'으로 보았고 후손들에게 '사랑'하며 살았다는 최종 평가를 받고 싶어 했다. 문학에서 거대담론이나 이념을 추구해보다 가난한 마음으로 보통사람의 일상생활에서 사소하고 작은 것들에 관심과 사랑을 가지고 주위 사람들에게 공감하고 배려하러 애썼다. 피천득은 기억 속에서 과거의 빛나는 순간을 찾아내고 작은 인연이라도 소중히 여기고 가꾸면서 살았다.

나아가 그는 언제나 커다란 자연 속에서 자신의 삶과 문학을 조화시키고 이끌어 가려고 노력했다. 여기서 피천득 문학의 '보편성'이 제기된다. 피천득의 수필집 《인연》이 2005년과 2006년 각각 일본과 러시아에서 번역 소개되었는데, 일본어와 러시아어 번역자는 자국 독자들에게 쉽게 다가갈 수 있는 피천득 수필의 보편성을 언급하였다. 피천득 문학이 더 많은 외국어로 번역 소개된다면 그 보편성은 더욱더 확대될 것이다. 무엇보다도 황폐한 시대와 역사를 위한 피천득 문학의 역할은 치유와 회복의 기능이리라.

결국, 피천득 문학의 궁극적 가치는 무엇인가? 그것은 무엇보다도 그의 시, 수필, 산문, 번역에 풍부하게 편재해 있는 '인간성'에 관한 통찰력에서 오는 보편성 또는 일반성일 것이다. 위대한 문학은 생명공동체인 지구에서 함께 살아가는 인간과 자연 속에서 시간과 장소를 초월하는 일상적 삶의 '구체적 보편성'을 재현하는 것이기 때문이다. 피천득 문학은 이 보편적 인간성 위에 새로운 문화 윤리로 살과 피로 만들어진 인간에 대한 '사랑'(피천득의 '정'이 확대된 개념)을 내세운다. 이러한 소시민적 삶의 보편성은 그의 일상적 삶 속에 스며들어 피천득은 스스로 선택한 가난 속에서 살아가며 계절마다 항상 꽃, 새, 나무, 바다, 하늘, 별 등에 이끌려 살아가려고 노력했다. 피천득의 사랑의 철학은 석가모니의 '대자대비'(大慈大悲), 공자의 '인'(仁), 예수의 '사랑'에서 나온 것이리라. 피천득 문학을 통해 우리는 일상생활에서 사랑을 역동적으로 실천하고 작동시킬 수 있는 추동력을 얻어야 할 것이다.

흔히 피천득은 작고 아름다운 시와 수필을 쓰는 고아하고 조용한 작가로 여겨지고, 격변의 역사를 살았던 그의 문학에 역사의식이나 정치의식이 부족함을 지적받기도 하였다. 한 작가에게 모든 것을 요구할 수는 없겠지만 피천득의 초기 작품부터 꼼꼼히 읽어보면 "조용한 열정"이 느껴진다. 1930년대 《신동아》에 실렸던 시 〈상해 1930〉과 특히 시 〈불을 질러라〉는 과격할 정도이고, 1990년대에 쓴 시 〈그들〉도 치열한 인류 문명과 역사비판이다. 그러므로 우리는 금아 문학을 순수한 서정성에만 가두지 말고 본인이 선언한 일종의 "소극적 저항"을 제대로 짚어내야 한다. 결단코 모국어 사랑, 민족, 애국심을 잃지 않았던 피천득을 균형 있게 이해하고 평가하려면 정치적 무의식을 염두에 두고 피천득 다시 읽기와 새로 쓰기를 위한 일종의 "대화적 상상력"이 필요할 것이다.

오늘날 피천득 문학은 문단과 학계에서 어떤 평가를 받고 있는가? 피천득의 일부 수필과 번역이 1960년대, 70년대에 국정교과서에 실리기 시작했고 1990년대부터 수필이 대중문학 장르로 부상하면서 피천득 수필의 인기는 "국민 수필가"라고 불릴 정도로 한때 매우 뜨거웠다. 그러나 문단과 학계에서는 타계한 지 15년이 가까워져 오는데도 피천득에 대해 합당한 문학사적 평가가 이루어지지 않는 듯하다.

그렇다면 저평가의 이유가 무엇일까? 피천득은 술, 담배, 커피를 못하기 때문인지 일체의 문단 활동이나 동인지 운동 등 소위 문단 정치에 참여하지 않았다. 그는 대한민국 예술원 회원 추천도 완강하게 거절하였다. 그를 작가로서 끌어주고 담론화하는 문단 동료나 국문학계 제자가 없는 것이다. 또 다른 이유라면 그가 써낸 작품 수가 매우 적다는 사실이다. 고작해야 시집 1권, 수필집 1권뿐이니 논의하고 연구할 것이 부족하다고 느끼는 것일까? 나아가 장르 순수주의를 높이 평가하는 우리 문단과 학계의 풍토에서 한 장르 전업 작가가 아니고 일생 영문학 교수로 지내며 시, 수필, 산문, 번역의 여러 장르 창작에 종사하였기에 논외로 던져진 것은 아닌지 모르겠다. 그러나 전통 학계에서 아직도 시, 소설 등의 주요 장르와 대비되는 주변부 장르이기 때문인지 그가 이름을 올린 수필 장르에서도 피천득은 진지하게 논의되고 있지 못하다. 이번 일곱 권의 피천득 문학전집 간행을 계기로 이러한 무지와 오해와 편견이 해소되어 피천득이 한국 현대 문단사와 문학사에서 온전하고 합당한 평가를 받게 되기 바란다.

올해 2022년은 영문학 교수로 지내며 시인, 수필가, 산문가, 번역

가로 활동한 금아 피천득 선생이 태어난 지 112년, 타계한 지 15년이 되는 해다. 지금까지 출간된 그의 작품집은 번역까지 포함하여 선별되어 나온 4권뿐이다. 이 작품집들은 일반 대중 독자들에게 많은 사랑을 받아왔으나 고급독자와 연구자들에게는 아쉬움이 많다. 초기에 발표했던 신문, 잡지에서 새로이 발굴된 미수록 작품 다수가 수록되지 않았기 때문이다. 한 작가에 대한 온전한 논의와 연구를 위해 그 선행작업으로 그 작가의 전체작품이 들어있는 정본 결정판이 반드시 마련되어야 하는데 피천득의 경우 아직 마땅한 전집이 없다. 이에 편집자는 전 7권의 피천득 문학 전집을 구상하게 되었다.

편집자는 피천득 탄생 100주년인 2010년부터 10여 년간 피천득 문학 전집을 준비해왔다. 기존의 시집, 수필집, 셰익스피어 소네트집, 번역시집 4권의 작품집에 미수록된 작품들과 새로 발굴된 작품들을 추가했으며, 산문집, 영미 단편 소설집과 《셰익스피어 이야기》를 새로 추가했다. 이 7권의 피천득 문학 전집이 완벽한 결정판 정본(定本, Definitive Edition)은 아니지만 우선 피천득 문학의 전체 모습을 수립하는 데 도움이 되기를 바란다. 이것은 시작이고, 이번 전집은 디딤돌과 마중물에 불과하다. 이 전집은 의도하지 않은 오류가 있을 수 있다. 이 모든 잘못의 책임은 전적으로 편집자인 나에게 있다. 이후에 후학들에 의해 완벽한 결정판 전집이 나오기를 고대한다.

이제 《피천득 문학 전집》(전7권) 각 권의 내용을 대략 소개한다.

제1권은 시 모음집이다. 1926년 첫 시조 〈가을비〉와 1930년 4월 7일 《동아일보》에 실린 첫 시 〈찾음〉을 필두로 초기 시를 다수 포함하였다. 그리고 지금까지 나와 있는 시집들과 다르게 모든 시를 가능한 발표연대 순으로 배열하였다. 창작시기와 주제를 감안하여 시집의 구성을 1930년대에서 2000년대까지 총 8부로 나누어 묶었다. 이전 시집에 실려있지 않은 일부 미수록 시들 중에는 작품의 질이 문제되는 경우가 있다. 시 창작이 가장 활발했던 1930년대는 아기와 어린이 시, 동물시, 사랑의 시(18편), 번역 개작시(改作詩) 부분을 별도로 구성하였다. 피천득이 특이하게도 에드먼드 스펜서의 소네트 2편과 셰익스피어 소네트 154편 중 6편을 짧은 자유시와 시조체로 번안, 개작한 것도 창작으로 간주하여 이 시집에 실었다. 그것은 피천득의 이런 개작 작업이 단순한 번역 작업이기보다 개작을 통해 원문을 변신시킨 문학 행위로 '창작'이기 때문이다. 이런 노력은 서양의 소네트 형식을 한국시 전통과 질서로 재창조한 참신한 시도로 여겨진다. 이로써 일반독자나 연구자 모두 피천득 시 세계의 확장된 지형(地形)을 알수 있을 것이다.

제2권은 수필 모음집이다. 기존의 수필집과 달리 본 수필집 역시 앞의 시집처럼 연대와 주제를 고려하여 크게 3부로 나누었다. 이 수필집에는 지금까지 미수록된 수필을 발굴해 실었다. 피천득은 흔히 수필을 시보다 훨씬 나중에 쓴 것으로 알려져 있으나 사실 그는 초기부터 수필과 시를 거의 동시에 창작하였다. 피천득은 엄격한 장르 개념을 넘어 시와 수필을 같은 서정문학으로 보았다. 예를 들어 어떤 수필은 행 갈이를 하면 한 편의 시가 되고, 어느 시는 행을 연결하면 아주 짧은 수필이 된다. 피천득 수필문학의 정수는 한 마디로 '서정성'이다.

제3권은 넓은 의미의 산문 모음집이다. 이 산문집에는 수필 장르로 분류되기 어려운 글과 동화, 서평, 발문, 추천사 그리고 상당수의 평설과 긴 학술논문도 일부 발췌하여 실었다. 여기서도 모든 산문 작품을 일단 장르별로 분류한 다음 발표 연대순으로 실어 일반독자나 연구자들이 일목요연하게 피천득의 산문 세계를 볼 수 있게 했다. 여기 실린 글 대부분이 거의 처음 단행본으로 묶였으므로 독자들에게 피천득의 새로운 산문 세계를 크게 열어 주리라 믿는다.

제4권은 외국시 한역시집인 동시에 한국시 영역시집이다. 피천득은 영미시 뿐 아니라 중국 고전시, 인도와 일본 현대시도 일부 번역하였다. 특히 이 번역집에는 기존의 번역시집과 달리 피천득의 한국시 영역이 포함되었다. 피천득은 1950, 60년대에 자작시 영역뿐 아니라 정철, 황진이의 고전 시조, 한용운, 김소월, 윤동주, 서정주, 박목월, 김남조 등의 시도 영역하여 한국문학 세계화의 역할을 담당했다. 이 부분은 문단과 학계에 거의 처음으로 공개되는 셈이다. 한역이건 영역이건 피천득의 번역 작업은 한국현대문학 번역사에서 하나의 전범이자 시금석이 되고 있다.

제5권은 셰익스피어 소네트 번역집이다. 피천득은 1954~55년 1년간 하버드대 교환교수 시절부터 60년대 초까지 셰익스피어 소네트 154편 전편 번역에 매진하였다. 그 결과 그의 소네트 번역집은 셰익스피어 서거 400주년이 되는 1964년 출간된 셰익스피어 전집(정음사) 4권에 수록되었고, 훗날 단행본으로 출간되었다. 역자 피천득이 직접 쓴 셰익스피어론, 소네트론, 그리고 소네트와 우리 전통 정형시 시조

(時調)를 비교하는 글까지 모두 실었다. 이 번역시집은 일생 셰익스피어를 사랑하고 존경했던 영시 전공자 피천득의 능력이 충분히 발휘된 노작이며 걸작이다. 독자들의 편의를 위해 소네트 영문 텍스트를 행수까지 표시하여 번역문과 나란히 실었다.

제6권은 외국 단편소설 6편의 번역집이다. 이 단편소설 번역은 해방 전후 주로 어린이들과 청소년을 위한 것으로, 피천득은 일제강점 초기부터 특히 어린이 교육에 관심이 높았다. 피천득은 새로운 근대민족 국가를 이끌어갈 어린이들을 제대로 가르치는 일, 특히 문학으로 상상력 함양교육을 강조했다. 1908년 최남선의 한국 최초 잡지 《소년》이 창간되었고, 1920년대부터 소파 방정환의 글을 비롯해 많은 문인이 아동문학에 참여하였다. 이 6편 중 알퐁스 도데의 〈마지막 수업〉과 〈큰 바위 얼굴〉은 개역되어 국정 국어 교과서에 실렸다. 독자들의 편의를 위해 일부 단편소설의 서양어 원문 텍스트를 부록으로 실었다.

제7권은 19세기 초 수필가 찰스 램과 메리 램이 어린이들을 위해 쓴 《셰익스피어 이야기들》의 번역집이다. 램 남매는 셰익스피어의 극 38편 중 사극을 제외하고 20편만 골라 이야기 형식으로 축약, 각색, 개작하여 *Tales from Shakespeare*(1807)를 펴냈다. 피천득은 1945년 해방 직후 경성대 예과 영문학과 교수로 부임한 뒤 어렵지 않은 이 책을 영어교재로 택했고, 그후 서울 시내 대학의 영어교재로 이 책이 많이 채택되었다고 한다. 피천득은 이 책을 영어교재로 가르치면서 틈틈이 번역하여 1957년 단행본으로 출간하였는데, 기이하게도 이 번역본을 아무도 주목하지 않았다. 그동안 별로 알려지지 않았던 번역문학자 피천득의 위상을 이 번역본이 다시 밝혀주는 계기가 되기를 기대한다. 번역본의 작품배열 순서가 원서와 약간 다르나 역자 피천득의 의도를 존중해 그대로 두었다. 또한 번역문은 현대어법에 맞게 일부 수정하였음을 밝힌다.

각권마다 끝부분에 비교적 상세한 '작품 해설'을 달았다. 피천득을 처음 읽는 독자들에게 도움이 되었으면 좋겠다.

지난 수십 년 동안 편집자가 금아 피천득을 계속 읽고 꾸준히 글을 쓰는 것은 나 자신을 갱신하고 변신시키기 위함이었다. 나는 금아 선생을 사랑하고 존경하는 대학 제자이고 애독자지만 금아 선생을 닮은 구석이 하나도 없어 항상 부끄럽다. 주로 학술 논문만을 써온 나는 단순하지 않고 복잡하고 여유도 모르고 바쁜 삶을 살아왔다. 글도 만연체라 재미없고 길기만 하다. 나의 어지러운 삶과 둔탁한 글에 금아 선생은 해독제(antidote)이다. 정면교사이신 금아 선생의 순수한 삶과 서정적 글을 통해 방만한 나의 삶과 복잡한 나의 글을 정화해 거듭나고 변신하고 싶다. 이번 금아 피천득 문학 전집(전 7권)을 준비해온 지난 십수 년은 내가 닮고 싶은 피천득의 길로 들어가는 "좁은 문"을 위한 하나의 단계에 불과하다. 앞으로 여러 단계를 거친다면 금아 피천득의 삶과 문학의 세계로 조금이라도 다가갈 수 있을까?

이 책을 준비하는데 많은 분들의 도움이 있었다. 우선 금아피천득선생기념사업회의 일부 재정지원이 있었다. 변주선 전 회장, 조중행 회장, 그리고 피천득 선생의 차남 피수영 박사, 수필가 이창국 교수의 실질적 도움과 끊임없는 격려가 없었다면 이 전집은 출간되지 못했을 것이다. 또한 이 전집을 위해 판권을 흔쾌히 허락해주신 민음사(주)에도 고개 숙여 감사드린다. 최종적으로 출간을 맡아주신 지난날 피천득 선생님과 친분이 두터우셨던 범우사 윤형두 회장을 비롯해 윤재민 사장, 김영석 실장, 신윤정 기자 그리고 윤실, 김혜원 선생에게 큰 고마움을 전한다.

그리고 마지막 단계에서 피천득문학전집 간행위원회에서 출판 후원금 모금 등 열성적으로 도움을 베풀어주신 변주선 위원장님, 서울대 영어교육과 동창회장 김선웅 교수와 영어교육과 안현기 교수, 그리고 총무 최성희 교수에게 깊은 감사를 드린다.

끝으로 물심양면으로 헌신하시는 금아피천득선생기념사업회의 초대 사무총장 구대회 선생과 현 사무총장 김진모 선생님께도 뜨거운 인사 드린다. 아울러 이 전집 발간을 위해 기꺼이 기부금을 희사하신 많은 후원자님들께도 큰 절을 올린다.

지난 십여 년간 이 전집을 위해 자료 수집과 입력 등으로 중앙대 송은영, 정일수, 이병석, 허예진, 김동건, 권민규가 많이 애썼다. 그리고 지난 10여 년 간 아내의 조용하지만 뜨거운 성원도 큰 힘이 되었다.

많이 늦었지만 이제야 전 7권의 문학 전집을 영원한 스승 금아 피천득 선생님 영전에 올려드리게 되어 송구할 뿐이다.

피천득 선생 서거 15주기를 맞아
2022년 5월
남산이 보이는 상도동 우거에서
편집자 정정호 삼가

차 례

일러두기 · 4
머리말: 피천득 문학 전집(전7권)을 내면서 · 5
역자의 말 · 21
저자 머리말 · 22
셰익스피어 · 26
찰스 램 · 28
화보 · 31

햄릿 · 35
폭풍우 · 59
한여름 밤의 꿈 · 81
겨울 이야기 · 101
공연한 소동 · 121
마음에 드시는 대로 · 145
베로나의 두 신사 · 175
베니스의 상인 · 199
리어왕 · 225
심벨린 · 245

맥베스 · 269

끝이 좋으면 다 좋다 · 287

말괄량이 길들이기 · 309

쌍둥이의 희극 · 331

분수대로 받는 보응 · 357

열두 번째 밤 혹은 당신 마음대로 · 381

아테네의 타이먼 · 409

로미오와 줄리엣 · 431

타이어 왕자 페리클레스 · 457

오셀로 · 489

부록: 안토니와 클레오파트라 · 511

셰익스피어 연보 · 530

찰스 램과 메리 램 연보 · 534

피천득 연보 · 538

작품 해설 · 542

피천득 문학 전집 출판지원금 후원자 명단 · 564

역자의 말

《셰익스피어의 이야기들》은 영국 최대 극시인 셰익스피어 (Shakespeare, 1564~1616)가 쓴 38편 극 중에서 20편을 추려 영국의 유명한 수필가 찰스 램(Charles Lamb, 1775~1834)과 그의 누이 메리(Mary, 1764~1847)가 이야기체로 풀어서 옮긴 것들이다. 원전의 맛을 과히 손상시키지 아니하고 산문으로 옮기는 데 있어 이렇게 잘된 것은 없다. 1807년 이 책이 출판된 후 영국 가정마다 이 책이 없는 집이 별로 없고 소년 소녀들이 애독하여옴은 물론 일반 어른들도 원전은 못 읽어도 이 책은 읽어 왔다. 그리고 이 이야기들은 장래 원전을 읽는 데도 도움이 된다. 이 번역의 원본은 런던 Ward, Lock & Co판(版)이다.

단기 4286년(1953년)

피천득

저자 머리말

찰스 램과 메리 램

다음 이야기들의 의도는 어린 독자들에게 셰익스피어 공부의 서론으로 제시해주려는 것이다. 이 목적을 위해 셰익스피어가 직접 쓴 어휘들이 언제나 가능한 한 사용되었다. 그리고 그 어휘들에 연결된 이야기의 규칙적 형태를 부여하기 위해 셰익스피어가 직접 창작할 때 사용한 아름다운 영어의 효과에 최대한으로 방해되지 않는 어휘들을 선택하기 위해 세심한 주의를 기울였다. 따라서 셰익스피어시대 이후 영어에 도입된 새 어휘들은 가능한 한 사용하지 않았다.

셰익스피어의 비극에서 가져온 이야기들에서 젊은 독자들은 우리 두 사람이 개작하여 만든 이야기들의 셰익스피어 원문을 읽는다면 셰익스피어가 사용한 어휘들이 거의 바뀌지 않고 대화뿐 아니라 이야기에서도 자주 나타남을 알 수 있을 것이다. 하지만 우리 두 사람은 셰익스피어의 희극에서 만든 이야기들에서는 그 어휘들을 이야기체로 바꾸는 것이 거의 불가능하다는 것을 알게 되었다. 그래서 그 희극작품들에서 극적 형식에 익숙치 않은 어린이들을 고려하면 대화가 너무 자주 사용되지 않았나 우려된다. 그러나 이런 문제는 만일 그것이 잘못이라면 셰익스피어 자신이 사용한 어휘들을 가능한 많이 보여주기 위한 진지한 바람에서 생겨난 것이다. 만일 "그가 말했다"와 "그녀는 말했다"란 표현과 또한 질문과 그 대답이 때때로 어린 독자들의 귀에 지루하게 들린다면 양해해주기 바란다. 왜냐하면 이 방법만이 어린 독자들이 어른이 되어 이 작고 가치 없는 동전〔램 남매가 이야기 체로 개작한 《셰익스피어 이야기들》〕들이 추출된 풍요로운 실물〔셰익스피어 작품 전문〕들을 만나게 될 때 그들을 기다리는 커다란 즐거움에 대한 몇 가지 암시와 작지만 미리 맛보기를 줄 수 있는 유일한 방법이기 때문이다. 이것은 적수가 없는 셰익스피어의 탁월한 심상(이미지)들에 대한 희미하고 불완전한 표지 이상은 아니다.

우리들의 작업은 보잘것없고 불완전한 이미지들이라고 불려야 마땅할 것이다. 그 이유는 셰익스피어가 사용한 언어의 아름다움은 그 많은 탁월한 어휘들이 그 진정한 뜻을 표현하기에 터무니없이 부족한 어휘들로 바뀌어야 하는 필요성 때문에 너무 자주 파괴되어 그 의미가 산문같이 지루한 것이 되기 때문이다. 또한 셰익스피어가 사용한 무운시〔각운을 맞추지 않은 시〕가 변형되지 않고 주어지는 몇몇 장면에서도 어린 독자들이 산문을 읽고 있다고 믿게 만드는 단순하고 명백한 생각에서 의도되었다. 그러나 아직도 셰익스피어의 언어는 그 자체의 자연의 토양과 야성적 시적 정원으로부터 옮겨 심은 것처럼 보인다. 그 언어는 그 자체의 고유한 아름다움의 많은 부분이 사라질 수밖에 없었다.

이 책에 실린 이야기들이 어린이들에게 아주 쉽게 읽히기를 바란다. 우리들은 항상 어린이의 능력을 극대화할 수 있어야 한다는 것을 유념하였다. 그러나 그 이야기들의 대부분의 주제는 우리의 이 과업을 매우 어렵게 만들었다. 셰익스피어 극에 나오는 남녀 이야기를 어린 독자들이 이해할 수 있게 친숙한 용어로 만드는 것은 결코 쉬운 일이 아니었다. 이 책은 어린 소녀들을 위한 목적으로 쓰여졌다. 소년들은 소녀들보다 훨씬 어린 나이에 아버지의 서재를 사용하는 것이 전반적으로 허용되기 때문에, 소년들은 자주 그 자매들이 이 용감한 책을 살펴볼 수 있는 허락을 받기 전에 이미 셰익스피어 희곡의 최고 장면들을 암기할 기회를 자주 가진다.

따라서 이 책의 이야기들을 셰익스피어의 원문으로 읽을 수 있는 기회가 많은 소년들에게 정독할 것을 추천하기보다는 어린 소녀들이 이해하기에 가장 어려운 부분들을 소년들이 그 자매들에게 설명해주기를 바란다. 소년들이 자매들의 그러한 어려움을 극복하도록 도와주면 아마도 소년들은(어린 자매의 귀에 알맞은 것을 세심하게 선택해서) 셰익스피어 원문의 장면에서 바로 셰익스피어가 직접 쓴 어휘들 중 그 이야기들의 하나를 자매들을 기쁘게 해줄 구절로 읽어줄 수 있을 것이다. 또한 소년들이 이런 식으로 그 자매들에게 해주기 위해 아름다운 요약본과 선택한 문단들이 우리들의 이 불완전한 축약본으로부터 전체적인 이야기에 대한 어떤 개략적인 생각을 얻음으로써 셰익스피어 전문을 훨씬 잘 감상하고 이해할 수 있기를 바란다. 만일 이 요약된 이야기들이 운 좋게도 어린 독자들에게 재미있게 느껴진다면 어린 독자들이 나이가 들었을 때 셰익스피어 원문 극 전체를 읽을 수 있도록 바라게 만드는 데 유익할 것이다(그러한 바람은 고약하거나 비합리적인 것은 아닐 것이다).

명민한 어린 친구들이 시간이 나고 여유가 생긴다면 그들은 이 작은 책의 축약된 많은 부분들에서(여기서 다루지 못한 더 많은 셰익스피어의 다른 극들은 말할 것도 없고) 변화무쌍한 사건들을 다 다룰 수는 없지만 많은 놀라운 사건들과 운명의 전환들을 발견하게 될 것이다. 나아가 남자들과 여자들의 힘차고 명랑한 등장인물의 세계, 그 원작품의 길이를 줄임으로써 사라질지도 모른다는 두려움은 있지만 등장인물들의 기질과 특성도 찾을 수 있을 것이다.

우리는 이 책의 이야기가 어린 독자들이 원숙해지는 나이가 되었을 때 셰익스피어의 진정한 전체 극들이 증명하는 특징들을 보여주기를 바란다. 즉, 셰익스피어 이야기들은 어린 독자들의 상상력을 풍부하게 만들고, 미덕을 강화시키고, 모든 이기적이고 황금만능주의적인 생각에서 벗어나고, 모든 달콤하고 명예로운 사상과 행위에 대한 교훈을 주어 궁극적으로 예의, 온화함, 관대함, 인간미를 가르칠 것이다. 셰익스피어 작품들은 이러한 미덕들을 가르치는 예시들로 가득 차 있다. (편집자 옮김)

윌리엄 셰익스피어

오는 4월 23일은 셰익스피어(1564~1616)가 출생한 지 사백 년이 되는 날이다.

우리가 흔히 듣는 말로, 인도(印度)는 내놓을지언정 셰익스피어는 안 내놓겠다고 한 칼라일의 명언은 인도가 독립할 것을 예상하고 한 말은 아니요, 셰익스피어의 문학적 가치가 영국이 인도에서 향유하던 막대한 정치적 경제적 가치보다도 더 크다는 것을 말하였던 것이다. 셰익스피어를 가리켜 '천심만혼(千心萬魂)'이라고 부른 비평가도 있고, 한 그루의 나무가 아니요 '삼림(森林)'이라고 지적한 사람도 있다.

우리는 그를 통하여 수많은 인간상을 알게 되며 숭고한 영혼에 부딪치는 것이다. 그를 감상할 때 사람은 신과 짐승의 중간적 존재가 아니요, 신 자체라는 것을 느끼게 된다.

그는 나를 몰라도 나는 언제나 그의 이야기를 들을 수 있다. 이런 점에서 그는 세대를 초월한 영원한 존재이다. 그의 이야기를 듣는 데는 노력이 요구된다. 그러나 이는 너무나 큰 보상을 주는 노력이다.

마음 내키는 때 책만 펴면 햄릿, 폴스타프, 애련한 오필리어, 속세에 티끌 하나 없는 미란다, 무던한 마음씨를 느끼게 하는 코델리아, 지혜로우면서도 남성이 되어버리지 않은 포오셔, 멜로디와 향기로 창조한 에리엘이 금시 살아서 뛰어나오는 것이다.

　셰익스피어는 때로는 속(俗)되고, 조야하고, 수다스럽고, 상스럽기까지 하다. 그러나 그의 문학의 바탕은 사랑이다. 그의 글 속에는 자연의 아름다움, 풍부한 인정미, 영롱한 이미지 그리고 유머와 아이러니가 넘쳐흐르고 있다. 그를 읽고도 비인간적인 사람은 없을 것이다. 《한여름 밤의 꿈》《마음에 드시는 대로》《폭풍우》같은 극을 좋아하는 사람은 마음이 나빠도 한도가 있을 것이다.

　민주국가의 지도자가 되려는 사람들은 모름지기 셰익스피어를 읽어야 한다. 콜리지는 그를 가리켜 '아마도 인간성이 창조한 가장 위대한 천재'라고 예찬하였다. 그 말이 틀렸다면 '아마도'라는 말을 붙인 데 있을 것이다. (1964)

피천득

찰스 램

나는 위대한 인물에게서 매력을 느끼지 못한다. 나와의 유사성이 너무나 없기 때문인가 보다. 나는 그저 평범하되 정서가 섬세한 사람을 좋아한다. 동정을 주는 데 인색하지 않고 작은 인연을 소중히 여기는 사람, 곧잘 수줍어하고 겁 많은 사람, 순진한 사람, 아련한 애수와 미소 같은 유머를 지닌 그런 사람에게 매력을 느낀다.

찰스 램(Charles Lamb, 1775~1834)은 중키보다 좀 작고 눈이 맑고 말을 더듬었다. 술을 잘하고, 담배를 많이 피우고, 친구와 이야기하는 것을 좋아하였다. 그는 남에게서 정중하게 대접받는 것을 싫어하였고 자기를 뽐내는 일이 없었다. 그는 역경에서도 인생을 아름답게 보려 하였다.

램은 두뇌가 총명하고 가세가 넉넉지 못한 집 아이들이 가는 유명한 자선 학교 '크라이스트 호스피털'에서 7년간 수학修學하였다. 그 후 그렇게도 가고 싶은 옥스퍼드 대학에 진학하지 못하고 잠깐 남해 상사南海商社를 거쳐 1792년 동인도 회사에 취직을 하여 1825년까지 30여 년 회계 사무원 노릇을 하였다.

그는 불행하였다. 발작성 정신병을 앓는 누님을 보호하면서 일생을 독신으로 지냈다. 그는 두 번 여성에게 애정을 느낀 일이 있다. 그 중의 한 여성은 〈꿈속의 아이들—환상〉에 나오는 앨리스이다. 꿈속의 아이들은 응석도 부리고 애교도 떨다가 매정하게도 이런 말을 하고 사라져 버린다.

"우리들은 앨리스의 아이가 아닙니다. 당신의 아이도 아닙니다. 아예 아이가 아닙니다. 우리들은 아무것도 아닙니다. 아무것도 아니라고 말할 것조차 없습니다. 꿈입니다. 앨리스의 아이들은 바트럼을 아버지라고 부릅니다."

'바트럼'은 앨리스가 결혼한 사람이다.

또 한 사건은 그가 마흔네 살이 되고 연 6백 파운드의 봉급을 받게 되었을 때의 일이다. 그는 자기가 좋아하는 배우 페니 케리에게 청혼을 하였다. 그리고 즉시 상냥하고 정중한 답을 받았다. "저의 애정은 이미 다른 분에게 가 있습니다." 이리하여 그의 작은 로맨스는 하루에 끝이 났다.

그는 오래된 책, 그리고 옛날 작가를 사랑하였다. 그림을 사랑하고 도자기를 사랑하였다. 작은 사치(奢侈)를 사랑하였다. 그는 여자를 존중히 여겼다. 그의 수필 〈현대에 있어서의 여성에 대한 예의〉에 나타난 찬양은 영문학에서도 매우 드문 예라 하겠다.

그는 자기 아이는 없으면서 모든 아이들을 사랑하였다. 어린 굴뚝 청소부들도 사랑하였다. 그들이 웃을 때면 램도 같이 웃었다. 그는 일생을 런던에서 살았고, 그 도시가 주는 모든 문화적 혜택을 탐구하였다. 런던은 그의 대학이었다. 그러나 그는 런던의 상업면을 싫어하였다. 정치에도 전혀 관심이 없었다. 자기 학교, 자기 회사, 극장,

배우들, 거지들, 뒷골목 술집, 책사(冊肆), 이런 것들의 작은 얘기를 끝없는 로맨스로 엮은 것이 그의 《엘리아의 수필》이다.

그는 램(Lamb)이라는 자기 이름을 향하여 "나의 행동이 너를 부끄럽게 하지 않기를. 나의 고운 이름이여"라고 하였다. 그는 양과 같이 순결한 사람이었다. (1973)

피천득

화보

금아 피천득

윌리엄 셰익스피어

메리 램과 찰스 램

《셰익스피어 이야기들》(런던 1831년판) 표지
(표지에 공저자 메리 램의 이름이 없다. 1838년판부터 메리 램의 이름이 같이 등장한다)

쉑스피어의 이야기들
(TALES FROM SHAKESPEARE)

찰 스 램 공저
메 리 램
피 천 득 옮김

문 교 부

《셰익스피어 이야기들》(1957년판) 속표지

햄릿
HAMLET

주요 등장인물

햄릿: 덴마크 왕자

호레이쇼 : 햄릿의 친구

유령 : 햄릿의 죽은 아버지 왕

클로디어스 : 덴마크 왕이자 죽은 왕의 동생

거트루드 : 덴마크 왕비, 죽은 왕의 아내였으나 죽은 왕의 동생인 클로디어스 현재 왕의 아내

폴로니어스 : 클로디어스 왕의 충신

리어티스 : 폴로니어스의 아들

오필리어 : 폴로니어스의 딸

마설러스 : 피수병

덴마크 왕후 거트루드는 남편인 국왕이 갑자기 세상을 떠나 과부가 되었다. 남편이 죽은 지 두 달이 채 못 되어 왕후는 본 남편의 아우인 클로디어스와 결혼을 해 버렸기 때문에 그때 그 나라 전 국민은 그 행동이 부도덕하며 매정하고 야비하다고 비난하였다. 클로디어스라는 인물은 그의 인격이라든지 마음씨가 본 남편과는 비교도 안 될 만큼 야비할 뿐더러, 그의 용모가 추악하듯이 그 성품도 조급하고, 저열한 것이었다. 그 나라 국민들 간에는 혹시나 이 새 왕이 선왕을 암살한 후 형수도 빼앗고 또 왕위를 빼앗은 것이 아닐까 하는 의심을 품는 사람이 나타나게 되었다. 왕위를 이을 사람은 선왕의 아들인 햄릿이었다.

그 누구보다 가장 큰 타격을 받은 사람은 젊은 왕자 햄릿이었다. 그는 돌아가신 아버님의 추억을 거의 우상을 섬기는 정도로 심각하게 느꼈다. 왕자는 자기 자신의 고귀한 행동을 기준 삼아 볼 때에 자기 어머니의 그 야비한 행동을 멸시하지 않을 수 없었다. 아버님이 돌아가신 데 대한 비통함과 어머님의 추잡한 행동을 미워하는 마음이 뒤섞인 이 젊은 왕자의 기분은 그야말로 우울하기 짝이 없었다. 그리하여 왕자는 온갖 기쁨, 온갖 즐거움을 다 잊어버리게 되어서 그가 평시에 즐기던 독서 취미도 사라져 버리고 스포츠에 대한 흥미까지도 잃고 말았다. 세상사가 모두 다 귀찮아지고, 생활이 김매지 아니한 꽃밭처럼 거칠어지고 말았다. 그의 생활은 마치 꽃이 피지 못하고 잡초만이 번식하는 동산처럼 되고 말았다.

왕자인 자기가 정당한 후계자인데 왕위까지 삼촌에게 빼앗겨 버린 사실이 왕자에게는 크게 아픈 상처가 되었고, 또 자존심이 손상된 것은 물론이었다. 그러나 그보다도 더 한층 기분을 상하고 유쾌한 감정을 말살하는 요소는 그의 어머니가 부친, 즉 자기 남편의 기억을 너무나도 급속하게 소멸시켜 버린 점에 있었다. 그렇게도 훌륭하신 아버님! 어머님을 그리도 사랑하고 친절하게 대해 주시던… 그 남편을! 어머님도 이전에는 남편을 사랑하고 또 순종하는 아내 노릇을 충실하게 하는 것같이 보였었는데, 설마한들 남편이 죽은 지 두 달이 차기 전에 어머니가 재혼을 하다니— 더구나 죽은 남편의 아우와 결혼을 하다니? 인척 관계로만 보더라도 이 혼인은 부당할 뿐만 아니라 비합법적이라 하겠다. 더군다나 그런 결혼이 너무 급속히 이루어진 것도 나쁜 일이요, 또 특히 어머니가 하필 그 점잖지 못한 파렴치한 사람을 보좌와 침대의 반려자로 택했다는 사실이 심히 못마땅하였던 것이다. 이 생각이 왕자에게 자기 왕위를 열 번이나 빼앗긴 것보다도 더 한층 강한 원한을 가져왔고, 또 이 인격자인 왕자의 가슴에 한 개의 검은 구름을 씌워 주는 것이 되었다.

어머님과 새 왕이 합심하여서 이 왕자의 마음을 돌려보려고 여러 가지로 애써 보았으나 왕자는 까딱도 아니하고 계속하여 아버님의 죽음을 애통하는 표시로 검은 옷을 언제나 입고 대궐 안을 왔다 갔다 했다. 어머니의 결혼식 날에도 그는 이 상복을 벗을 생각도 안 하였고 결혼식이나 연회에 참석하지도 아니하였다.

그리고 왕자의 정신을 가장 혼란스럽게 만들어 주는 생각은 과연 아버지가 어떤 원인으로 돌아가셨는가 하는 풀 수 없는 의혹이었다. 새 왕 클로디어스의 선포문에 의하면 선왕이 갑자기 돌아가신 원인은 독사에게 물려서라고 했지만 이 젊은 왕자로서는 그 독사라는 것은 바로 클로디어스 그 사람이 아닐까 하는 의심을 버릴 수 없었다. 이 독사가 아버지를 문 목적은 왕위가 탐이 난 까닭일 것이고, 지금에 와서는 바로 그 독사가 보좌를 차지하고 앉아 있다고 왕자는 결정해 버렸다. 그의 독단이 얼마만한 확실성을 가질 수 있을는지, 또는 이 사건에 대한 어머니의 관계를 어느 정도로 보는 것이 합당할지. 즉, 이 독살 행동에 어머니가 어느 정도의 내통을 해 주었는지, 어머니가 공모를 했는지, 또 혹은 알기는 알면서도 모른 체하고 방관만 했는지, 또 혹은 아주 몰랐는지? 이러한 여러 가지 의혹이 끊임없이 왕자를 괴롭히고 그의 마음을 혼란스럽게 만드는 것이었다.

    그런데 이때 왕자의 귀에 이상한 풍문이 들려 왔다. 그것은 지나간 이삼 일간 한밤중에 성문 위에서 밤에 망을 보고 있던 군인들이 꼭 돌아가신 선왕의 모습을 가진 유령이 나타나는데, 이 유령을 보았노라고 증언하는 군인들 중에는 햄릿의 친구인 호레이쇼라는 사람도 있었다. 그들이 모두 증언하기를 유령이 나타나는 시각은 자정 열두 시를 치는 소리가 들려올 때라고 하는 것이었다. 또한 그 유령의 얼굴은 몹시 창백하였고, 성난 표정보다는 도리어 구슬픈 표정을 띠었으며 수염은 깎지 않아 더부룩하더라고 모두가 증언하였다. 그러나 이 유령은 보는 사람들이 말을 걸어도 아무런 대답이 없었는데 바로 어젯밤에는 무슨 말을 할듯할듯할 때 그만 첫닭이 울었기 때문에 유령은 황급히 사라져 버렸다는 것이었다.

    왕자는 여러 군인의 말이 꼭 같으므로 유령이 나타난다는 것은 이상스럽기는 하지만 그래도 또 믿지 아니할 수 없다고 생각하였다. 그래서 그날 밤에는 자기 자신도 군인들 틈에 끼어서 망을 보다가 제 눈으로 직접 유령을 보기로 결심하였다. 만일 아버님의 혼령이 그처럼 매일 밤 나타난다면 그것은 반드시 아버님께서 무슨 말을 왕자에게 전하려고 하는 것일 것이다. 다른 사람들한테는 침묵을 지켰으나 당신 아들에게는 무슨 말씀이 계실 것이라고 생각되는 것이었다. 그래서 왕자는 그날 밤이 되기를 안타깝게 기다렸다.

그날 밤에 햄릿은 친구 호레이쇼와 또 파수병 마설러스와 함께 이 유령이 나타난다는 성문 위에 지켜 섰다. 이날 밤은 유난히 춥고 칼로 에이는 듯한 찬바람이 불어와서 어쩌면 이렇게 갑자기 추워지는가 하고 서로 이야기를 하는 중간에 갑자기 호레이쇼가,

"저기 유령이 온다" 하고 속삭이었다.

아버님의 혼령이 나타나는 것을 본 햄릿은 놀랍기도 하고 또 무서운 생각이 들었다. 그는 이 유령이 좋은 귀신인지 또는 악귀인지를 분별할 수 없었으므로, 언뜻 천군 천사에게 호소하여 보호를 구해볼까 하고 생각했다. 그러나 자세히 보니 이 유령은 분명히 아버님의 생시 때 모습 그대로일 뿐 아니라, 왕자를 정든 눈초리로 바라다보면서 무슨 말을 걸 듯 걸 듯하는 태도이므로 햄릿은 먼저 말을 꺼내었다.

"아버님, 마마" 하고 그는 불렀다.

그리고 그는 아버지께서 무슨 이유로 선조들이 묻히어 고요히 잠자고 있는 묘지에서 뛰어 나와서 이 지구와 달빛을 찾아오신 것인지, 또는 만일에 세자인 나에게 무슨 부탁하실 말씀이 계시거든 말씀해 주시면 그대로 실행하여서 아버님 혼령을 편히 쉬시도록 해 드리겠노라고 말하였다. 유령은 손짓으로 햄릿더러 저쪽으로 가자는 시늉을 하였다. 호레이쇼와 마설러스는 이 유령이 혹시나 악귀일는지도 알 수 없으므로 이 젊은 왕자를 으슥한 곳으로 끌고 가서 근처 바닷물 속에 처넣어 버리거나 또 혹은 왕자에게 괴이한 탈을 씌워서 미치광이를 만들려는 흉계를 품었는지 알 수 없다고 생각하여 왕자에게 혼자 따라가지 말라고 말렸다. 그러나 그들의 충고나 애원이 햄릿의 결

심을 변경시키지 못하였다. 왕자는 자기 생명을 잃어버릴 염려가 있더라도 개의하지 아니할 것이요, 또 영혼을 잃어버릴 위험이 있더라도 겁낼 것 없다고 생각하였다.

그는 용기를 내어 유령이 앞서 인도하는 대로 따라갔다. 단둘이 마주서자 유령은 입을 열었다. 유령은 왕자의 친아버지인데, 자기는 악착스럽게도 독살을 당했다고 말하고, 그 범인은 다른 놈이 아니라 바로 자기의 친동생인 클로디어스 즉 햄릿의 숙부였다고 말하는 것이었다. 과연 햄릿이 이때까지 의심하였던 그대로 숙부는 자기 형님의 침실과 왕좌를 한꺼번에 빼앗을 나쁜 계획으로 그런 짓을 한 것이라고 유령은 말하였다. 즉 선왕은 자기가 생존 시에 매일 버릇대로 그 날 오후에도 후원에서 낮잠을 자고 있었는데 그 반역자인 아우 놈이 슬그머니 옆으로 와서 잠들어 있는 형의 귀에다가 독약을 들어부었던 것이다.

이 독약은 수은이 인체의 정맥을 핑 도는 거와 마찬가지 속도로 인체를 중독시키는 독약이었으므로, 즉시 왕의 피가 굳어지고 전신 피부에는 문둥병과 같은 상처가 생기도록 하는 독약이었다는 것이다. 이리하여 왕인 자기가 낮잠을 자는 동안에 친동생의 반역으로 왕관과 아내와 목숨을 한꺼번에 빼앗긴 것이라고 말하고, 이어서 만일에 햄릿이 진정으로 아버지를 사랑한다면 이 악독한 원수를 갚아 달라고 부탁하는 것이었다. 왕은 자기가 생시에 그렇게도 사랑한 아내가 정조를 지키지 않고 남편을 죽인 놈과 재혼을 한다는 것은 실로 기가 막히는 일이었다. 그러나 숙부에게 어떠한 혹독한 수단으로 복수를 하더라도 어미만은 해치지 말고 그 여인이 자신의 양심으로 하여금 가책의 가시가 되도록 두고 그 처벌은 하나님에게 맡기라고 신신당부하는 것이었다. 햄릿이 이 부탁을 꼭 지키겠다고 약속을 하자 유령은 사라져 버렸다.

　혼자 남은 햄릿은 당장 그 자리에서 한 가지 확고한 결심을 하게 되었다. 그의 머릿속에 남아 있던 온갖 기억, 그가 배워온 온갖 학문과 관념 일체를 모두 잊어버리기로 하고, 지금부터 그의 머릿속에는 오직 방금 유령이 들려주고 부탁한 그 복수심만 남아 있게 되기를 결심하였다. 햄릿은 이 결심을 자기 친구인 호레이쇼 한 사람에게만 알려 주고 다른 사람에게는 절대로 알리지 않기로 했다. 그리고 호레이쇼와 마설러스 두 사람에게 그날 밤 그들이 목도한 광경을 절대 비밀로 지켜 달라고 신신당부하였다.

　이 유령을 만난 공포가 원래 소심하고 우울증이 있던 햄릿의 신경에 남긴 흔적은 그의 정신 상태를 탈선시켜 버렸다. 햄릿은 그의 이 정신착란 상태를 숙부가 눈치를 채어서 경계를 하게 되거나 혹은 복수할 것을 의심하는 일이 없도록 하기 위해서 그날로부터 가짜 미치광이 노릇을 하기로 결심하였다. 그렇게 함으로써 숙부는 조카가 마음속에 무슨 계획을 꾸밀 만한 두뇌의 소유자가 되지 못하리라고 안심을 시킴으로써, 조카에게 대한 의심을 풀어버리게 하는 동시에 그의 가슴속에 감춘 복수심을 정신병으로 가장하여야만 되겠다고 느낀 까닭이었다.

　그날로부터 햄릿은 난폭하고도 괴이한 복장을 하였고, 그의 말투와 행동을 묘하게도 미친 증세로 잘 가장하였으므로 왕과 왕후 둘이 다 감쪽같이 속아 넘어갔다. 왕과 왕후는 유령이 햄릿에게 나타나서 하소연한 사실을 전혀 모르고 있었으므로, 왕자의 정신착란증은 필연코 연애관계에 있으리라고 속단해 버렸다.

　햄릿은 이전부터 오필리어라고 하는 얌전한 처녀를 극진히 사랑하고 있었다. 이 처녀는 이 나라 왕이 가장 신임하는 신하인 폴로니어스의 딸이었다. 햄릿은 이 처녀에게 여러 번 사랑을 고백하는 편지도 써 보내고, 반지를 선물하기도 하고, 기타 여러 방식으로 사랑을 고백하였다. 처녀도 그의 사랑을 진정으로 믿기에 이르렀던 것이다. 그런데 햄릿이 갑자기 우울증에 빠진 후로는 이 처녀를 등한히 하기 시작하였을 뿐 아니라, 미친 증세를 가장하기 위한 방법으로 이 처녀에게 불친절한 태도로 대하고 또 무시하기까지 하였다. 그러나 얌전한 오필리어는 자기를 등한히 하는 것을 불평하지 아니하고, 도리어 왕자의 정신병의 소치라고 믿어서 그가 비록 자기를 푸대접한다고 할지라도 그것은 일시적일 것이요, 영구한 것은 아니리라고 굳게 믿었다. 제아무리 아름다운 소리를 내는 종이라도 때로는 좋지 못한 소리를 내는 수도 있고, 또 그 종을 함부로 다루면 그 소리가 혼란스럽게 되는 수도 있는 것과 꼭 마찬가지로, 햄릿의 태도에 흠이 잡히게 된 것 역시 그의 우울증의 결과에 불과하다고 오필리어는 생각하고 있었다.

아버님의 복수를 완수하여야 한다는 이 거친 일을 맡게 된 햄릿은 사랑놀이와 그의 사명이 부합되지 않는다고 자각은 하였으나 때때로 솟아오르는 열정을 금할 도리는 없었다. 그러한 사랑의 열정이 끓어오르는 순간 그는 한동안 이 사랑하는 처녀를 푸대접해 온 것이 미안하기 짝이 없다고 생각되었다. 그 열정적이고 야성적인 감정을 억제하지 못하여 과장으로 가득 찬 편지를 한 장 써서 오필리어에게 보내었다. 이 편지로써 햄릿은 그가 가진 위대한 연정, 자기가 극진히 사랑하는 오필리어에게 대한 존경과 깊은 사랑이 지금 자기 가슴속 깊이 깊이 숨어 있다는 사실을 애인에게 알려 주고 싶었던 것이다.

그는 그 편지에 쓰기를 자기의 단 하나의 애인인 오필리어가 혹시 별이 빛을 발산한다는 사실을 의심하거나 또는 태양이 움직인다는 학설을 의심하거나 또는 진리는 거짓이라고 의심하는 일이 있다 할지라도 자기가 품은 사랑은 의심하여서는 안 된다고 썼다. 이러한 과장된 문구를 나열해 놓은 편지를 받은 오필리어는 그 편지를 자기 아버지에게 갖다 보였다. 오필리어의 아버지는 그 편지를 읽어 보고 이 편지 사연을 왕과 왕후에게 알려 주지 아니하면 안 될 의무감을 느껴 그대로 왕과 왕후에게 그 편지를 보여 주었다. 그래서 그때로부터는 햄릿의 발광 원인은 사랑 때문이라고 인정해 버렸다. 그래서 햄릿의 어머니인 왕후는 오필리어가 그 훌륭한 미덕으로 왕자의 정신병을 고쳐주기를 바라게 되었다.

그러나 햄릿의 정신병은 왕후가 생각하는 것과는 다른 곳에 있는 것이어서 오필리어의 미덕으로도 고쳐질 병이 아닌 것이다. 햄릿의 머릿속에는 아버님 유령과 만났던 기억이 뿌리 깊이 박혀 있고, 더구나 복수를 하기로 한 그 약속을 완수할 때까지는 잠시 동안 평화도 그의 마음속에 깃들이지 못하게 되어 있었다. 단 한 시간이라도 그 약속이 연기된다는 것은 그에게는 범죄 행동같이 느껴졌고 아버지의 명령을 거역하는 것처럼 생각되었다. 그러나 현왕을 죽이는 방향을 어디로 잡아야 될 것인가? 언제나 호위병에게 둘러싸여 있는 왕을 건드리는 일은 쉬운 일이 아니었다. 더욱이 난처한 일은 햄릿의 친어머니인 왕후가 잠시도 떠나지 않고 왕과 꼭 붙어 다녔다. 이것이 햄릿의 목적 달성을 방해하는 큰 요소가 되었다. 이 방해물을 그로서는 도저히 끊어 버릴 수가 없었다.

더구나 원수를 갚아야 할 그 상대 인물이 현재 의붓아버지라는 현실이 가끔 그의 감정을 비관으로 인도하고, 따라서 그의 목적 수행의 칼날을 무디게 하는 것이었다. 사람과 사람끼리, 한 인간이 다른 한 인간을 죽인다는 것이, 햄릿처럼 후덕한 기질을 가진 사람에게는 참으로 잔악스럽고도 두려운 행동으로밖에는 더 규정지을 수 없었던 것이다.

더구나 그가 벌써 오랫동안 복수를 하지 못하고 질질 끌어온 것에 대한 우울감과 마음의 권태가 목적 수행의 열의를 식게 하였다. 또 기피하고 싶은 충동을 일으키게도 하여서 그는 극단적인 행동에까지 가지 못하고 하루이틀 연기해가는 것이었다. 그뿐 아니라 똑똑히 따지자면 그의 마음속 한 구석에는 그가 그날 밤에 만나 본 그 유령이 분명 자기 아버지였던가 아닌가 하는 단정을 내리지 못하도록 주저하는 생각이 숨어 있었다. 혹시나 그 유령은 흔히 사람들이 말하는 바와 같이 악귀가 변신하여서, 즉 악귀가 아버지 모습을 쓰고 나와서 우울하고도 약질인 햄릿을 이용하여 살인이라는 끔찍스런 범죄로 몰아넣으려는 모략은 아닐까? 그렇지 않다고 그 누가 장담할 수 있을 건가? 목적을 실행하기 전에 우선 환상이나 유령보다는 좀 더 분명하고 확실한 근거를 붙잡지 않으면 안 될 것이 아닌가? 유령이란 단지 한 개의 환상에 지나지 않는 것이 아닌가?

이러한 결단성 없는 상태로 오래오래 고민하고 있던 차에 하루는 이 나라 궁전으로 연극단 한 패가 찾아왔다. 이 연극단은 이전부터 햄릿이 매우 좋아하는 연극을 많이 상연해 왔다. 특히 이 극단 배우 한 사람의 독백(트로이 성의 왕 프라이암의 죽음을 설명한 그 왕후 헤큐바의 비통한 독백)을 듣는 것을 무척 좋아했던 햄릿은 이 친구 배우들을 즐겁게 환영하였다. 그리하여 그 트로이 성 독백을 꼭 한 번 더 들려 달라고 청하였다. 즉 그 연약한 트로이 왕이 자기 백성을 다 불태워 죽이고, 트로

이 성이 잿더미밖에 남지 않았을 때, 왕이 비참하게 죽고, 늙은 왕후가 비탄에 울며 맨발로 궁전 안을 헤매는 광경. 어제까지도 왕관을 쓰던 그 머리에 수건 한 개밖에 더 못 두르고, 곤룡포를 입었던 그 어깨에 이제는 얼결에 아무 데서나 집어 두른 담요 한 조각……. 이런 비참한 장면의 독백이 구경꾼들의 눈물을 자아내는 것이었다. 구경꾼들은 연극 구경이 아니라, 실제 장면을 보는 듯한 착각을 일으켰다. 또 배우들도 부지중에 목메인 목소리로 눈물을 정말로 흘려가면서 외는 그 독백!

이 추억이 햄릿으로 하여금 깊은 명상에 잠기게 하였다. 프라이암이 참살을 당한 것은 벌써 수백 년 전 일일 뿐 아니라, 햄릿 자신으로서는 한 번도 만나본 일이 없는 이 왕의 참사한 사실을 한 사람의 배우가 독백하는 것을 들으면서 그렇게도 흥분했었다. 그런데 그가 지금에 와서 한 개의 연극이 아니라 진실인 부왕의 참사에 대하여 이처럼 무신경해진 이유가 어디 있는가? 복수할 생각이 잊어버려지고, 무디어졌고, 진흙 속에 묻히어 있는 것은 웬일이란 말인가! 한 가지 실생활의 한 토막을 떼 내서 한 편의 희곡으로 각색하여 연기력 있는 배우로 하여금 출연시키게 될 때, 그 극을 구경하고 있는 관객에게 참으로 어떠한 효과를 나타내는지를 그는 잘 알고 있었다. 이때 햄릿의 머릿속에는 이전에 한 번 본 일이 있는 사실이 새삼스레 떠올랐다.

즉 살인범 하나가 연극 구경을 갔다가 무대 위에 상연되는 한 장면에서 그 배경과 내용이 자기 범죄 사실과 너무나 똑같은 것에 흥분되어서 저도 모르는 사이 자기 죄를 자백한 일이 있었다. 햄릿은 이 배우들을 이용해서 자기 아버지가 독살되는 장면을 연출하게 한 후, 그 연극을 구경하고 있는 숙부의 표정을 잘 살펴보면서 과연 숙부가 제 형님을 독살했는지 아니했는지를 알아낼 수 있으려니 하는 생각이 들었다. 그래서 햄릿은 배우들에게 독살 장면 연극을 의뢰하여 왕과 왕후가 관람하는 무대에서 그 장면을 연출하도록 지시하였다. 그 각본의 대강은 아래와 같았다.

옛날에 비엔나 시에서 생긴 공작 암살 사건이 있었다. 그 암살당한 공작의 이름은 곤자고라고 불렸고 공작부인의 이름은 뱁티스타였다. 공작과 가까운 친척 중에 루시에이너스라는 사람이 있었는데 그가 공작의 영토를 빼앗을 목적으로, 공작이 뜰에서 낮잠을 자고 있는 기회를 틈타서 공작을 독살하였는데 그 후 얼마 오래되지 않아서 살인범은 죽은 공작 아내의 사랑까지 독차지하게 되었다는 이야기였다.

이 연극을 상영한다고 구경을 오라고 초대를 받은 왕과 왕후는 자신들을 잡고자 하는 뜻이 놓여 있을 줄은 알지도 못하고 백관을 거느리고 그 자리에 참석하였다. 햄릿은 아주 가까운 곳에 앉아서 눈치로 왕을 자세히 살피기로 하였다. 연극 첫 막에서는 곤자고 공작과 그 부인의 대화하는 장면으로 시작되었다. 이 장면에서 공작부인은 가장 극진하게 남편을 사랑한다는 말을 여러 번 되풀이하고 만일에 남편이 먼저 죽고 자기가 과부가 되는 경우에는 절대로 재혼하지 않겠노라고 맹세하고 만일에 재혼을 하면 천벌이 내리리라고 맹세하는 것이었다. 더구나 이 세상에서 남편이 죽은 뒤에 재혼하는 여자는 자기 본 남편을 제 손으로 독살하는 년이 아니면 못 하는 일이라고까지 단언하였다. 이 장면에서 왕의 얼굴빛이 변하는 것을 햄릿은 간파하였다. 왕뿐 아니라 왕후도 기분 나빠하는 눈치였다. 곤자고 공작이 뜰에서 자고 있을 때 루시에이너스가 몰래 가까이 가서 독약을 자는 사람 귀에 부어 넣는 장면에 이르렀다. 왕은 그 장면이 너무나 자기가 저지른 범죄와 비슷하기 때문에 양심의 가책을 느낌이었는지 벌떡 일어서며 침전에 불을 켜라고 명령하고 몸이 좀 아파서 자야겠다고 하면서 그 자리를 떠나갔다.

왕이 나가자 연극도 중단이 되고 말았다. 햄릿은 이때에 이르러서 자기가 만났던 유령은 도깨비가 아니고 분명히 자기 아버지의 망령이었음에 틀림없다는 만족할 만한 신념을 얻게 되었다. 오랫동안 의심과 주저함으로 고민을 해오다가 일시에 그 의혹이 풀릴 때에 느끼는 큰 기쁨을 느끼게 된 햄릿은 친구 호레이쇼를 붙들고 그가 보고 들은 유령의 지시는 진실이었다는 사실을 천만금 내기를 걸어도 단언할 수 있노라고 말하였다. 그러나 햄릿은 숙부가 아버지를 죽인 놈이라는 확증을 얻은 이상 어서 속히 복수를 할 방법을 연구하려고 하는데, 벌써 그의 어머니가 사람을 보내어서 조용히 만나 볼 일이 있으니 곧 어머니 방으로 오라는 분부가 내리었다.

왕후가 햄릿을 만나자고 기별을 보낸 것은 왕의 부추김으로 된 일이다. 어머니와 아들이 단둘이 만나서 그동안 햄릿의 행동이 얼마나 왕과 왕후의 기분을 손상시켰는가를 깨우쳐 주고 꾸지람하라는 명령이 있었다. 그러고는 왕은 어미와 아들이 단둘이 만나서 이야기를 하게 되면 이야기를 끝낸 후 왕후가 왕에게 그 경과를 보고를 할 때에 자식에게 대한 어미의 정으로 인하여 둘이 이야기한 중에서 왕이 꼭 알아야만 될 이야기라도 왕후가 혹 숨기지나 아니할까 하는 의심이 생겼다. 그래서 왕은 제일 충신인 폴로니어스를 불러 그로 하여금 햄릿 모자의 의견을 엿보고 엿들어 오라고 명령하였다. 왕후 방 벽에 늘어뜨린 커튼 뒤에 미리부터 숨어 서 있으면 모자의 대화를 전부 엿들을 수 있었다. 이 사명은 폴로니어스로서도 매우 적당한 조치라고 생각되었다. 이 신하는 일생을 통하여 국정을 잡아 나가는 데는 언제나 비합법적으로 또는 비밀주의로 하는 것을 최상책으로 알고 행동하며 늙어 온 사람이다. 남의 비밀을 간접적으로나 혹은 교활한 방법으로 알아내는 일이 그에게는 가장 즐거운 일이었기 때문이다.

햄릿이 어머니 방으로 들어가니 어머니는 아들의 행동을 직접 비난하지 않고 빙빙 돌려서 한참 꾸중을 하고 나서 햄릿의 거동이 얼마나 '아버님'의 기분을 손상하게 하는지 모르니 좀 조심하라고 타일렀다. 숙부가 어머니와 결혼을 했으니까 지금에는 '아버님'이 되었다는 이 '아버님' 소리에 햄릿은 기가 막히었다. '아버님'이란 존경스럽고 정이 드는 말을, 자기의 진짜 아버님을 독살한 그 못된 놈에게다가 적용하는 데 너무나 화가 치밀어서 햄릿은 목이 찢어지는 듯한 목소리로 막 대들었다.

"어머니, 어머니는 내 아버님을 모욕하십니다."

그러나 왕후가 그런 소린 쓸데없는 잔소리라고 꾸짖으니까 햄릿은,

"어머니의 썩어빠진 말씀에는 명예입니다"

하고 쏘아붙였다. 왕후는 화가 나서,

"네가 지금 누구하고 이야기하고 있는지를 아느냐?"

하고 소리를 질렀다. 햄릿의 대답이,

"아, 아, 슬프다. 나는 모든 것을 다 잊어버리고 싶습니다. 어머니는 이 나라의 왕후요, 전 남편의 동생의 아내요, 또 그리고 나의 어머니입니다. 당신 같은 어머니는 내 어머니가 아니었다면 좋았을 것을!"

"네가 나를 이렇게까지 멸시한다면, 말을 착실히 할 줄 아는 충신 폴로니어스에게 부탁하여서 네 버릇을 좀 가르치도록 하여야 되겠다."

하고 소리를 지르고는 밖으로 나가려고 했다. 햄릿은 쉽사리 어머니

를 놓아 주려 하지 아니하였다. 이미 이렇게 단둘이 만난 김에 실컷 어머니의 비행을 충고하여서 스스로 깨닫게 해주고 싶었다. 햄릿은 어머니의 손목을 꽉 붙잡고 끌어다가 의자에 앉혔다. 왕후는 아들의 이 난폭한 행동에 깜짝 놀라고 아들이 그 미친 증세의 돌발적 발작으로 혹시 자기를 해하지나 않을까 겁이 왈칵 나서 외마디 소리를 질렀다. 그때 벽에 늘어뜨린 휘장 뒤에서,

"사람 살려라. 왕후님을 살려라!" 하고 고함지르는 남자 목소리가 났다. 이 고함소리를 들은 햄릿은 그 휘장 뒤에 숨어 엿듣고 있는 놈은 왕임에 틀림없을 것이라고 속단하고 칼을 선뜻 뽑아 들고 그 목소리가 나온 방향으로 힘껏 찔렀다. 마치 달아나려고 하는 쥐새끼를 찔러 죽이듯이 그 목소리가 멈출 때까지 자꾸자꾸 계속하여 찔렀다. 이젠 죽었으려니 하고 휘장을 들치고 시체를 꺼내 보니 그것은 왕이 아니고 왕의 스파이로 숨어서 엿듣던 폴로니어스인 것을 발견하였다.

"아아, 이게 무슨 변고야!" 하고 왕후가 소리를 질렀다.

"이놈아. 이게 무슨 철없는 피비린내 나는 짓이냐, 너는……."

"피비린내 나는 짓이라고요? 어머니! 그러나 내가 한 짓은 어머니의 짓보다는 덜 나쁩니다. 남편인 왕을 죽이고 나서 그 동생과 결혼을 하는 짓은 그 무슨 짓이에요"

하고 햄릿은 대답하였다. 이 햄릿의 행동은 도를 지나쳤다고 볼 수 있으나, 햄릿은 이제 와서 좀 더 솔직하게 어머니에게 충고해 보고 싶은 생각이 들었다. 부모의 실수에 대해서 자식된 자로는 유순한 태도로 충고하는 것이 마땅한 일이나, 부모가 도에 넘치는 너무나 큰 죄를 범한 경우에 아들이 자기 친어머니에게 향하여서라도 엄격한 책망을 할 수 있는 자유가 생기는 것은 당연한 일이었다. 이러한 책임을 물

는 것은 욕으로 하는 것이 아니라 어머니의 악행을 교정시켜줄 목적으로 할 수 있는 것이다. 그러므로 지금 이 효성스러운 왕자는 왕후를 향하여 감동 깊은 어조로 그 추잡스런 생활에 반성을 주기 위하여 충고하는 것이었다.

아버지가 돌아가신 후 불과 며칠이 못 가서 아버지에 대한 일을 아주 잊어버리고 전 남편의 동생이요, 또 살인범으로 지목되는 사람과 재혼을 하다니. 첫 남편과 백년해로를 약속한 때는 언제고, 또 누구나 그러한 행동을 한다면 이 세상 여성들의 맹세를 믿을 사람이 누구고, 여성의 소위 정조라는 것도 결국 위선으로밖에 더 해석되지 않게 될 것이 아닌가. 결혼증서는 도박꾼의 차용증서보다도 더 무가치해질 것이며, 종교는 단지 한 웃음거리 또는 교리의 한 실속 없는 껍데기에 지나지 않게 될 터이다. 이 얼마나 한심스러운 일인가 하고 어머니에게 타이르는 것이었다. 햄릿은 계속해서,

"어머님이 이러한 악독한 행동을 했기 때문에 하늘이 낯을 붉히고, 이 세상은 그로 인하여 병이 들었습니다."

그리고 햄릿은 두 개의 초상화를 어머니에게 보이면서, 그 한 그림은 선왕, 즉 어머니의 본 남편, 또 다른 한 그림은 현재 왕 노릇을 하고 있는 어머니의 재혼한 남편— 햄릿은 어머니에게 이 두 초상화를 비교하여 보라고 윽박질렀다.

"내 아버님 얼굴에 나타나는 저렇듯이 현숙한 상, 하나님같이 인자하신 이 얼굴! 아폴로의 머리같이 윤택한 이 머리털, 주피터의 이마 같은 이마, 마스의 눈 같은 이 눈, 머큐리가 하늘에 맞닿은 언덕 위에 올라서 있는 것 같은 이 멋진 모습, 여기 이분이 본래 어머니의 남편이 아니었나요?"

햄릿은 숙부의 초상화를 어머니 앞에 내밀면서,

"어머니, 저런 인물은 죽이고 이런 버러지 같은 자식, 독성을 품은 기생충 같고, 제 친형님을 죽인 놈, 이런 파렴치한 악한을 택하다니, 아아."

이렇게 한참 떠들어 대니까 왕후는 마침내 부끄러움을 느끼게 되고, 이 아들의 충고로 자기 눈을 자기 영혼 속에 비추어 보아 그렇게도 캄캄해지고 불구자가 된 자기 영혼을 발견하게 되었다. 아들은 계속하여,

"도대체 어떤 마귀가 씌워져서 어머님이 본 남편을 죽인 살인범이며 또 왕위를 도둑질한 그 놈의 아내 노릇을 하며 살아갈 수가 있는지 나로서는 도무지 이해할 수 없습니다."

하고 추궁하였다. 바로 이때에 선친의 유령이, 그가 생존하셨을 때 모습으로, 또는 요전 밤중에 성문 위에 나타났던 모습 그대로 이 방 안에 나타났다. 이 유령을 보고 무서워 벌벌 떠는 햄릿이 아버지 유령에게 무슨 일인가 물어 보니 유령의 말이 자기가 이 방에 지금 들어온 목적은,

"내 아들이 나에게 철석같이 약속한 복수를 잊어버릴까 싶어서 다시 일깨워 주려고 나는 여기 다시 나타났다. 네 어미에게 말을 전해 달라. 네 어머니는 자기가 피할 수 없는 자기 자신의 마음의 고통과 공포 때문에 스스로 자살하고 말 것을 예언하니 그리 전하라."

하고 말을 마치고 유령은 사라졌다. 이 유령은 햄릿 눈에만 보였고 왕후의 눈에는 보이지 아니하였다. 햄릿이 아무리 방금 유령이 서 있던 자리를 가리키면서 그 모습을 설명해 주어도 어머니는 깨닫지 못하고 이때까지 아들이 허공에 대고 대화하는 광경에 극심한 공포만 느

겼을 뿐, 역시 아들은 꼭 미쳤다고 단정해 버리고 말았다.

햄릿은 자기가 미쳐서 허깨비를 보는 것으로만 생각하지 말고 어머니 자신의 악행이 아버지의 혼령을 일깨워서 이 방까지 방문한 것이라고 말하였다. 그는 자기 손을 어머니 앞에 내어 밀고 그 맥박이 평소처럼 뛰는데 어찌하여서 미친 사람 대우를 하느냐고 항의하였다. 그리고 햄릿은 눈물까지 흘리면서 제발 어머니는 하나님께 과거 죄악을 자백하여 용서를 빌고 앞으로는 지금 왕과 함께 살지 말고 아내 노릇도 하지 말고 별거해 달라고 빌었다. 자기의 참 아버지인 선왕의 혼을 존경하고 기억하여 다시 참된 어머님이 되어 주시면 자기도 아들의 직분을 다하여 어머님을 축복해 드리겠다고 약속했다. 그리고 어머니가 이 모든 조건을 그대로 실행해 준다는 다짐을 받은 후에야 이 모자의 대화는 끝이 났다.

햄릿은 그때에야 아까 자기가 칼로 찔러 죽인 사람이 도대체 누구일까 하는 생각이 났다. 그 죽은 사람이 다른 사람이 아니라 바로 오필리어의 아버지 폴로니어스인 것을 보자, 아! 사랑하는 처녀의 아버지를 내가 죽이다니, 그는 울면서 시체를 꺼냈다.

폴로니어스 살해 사건은 왕으로 하여금 햄릿을 국외로 추방시킬 구실을 주게 되었다. 이 위험인물을 사형에 처해 버릴 생각도 간절하였다. 그러나 이 나라 국민들, 즉 햄릿을 사랑하는 백성들의 반대가 두려울 뿐만 아니라, 제아무리 악한 여인이라고 하더라도 그 어머니가 아들을 두둔하기 때문에 간교한 왕은 햄릿이 살인죄로 처형될 운명에서 피신시킨다는 구실로 배에 태워 영국으로 보내도록 명령하였다. 햄릿을 영국까지 호송할 두 명의 호위병을 임명하고 그들에게 영국 정부에 전달할 서신도 부탁하였다. 그 당시 영국은 덴마크의 종속국이었으므로 이 덴마크왕은 영국 정부에 여러 가지 죄목을 나열하여 햄릿이 영국 땅에 상륙하는 즉시로 곧 사형에 처하라는 명령을 내렸다.

어떤 모략이 반드시 있으리라고 눈치 챈 햄릿은 밤중에 그 명령서를 도둑질해서 뜯어보고 교묘하게 자기 이름을 쓴 자리를 지워버리고 그 자리에 압송하는 두 병사의 이름을 써 넣었다. 명령서를 감쪽같이 다시 봉하여 두 놈의 가방 속에 도로 넣고 시치미를 뚝 뗐다. 그런데 중간에서 햄릿이 탄 배가 해적 떼의 습격을 받아 한참 동안의 격전 끝에 햄릿이 자기의 용맹을 날릴 목적으로 칼을 빼어 들고 단신으로 해적선에 뛰어 올라 싸웠다. 그 사이에 비겁한 선장은 햄릿을 내버리고 전속력으로 도망하여 영국 땅에 도착하였다. 두 병사는 멋도 모르고 명령서를 영국 정부에 전달했더니 중간에서 햄릿이 고쳐 써넣은 그대로 두 놈이 다 사형되고 말았다.

햄릿을 사로잡은 해적 떼는 이 청년의 신분을 알게 되었다. 지금 왕자를 도와주면 장래에 덴마크 정부의 혜택을 입을 수 있으리라는 예상으로 왕자를 덴마크 땅에서 제일 가까운 어떤 항구까지 실어다 놓아 주었다. 항구에 내리자 햄릿은 곧 왕에게 편지를 써 보냈다. 그 편지 내용은 이상스런 인연으로 자기가 영국까지 가지 못하고 도로 본국으로 돌아오게 되었는데 내일 폐하 앞에 배알할 광영을 갖겠노라고 했다. 그러나 햄릿이 고향에 도착해 보니 아주 슬픈 일이 제일 먼저 그의 눈앞에 나타났다.

그것은 바로 이날 아침에 햄릿이 연모하던 어리고 예쁜 처녀 오필리어의 장례식이 거행되고 있던 것이다. 이 얌전한 처녀는 그 아버지의 죽음 때문에 애통이 그 도를 넘어 정신 이상이 생겼던 것이다. 자기 아버지가 비명횡사한 것이 원통한데 더구나 자기가 극진히 사랑해 온 왕자의 손에 죽임을 당했다는 참혹스런 일이 그 연약하고 어린 마음을 무척 괴롭혀서 며칠이 못 가서 미쳐버리고 말았다.

미친 처녀는 꽃을 한아름 꺾어 들고 궁전 안을 두루두루 다니면서 궁녀들에게 꽃을 나누어 주며 이 꽃은 자기 아버지 장례 때 뿌릴 것이라는 둥 헛소리를 하며 사랑과 죽음을 찬양하는 노래를 부르면서, 과거 생활은 전부 잊어버린 모양으로 이리저리 헤맸다. 그런데 궁전 옆 강가에는 수양버들이 늘어져 뻗어 있었는데 그 잎사귀들이 물에 반사되어 어른어른하는 것이 아름다웠다.

어느 날, 아무도 이 미친 처녀를 돌보아 주지 아니하는 순간에 그는 들국화 등 여러 가지 꽃과 풀을 꺾어서 꽃 목도리를 만들어 가지고 그 버드나무로 기어 올라가서 나뭇가지에 그 꽃둘레를 걸려고 하다가 그 가지가 부러지는 바람에 그 예쁜 처녀와 꺾어 모은 꽃들이 다 함께 물속에 빠지고 말았다. 치마가 불어 올라서 이 처녀의 가벼운 몸을 잠시 띄워 주었지만, 처녀가 옛날 민요곡의 노래를 흥얼거리는 동안에 그의 몸은 물속으로 가라앉아서 흙덩어리에 구겨 박혀 불행한 죽음을 맞이하고 말았다. 햄릿이 궁전을 향하여 걸어오다가 보니 눈앞에 나타난 것이 이 예쁜 처녀의 장례식이었다. 그 식에는 처녀의 오빠인 리어티스 외에 왕과 왕후와 기타 여러 사람들이 다 모여 있었다.

햄릿은 처음에는 무슨 식을 거행하는 중인지 잘 알지 못하여 식의 진행을 방해하지 아니할 생각으로 한편 구석에 묵묵히 서서 구경을 하고 있었다. 처녀의 무덤에는 생화를 뿌려 주는 것이 이 나라 풍속이어서 꽃을 뿌리는 것을 햄릿은 물끄러미 바라다보고 있었다. 때마침 왕후가 손수 꽃을 뿌리면서,

"아, 내 사랑하는 처녀야, 내 사랑하는 아가야, 나는 너의 신방 침대

에 꽃을 뿌려 주기를 기다리고 있었는데 이것이 웬일이냐? 지금 네 무덤 위에 이 꽃을 뿌려 주게 되었으니! 아가야, 나는 너를 내 며느리로 맞고자 바랐거늘, 아, 아!" 하고 탄식하였다. 그리고 오필리어의 오빠는 사랑하는 누이의 무덤 위에 바이올렛 꽃이 피기를 기원하노라고 말하고는 미친듯이 그 무덤 안으로 뛰어갔다. 그리고는 둘러선 사람들에게 자기 몸 위에 산더미처럼 많은 흙을 끼얹어서 자기도 누이와 함께 묻어 달라고 애원을 하는 것을 햄릿이 보았다. 이것을 본 햄릿은 오필리어를 사랑하는 열정이 새삼스럽게 끓어오르는 것을 느끼면서, 오빠가 누이의 무덤 안에서 그렇게도 애달프고 슬픈 표정을 보이는 것은 좀 과하다고 생각되었다. 햄릿 자기 자신으로 볼 때 자기가 느끼는 사랑은 수만 명의 오빠 사랑보다도 더 큰 것이라고 생각되었다.

그래서 햄릿은 리어티스보다도 더 한층 슬픈 표정으로 리어티스가 엎드린 그 위로 뛰어들었다. 리어티스는 햄릿을 보자 이놈은 자기 아버지와 누이를 죽인 원수라고 막 달려들어서 햄릿의 멱살을 끌어 쥐었다. 여러 사람이 달려들어 두 사람을 겨우 떼어 놓았다. 장례식이 끝난 후에 햄릿이 자기가 순식간에 무덤 속으로 뛰어든 것은 이 세상 누구보다도 자기가 제일 오필리어를 사랑했기 때문이라는 말을 하자 리어티스는 감복하여 두 청년은 화해가 되었다.

그러나 리어티스가 아버지와 누이가 죽은 데 대하여 끔찍이도 애통해하는 이 기회를 타서 햄릿을 죽여 버릴 궁리를 하는 악한이 있었다. 그 사람은 다름 아닌 왕이었다. 왕은 리어티스에게 두 사람이 화해하고 친구가 될 목적으로 둘이서 친선 칼싸움 경기를 한 번 해보면 어떻겠느냐고 설득했다. 둘이 다 이 제안을 쾌히 승낙했으므로 머지 않아 좋은 날을 택하여 칼싸움 경기를 하기로 결정이 되었다.

이 칼싸움을 구경하려고 궁전 안 사람 전부가 모여들었다. 왕이 리어티스를 꾀어 그가 든 칼날 끝에 독약을 묻히게 하였다. 원래 햄릿과 리어티스 두 청년은 칼싸움에 명수로 소문이 나 있었으므로 이번 친선 게임에 이쪽저쪽으로 돈을 거는 그 액수가 굉장히 큰 액수에 달하였다. 왕의 꼬임을 받은 리어티스가 자기를 죽여 버리려고 계획하는 것을 모르는 햄릿은 무심코 칼 넣어 두는 상자를 열고 아무 칼이나 한 개 꺼내 들었다. 적수 리어티스가 가지고 온 칼은 검사해 볼 생각도 아니하고 햄릿은 무심히 서 있었다. 리어티스는 친선 칼싸움 규칙을 위반하고 끝이 아주 뾰족하고 날이 날카롭게 선 칼날 끝에다가 독약까지 묻혀 가지고 왔던 것이다. 게임이 시작되자 처음 얼마 동안 리어티스는 일부러 햄릿에게 우세를 허락하여 슬금슬금 대하였다. 가면을 쓴 왕은 축배를 들어가면서 계속 햄릿의 기술을 극구 칭찬하였다. 또한 왕 자신도 햄릿 편에다가 막대한 돈을 걸어 놓았다.

　　그러나 결국에는 리어티스가 죽을 힘을 다하여 독약이 발린 칼끝을 햄릿 몸에 들이박아서 치명상을 주었다. 햄릿은 모략의 내용은 도무지 모르고 있었으나 리어티스가 친선 게임 규칙을 무시하고 끝이 뾰족한 칼을 사용한데 대하여 분노가 폭발하였다. 햄릿은 리어티스에게 날쌔게 달려들어서 리어티스의 칼을 빼앗고 그에게 자기가 가진 칼을 쥐어 준 후 그 빼앗은 칼로 리어티스를 빠르게 찔렀다. 이리 되어 리어티스는 자기 자신의 꾀에 넘어가서 스스로 제 목숨을 버리게 된 것이다. 바로 이 순간에 왕후는 갑자기 자기가 독약을 마신 것 같다고 소리를 질렀다. 왕후는 왕이 햄릿에게 축배를 주어서 죽일 목적으로 독약을 타놓은 술을 멋도 모르고 쭉 들이키었던 것이다.

　　왕의 계획은 만일에 리어티스가 기술이 모자라서 햄릿을 찔러 죽이지 못하게 될 경우를 대비하여, 햄릿이 칼싸움에 열중하다가 목이 마르게 되면 반드시 마실 것을 요청하리란 것을 예기하고 그럴 때에는 독주를 주어서 그걸 마시고 죽도록 계교를 꾸미어 놓았던 것이다. 그것을 아내가 마실 줄을 꿈에도 생각하지 않다가 이리 되었으니 결국 왕은 자기가 친히 왕후를 독살한 셈이 되고 만 것이다. 왕후는 독약을 마셨노라고 비명을 지르고는 즉사하고 말았다.

 햄릿은 그제야 어떤 음모가 있다는 것을 눈치 채고 즉시 사방 문을 꼭 닫고 그 누구도 나가는 것을 금하고 어떤 영문인지를 조사하여야겠다는 명령을 내렸다. 이때 리어티스는 곧 모략의 장본인은 자기라는 것을 햄릿에게 고백하고 나서 자기 자신은 제 꾀에 제가 넘어가서 죽으니 말할 것 없지만, 햄릿의 몸에도 이미 독약이 들어갔으니 햄릿이 제아무리 장사라 하여도 이 독약에 당할 수 없을 것이요, 또 이 독약을 중화시키는 묘방은 절대로 없으니까 햄릿의 목숨도 앞으로 기껏 한 삼십 분밖에 더 없다고 말했다. 이어서 리어티스는 이 음모의 창안자는 바로 저기 저 왕 그놈이라고 소리 지른 다음에 햄릿에게 사과를 빌고는 그만 절명하였다.

 자기 생명이 몇 분 안 남았다는 것을 알아챈 햄릿이 자기가 들고 있는 칼날 끝을 자세히 살펴보니 그 끝에 독약이 좀 남아 있었다. 그는 맹호같이 숙부에게 뛰어들어 그 가슴에다 칼을 푹 박아 버렸.

 이리하여 햄릿은 아버지의 혼령에게 약속하고 맹세하였던 복수를 완수하게 된 것이다. 햄릿은 자신이 죽어가는 것을 감각하면서, 이때까지 자초지종을 목격한 친구 호레이쇼에게 그는 죽지 말고(호레이쇼가 왕자와 동행하기 위해서 자결하려 하므로) 살아남아서 햄릿의 사적을 널리 선포하도록 해달라는 부탁을 남기고 마침내 절명하고 말았다.

폭풍우

THE TEMPEST

주요 등장인물

알란소 : 나폴리 왕

프로스페로 : 밀라노의 공작

미란다 : 프로스페로의 딸

안토니 : 프로스페로의 동생

페르디난드 : 나폴리 왕의 아들

곤잘로 : 충신

캘리밴 : 씨카렉스의 아들

아리엘 : 공기의 정령

바다 가운데 어떤 한 섬이 있었는데 이 섬에 살고 있는 사람이라고는 프로스페로라는 이름을 가진 노인 한 분과 이 노인의 딸인 미란다 둘뿐이었다. 미란다는 젊고 매우 아름다운 귀염둥이 처녀였다. 미란다는 아주 어렸을 때부터 이 섬에서만 살았기 때문에 자기 아버지 외에는 사람 구경을 한 기억이 전혀 없었다.

그들 두 식구는 바위에 생긴 굴속에 살고 있었는데 이 굴속은 여러 방으로 나누어져 있었다. 그 중 한 방은 프로스페로가 서재라고 불렀는데 이 방 안에 그는 책들을 보관하였다. 그 책들은 대개가 다 주로 요술에 관한 내용이었는데 이 요술 공부는 그 당시 학자님들 간에 상당한 인기를 차지하고 있었다. 프로스페로는 이 요술을 알고 있는 것이 그의 생활에 대단히 요긴하다는 것을 발견했다. 그가 이 섬에 도착하게 된 것은 이상한 우연의 장난이었다. 그가 이 섬에 오기 전에는 이 섬에 씨카렉스라는 이름을 가진 마귀 할머니가 살고 있으면서 이 섬 전체에 마술을 펴고 있었는데 프로스페로가 이 섬에 도착하기 조금 전에 그 마귀 할머니는 죽어 버렸다. 그런데 프로스페로는 마술을 쓸 줄 아는 기술을 가지고 있었으므로 씨카렉스가 큰 나무 등걸 속 같은 데 가두어 둔 착한 정령들을 많이 놓아 줄 수 있었다. 이 착한 정령들은 마귀 할머니의 간악한 명령 수행을 거절한 죄로 갇히게 되었던 것이다. 해방된 착한 정령들은 그 후 언제나 프로스페로의 명령에 복종하게 되었고, 이들의 두목이 아리엘이었다.

아리엘이라는 활발하고 조그마한 정령의 본성은 악의를 품은 적이 없었다. 단지 그는 캘리밴이라고 불리는 추악하게 생긴 괴물을 들볶아 주는 데 너무나 과한 재미를 보는 것이었다. 아리엘이 이 괴물을 미워하는 이유는 이 괴물이 그의 옛날 원수였던 씨카렉스의 아들이었기 때문이다. 이 원숭이보다도 더 못생긴 괴물을 숲속에서 발견한 프로스페로는 그놈을 자기 동굴로 데리고 와서 그놈에게 말을 가르쳤다. 프로스페로는 이 괴물을 아주 친절하게 대해 주었다. 그러나 이 캘리밴이란 놈은 그의 어머니로부터 아주 고약한 성질을 물려받았기 때문에 그 어떤 좋은 일 혹은 유익한 일은 통 배우려고 하지 않았다. 그래서 프로스페로는 이놈을 종처럼 부려서 장작도 나르게 하고 다른 여러 가지 어려운 일을 시키고 있었는데 이놈에게 일을 억지로 시키는 감독권을 맡은 자가 바로 아리엘이었던 것이다.

캘리밴이 언제든지 게으름을 피우거나 일을 등한히 할 때에는 아리엘(이 자의 몸은 프로스페로만이 볼 수 있고 그 밖에 누구의 눈에도 보이지 않았다)이 몰래 달려들어서 그놈을 꼬집어 주기도 하고 진흙 구덩이에 밀어 넣기도 하였다. 그러고는 아리엘이 원숭이 형상으로 나타나서 그놈을 놀려주기도 하는 것이다. 또한 아리엘이 어느새 고슴도치 형상으로 변해 가지고는 캘리밴 앞에 가로 누우면 괴물은 그의 맨발 벗은 발바닥이 고슴도치 뾰죽한 털에 찔릴까봐 겁이 나서 부들부들 떨곤 했다. 이러한 여러 가지 괴로운 장난으로 아리엘은 그 괴물을 골려 주는 것이었다. 그 괴물이 프로스페로가 맡긴 일을 등한히 할 때면 아리엘이 언제나 못 살게 구는 것이었다.

여러 힘센 정령들을 마음대로 부릴 수 있는 프로스페로는 그 정령들의 힘을 빌려서 바람도 일으킬 수가 있었고 또 폭풍우도 세게 일으킬 수 있었다. 그래서 프로스페로의 명령에 따라 정령들은 굉장히 큰 폭풍우를 일으켜 놓았다. 이 거센 바다 물결은 삽시간에 배 한 척을 삼켜 버릴 것 같았으나 그 배는 기를 쓰며 물결과 씨름하고 있었다. 이 광경을 프로스페로는 자기 딸에게 구경시키면서 그 훌륭하고

도 큰 배에는 자기네들과 같이 생긴 사람들이 많이 타고 있다고 일러 주었다. 딸은,

"아이구, 아버지, 아버지께서 이 무서운 폭풍우를 일으킬 힘이 계시다면 저 배에 탄 사람들을 불쌍히 여기소서. 자 보세요! 저 배가 산산조각이 나 버릴 것 같아요. 가련한 인간들! 그들이 모두 죽고 말겠지요. 만일 내게 힘이 있다면 그렇게도 귀중한 사람들이 타고 있는 저 좋은 배를 침몰시키는 대신 저 바다를 그냥 땅 속으로 묻어 버릴 텐데요."

이 말을 들은 아버지 프로스페로는 말하기를,

"미란다야, 그리 상심 말아라. 아무런 피해도 없을 것이니. 그 배에 탄 사람은 한 사람도 해치지 말라고 내가 명령을 내렸거든. 내가 이런 일을 꾸민 것은 너를 위해서 하는 것이란다. 너는 네가 과연 어떤 사람인지 네가 어디로부터 이곳으로 왔는지, 그리고 또 내가 이 보잘것없는 동굴 속에서 사는 네 아버지라는 것 외에 내가 과연 누구인지 너는 알지 못할 거다. 얘야, 너는 이 동굴에서 살기 전의 일은 아무것도 생각나는 것이 없니? 아마 없을 거다. 네가 이리 온 것이 네 나이 네 살도 채 못 됐을 때이니깐."

하고 말하는데 미란다는,

"생각나는 것이 분명 있어요"

하고 대답하는 것이었다.

"무엇을? 어떻게? 어떤 집이냐, 혹은 어떤 사람이냐? 응! 자 네가 기억하는 것을 이야기해 봐라."

"저에게는 꼭 꿈속 같아요. 그런데 그 언젠가 내 앞에 네다섯 명의 심부름꾼이 있어서 시중들어 준 일이 있지 않았어요?"

"음, 그렇고말고. 네다섯만이 아니라 그 이상 여러 명 하녀가 너의 시중을 들었단다. 그 기억이 네 머릿속에 아직 남아 있는 것이 참 신기하구나. 그래 네가 이곳으로 올 때 기억은 남아 있지 않니?"

"아무것도 생각 안 나요. 그 밖에 다른 건 전혀 기억에 없어요."

"그것이 벌써 12년 전 일이었다. 그때 나는 밀라노의 왕이었고 너는 공주님이었다. 너는 무남독녀 외딸로 내 왕위를 이을 지위에 놓여 있었느니라. 그런데 나는 내 아우 안토니에게 나라 일 전체를 맡겼단다. 나는 나랏일을 보기가 싫어서 은퇴하여 책이나 많이 읽고 싶어서 나라 정사 모든 것을 다 너의 삼촌에게 맡겼단다. 나를 속인 아우에게 (사실 아우가 형을 속인 것이었다). 하여튼 나는 이 세상만사를 다 등한히 하고 책 속에 파묻혀서 사실 내 지식을 넓히는 데 일생을 바쳤다. 그런데 내 대신 나라를 다스리고 있던 안토니는 자기가 정말 왕이 된 줄로 생각하기 시작하였다. 내가 아우에게 나라 백성 간에 인기를 끌게 할 수 있는 기회를 준 탓으로 네 삼촌이 고약한 본성을 드러내게 되어 내 왕위를 빼앗아 버릴 야심을 품기까지에 이르렀고 그의 야망이 곧 성공하기에 이르렀다. 그것은 아우가 나의 원수인 나폴리 왕의 큰 도움을 받게 되었기 때문이었단다."

이때 미란다는 입을 열어,

"그럼 어째서 그들이 그때 우리를 죽여 버리지 않았을까요?"

하고 물었다. 아버지는,

"그놈들이 감히 그런 생각을 못 했지. 백성들이 나를 극진히 아꼈거든. 그래서 안토니는 우리 둘을 배에다 태워 바다 한가운데로 이끌어 내고는 조그만 쪽배에 우리 둘을 억지로 태웠단다. 그 쪽배에는 뱃줄이니 돛이니 돛대니 모두 없었다. 우리를 그 배에 태워 바다 중간에 내버려두면 우리는 꼭 죽을 걸로 그놈은 생각했다. 그러나 곤잘로라고 하는 신하가 나를 무척 사랑했기 때문에 몰래 그 쪽배에 물, 먹을 것, 옷, 또 그리고 내가 내 나라보다도 더 아끼는 책들을 실어 주었단다."

"아, 아버지! 그때 아버님께는 내가 얼마나 귀찮은 짐이 되었겠어요!"

하고 미란다는 말하였다. 프로스페로는,

"아니다, 내 사랑아. 그때 너야말로 나를 살려 준 어린 천사였다. 너의 그 순진한 웃음이 나의 불행에 대항해 나아갈 수 있는 힘을 북돋아 주었단다. 배에 몰래 실린 음식은 우리가 이 무인도에 도착할 때까지 먹을 수 있었다. 그래 이 섬에 내린 후로는 오직 너 하나를 가르치는 것을 유일의 낙으로 삼고 지내 왔단다. 그래서 너는 나한테 배운 것을 유익하게 쓸 때가 올 것이다."

"아, 아버지 참 감사합니다. 그런데 지금 아버님께서 이 폭풍우를 일으킨 이유는 무엇인가요? 꼭 가르쳐주세요."

하고 미란다는 말하였다.

"응 가르쳐주지. 이 폭풍우로 말미암아 내 원수인 나폴리 왕과 그 못된 내 아우 놈을 이 섬에 잡아둘 수 있게 되었다."

이렇게 말하고 난 프로스페로는 그가 가진 요술 지팡이로 딸의 몸을 살짝 건드렸다. 그러자 미란다는 금시 잠이 들어버렸다. 아버지가 딸을 잠들도록 만든 이유는 바로 이때 이번 폭풍우에 대한 보고를 할 목적으로 아리엘이 프로스페로 앞에 나타났기 때문이었다. 아리엘은 파선한 배에 탔던 사람들을 어떠어떠하게 처치했다는 보고를 했다. 물론 미란다의 눈에는 정령의 모습이란 하나도 안 보이도록 되어 있었다. 만약 미란다가 자기 아버지와 아리엘의 주고받는 이야기를 듣게 되면 미란다는 아버지가 허공하고 대화하는 것처럼 볼 것이므로 아버지는 딸을 잠재워 놓은 것이었다.

아리엘의 보고를 들고 난 프로스페로는,

"응, 잘했다. 너는 참 용감한 정령이다. 그래 네가 행한 대로 자초지종을 자세히 이야기해라."

하고 말하였다. 아리엘은 신이 나서 폭풍우 광경을 자세히 묘사하였다. 뱃사람들이 얼마나 무서워하며 떨던 광경이며 왕자 페르디난드가 그 누구보다도 제일 먼저 바다로 뛰어내리더라는 이야기, 그래서 이것을 본 아버지는 자기 아들이 물결 속으로 휩쓸려 들어가 죽은 줄로 생각하고 있다고 말한 후 이어서 아리엘은,

"그러나 왕자는 살아 있습니다. 지금 이 섬 한 귀퉁이에 두 팔을 끼고 주저앉아서 자기 아버지가 물에 빠져 죽은 줄 알고 비통해하고 있습니다. 그러나 왕자의 머리털 한 가닥 상한 것이 없고 옷은 비록 바닷물에 흠뻑 젖어 있으나 그 때문에 이전보다 좀 더 깨끗해 보입니다."

프로스페로는,

"응, 참 잘했어. 아리엘이 참 기특하구나. 그럼 가서 왕자님을 이리 모시고 오너라. 내 딸이 왕자님을 보도록 해야겠다. 그리고 왕과 내 아우는 어디 있니?"

"그들은 다 페르디난드 왕자님이 자기네 눈으로 본 바 그대로 물에 빠져 죽은 줄로 알면서도 그래도 찾아보느라고 아주 열심입니다. 선원들 중 한 사람도 죽은 사람이 없으나 그 누구나 다 자기 혼자만 겨우 목숨을 건진 줄로 알고들 있습니다. 또 그리고 그 배도 그 사람

들 눈에는 띄지 아니하나 고스란히 항구에 정박되어 있습니다."
하고 말하는 아리엘의 보고를 다 들은 프로스페로는,

"아리엘아, 맡은 일을 참 원만히 충성스럽게 잘 이행하였구나. 그러나 일이 아직 좀 남아 있다."

"아직도 일이 더 남아 있어요? 주인님, 주인님께서는 나를 자유롭게 놓아 주시겠다고 약속하시지 않았어요. 제발 기억해주세요, 주인님. 저는 제가 맡은 일을 모두 충직하게 완수해 드렸습니다. 거짓말은 한 마디도 아니했고, 아무런 실수도 한 일이 없고, 아무런 불평이나 불만 한마디 없이 주인님을 모시었습니다."

"하, 하, 이 사람아! 그래 내가 너를 그 엄청난 재난 속에서 구해내 주었는지 그 공을 기억하지 못하는가? 너는 그 고약한 마귀 할머니 씨카렉스를 잊어버렸니? 그 고약한 할머니. 너무 늙어서 꼬부랑 할머니가 된 그 마귀 할머니가 난 곳이 어디냐? 말해라! 나에게 태어난 곳을 알려 주거나."

"바로 앨지어스에서 낳았지요, 주인님."
하고 아리엘은 말하였다.

"오, 그래? 지금 네가 아마 네 과거 고생살이를 잊어버린 것 같으니 내 한 번 더 깨우쳐 줄까? 그 나쁜 마귀 할머니 씨카렉스의 마술은 말을 다 할 수 없이 너무나 무서워서 그의 출생지 앨지어스에서 쫓겨났지. 그리고 선원들이 억지로 배에 실어다가 이 섬에 내버리고 갔던 것이지. 그런데 아리엘 너는 너무나 마음이 착했기 때문에 그 마귀 할머니의 악한 명령을 실행하지 못한 죄로 그 나무속에 갇히게 되었었지. 내가 그 나무 아래로 지나가다가 네가 살려 달라고 소리지르는 것을 듣고 너를 살려 주었지. 나무속에 갇히었을 때 그 고통, 기억하느냐? 그걸 내가 살려 주었지, 안 그러냐?"

　　이 말을 들은 아리엘은 자기가 배은망덕한 것이 부끄럽게 생각되어서 말하기를,

　　"아, 주인님 용서해 주십시오. 주인님 명령에 순종하겠습니다."
하였다.

　　"그럼 그렇지. 일을 잘하면 그때에는 내 너를 놓아 주마."
하고 말을 마친 프로스페로는 앞으로 해야 할 일을 일러 주었다. 아리엘은 곧 그 자리를 떠나 우선 페르디난드 왕자가 있는 곳으로 가보니 왕자님은 아직도 아주 구슬픈 표정으로 풀밭에 우두커니 앉아 있는 것이었다. 아리엘은,

　　"아, 젊은이. 어서 나하고 저리로 갑시다. 미란다 양께 당신의 그 잘생긴 모습을 보여드려야 된다는 명령을 받고 내가 모시러 온 것입니다. 자 나를 따라 오세요."
하고 나서 그는 노래를 부르기 시작하였다.

　　　　다섯 길도 더 깊은 바다 밑에 그대의 아버지 누워계신다.
　　　　그의 뼈는 산호로 변했고
　　　　본래 그의 눈들은 진주가 되었네.
　　　　그의 몸은 하나도 사라지지 않고,
　　　　단지 바닷속에서 변화를 입어서
　　　　그 어떤 값지고도 이상스런 물건들이 되어 버렸네.
　　　　바다 선녀들은 그대 아버지를 위한 조종을 울리니
　　　　들으라! 나는 지금 종소리를 듣는다— 땡, 땡, 종소리.

이 이상한 노래를 들은 왕자는 정신이 번쩍 들었다. 잃어버린 아버지에 대한 이상한 소식이 왕자의 무딘 감각을 일깨워 준 것이다. 그래서 왕자는 어리둥절한 기분으로 아리엘의 목소리를 따라갔다. 그가 한참 가다가 보니 어떤 큰 나무 그늘 아래 한 노인과 한 처녀가 나란히 앉아 있는 것이 눈에 띄었다.

그런데 미란다로 말하면 생후 지금까지 자기 자신의 아버지밖에는 남자를 본 일이 한 번도 없었었다. 이때 프로스페로는,

"야 미란다야, 저기 저 보이는 것이 무엇이냐?"

하고 물어 보았다. 미란다는 이상스럽고도 놀란 태도로,

"아, 아버지 그건 분명 정령이에요. 아! 그런데 저것이 왜 저리 두리번거릴까요? 아 얼마나 아름다운 동물입니까! 그게 정령이 아닌가요?"

"아니다. 그 동물은 먹기도 하고 자기도 하고 우리들과 꼭 같은 감각을 다 가지고 있단다. 지금 네 앞에 나타난 이 젊은 사람은 배에 타고 있던 사람이다. 그 사람이 지금 슬픔에 빠졌기 때문에 얼굴이 변했지. 그렇지만 않으면 아주 미남이라고 할 수 있겠지. 그 사람은 자기 친구들을 다 잃어버리고 지금 친구들을 찾으려고 이리저리 돌아다니는 것이다."

사람이라고는 자기 아버지밖에 본 일이 없는 미란다인지라 사람은 누구나 다 자기 아버지처럼 검푸른 얼굴을 갖고 또 잿빛 수염을 가진 줄로만 알고 있었다. 미란다는 이 젊은 왕자의 아름다운 모습을 보자 여간 기쁘지 않았다. 그리고 페르디난드는 자기대로 이 무인도에서 이렇게 사랑스럽게 생긴 처녀를 대하게 되고 또 예기하지 못했던 이상한 소리들을 듣게 되자 그는 자기가 지금 어떤 마술에 걸린 섬에

도착한 것이라고 생각했다. 또 미란다는 이 섬의 여신임에 틀림없다고 생각되었다. 그래서 그는 미란다를 여신으로 생각하고 말을 꺼냈다.

그랬더니 미란다는 수줍은 태도로 자기는 여신이 아니고, 단지 한 소박한 처녀라고 대답한 후 자기 내력을 모두 이야기하려고 하자 아버지 프로스페로가 그것을 막고 나섰다. 프로스페로는 이 두 남녀가 서로 좋아하는 것을 보고 마음이 흡족했다. 즉 그는 이 남녀가 (그야말로 언제나 말하듯이) 첫눈에 서로 사랑하는 사이가 되었다는 것을 분명히 인식했던 것이다. 그러나 페르디난드의 진심을 한 번 시험해 보기 위하여서 그는 이 두 남녀의 앞길에 어려운 장애물을 놓기로 결심하였다. 그래서 그는 왕자 앞으로 다가서서 성이 난 표정으로 네놈은 이 섬을 정탐하려고 온 놈이다. 내가 이 섬의 주인인데 이 섬을 빼앗으려고 염탐하려고 온 것이지 하고 윽박질렀다. 그러고는,

"자, 이리와. 네 몸뚱이 목에서부터 발까지 결박을 해 놓을 테다. 네가 여기서 마실 수 있는 것은 바닷물뿐이요, 먹을 수 있는 것은 조개, 시들어 빠진 나무뿌리, 그리고 강냉이, 겨밖에 없으니 그리 알아라."

하고 말하였다. 이때 페르디난드는,

"아니오."

소리를 지르고,

"그러한 대접을 가만히 받을 내가 아니오. 좀 더 힘센 적수를 만나기 전에는."

하면서 칼을 쑥 뽑아 들었다. 그러나 이때 프로스페로는 요술지팡이를 흔들어서 왕자의 발을 그 자리에 꼭 붙여 놓아서 꼼작 못하게 만들

었다.

이때 미란다는 아버지의 목을 얼싸안고 말하기를,

"아버님은 어찌 이리 잔인하십니까? 아버지, 불쌍히 여기세요. 제가 보증인이 되겠어요. 이 사람이야말로 저로써는 두 번째 보는 사람인데 저 보기에 진실한 사람 같아요."

"조용히 해."

하고 아버지는 말하였다. "너 한마디만 더 하면 단단히 꾸중을 들을 테니! 무엇이냐 이게! 그래 네가 이 무도한 놈을 보호한단 말이냐! 아마 네 생각에는 이 사람 만큼 잘난 사람이 세상에 둘도 없는 것처럼 보이지만 그것은 네가 캘리밴 한 놈만 늘 보아 왔기 때문이다. 내 말 잘 들어라. 저 청년이 캘리밴보다 몇 배 더 잘난 그만큼 이 세상에는 저 사람보다 더 잘난 사람들이 얼마든지 있다."

하고 쏘아붙였다. 그것은 아버지가 딸의 진심을 떠보기 위한 행동이었다. 그러자 미란다는 대답하기를,

"저의 소원은 무척 작습니다. 저는 이 사람보다 더 잘난 사람을 보고 싶은 마음이 없어요."라고 하였다.

프로스페로는 왕자에게 향하여,

"자, 가자. 이 사람아, 넌 나에게 항거할 힘이 없다."

"네, 참으로 그렇습니다."

하고 대답한 왕자는 지금 자기가 마술에 걸렸기 때문에 반항할 힘을 잃어버렸다는 사실을 몰랐다. 프로스페로를 따라가면서 자기가 웬일로 이 노인 앞에 꼼짝을 못하는지 이상하게 생각되었다. 그리고 미란다를 계속 돌아다보면서 가다가 동굴 속으로 들어설 때 그는,

"내가 꿈을 꾸고 있는지, 기운이 다 빠져 버렸구나. 그러나 내가

이 감방으로 끌리어 들어가기 때문에 저 예쁜 처녀를 하루라도 못 보게 된다면 그것은 지금 내가 이 영감 앞에서 꼼짝 못하는 이 고통보다도 더 기가 막힐 일이구나."
하고 중얼거리었다. 그런데 프로스페로는 페르디난드를 동굴 속에 오래 가두어 두지는 아니하였다. 잠시 후에 그는 청년을 이끌고 나와서 매우 고된 일을 시키기도 했다. 그는 자기가 얼마나 힘든 일을 이 청년에게 시키는가를 딸이 잘 알 수 있도록 꾸며 놓은 후 서재로 들어가는 체하고 몰래 숨어 두 남녀의 하는 짓을 감시하고 있었다.

프로스페로는 페르디난드에게 무거운 통나무를 날라다가 쌓는 일을 하라고 명령하였다. 그런데 왕자들이란 원래 노동이란 해본 경험이 없는지라 얼마 못 가서 왕자는 힘들어서 거의 죽게 된 것을 미란다는 발견하였다. 그래서 미란다는,

"아, 그리 힘들게 일하지 마세요. 우리 아버지는 지금 서재에 계신데 서재에 들어가신 후면 세 시간 동안은 책만 읽고 계시니까 그동안 좀 쉬어도 괜찮아요. 자 좀 쉬세요."
하고 말하였다.

"아, 난 용기가 없어요. 내가 쉬기 전에 이 맡은 일을 다 해 놓아야지요."

"자, 여기 좀 앉아서 쉬시면 그동안 제가 나무를 날라다 드리겠어요."
하고 미란다가 권했으나 페르디난드는 한사코 그 말에 동의하지 않았다. 그런데 미란다가 일을 도와준다는 것이 도리어 일에 방해가 되고 말았다. 그것은 그들 둘이서 너무나 오래 이야기만 주고받았기 때문에 통나무를 날라 쌓는 일이 몹시 늦어졌던 것이다.

프로스페로가 페르디난드에게 이런 어려운 노동을 강제로 시킨 것은 단지 왕자의 사랑이 얼마나 강한가를 시험해보려는 것이었다. 그는 자기 딸이 지금 아버지가 서재에서 책을 한창 읽고 있으려니 하고 생각하는 것과는 반대로 슬그머니 나와서 두 젊은이 눈에는 띄지 않게 서서 그들의 대화를 모두 다 엿듣고 있었다.

페르디난드는 처녀의 이름을 물어보았다. 미란다는 자기 이름을 가르쳐주면서 자기가 남에게 이름을 가르쳐 주는 것은 아버지 명령에 위반되는 것이라고까지 설명하였다.

자기 딸이 생전 처음으로 아버지의 명령을 거역하는 행동을 보고 프로스페로는 웃기만 하였다. 그는 자기의 요술로 딸로 하여금 갑자기 왕자와 연애에 빠지도록 만들어 놓고서 딸이 사랑에 혹하여 아버지 명령에 복종할 것까지 잊어버리는 데 대하여 노하지 않고 그냥 웃는 것이었다. 그리고 페르디난드가 또 긴 이야기를 하면서 자신이 지금까지 본 여자들보다 미란다를 제일 사랑하노라고 고백하는 소리도 프로스페로는 모두 다 잘 듣고 있었다. 페르디난드는 미란다의 아름다움을 극구 칭찬하면서 이 세상에서 첫째가는 미인이라고까지 말하였다. 미란다는 대답하기를,

"나는 여자의 얼굴이라고는 한 번도 본 기억이 없고 남자 얼굴도 우리 아버지 빼놓고는 당신 얼굴을 보는 것이 처음입니다. 이 섬 밖에 다른 나라에 사는 사람들의 모습이 어떻게 생겼는지를 나는 모르지만 내가 동무 삼고 싶은 사람은 이 세상 천하에 단지 당신 한 분뿐이에요. 내가 좋아할 수 있는 모습이 당신 외에 또 있으리라고는 상상도 할 수 없다는 걸 믿어 주세요. 아차, 내가 너무 말이 많았네요. 또 그리고 내가 그만 아버지 명령을 깜빡 잊어버리고 있었어요."

딸의 입에서 나오는 이 말을 들은 프로스페로는 다시 또 빙그레 웃었다. 그러고는 고개를 끄덕끄덕하는 모습이 마치 그가 아래와 같이 말하는 것 같았다.

"내가 바라는 대로 묘하게도 꼭 들어맞는구나. 그렇지, 내 딸이 나폴리의 왕후가 될 것이다."

그러자 또 페르디난드는 한 번 더 점잖은 긴 연설(젊은 왕자들은 궁전에서 쓰는 점잖은 말을 쓰기로 되어 있는 만큼)을 한 차례 하여 천진난만한 미란다에게 왕자 자신은 나폴리 왕조의 왕관을 계승받을 태자며 미란다에게 왕후가 되어 달라고 말하였다. 이에 대하여 미란다는,

"아! 나는 너무나 기뻐서 우는 바보가 되었어요. 나는 솔직하고도 거룩하고 허심탄회한 마음으로 대답해 드립니다. 당신이 나와 결혼을 하신다면 나는 당신의 아내가 되겠습니다."

페르디난드가 미란다에게 감사하다는 인사를 하려할 때 프로스페로가 불쑥 그들 앞에 나타나서 방해를 놓았다. 그러나 프로스페로는,

"아가, 두려워 말아라. 내가 네 말을 다 엿들었는데 그 말을 내가 다 인정한다. 그리고 페르디난드, 내가 그대를 너무 심하게 부려먹었다고 생각이 되면 나는 그대에게 내 딸을 맡겨 줌으로써 크게 사과하겠네. 그대를 고생시킨 목적은 그대의 사랑 정도를 시험해 보려는데 있었거늘 그대는 이 시험에 훌륭하게 통과했네. 자, 그러니 그대의 참된 사랑으로 귀중하게 얻은 선물로 내 딸을 받게. 그리고 웃지는 말게. 내가 내 딸이야말로 최고의 미녀라고 자랑하는 것을."

하고 말하였다. 그러고 나서 그는 자기는 돌아봐야만 할 일이 있어서 이 자리를 떠나가지만 둘이는 앉아서 자기가 돌아올 때까지 정답게

이야기하라고 하였다. 아버지의 이 명령에 대하여 미란다는 조금도 거역할 의사가 없는 듯이 보였다.

프로스페로는 그 자리를 떠나 딴 곳으로 가서 정령 아리엘을 불렀다. 아리엘은 자기가 그동안 프로스페로의 동생과 나폴리 왕을 어떻게 했다는 보고를 하고 싶어서 곧바로 나타났다. 그동안 아리엘은 여러 가지 이상한 물건을 그들 두 사람에게 자꾸만 보여 주고 또 이상야릇한 소리를 자꾸만 들려주었기 때문에 그들 둘이 다 너무나 무서워서 부들부들 떨고 있다고 보고하였다. 즉 그들이 이리저리 지향 없이 방황하기 때문에 기진맥진 피곤해졌을 뿐 아니라 지금까지 계속 굶었기 때문에 배에서 쪼르륵 소리가 날 판에 아리엘이 그들 앞에 맛있는 요리상을 내놓았다. 그러니까 그들이 그 요리를 먹으려고 할 때 아리엘은 날개 돋친 괴물의 형상으로 그들 앞에 불쑥 나타나는 동시에 요리상은 간 곳이 없어졌다. 그러자 날개 돋친 괴물로 보이는 하피가 입을 열어 그들에게 그들이 프로스페로의 나라를 빼앗고 왕을 무자비하게 내쫓았을 뿐 아니라 왕과 또 그의 젖먹이 어린 딸을 바다에 띄워 죽게 한 죄상을 낱낱이 들어 그들의 간담을 서늘하게 해주었다. 이어서 지금 그들이 이런 고난을 당하게 된 것은 천벌이 내리는 것이라고 말해 주었다.

그러자 나폴리 왕과 프로스페로의 동생 안토니는 프로스페로에게 가한 악행에 대하여 후회를 하였다. 그래서 아리엘은 그들의 후회가 거짓이 아니고 진심이었다고 거듭 말하면서 자기는 비록 정령의 몸이기는 하나 자기로서도 그들을 불쌍히 여기지 않을 수 없었노라고 말하였다. 이 말을 들은 프로스페로는,

"아리엘아, 너 그럼 그 사람들을 이곳으로 데리고 오너라. 너 같

은 정령까지도 그들을 불쌍히 보았다고 하니 하물며 인간인 나로서 어찌 같은 사람인 그들의 고난에 동정해 줄 마음이 없겠느냐? 아리엘아, 어서 그들을 데려오거라."

곧바로 아리엘은 왕과 안토니, 또 이 두 사람을 따라 온 곤잘로 노인까지 이끌고 프로스페로 앞으로 왔다. 이 세 사람은 아리엘이 그들을 자기 주인 앞으로 인도해 주기 위하여 공중에서 시끄러운 음악 소리를 내는 것을 이상하게 생각하면서 따라왔다. 이 곤잘로는 누구냐 하면 프로스페로의 악한 동생이 자기 형님과 조카딸을 바다에 띄워 죽이려 할 때에 프로스페로가 탄 쪽배에 먹을 것과 책들을 몰래 실어 주었던 바로 그 충신이었다.

그들은 하도 놀라고 무섭고 갑자기 감각이 무디어져 있었기 때문에 프로스페로를 눈앞에 보면서도 그가 누구인지를 알아보지 못하는 것이었다. 그래서 프로스페로가 먼저 마음씨 좋은 늙은 신하 곤잘로에게 자기 신분을 밝히면서 곤잘로는 자기 목숨을 살려준 은인이라고 말하였다. 이때에야 그의 동생과 나폴리 왕도 그들이 이전에 해친 프로스페로가 살아 있는 것을 알게 되었다.

안토니는 눈물을 머금고 형님에게 대하여 미안하다는 말과 또 참으로 회개하니 용서를 빈다고 간절히 말하였다. 그리고 나폴리 왕도 역시 자기가 아우 안토니의 반역 행동을 도와서 프로스페로의 왕위를 찬탈하도록 시킨 죄를 통감하고 용서를 비는 것이었다. 프로스페로는 이 두 사람을 다 흔쾌히 용서해 주었다. 그리고 그들이 프로스페로에게 밀라노 왕위를 다시 찾으라는 건의를 하니 프로스페로는 나폴리 왕에게,

"당신이 신에게 보낸 선물을 내가 간직하고 있소."

하고 말하면서 한 문을 열어 보이니 그 방 안에서는 페르디난드와 미란다 두 사람이 마주앉아 장기를 두고 있는 것이 보였다.

이 부자간의 놀람과 기쁨이란, 그들이 예기하지도 못했던 재상봉의 즐거움이란 이 세상에 비교할 것이 없을 것이다. 그들은 서로 한 사람은 폭풍에 휩쓸려 물에 빠져 죽은 줄로만 생각하고 있었던 것이었다.

미란다는 말하였다.

"아 참, 이상하기도 하지! 이분들은 참 훌륭한 사람들로 보이는데요! 이런 훌륭한 어른들이 사는 세상은 참 훌륭한 세상입니다."

그러자 나폴리 왕은 이 미란다의 아름다운 용모와 뛰어난 기품에 놀라서 그의 아들이 미란다를 처음 볼 때 여신이라고 생각했던 것과 마찬가지로 왕도 어리둥절하여서,

"이 처녀는 누구입니까? 이분은 바로 우리 부자간 이별을 시켰다가 이렇게 다시 만나게 해주신 여신님이 아닙니까!"
하고 말하자 아들 페르디난드가,

"아닙니다, 아버지."
하고 부르고는 자기 아버지까지 자기 자신이 처음 미란다를 보았을 때 느꼈던 것과 꼭 같은 착각을 가지는 것이 우스워서 빙그레 웃으면서 말을 계속하였다.

"이 처녀는 인간입니다. 그런데 영원불멸이신 하나님의 섭리에 의하여 이 처녀는 내 사람이 되었습니다. 아버지, 난 아버님이 살아계시지 않을 줄로 생각하고 아버님 승낙도 못 받고 그냥 제가 정하고 말았습니다. 이 처녀는 이 프로스페로의 따님이신데 이분은 바로 밀라노의 왕이시랍니다. 밀라노 왕의 덕과 성품은 일찍부터 많이 들어왔

으나 뵙기는 이번이 처음입니다. 그런데 저는 이분으로부터 새 생명을 선물로 받았습니다. 또 그리고 이분은 저의 아버님이 되셨습니다. 그분이 사랑하는 따님을 저에게 아내로 주셨으니까요."

그러자 나폴리 왕은,

"응, 그렇다면 나도 이 처녀의 아버지가 되는구만. 그러나 아! 내가 내 며느리에게 용서를 빌어야만 되겠으니 참 어색한 일이구나."

이때 프로스페로는 말을 가로 막아,

"이제 그런 소린 다 그만두기로 합시다. 과거지사는 다 잊어버리기로 합시다. 이렇게 행복스러운 결과를 가져온 자리니까요."

하고 말하면서 그는 자기 동생을 얼싸안고 용서해 준다고 거듭 반복해 말했다. 이어서 현명하고도 천하를 주재하시는 하나님의 섭리가 자기를 그 가난하고 보잘것없는 밀라노로부터 일시 내쫓았으나 그 결과로 자기 딸이 이제 나폴리 왕관을 물려받게 되었으니 좋은 일이 아니냐고 말하였다. 즉 나폴리 왕자가 이 무인도에서 미란다를 만나게 된 것이 인연이 되어서 왕자는 미란다를 사랑하게 된 것이라고 그는 말하였다.

프로스페로는 이러한 덕담을 하며 동생의 마음을 위로해주었으나 동생으로서는 형의 이런 말이 그의 부끄러운 마음과 후회하는 마음을 더 한층 북돋았다. 안토니는 그만 목이 메어 아무 말도 못 하고 엉엉 울기 시작하였다. 그러자 마음씨 고운 늙은 신하 곤잘로도 이 원만한 화해에 감동하며 또 두 젊은 사람에게 복을 빌어주었다.

이때 프로스페로는 배도 깨지지 않고 항구 안에 고스란히 놓여 있다는 사실을 알려 주었다. 또 선원들도 한 사람도 죽지 않고 다 살아서 이미 배 위로 올라가서 떠날 준비가 다 되어 있으니 바로 이튿날

그는 딸과 함께 모두 다 같이 타고 곧 돌아가자고 하였다. 그리고 그는 말을 이어서,

"그동안 이 빈궁한 동굴 속에나마 차려 놓은 음식이나 먹으면서 우리 오늘 밤 옛말 삼아 내가 그동안 지나온 이야기, 즉 내가 이 무인도에 도착한 이래 지금까지 살아온 경험담을 이야기해 들려주지요" 하고 말하였다. 그러고는 캘리밴을 불러서 음식을 좀 차리고 동굴 속도 깨끗이 치워 놓으라고 명령하였다. 캘리밴의 괴상망측한 모습을 본 일동은 모두 놀랐다. 프로스페로는 이놈 한 놈밖에 심부름을 할 자가 없으니 할 수 없다고 설명하였다.

프로스페로는 이 섬을 떠나가기 전에 아리엘을 놓아 주었다. 그 생기발랄하고 조그만 정령 아리엘은 너무 좋아서 죽을 지경이 되었다. 그가 주인을 섬기는 동안에는 어디까지나 충실한 종이었으나 그는 항시 언제고 한 번 놓여나서 자기 마음대로 하늘을 이리저리 실컷 자유롭게 날아다니고 싶은 욕망이 마음을 떠난 때가 없었다. 공중으로 새처럼, 푸른 나뭇잎 사이로, 향기로운 과일 밭 사이로, 또 그리고 달콤한 향기를 풍기는 꽃 사이로 훨훨 날아다니고 싶었던 것이다.

프로스페로가 아리엘을 놓아 주면서,

"아, 깨끗하고 슬기롭고 재주덩어리인 아리엘아, 난 너를 놓아 주지만 너무나 섭섭하구나. 그러나 넌 지금부터 자유의 몸이 되었다." 하고 말하였다. 아리엘은,

"아, 자비로우신 주인님, 고맙습니다. 그러나 제가 주인님과 작별하기 전에 주인님 돌아가시는 배를 끝까지 순풍에 모시고 간 후에야 저는 자유의 몸이 되겠습니다. 그 후에 저는 아주 즐겁게 살아가겠습니다!"

하고 말을 하고 나서 한 구절의 아름다운 노래를 불렀다.

> 벌들이 꿀을 빠는 곳에, 이 내 몸도 꿀을 빨리니
> 종같이 생긴 초롱꽃에 내 몸을 눕히고
> 거기서 나는 잠을 자리. 부엉이가 울 때에,
> 박쥐 등에 올라타고 나는 날아다니며
> 한여름을 즐겁게 보내리라.
> 즐겁게, 즐겁게, 이제부터 나는 살아가겠네
> 나뭇가지에 달린 꽃송이 아래에서.

    섬을 떠나기 전에 프로스페로는 그가 가지고 있던 요술 책들과 요술 지팡이를 땅 속에 깊이 묻어 버렸다. 그는 앞으로는 영원히 그런 요술을 절대로 사용하지 않기로 굳게 결심하였다. 원수관계를 깨뜨렸고 또 자기 동생과 나폴리 왕과도 원만히 화해가 성립된 이때 프로스페로서 지금 남은 것은 그가 고향으로 가서 왕위를 다시 찾고 그리고 또 그의 딸 미란다가 페르디난드 왕자와 결혼하는 반가운 광경을 보는 그런 완전한 행복을 누리는 것뿐이었다.
    나폴리 왕은 본국으로 돌아가자마자 웅장하고도 호화로운 결혼식을 거행한다고 떠들어대고 있었다. 정령 아리엘의 인도로 유쾌한 항해를 끝마친 그들은 얼마 오래지 않아 나폴리에 도착하게 되었다.

한여름 밤의 꿈

A MIDSUMMER NIGHT'S DREAM

주요 등장인물

이지우스 : 허미아의 아버지

테세우스 : 시장

허미아 : 이지우스의 딸

디미트리우스 : 허미아의 구혼자

라이샌더 : 허미아가 사랑하는 남자

헬레나 : 디미트리우스를 사랑하는 여자

오베론 : 요정들의 왕

티타니아 : 여왕

로빈 굿펠로 : 퍽이라고 불리는 장난꾼 요정

옛날 아테네 시 법률에는 딸을 시집보내는 데 부모가 사윗감을 결정하면 딸의 의사 여하를 불문하고 강제로라도 결혼이 성립되는 규정이 있었다. 그래서 부모가 정해 놓은 사위와 결혼하기를 거절하는 딸이 있을 때에는 아버지가 딸을 죽여도 무방하게 되어 있었다. 그러나 법이야 그렇다 하더라도 사실에 있어서는 아무리 딸이 순종하지 않는다 한들 부모 된 자로 차마 딸을 죽일 수 없는 것이니까, 이 법은 한 번도 시행된 일은 없었다고 단정할 수 있을 것이다. 그러나 어떤 처녀 중에는 부모로부터 결혼에 응하지 않으면, 그만 죽여 버리겠다는 선고를 받고 바들바들 떠는 일은 종종 있었을 것이다. 그런데 한 번 이 법을 적용해 달라고 시장에게 어떤 부모가 고소를 한 사건이 있었다. 이지우스라고 하는 영감이 당시 시장에게 고소한 소장을 보면, 그 영감이 자기 딸 허미아더러 디미트리우스라는 남자와 결혼하라고 명령했는데 그 딸은 이 신랑감이 아테네 시에서 상당히 이름 있는 귀족 집 아들인데도 불구하고 결혼을 거절하였다. 그 거절하는 이유는 딴 남자 라이샌더라는 남자를 사랑하기 때문이었다. 그래서 이지우스는 시장에게 고소하여서 자기 딸에게 이 악법을 적용하도록 해 달라고 요구했다.

　법정에 나선 허미아는 그가 아버지의 명령을 복종하지 아니하는 이유를 아래와 같이 설명하였다. 얼마 전에 디미트리우스(아버지가 사위 삼고 싶어 하는 총각)가 허미아와 아주 친한 헬레나라는 처녀에게 사랑을 고백했기 때문에 헬레나는 너무나 이 디미트리우스에게 혹해 버려서 그만 미치고 만 일이 있으니, 제아무리 아버지의 명이라 할지라도 자기로서는 그러한 남자와 결혼할 수 없노라고 말하였다. 그러나 딸의 이 호소가 이지우스의 고집을 바꾸지는 못하였다.

테세우스는 위대하고도 자비로운 시장이었으나, 나라의 법을 자기 마음대로 개정할 권리는 없었다. 그래서 시장은 허미아에게 나흘 동안 기간을 주었다. 그동안 잘 생각해보아서 그때까지 디미트리우스와 결혼하기를 거절하는 경우에는 부득이 사형 선고를 내리는 도리밖에 없다고 말하였다.

　　법정을 나오자 허미아는 곧 그가 사랑하는 애인 라이샌더를 찾아갔다. 애인에게 허미아는 사랑을 단념하고 디미트리우스에게로 시집을 가거나 그렇지 않으면 나흘 후에는 죽는 도리밖에 없다고 하소연하였다.

　　이런 기막힌 소식을 들은 라이샌더는 어찌할 바를 몰랐다. 언뜻 그의 머리에 떠오르는 한 생각이 있었다. 그의 고모님이 어떤 시외 좀 떨어진 시골에 살고 계신데, 그 동네에는 이러한 악법이 없다는 것이 생각났다. 그래서 라이샌더는 애인 허미아더러 당장 그날 밤으로 시외 자기 고모 집으로 함께 도망을 가서 곧 결혼을 해버리자고 말하였다.

　　"그럼, 지나간 5월 따뜻하던 날, 우리 둘과 헬레나까지 셋이서 산보를 했던 그 숲이 얼마 멀지 않으니 내가 오늘 밤에 거기서 기다릴 테니 도망해 나와서 거기서 만납시다. 거기서 만나서 함께 우리 고모님 댁으로 갑시다."
라고 약속했다.

　　허미아는 이 즐거운 약속을 아무에게도 알리지 않고 꼭 한 사람 헬레나에게만 통사정했다. 처녀들이란 사랑을 받기 위하여서는 어떠한 바보짓이라도 곧잘 저지르는 일이 흔히 있어서, 헬레나는 허미아와 라이샌더의 비밀 약속 이야기를 디미트리우스에게 밀고하기로 결심하였다. 헬레나가 자기 동무의 어떤 비밀을 남에게 알리어서 무슨 이득을 본 것은 없었다. 그러나 본래 자기를 사랑하다가 버리고, 허미아와 결혼하고 싶어 하는 디미트리우스가 허미아를 붙잡으려고 숲속을 헤매는 꼴을 뒤를 따라 보고 싶은 야릇한 감정을 억누를 수 없었던 것이다.

라이샌더와 허미아가 만나기를 약속한 그 숲은 요정 꼬마동이들이 밤마다 모여서 놀기 좋아하는 장소였다. 요정의 왕은 오베론이고 왕후는 티타니아였다. 매일 밤 열두 시가 되면 그들은 여러 꼬마동이 요정들을 이 숲으로 데리고 와서 성대한 연회를 열곤 하였다.

이 꼬마동이 왕과 꼬마동이 왕후는 얼마 전에 어떤 의견 충돌이 생겨서 이 상쾌한 숲속에서 달밤마다 자기 그림자를 밟으며 산보하던 그 쾌락을 버리고 둘이서 대판 싸움을 했다. 그래서 요정 아기들은 모두 무서워서 꽃씨 속으로 기어들어가 숨어 버린 일이 있었다. 이 불행한 의견 충돌의 원인은 어디 있었느냐 하면 티타니아 왕후의 친한 친구 하나가 사람의 아기를 하나 도둑질해다가 잘 길러 왔는데 그 친구가 죽자 티타니아는 유모도 모르게 몰래 그 아기를 도둑질해다가, 이 숲에 두고 길러 온 것을 요새 와서 오베론 왕이 왕후가 길러 온 이 아기를 다른 아기와 바꾸어 달라고 조르자 티타니아가 거절했기 때문에 둘이서 싸운 것이다.

허미아와 라이샌더 두 사람이 이 숲속에서 만나기로 약속한 바로 그 밤에 티타니아가 시녀 몇 명을 데리고 오래간만에 이 숲속으로 산보를 나왔다가, 저쪽에서 호위병 몇 명을 데리고 오는 오베론과 딱 만나게 되었다. 요정 왕이,

"응, 오늘 밤 이 밝은 달빛 아래서 건방진 티타니아를 만나니 반

갑군 그래."

하고 말을 건네니까 왕후가 대답하기를,

"무엇이라고요? 아, 질투심 많은 오베론이로군, 누군가 했더니 분명 당신이군요. 얘들아 저리들 좀 비켜라. 오늘 밤 내가 왕을 좀 조용히 만나서 할 이야기가 있다."

왕은,

"요 깜찍한 여왕아, 내가 당신의 남편이 아니오? 내 아내인 당신이 무슨 까닭으로 남편인 나의 말을 안 듣소, 응? 당신이 도둑질해다가 기른 그 아이를 나에게 주시오. 내 부관을 삼으려고 합니다."

하고 말하니까 왕후는,

"아주 단념하세요, 좀. 당신의 요정나라 전체와 바꾸자고 해도 나는 내 아기를 당신께 양도할 수는 없어요."

하고 톡 쏘아붙였다. 왕은 크게 화를 냈다.

"흥, 그래? 그럼 가라, 가! 동이 트기 전에 나는 내 명예를 손상시킨 당신을 붙들어다가 고문을 할 터이니, 그리 아시오."

하고 말하고는 오베론은 자기가 가장 신뢰하는 총리 퍽을 데려오라고 명령하였다. 퍽은(그의 이름은 로빈 굿펠로라고도 불리었다) 영리하면서도 음흉한 요정이어서 근처 동네로 돌아다니면서 실없는 장난하기를 즐기는 요정이었다. 어떤 때는 농촌 집 소 외양간으로 가서 소젖을 막짜 내버리기도 하고, 또 어떤 날은 그의 가볍고도 텅 빈 몸으로 버터를 만드는 틀 속으로 숨어 들어가서 그 속에서 춤을 추기도 하고 괴상한 형상으로 모양을 변하기도 했다. 시골 처녀들이 크림을 휘휘 저어 버터를 만드느라고 아무리 애를 써도 버터가 잘 되지 않아 애를 태우기도 했다. 그래서 머슴들이 대신 들어서서 크림을 저어도 버터가 잘

되지 못하게 애를 먹이곤 하는 것이었다. 또 퍽이 술 만드는 집에 가서 장난을 치면, 그때 담근 술은 반드시 시어 빠지게 되는 것이었다. 또 어떤 때는 동네 좋은 친구들이 모여서 술을 돌아가면서 마실 때 퍽이란 놈이 개 모양으로 변해 가지고 술잔 밑으로 들어가 숨어 있다가 할머니가 술을 마시려고 입술을 술잔에 댈 때, 그 입술을 물어뜯어서 그 술이 쪼글쪼글 늙은 뺨으로 흘러내리게 하고는 좋아서 춤추었다. 조금 후에 이 점잖은 할머니가 삼각의자에 앉아서 슬프고도 우울한 이야기를 꺼낼 때에는 퍽이 그 할머니 뒤로 살짝 돌아가서 그 삼각의자를 차서 넘어뜨렸다. 할머니가 꼬꾸라지고 둘러앉아 있던 친구들이 달려들어 그 할머니 겨드랑이를 붙잡아 일으켜 주며 모두가 허리를 잡고 웃으면서 참 재미있다고 떠들고 노는 것이었다.

밤이 되면 언제나 이 숲으로 와서 싸돌아다니는 퍽을 보자 오배론 왕은,

"퍽아, 이리 온."

하고 불렀다.

"퍽아, 너 지금 곧 가서 처녀들이 게으를 때 하는 '사랑 노래'라는 꽃을 따오너라. 그 자색 꽃잎에 맺힌 이슬방울을 모아서 잠자는 사람의 눈에 발라주면 잠을 깰 때 제일 먼저 눈에 띄는 사람에게 함빡 홀려 버린단 말이야. 그러니까 그 이슬방울들은 내가 모아 가지고 있다가 티타니아가 잠이 든 후에 그의 눈에 한 방울만 떨어뜨려 두면 그가 잠이 깰 때 맨 처음 눈에 보이는 물건이나 동물을 사랑하게 될 것이란 말이야. 그것이 사자거나, 곰이거나, 수선 떠는 원숭이거나, 분주스런 원숭이거나, 그 어떤 동물이든지 간에 제일 먼저 눈에 띈 것에게 함빡 반하고 말 것이다. 그때 나는 티타니아가 지금 기르고 있는 그 아이를

빼앗아다가 내 부관을 삼은 후에 다시 내가 눈을 도로 잡아 주는 약을 만들어서 그 눈에 발라 주면 도로 제 정신을 차리게 될 것이다."

이런 명령을 들은 퍽은 원래 그런 장난하기를 무척 즐기는 놈인지라, 아주 기쁘게 명령을 받들어 곧 그 꽃을 꺾으려고 달려갔다. 오베론은 퍽이 꽃을 꺾어 가지고 오기를 기다리고 있는데, 그의 눈앞으로 디미트리우스란 남자와 헬레나라는 여자가 지나가면서 남자가 여자에게 막 욕을 하는 것이었다. 남자의 말이,

"무엇 하리 졸졸 따라오느냐, 귀찮다."

하며 여러 말로 욕을 하니까 여자는 그래도 예전에는 자기를 얼마나 사랑해 주었으며, 사랑이 변하지 않는다고 맹세까지 하고는 이제 와서 헌신짝 버리듯 하는 것은 무정하다고 하소연하였다. 그러나 남자는 더욱더 귀찮다고 그런 것은 차라리 야수에게 물려가서 죽어 버렸으면 좋겠다고 저주를 하고는 헬레나를 혼자 두고 달아나 버렸다. 여자는 죽어라 하고 그 남자 뒤를 쫓아갔다.

요정 왕은 진정한 사랑을 하는 사람들을 동정하는 버릇이 있었으므로, 퍽이 꽃을 가지고 돌아오자 오베론은,

"지금 막 이 숲 안에는 아주 못된 청년을 사모하는 처녀 한 사람이 왔다 갔다 하는 모양이다. 너 여기저기 다녀 보아서 그 남자가 잠이 들거든 기회를 엿보아서 이 못된 사나이를 사랑하면서도 푸대접을 받는 그 가련한 여자가 가까이 이를 때를 기다려 잠자는 남자의 눈에 이 이슬방울을 발라줘라. 그리하면 그 사나이가 잠을 깼을 때, 그 여자가 제일 먼저 그의 눈에 뜨일 것이다. 그리 되면 그 남자가 이 여자에게 홀딱 반하게 될 것이다. 이 못된 남자가 입은 옷은 아테네 복이니 그것을 보고 알아서 하라."

하고 말하였다. 퍽은 이 명령을 그대로 시행하기로 약속하였다. 오베론은 나머지 약을 가지고 티타니아의 궁으로 몰래 들어갔다. 그때 티타니아는 잠잘 준비를 하고 있었다. 티타니아 요정의 집은 여러 가지 나무가 우거지고 여러 가지 꽃이 피어 있는 강변이었다. 티타니아는 언제고 밤마다 거기서 한잠씩 자는데 그의 침구는 광채 찬란한 호랑이 가죽이었다. 티타니아가 잠자리에 들기 전에 자기가 자는 동안에 시녀들이 할 일을 지시하고 있었다.

"너희들 몇은 장미 꽃망울에 붙은 벌레를 잡아 죽이고, 또 몇은 박쥐를 잡아 죽여야 한다. 그 가죽을 벗겨서 요정 아기 외투를 만들어 주게. 또 몇은 밤마다 부엉부엉 소리를 내서 내 잠을 깨우는 그 시끄러운 부엉새들이 이 근처에 오지 못하도록 멀리멀리 쫓아 버려야 한다. 자, 그럼 우선 내가 잠들게 자장가를 모두가 합창해다오. 그리고 내가 잠이 들면 이제 지시한 대로 제각기 자기 책임을 이행하도록 해라."

시녀들은 자장가를 부르기 시작했다.

"혀가 둘씩 달린 얼룩덜룩 얼룩 뱀,
가시 돋친 고슴도치, 모두 다 보지 말아다오.
벌레도 떠들지 말라.
누구나 다 우리 요정 여왕 계신 곳에 가까이 오지 마라.
멜로디 아름다운 밤새야, 너는 이리 와
달콤한 자장가를 불러라.
자장 자장 자장, 자장 자장 자장!
우리 여왕님 상처 내지 말고,

혼미시키지 말고,
요술에 걸지 말고,
못된 것들은 우리 사랑스런 여왕님 곁에 가까이 오지 마라.
주무세요, 안녕히 주무세요, 자장가 노래 소리 들으면서."

여왕이 잠이 드는 것을 보고 노래 부르던 시녀들이 제각기 제 맡은 일을 하려고 흩어졌다. 오베론은 살그머니 여왕 옆으로 가서 그 눈언저리에 사랑의 향약을 뿌리면서,
"너, 잠 깨어 눈 뜰 때 제일 먼저 보이는 것을 너는 진정으로 사랑하게 되리라."
하고 중얼거렸다.

디미트리우스에게로 시집가기를 거절한 죄로 사형 선고를 받게 된 허미아는 이날 밤 집을 도망하여 나와 이 숲으로 와서 먼저와 기다리고 있던 라이샌더와 만나 둘이 함께 라이샌더의 고모 집을 향하여 길을 바삐 걸었다. 그러나 한 중간쯤 와서 허미아가 몹시 피곤을 느끼므로 라이샌더는 자기를 사랑하기 때문에 목숨까지 위태하게 된 이 처녀를 아끼는 마음이 간절하여, 무리하지 말고 중간에서 한잠 자고 새벽에 다시 길을 떠나자고 하였다. 으슥한 곳, 부드러운 이끼가 덮인 언덕을 찾아 거기서 처녀가 자도록 하고 라이샌더는 거기서 약간 떨어진 풀밭에서 잠이 들었다.

이때 퍽이 지나가다가 보니 미남자 하나가 풀밭에 누워서 자는데, 아테네 복색을 한 것이 틀림없이 왕이 말하던 그 못된 사람이 분명했다. 또 그 옆에 한 여자가 잠들어 누웠으니 이 여자가 분명코 기를 쓰고 남자 뒤를 쫓아가더라는 그 여자일 것이라고 속단하였다. 더

구나 이 남녀가 이렇게 가까운 곳에서 자는 중이니까 이 남자가 깨면 옆에서 자고 있는 이 여자를 제일 먼저 보게 될 것이니, 이것은 문제없이 이 두 남녀에게 자선을 베풀어 주는 행동이라고 믿고 약을 라이샌더의 눈에 떨어뜨려 주었다. 그러나 이 세상일이란 이상한 착오가 생기는 일이 많은 법이다. 라이샌더가 잠을 깨어 눈을 뜨는 순간에 하필 헬레나를 제일 먼저 보게 되었고 약의 효과는 금시에 나타나서 라이샌더는 헬레나에게 홀딱 반하고 말았다. 라이샌더가 눈을 떴을 때 허미아를 제일 먼저 보았던들 이 사랑의 약의 힘이 없어도 허미아에 대한 사랑이 변할 리 없었다. 그러나 이 가련한 라이샌더의 눈이 요정들의 장난으로 본래 사랑하던 허미아는 본체만체하고 난데없는 딴 여자를 사모하게 되었던 것이다. 그래서 라이샌더는 저쪽에서 자고 있는 허미아를 이 밤중에 위험한 숲속에서 혼자 자라고 내버려두고, 다른 여자의 궁둥이를 따라가게 되었으니 일이 참 묘하게 되었다. 이리 되어서 한 개의 엉터리 비극은 시작되었다.

위에서 이미 이야기한 것같이 헬레나는 자기를 떼어 내버리고 달아나는 디미트리우스 뒤를 쫓아가노라고 허덕거렸다. 장거리 경주에 여자로서는 도저히 남자 걸음을 따를 수 없는 고로 얼마 지나지 않아 디미트리우스의 모습을 잃고 낙망하여서 헤매다가 우연히 라이샌더가 잠자고 있는 앞을 지나가게 되었다. 헬레나는,

"아하, 여기 라이샌더 씨가 왜 누워 있을까? 잠을 자는가? 죽었는가?"

하고 혼자 중얼거리며 그의 어깨를 흔들면서,

"여보세요, 죽지 않았거든 깨어 일어나세요."

라고 하였다. 그래서 라이샌더가 눈을 떠 보니 그의 눈이 약 기운에

걸려서 맨 처음에 본 사람을 사랑하게 되었다. 그는 헬레나한테로 와락 달려들면서 사랑을 하소연하고 연모의 정을 토로하면서 헬레나를 허미아와 비교하면 비둘기와 까마귀를 비교하는 것처럼 헬레나가 더 예쁘다고 말했다. 헬레나를 위하여서는 자기는 물불을 헤아리지 않고 어디까지나 따라가겠노라고 맹세하며 여러 가지 감언이설로 연모의 정을 늘어 놓았다. 헬레나는 이 라이샌더가 허미아의 연인인 줄 잘 알고 있었으므로 자기에게 이런 행동을 하는 것은 꼭 자기를 놀리는 것이라고 오해하여서 막 화를 냈다. 헬레나로서 당연한 일이었다. 그는 한탄하였다.

"아, 아! 나는 어찌하여 누구에게서나 놀림만 받고 욕이나 먹으려고 이 세상에 태어났단 말인가? 여보세요, 나는 디미트리우스한테서도 추파도 한 번 못 받아보았고, 친절스러운 귓속 이야기 한 마디도 못 들어보았는데 지금 당신한테 이런 기막힌 놀림감이 되니, 이 무슨 년의 팔자인가. 라이샌더 씨, 나는 당신을 참된 신사라고 지금까지 믿어 왔지만 나를 왜 이리 모욕하세요?"

하고 매우 화가 나 말하고 뿌리치고 달아나는데 라이샌더는 옆에서 아직 자고 있는 허미아는 아주 잊어버리고 헬레나의 뒤를 쫓아갔다.

허미아가 잠을 깨서 살펴보니 옆에서 자던 애인은 없어지고 자기 혼자 있는 것을 깨닫고 무서웠다. 라이샌더를 찾으려고 이리저리 헤맸다.

디미트리우스는 자기의 연적인 라이샌더의 행방을 찾으려고 이리저리 헤매다가 피곤하여 잠이 들었다. 디미트리우스의 자는 모양이 오베론의 눈에 띠었다. 오베론은 아까 퍽의 보고를 받을 때 퍽이 실수하여서 사랑의 향약을 딴 사람에게 함부로 뿌렸다고 눈치를 챈 것이다. 그러다가 지금 자기가 마음에 두었던 그 사람이 자고 있는 것을 발견한 오베론은 그 즉시 이 잠자는 디미트리우스의 눈에 사랑의 향약을 문질러 주었다. 디미트리우스가 잠이 깨자 제일 첫번에 눈에 띈 사람이 헬레나였다. 그래서 그는 헬레나에게 함빡 반해 버렸다. 그래서 이번에는 디미트리우스가 사랑의 열변을 헬레나에게 향하여 토로하게 되었다. 그때 헬레나의 뒤를 따라온 라이샌더가 나타나고, 또 그 뒤로 허미아가 나타났다. 바로 여기 한 자리에 모인 두 남자가 사랑의 향약의 장난으로 헬레나 한 여자만 사랑하게 되었던 것이다. 남자 둘이서 한꺼번에 자기에게 연모의 정을 하소연하는 데 놀란 헬레나는 이것은 필연코 디미트리우스와 라이샌더, 심지어는 아주 가까운 친구인 허미아까지가 모두 짜고 자기를 놀림감으로 삼는 것이라고 오해하게 되었다.

한편 허미아도 헬레나 못지않게 놀랐다. 라이샌더와 디미트리우스 둘은 본래 자기 한 사람만 사랑하여 왔는데, 지금 갑자기 둘이서 다 헬레나를 사랑하게 된 것은 자기를 놀리는 것이 아니고 진정이라고 생각되었다.

그래서 지금까지 헬레나와 허미아 두 처녀는 아주 가까운 친구였는데 지금 와서는 사랑싸움이 벌어지게 되었다. 헬레나가 먼저,

"아이, 이 앙큼한 년아! 이년, 네가 네 애인 라이샌더를 부추겨서 나를 이처럼 놀리게 만들어 놓고, 또 이 디미트리우스는 너만 사랑하고 나는 사랑하지 않아서 언제나 나를 보면 발길로 차버릴 기세를 보여 왔는데, 네가 무슨 재주를 피워서 이 사람이 방금 나에게 무슨 여신이니, 요정이니, 존귀스럽다느니, 보물이니, 천사라니, 온갖 개소리를 다 섞어서 나를 놀려 주고 모욕을 하니, 이런 법이 어디 있느냐, 그

래."

하고 한참 퍼부으니까 허미아는,

"애, 애, 난 네 화풀이를 도무지 이해할 수가 없구나. 내가 너를 모욕하다니 그게 무슨 말이냐, 내 원참! 도리어 네가 나를 이 자리에서 망신을 시키고 있잖아!"

하고 말하니까 헬레나는 더 한층 화가 나서,

"애, 애, 너 왜 이러느냐. 아주 시치미를 딱 떼고. 내가 돌아서면 너는 입을 비쭉하겠지. 모두들 눈을 끔뻑하고 허리가 부러지도록 웃을 테지. 야, 네가 조금이라도 자비심이 남아 있고, 기품이 있다면 이렇게까지 심하게 나를 골탕을 먹일 수야 없지 않을까!"

헬레나와 허미아 두 처녀가 이렇게 말다툼을 하고 있는 동안에 디미트리우스와 라이샌더 두 청년은 헬레나의 사랑을 독차지하기 위한 격투를 하였다.

두 처녀는 한참 말다툼에 정신이 팔렸다가 두 남자가 없어진 것을 발견하고는, 서로 급하게 자기 연인을 찾으려고 그곳을 떠나 이리저리 방황하였다.

사람들이 모두 다른 데로 가버린 후 지금까지 네 사람의 싸움을 엿보고 엿듣고 있던 요정 왕과 퍽이 남게 되자 요정 왕이 퍽을 꾸짖었다.

"이 사건을 네가 잘못하여서 이렇게 망쳐 놓은 것이다. 이런 일을 네가 고의로 꾸며 놓았느냐?"

"아닙니다, 전하. 저를 믿어 주십시오. 제가 실수한 것입니다. 전하께서 저더러 이런 복장을 입은 사나이를 표적으로 하라고 일러주시지 않으셨습니까? 그러나 이런 혼란이 생긴 것이 결코 나쁘다고 저는 생각하지 않습니다. 아주 재미있지 않습니까?"

오베론은 다시,

"디미트리우스와 라이샌더가 지금 으슥한 곳으로 가서 격투를 하자고 하는 말은 너도 들었겠지? 너는 곧 이 밤, 하늘에 안개를 자욱하니 헤쳐 놓아서 아무도 서로 보이지 않도록 해 놓아라. 네가 그 두 사내의 목소리를 흉내 내서 두 사람이 서로 반대 방향에서 서로 욕하는 것처럼 꾸며라. 둘이 다 원수의 목소리가 나는 방향으로 따라가는 줄로 알고 따라가지만 실은 서로 멀리 헤어지도록 꾸며야 한다. 그 두 사람이 돌아다니다가 기진맥진하여서 쓰러져 잠이 들거든 라이샌더의 눈에는 이 약을 넣어 줘라. 그러면 지금의 그 사랑의 향약 기운은 다 사라져 헬레나에게 향한 애정은 없어지고 허미아를 사랑하는 옛 애정이 복귀할 것이다. 그리 되면 이 두 쌍 남녀가 모두 행복하게 되고 지나간 일이 모두 다 한여름 밤 꿈이었다고 생각하게 될 것이다. 자, 어서, 빨리 서둘러라. 나는 티타니아가 어찌 되었는가 가보아야 되겠다."

티타니아는 그대로 잠자고 있었다. 오베론은 그 옆 숲속에 들어가서 거기서 마치 길을 잃어버린 모양으로 곤히 잠든 한 사람의 서커스단 웃음 광대를 보았다. 요정 왕은 혼잣말로,

"흥, 이 작자가 오늘 밤 우리 티타니아의 연인이 되도록 연극을 좀 꾸며야지."

하고 빙글빙글 웃으면서 어디서 노새 대가리를 주워다가 이 곡마단 배우 어깨 위에 씌워주었다. 그 노새 대가리가 꼭 들어맞아서 아주 노새 대가리를 가진 사람인 양 보이는 것이었다. 이 웃음 광대는 자기가 노새 대가리를 쓴 줄 모르고 잠이 깨자 요정 여왕이 잠들어 있는 쪽으

로 걸어갔다. 마침 잠이 깬 여왕이 눈을 떠 보니까 맨 처음에 눈에 띈 것이 이 노새 머리를 쓴 사람이었다. 티타니아는 일어나 반가이 맞이하며,

"아, 천사가 내려오셨구나. 당신은 매우 아름다운 머리를 가지고 계시니, 물론 재능도 훌륭하겠지요."

하고 인사를 하였다. 어리석은 웃음 광대는,

"아이구, 별말씀 다 하십니다. 나는 곡마단을 빨리 찾아가야 내 차례에 출연을 합니다. 그런데 이 깊은 숲속에서 어디가 어디인지 방향을 알아야 찾아가지 않겠소. 참, 큰일 났습니다."

하고 말했으나, 이 웃음 광대에게 흠뻑 빠진 티타니아는,

"이 숲 밖으로 나가실 생각은 마세요. 나는 이래 보여도 이 안에서는 상당히 높은 지위를 차지한 요정인데, 나는 당신을 사랑합니다. 여기서 나하고 같이 살아요. 나하고 같이 살면 예쁜 요정들이 시중을 들어줄 거예요."

그러고는 이 요정 여왕은 요정 네 명의 이름을 불렀다. 네 요정의 이름은 콩, 꽃, 거미줄, 겨자씨였다. 여왕은,

"애들아, 이 훌륭하신 어른을 모시어라. 그분 앞에서는 종종걸음을 걷고 그의 눈앞에서는 깡충깡충 뛰고, 포도와 살구를 갖다 드려 자시도록 하고. 벌통에 들러서 꿀 자루를 도둑질해다가 올리어라. 자, 오, 내 사랑이여, 이리 좀 가까이 오셔요. 당신의 그 털, 부르르한 사랑스런 뺨을 좀 만지게 해주셔요. 아, 아, 나의 아름다운 노래시여! 당신의 그 부드럽고 긴 귀에 나의 키스를 허락해 주세요!"

노새 머리를 쓴 웃음 광대는 요정이 떠는 아양에는 무관심하고,

"완두꽃이 어디로 갔느냐?"

하고 소리를 꽥 질렀다.

"예, 나 여기 있습니다."

하면서 완두꽃이 나타났다.

"내 머리를 좀 긁어다오. 그리고 거미줄은 어디로 갔느냐?"

"예, 여기 대령하였습니다."

하고 거미줄이 대답하였다. 미련한 웃음 광대는,

"저기 저 나무에 올라가서 벌을 죽이고, 그 꿀 자루를 빼앗아 오너라. 너무 서두르지 말고, 꿀 자루가 찢어지지 않도록 조심하여라. 겨자씨는 어디 있느냐?"

"여기 있습니다. 무엇을 원하십니까?"

하고 겨자씨가 대답하였다.

"무어, 별일 없어! 가만 있거라, 이 완두꽃이 내 머리를 긁어 주는데 너도 와서 좀 긁어라. 내 얼굴이 이렇게 털투성이가 되었으니 이발소에 빨리 가야 되겠다."

이때 티타니아는,

"나의 사랑이여! 무엇이 잡수시고 싶으신지? 모험심 있는 요정을 다람쥐 창고로 보내서, 샛노란 햇밤을 좀 도둑질해다 드릴까요?"

"아이, 난 마른 콩이나 한 줌 먹었으면 좋겠다."

하고 대답하는 이 웃음 광대는 언뜻 노새가 먹기 좋아하는 콩이 먹고 싶었던 것이다. 그러나 곧바로,

"아니, 아니! 무엇 다 그만두고 이 사람들 좀 떠들지 말고 조용하게 해주시오. 난 한잠 자야 하겠소."

하고 말하였다.

"그럼 주무셔요. 내 팔을 베고 주무셔요. 오, 오, 이 내 사랑! 내가

얼마나 당신에게 반했는지요!"

　웃음 광대가 여왕의 팔을 베고 잠이 든 때 요정 왕이 나타나서 어떻게 노새한테 홀딱 반해가지고 정신을 못 차리느냐고 여왕을 놀려주었다. 여왕은 이것을 부인할 수 없었다. 웃음 광대가 자기 팔을 베고 자고 있는 노새 머리 위에는 여왕 자신이 엮은 꽃 면류관이 씌어 있는 것이었다.

　오베론은 한동안 여왕을 놀려 주고 나서 도둑질해 온 아이 양도 문제를 또 꺼냈다. 여왕은 남편이 없는 동안에 새로운 연인을 만들었다가 남편한테 발각된 것이 그만 부끄러워서 이번에는 남편의 요구를 거절하지 못하게 되었다. 오베론은 그렇게도 탐내었던 아이를 빼앗아 가졌으므로, 마음이 풀려서 그의 아내가 노새를 사랑하였다는 수치를 당한 것이 불쌍하게 생각되어서 당장 티타니아의 눈에 다른 꽃가루를 뿌려주었다. 금방 제정신으로 돌아온 여왕은 어쩌면 이런 괴물인 노새에게 자기가 반했었는지 알 수 없었고 기가 딱 막혔다.

　둘이서 완전히 화해가 성립된 것을 축하하고 오베론은 티타니아에게 그날 밤 자정, 숲속에서 일어난 사각 연애 광경을 자세히 이야기해 들려주었다. 티타니아는 그럼 곧 같이 가서 화해가 어찌되나 보자고 하였다.

　요정 왕과 왕후는 얼마 가지 않아서 두 쌍의 연애하는 남녀가 풀밭에서 자고 있는 것을 발견하였다. 그것은 퍽이 자기 실수를 고치려고 밤새도록 열심히 활동하여서 이들 네 사람을 서로 모르는 동안에 이곳 풀밭으로 모두 모아서 잠을 들게 했다. 그런 다음 라이샌더 눈에만 아까 요정 왕에게서 받아가지고 온 제정신 차리게 하는 약을 발라 준 것이었다.

허미아가 제일 먼저 잠을 깨었다. 잃어버렸던 라이샌더가 제일 가까이 누워 있는 것을 보고 그가 어젯밤에 자기에게 대한 태도를 의심하고 있었다. 이때 라이샌더가 눈을 뜨고 옆에서 자기를 들여다보고 있는 허미아를 보고는 정신이 본정신으로 돌아왔으므로, 허미아를 사랑하는 정이 다시 살아났고 그들 두 사람은 어젯밤 생겼던 이상한 일을 서로 이야기하면서 그런 변괴가 정말이었는지, 또는 자기네들이 똑같은 꿈을 꾼 것인지 알 수 없었다.

헬레나와 디미트리우스도 동시에 깨어 눈을 떴다. 충분한 잠이 헬레나의 분노와 혼란된 심정을 진정시켰다. 헬레나는 눈을 뜨자마자 디미트리우스가 새삼스러이 사랑을 고백하는 목소리를 들을 때 이 고백은 자기를 놀리느라고 하는 것이 아니라, 진정성이 있다는 것을 깨닫게 되어서 놀라면서도 기쁘고 반가웠다.

헬레나와 허미아는 어젯밤 다투던 기분은 다 없어지고 다시 참된 친구가 되었다. 어젯밤에 서로 시비하던 언사는 말끔히 잊어버리기로 하고, 현재 자기네 일을 어떻게 처리하면 좋을까를 상의하게 되었다. 타협은 쉽사리 이루어졌다. 디미트리우스는 허미아에 대한 약혼자(부모가 강제로 한 것이지만)의 권리를 포기하고 허미아의 부친을 찾아뵙고, 허미아를 사형에 처하는 판결을 취소하라고 권할 의무를 절실히 느끼고 있다고 말하였다. 디미트리우스가 이 사명을 수행하기 위해서 아테네로 곧 돌아가려고 하는 참에 도망간 딸을 잡으려고 오는 이지우스를 만났다. 허미아의 아버지는 디미트리우스가 이제는 그의 딸 허미아와 결혼하기를 강요하지 않는다는 고백을 듣고는 만일 그렇다면 딸이 라이샌더와 결혼하는 것을 말리지 않되 한 가지 조건이 있었다. 그 조건은 결혼식을 지금부터 나흘 후에 거행하도록 하여야 한다. 그 이유는 나흘 후가 바로 허미아가 사형을 받기로 예정되었던 날이라고 하였다. 또 디미트리우스는 헬레나와 결혼하기를 기쁘게 약속하였다.

사람의 눈에는 보이지 않지만 요정 왕과 여왕은 이 타협 광경을 자초지종 다 엿보고 엿듣고 있었다. 착한 요정 왕 오베론의 알선으로 쌍쌍이 행복스런 결말을 짓게 된 것을 본 요정 나라 국민 전체가 전국적으로 그들 결혼식 날에는 성대한 축하를 하기로 결정하였다.

겨울 이야기

THE WINTER'S TALE

주요 등장인물

레온테스 : 시칠리아 왕

헤르미오네 : 시칠리아 왕비

폴릭세네스 : 보헤미아의 왕이자 레온테스의 친구

마밀리어스 : 시칠리아의 어린 왕자

페디타 : 시칠리아 공주, 레온테스와 헤르미오네의 딸

카밀로 : 시칠리아 귀족

안티고누스 : 시칠리아 귀족

파울리나 : 안티고누스의 부인

에밀리아 : 헤르미오네의 시녀

플로리젤 : 보헤미아의 왕자

늙은 양치기 : 페디타를 길러준 아버지

옛날 시칠리아를 다스리는 레온테스 왕은 아름답고도 정숙한 왕비 헤르미오네와 함께 원만한 생활을 하고 있었다. 이 훌륭한 왕비 헤르미오네의 극진한 사랑을 누리어 행복스럽게 사는 왕은 천하에 부러울 것이 없었다. 단지 가끔가다가 옛날 학교 동창생으로 지금은 보헤미아 왕으로 있는 폴릭세네스를 자기 나라로 초대하여 한 번 만나보기도 하고 또 그 옛날 친구를 자기 왕비에게 소개시켜 자랑하고 싶은 생각이 나는 것을 금할 수 없었다. 레온테스와 폴릭세네스 양인은 기실 아주 어렸을 때부터 같이 자라났는데 이 두 왕자의 아버지들이 죽자 그들은 각자 자기 나라로 돌아가서 왕위에 오르게 되었다. 그 후로 지금까지 두 왕은 서로 선물도 바꾸고 편지도 주고받고 친선 사절단도 서로 보냈으나 한 번도 대면할 기회는 없었다.

오랫동안 서로 만나지 못하다가 레온테스의 각별한 초대 편지를 여러 번 받은 폴릭세네스는 보헤미아를 떠나 시칠리아 궁을 방문해 그의 친우 레온테스를 만나기에 이르렀다.

처음부터 이 친우의 내방은 레온테스에게 반갑고 기쁜 일이었다. 그는 자기 왕비더러 이 친구를 각별히 친절하게 돌보아 주라고 신신당부하고 이 옛날 친구를 동무 삼아 사는 것이 매우 행복스럽게 보였다. 그들은 옛날 학생 시절에 한 학교에서 공부하면서 장난치던 이야기를 새삼스레 기억하여 헤르미오네에게도 거듭 이야기해 들려주면 왕비 역시 즐겁게 말동무가 되어 주었다.

상당히 오랫동안 머물고 난 폴릭세네스가 작별을 준비하게 되자 레온테스는 왕비에게 친구가 떠나가는 것을 연기하기를 권하도록 하였다. 왕비는 왕의 의사를 받들어서 좀 더 놀다 가라고 권하였다.

그런데 이 권면이 결국 왕비에게 불행을 가져다주는 결과로 나타나고 말았다. 그것은 처음에 레온테스가 좀 더 놀다 가라고 권할 때에는 거절하던 폴릭세네스가 왕비의 친절한 권유에 못 이겨 몇 주일 간 더 머물기로 작정한 데 대하여 레온테스가 부질없는 의심을 품게 된 것이다. 레온테스는 물론 자기 죽마고우의 예절 바른 성격과 고상한 기개를 모르는 바가 아니었을 뿐 아니라 자기 아내의 순진한 정숙을 잘 알고 있었음에도 불구하고 웬일인지 그들 둘 사이를 의심하기 시작하여 극심한 질투심에 사로잡히고 말았다. 남편의 특별한 부탁을 받았기 때문에 남편을 즐겁게 해주기 위해 헤르미오네가 폴릭세네스에게 친절하게 해주는 모든 일에 레온테스는 질투를 느끼게 되었다. 그 질투가 한계를 넘게 되자 이때까지 폴릭세네스의 가장 친한 친구인 동시에 아내를 그 누구보다도 더 사랑해 오던 그는 지금 와서는 갑자기 흉폭하고 무자비한 괴물로 변하고 말았다. 그래서 그는 신하 중 카밀로라는 사람을 불러다가 자기의 의심하는 바를 이야기하고 폴릭세네스를 독살해 버리라고 명령을 내렸다.

이 카밀로는 마음씨 좋은 사람이었을 뿐 아니라 레온테스가 왕비와 폴릭세네스 사이 관계를 의심하는 것은 아무런 근거도 없는 억측에 불과하다는 것을 잘 알고 있었다. 폴릭세네스를 죽이는 대신에 그에게 그 사연을 다 이야기해 들려주고 폴릭세네스와 함께 도망하기로 서로 합의가 되었다. 폴릭세네스는 카밀로의 도움을 받아 무사히 도망하여 보헤미아 본국까지 무사히 돌아갔으며 거기서 카밀로는 폴릭세네스의 충직한 신하 겸 가장 친한 친구가 되었다.

폴릭세네스가 도망했다는 소식은 레온테스의 질투심에 부채질을 해준 격이 되어서 왕비의 방으로 뛰어 들어갔다. 이때 왕비는 어린 왕자 마밀리어스를 무릎에 앉혀 놓고 이야기하던 중이었다. 왕자는 자기가 아는 제일 재미나는 옛날이야기를 들려드려 어머니를 기쁘게 하려고 이야기를 시작하던 참이었다. 바로 그때 왕이 들어와서 왕자를 빼앗아가고 헤르미오네는 감옥에 가두어 놓았다.

마밀리어스는 아직 비록 철이 안 든 어린아이기는 했으나 자기 어머니를 극진히 사랑했다. 어머니가 누명을 쓰고 옥에 갇힌 것을 알게 되자 몹시 상심하게 된 마밀리어스는 시간이 갈수록 어머니를 그리워하며 기분이 우울해질 뿐 아니라 입맛을 잃고 잠을 못 자게 되어 거의 죽을 지경에 이르렀다.

왕비를 가두고 난 왕은 클레오메네스와 리온 두 대감에게 명령하여 그들로 하여금 델포스 땅에 서 있는 아폴로 신 성소로 가서 왕비가 왕을 배반하고 정조를 깨뜨렸는가 아니했는가를 신에게 물어보고 오라고 명령하였다. 왕비 헤르미오네는 옥에 갇힌 지 얼마 안 되어 옥중에서 공주를 낳았다. 이 어린 애기를 보고 많은 위로를 받은 왕비는 그 어여쁜 딸의 귀에다,

"아, 이 어린 죄인아, 나는 너와 꼭 마찬가지로 죄가 없단다."
하고 속삭여 주었다.

시칠리아 귀족 중에 안티고누스라는 사람이 있었는데 이 사람의 부인인 파울리나라는 여자는 그 성격이 매우 고상한 사람으로 헤르미오네와 아주 가까운 친구였다. 그런데 이 파울리나는 왕비가 옥중에서 애기를 낳았다는 소식을 듣자 옥으로 찾아가서 옥중에서 헤르미오네 시종으로 있는 에밀리아에게 말하였다.

"아, 에밀리아야. 왕비님께로 가서 어린 애기를 미천한 저에게 맡겨주시면 나는 그 애기를 안고 왕에게 갖다 보여 왕이 애기를 보시고 이 천진난만한 애기로 인하여 왕의 마음이 누그러질는지도 모른다고

아뢰어다오." 하고 말하였다. 에밀리아는,

"아, 의젓하신 마님이여, 제가 곧 왕비님께 이 기쁜 소식을 고하겠습니다. 그러지 않아도 아까부터 왕비님께서는 이 애기를 데리고 가서 폐하에게 보일 용감한 친구는 없나 하고 한탄을 하시던데요."
하고 대답하였다. 파울리나는,

"응, 그럼 가서 말씀 드려다오. 내가 왕께로 애기를 안고 가서 열심히 왕비님을 옹호하는 말씀을 올릴 용기를 가지고 있다고 아뢰어라."
하고 다시 말하였다. 에밀리아는,

"하나님의 은혜가 마님께 영원히 있기를 축원하나이다. 마님께서야말로 가장 왕비님을 아끼시는 분이십니다!"
하고 말하였다. 그리고 에밀리아는 헤르미오네에게로 가서 그런 말을 전했더니 왕비는 기쁘게 애기를 파울리나에게 내주었다. 왕비 역시 파울리나 외에는 누가 감히 이 애기를 왕 앞에 안고 들어갈 사람이 다시 없으리라고 생각하고 있었다.

파울리나의 남편 안티고누스는 자기 아내가 공연한 짓을 해서 왕의 진노를 살까 싶어서 한사코 말렸으나 파울리나는 남편의 의사를 무시하고 애기를 안고 들어가 왕의 발아래 그 애기를 놓았다. 그리고 왕비 헤르미오네를 옹호하는 일장 연설을 하고 왕의 잔인한 행동을 비난하며 이 죄 없는 왕비와 어린 공주에게 은혜를 베푸셔야 한다고 간청하였다. 그러나 파울리나의 이 용기 있는 간언이 왕의 기분을 더 한층 상하게 만들어 줄 따름이었다. 왕은 안티고누스를 불러 그의 아내를 이끌어 내라고 명령하였다.

파울리나가 남편에게 끌려 나가면서 어린 공주를 그 아버지 발아래 그냥 두고 나갔다. 그 이유는 왕이 혼자서 애기를 보게 되면 이 의

지할 데 없고 천진난만한 애기를 불쌍히 여기는 생각이 반드시 나려니 하고 기대했던 것이다. 그러나 파울리나의 이 기대는 헛되고 말았다. 파울리나가 나가자마자 이 잔인하고 무자비한 왕은 파울리나의 남편 안티고누스를 다시 불러들여서 애기 공주를 내다가 배에 실어 어디 먼 무인도에 내버려 죽이라고 명령을 내렸다.

카밀로와는 성격이 딴판인 이 안티고누스는 레온테스 왕의 명령을 그대로 복종하였다. 즉시 어린 공주를 배에 싣고 바다로 나가 처음 내리는 무인도에 그 애기를 버릴 계획이었다.

왕이 헤르미오네의 부정행위를 너무나 확실하게 믿고 있었기 때문에 그것은 자기가 델포스 아폴로 신전으로 보내서 신의 계시를 받아 오라고 보낸 클레오메네스와 리온 두 사람이 돌아오기도 전이었다. 왕비가 어린 공주를 빼앗기고 슬퍼하는 고통이 덜해질 시간의 여유도 주지 않고 당장 왕비를 끌어내어 재판하도록 명령을 내리었다. 재판정에는 모든 귀족들과 신하들이 다 모여서 공개 재판을 하도록 되어 있었다. 이 나라 전국에서 모여든 귀족들과 재판관들과 신하들이 다 모인 자리에 왕비 헤르미오네가 이끌려 나와 이 불행한 왕비가 자기 백성들 앞에서 심판을 받는 순간에 클레오메네스와 리온이 이 재판정에 불쑥 들어섰다. 그리고 아폴로 성소에서 받아 가지고 온 계시를 밀봉한 채로 왕에게 바치었다. 왕은 그 봉한 것을 뜯고 이 성소에서 내린 계시 내용을 크게 읽으라고 명령하였다. 계시의 내용은 이러하였다.

"헤르미오네는 무죄이다. 폴릭세네스는 양심에 부끄러울 것이 없다. 카밀로는 충직한 신하이다. 레온테스는 질투심에 붙잡힌 폭군인데 잃어버린 애기를 찾지 못하는 한 이 왕에게는 후손이 없게 될 것이다."

신의 계시 내용에도 불구하고 왕은 그것도 믿을 수 없고 그것은 분명 왕비를 두둔하는 자들이 위조한 문서에 틀림없다고 고집을 부렸다. 그 문서는 무시해 버리고 어서 왕비 재판이나 진행시키라고 재판관들에게 명령을 내리는 순간에 한 사람이 들어서더니 마밀리어스 왕자가 방금 죽었다고 보고하였다. 생사가 결정될 재판을 지금 자기 어머니가 받고 있다는 소문을 들은 왕자는 그것이 너무나 괴롭기도 하고 부끄럽기도 해서 갑자기 숨이 넘어가고 말았다.

어머니의 수난을 비통해 하던 나머지 왕자가 그만 죽었다는 보고를 들은 왕비 헤르미오네는 그 자리에서 기절해 쓰러졌다. 왕자가 죽었다는 비보에 가슴이 찔린 왕 레온테스도 기절까지 한 왕비가 측은하게 생각되어 파울리나와 또 몇몇 여자들더러 왕비를 부축해 어떻게 해서든지 소생시키도록 하라고 명령하였다. 그러나 잠시 후에 다시 법정으로 돌아온 파울리나는 헤르미오네가 깨어나지 못하고 죽어 버렸다고 보고하였다.

왕비가 죽었다는 비보를 접한 왕 레온테스는 그제서야 자기의 잔악함을 후회하였다. 그리고 자기가 공연한 트집을 잡아서 헤르미오네의 가슴을 아프게 했다는 생각이 들자 왕비는 사실 무죄였다는 것을 믿게 되었다. 그래서 지금에 와서 왕은 아까 받은 그 신의 계시 내용이 올바른 것이라고 시인하지 않을 수 없게 되었다.

"잃어버린 애기를 찾지 못하는 한 이 왕에게는 후손이 없게 될 것이다."

라는 예언이 들어맞게 된 것을 그는 깨달았다. 즉 왕자 마밀리어스가 갑자기 죽었고 어린 공주마저 죽였으니 그에게는 후손이 없어진 것이 사실이었다. 지금 와서 왕은 자기 나라를 통째로 주고라도 이 공주를 도로 찾기만 하면 한이 없겠다고 생각하기에 이르렀다. 그 후 레온테스 왕은 여러 해 동안 후회, 애통, 회개의 감정으로 신음하며 살게 되었다.

안티고누스가 어린 공주를 싣고 떠난 배는 바다 중간에서 폭풍우에 몰리어 보헤미아 해변에 표착했다. 이 나라는 바로 폴릭세네스가 다스리고 있는 땅이었다. 여기에 내린 안티고누스는 어린 애기를 내버렸다.

이런 악한 짓을 한 안티고누스는 배로 혼자서 돌아오는 길에 숲 속에서 곰에게 습격을 받아 온몸이 갈가리 찢겨져 죽고 말았다. 그래서 그가 레온테스에게 돌아가서 공주를 어디다 내버리고 왔다는 보고를 할 기회가 없었다. 레온테스의 잔악한 명령을 그대로 시행한 이 작자의 운명은 정의의 심판을 받은 것이었다.

내버려진 어린 공주의 몸은 비단옷이 입혀져 있었고 또 보석도 많이 지니고 있었다. 그것은 어머니 헤르미오네가 딸을 왕에게로 보낼 때 그렇게 잘 입혀서 보낸 것이었다. 그런데 거기에다가 안티고누스는 공주의 이름을 페디타라고 쓰고 그 밖에 이 어린 것의 신분은 왕족인데 그만 이러한 불행한 운명에 봉착하게 되었다는 뜻을 막연하게나마 쓴 종잇조각을 애기 옷에 꽂아 주었다.

이 버림받은 가련한 애기는 어떤 양치기에게 발견되었다. 이 양치기는 인정이 있는 사람으로 어린 페디타를 안아 집으로 데려다가 아내에게 맡기어 젖을 먹여 기르기로 하였다. 그런데 이 양치기의 집은 원래 매우 가난한 살림살이였기 때문에 페디타의 몸에 지녔던 보석은 양치기가 몰래 숨겨 다른 곳으로 옮겨가 양떼를 많이 샀다. 그냥 살던 곳에서 양을 많이 사들이면 동리 사람들이 이 사람이 갑자기 어디서 돈을 많이 벌었나 하고 의심을 할 것이 두려웠다. 그는 집을 먼

데로 옮긴 후 페디타의 소유인 보석을 팔아 양떼를 많이 사서 쳤기 때문에 오래지 않아 큰 부자가 되었다. 그러면서 이 내외는 페디타를 친딸처럼 귀하게 길렀다. 페디타는 자기의 부모가 따로 있다는 사실은 통 모르고 양치기의 딸인 줄로만 알고 자라나고 있었다.

　이 어린 페디타는 무럭무럭 자라나서 아주 어여쁜 처녀가 되었다. 양치기의 딸로 자라나는 만큼 별로 좋은 교육을 받을 기회가 없었지만 타고난 본성이 그에게 자연적으로 우아한 성격을 발휘시키어서 그의 행동은 왕궁에서 자란 것 못지않은 귀족적인 기운을 띠고 있었다.

　보헤미아 왕 폴릭세네스에게는 자식이라고는 플로리젤이라는 아들 하나밖에 없었다. 이 왕자가 어느 날 양치기가 살고 있는 집 근처 숲으로 사냥을 나갔다가 양치기의 딸로 알려져 있는 페디타를 보았다. 왕자는 이 처녀를 한 번 보자 이 처녀의 아름다움, 수줍음, 또는 여왕같이 고귀한 몸가짐에 혹하게 되어 첫눈에 사랑에 빠지고 말았다. 그래서 왕자는 평민으로 가장하고 도리클스라는 가명을 쓰면서 이 늙은 양치기의 집을 매일 찾아오고 있었다.

　그런데 왕궁에서는 왕자 플로리젤이 아무 말 없이 어디론지 가서 오래오래 있다가 오곤 하는 것을 수상스러워 했다. 왕은 사람을 시켜 왕자의 뒤를 몰래 따라가 보도록 하였더니 왕자가 양치기의 딸과 사랑을 속삭인다는 것을 알게 되었다.

　이에 놀란 폴릭세네스는 이전에 자기 목숨을 살려준 충신 카밀로를 불러 왕자의 뒤를 밟아보기로 약속하고 둘이 함께 양치기의 집에 가보기로 하였다. 그래서 폴릭세네스와 카밀로는 평민으로 변장하고 양치기의 집으로 미행해 보니 바로 그날 이 양치기의 집에서는 양털

깎는 시절을 축하하는 큰 잔치가 벌어지고 있었다. 양털을 깎는 축하 잔치에는 아는 사람이건 모르는 사람이건 누구나 다 환영하는 풍속이 있었으므로 변장한 왕과 신하도 잔치에 참석하도록 초대를 받았다.

잔치 자리는 즐겁고 기쁨으로 가득 차 있었다. 비록 시골집 잔치였지만 요리상이 여기저기 벌어져 놓여 있고 여러 가지 음식이 준비되어 있었다. 어떤 젊은 남녀들은 집 앞 뜰에서 춤을 추고 있고 또 더러는 행상인으로부터 리본이니, 장갑이니, 장난감 같은 것을 사고 있었다.

여기저기서 모두가 분주하게 돌아가는데 왕자 플로리젤과 페디타 두 사람만은 으슥한 한쪽 구석에 숨어 앉아서 남들처럼 부질없는 놀음에 취하지 않고 가만가만히 사랑을 속삭이고 있었다.

왕은 아주 묘하게 변장을 했기 때문에 왕자도 자기 아버지를 알아보지 못했으므로 왕은 이 남녀가 무슨 이야기를 하는가 엿들으려고 가까이 다가갔다. 그런데 페디타라는 처녀의 말하는 모습이 순박하기는 하면서도 또 어딘가 우아한 기풍이 있는 것을 발견한 왕은 적이 놀라서 카밀로를 바라다보며,

"미천한 집에서 태어난 처녀치고 이렇듯이 아름다운 처녀를 나는 처음 보았소. 말하는 것이나 동작하는 것이 모두 이런 곳에서는 볼 수 없는 그 어떤 고귀한 품격이 있구려."
하고 말하였다. 카밀로도,

"참, 그렇습니다. 참 고귀해 보이는데요."
하고 대답하였다.

왕은 양치기에게,

"여보시오, 저기서 당신의 딸과 이야기하고 있는 시골뜨기는 누구요?"
하고 물어 보았다. 늙은 양치기는,
"글쎄요, 이름은 도리클스라고 하는 청년인데 그가 제 딸을 사랑한다고 하며 매일 찾아온답니다. 그런데 말은 바른대로 둘이 다 찰떡같이 서로 사랑하고 있는 것 같습니다. 저 도리클스가 내 딸을 얻게 되면 내 딸이 과연 얼마만큼의 보배를 그에게 가지고 갈 수 있다는 것을 저 청년은 전혀 모르고 있지요."
하고 답하는데 양치기가 보배라고 하는 말은 그가 페디타의 보석 중에서 얼마를 떼어서 양떼를 사고 나머지는 페디타가 시집갈 때 주려고 지금까지 잘 보관해 둔 보석을 의미하는 것이었다.

폴릭세네스는 자기 아들에게 가서 말을 걸었다.
"여보게, 이 사람아. 내 보아하매 자네는 어딘지 정신 팔린 데가 있어서 이 잔치에는 생각이 없는 모양 같은데 그려. 내가 젊은 시절 사랑에 빠졌을 때에는 내 사랑하는 처녀를 위해서는 아무 아낌없이 선물을 산더미같이 사주곤 했는데 지금 보니 자네는 이 처녀한테 선물 하나 사주지 않고 아까 그 행상인을 보내고 말았으니 그게 무슨 일인가."
하고 말하니 지금 말하는 사람이 바로 자기 아버지인 줄을 전혀 모르는 젊은 왕자는 대답하되,
"아, 영감님. 이 처녀는 그런 시시한 선물은 마음에 두지도 않는답니다. 이 페디타 양이 바라고 있는 저의 선물은 아직 제 가슴속에 담아두었습니다."
하고 나서 페디타에게 향하여,

"아, 페디타. 내 말 좀 들어보오. 여기 이 영감님이 아마도 젊었을 적에 사랑에 빠져본 경험이 계신 모양인데 이분이 지금 나의 고백을 듣는 증인이 되어주실 줄 믿소."
하고 말하고 난 플로리젤은 이 늙은이(즉 자기 아버지)더러 지금 자기가 페디타와 결혼하기로 약속하는 그 맹서의 증인이 되어 달라고 청하였다. 폴릭세네스에게 플로리젤은,

"원하옵나니 어른께옵서 우리 두 사람 결혼 약속의 증인이 되어 주십시오." 하고 말하였다.

"너의 이혼의 증인이 된다 나는." 하고 말하고 폴릭세네스는 자기 신분을 그 자리에서 밝히었다. 그러고 나서 그는 페디타를,

"양치기의 자식, 양치기 처녀"라고 불러 모욕을 주면서 이러니저러니 해도 일국의 왕자로서 하류 계급에 속하는 시골뜨기 계집과 결혼을 꿈꾼다는 것이 그 무슨 망발이냐고 몰아세웠다. 만일 왕자가 다시 이 계집애를 보러 온다면 용서 없이 이 계집애와 또 그의 아버지 양치기를 붙들어다가 죽여 버린다고 위협하였다. 그러고 난 왕은 대로하여 카밀로더러 왕자 플로리젤을 끌고 오라고 명령한 후 그 자리를 떠났다.

왕이 그 자리를 물러 나가자 왕의 욕설에 크게 화가 난 페디타는 외쳤다.

"우리의 꿈은 산산이 부서졌어요. 그러나 난 절대로 무서워하는 것은 아니에요. 한두 번 내 입가에 뱅뱅 도는 말을 꾹 참고 말을 아니 하고 견디었지만 나는 왕에게 분명히 말하고 싶었어요. 온누리를 공평하게 비쳐 주는 햇님은 왕궁에만 빛을 비추어 주는 것이 아니고 우리 이 초가살이에도 꼭 같이 비쳐 준다는 것을."

하고 화풀이하고는 이어서 구슬픈 목소리로,

"허나 나는 이미 이 꿈으로부터 완전히 깨어났습니다. 나는 더 생각하지 않으렵니다. 자, 가주서요. 나는 가서 양 젖이나 짜면서 실컷 울겠어요." 하고 말하였다.

마음씨 고운 카밀로는 페디타의 이 정신과 예의 바른 행동에 몹시 감탄했을 뿐 아니라 젊은 왕자의 사랑은 지극히 열렬하여서 아버지가 아무런 협박을 하더라도 듣지 않고 한사코 이 처녀를 포기하지 않을 기세를 가지고 있는 것을 간파하게 되었다. 그는 이 두 사랑하는 남녀에게 호의를 보여 자기를 믿도록 만든 후 그 어떤 계략을 써서 이 청춘 남녀의 소원이 이루어지도록 노력해보리라고 결심하게 되었다. 카밀로는 벌써부터 시칠리아 왕 레온테스가 이미 이전의 죄를 뉘우치고 착한 사람이 되었다는 것을 알고 있었다. 지금 자기가 비록 폴릭세네스의 총애를 받고 있기는 하나 그래도 그는 언제나 고향으로 돌아가서 전에 섬기던 레온테스를 다시 섬기고 싶은 마음이 한시도 그를 떠나지 아니하였다. 카밀로는 플로리젤과 페디타 두 사람에게 시칠리아 왕궁으로 일단 몸을 피하여 폴릭세네스의 화가 풀리기를 기다려 차차 결혼 허락을 얻도록 하는 것이 상책일 것이라고 말해 주었다.

이 제의에 두 남녀는 기쁘게 찬동하였다. 그리고 시칠리아로 도망가는 방법을 도맡아 계획하기로 한 카밀로는 그 양치기도 함께 가자고 청하였다. 그러니까 양치기는 그들과 함께 길을 떠날 때 자기가 페디타를 처음 발견했을 때 그 애기가 입었던 옷, 또 양떼를 사고도 남은 보석들, 또 그리고 애기 겉옷에 꽂히어 있었던 편지까지 모두 싸 가지고 갔다.

순풍에 돛을 달고 플로리젤, 페디타, 카밀로 그리고 양치기 이 네 사람은 무사히 시칠리아에 도착하여 레온테스 왕궁으로 들어갔다.

왕비 헤르미오네와 공주를 일시에 죽게 만든 자기 죄에 언제나 통탄을 하며 살아오던 레온테스는 카밀로를 반갑게 맞이해 주었다. 또 그리고 플로리젤 왕자의 내방을 즐겁게 환영하였다. 그런데 플로리젤이 자기 아내라고 소개하는 페디타를 본 레온테스는 어안이 벙벙하여 이 여자를 바라다보는 것이었다. 이 처녀의 모습이 죽은 왕비의 모습과 꼭 같은 점을 발견한 레온테스의 가슴속에는 헤르미오네의 죽음을 애통하는 생각이 새삼스레 더욱 일어났다. 동시에 자기가 자기 딸을 죽이라고 명령하지 않고 그냥 살려 두었던들 그 애가 자라서 지금 보는 이 여자와 꼭 같은 어여쁜 처녀가 되었으려니 하고 생각되니 자기 과거의 횡포가 더 한층 후회되었다. 그러면서 그는 플로리젤에게,

"나는 내가 잘못해서 네 아버지와의 우정을 끊어 놓고 말았다. 그러나 그 후로 이때까지 내가 네 아버지를 얼마나 보고 싶어 했는지 그건 말로 다 할 수 없을 것이다."

하고 말하였다.

시칠리아 왕이 페디타를 유심히 보더라는 소식과 또는 그 왕이 자기 딸 공주를 난 지 며칠 안 된 채 내다 버리도록 명령했었다는 말을 들은 양치기는 혹시나 하는 생각이 들어서 자기가 페디타를 발견하던 그때와 시칠리아 왕이 공주를 내버리라고 명령 내렸다는 년도를 비교해 보았다. 또 자기가 간직하고 있는 보석이라든지 그 편지 사연이라든지 이런 모든 것을 비교하고 종합해 볼 때 그는 페디타가 바로 이 나라 공주임에 틀림없다는 결론에 도달하지 않을 수 없었다.

그래서 이 양치기는 플로리젤, 페디타, 카밀로, 또 그리고 충성스런 파울리나가 함께 모여 앉은 자리에서 왕에게 자기가 어찌어찌하여 한 어린 계집애를 발견하게 되었다는 이야기와 그 애기를 버린 귀인이 곰에게 물려 죽은 것을 보았노라는 이야기까지 쭉 늘어놓았다. 그리고 나서 양치기가 그때 애기를 쌌던 겉옷을 꺼내보이자 파울리나는 곧 그 옷이 바로 헤르미오네 왕비가 감옥에서 그 애기를 싸 내보낸 옷이었다는 것을 알아보았다. 또 그리고 양치기가 보석을 꺼내 보이자 파울리나는 그것이 왕비의 소유였던 보석이 틀림없다고 말하였다. 마지막으로 편지를 내보이자 파울리나는 그 필적이 자기 남편의 글씨가 틀림없다고 시인하였다. 이렇게 되고 보니 페디타가 이 나라 왕 레온테스의 딸이라는 것은 의심할 여지가 없게 되었다. 그러나 아, 아, 파울리나가 지금 경험하는 슬픔과 기쁨의 교차! 그는 한편 자기 남편의 횡사를 슬퍼하면서 다른 한편 또 왕께서 그렇게 오랫동안 잃어버렸던 공주를 찾게 되어서 아폴로 신 성소 계시가 들어맞은 것을 보는 기쁨! 그리고 레온테스 역시 페디타가 자기 딸인 것을 알게 된 기쁨과 이 기쁨을 함께 즐겨야 할 헤르미오네가 죽고 없는 이 슬픔이 교차되기 때문에 그는 한참 동안을 멍하니 벙어리처럼 서있었다. 급기야,

"아, 네 어머니는, 네 어머니는!" 하는 한 마디 말을 겨우 했다. 이러한 기쁘면서도 슬픈 광경을 바라다보고 있던 파울리나는 불쑥 말하기를 지금 자기 집에는 왕비의 동상이 서 있는데 이 동상은 이탈리아에서도 아주 유명한 조각가 율리오 로마노에게 부탁하여 바로 얼마 전에 완성되었다는 것이었다. 만일 왕께서 자기 집까지 행차하셔서 이 동상을 보시면 그게 바로 헤르미오네 자신에 틀림없다고 볼 만

큼 잘 만들어진 동상이라고 말하였다. 이 말을 들은 그들은 모두 다 함께 파울리나의 집으로 가보기로 했다. 왕은 왕비의 동상이라도 보고 싶어서 가는 것이었고 페디타는 자기가 지금까지 한 번도 뵈온 일이 없는 어머니 모습이 어떻게 생겼는지 보고 싶어서 가는 것이었다.

파울리나가 그 유명한 동상을 가렸던 커튼을 걷자 이 동상이 왕비와 너무나도 흡사한 데 더 한층 슬픔을 느낀 왕은 오랫동안 말을 못하고 동상을 들여다보고 있었다. 이것을 본 파울리나는,

"폐하께서 아무 말도 못 하시고 서 계시는 것을 보니 저의 마음이 매우 흡족하옵니다. 폐하께서 너무나 이상스러워 아무 말씀도 못하시는 게지요. 이 동상이 왕비와 너무 비슷하지 않습니까?"
하고 말하였다. 그제야 왕은 겨우 입을 열어,

"아, 내가 맨 처음 그의 사랑을 구하던 날 그는 바로 저 동상처럼 얌전하게 서 있었지. 그러나 그때에 헤르미오네는 지금 이 동상처럼 늙지는 않았었는데."
하고 말하니 파울리나는 대답하여,

"그러기에 그 조각가를 훌륭하다고 칭찬하는 거지요. 이 조각가는 재주가 어떻게도 좋은지 헤르미오네가 현재까지 살아 있었다면 이만큼 늙었을 것이라는 것을 알고 그대로 만들어 놓았으니까요. 허나 폐하 지금 커튼을 도로 치럽니다. 괜히 더 오래 있다가 폐하께서 이 동상이 움직인다고 생각이 들게 되면 큰일이니까요." 하고 말하였다. 그러자 왕은 다시,

"커튼을 도로 치지 마시오! 내가 정신이 나갔는가! 저것 좀 봐, 카밀로, 그대 생각엔 저 동상이 숨을 쉬고 있는 것처럼 보이지 않는가? 그 눈도 움직이는 것 같고." 하고 말하였다.

파울리나는,

"폐하, 이 커튼을 도로 쳐야 되겠습니다. 폐하께서는 지금 너무도 흥분하셔서 이 동상이 움직인다는 망상까지 하시게 되니 이건 안 되겠습니다." 하고 말하니 레온테스는,

"아, 착한 파울리나, 20년이라도 같이 살 수 있다고 믿게 나를 만들어 주게나! 아무래도 내 보기엔 이 동상이 숨을 쉬고 있는 것같이 보여. 이 세상 제아무리 예리한 자이더라도 숨까지야 조각해낼 수가 있을까? 자, 난 지금 왕비하고 키스를 할 테니 아무도 날 놀리지 말아라."

"아, 폐하, 참으셔요. 이 동상 입술에 칠한 색깔이 아직도 채 마르지 않고 젖어 있사오니 만일 키스하시면 폐하 입에 채색 기름이 묻을 것입니다. 자, 제가 이제는 커튼을 칠까요?"

"아니, 아니, 20년 동안!" 하고 왕은 한사코 말렸다.

이때까지 어머니 동상 앞에 꿇어앉아서 조용히 하염없이 어머니 동상을 쳐다만 보고 있던 페디타가 이때,

"아, 좋아요. 그럼 나도 여기 20년 동안이라도 있겠어요. 우리 어머님을 쳐다보면서요" 하고 말하였다. 파울리나는,

"폐하, 폐하께서 이 흥분된 감정을 억제하지 못하신다면 저는 이 커튼을 도로 치는 도리밖에 없습니다. 만일 그렇지 않으면 지금보다도 더 이상한 놀라운 일에 빠질 것을 각오하시던지요. 제가 이 동상을 실제로 움직이게 할 수가 있습니다. 그리고 제 발로 걸어 내려와서 폐하의 손을 잡도록 할 수도 있습니다. 그러나 그렇게 된다면 폐하께서는 저를 마술사라고 욕을 하실 겁니다."

이 말에 놀란 왕은,

"그대가 이 동상으로 하여금 그 어떠한 일을 하도록 해도 나는 가

만히 보고 서 있으리다. 그대가 이 동상이 말을 할 수 있게 만들더라도 나는 가만히 듣기만 하고 있겠소. 동상을 움직이게 하는 재주가 있다면 말도 할 수 있을 거니깐." 하고 말하였다.

그러자 파울리나는 자기가 이때 사용하려고 미리 준비시켜 두었던 음악을 연주하라고 지시하였다. 이 느리면서도 정중한 음악 소리가 시작되자 동상은 그대로 걸어 내려오더니 두 팔로 레온테스의 목을 끌어안는 것이었다. 이 광경에 놀라지 않는 사람은 하나도 없었다. 그러자 동상은 입을 열어 남편을 축복하고 또 지금 새로 찾은 딸을 축복하였다.

이 동상이 레온테스의 목을 얼싸안고 딸을 축복하는 것은 괴이한 일이 아니었다. 그것은 이 동상은 동상이 아니었고 살아 있는 왕비 헤르미오네 그 자신이었던 것이다.

파울리나가 그때 헤르미오네가 죽었다고 거짓 보고를 한 이유는 자기가 충성으로 섬기는 왕비의 목숨을 구하는 방법이 그때 정세로 보아 이 길밖에 없다고 생각했기 때문이었다. 그 뒤로 헤르미오네는 파울리나 집에 묵고 있었는데, 왕비는 남편의 비행을 용서해준 지 이미 오래였으나 어린 애기까지 죽이도록 한 남편의 잔인한 행동을 도저히 용서해 줄 수가 없어서 지금까지 자기가 살아 있다는 사실을 왕에게 알리지 않았다. 지금 죽은 줄 알았던 딸이 발견된 이날 그는 비로소 남편과 딸에게 자기가 살아 있다는 것을 알리는 것이었다.

죽은 줄 알았던 아내를 도로 찾고 또 잃어버렸던 딸을 도로 찾은 레온테스의 기쁨이란 이루 형용할 수가 없었다. 그는 너무나 행복해서 자기 몸을 지탱하지 못할 정도였다.

그러자 기쁨에 가득 찬 부모는 플로리젤 왕자가 자기 딸을 사랑해준 데 감사의 뜻을 표하고 또 이어서 공주의 목숨을 살려주고 길러준 양치기에게도 감사를 표했다. 카밀로와 파울리나도 그들의 충성이 이렇게 훌륭한 결과를 맺게 된 것이 무척 기뻤다. 그러자 지금 이들의 행복을 더 한층 완전하게 해주려는지 폴릭세네스 왕이 궁 안으로 불쑥 들어섰다.

자기 아들과 카밀로가 동시에 없어진 것을 발견한 폴릭세네스는 평시에도 카밀로가 시칠리아로 돌아가고 싶어 하는 생각이 간절하다는 것을 눈치 채고 있었다. 그래서 필연코 둘이서 시칠리아로 도망갔을 것이라고 단정하고 급히 쫓아왔는데, 그가 궁에 도착한 때가 바로 이 모든 사람들 특히 레온테스가 행복의 절정에 달한 이 순간이었다.

폴릭세네스도 이 여러 사람들의 기쁨에 한몫 끼어 레온테스가 공연한 질투심으로 자기를 모욕했던 것을 쾌히 용서해주고 도로 어렸을 때부터의 우정을 회복하였다. 그리고 지금 이 순간에 폴릭세네스는 자기 아들이 페디타와 결혼하는 것을 반대할 아무런 이유가 없었다.

이 이야기로 우리는 오랫동안의 수난을 겪으면서도 꾸준히 정절을 지켜 내려온 헤르미오네의 덕이 결국 상을 받게 되었다는 사실을 깨달을 수 있다. 이 훌륭한 왕비는 그 후 여러 해 동안 남편 레온테스와 딸 페디타와 함께 살았다. 왕비는 이 세상 어느 왕비 또는 어느 어머니보다 제일 행복한 생활을 하였다.

공연한 소동

MUCH ADO ABOUT NOTHING

주요 등장인물

돈 페드로 : 아라곤의 왕자

레오나토 : 메시나의 주지사

클라우디오 : 돈 페드로의 친구, 플로렌스의 귀족

베네딕 : 파도바의 귀족

헤로 : 레오나토의 딸

베아트리체 : 헤로의 사촌, 레오나토의 조카딸

어슐라와 마가렛 : 헤로를 시중드는 시녀들

돈 존 : 돈 페드로의 이복동생

보라치오 : 돈 존의 추종자, 마가렛의 애인

메시나 왕궁에는 헤로와 베아트리체 두 처녀가 함께 살고 있었다. 헤로는 메시나의 주지사인 레오나토의 딸이었고 베아트리체는 조카딸이었다.

베아트리체는 명랑한 성격의 소유자여서 그보다는 훨씬 엄격한 성격을 가진 사촌 헤로를 골려 주기를 즐겨하였다. 이 세상 무슨 일에나 마음 가벼운 베아트리체에게는 모두가 다 즐거운 일이었다.

이 두 처녀의 이야기가 시작되는 때 몇 명의 청년이 레오나토 지사를 방문하였다. 이 청년들은 방금 끝난 전쟁에 참가하여서 공을 세우고 고향으로 돌아가는 길에 메시나를 통과하게 되어 이 주지사 댁을 방문하였다. 이 청년들 중 한 사람의 이름은 돈 페드로였는데 아라곤 나라 왕자였고 그의 친구인 클라우디오라는 사람은 플로렌스의 귀족이었다. 또 한 사람은 파도바의 귀족으로 베네딕이란 사람이었는데 이 사람은 성격이 난폭하면서도 익살맞기로 유명하였다.

이들 세 사람은 과거에 메시나에 들렀던 일이 있기에 친절한 주지사는 이 세 청년을 딸과 조카딸에게 옛날 친구라고 소개하였다.

방에 들어서자마자 베네딕은 레오나토와 왕자를 상대로 시끄럽게 이야기하고 있었다. 이런 대화에 제외되는 것을 싫어하는 베아트리체는 베네딕의 말을 중단시키고,

"여보세요 베네딕 씨, 지금 당신이 아무리 떠들어도 아무도 대꾸를 안 해주는데 무슨 일로 혼자 떠들고 있어요."
라고 말하였다. 베네딕이란 사람은 베아트리체 못지않게 왈가닥하는 성미였다. 그러나 베아트리체가 귀족 집에 자라난 처녀답지 않은 경솔한 말씨로 자기에게 면박을 주는 것이 내심 불쾌했다. 또 이전에 자기가 메시나에 들러서 이야기할 때에도 언제나 베아트리체는 자기를

조롱거리로 선택하던 생각이 새삼스럽게 나서 화가 잔뜩 났다. 이 세상에서 남을 놀려 주기를 좋아하는 사람일수록 남이 자기를 놀려 주는 것을 싫어하는 것이 보통이다. 베네딕과 베아트리체는 둘이 다 그러한 부류에 속하는 사람이었다. 그래서 이들 두 사람의 조롱과 재담은 언제나 정면충돌하여 마지막에는 서로 기분이 상해 헤어지기가 일쑤이었다. 그래서 이 날도 베아트리체가 베네딕의 말을 가로막고 남들은 듣지도 않는데 왜 혼자 이야기를 늘어놓느냐는 조롱을 하자 베네딕은 시치미 뚝 떼고 지금까지 베아트리체가 방 안에 있는 것을 눈치 채지 못했다가 그 목소리를 듣고서야 비로소 알게 된 것처럼,

"아, 멸시 여왕님, 그래 지금까지 살아계셨군요." 하고 말하였다.
이렇게 되자 이 두 사람 간에는 매서운 말다툼이 다시 시작되어 서로서로 공박하다가 베아트리체가 얼마나 화가 났던지 베네딕이 이번 전쟁에 무훈을 세운 것은 사실인 줄 시인하면서도 말로는 이번에 베네딕이 사냥해 죽인 짐승들은 혼자 다 먹어 버릴 수 있겠다고 비꼬았다. 또 그리고 왕자가 베네딕의 이야기를 재미있게 듣는 것을 본 베아트리체는 베네딕을,

"왕자 앞에서 익살 대는 광대"라고 쏘아붙였다.
얌전한 헤로는 이들 귀한 손님들 앞에서 침묵을 지켰다. 클라우디오 역시 묵묵히 앉아서 그동안 더 예뻐진 헤로의 모습을 눈여겨보면서 헤로의 섬세한 품위와 육체미(사실 헤로는 아주 귀여운 젊은 여자였다)를 마음껏 감상하고 있었다. 그동안 왕자는 베네딕, 베아트리체 두 사람 사이의 우스운 말다툼에 빠져 있었다. 그러더니 왕자는 속삭이며 레오나토에게 말하였다.

"저 여자는 참 유쾌한 사람인데요. 베네딕과 결혼을 시킨다면 베

아트리체는 아주 훌륭한 아내가 되겠는데요."

이에 레오나토는 대답하기를,

"아, 그게 웬 말씀이십니까. 만일 그들이 결혼을 한다면 한 주일이 못 가서 둘이 말다툼으로 미쳐버릴 걸요."

하였다. 레오나토는 이렇듯이 그 두 사람이 결혼하면 밤낮 싸우기나 할 것이라고 단정하였다. 왕자는 그래도 이 두 재치꾸러기들을 결혼시켜 맞붙여 놓으면 재미있으리란 생각을 포기하려 하지 않았다.

왕자가 클라우디오와 함께 레오나토의 궁을 떠나 나오자 자기가 베네딕과 베아트리체의 중매를 섰으면 하는 생각 외에 또 다른 한 쌍의 결혼을 추진시키지 않으면 안 된다는 것을 깨달았다. 클라우디오가 연신 헤로의 말을 꺼내는 것이 왕자로 하여금 클라우디오는 헤로를 사랑하고 있다고 깨닫게 했는데, 이 사실은 왕자의 마음을 크게 기쁘게 하였다. 그래서 왕자는 슬쩍 클라우디오에게,

"그대는 헤로를 연모하고 있는가?" 하고 물었더니 클라우디오는 이 물음에 답하기를,

"아, 각하! 제가 전쟁 전에 메시나에 들렀을 때 제가 헤로를 볼 적에 한 군인의 눈으로 보았기 때문에 제가 헤로를 좋게 보기는 하면서도 사랑에 빠질 마음의 여유가 없었습니다. 이번 이렇게 평화가 온 후 제 마음속에는 전쟁 생각이 다 물러가고 텅 비어 있는 속에 부드럽고도 섬세한 생각들이 가득히 메워져 들어오는 것을 느끼었습니다. 그래서 제가 전쟁에 나가기 전에 헤로를 좋아했었다는 기억이 지금 헤로가 얼마나 그립다는 생각을 일깨어 주었습니다." 하였다. 헤로를 사랑한다고 솔직하게 고백하는 클라우디오의 말을 들은 왕자는 너무나 기뻐서 한시를 지체하지 않고 레오나토에게 사람을 보내어 클라

우디오를 사위로 삼아 주면 좋겠다는 말을 전하게 하였다. 레오나토 역시 쾌히 승낙을 했고 왕자가 헤로의 승낙을 얻는 것도 아주 쉬운 일이었으니 얌전한 헤로로서 클라우디오처럼 총명하고 또 출세한 귀족에게로 시집가는 것이 못마땅할 이유도 없었다. 그러자 클라우디오는 친절한 왕자의 조언을 얻어 레오나토에게 하루 빨리 결혼식 할 날짜를 정하도록 하는 데 성공하였다.

클라우디오는 자신이 사랑하는 예쁜 여자와 결혼할 날짜가 불과 며칠 안 남았음에도 불구하고 기다리기가 지루해서 죽을 지경이었다. 그것은 이 세상 어떤 남자이고 청년이 한 번 작정한 일이면 그 여하한 일이고 간에 빨리 성취하고 싶어서 안절부절못하는 것은 보통 있는 일이었다. 이 초조해 하는 모습을 본 왕자는 기다리는 시간이 좀 짧은 것처럼 생각되도록 클라우디오의 생각을 딴 데로 좀 돌리도록 해 줄 궁리를 꾸미었다. 그래서 왕자는 시간을 재미있게 보내는 방법으로 그 어떠한 수단을 써서든지 베네딕과 베아트리체가 서로 사랑에 빠지도록 만들어 보자는 제안을 하였다. 왕자의 이러한 변덕에 전적으로 놀아난 클라우디오는 즉시 그 일을 시작하기로 하고 먼저 레오나토에게로부터 이 일을 성사시키는 데 조력하겠다는 언약을 받았다. 그리고 헤로까지도 사촌을 좋은 사람에게 시집보내는 일인 만큼 자기도 힘자라는 대로 돕겠노라고 약속하였다.

왕자가 꾸며낸 계획은 이러하였다. 남자들은 모두 어떻게 해서든지 베아트리체가 베네딕을 사모한다고 베네딕이 믿도록 연극을 꾸밀 것이요, 헤로는 베아트리체에게 베네딕이 그를 사랑한다고 믿도록 일을 꾸미라는 것이었다.

그리되어 왕자와 레오나토와 클라우디오 세 사람이 우선 이 공작을 먼저 시작하기로 하였다. 베네딕이 혼자 정자에 앉아서 조용히 책을 읽고 있는 기회를 포착하여 왕자와 그의 조력자는 그 정자 바로 뒤에 있는 나무 숲속에 숨어서 그들이 이야기를 주고받는 것을 베네딕이 안 들으려야 안 들을 수 없도록 가까운 거리에서 이야기하도록 꾸며 놓았다. 그래서 그들 셋이서는 나무 숲속에서 잠시 잡담을 하다가 왕자가 말하기를,

"아, 레오나토 씨 이리 좀 오시오. 엊그제 당신이 날 보고 당신 조카딸 베아트리체가 베네딕을 짝사랑하기 때문에 큰일났다고 하던 건 그 후 어찌되었소? 내 아무리 생각해 봐도 그 여자가 어떤 남자에게 그 사이에 사랑에 빠진다는 건 참 의외란 말이오." 하고 말하니 레오나토는,

"참, 그러게 말씀이에요. 저로서도 그 애가 연애를 한다는 건 믿을 수 없는 일이에요. 더군다나 그 애가 겉으로는 아주 제일 싫어하는 체하면서 속으로 베네딕을 그렇게도 사모한다는 건 참 별일입니다." 하고 대답하니 클라우디오도 베아트리체가 베네딕을 짝사랑하는 것을 자기도 알고 있노라고 말하였다. 그러면서 자기는 헤로한테 들었는데 베아트리체가 만일에 베네딕의 사랑을 못 받게 된다면 베아트리체는 병들어 죽을 것 같으니 큰일났다고 헤로가 걱정을 하더라고 말하였다. 그러자 레오나토가 한숨을 쉬면서 베네딕처럼 여자를 멸시하고 싫어하는 사람을, 더군다나 그가 제일 싫어하는 베아트리체를 사랑할 수 있도록 권한다는 것은 불가능한 일이라고 말하는 것이었다.

이 말을 들은 왕자는 가장 근심이 되기나 하는 듯한 목소리로 베아트리체를 동정이나 하는 듯이,

"베네딕에게 이 사실을 우리가 알려 주는 것이 좋지 않을까?"

하고 말하니 클라우디오는,

"안 되지요. 만일 베네딕이 베아트리체가 자기를 사모한다는 눈치만 채도 그 자는 그걸 가지고 가련한 베아트리체를 막 놀리고 학대할 건 뻔한데요." 하고 대답하였다. 그러니까 왕자는,

"베네딕이란 자가 만일 그런 모진 짓을 한다고 하면 그놈은 사형에 처해야 마땅하지. 아니, 베아트리체처럼 매사에 똑똑한 여자가 베네딕 같은 놈한테 반한다는 건 참 모를 일이야."

하고 말하였다. 이만한 정도로 그들의 이야기는 그치기로 하고 왕자는 손짓으로 그만하고 모두 물러가자고 했다. 베네딕이 혼자서 방금 엿들은 이야기를 깊이 생각하도록 내버려두고.

베네딕은 이 이야기를 귀를 기울여 똑똑히 다 듣고 있었다. 그러다 베아트리체가 자신을 사랑한다는 말이 들려오자 그는 속으로,

"그게 과연 가능할까?" 하고 자문해보았다. 그러고는 생각을 계속하여,

"참 신기한 일인데. 그러나 설마 그들이 무슨 계교를 꾸민 것은 아니겠지, 헤로가 그런 이야기를 약혼자한테 했다니까 물론 사실에 틀림없단 말야. 또 그리고 베아트리체를 모두 동정하고 있는 모양이네. 아, 나를 사랑한다! 아, 그렇다면 내가 거기 보답을 해 주어야 옳지! 사실 나는 이때까지 누구하고나 결혼하고 싶은 생각이 통 없었지. 그러나 내가 나는 총각으로 늙어 죽는다고 장담할 적엔 결혼 상대자를 발견하지 못해서 한 수작이었고. 그들이 베아트리체를 정숙하고도 아름다운 여자라고 했겠다. 흥! 사실이지 그게. 그리고 매사에다 똑똑한데 나를 사랑하는 것 한 가지만이 바보짓이라고? 그건 돼먹지 않은 잘못된 이론이야. 아, 저기 베아트리체가 오는구나. 오늘 보

니 더 어여쁘군! 그 여자가 나를 사랑하고 있다는 흔적도 보이긴 하네." 하고 중얼거리었다. 베네딕에게로 가까이 온 베아트리체는 일상 버릇대로 가혹한 말투로 말하기를,

"내 맘엔 없었지만 억지로 심부름을 왔는데 진지 잡수러 들어오시랍니다." 하였다. 그런데 어제까지도 베아트리체 앞에서는 친절한 말을 한 마디도 안 하던 베네딕이 돌연,

"아, 아름다운 베아트리체 양, 이처럼 일부러 와서 알려 주서서 감사합니다." 하고 말하였다. 그리고 베아트리체가 두세 마디 난폭한 언사를 던지고 간 후에 혼자 남은 베네딕은 다시 생각에 잠기었다. 베아트리체가 비록 외면으로 불친절을 가장하고 난폭한 말을 퍼부으나 그 속에 그 어떤 숨은 친절이 엿보인다고 그는 생각하였다. 그래서 그는 크게 외쳤다.

"내가 만일 이 여자를 동정하지 않는다면 나는 몹쓸 놈이 되고 만다. 내가 만일 이 여자를 사랑하지 않는다면 나는 유대인처럼 인색한 놈이 될 것이다. 아, 어서 가서 베아트리체 초상화라도 하나 구해야지."

이리하여 베네딕은 친구들이 놓은 그물에 완전히 걸려버렸다. 그러니 이번에는 헤로가 베아트리체를 잡아야 하는 단계에 도달하였다. 그래서 헤로는 자기를 시중드는 두 시녀 어슐라와 마가렛을 불러 놓고 마가렛에게 말하기를,

"지금 응접실로 가보아. 거기서 지금 내 사촌 베아트리체가 왕자와 클라우디오와 모여 앉아서 이야기를 하는 중이니 내 사촌 베아트리체 귀에다 입을 대고 속삭이란 말야. 지금 내가 어슐라하고 둘이서 과수원을 거닐면서 이야기를 하고 있는데 그 이야기는 베아트리체 자신에 대한 이야기일 거라고 슬쩍 귀띔을 해 주어. 그리고 베아트리

체더러 혼자서 몰래 그 정자로 나가보라고 그래. 햇빛의 덕택으로 활짝 핀 등꽃이 마치 배은망덕한 계집처럼 자기 은인인 햇빛을 못 들어오도록 막는 그 정자로 나가보자고 말해, 알았지?"
하고 부탁을 했는데 이 정자는 다른 정자가 아니라 바로 요전에 베네딕이 책을 들고 앉아서 베아트리체가 자기를 사랑한다는 이야기를 귀담아 듣고 있던 그곳이었다. 하녀 마가렛은,

"네, 베아트리체님이 금방 그리로 가도록 제가 말씀드리겠습니다." 하고 말하였다.

그러자 헤로는 하녀 어슐라를 데리고 과수원으로 들어가면서,

"어슐라야, 베아트리체가 올 때쯤 해서 우리는 이 작은 길을 오르내리면서 이야기를 주고받을 텐데, 우리의 화제는 베네딕 이야기에 한정되는 것이야. 그래서 말이지 내가 베네딕 말을 꺼내거든 너는 덮어 놓고 그 사람은 참 좋은 사람이라고 칭찬을 해야 된다. 그리고 내가 말하는 주요 내용은 베네딕이 베아트리체를 짝사랑하고 있다는 걸 베아트리체에게 납득시키는 일이란 말야. 자, 어서 시작하자. 저기 보아 지금 막 베아트리체가 우리의 이야기를 엿들으려고 달려오고 있구나." 하고 나서 그들은 연극을 시작하였다. 우선 헤로가 방금 어슐라가 물어본 어떤 말의 대답을 하는 것처럼,

"아니야, 아니, 어슐라야. 베아트리체 성격은 너무나 교만하고 그의 기분은 바위 위에 사는 들새처럼 난폭하단 말이야."
하고 말하니 어슐라는 말하기를,

"그래도 베네딕 씨가 글쎄 베아트리체 님을 극진히 사랑한다고 하는데 그게 확실한 정보가 아닌가요?"
하니 헤로가 대답하되,

"왕자님도 그렇게 말씀하시고 나와 약혼한 클라우디오 대감님도 그렇다고 말씀하면서 글쎄 나더러 자꾸만 베아트리체에게 이 사실을 알려주라고 하지만 그게 어디 될 말이야. 그래서 내가 말하기를 그들이 참말로 베네딕을 위하거들랑 그가 베아트리체를 사모하고 있다는 이야기를 베아트리체에게 알려서는 절대로 안 된다고 겨우 납득을 시켜놓았어."

"옳은 말씀이십니다. 베네딕 씨가 베아트리체 님을 사랑한다는 말이 베아트리체 님의 귀에 들어가기만 하는 날엔 큰일이 나고야 말 것입니다. 베아트리체 님이 아시게만 된다면 베네딕 씨를 막 모욕 주고 놀리고 멸시할 거에요."

하고 말하는 어슐라의 말을 맞받아서 헤로는 다시,

"사실 말하자면 나도 베아트리체의 심정을 도무지 이해할 수가 없단 말야. 내가 보기에는 베네딕 씨처럼 현명하고, 점잖아 보이고, 젊고, 잘생긴 남자도 참 드문데 베아트리체는 무슨 이유로 이 사람을 깔보는지 도대체 알 수 없는 일이란 말야."

"그러게 말씀이에요, 저도 동감이에요. 그런 분을 그렇게 깔보는 건 참 안 됐어요. 저희가 보기에도."

"그렇고말고, 그러나 누가 그런 걸 베아트리체한테 충고해 줄 용기를 가진 사람이 있느냐가 문제거든. 가령 내가 그런 충고를 했다가는 나는 당장 그 자리에서 몰려서 쥐구멍을 찾게 될거야."

"아니요. 주인님은 사촌되는 분을 너무 과소평가하십니다. 베아트리체 님이 그렇게도 훌륭한 베네딕 씨의 장점을 거부하는 데는 그만한 비판력을 가지고 있다고 볼 수밖에 없지 않을까요."

그러니까 헤로는,

"베네딕은 그 가문이 참 훌륭하신 분이지. 사실상 그는 이탈리아 전국에서 클라우디오를 제외하고는 일등가는 집안이거든."
하고 말하였다. 이만큼 하고 난 헤로는 손짓으로 화제를 바꾸자고 지시하니 어슐라는,

"그럼 주인님께선 언제쯤 결혼식을 거행하시게 되나요?"
하고 슬쩍 물었다. 그러자 헤로는 자기는 바로 내일 혼인식을 하기로 되어 있다고 말하고 나서 내일 예식에 입고 나갈 옷을 사러 가야 하겠는데 어슐라가 함께 가서 옷 고르는 데 도와주어야 되겠다고 말하였다. 헤로와 어슐라가 안으로 들어가 버리자 이때까지 그 두 사람의 대화를 숨을 죽여가며 열심히 듣고 있었던 베아트리체는 외쳤다.

"내 귀에 불이 붙는구나! 이게 정말 사실일 수가 있을까! 잘 가거라. 모든 멸시, 조소, 모욕, 또 그리고 처녀의 자만심까지 모두 다 작별이다! 아, 베네딕 씨. 사랑을 계속해 주서요! 저는 저의 난폭한 가슴을 그대의 사랑 속에 길들여 그대 사랑에 보답하겠습니다."

이 오래된 원수인 두 사람이 갑자기 서로 사랑하는 친구가 된 사실을 보는 것은 과연 유쾌한 일이 아닐 수 없었다. 더구나 그 익살맞은 왕자가 꾸며 낸 연극이 성공한 뒤 베네딕, 베아트리체 두 사람이 처음 만나서 서로 좋아하는 모습을 볼 때 모두들 배를 쥐고 웃었다.

그러나 헤로가 당한 불행에 대해서 말하지 않을 수 없다. 바로 헤로의 결혼식이 있기로 되어 있던 그 이튿날 헤로는 물론 그 착한 아버지 레오나토의 가슴에 큰 슬픔을 주게 되는 사건이 일어났다.

왕자에게는 배다른 동생이 하나 있었다. 그 역시 이번 전쟁을 치르고 나서 메시나로 동행해 왔다. 이 동생은(그의 이름은 돈 존이었는데) 언제나 우울하고 불평불만을 품고 있는 사람이어서 못된 짓을 하는

데는 기를 쓰는 성격의 소유자였다. 그는 자기 형 왕자와 클라우디오를 꼭 같이 미워해 왔다. 클라우디오까지 미워하는 이유는 단순히 이 사람이 자기 형의 절친한 친구인 것이 비위에 거슬렸던 것이다. 그래서 그는 단순히 형과 클라우디오를 불행하게 하고 싶은 생각으로 클라우디오와 헤로의 결혼을 방해하려고 음모를 꾸몄다. 그는 자기 형이 클라우디오 못지않게 이 결혼에 심취되어 있는 것을 알아내고는 이 두 사람을 다 골탕 먹이려고 했던 것이다. 그래서 그는 자기와 똑같은 악한 보라치오라는 작자를 매수하여 결혼 훼방을 놓으려 하였다. 보라치오가 헤로의 시녀인 마가렛과 사랑하는 사이인 것을 기회로 보라치오를 이용하려고 많은 돈으로 그를 매수하였다. 그래서 돈 존은 보라치오를 꼬여서 바로 그날 밤 헤로가 잠든 후에 마가렛으로 하여금 헤로의 옷을 입고 헤로의 방문에 서서 보라치오와 이야기를 하도록 꾸며 놓았다. 마가렛이 헤로의 옷을 입고 헤로의 침실 문 앞에 나서게 하면 왕자와 클라우디오가 쉽게 속아넘어갈 것을 알았던 것이다.

그리고 나서 돈 존은 왕자와 클라우디오에게로 가서 헤로는 행실이 부정한 여인이라고 말하고 매일 밤 자정마다 남자들과 밀회한다고 말하였다. 바로 이날 밤은 헤로의 결혼식 전날 밤인데 자기가 이날 자정에도 헤로가 자기 침방 창에 서서 어떤 남자와 이야기를 하는 그 현장으로 인도하여 실제로 보여 줄 수 있다고 말하였다. 그러니까 왕자와 클라우디오는 같이 가보기로 약속을 하면서 클라우디오는,

"오늘 밤 사실로 내가 헤로와 결혼을 해서는 안 될 광경을 찾기만 하면 나는 내일 결혼식장에서 그 여자에게 모욕을 주겠소." 하고 말하였다. 그러자 왕자도 덩달아서,

"이번 결혼에는 내가 중매로 나섰으니까 만일 그런 일이 있다면 나도 그 여자를 욕보이는 데 도움을 주리다." 하고 말하였다.

그래서 그날 밤 돈 존의 안내로 왕자와 클라우디오가 헤로의 침실 가까이 가보니 과연 한 남자(보라치오)가 창문 아래 서 있는 것이 보였다. 또 창문으로 내다보는 마가렛도 눈에 띄었으며 그 여자가 보라치오와 정담을 하는 것을 들을 수도 있었다. 마가렛이 헤로의 옷을 훔쳐서 입은 사실을 모르는 그 두 사람은 그 여자가 바로 헤로인 줄 알 수밖에 없었다.

이런 광경을 본(클라우디오는 헤로의 부정행위를 현장에서 본 것처럼 생각되었기 때문에) 클라우디오의 분함은 그 무엇에다가 비할 수 없이 컸다. 정숙한 줄로만 알고 사랑했던 그 사랑이 돌변하여 극심한 증오로 변하였다. 그래서 그는 이튿날 결혼식장인 예배당에서 헤로의 부정을 폭로하여 모욕을 주리라고 굳게 결심하게 되었고 왕자도 거기에 전적으로 동의를 표시했다. 다른 날도 아니고 바로 결혼하기 전날 밤에 딴 남자와 밀회를 한다는 건 도저히 용서해 줄 수 없는 행동이라고 왕자는 단정하였다.

그 이튿날 여러 손님이 결혼식장에 모이고 클라우디오와 헤로가 주례 목사 앞에 서서 결혼식 시작을 선언하려고 하는 찰나에 클라우디오가 나서서 아주 열렬한 어조로 이 죄 없는 헤로를 비난하였다. 이런 기막히고 억울한 비난을 듣는 헤로는 영문을 몰라서,

"아니, 이분이 미치지 않았어요? 아무런들 제정신 가지고야 이런 허무맹랑한 말을 할 수가 있겠어요?" 하고 말하였다. 레오나토도 하도 기가 막혀서 왕자에게,

"각하, 어째 가만히 계십니까?" 하고 항의하였다. 그러니까 왕자

는,

"내가 무어라고 말을 하란 말이오? 나 자신의 실수로 나는 내가 제일 사랑하는 이 친구에게 이런 못된 계집과 혼인을 할 뻔 하도록 만든 것만도 내 자신이 부끄러워 죽을 지경인데. 여보게, 레오나토, 어젯밤 자정 때 이 계집이 자기 침실 창문을 내다보면서 어떤 잡놈과 이야기하는 꼴을 내 두 눈으로 보고 귀로 들었다는 것을, 나의 동생과 나 자신과, 그리고 이 불쌍한 친구 클라우디오까지 다 보고 들었다는 사실을 나의 명예를 걸어 맹세하네." 라고 말하였다.

이런 괴상한 말을 들은 베네딕은 너무나 놀라서,

"흥 이건 결혼식같이 보이지가 않는데."

하고 비꼬았다. 상심이 큰 헤로도,

"아, 하나님 맙소사. 참 그렇군요."

하는 말을 못다 맺고 기절해 버렸는데 겉으로 보기에 꼭 죽은 것 같았다. 헤로가 깨어나는 것을 볼 때까지 기다리지도 않을 뿐더러 자신들의 행동이 그 얼마나 레오나토를 곤경에 떨어트렸다는 것을 생각지도 않고 왕자와 클라우디오는 그 자리를 떠나가고 말았다. 그들 두 사람의 분노는 이렇게까지 그들의 마음을 냉담하게 만들어 준 것이었다.

베네딕만은 남아 있어서 베아트리체가 사촌의 기절한 몸을 간호해 주는 것을 도와주면서,

"좀 어떻소?"

하고 물었다.

"나 보기엔 죽을 것 같아요, 아주."

하고 대답하는 베아트리체의 목소리는 비탄에 젖어 있었다. 그는 사

촌을 그렇듯이 사랑하는 것이었다. 그리고 헤로의 정숙한 성격을 잘 아는 베아트리체는 헤로에게 퍼부은 그 모든 비난이 절대로 사실이 아니라고 믿었다. 그러나 그와 반대로 아버지는 자기 딸을 욕 보이는 말이 모두 다 사실인 줄로 믿고 자기 딸을 원망하고 슬퍼하는 꼴을 차마 눈뜨고는 볼 수 없었다.

그러나 나이 많은 목사는 인생의 오랜 경험으로 얻은 성격 관찰력을 이용하여 헤로가 비난을 받을 때 얼굴에 나타난 표정을 유심히 살펴보았다. 헤로의 얼굴이 수치에 못 견디어 몇천 번이고 붉었다 푸르렀다 하는 것을 보았다. 또 그 눈에 불이 일어나는 것을 보아 왕자가 이 처녀를 비난하는 것은 근거 없는 억설이라는 것을 감지하였다. 그래서 목사는 슬피 우는 아버지를 위로하려고,

"날 바보라고 보아도 좋습니다. 저의 학식과 관찰력을 믿지 않아도 좋습니다. 저의 나이와 직업을 무시해 버려도 좋습니다. 그러나 저는 단언합니다. 따님을 그처럼 비난하는 것은 사실 무근이 분명하고 어떤 오해가 있는 것입니다" 하고 말하였다. 그리고 나서 기절했던 헤로가 깨어나는 것을 보자 목사는 헤로에게,

"그대와 밀회했다는 그 남자는 도대체 누구요?" 하고 물어보았다. 헤로는 대답하되,

"나를 비난하는 사람들이나 알고 있는지, 저는 전혀 알 수 없는 일입니다." 하였다. 그리고 헤로는 아버지께로 머리를 돌리면서,

"아, 아버님! 한 번도 만난 일이 없는 그 어떤 사내를 발견하시거든 저를 미워하시고 저를 악형에 처해 주시고 저를 죽여주세요." 하고 말하였다. 목사는,

"여기 필연코 무슨 오해가 있습니다. 왕자와 클라우디오가 어떤

오해를 하는 것이 분명해요." 하고 말하고 나서 그는 레오나토에게 헤로가 깨어나지 못하고 죽고 말았다고 공표하라고 충고해 주었다. 그는 헤로가 기절할 때 누가 보아도 꼭 죽은 것처럼 보였으니 죽었다고 공표해도 의심할 사람이 없을 것이라고, 또 그리고 정말 죽은 것처럼 상복을 입고 비석을 세우고 장례식까지 거행하라고 일러 주었다. 그러자 레오나토는,

"그렇게 하면 무슨 소용이 있을까요? 이 일이 어찌될까요?" 하고 말하였다.

목사가 대답하되,

"헤로가 죽었다고 공표하면 그를 훼방하던 사람들의 마음이 변하여 불쌍히 여기게 될 것이니 그것 자체가 우선 좋은 일이지요. 그러나 내 생각에는 그보다 더 좋은 결과가 나타나리라고 믿습니다. 클라우디오가 자기가 너무나 혹독한 소리를 했기 때문에 헤로가 그만 죽었구나 하는 생각이 들면 마음속으로는 살았을 적 헤로의 모습이 아름답게 기억될 것입니다. 그리되면 그는 애통하게 될 것이요, 그가 참말로 헤로를 사랑했었다면 그는 지나치게 행동한 것을 후회하게 될 것입니다. 그가 헤로를 비난한 것이 옳았다고 생각하더라도 그 비난 때문에 사랑하던 사람이 죽었다는 소식을 접할 때 그는 반드시 후회하고 애통할 것입니다."

"목사님 충고를 받는 것이 좋겠습니다."
하고 베네딕이 입을 열었다. 그러고는 계속하여,

"제가 왕자나 클라우디오를 친형제처럼 사랑하고 있다는 것을 이미 잘 알고 계실 것이나 이 일에는 저도 절대로 비밀을 지키겠습니다." 하고 말을 맺었다.

이렇게 모두 권하는 바람에 레오나토도 그렇게 하기로 작정했다. 그리고 친절한 목사가 레오나토와 헤로를 더 위로해 주려고 다른 방으로 데리고 간 후 베아트리체와 베네딕은 단둘이 그 방에 남아 있게 되었다. 이 두 사람의 친구들이 장난삼아 두 사람을 사랑하게 만들어 주어 지금은 단둘이 있어도 서로 싸우지 않게 되었다. 이 광경을 보고 웃고 떠들 사람들은 모두가 다 제각기 고민이 생겨서 헤어졌기 때문에 그들의 재미있는 장난의 결과를 즐기기는커녕 그 일을 다 영원히 잊어버린 듯하였다.

베네딕이 먼저 입을 열어,

"베아트리체 씨, 그래 당신은 아직도 울고만 있으니 웬일이오?" 하고 말을 거니 베아트리체는,

"그래요. 아직도 울음이 부족해요. 좀 더 울어야겠어요."

"무리가 아니지요. 당신 사촌이 억울한 죄를 뒤집어썼다고 난 믿고 있소." 하고 말하니 베아트리체는,

"아! 그 어떤 사람이고 내 사촌의 원수를 갚아 주는 사람을 저는 제일 존경하겠어요." 하고 말하였다.

그러자 베네딕은,

"당신의 존경과 우정을 획득할 수 있는 방법은 과연 무엇입니까? 지금 나는 당신보다 더 사랑하는 사람이 이 세상에는 없게 되었어요. 참 신기하지요?" 하고 말했다.

"내가 지금은 이 세상 누구도 당신보다 더 사랑할 수는 없다고 말할 수 있게끔 되었어요. 그러나 내 말을 믿지 마셔요. 물론 난 거짓말을 하는 건 아니에요. 나는 고백할 아무런 것도 없고 또 난 아무 것도 거부하지 않아요. 단지 지금 나는 내 사촌 일 때문에 슬플 따름이에

요."

하는 베아트리체의 말에 베네딕은,

"나는 내 칼을 두고 맹세합니다. 당신은 나를 사랑한다고. 그리고 나도 당신을 사랑한다고. 자, 그러니 무슨 명령이든지 내리세요. 당신을 위하는 일이라면 내 무엇이든 해드릴게요."

"클라우디오를 죽여 줘요."

"그건 안 됩니다, 어떤 경우에도" 하고 베네딕은 단 한 마디로 거절하였다. 그것은 그가 클라우디오를 너무나 극진히 사랑했기 때문이었다. 그러나 베아트리체는,

"그래 클라우디오가 정말 고약한 놈이 아니란 말이에요? 내 사촌을 그렇게 무단히 모욕하고 치욕을 준 그놈이? 아! 내가 남자로 태어나기만 했던들!"

"내 말 좀 들으세요, 베아트리체 씨!" 하고 베네딕은 애원했으나 베아트리체는 클라우디오를 변명해 주는 말은 절대로 듣지 않겠다면서 자기 사촌의 원수에게 복수해 달라고 베네딕에게 거듭 간청했다. 그리고는,

"휴, 그게 다란 말인가? 창문 밖에 서 있는 어떤 사내와 말을 했으니 부정하다고! 아이고! 아, 가엾은 헤로! 헤로는 참 억울합니다, 그런 모욕 그런 파멸이 어디 있어요 글쎄! 아, 나를 위해 헤로의 원수를 갚아 줄 남자는 하나도 없는가요? 아! 내가 남자였더라면 그 클라우디오 자식을 그냥! 아! 사내의 용기는 얌전히 지하로 녹아 없어지고 말았나봐. 내 제아무리 바란댔자 이 몸이 남자로 변할 재주는 없으니 난 별수 없이 애통함을 풀지 못한 여자로 그냥 죽어 땅에 묻히는 도리밖에 없군요" 하고 늘어놓으니 베네딕은,

"잠깐만! 착한 베아트리체 씨! 자, 내 손을 걸어 나는 당신을 사랑하는 것을 이렇게 맹세합니다." 하고 외치니 베아트리체는,

"그 손으로 사랑의 맹세나 하지 말고 좀 더 훌륭한 일을 할 맹세를 할 수는 없어요?" 하고 물었다.

"그래 당신은 클라우디오가 헤로에게 억울한 모욕을 주었다고 그렇게 생각하고 있습니까?" 하고 물었다.

"예, 내가 정신도 있고 영혼도 가지고 있는 것처럼 난 꼭 그렇게 생각합니다."

"이젠 그만. 나는 당신에게 고용되었소. 내 그자에게 도전하겠소. 자 당신의 손에 키스를 허락해 주세요, 그러면 나는 지금 곧 가겠어요. 이 손, 바로 내 이 손으로 클라우디오에게 대들 터이니! 내 말을 이미 들었으니 나를 생각해 주오. 자 이젠 가서 사촌을 위로해 주시오." 하고 베네딕은 말하였다.

베아트리체는 이처럼 강하게 베네딕에게 하소연하여 베네딕으로 하여금 헤로의 한을 풀어 주기 위하여서는 자기가 가장 사랑하는 클라우디오에게 결투를 도전하도록까지 격분시키는 데 성공하였다. 레오나토는 또 그대로 왕자와 클라우디오에게로 가서 헤로가 분통이 터져 죽었다는 통고를 하고 나서 자기 딸의 죽음에 대한 원수를 칼로써 갚을 터이니 나서라고 결투를 신청하였다. 그러나 왕자와 클라우디오는 레오나토의 나이와 슬픔을 존중하여 그러지 말라고 타이르며,

"아니오, 우리들과 칼싸움할 생각을 버리시오."
하고 만류하였다. 그런데 바로 이때 베네딕이 나타나서 "헤로를 억울하게 망쳐 놓은 클라우디오는 칼을 들고 나와 내 칼을 막으라!" 호통을 치며 들어서는 것이었다. 이것을 본 왕자와 클라우디오는 서로,

"아마 분명코 베아트리체가 부추겼을 것이야"라고 말하면서 될 수 있으면 결투를 피하고 싶었으나 일단 도전을 받은 이상 군인답게 응하지 않을 수 없게 되었다. 때마침 하나님의 섭리가 작용하여 이 누가 이길지 모르는 결투로써 헤로의 억울함을 풀어주는 것보다는 더 확실하게 헤로의 무죄를 증명해 주는 사건이 생겼다.

왕자와 클라우디오가 베네딕의 도전을 받나 안 받나 하는 것을 의논하고 있을 때에 순경 한 사람이 보라치오를 체포해 왕자 앞에 나타났다. 보라치오가 몇몇 친구들 앞에서 자기가 돈 존의 심부름으로 헤로의 결혼을 파기시켰다는 자랑을 하는 것을 마침 한 순경이 엿듣고 이 악한을 체포해 온 것이었다.

보라치오는 클라우디오가 옆에서 듣고 있는 동안에 왕자 앞에서 자기 범죄를 일일이 자백하였다. 그날 밤 헤로의 침실 창밖에 서 있던 자는 보라치오 자신이었고 창 앞에 나타났던 여자는 헤로가 아니고 헤로의 옷을 입은 하녀 마가렛이었다는 사실을 전부 자백하였다. 이 자백을 듣고도 아직은 약간 의혹이 풀리지 않았다. 그러나 그 의혹은 곧 사라져 없어지게 되었다. 그것은 돈 존이 보라치오가 붙잡혀 갔다는 소문을 듣고 형의 분노가 무서워서 메시나를 떠나 멀리 도망가 버렸다는 사실을 알게 된 것이다.

자기가 너무나 경솔하게 헤로를 음해하였고 또 그 때문에 헤로가 죽었다는 것을 생각하는 클라우디오의 가슴은 찢어지는 것 같았다. 그리고 그가 헤로를 처음 보았을 때부터 사랑을 느끼던 그 헤로의 사랑스런 영상이 그의 기억에 더욱더 뚜렷이 나타났다. 그 순간 왕자는 헤로의 무죄함을 들을 때 그의 영혼 속으로 무거운 쇳덩이가 흘러내리는 것 같은 감각을 느끼지 않았는가 하고 물었다. 그는 대답하기를 보라치오가 자백하는 것을 듣고 있는 동안 자기는 독약을 먹는 것 같은 기분을 느꼈다고 대답하였다.

후회막심한 클라우디오는 레오나토에게 사과하고 용서를 빌었다. 레오나토가 어떠한 속죄를 강요하더라도 자기는 두말없이 복종하여서 자기가 미련스럽게도 남에게 속아서 자기 약혼자인 헤로를 욕되게 한 죄의 값을 치르겠노라고 맹세하였다.

레오나토가 클라우디오에게 속죄 방법을 지시한 것은 다른 것이 아니라 바로 그 이튿날 헤로의 사촌과 결혼을 해야 된다는 것이었다. 그가 말하기를 헤로가 죽었기 때문에 이 조카딸이 상속자가 되었는데 이 여자는 그 모습이 헤로와 매우 비슷하다고 하였다. 레오나토에게 정중히 맹세를 한 클라우디오로서는 지금 그 맹세를 깨뜨릴 수는 없기에 이 모르는 여자가 헤로의 사촌이 아니라 검둥이라고 할지라도 거절할 수 없다고 그는 말하였다. 대답은 그렇게 하면서도 그 마음은 그저 슬프기만 했고 그날 밤 그는 헤로의 무덤으로 가서 밤새도록 울며 밤을 지샜다.

아침이 되자 왕자는 클라우디오를 데리고 교회로 갔다. 거기에는 벌써 착한 목사와 레오나토와 그의 조카딸이 이 두 번째 결혼식을 거행하려고 와서 기다리고 있었다. 레오나토는 자기가 약속한 신부를 클라우디오 앞으로 내세웠다. 이 신부는 얼굴에 복면을 썼기 때문에 그가 어떻게 생긴 여자인지 신랑은 볼 수가 없었다. 그러나 신랑 클라우디오는 이 복면 신부에게,

"그대의 손을 나에게 주시오, 이 거룩하신 목사님 앞에서. 그대가 나와 결혼할 의사가 있다면 나는 그대의 남편이 되겠소이다." 하고 말하였다. 그러니까 이 복면한 신부는,

"제가 살아 있을 적에 저는 당신의 아내였습니다." 하고 말하면서 복면을 벗는데 보니 이 여자는 레오나토의 조카딸이 아니고(이제까지 조카딸로 가장했지만) 레오나토의 친딸, 바로 헤로 그 자신이었다. 죽은 줄로만 알았던 헤로가 이렇게 그의 앞에 나타날 때 클라우디오의 그 놀람이란 우리가 상상할 수 있다. 그는 너무나 기뻐서 어찌할 줄 모르면서도 자기 눈을 의심하지 않을 수 없었다. 신랑과 꼭 같이 놀란 왕자도,

"아아니, 이게 헤로가 아닌가? 죽었다던 그 헤로?" 하고 외쳤다. 이때 레오나토가 대답하기를,

"각하, 그 애가 억울한 고통 속에 사는 동안만 죽어 있었습니다." 하였다.

목사가 이 예식을 마친 후에 모든 사실을 자기가 다 충분히 설명해줄 터이니 어서 식이나 끝내자고 말했다. 식을 계속하려고 하는데 베네딕이 뛰어들어 식 진행을 방해하였다. 베네딕이 식 진행을 방해한 이유는 지금 같은 시각에 자기와 베아트리체의 결혼식도 같이 해야 된다는 요구였다. 이에 대하여 베아트리체는 약간 이 결혼에 반대한다는 의사를 표시했다. 베네딕이 자기를 사랑하면서 결혼을 반대하는 이유는 어디 있느냐고 항의를 해서 여기 대해서 약간의 설명이 필요하게 되었다. 이 설명을 들은 베네딕과 베아트리체는 둘이 다 속아서 저쪽에서 먼저 짝사랑하는 줄 알고 서로를 대하게 되었다는 것을 알게 되었다. 그러나 그렇게 대했기 때문에 두 사람 사이에는 진정한 사랑이 우러나게 되어 지금에 이르러서는 그 사랑이 서로 끊으려야 끊을 수 없이 강하게 되었으므로 처음에는 그들이 속았다고 하는 설명쯤으로 쓱싹해 버릴 정도가 아니었다.

더구나 베네딕은 일단 결혼 신청을 한 이상 이 세상 사람들이 무슨 소리를 해서 반대하더라도 용납할 수 없다는 결의를 표명하였다. 그러면서도 두 사람의 꼬집는 말버릇은 도로 회복되어서 베네딕은 자기로서는 베아트리체와 결혼하는 것이 그리 반갑지는 않으나 베아트리체가 자기와 결혼을 못하면 말라 죽는다고까지 하니 불쌍해서 하는 것이라고 선언했다. 그러자 베아트리체는 항의 표시로 결혼하기를 거부하나 여럿이 권하는 바람에 마지못하는 척 허락하지만 자기가 베네딕과 결혼을 해주지 않으면 폐병이 있는 베네딕이 병이 더하여 죽겠다고 하는 말을 들었기에 그를 살려주기 위하여 마지못해 결혼에 응하노라고 하였다.

이렇게 이 두 사람의 거친 말싸움은 화해되기에 이르렀다. 그래서 클라우디오, 헤로의 결혼식이 끝나자 이어서 두 사람의 결혼식이 있었다. 이 이야기의 종막을 장식하려는지 처음부터 못된 짓을 꾸며 이 결혼을 방해하려고 하다가 자기의 모략이 발견되자 어디로 도망갔던 돈 존이 붙잡혀 와서 벌을 받게 되었다. 그 벌이란 다른 것이 아니라 그 우울하고도 불평불만에 가득한 성격의 소유자가 자기 계획이 실패하는 쓴맛을 보는 것만도 기가 막히는데 자기가 방해하려던 혼인 잔치에 강제로 참석하여 그들이 즐겁고 기쁘게 축하하고 노는 모습을 보게 된 것이었다.

마음에 드시는 대로

AS YOU LIKE IT

주요 등장인물

공작 : 동생에게 추방당해 아덴숲에서 살고 있음

프레더릭 : 형을 추방한 동생

로절린드 : 추방당한 공작의 딸, 가니메데라는 가명으로 남자 행세를 함

셀리아 : 프레더릭의 딸, 앨리어라는 가명으로 가니메데의 누이동생 행세를 함

올리버 : 롤런드 드 보이스 경의 큰아들

올란도 : 올리버의 동생

프랑스가 통일되지 못하고 여러 도(혹은 공국이라고도 불렸다)로 나뉘어져 있을 때였다. 어떤 도에서 법적으로 이 도를 통치하는 권리를 가진 공작의 동생이 자기 형을 내쫓고 그 자리를 빼앗아서 자기가 위법 통치자 노릇을 하게 된 일이 있었다.

동생에게 자리를 빼앗기고 쫓겨난 공작은 충성을 다하기 위하여 따라나서는 몇몇 신하들을 거느리고 아덴 지방 숲속으로 피신하여 살게 되었다. 이 숲속에서 이 마음씨 좋은 공작은 그를 아껴주는 신하들과 함께 살게 되었다. 이 충성스런 신하들은 자기네 토지의 수입이 전부 거짓 통치자에게 압수당할 것을 잘 알면서도 자진해서 공작과 함께 망명 생활을 하였던 것이다. 그러나 얼마 오래지 않아 이 숲속 살림에 익숙해지니 궁전에서 억압받는 영화로운 생활보다 자유스러운 생활이 더 유쾌한 생각이 들었다. 그래서 그들은 이 숲속에서 옛날 영국 이야기에 나오는 로빈 후드처럼 자유분방한 생활을 하게 되었다. 궁전으로부터도 젊은 귀족 청년들이 매일 놀러 나와서 세속의 근심과 걱정을 잊어버리고 살게 되니 세월은 유수처럼 빨리 흘러가는 것 같았다. 그들의 생활은 마치 황금시대로 되돌아가 사는 것 같았다.

여름에 그들은 무성한 숲 나무 그늘에 누워서 사슴들이 자유스럽게 노는 모습을 구경하는 것이 한 가지 낙이었다. 그들이 이 숲의 주인인 얼룩 바보 사슴들을 잡아먹지 않고는 살아갈 수 없는 자신들을 원망하였다.

그리고 찬바람이 불어오는 겨울에 이르러 공작으로 하여금 자신의 불운을 심각하게 느끼게 하는 때에 그는 자기감정을 꾹 눌러 참으면서,

"이렇게 추운 바람이 내 살을 에이는 것은 하나의 참된 충고라고

나는 생각한다. 찬바람은 아첨하려 들지 않고 실상 그대로 나를 대해 줄 뿐 아니라 바람이 제아무리 세찬 이빨로 내 몸을 물어뜯는다 할지라도 그 무정하고도 배은망덕한 인간들의 독한 이빨에 비하면 아무 것도 아니다. 사람들은 역경을 무척 싫어하지만 나는 이 역경으로부터 좋은 교훈을 얻어 낼 수 있다는 것을 지금 깨달았다. 마치 독이 있고 멸시받는 두꺼비 머리에서 뽑아낸 구슬이 값 나가는 좋은 약이 되는 것처럼."
하고 말하는 것이었다. 이렇게 하여 이 참을성 많은 공작은 그가 보는 어떠한 사물에서나 유익한 도덕을 발견하였고 현재 역경, 즉 속세를 떠난 생활 속에서 그는 여러 가지 교훈을 얻을 수 있었다. 나무에서는 좋은 말, 흘러내리는 시냇물에서는 책, 바위에서는 설교를 발견하여 그 어떤 사물에서나 좋은 점을 찾아낼 수 있었다.

　이 추방당한 공작에게는 외동딸이 하나 있었는데 그의 이름은 로절린드였다. 로절린드의 삼촌인 프레더릭은 자기 형을 내쫓고 그 자리를 빼앗아 차지하고 있으면서도 조카딸 로절린드는 내쫓지 않고 대궐에 머물러 있게 하여 자기 딸 셀리아의 동무로 삼았다. 이 두 처녀 사이에는 아주 친밀한 우정이 굳어져 있어서 그들 아버지들의 싸움이 그들의 우정을 조금도 방해하지 못하였다. 그래서 셀리아는 자기 아버지가 로절린드 아버지를 불의 무도하게 대한 잘못을 뼈아프게 통감하여 최선을 다해 로절린드를 위로하려 노력했다. 로절린드가 가끔 자기 아버지를 내쫓은 삼촌의 집에 그냥 머물러 있으며 신세를 지고 있다는 생각에 그만 우울해 질 때에 셀리아는 이를 무마하고 위로해 주기에 여념이 없었다.

　어느 날 여전히 셀리아는 로절린드를 위로하는 말로,

"언니, 착한 언니, 제발 좀 유쾌한 얼굴을 보여 주세요."
하고 말할 때 마침 프레더릭 공작이 사람을 보내서 방금 대궐 앞뜰에서 레슬링(서양 씨름) 시합이 있을 테니 구경하고 싶거든 즉시 오라고 전하였다. 레슬링을 구경하면 로절린드의 수심이 좀 풀어지려니 하는 생각이 든 셀리아는 곧 간다고 대답했다.

요즘에는 레슬링이 시골뜨기들이나 하는 경기로 되어 있지만 옛날에는 궁전에서도 왕이며 왕자며 공주들이 레슬링 구경하기를 무척 좋아했다. 그러므로 셀리아와 로절린드도 레슬링 구경을 하려고 나아갔다. 그러나 이 게임은 참혹한 비극으로 끝나기가 쉽다는 것을 그들은 곧 발견하였다. 왜냐하면 레슬링 게임을 할 한 사람은 키가 크고 힘이 셀 뿐 아니라 레슬링 연습도 아주 직업적으로 오래 했기 때문에 게임에는 번번이 이겼을 뿐 아니라 상대방을 죽여 버린 예도 많이 있던 남자였다. 그 상대방은 나이도 어린 청년일 뿐 아니라 이런 경기에 별로 경험도 없는 사람같이 보여서 거기 모인 관객들로 하여금 이 청년은 레슬링 하다가 필연코 눌리어 죽으리라고 생각하게 만들었다.

셀리아와 로절린드를 본 공작은,
"아, 자, 내 딸과 조카딸, 그래 너희들이 레슬링 구경을 하고 싶어 들어왔느냐? 그러나 별 흥미가 없을 게다. 두 적수의 차이가 너무 심해서 재미가 없을 것이다. 이 젊은 사람을 위해서는 차라리 이 경기를 그만두는 것이 좋겠다. 자 너희들이 이제 그 청년의 마음을 돌려보도록 권해보려무나."
하고 말하였다.

두 처녀는 이런 인도적인 역할을 하게 되는 것이 대단히 반가웠다. 그래서 먼저 셀리아가 이 낯선 청년을 보고 레슬링을 그만두라고 권해 보았으나 청년은 듣지 아니하였다. 그 다음에는 로절린드가 아주 친절한 말씨로 청년을 권하였다. 아주 진심으로 청년의 목숨이 위태하니 제발 그만두라고 간청을 했으나 이 간청은 도리어 역효과를 내게 되었다. 이런 아름다운 여자가 그렇게도 부드러운 말씨로 자신을 말리려 하는 것을 본 청년은 이런 사랑스런 여자 눈앞에서 과감히 싸워서 자기의 용감성을 보여주고 싶은 욕망이 일어났던 것이다.

이 청년은 두 처녀의 간청을 그야말로 아주 교양 있고 겸손한 말씨로 거절해 버렸다. 두 처녀는 더 한층 이 청년의 안위가 근심되었으나 청년은 자기주장을 끝끝내 세우기 위하여,

"두 분처럼 아름답고도 고귀하신 분들의 충고를 받아들이지 못하는 것은 참으로 미안합니다. 그러나 저는 바라건대 두 분의 그 아름다운 눈과 갸륵하신 소원이 저와 함께 이 시험대에 나와 주시기를 바라는 바이옵니다. 만일 제가 지면 지금까지 아무에게서도 정을 받아보지 못한 한 청년이 부끄러움을 당하는 것밖에 다른 아무것이 없을 것이요, 또 혹 제가 죽으면 본시부터 죽고 싶어 하던 한 청년이 죽을 따름이옵니다. 제가 죽더라도 누구 하나 슬퍼해 줄 이 없는 몸이오니 제가 죽는다고 어느 친구의 마음을 상하게 할 이 없사옵고 또 제가 죽는다고 이 세상을 욕되게 할 일도 통 없사오니 그것은 제가 이 세상에 아무 것도 소유한 것이 없기 때문이지요. 저는 지금 이 세상에서 보잘 것없는 존재이오니 제가 없어지면 이 자리를 나보다 더 좋은 사람이 채워주게 될 것입니다."

하고 말을 맺었다.

그러고 나서 레슬링은 시작되었다. 셀리아는 이 청년이 부상을 입지 않기를 빌었다. 로절린드는 그보다 훨씬 더 깊은 관심을 가지고

구경하고 있었다. 그 청년이 말하기를 자기는 이 세상에 친구 한 사람도 없고 차라리 죽고 싶다고까지 하였다. 이것은 로절린드 자기 자신의 불행과 꼭 같다고 느끼게 되어서 그는 이 청년을 누구보다도 더 가엾게 보게 되었다. 또 그 청년의 안위에 대하여 너무나 깊은 관심을 품게 되었으므로 말하자면 바로 이때 로절린드가 이 청년을 사모하게 되었다고 해도 과언이 아닐 것이다.

이 모르는 한 청년에게 보인 두 처녀의 친절은 이 청년에게 용기와 기력을 불어넣어 주어서 레슬링 게임에 묘기를 다 보일 수 있게 되었고 종막에는 이 청년이 적수를 때려 눕혀 완전한 승리를 하였다. 패배한 남자는 얼마나 혼이 났던지 한참 동안 몸을 움직이지 못하고 말도 하지 못하고 누워 있었다.

프레더릭 공작은 이 낯선 청년의 기개와 기술에 너무 탄복하였다. 그는 당장 이 청년을 자기 부하로 고용하려고 그 이름과 부모의 이름을 물어보았다. 이 낯선 청년은 대답하기를 자기 이름은 올란도요 롤런드 드 보이스 경의 막내아들이라고 하였다.

올란도라는 이 청년의 아버지 롤런드 드 보이스 경은 이미 이 세상을 떠난 지 여러 해 된 사람이었다. 그러나 그가 생존해 있을 때 그는 지금 쫓겨나간 공작의 충성된 신하인 동시에 또 아주 가까운 친구였다. 그러므로 프레더릭은 이 청년 올란도가 바로 자기가 내쫓은 형의 친구 아들이란 것을 알게 되자 그가 이때까지 이 청년에게 느꼈던 호감이 금시에 사라져 버렸다. 도리어 기분이 매우 상하여 불쾌한 기색으로 그 자리에서 물러 나가고 말았다. 그는 나가면서 속으로 자기 형 친구의 이름이라면 그 이름만 들어도 싫었으나 청년의 젊음과 용기는 몹시 탐이 나서 그 청년이 다른 사람의 아들이었더라면 얼마나 좋을까 하고 탄식하였다.

　로절린드로 말하면 이 청년이 바로 자기 부친의 친구 아들이란 말을 들었을 때 그 기쁨은 억제할 수 없었다. 그래서 그는 셀리아에게,

　"응, 우리 아버님께서 롤런드 드 보이스 경을 참 좋아하셨어. 흥, 이 청년이 바로 그분의 아들인 줄 진작 알았더라면 아까 씨름을 그만두라고 간청할 적에 눈물까지 흘리면서 빌었을 거야!"
하고 말하였다.

　그러고는 두 처녀는 나아가서 이 청년에게로 가까이 갔다. 그 청년은 공작이 갑자기 불유쾌한 태도로 일어서서 가버린 데 대하여 부끄럽고도 어색한 감이 들어서 멍하니 서 있었다. 두 처녀는 그러지 말라고 위로의 말로 기운을 북돋아 주었다. 그러고는 두 처녀가 그 자리를 떠나갈 때 좀 더 친절한 이야기로 이 용감한 청년을 위로해 주고 나서 로절린드는 자기 목에서 목걸이를 벗어 들면서,

　"여보세요, 이 목걸이를 걸으세요. 저를 위하시는 마음으로요. 저는 지금 불운에 빠져 있기 때문에 이것밖에 더 좋은 것을 드릴 수가 없네요."
하고 말하며 그 목걸이를 청년에게 주고 헤어졌다.

　두 처녀가 단둘이 있게 되었어도 로절린드 입에서는 계속 올란도 이야기가 그칠 줄을 몰랐다. 이것을 본 셀리아는 자기 사촌이 그 젊은 미남자 레슬링 선수를 사랑하게 되었다고 생각했다. 그래서 그는 로절린드에게,

　"언니는 그래 그리 쉽게 사랑에 빠져 버리나요?"
하고 말했더니 로절린드는,

"우리 아버님 공작께서 그이 아버님을 무척 사랑하셨어."
라고 대답하는 것이었다. 셀리아는 다시,

"그러나, 아버님이 그의 아버님을 사랑했다고 해서 딸이 아들을 꼭 사랑해야만 된다는 법이 있습니까? 만일 그래야만 된다면 난 그 남자를 미워해야 되겠네요, 우리 아버님이 그이 아버님을 미워했으니까요. 그런데 말이에요, 난 어쩐지 그 사람을 미워할 수가 없어요."
라고 말하였다.

롤런드 드 보이스 경의 아들을 볼 때 비위를 상한 프레더릭은 생각하면 생각할수록 화가 치밀어 올랐다. 형 공작을 내쫓기는 했으나 귀족들과 신하 대부분이 쫓겨나간 형을 따라간 사실을 생각할 때 화가 더 한층 났다. 또 최근에는 조카딸 로절린드도 아주 미워졌다. 그것은 그 나라 국민 대부분이 로절린드의 정숙한 모습을 극구 칭찬하는 동시에 그 아버지의 불행을 동정하여 로절린드를 불쌍히 여기는 것이 프레더릭의 비위를 몹시 거슬렀다. 조카딸을 미워하는 생각이 왈칵 더 치밀어 오르는 것을 참지 못한 그는 공주들이 거처하는 방으로 뛰어 들어갔다. 그때 마침 두 공주는 올란도 이야기를 하고 있었는데 프레더릭 공작은 화가 잔뜩 난 무서운 얼굴로 들어와서 로절린드에게 지금 당장 대궐을 떠나서 아버지 있는 데로 가라고 명령하였다. 셀리아가 아버지를 붙들고 사촌언니를 내쫓지 말라고 빌었으나 공작이 이때까지 로절린드를 내쫓지 않은 것은 셀리아를 위해서였지만 지금은 그럴 필요가 없으니 쫓아내야 된다고 고집하였다. 셀리아는,

"그때에 저는 나이가 너무 어리고 철이 없어서 언니와 같이 있게 해달라고 아버님께 간청할 생각이 없었어요. 그러나 지금은 저도 언니의 가치를 잘 알게 되었을 뿐 아니라 우리 둘이서는 몇 해 동안이나

한자리에서 자고, 한 때 일어나고, 공부도 함께 하고, 놀기도 함께 하고, 먹기도 함께 해 왔어요. 지금 언니가 내 곁을 떠난다면 나 혼자서는 살 수가 없어요."
하고 애원하였다. 이에 대하여 공작은,

"그 애는 너무나 약아빠져서 같이 있는 것이 네게는 손해야. 그 애의 침묵, 그 애의 인내가 국민들의 동정을 너무나 산단 말야. 그러니 네가 나서서 지금 그 애를 위하여 나에게 비는 건 바보스런 짓이다. 그 애가 없어지고 난 뒤에 너는 보다 더 영리하게 보일 것이요, 보다 더 정숙하게 보일 것이니 말이다. 그러니 넌 입 닫고 가만있어라. 내가 그 애를 내쫓으려고 하는 결심은 바뀔 수 없다."
하고 대답하였다.

셀리아가 아버지 마음을 도저히 돌릴 수 없다는 것을 깨닫고는 모든 것을 단념하고 로절린드와 함께 자기도 궁에서 나가 버리기로 결심하였다. 그래서 바로 그날 밤으로 대궐 문을 나서서 로절린드와 함께 로절린드의 아버지를 찾아 나서기로 하였다. 아덴 숲까지라도 가서 쫓겨난 공작을 찾기로 하였다.

그들이 길을 떠나기 직전에 셀리아가 생각하기를 두 젊은 여자가 더구나 궁에서 입는 비단 옷을 입은 채로 먼 길을 떠나는 것은 위험천만이라고 여겨서 둘이 다 시골 처녀처럼 차리고 떠나자고 말하였다. 이에 로절린드는 말하기를 둘 중 하나는 아주 남자 복장을 하고 떠나는 것이 더 안전하지 않겠느냐고 하니 두 사람의 의견은 곧 꼭 맞게 되었다. 로절린드는 셀리아보다 키가 큰 만큼 로절린드가 촌뜨기 사내 옷차림을 하기로 하고 셀리아는 시골 처녀 몸차림을 하고 나섰다. 둘이서는 서로 오빠 누이로 부르기로 약속하였다. 그리고 로절린드는 가니메데라는 남자 이름으로 행세하기로 하고 셀리아는 별명으로 앨리어라는 이름을 택하기로 하였다.

이렇게 변복을 한 두 공주는 따로 나가 사는 데 필요한 돈과 보석류를 싸 가지고 먼 길을 나섰다. 아덴 숲은 이 도 경계를 지나서도 아주 멀리멀리 떨어진 곳에 있었다.

로절린드(지금부터는 가니메데라고 불러야 되겠는데)는 남자복장을 입게 되자 남자다운 용기를 얻는 상 싶었다. 그 지루하게 멀고 먼 길을 여행하는 도중에 셀리아가 보여준 그 극진한 우정이 로절린드를 감격시켜서 그는 지금 앨리어라는 이름을 가진 누이동생, 얌전한 시골 처녀를 그야말로 오빠로서 참으로 사랑해 주었다. 또 새로 오빠가 된 소박하고도 굳건한 가니메데는 누이동생의 기분을 명랑하게 해주려고 최선의 노력을 하였다.

마침내 그들은 아덴 숲에 도착하였다. 숲에 다다라 보니 그들이 지금까지 도중에서 누릴 수 있었던 훌륭한 여관을 통 볼 수 없었다. 종일 먹지도 쉬지도 못하고 이리저리 방황하게 되니 이때까지 오는 도중에는 그렇게도 꾸준히 재미난 이야기와 행복스런 이야기로 누이를 늘 즐겁게 해주던 오빠 가니메데도 이제는 별수 없었다. 누이 앨리어에게 자기도 피곤하고 지쳐서 자기가 입은 남자복장이 부끄럽지만 아주 여자처럼 울고 싶어졌다고 고백하게 되었다. 그리고 또 앨리어는 앨리어대로 이제는 더 이상 한 걸음도 옮길 수 없다고 선언하는 것이었다. 그래서 가니메데는 여자를 위로해 주고 또 편안하게 해주는 책임이 남자에게 있다는 것을 회상하여 누이에게 용감한 자세를 보이려고 노력하면서 말하였다.

"자, 용기를 내. 우리가 지금 우리 여행을 다 끝내고 바로 아덴 숲속에 들어섰으니 성공이야."

하고.

그러나 이렇듯 가장한 사내다운 태도나 억지 용기가 그들을 더 지탱할 수는 도저히 없었다. 그러나 그들이 지금 아덴 숲속에 들어선 것은 확실히 알지만 그 숲 어느 쪽으로 가야만 공작을 만나게 되는지 통 알 수 없었다. 그러면 이 지친 여자들이 숲속에서 길을 잃고 헤매다가 굶어 죽었던들 이 두 처녀의 여행은 비극으로 끝났을 것이다. 그러나 다행하게도 하늘이 도왔던지 그들이 지칠 대로 지치고 구원을 받을 소망까지도 단념해 버리고 풀밭에 주저앉아서 거의 죽을 지경이 다 되었을 때, 마침 우연히도 어떤 시골 사람 하나가 이곳을 지나가다가 이 두 사람을 보게 되었다. 인기척을 들은 가니메데는 한 번 더 사내다운 굳센 목소리로,

"양 치는 양반, 자 이걸 좀 보십시오. 이 처녀, 내 누이동생이 지금 오랜 여행 끝에 지치고 배가 고파서 죽을 지경이 되었습니다. 우리를 불쌍히 보아 주시거나 그렇지 않으면 우리가 금과 돈을 가지고 있으니 이 황량한 곳에서나마 먹고 쉴 자리를 구해 주시면 감사하겠습니다."

하고 말하였다.

이 시골 사람은 대답하기를 자기는 목장 주인은 아니고 어떤 목장의 머슴인데 목장 주인이 지금 그 목장을 팔아 버리려고 준비 중이기 때문에 그리로 가도 별로 신통한 대접을 기대할 수 없으니 그저 초라할망정 있는 그대로도 좋다면 자기와 함께 가도록 하자는 것이었다. 그래서 그들은 이 사람을 따라갔다. 가까운 곳에 쉬고 먹을 자리가 있다는 기대가 그들에게 새로운 기운을 북돋아 주었다. 그들은 그

집과 목장과 양을 전부 다 사고 그들을 이 집으로 인도해 준 그 사람을 그대로 하인으로 두기로 했다. 참으로 다행하게도 깨끗한 집 한 채에다가 먹을 것도 충분하게 생긴 두 사람은 당분간 거기서 살면서 이 숲의 어느 곳에 공작께서 살고 계시는지를 알아보기로 하였다.

여행 중 병이 났던 것을 다 풀고 나니 지금 그들은 새로운 이 생활에 취미를 붙이게 되었다. 그들은 이제 참으로 하나는 양치기요, 또 하나는 양치는 처녀인 양 근사하게 느껴지기도 하였다. 그러나 때때로 가니메데는 자기가 한 때 로절린드 공주였다는 것이 회상되고 또 자신이 그의 아버지의 친우인 롤런드 경의 아들인 올란도에게 사랑을 느꼈던 것도 새삼스레 머리에 떠오르곤 하였다. 그리고 가니메데가 생각하기에 올란도는 몇십 리 몇백 리 먼 곳에 있으려니, 거기서 여기까지 여행을 하려면 그때처럼 여행 병이 나려니 하고 생각하고 있었다. 그들은 머지않아 올란도 역시 이 아덴 숲속에 살고 있다는 것을 알게 되었다. 이 이상한 사건 이야기는 아래와 같다.

올란도는 롤런드 드 보이스 경의 막내아들인데 아버지가 죽을 때 이 막내아들 양육을 맏아들 올리버에게 부탁하였다(그 당시 올란도는 어린아이였다). 그때 아버지는 맏아들에게 막내를 맡아 교육을 잘 시켜서 장성한 후에 선조와 가문의 명예를 계승 확보할 수 있도록 잘 지도하라고 신신당부를 했던 것이다. 그러나 올리버는 형 노릇하기에 적합지 않았다는 사실이 증명되고 말았다. 그 형은 돌아가시는 아버지의 유언을 전적으로 무시해 버리고 동생을 절대로 학교에 보내지 않고 집에 가두어 두어서 무식한 사람이 되게 만들었을 뿐 아니라 도무지 돌보아 주지도 않았다. 그러나 올란도는 그 타고난 품성이나 고귀한 마음이 바로 제 아버지를 닮았기 때문에 교육을 별로 못 받고도 그가 장성한 것을 보는 사람들에게 가장 주의 깊은 교육 아래 자라난 사람 같은 인상을 주게 되었다. 그러니까 맏형 올리버는 동생의 점잖은 행동과 훌륭한 인격에 극히 시기심이 나서 결국에는 아우를 그만 없애버리려고 꾀했다. 그래서 좀 전에 이야기한 그 레슬링 경기, 즉 레슬링 하다가 사람 여럿을 죽인 그 거한과 겨루어 올란도가 씨름을 하도록 꾀인 것은 맏형 올리버였던 것이다. 레슬링을 시작하기 전에 올란도가 두 공주를 보고 자기는 이 세상에 친구도 없고 차라리 죽어 버렸으면 좋겠다고 말하게끔 된 것은 그가 자기 맏형, 그 잔악한 맏형의 학대에 못 견디어서 그런 최후의 생각까지 진정으로 하게 되었던 것이다.

그런데 맏형 올리버는 자기가 바라던 것과는 정반대로 아우가 레슬링에 이겼다는 소식을 듣게 되자 시기심이 한없이 더 끓어올라서 이번에는 아우 올란도의 침실에 불을 질러서 생화장해 버리겠다고 결심을 하였다. 그가 결심을 큰 소리로 말했기 때문에 그 말을 엿들은 사람이 하나 있었다. 그 사람은 곧 다른 사람이 아니라 일찍부터 롤런드 경 생시에 그에게 충성을 다해 온 노인으로 롤런드 경의 여러 아들 중에도 특히 올란도를 제일 사랑했다. 그 이유는 올란도가 그 어느 아들보다도 아버지를 제일 많이 닮은 것을 보았기 때문이다. 그래서 이 노인은 올란도가 공작의 궁전에서 나와서 집으로 오는 길목을 지키고 있다가 젊은 주인 올란도를 만났다. 자기가 사랑하는 젊은 주인이 사경에 빠진 것이 너무나 민망하고 기가 막혀서 몹시 흥분한 목소리로 아뢰었다.

"아, 갸륵하신 주인님, 나의 사랑하는 주인님! 아! 돌아가신 아버님의 기억을 자아내게 하는 도련님! 어째서 도련님은 인자하십니까?

무슨 일로 도련님은 친절하시고 튼튼하시고 또 용감하십니까? 또 어찌하여 도련님께서는 그 유명한 레슬링 선수를 때려눕혔습니까? 도련님을 칭송하는 소리가 너무나 빠르게 도련님보다 앞서서 집으로 들어왔습니다."

이런 긴 이상한 말을 듣는 올란도는 영문을 몰라서 대관절 어찌 된 일이냐고 물어 보았다. 그러자 이 노인은 그 악독한 맏형이 아우가 국민들의 인기를 독차지하여 질투를 했다고 말했다. 더욱이 이번에 또 공작의 궁전 앞뜰에서 그 유명한 씨름꾼과 싸워 승리를 했기 때문에 아우의 인기가 더 한층 올라가는 데 그만 분통이 터져서 형이 아우를 죽여 버리기로 맹세하더라는 이야기를 자초지종 다 하였다. 형이 바로 오늘 밤에 아우가 잠자는 틈을 엿보아 침실에 불을 놔서 태워 죽일 계획을 하고 있으니 지금 집으로 가지 말고 곧 피신을 하라고 마지막으로 충고까지 해주었다. 그러고는 올란도가 수중에 돈 한 푼도 없는 것을 잘 아는 노인인지라 아담은(이 마음씨 좋은 노인의 이름이 바로 아담이었다) 몇 푼 안 되는 자기 돈 전부를 털어 내주면서,

"자, 여기 오백 크라운의 돈이 있습니다. 이 돈은 제가 공작님을 모실 적에 받은 월급을 아끼고 아껴서 저축해 놓은 돈입니다. 제 나이가 너무 늙어 수족을 마음대로 놀리지 못하게 되어 일을 그만두게 될 때 이것으로 여생을 보내려고 꽁꽁 묶어 두었던 것입니다. 자 어서 이 돈을 가지고 피신하세요. 저는 그 옛날이야기대로 까마귀에게 먹을 것을 물려 보내주시는 하나님께 제 늙은 몸을 의탁하겠습니다! 자, 이 돈을 받으십시오. 이걸 전부 다 도련님에게 드리오니 저를 하인으로 고용해주세요. 비록 내 몸이 늙어 보이기는 하나 저는 도련님의 일을 도와드리고 필요한 봉사를 할 수 있습니다."

"아, 갸륵하신 영감님! 어쩌면 영감님은 태곳적 그 미덕을 그냥 가지고 있습니까? 영감님은 요새 유행하는 사람과는 다른 아주 딴 세상 사람이군요. 그럼 우리 둘이 함께 갑시다. 그리고 영감님이 젊었을 때 벌어서 이처럼 고이 간직하여 두었던 이 돈을 다 쓰기 전에 그래도 내가 무슨 생계든지 마련해서 우리 두 사람이 살아 나갈 수 있는 방도가 생기겠지요."
하고 올란도는 대답하였다.

그리고는 이 충성스런 하인과 그가 사랑하는 젊은 주인 두 사람은 길을 떠났다. 길을 떠나기는 떠났으되 어디 일정한 목표도 없이 그냥 자꾸자꾸 가다가 급기야는 그들도 아덴 숲에 도착하였다. 이 숲속에서 이 두 사람은 얼마 전에 가니메데와 앨리어 두 사람이 경험한 것과 똑같은 굶주림을 경험하게 되었다. 그들은 집을 찾으려고 애를 쓰고 계속 걸어갔다. 그러나 집은 하나도 발견하지 못하고 배가 고프고 몸이 지치어 늙은 아담은 거의 죽게 되고 말았다. 마침내 아담은 말하였다.

"아, 사랑하는 주인님. 난 굶어 죽겠어요. 이젠 한 걸음도 움직일 수가 없습니다!"

이런 말을 하고 난 아담은 그 자리에 드러누워 버렸다. 그 누운 자리를 자기 무덤으로 생각한 아담은 주인에게 작별 인사를 말하였다. 늙은 하인의 모습을 본 올란도는 노인을 일으켜 안아서 나무 그늘 밑 좀 나은 자리로 옮겨 앉히고 말하였다.

"기운을 차리세요. 아담 영감, 그 피곤한 팔다리를 여기서 한동안 좀 푹 쉬도록 하세요. 그리고 죽는다는 소리는 그만 하세요!"

그러고 나서 올란도는 먹을 것을 구해보려고 이리저리 헤매다가 우연히 쫓겨난 공작이 살고 있는 지점에 가까이 이르게 되었다.

쫓겨난 공작은 그때 마침 친구들과 더불어 저녁을 먹기 시작하는 참이었다. 공작의 고귀하신 몸으로 몸 가릴 지붕이라고는 커다란 나무들뿐이었고 용상 대신에 풀밭에 앉아서 식사를 드시고자 하였다.

배가 너무 고파서 자제력을 잃어버린 올란도는 기회만 되면 먹을 것을 강탈할 결심으로 칼을 뽑아 들고 덤비었다. 그는 소리를 질렀다.

"잠깐만 먹기를 중지하시오. 당신들의 음식을 내가 먹어야 되겠소!"

이때 공작은 침착한 태도로 올란도에게 배가 너무 고프고 고생스러워서 만용을 부린 것인지 그렇지 않으면 원래 무례한 놈인지 똑바로 말하라고 호령하였다. 이에 올란도는 말하기를 자기는 당장 배가 고파 죽을 지경이라고 말하니, 공작은 그럼 체면 차리지 말고 같이 앉아서 먹자고 청했다. 공작의 이런 친절한 대우에 감격한 올란도는 칼을 칼집에 꽂고 자신이 그렇게도 무례한 방법으로 음식을 강요했던 것이 부끄럽게 생각되어 얼굴을 붉히고 어쩔 줄 몰랐다. 그래서 그는,

"용서하십시오, 저는 비옵니다. 제 그릇된 생각으로는 이런 숲속에 사는 사람들은 으레 도둑놈들이려니 하고 착각하여 그렇듯이 무례한 명령을 했던 것입니다. 그런데 이런 으슥한 숲속에서 이 우울하기 짝이 없는 나뭇잎 아래서, 지나가는 시간을 허송하고 또 무관심하게 생각하는 당신들이 과연 어떠한 사람들인지 제가 알 수 없는 일입니다. 만일에 당신들도 지금 이런 생활보다 훨씬 나은 생활을 경험해 본 일이 있었던지, 만일에 당신들이 예배당 종소리가 그윽히 들려오는 지방에 살아본 일이 있었던지, 만일에 요리상을 받아 본 경험이 있

었던지, 만일에 당신들도 남을 동정하거나 또는 동정을 받았을 때 감격하여서 저절로 흘러내리는 눈물을 씻어본 일이 있는 사람들이라면 지금 제가 하는 이 간청을 용납하고 인간다운 예의로 저를 맞아 줄 것으로 믿습니다!"

이 말에 대하여 공작은 대답하기를,

"당신이 말하는 바대로 우리들은 참으로 한 때 보다 더 풍족한 생활을 하던 사람들입니다. 그리고 지금 우리는 황량한 숲속에서 이러한 생활을 하고 있지만 우리들도 이전에는 큰 읍 또는 큰 도시에 살던 사람들이오. 교회 종소리에 이끌리어서 교회로 가던 경험도 있고 맛있는 음식들이 차려진 요리상도 받아 보았고 신성한 동정지심을 걷잡을 수 없어서 눈물을 씻어본 경험도 가진 사람들입니다. 자 그러니 어서 이리 와 앉으시오. 당신 배가 부르도록 실컷 마음 놓고 잡수시오."

하고 말하였다.

"하, 그런데 말씀입니다. 한 노인이 또한 계십니다. 이 노인은 아무런 이유 없이 단순히 이 내 몸을 사랑하기 때문에 지친 다리를 절룩거리면서 머나먼 길을 동행해 온 늙은이입니다. 이 늙은이는 굶주릴 뿐 아니라 나이까지 많아 이분의 상황이 나 자신보다 더 한층 급한 것입니다. 그러니 그분을 먹이기 전에 나는 이 음식 한 톨도 입에 댈 수가 없습니다."

하고 올란도가 대답하였다.

"그럼, 어서 가서 그 어른을 찾아 이리로 모시고 오시오. 당신이 그분과 함께 이리로 돌아올 때까지 우리는 이 음식을 먹지 않고 기다리고 있겠소."

라고 공작이 말하자 올란도는 마치 노루가 자기 새끼를 찾아 먹을 것을 주려고 달려가듯이 뛰어가서 금시에 아담을 부축하여 데리고 되돌아왔다. 공작이,

"자, 그 늙으신 분을 이리 앉히시오. 두 분 다 대환영합니다."
라고 말하면서 그들에게 먹을 것을 많이 주고 또 기분을 유쾌하게 만들도록 애를 썼다. 그리하여서 아담은 회복되고 그의 건강과 기력이 다시 왕성하게 되었다.

공작은 올란도가 누구인가를 물어 보았다. 그리고 올란도가 바로 자기 친구였던 롤런드 드 보이스 경의 아들이라는 것을 알게 되자 그는 너무나 반가웠다. 공작은 즉시 올란도를 자기 보호 아래 두었고 올란도와 또 그 늙은 하인 둘 다 공작과 함께 그 숲속에서 살게 되었다.

올란도가 이처럼 이 숲에 와서 살게 된 지 며칠 안 되어 가니메데와 앨리어는 이 숲에 도착하여 (이미 이야기 한 바와 같이) 목장 주인의 집을 사들이게 되었던 것이다.

그런데 가니메데와 앨리어는 숲속을 돌아다니면서 수다한 나무 등걸에 로절린드 이름이 칼로 새겨져 있을 뿐 아니라 거기마다 로절린드에게 보내는 소네트(14행 시)로 쓴 연애시가 매달려 있는 것을 보고 매우 이상하게 생각하였다. 그들이 이 일을 참으로 신기롭게 여기며 이리저리 헤매고 다니다가 마침내 올란도를 만나게 되었고 올란도가 일찍이 로절린드가 선물로 주었던 목걸이를 달고 다니는 것을 또한 보았다.

올란도도 이 두 처녀를 보았으나 남자 복장을 한 가니메데가 바로 자기의 마음을 사로잡은 로절린드인 줄은 꿈에도 몰랐다. 계속하여 배회하면서 나무 등걸에 그 이름을 새기고 또 그의 아름다움을 찬

양하는 소네트를 자꾸 써 걸었다. 그러다가 올란도는 이 미소년인 목장 주인의 우아한 모습에 호감을 느껴서 이 소년에게 말을 걸었다. 이야기를 하는 동안에 올란도는 이 미소년이 사랑하는 로절린드와 비슷한 점이 있다는 것을 발견하기는 했으나 로절린드 공주가 가진 그 고귀한 품성은 가지고 있지 못하다고 생각하였다. 그것은 가니메데가 아이의 때를 벗고 어른이 되는 중간 시절에 흔히 있는 건방진 태도를 보였기 때문이요, 또 가니메데는 다분히 장난기 또는 놀려대는 기분으로 올란도를 보고,

"이 숲속에 웬 연애병 환자가 들어와가지고 우리 이 숲을 배회하면서 로절린드라는 이름을 자꾸만 어린 나무 등걸에 새기기 때문에 나무들이 망가지고 있어요."
하고 불평을 말하고 또 이어서,

"그 연애병 환자가 이 로절린드라는 여자를 사모하는 노래를 명자나무에 달아매고 또 구슬픈 노래를 가시덤불에다가 끼워 놓고 있는데 만일 내가 이 자를 찾아내기만 하면 그 자에게 어떻게 하면 그 상사병을 고칠 수 있는지 그 방법을 알려 줄 것이오."
하고 말하는 것이었다.

그러자 올란도는 바로 자기 자신이 지금 말한 상사병 환자라고 고백하고 나서 가니메데에게 지금 말한 그 치료법을 가르쳐 달라고 조르기 시작하였다. 가니메데는 치료법을 지시해 주었는데 그것은 어떤 것이냐 하면 올란도에게 매일 가니메데의 집으로 찾아오라는 것이었다.

"그러면 나 가니메데는 로절린드인 체하고 있을 테니 당신은 나를 역시 로절린드라고 가정하고 당신이 로절린드에게 연애를 거는

것처럼 그대로 나에게 행동하시오. 그러면 나는 또 나대로 변덕스러운 귀부인들이 자기에게 사랑을 요구하는 남자들에게 그 어떠한 이상야릇한 대우를 해주는지를 꼭 그대로 당신에게 대해드리리다. 그러면 당신은 며칠 못 가서 당신의 연인에게 대한 환멸을 느끼게 되고 당신이 도리어 부끄러운 생각이 들 겁니다. 이것이 바로 내가 당신의 병을 치료해 주려는 방법입니다."
하고 말을 맺었다.

올란도로서는 이런 치료 방법을 그리 신통하게 여기지는 않았으나 그는 매일 가니메데의 집으로 가서 연애 거는 흉내를 내겠노라고 동의하였다. 그러고는 그 후로 과연 올란도는 매일 가니메데와 앨리어 남매가 살고 있는 집을 방문하였다. 올란도는 목장 주인 가니메데를 자기가 사랑하는 로절린드라고 부르면서 매일매일 젊은 남자가 여자를 유혹할 때 흔히 쓰는 좋은 말과 아첨하는 말을 늘어놓는 것이었다. 그러나 아무리 오랜 시일이 지나도 가니메데는 올란도가 로절린드에게 보내는 일편단심 사랑을 고치는 데 그 어떠한 진전도 보이지 못한 채로 지나가 버리고 말았다.

올란도는 지금 자기가 매일 하고 있는 사랑놀이는 한낱 장난에 지나지 않는 것이라고 생각하기는 하면서도 하여튼 이 남자(가니메데가 바로 로절린드라는 사실을 꿈에도 모르고 있으면서)에게나마 자기가 품은 연정을 하소연하고 날 때 기분은 아주 좋아지는 것이 사실이었다. 또 가니메데로서도 올란도가 자기 심중을 토로하는 사랑의 속삭임이 무척 마음에 흐뭇하게 좋은 것이었다. 그것은 올란도가 하는 모든 이야기는 바로 자기 자신에게 당연히 해올 이야기이니까 말이다.

이렇게 여러 날 동안을 이들 젊은이들은 서로 기분 좋게 보냈다.

이 모습을 보는 앨리어도 좋은 성격의 소유자인지라 이 광대 노름을 재미있게 구경하고 있었다. 그래서 그는 로절린드가 올란도의 입을 통하여 자기 부친 공작이 살고 계신 장소를 이미 알게 된 이상 자기 신분을 밝힐 때가 왔다는 걸 그리 따지지도 않고 그냥 내버려 두었다. 사실은 가니메데 자신도 어떤 날 공작을 만나 보았는데 그때 그 공작과 잠시 대화가 있었고 공작이 가니메데의 부모는 어떤 사람인가 물어볼 때에 가니메데는 단순히 자기 부모도 공작 못지않은 훌륭한 사람들이었다고 대답하였다. 이런 대답을 들은 공작은 이 한 소년, 양치기 소년이 귀족의 자손일 리는 만무하다는 생각으로 그만 빙그레 웃었다. 가니메데는 자기 대답에 공작이 만족한 듯이 웃는 것을 보고 좀 더 자세한 설명은 며칠 뒤로 연기하여도 무방하다고 생각하여 그것으로 만족하고 말았다.

어떤 날 아침, 올란도는 가니메데의 집을 향하여 가는 도중 길가에 어떤 사람이 누워서 잠을 자고 있는데 굵고 퍼런 뱀 한 마리가 이 사람의 목을 감고 있는 것을 보았다. 그러나 올란도가 가까이 오는 것을 본 뱀은 슬그머니 슬슬 기어서 근처 수풀 속으로 숨어 버리고 말았다. 올란도가 이 잠자는 사람 가까이로 다가가 보니 바로 옆에 암사자 한 마리가 그 머리를 땅에 기대고 웅크리고 앉아 있는 것을 보았다. 이 사자는 지금 고양이가 쥐를 노리는 것 같은 눈으로 자는 사람을 들여다보면서 잠이 깨기를 기다리는 것이었다(옛날 이야기에 사자는 죽은 동물이나 잠자는 동물은 잡아먹지 않는다고 한다). 생각해보면 이 잠자는 사람이 뱀에게 물려 죽거나 사자의 밥이 되지 않도록 하기 위하여 하나님께서 이 시간에 올란도로 하여금 이 자리를 통과하도록 섭리하신 것 같았다. 그러나 올란도가 이 잠자는 사람의 얼굴을 들여다보자 뱀과 사자의 밥이 될 뻔한 사람은 다른 사람이 아니고 바로 올란도 자기를 학대하다 못해 나중에는 생화장을 해서 죽여 버리려고까지 한 형 올리버라는 것을 알았다. 그래서 올란도는 형을 그 자리에 그냥 내버려 두어서 굶주린 사자의 밥이 되도록 하리라 하는 생각이 불현듯 나기는 했다. 그러나 그래도 핏줄기를 같이한 형제요 또 의젓한 마음씨의 소유자인 올란도인지라 그 유혹을 단연 물리치고 칼을 뽑아 들고 사자에게 달려들어 죽여 버려서 자기 형의 생명이 그 독사와 흉한 사자에게 해를 받게 된 것을 구해주었다. 그러나 올란도가 사자를 아주 죽여 버리기 전에 그는 그 사자의 날카로운 발톱에 팔의 상처를 입었다.

올란도가 한창 사자와 싸우고 있을 때 올리버는 잠을 깼다. 그는 자기가 이때까지 그렇게도 학대해 온 동생이 자기 생명을 내놓고 야수와 격투하여 못된 형의 목숨을 살려 주려고 한 것을 깨닫게 되자 부끄러운 생각과 후회가 곧 그의 마음을 사로잡았다. 그래서 형은 자신의 악행을 그 자리에서 회개하고 나서 눈물을 흘려가며 아우에게 과거 학대를 용서해 달라고 빌었다. 올란도는 자기 형이 그처럼 개과천선한 것이 너무나 기뻐서 흔쾌히 형의 과거 죄를 용서해 주었고 그들 형제는 서로 얼싸안고 화해를 했다. 그래서 이 순간부터 올리버는 아우 올란도를 죽이려고 찾아다니던 비행을 뉘우치고 진정으로 동생을 사랑하게 되었다.

올란도는 사자 발톱에 할퀸 팔의 출혈이 심하여서 기운이 빠져 가니메데를 방문하지 못할 것을 각오하고 형에게 부탁하여,

"내가 장난으로 로절린드라고 부르는 가니메데에게로 대신 가서 지금 자기가 상처를 입어서 못 간다."

고 전해 달라고 하였다.

그래서 올리버는 그리로 가서 가니메데와 앨리어를 만나 올란도가 자신의 목숨을 살리기 위하려 사자와 싸우다가 상처를 입은 이야기를 들려주었다. 올리버는 올란도가 그 얼마나 용감하게 성난 사자와 싸워 이겼다는 말을 하고 나서 지금 소식을 전하는 사람은 바로 올란도의 친형으로 자신이 목숨을 구하게 된 것은 아우가 싸워준 덕분임을 누누이 말했다. 또 과거에 자신이 아우를 얼마나 학대해 왔다는 이야기며 지금은 아주 원만히 화해가 되었다는 이야기까지 모두 늘어놓았다.

올리버가 그렇게도 진지한 태도로 자기 과거 비행을 슬퍼하고 후회하는 광경에 그 이야기를 듣고 있던 앨리어는 몹시 감동하였다. 앨리어는 그 자리에서 이 남자를 사랑하게 되었다. 그리고 또 올리버는 그대로 자기가 말하는 한 마디 한 마디에 이 처녀가 그렇게도 감동하며 자기를 동정해 주는 데 감격하여서 그도 앨리어를 사랑하게 되었다.

이렇게 사랑이 이 두 남녀의 가슴속으로 숨어들어 오는 동안에 올리버는 가니메데를 간호하지 아니하면 안 되게 되었다. 올란도가 사자와 싸우던 이야기와 그 사자 발톱에 할퀴어서 부상을 입었다는 말을 들었을 때 가니메데는 그만 기절을 해 버린 것이었다. 얼마 후 그가 깨어나자 그는 자기가 로절린드 대역으로 가짜 기절 연극을 꾸몄노라고 변명하고 나서 올리버에게 말하기를,

"가서 당신 동생에게 이 가니메데가 기절 연극을 얼마나 잘 했나 일러주시오."

하였다. 그러나 올리버는 이 사람의 안색이 나빠진 것으로 보아 가짜 기절이 아니라 진짜 기절을 했던 것이 분명하다고 보고 이 남자가 어

쩌면 그렇게도 마음이 약할까 하고 이상스럽게 생각했다. 그래서 그는,

"흥, 여보시오, 그래 당신이 정말로 가짜 기절을 꾸몄다면 이제부터는 굳건한 마음을 품고 진짜 남자가 되도록 해보구려."
하고 말하였다. 가니메데는 이에 똑바로 대답하기를,

"예, 나도 그래보기로 하지요. 그러나 난 차라리 여자가 되었어야 할 것인데."
하고 말하였다.

올리버는 이 집에서 오랫동안 머물렀다가 겨우 일어나서 동생이 있는 데로 돌아갔다. 동생에게 전할 소식이 무척 많았다. 올란도가 부상당했다는 말에 가니메데가 기절을 하더라는 이야기는 물론이었고 그 외에 올리버는 자기가 양치기 처녀 앨리어와 첫눈에 정이 들어버린 이야기를 했다. 그래서 자기가 사랑을 고백했더니 그것이 그들의 초면 대화인데도 불구하고 그 처녀가 순순히 응하더라는 것, 그래서 그는 앨리어와 아주 결혼을 하여 양이나 치고 자기 땅과 집은 모두 동생 올란도에게 주고 말겠다고까지 결정적으로 말하는 것이었다. 이에 대하여 올란도는,

"대찬성입니다. 그럼 내일 아주 결혼식을 거행하기로 하지요. 제가 공작님과 그의 여러 친구들을 초대해 올 수 있어요. 그러니 지금 곧 돌아가서 그 양치기 처녀에게 내일 결혼하자고 설득을 하세요. 자 보세요. 저기 그 처녀의 오빠가 오는 것이 보이지요. 지금 그 처녀가 집에 혼자 있을 것이니 말할 기회가 좋군요."
하고 말하였다.

올리버는 얼른 일어나서 앨리어를 만나려고 가고 올란도가 지금

온다고 말한 가니메데는 이 부상당한 친구의 건강이 어떤가 문병하러 들어서는 것이었다.

올란도와 가니메데의 화제가 올리버와 앨리어 양인의 급행 연애 사건으로 옮겨가자 올란도는 자기가 형에게 그 양치기 처녀와 내일 곧 결혼을 하도록 하라고 권고하였노라고 말했다. 후에 자기 자신도 같은 날에 로절린드와 결혼을 할 수 있게만 된다면 얼마나 행복할지는 말로 다 할 수 없노라고 한탄하는 한 마디 말을 덧붙였었다.

같은 날 두 쌍 결혼식 안에 전적으로 동의를 표한 가니메데는 올란도에게 그가 고백하는 말 그대로 로절린드를 참으로 사랑하기만 한다면 그의 소원은 반드시 이루어질 것이라고 말했다. 그리고 원한다면 자기가 적극 주선해서 바로 내일 결혼식장에 로절린드가 친히 나타나도록 해 줄 수 있는데 단 한 가지 조건은 로절린드가 올란도와 결혼할 의사가 있는지 없는지 문제에 달려 있다고 말하였다.

그리고 이 말을 하고 있는 가니메데는 저 자신이 바로 로절린드 본인이면서도 시치미를 뚝 뗐다. 자기가 그러한 신기한 일을 할 수 있는 것은 자기가 요술을 잘 부리노라고, 즉 자기는 이전부터 요술로 아주 유명한 삼촌에게 마술을 배웠기 때문에 그 마술을 써서 로절린드를 이튿날이라도 불러올 수 있다고 말하였다.

사랑에 푹 빠져 버린 올란도는 가니메데의 요술을 반신반의하면서 지금 말하는 것은 농담이 아니고 진담이냐고 반문하였다.

"내 목숨을 걸고 나는 그 일을 할 수 있다고 맹세하오. 그러니까 당신은 내일 제일 좋은 옷을 입고 공작님과 당신의 친구들을 모두 다 결혼식장으로 초대해 놓으시오. 당신이 진정으로 로절린드와 내일 결혼을 하고 싶다면 로절린드는 내일 그 식장에 반드시 나타날 거

요."

하고 장담하는 것이었다.

그 이튿날 아침 이미 앨리어의 약속을 획득한 올리버는 공작 앞으로 가고 올란도 역시 거기 동석하였다.

모든 사람들이 이날 두 쌍의 결혼식이 있다고 해서 모여 들었다. 이때까지 신부는 한 사람밖에 나타나지 아니하니 그들은 대단히 궁금해 하기도 하고 또 여러 가지 억측을 주고받았다. 손님들 대다수는 아마 가니메데가 올란도를 놀리는 장난에 불과하다고 생각하는 것이었다.

더구나 오늘 자기 자신의 딸을 요술로 이 자리에 이끌어 온다는 신기한 말을 들은 공작은 어쩔 줄을 모르고 올란도에게 그 양치기 소년이 참말 그런 마술을 부릴 줄로 믿느냐고 물어보니 올란도는 무어라고 대답할지 망설이다가 자기는 어떻게 생각해야 옳을지 판단을 내릴 수 없노라고 대답했다. 이때 가니메데가 들어서면서 공작에게 향하여 만일 지금 따님을 이 자리로 데려오면 올란도에게 시집가기를 허락하겠는가고 물어보았다. 공작은,

"허락하구 말구, 내가 딸에게 몇 개 왕국까지 끼어서 이 사람에게 주어도 좋다."

라고 대답하였다. 그러니까 가니메데는 다시 올란도 보고,

"당신도 그래 꼭 로절린드와 결혼하겠소? 내가 지금 이리로 데리고 오면?"

하고 물으니 올란도는,

"하고 말구요. 내가 설사 여러 나라를 한꺼번에 다스리는 대왕이라 할지라도 나는 로절린드와 결혼할 결심이오."

하고 대답하였다.

그러자 가니메데와 앨리어는 함께 밖으로 나갔다. 밖에서 가니메데는 남자옷을 벗어 버리고 다시 여자옷을 입으니 그는 요술을 부릴 필요 없이 단숨에 정말 로절린드가 되어 버렸다. 그리고 앨리어도 시골뜨기 옷을 벗어 버리고 대궐에서 입던 호화스런 옷을 입고 나서니 이 역시 차질 없이 셀리아 공주로 환원하였다.

가니메데 남매가 문밖으로 나간 후 공작은 올란도에게 그 양치기 소년 가니메데는 어딘가 자기 딸 모습 비슷한 데가 있는 것같이 생각된다고 말했다. 올란도도 덩달아서 글쎄 자기도 비슷한 점을 느끼었노라고 말하였다.

그들이 도대체 이 일이 어떤 모양으로 끝이 맺어지려는가 하고 생각할 긴 시간도 없이 벌써 제 옷들을 도로 입은 로절린드와 셀리아가 함께 들어섰다. 그러더니 로절린드는 요술이니 무어니 하는 군소리를 다 집어 치우고 공작 앞으로 가서 꿇어 엎드려 아버지에게 축복을 비는 것이었다. 로절린드가 하도 갑작스럽게 나타난 것을 보는 모든 사람들은 이게 정말 요술이 아닌가 도리어 의심을 하게 되었는데 로절린드는 이제 더는 아버님을 희롱하고 싶은 생각이 없었다. 그 자리에서 자기가 궁에서 쫓겨 나오게 되던 사연부터 이 숲속에 이르러서 목장을 사 가지고 양치기 소년으로 행세하면서 사촌누이 셀리아를 친동생이라고 남들이 생각하도록 만들게 된 이야기를 쭉 다 털어 놓았다.

공작은 자기가 이미 자기 딸을 올란도에게 주기로 약속한 것을 또다시 확인하였다. 이리 되어서 올란도와 로절린드, 올리버와 셀리아 이 두 쌍이 같은 날 같은 시간에 결혼을 하게 되었다. 귀족들의 혼인에는 으레 있어야 할 성대한 식이나 시가행진을 이 황막한 숲속에서는 시행할 도리는 없었으나 이 결혼식처럼 모두가 다 행복을 느끼게 된 결혼은 전무후무한 일이었다. 그리고 그들이 시원한 나무 그늘 아래서 사슴 고기를 나눠먹고 있는 동안에 이 마음씨 착한 공작과 진정한 사랑으로 결합된 신랑 신부들에게 예기하지 않았던 큰 행복이 찾아 왔으니 메신저가 궁으로부터 이곳으로 달려왔던 것이다. 그리고 이 나라 왕위가 원래의 공작에게로 환원되었다는 기쁜 소식을 전해 주었다.

그동안 왕위를 빼앗아 가지고 뽐내고 있던 프레더릭은 딸 셀리아가 도망을 가버린 데 매우 분노했다. 거기에 또 수다한 신하들과 귀족들이 거의 매일같이 아덴 숲으로 가서 쫓겨난 공작과 합작한다는 소식을 들은 그는 자기 형이 비록 추방된 생활을 한다 할지라도 민심은 역시 그에게 쏠리고 있다는 사실에 시기심이 폭발하였다. 그래서 자기 형과 또 모든 충성된 신하들을 모조리 잡아서 죽여 버릴 생각으로 손수 큰 군대를 거느리고 아덴 숲을 토벌하려고 떠났다. 그러나 위대한 신의 섭리가 이 일을 막아버렸다. 이 악한 동생이 갑자기 그 포악스런 행동하기를 멈추게 되었던 것이다. 그가 이 황량한 숲 지대 접경에 다다른 때 거기서 한 늙은 도사를 만났는데 이 도사가 프레더릭을 붙잡고 오래오래 설교를 하였다. 그 결과 프레더릭은 자기가 기도했던 악행을 포기하고 개과천선하였을 뿐 아니라 아주 진정한 회개를 하였다. 그는 그의 왕위를 형에게 도로 돌려보내고 자기는 수도원으로 가서 여생을 도를 닦는 데 전념하기로 결심하게 되었다. 그래서 그가 회개했다는 첫 표식으로 즉시 메신저를 형에게로 보내서 왕위를 돌려준다고 (이미 설명한 것 같이) 선언했다. 그가 오랫동안 빼앗았던 그

자리를 내놓았을 뿐 아니라 자기를 배반하고 형을 따라 숲으로 피했던 여러 신하와 귀족들에게도 그들의 토지와 수입을 전부 돌려주었다.

이 기쁜 소식은 그것이 너무나 예상외의 반가운 일이었으므로 이 날 두 공주의 결혼 잔치와 기쁨을 더 한층 크게 만들어 주었다. 셀리아는 지금에 이르러서 왕위 상속자의 권리가 없어지고 왕위 계승권은 로절린드에게로 돌아갔는데도 불구하고 이 두 사촌 간 우애는 질투나 시기가 개재할 수 없을 정도로 강했다. 셀리아는 도리어 큰 삼촌과 사촌언니가 잘 되게 된 것을 진정으로 축하하였다.

지금에 이르러서 공작은 추방되어 방랑 생활을 하는 역경에 자진해서 따라와 동고동락해 준 여러 참된 친구들에게 일일이 상을 줄 기회를 가지게 되었다. 그 친구들은 공작의 역경을 즐겁게 분담해 살아오다가 이렇게 다시 궁으로 가서 합법적인 공작을 모시고 평화와 번영을 누릴 수 있게 된 것이 무한히 기쁜 일이었다.

베로나의 두 신사

THE TWO GENTLEMEN OF VERONA

주요 등장인물

밀라노 공작

실비아 : 공작의 딸

프로튜스 : 줄리아를 사랑하는 베로나의 신사

밸런타인 : 실비아를 사랑하는 베로나의 신사

스피드 : 밸런타인의 하인

슈리오 : 밀라노 공작의 신하이자 밸런타인의 소심한 경쟁자

안토니오 : 프로튜스의 아버지

줄리아 : 프로튜스가 사랑하는 여인

루세타 : 줄리아의 하녀

에글라무어 : 실비아의 탈출을 돕는 사람

베로나 시에 두 젊은 신사가 살고 있었는데, 그 한 사람의 이름은 밸런타인이었고, 다른 한 사람의 이름은 프로튜스였다. 그런데 이 두 청년 간의 두터운 우정은 변함없이 여러 해 동안을 지속해 왔다. 그들은 공부도 함께 했고, 노는 시간에도 언제나 둘이서 같이 놀러 다녔다. 단지 그들이 서로 떨어져 딴 일을 보는 시간은 프로튜스가 자기 애인을 방문하는 때뿐이었고, 또 프로튜스가 줄리아라는 처녀를 사랑하는 그것 하나만이 이 두 청년의 논쟁거리가 되었다. 밸런타인은 애인이 없었으므로 사랑에 대한 이야기에는 별 취미를 느끼지 아니하였다. 그의 친구 프로튜스가 애인 줄리아 이야기를 꺼내 오래 주절거려 대면 밸런타인은 권태를 느낄 뿐 아니라 마지막에는 웃어 버리기도 하였다. 또 그는 때때로 사랑에 열중하기 때문에 자유로운 행동도 못하고 언제나 애인의 기분을 살피느라고 전전긍긍하는 것을 농담 삼아 비웃기도 했다.

어떤 날 아침에는 밸런타인이 프로튜스를 보고 하는 말이 자기는 밀라노로 가야 해서 당분간 이별하지 않을 수 없다고 하였다. 프로튜스는 이 절친한 친구와 당분간이나마 떨어지는 것이 싫어서 여러 가지 이유를 들어 밸런타인에게 가지 말라고 권했으나 밸런타인은,

"더 만류하지 말아주게. 젊은 시절을 게으름뱅이처럼 이런 작은 도시에서 지내는 것은 미련한 짓이야. 시골뜨기 청년은 언제까지 시골뜨기 꼴을 면치 못하거든. 자네가 줄리아의 추파에 얽매여 있지만 않다면 내가 자네도 같이 가자고 강권할 것이지만. 같이 가서 이 넓은 세상 구경을 하자구. 그러나 자네는 사랑병 환자이니 그대로 사랑이나 계속하고 있게. 난 자네 사랑의 성공을 축원하네!"

하고 말하였다.

그렇게 이 두 사람은 헤어지게 되었으나 언제까지나 우정은 변하지 않기로 맹세하고 작별하였다.

"친애하는 밸런타인군, 잘 가게! 가는 길에 좋은 구경거리가 있거든 내 생각을 하구, 자네 행복을 나에게도 나눠 주었으면 좋을걸 하고 생각해 주게."

하고 프로튜스는 말하였다.

밸런타인은 바로 그날 길을 떠나, 밀라노를 향하여 갔다. 친구 길을 떠나보낸 프로튜스는 그 자리에 앉은 채 줄리아에게 편지를 썼으나 직접 전하지 못하고 줄리아의 하녀인 루세타에게 부탁하여 전하도록 하였다.

줄리아는 프로튜스가 자기를 사랑하는 것 못지않게 프로튜스를 사랑했다. 그러나 그는 귀족적인 정신을 가진 처녀였다. 너무 쉽사리 남자의 꼬임에 넘어가는 것은 처녀의 위신에 관련되는 것이라고 생각하여 겉으로는 프로튜스의 열정에 대하여 냉대하는 태도를 취하였다. 그러므로 프로튜스는 줄리아의 진심을 도무지 알 수가 없어 초조하고 불안하기 짝이 없었다.

루세타가 프로튜스의 편지를 줄리아에게 전해주자 그녀는 그 편지 받기를 거절하였다. 남자의 편지나 전해주러 다니는 계집이냐고 소리를 질러 하인을 꾸짖고서 썩 물러 가라고 야단을 쳤다. 그러나 줄리아는 그 편지에 과연 어떤 사연이 씌어져 있는가가 보고 싶어 죽을 지경이 되어 방금 내쫓았던 하녀를 다시 불러들였다. 루세타가 들어서자, 줄리아는,

"지금 몇 시지?"

하고 물었다. 루세타는 주인 아가씨가 불러들인 목적은 시간을 물어

보는 데 있지 않고 편지가 보고 싶어서 그러는 것을 잘 알고 있었으므로 묻는 말에는 대답을 아니하고 편지를 또 내놓았다. 하녀로서 주인이 참으로 구하는 것을 설사 알고 있다 한들 이렇게 너무나 노골적으로 주인의 약점을 이용하려 드는 것이 화가 난 줄리아는 그 편지를 갈갈이 찢어서 내동댕이치고 하녀더러 어서 썩 나가라고 호령하였다. 밖으로 나가려고 하는 루세타는 나가기 전에 방을 깨끗이 하기 위하여 마루에 흩어져 있는 편지 조각들을 주우려고 허리를 굽히었다. 그랬더니 그 편지를 읽지 않고는 못 참을 줄리아가 화가 난 체하여 하인을 또 꾸짖었다.

"어서 냉큼 나가지 못해? 무얼 꾸물거리고 있는 거야! 네가 어물거리고 있으니 내 화통이 터지겠다."

하녀가 나가자 줄리아는 그 찢어진 편지 조각들을 주워 모아 이리저리 맞붙여 보기에 열심이었다. 맨 첫줄을 읽어 보니,

"사랑으로 병든 프로튜스."

라고 씌어 있었다. 줄리아는 이런 사랑스런 어구를 알아볼 때마다, 이 편지가 갈기갈기 찢어져 있었기 때문에 긴 구절을 잇대어 읽기는 불가능했으나 "사랑으로 상처를 입은 프로튜스."
하는 구절이 나올 때마다 줄리아는 "아, 상처 입은 사랑"이라고 반복하면서 이 상처가 완쾌될 때까지 이 편지 조각들을 품에 안고 자겠노라고 말했다. 우선 위로하는 뜻으로 편지 조각마다 입에 대어 키스를 퍼부었다.

찢어진 조각들을 이리 맞추고 저리 맞추어 읽기는 했으나 그 편지 내용 전체를 충분히 포착하기는 불가능했다. 줄리아는 이 달콤하고도 사랑스런 말로 가득 찬 편지를 찢은 자기 자신의 잘못을 저주하

면서 답장을 썼다. 이날 쓴 답장은 그 전 그 어느 편지보다도 더 친절하게 쓴 편지가 되었다.

이렇게 제일 친절한 답장을 받아 읽는 프로튜스는 너무나 기뻐서 편지에 온 정신을 집중하여 읽고 또 읽으면서,

"꿀 같은 사랑, 꿀 같은 편지, 꿀 같은 생명!"

이라고 중얼거리는데 그의 아버지가 나타났다.

늙으신 아버지가,

"응, 애야. 그 무슨 편지를 그렇게 열심히 읽고 있니?"

하고 물었다.

"아버지, 밀라노에 가 있는 밸런타인한테서 편지가 왔어요."

하고 대답하였다.

"흠 그래, 어디 그 편지나 좀 보자."

하면서 아버지가 손을 내미니 겁이 잔뜩 난 프로튜스는,

"뭐 특별한 이야기는 없어요. 그런데 이 친구가 지금 밀라노 공작님의 총애를 받게 되어서 매일같이 만나 뵙는다고 하면서 그 행복을 저와 반씩 나누었으면 좋겠다고 그랬습니다."

하고 말하였다.

"응 그래, 그럼 넌 생각이 어떻냐, 거기 대해서?"

하고 아버지가 물었다.

"제 친구가 바라는 것대로 하는 것보다도 아버님 처분대로 하겠습니다."

하고 프로튜스는 말하였다.

그런데 아버지는 방금 어떤 친구와 더불어 아들을 밀라노로 보내는 것이 출세에 도움이 될는지 안 될는지 하는 이야기를 하고 있었다.

그 친구의 말이 다른 사람들은 대개가 다 아들들을 다른 지역으로 보내서 출세를 시키는데, 어찌하여 댁 아드님은 집에만 가두어 두느냐고 질문하고,

"어떤 사람은 아들을 전쟁터로 내보내서 출세하도록 하고, 또 어떤 사람은 자제들을 바다로 내보내 먼 곳에 있는 섬들을 발견하게 하고 또 더러는 외국 대학으로 유학을 보내지 않습니까! 그런데 내 친구 아들 하나는, 이름이 밸런타인이지요. 이 애는 지금 밀라노 공작 궁전으로 가서 일하고 있답니다. 노형 아드님도 이런 기회를 가지도록 해 주는 것이 좋지 않을까요? 그만한 나이면 한창 피어나는 나이인데 외국 여행을 시키지 않고 집에 데리고 있는 것은 그 아이 출세에 매우 불리합니다."

하고 말하는 것을 들었던 것이다.

프로튜스의 아버지는 이 친구의 충고가 좋은 충고였다고 생각하고 있었다. 마침 아들이 밸런타인한테서 편지를 받았는데 행운을 나누었으면 좋겠다고까지 쓰여 있다고 하니 이런 다행한 일은 둘도 없을 것이라고 생각되어 아들을 즉시 밀라노로 보내기로 결심하였다. 이 아버지는 본래부터 무슨 일이고 간에 아들의 의사를 물어보고 결정하는 것이 아니라 자기가 한번 마음먹으면 아들에게 명령하는 성미였다. 그는 아들에게 자기가 별안간 아들을 밀라노로 보내기로 작정했다는 이유를 말하지도 않고 불쑥,

"내 생각도 밸런타인 군의 생각과 꼭 같다."

하고 말하자 아들이 놀란 얼굴로 처다보는 것을 보고 계속하여,

"그렇게 놀랄 것 없다. 내 지금 갑자기 너를 밀라노 공작 궁으로 보내서 당분간 봉사하도록 하기로 결정했다. 내 명령이니까 너는 거

역 못한다. 두말할 것 없이 내일 떠나도록 해라. 아무 핑계도 소용없어. 내 말을 복종하여라."

프로튜스는 지금 자기 아버지의 의사를 반대했댔자 아무런 소용도 없으리라는 것을 잘 알고 있었다. 과거 경험으로 보아 자기 의견에 아버지가 눌리는 일은 절대로 없었다. 그래서 그는 줄리아의 편지를 읽다가 들켰을 때 공연한 거짓말을 했기 때문에 이제 줄리아와 이별하지 않으면 안 되게 되었다. 지금 와서 자기 자신의 경솔함을 후회해 보았자 소용없는 일이었다.

프로튜스와 오랫동안 떨어져 있지 않으면 안 되게 되었다는 것을 알게 된 줄리아는 위신이니 체면이니 다 잊어버리고 서로 사랑이 변치 않는다는 맹세를 거듭하면서 눈물의 작별을 고하였다. 떠나기 전에 프로튜스와 줄리아는 서로 반지를 주고받았다. 그 반지를 제각기 기념 또는 잊어버리지 않는다는 표적으로 간직하기로 약속한 후, 슬픈 이별을 고하고 프로튜스는 밀라노를 향하여 길을 떠났다. 밸런타인이 있는 집을 찾아서.

그런데 밸런타인은 프로튜스가 엉겁결에 자기 아버지에게 되는 대로 말했던 그대로 실제로 밀라노 공작의 총애를 받고 있다는 사실을 프로튜스는 알게 되었고 또 다른 한 가지 중요한 사실도 발견했다. 그것은 프로튜스로서는 꿈에도 생각 못했던 일이었다. 밸런타인이 과거에 그렇게도 비꼬고 자유에 방해가 된다고 싫어하던 사랑에 빠졌던 것이다. 그 열정은 프로튜스에 못지않게 뜨거웠다.

밸런타인에게 그러한 큰 성격 변화를 일으키도록 만든 사람은 바로 밀라노 공작의 딸인 실비아였다. 실비아 역시 밸런타인을 사랑하는 것이었다. 그러나 그들은 자기들의 연애 관계를 공작에게는 숨길 수밖에 없었다. 그 이유는 공작이 밸런타인을 총애하여 거의 날마다 밸런타인을 궁으로 초청하였으나 사윗감으로는 생각하지 않았다. 공작은 자기 딸을 슈리오라고 하는 젊은 신하에게 주기로 마음속으로 정하고 있었다. 그러나 실비아는 이 슈리오가 밸런타인에 비하여 그 감각과 인격이 너무나 야비했기 때문에 그를 경멸하고 있었다.

어느 날 실비아의 사랑의 경쟁자인 슈리오와 밸런타인이 동시에 실비아를 방문하게 되었다. 셋이서 이야기를 하는 동안, 슈리오가 뺑끗하는 말마다 밸런타인은 반박하여 웃음거리로 만들고 있었다. 그때 공작이 들어서서 밸런타인의 친구 프로튜스가 찾아 왔다는 기쁜 소식을 전하였다.

밸런타인은,

"제게 제일 큰 소원이 프로튜스가 이리로 오는 것을 보는 것이었는데, 지금 왔으니 이렇게 기쁠 데가 없습니다."

하고 말한 후, 이어서 프로튜스를 공작 앞에서 극구 칭찬하여,

"각하, 저로서는 가끔 게으름을 피우는 못된 버릇이 있지만 이 친구는 아주 부지런하고 그 인격이나 마음이 다 완전무결하게 발달되어서 어디나 흠잡을 수 없는 훌륭한 신사입니다."

하고 말하였다. 이에 공작이

"아, 그럼 어서 이 훌륭한 사람을 환영하게나. 밸런타인이야 내가 말 않더라도 반갑게 맞이할 것에 틀림없으나 실비아하고 슈리오에게 말하니 둘이 다 이 귀한 손님을 잘 대접하기 바란다."

하는 말이 끝나기 전에 프로튜스가 들어섰으므로 밸런타인은 그를 실비아에게 소개하면서,

"귀여운 아가씨, 이 사람을 나와 꼭 같은 사람으로 생각하고 대접

해 주십시오."
하고 말하였다.

　밸런타인과 프로튜스가 실비아에게 인사하고 밖으로 나오자 밸런타인은,

"여보게 무엇보다도 먼저 고향 이야기를 들려주게. 특히 자네 연애가 얼마나 더 진전되었는지 알려주게."
하고 말하였다. 프로튜스는,

"아, 아니 자네는 연애 이야기엔 통 흥미가 없지 않았었나! 자네는 연애 이야기는 좋아하지 않는 것을 내가 잘 아는데."
하고 대답하니 밸런타인은 얼른 말을 받아,

"아, 이 사람아. 이전엔 그랬지만 지금 내 생활은 변했다네. 난 연애를 비난하던 생각을 회개했단 말이야. 내가 연애를 단죄했던 벌로 지금은 사랑에 빠져 내 눈으로부터 잠을 빼앗기고 말았어. 아 여보게, 착한 프로튜스, 사랑이란 참 기막힌 상전이야. 그래서 내가 이 상전 밑에 꼼짝도 못 한단 말야. 그래서 연애처럼 힘센 것이 이 세상에 둘도 다시 없구. 또 연애처럼 재미있는 게 없다는 것을 나는 고백하네. 지금 나는 사랑 이야기보다 더 재미있는 이야기는 없다고 생각하게 되었네. 나에게는 이 사랑 이야기가 아침, 점심, 저녁이 된단 말야."
하고 말하였다.

　그렇게도 사랑에는 무관심했던 밸런타인이 이처럼 사랑에 사로잡힌 것은 친구 프로튜스에게는 일종의 승리였다. 그러나 이 친구 프로튜스를 이미 친구가 안 되게 갈라놓게 되었으니 그것은 사랑이라는 무소불능한 위대한 신(즉 이 두 청년이 지금 논의하고 있는 연애, 밸런타인의 성격까지 바꾼 이 사랑) 때문이었다. 지금까지 프로튜스의 마음을 사로

잡아서 바로 한 시간 전까지도 진정한 친구요, 또 참된 사랑을 가지고 있던 이 프로튜스는 그가 잠시 동안 실비아와 대면하게 되었던 기회가 동기가 되어서 갑자기 거짓 친구, 또는 불충실한 연인이 되어 버리도록 공작하고 있었다. 프로튜스는 실비아를 한 번 보자 첫눈에 그만 홀딱 반해 버리고 말아서 이때까지 줄리아를 사모하던 그 사랑은 꿈처럼 사라져 버렸다. 그뿐 아니라, 밸런타인과의 그 극진한 우정도 사라져 없어지고 이 친구의 애인을 어떻게 해서든지 빼앗을 궁리에만 골몰하게 되었다. 천성이 온건한 정신을 가지고 태어난 사람이 갑자기 나쁜 사람이 될 경우에는 양심상 고통을 심히 경험하는 것이 통례이다. 프로튜스 역시 심적 고민을 통감한 것은 사실이었다. 그러나 이 불행한 연정에 사로잡힌 프로튜스는 결국 자기 의무감까지 다 잃어버리고, 거의 아무런 양심 가책도 느낌 없이 유혹에 완전히 빠져버렸다.

밸런타인은 프로튜스에게 그간 자신이 연애하던 이야기를 자세히 다 들려주었다. 어떻게 해서 사랑이 시작되었던 이야기며, 결혼을 하고 싶어도 공작의 허락을 얻을 가망이 없는 것을 알게 된 그는 실비아를 졸라서 바로 그날 밤 둘이서 도망하기로 약속했다는 이야기까지 했다. 심지어는 그날 밤 어두운 후에 실비아가 창문 밖 담을 타고 도망해 내려올 수 있도록 만들어 놓은 줄사다리까지 보여 주었다.

친구의 이러한 깊은 비밀까지 다 들어 알게 된 프로튜스가 설마 사람의 가죽을 쓰고야 이렇게 믿어주는 친구를 배반할 수 없으리라고 생각되겠지만 이 프로튜스는 의리니 체면이니 모두 다 잊어버리고 곧 공작을 만나 밸런타인의 비밀을 밀고하기로 결정했다.

공작에게로 간 이 거짓 친구는 간사스럽게 말을 시작하였다. 우정으로 보아서는 친구의 비행을 숨겨주는 것이 옳을 것이기는 했다. 그러나 공작 각하의 후의를 생각할 때, 그 후의에 보답하기 위하여서는 비밀을 공작에게 고해 바쳐야만 하는 책임감을 느끼노라고 전제했다. 그는 아까 밸런타인한테서 들은 말을 그대로 공작 앞에 털어 놓았고, 밸런타인이 줄사다리를 의복 속에 감추어 가지고 실비아에게로 갈 계획이라는 것까지 빼놓지 않고 다 고해 바쳤다.

이 말을 들은 공작은 프로튜스를 이 세상에서 가장 정직한 사람이라고 보았다. 부정한 행동을 숨겨주는 비행을 하기보다는 설사 친구라 할지라도 그 악행을 폭로하는 용기를 가진 사람이라고 보았다. 프로튜스를 극구 칭찬해 주고 나서 프로튜스의 신변을 보장해 주기 위하여서 공작은 이 밀고의 출처가 어디라는 것을 결코 밝히지 않겠다고 약속하였다. 그리고 공작이 어떤 계교를 써서 밸런타인의 비밀을 직접 찾겠다고 하였다. 이 목적을 가지고 공작은 그날 저녁, 밸런타인이 오기를 기다리고 있었다. 밸런타인이 걸음을 빨리하여 궁을 향하여 오고 있는 것을 본 공작은 밸런타인이 입은 의복을 유심히 살펴보았다. 의복 속에 무엇인가 불룩한 것이 숨겨져 있는 것처럼 보였다. 공작은 그것이 바로 줄사다리일 것이라고 생각하였다.

공작은 밸런타인을 불러 세워 놓고,
"여보게 어딜 그리 급히 가는가?"
하고 물었다. 밸런타인은,
"저기에 메신저가 한 분 계신데 제 친구들한테 보내는 편지들을 그에게 부탁하려고 가는 길입니다."
라고 대답하였다.

밸런타인의 이 거짓말은 프로튜스가 자기 아버지에게 거짓말을

하여 생긴 일보다 더 나쁜 결과를 가져왔다. 즉 공작은,

"그래 그 편지들은 중요한 것들인가?"

하고 묻는 것이었다. 밸런타인은,

"아버님께 보내는 인사 편지인데요, 제가 지금 각하 밑에서 각하의 사랑 아래 잘 지내고 있다는 편지옵니다."

하고 말하였다.

"그럼 뭐 그리 중요한 편지는 아니군 그래. 여기 나하구 좀 이야기나 하지. 내 급한 사정이 생겼는데 자네 의견이 혹 참고가 될지도 모르겠네."

하고 말하는 공작은 밸런타인을 붙잡아 앉히고 이 청년의 비밀을 끄집어 낼 목적이었다. 우선 밸런타인이 잘 아는 바와 마찬가지로 공작 자신은 딸 실비아를 슈리오에게 시집보내고 싶어 하지만 딸은 한사코 싫다고 아버지 말을 거역하니 이를 어쩌느냐고 한탄을 늘어 놓은 후,

"아, 글쎄, 내 딸이 이 아비의 말을 들은 체 만 체 하고 이 아비를 조금도 두려워하지 않고 생고집을 부리고 있으니 이 아비 꼴이 무엇이 되었나! 내 자네한테만 이야기하는 바이지만, 난 이젠 실비아를 사랑할 수가 없단 말야. 내 딸의 거만이 나의 사랑을 소멸시켜 버렸단 말이야. 나는 지금까지 그래도 늙어서 내 딸이나 믿고 여생을 보내려고 했더니 딸도 믿을 수가 없단 말야. 그래서 나는 딸은 누구에게든지 자기 원하는 대로 내주고 내가 다시 장가를 들기로 결심했네. 실비아에게는 유산 한 푼 안 남겨 줄 생각이니까 그가 시집갈 때 가지고 갈 지참금이라고는 제 예쁜 얼굴 하나밖엔 없을 걸세. 제 아비를 존경하지 않는 딸이 제 아비의 재산을 탐낼 리가 없겠지, 아마도."

하고 말을 하는 것이었다. 공작이 지금 자기에게 이런 말을 하는 의도

가 어디 있는지 알아채지 못하고 어리둥절해진 밸런타인은,

"그런 말씀을 제게 하시는 이유를 저는 상상할 수가 없습니다. 저와는 아무런 관계도 없는 말씀을?"

하고 말하였다. 그러니까 공작은,

"아니, 글쎄 말을 끝까지 들어보게. 지금 내가 마음에 둔 여자가 하나 있는데. 이 여인은 참으로 수줍으면서도 까다로운 여자가 되어서 그런지 나 같은 늙은이의 구변을 가지고는 도저히 설득할 수가 없단 말이야. 뿐만 아니라 내가 젊었을 시절과는 시대가 달라져서 지금 젊은 사람들이 여자를 설득하는 방법은 많이 달라진 것 같네. 자네는 젊은 사람이니 나에게 신식 연애 방법을 좀 가르쳐 달라고 청하는 바일세."

하고 말하였다.

그러자 밸런타인은 그 당시 청년들이 젊은 여자에게 연애를 걸 적에는 선물도 자주 보내고 또 자주 찾아가 보아야 한다는 등 몇 가지 방법을 공작에게 이야기해 주었다.

이에 대하여 공작은 자기가 그 여인한테 선물을 보냈다가 퇴짜를 맞았다고 말했다. 또 그 여자의 아버지가 감시를 어떻게 지독히 하는지 하루 종일 그 여자를 방문할 틈을 도무지 발견하지 못하겠다고 말하였다. 그러니까 밸런타인은,

"그러면 밤에 몰래 만나시도록 하셔야지요."

하고 말하였다. 이때 꾀가 많은 공작은 차차 이놈이 내 꾀에 속아 넘어가는구나 하는 만족감을 느끼면서,

"밤에는 그 집 문들이 모두 잠겨 있으니 어떻게 할 수 있나?"

하고 말하였다.

그러자 밸런타인은 밤에 여자를 만나러 갈 적에는 문으로 들어갈 생각을 말고 창문으로 들어가야 된다고 일러주었다. 그리고 나서 창문으로 올라가는 데는 줄사다리를 이용하는 것이 상책인데, 만일 공작께서 원하신다면 줄사다리를 한 개 구해다가 드리겠다고 말했다. 그 줄사다리를 감추어 가지고 가는 데는 털옷 속에 숨겨 가지고 가면 된다고까지 가르쳐 주었다.

"그럼 여보게, 자네 그 털옷을 잠시 빌려 주게나."

하고 말하면서 공작은 밸런타인의 털옷을 홀떡 벗기었다. 밸런타인의 털옷을 벗기자 그 속에서 공작은 줄사다리를 발견했을 뿐만 아니라 실비아가 밸런타인에게 보낸 편지까지 발견했다. 공작이 이 편지를 빼앗아 읽어 보니 거기에는 그날 밤 도망갈 약속이 자세히 적혀 있었다. 공작은 그 즉시 밸런타인더러 배은망덕도 분수가 있지. 그렇게도 귀여워해 주었는데 은인의 딸을 도둑질해 가는 법이 어디 있느냐고 꾸짖었다. 그리고 당장 이 밤으로 추방 명령을 내리니 실비아를 볼 생각 말고 가서 다시는 영원히 밀라노 땅에 발을 들여 놓지 말라고 명령했다.

밀라노에서 프로튜스가 밸런타인을 모략으로 내쫓고 있는 무렵에 베로나에 있는 줄리아는 떨어져 있는 애인 프로튜스가 그리웠다. 마침내 처녀로서의 예의까지 무시하고 베로나를 떠나 애인을 만나러 밀라노로 가기로 결심하기에 이르렀다. 그러나 가는 도중에 위험을 피하기 위하여 하녀 루세타를 데리고 가면서도 둘이 다 남자복장을 하고 길을 떠났다. 그래서 프로튜스의 모략으로 인하여 밸런타인이 추방을 당한 지 며칠 후에 두 변장한 여자는 밀라노에 도착하였다. 줄리아가 밀라노에 도착한 때는 정오경이었다. 여관에 들어가자마자 그의 일편단심은 프로튜스의 생각으로 가득 차 있었기에 여관 주인에게 프로튜스의 소식을 들어볼 수 있을까 하는 생각으로 말을 걸었다.

여관 주인은 이 손님(매우 미남자라고 그는 생각했는데)과 몇 마디 이야기를 주고받기 전에 벌써 이 사람은 귀족 출신이라는 것을 알아챘다. 이 청년의 태도가 너무나 우울한 것을 본 여관 주인은 그가 본래 마음씨가 좋은 사람이라 이 손님의 기분을 전환시켜 줄 생각으로 마침 이 날 밤 좋은 음악을 들을 기회가 있으니 같이 가자고 청하였다. 그런데 이 음악을 하는 사람은 훌륭한 신사로 그날 밤 자기 애인의 침실 창 아래서 사랑의 노래를 부르는 것이라고 하였다.

줄리아가 몹시도 우울하게 보인 이유는, 프로튜스는 자기의 예의와 성격의 우아성을 극히 사랑해 온 사람인데 지금 그 예의와 우아를 다 내버리고 애인을 찾아 나선 자기 행동이 프로튜스 눈에 너무 야비하게 보이지나 않을까 하는 것이 염려되었다. 줄리아는 깊은 생각에 잠기기도 하고 침울에 빠지기도 하였다.

여관 주인의 음악 들으러 가자는 청에 줄리아는 즐겁게 응하였으니 그것은 가는 길에 혹시나 프로튜스를 만나게 될까 하는 희망에서였다.

그러나 여관 주인이 인도하는 대로 따라온 줄리아는 여관 주인이 기대했던 것과는 정반대되는 반응을 얻게 되었다. 거기서 줄리아는 마음 변하기 쉬운 프로튜스가 실비아의 창 밑에 서서 사랑의 노래를 부르고, 또 실비아를 사모하노라는 애원을 하고 있는 것을 보고 크게 상심하게 되었다. 그리고 또 줄리아는 창문으로 내다보며 말하는 실비아의 목소리도 들었는데 실비아는 프로튜스가 전 애인을 배반하고 딴 처녀한테 와서 시끄럽게 군다고 꾸짖었다. 또 친구인 밸런타인을 중상모략하여 배신 행위를 했다고 욕을 한참 퍼붓고 나서 프로튜스의 수작이나 음악을 더 들을 필요 없다고 창가를 떠나 들어가 버리고 말았다. 실비아는 추방당한 밸런타인을 잊지 못하고 그저 사모하는 정숙한 여자였으므로 프로튜스의 행동을 극히 미워했다.

줄리아는 프로튜스의 행동을 보자 낙망하지 않을 수 없었다. 그러나 그가 프로튜스를 사랑하는 정은 절대로 없어지지 않았으므로 어떻게 해서든지 프로튜스를 가까이 사귈 길을 찾아보기로 했다. 그런데 때마침 프로튜스가 부리던 하인이 최근에 그만두고 나갔다는 소식을 들은 그는 친절한 여관 주인의 힘을 빌려서 자기 자신이 프로튜스의 하인으로 들어갔다. 프로튜스는 새로 얻은 하인이 줄리아인 줄 모르고 이 줄리아를 시켜서 실비아에게 편지니 선물이니 자꾸만 보냈다. 심지어는 베로나에서 줄리아와 작별할 적에 줄리아에게서 정표로 받은 반지까지 줄리아를 시켜서 실비아에게 보냈다.

줄리아가 그 반지를 가지고 실비아에게로 갔더니 실비아는 프로튜스의 사랑을 전적으로 거부하는 것을 보고 줄리아는 내심 반가웠다. 그리고 줄리아는, 아니 세바스찬이란 이름을 가진 프로튜스의 하인은, 실비아와 더불어 프로튜스의 원래 연인 줄리아 이야기를 하게 되었다. 줄리아는 자기 칭찬을 한참 하고 나서 자기는 줄리아라는 여자를 잘 알고 있노라고 말했다. 또 그 줄리아가 지금 자기 주인인 프로튜스를 얼마나 진심으로 사랑하고 있다는 것과 만일 프로튜스가 줄리아를 배반한다면 줄리아는 비통에 빠져 죽을 것이라고 말하였다. 그리고는 재주껏 모호한 말을 써서 말하되,

"줄리아의 키는 제 키와 비슷하고, 얼굴도 비슷하고, 또 그 눈빛, 머리털 빛깔까지 전부가 저와 거의 비슷한 여자입니다."

하고 말하는데 이 남자복장한 줄리아는 그야말로 둘도 없는 미남자로 보였다. 실비아는 그 줄리아라는 여자의 비운을 동정하게 되어서 세바스찬이 프로튜스가 보내는 반지를 그 앞에 받으라고 내놓을 때 이를 단연코 거절하고,

"이 반지까지 나한테 보내는 것은 그야말로 철면피의 짓입니다. 프로튜스가 바로 자기 입으로 '이 반지는 줄리아한테서 기념으로 받은 것이오'라는 말을 내가 여러 번 들은 기억이 있는데, 이 반지를 딴 여자에게 선물을 하다니 그런 법이 세상에 어디 있어요. 여보세요, 당신이 그 가련한 줄리아를 불쌍히 여기는데, 나도 동감이오. 그 불쌍한 여자! 자 여기 이 돈 주머니를 받으시오. 내가 이것을 당신에게 주는 것은 줄리아를 위해서 주는 것이오."

라고 말하였다. 자기의 연적인 이 여자의 입으로부터 그렇게도 간곡한 위로의 말을 들은 줄리아의 기분은 한결 명랑해졌다.

이야기를 추방당한 밸런타인의 행적으로 옮겨가 보자. 실비아와 함께라면 맨튜아로 함께 도망가 살기로 했던 것이나 이제 추방당하여 혼자 나선 그로서는 어디로 가야 할는지 막연하기 짝이 없었다. 그렇다고 추방 명령이란 부끄러운 처벌을 받고 어정어정 집으로 돌아갈 수도 없었다. 그래서 그는 밀라노에서 얼마 멀지 않은 숲속을 정처 없이 헤매다가 도적 떼를 만나 금품을 강요당했다.

밸런타인은 이 도적들에게 자기는 의지할 데 없이 수난의 길을 떠난 몸으로 몸에 지닌 재산이라고는 자기 입고 있는 옷 한 벌밖에 없고 돈도 한 푼도 없다고 말하였다.

이 사람이 돈 한 푼도 못 가진 것을 알게 되고, 또 밀라노에서 추방당해 나온 인물이라는 것을 알게 된 도둑들은 밸런타인의 인품이

고귀해 보이고 행동거지가 사내다운 데 감복하였다. 그들은 밸런타인에게 제의하기를 만일 그가 도둑들과 함께 살기를 원하면 그를 두목으로 섬기어 그의 명령에 절대 복종할 것이요, 만일 거절하면 그 자리에서 죽음을 각오하라는 것이었다.

에라, 아무렇게나 되어라 하는 자포자기의 심정으로 밸런타인은 그 도둑 떼의 두목이 되기로 승낙하면서 단지 한 가지 조건을 내세웠다. 그것은 여자와 가난한 사람들은 절대로 건드리지 않아야 한다는 조건이었다.

이리하여 그 고귀한 밸런타인은 도둑 떼 두목이 되어서 옛날 동요에 나오는 로빈 후드라는 의적처럼 처벌을 피하여 모여든 남자들이 모여서 조직이 된 도둑 떼의 우두머리가 되었다. 그래서 실비아가 이 밸런타인을 만나던 날 그는 도적 두목으로 있었는데, 그 이야기는 아래와 같다.

슈리오와 결혼하기 싫은 실비아는 아버지의 강요를 피하기 위하여 맨튜아로 가서 밸런타인을 만나보기로 결심하기에 이르렀다. 자기 애인이 맨튜아로 갔다고 하는 풍설을 듣고 그리로 가려고 했는데 이 풍설은 잘못된 것이었다. 사실 이때까지 밸런타인은 숲속 도둑 떼 두목 노릇을 하고 있었다. 두목이었으나, 도둑질에는 직접 가담하지 않고 부하들이 행인의 재산을 강탈할 때 살상하지 않고 돈만 빼앗고 사람은 살려 보내지 않나 하는 것을 감독하였다.

실비아가 자기 아버지 궁으로부터 도망해 나아갈 때, 신임할 수 있는 노신사의 조력을 얻게 되었다. 이 노신사의 이름은 에글라무어였는데, 실비아는 길거리에서 안전을 위해 이 노인의 동행을 구했던 것이다. 그들은 밸런타인과 부하 도둑들이 살고 있는 숲을 지나가다가 도적 떼를 만났다. 에글라무어는 용히 도망쳤으나 실비아는 도적에게 사로잡히고 말았다.

도적에게 붙잡힌 실비아가 너무나 무서워서 부들부들 떠는 것을 본 도적은 말하기를 지금 자기가 실비아를 데리고 갈 곳은 도둑 두목이 살고 있는 굴속이라고 했다. 그 두목은 특히 여자는 언제나 관대하게 대해주는 고귀한 성격의 소유자인 만큼, 조금도 두려워하지 말고 걱정 말라고 위로해 주었다. 그러나 실비아로서는 이 무법한 도둑 떼 두목에게로 이끌려 간다는 것이 결코 유쾌한 일이 아니었다. 그래서 그는 부지중에,

"아, 밸런타인 씨, 당신을 위하여 저는 이런 고난을 겪습니다!"
하고 외쳤다.

실비아가 도둑에게 이끌리어 도둑 두목이 살고 있는 굴을 향하여 가는 도중에 프로튜스가 나타나서 그들의 앞길을 막았다. 실비아가 도망갔다는 말을 들은 프로튜스는 변복한 하녀 줄리아를 데리고 실비아 뒤를 쫓다가 여기에서 만난 것이다. 도둑의 손으로부터 벗어난 실비아가 프로튜스에게 감사의 말을 하기가 무섭게 프로튜스는 강렬한 연애를 걸어서 실비아의 마음을 다시 괴롭게 하였다. 프로튜스는 실비아에게 무례하게 결혼을 요구하고 있었다. 이 광경을 옆에서 보고 있는 줄리아는 프로튜스가 실비아를 도둑 손에서 구해내 주었으니 그에 대한 고마운 생각으로 혹시 결혼을 승낙하지나 않을까 생각되어 가슴을 졸이고 있었다. 바로 그때 밸런타인이 불쑥 그 자리에 나타나서 모두 다 놀라게 하였다. 밸런타인은 부하들이 어떤 여자를 잡았다는 말을 듣고 곧 놓아주라고 명령하려고 급히 달려온 것이었다.

그때까지 실비아에게 결혼을 강요하다가 친구 밸런타인에게 들

킨 프로튜스는 너무나 부끄러워서 그 즉시 자기 행동을 뉘우치고 친구에게 미안한 생각을 가지게 되었다. 프로튜스가 이때 밸런타인에게 그간 잘못한 죄과를 그 얼마나 간절하게 사과했던지 고귀한 성품을 가진 밸런타인은 즉석에서 이 친구를 용서해 주고 다시 절친한 친우의 정을 회복하게 되었다. 그러고는 자기를 모함까지 했던 사람을 용서해준다는 영웅적인 행동에 스스로 도취된 밸런타인은 불쑥,

"나는 모든 것을 용서하네. 그리고 내가 실비아까지도 자네한테 양보 할테니 자네 마음대로 하게."
하고 말하였다.

남자복장을 하고 프로튜스의 하인으로 따라와서 이 모든 광경을 보고 있던 줄리아는 밸런타인의 이 이상한 제안에 놀랐다. 그뿐 아니라 밸런타인이 그처럼 관대하게 제의하는 것을 지금 회개한 프로튜스가 거절하지 못하고 그냥 받아들이는 때 자기는 애인을 영 잃어버리게 될 것을 생각하자, 너무 흥분해서 그 자리에 기절해 쓰러지고 말았다. 줄리아가 기절했기 때문에 모두가 다 거기에 정신이 팔리어 줄리아가 깨어날 때까지 아무런 다른 생각을 할 여유가 없었다. 그렇지 않았더라면 실비아는 밸런타인이 제아무리 관대한 우정에서 우러나와 한 말이라 하더라도 애인까지 프로튜스에게 양도한다는 폭언에 분개했을 것이었다.

기절했다가 깨어난 줄리아는 부시시 일어서면서,
"내 참, 깜박 잊었었어요. 제 주인님이 이 반지를 실비아 씨에게 전하라고 했어요."
하고 말하였다.

자기 하인이 내보이는 반지는 다른 반지가 아니라, 그가 줄리아

와 작별할 때 교환해 받은 반지요 자기가 하인에게 맡겨 실비아에게 갖다 주라고 했던 그 반지임을 발견한 프로튜스는,

"아니, 이게 어찌 된 일인가? 이 반지는 바로 줄리아의 반지인데, 야, 이 자식아, 이 반지가 어떻게 네 손에 들어갔느냐?"
하고 말하니 줄리아는 대답하되,

"줄리아 자신이 이걸 나에게 주었고 또 줄리아 자신이 이걸 여기까지 가지고 왔습니다."
하고 말하니 이때 프로튜스는 이 하인의 모습을 유심히 들여다보지 않을 수 없었다. 자세히 보니 지금까지 세바스찬이라고 이름한 하인인 줄로만 알고 부리던 이 사람이 바로 줄리아라는 것을 알아보게 되었다. 그러자 그의 가슴에는 줄리아를 사랑하는 격정이 다시 끓어올라, 실비아를 즐거운 마음으로 그 정당한 소유자인 밸런타인에게 양보한다고 선언하였다.

이리하여 완전한 화해의 성립을 보게 된 프로튜스와 밸런타인 두 사람이 서로 행복을 토로하였다. 또 서로 정숙한 애인을 도로 찾은 기쁨을 축하하고 있을 때에 밀라노 공작과 슈리오 두 사람이 나타나 모두들 놀랐다. 이 두 사람은 도망간 실비아를 찾으려고 나섰던 것이다.

슈리오가 앞으로 나서면서,
"실비아는 내 것이다."
하고 소리 지르며 실비아를 붙잡으려고 하였다. 이것을 본 밸런타인은 용감하게,

"여보시오, 슈리오, 물러나시오! 한 번 더 당신이 실비아를 당신 것이라고 입을 뻥긋하면 당신은 죽음을 안고 나가자빠질 테니 그리 아시오. 자 여기 실비아가 서 있으니 어디 한 번 손을 대보라고!"

하고 소리를 질렀다.

　이런 위협에 놀란 슈리오는 원래 비겁자인 본성을 나타내며 뒤로 물러서면서 자기는 이 여자에게 아무런 관심도 없을 뿐더러 자기를 사랑하지 않는 이런 여자를 빼앗으려고 싸움을 할 그런 바보가 아니라고 선언하였다.

　원래 아주 용감한 기질을 가진 공작은 슈리오의 이 비겁한 행동에 크게 격분하여,

　"이때까지 그렇게도 달라고 조르던 내 딸을 이렇게도 쉽사리 포기하는 너 같은 놈은 처음 보았다."
하고 소리 지르고 나서 밸런타인을 돌아다보며,

　"여보게 밸런타인, 나는 자네의 그 기운을 찬양하네. 자네는 공주의 사랑을 차지할 자격이 충분히 있는 사람이라고 보네. 자, 그럼 이제 실비아는 자네 여자일세."
하고 말하였다.

　밸런타인은 공작의 손에 입을 맞추고 나서 딸을 건네주시는 데 감사할 뿐이라고 사례를 올리고, 이 숲속에서 거느리고 있는 도둑 떼를 특별사면해 달라고 간청하였다. 이 도둑놈들은 어느 한 사람이나 무슨 큰 범죄를 범한 자들이 아니고 모두가 다 밸런타인 자신처럼 나라의 금령을 어겨서 추방당한 자들인 만큼 이 사람들을 용서하고 나라에서 다시 기용하기만 한다면 매우 우수한 봉사를 할 사람들이 많이 있으리라는 것을 보장하였다. 이 간청에 공작은 쾌히 승낙하고 나서 일시적인 사욕 때문에 친우를 모함한 프로튜스에게 자기가 범한 죄상을 낱낱이 이야기하라고 명령하였다. 공작 앞에서 자기 죄상을 자세히 고백하는 그 수치가 프로튜스의 죄를 속죄하는 벌로써 족하

다는 공작의 관대한 처분이 내려졌다. 그 후 두 쌍의 연인들은 다 함께 밀라노로 돌아가서 공작 참석 하에 결혼식과 잔치를 열고 승리의 향연을 베풀게 되었다.

베니스의 상인

THE MERCHANT OF VENICE

주요 등장인물

샤일록 : 유대인 고리대금업자

바사니오 : 안토니오의 친구

안토니오 : 베니스의 상인

포셔 : 바사니오의 구혼자

그라티아노 : 바사니오의 하인

네리사 : 포셔의 하녀

제시카 : 샤일록의 딸

로렌조 : 제시카의 남편

유대인 샤일록은 베니스 시에 살고 있었다. 그의 본업은 고리대금으로 예수교인 장사치들을 상대로 높은 이자로 돈을 빌려 주어 막대한 돈을 벌었다. 샤일록은 굉장한 구두쇠여서 빌린 돈 독촉을 너무도 혹독히 하였기 때문에 시민들의 미움을 사고 있었다. 그중에 특히 안토니오라고 하는 청년 실업가에게 대단한 미움을 샀다. 샤일록은 또 샤일록대로 안토니오를 몹시 미워하였다. 그 이유는 안토니오는 경제 곤란에 빠진 사람들에게는 돈을 꾸어 주되 금리를 받지 아니하였으므로 인색한 샤일록은 이 관대한 안토니오를 미워하였던 것이다. 안토니오와 샤일록이 어음 교환소에서 만날 때마다 안토니오는 샤일록이 너무나 높은 금리를 받는다고 욕을 했다. 샤일록은 겉으로는 꾹 참았으나 속으로는 언제든지 한 번 복수를 할 궁리를 하고 있었다.

안토니오는 친절하고 온건하고 사교성이 풍부한 사람이었다. 그래서 그는 당시 이탈리아 사람으로서는 가장 높은 로마식 명예를 지키는 사람이었다. 시민들도 다 이 청년 실업가를 좋아하였는데 그중에서도 바사니오라는 귀족 청년과 제일 가깝게 지내는 것이었다. 바사니오는 몇 푼 안 되는 유산과 얼마 안 되는 수입을 가지고 너무나 과도한 호화스런 생활을 계속하였기 때문에 대단히 곤궁해졌다. 당시 귀족층 젊은이들은 흔히 그러한 곤경에 빠지는 것이 예사였다. 바사니오가 곤경에 빠져 헤맬 때마다 안토니오는 늘 잘 도와주었다. 그 두 사람은 마음도 꼭 같을 뿐 아니라 돈지갑도 공통으로 나누어 쓰는 것이었다.

어떤 날 바사니오가 안토니오를 찾아와서 하는 말이 지금까지 자기가 열렬히 흠모하던 처녀의 아버지가 죽었는데, 그 아버지는 상당히 이름난 대지주이며, 유산 상속자는 무남독녀인 그 처녀 하나뿐이라고 말했다. 그는 이 벼락부자가 된 처녀에게 구혼하여 성공하게 되면 자기도 단박에 큰 부자가 되겠으니, 그 구혼 수단에 좀 조력해 달라고 청하는 것이었다. 그 처녀의 아버지가 생존해 계시는 동안에 가끔 그 집을 방문해서 그 처녀를 늘 만났다. 그 처녀의 눈치가 자기를 무척 사모하는 것같이 보여서 자기가 구혼을 하면 퇴짜는 맞지 아니할 자신이 있었으나 가난이 원수였다. 그런 큰 부잣집 딸에게 구혼을 할 수 있을 만큼 몸차림을 못해서 지금까지 주저하여 왔는데, 이제 참 좋은 기회에 이르렀으니 돈 삼천 냥만 빌려 주면 고맙겠다고 하소연하였다.

지금 당장에 안토니오에게는 그만한 현금이 없었다. 그러나 그의 소유인 무역선이 상품을 가득 싣고 며칠 후에는 입항할 예정이므로, 그것을 담보로 하여 대금업자 샤일록에게서 차용해보자고 대답하였다.

안토니오와 바사니오는 샤일록에게로 함께 가서 며칠 후 입항될 무역품을 담보로 하고, 돈 삼천 냥만 빌리되 금리는 아무리 높아도 좋다고 제의하였다. 이 말을 들은 샤일록은 마음속으로,

'요놈을 이번에 덫에 쳐 넣으면 그동안 오랫동안 내가 받아 온 모욕을 갚을 길이 트이겠지. 요놈이 우리 유대인을 여간 미워하는 것이 아닌데, 항상 무이자로 돈을 빌려 주면서, 사람 많이 모인 곳에서는 언제나 거침없이 내 흉을 보고, 내가 정당한 장사로 돈을 번 것도, 전부 고리대금을 해서 번 것이라고 폭로했겠다. 아, 요놈이, 응, 요놈을 그대로 두면 우리 선조께서 나를 저주하려 들 것이다!'

하고 생각하였다.

샤일록이 속으로 어떤 꿍꿍이를 꾸미고 있는지를 모르는 안토니오는 샤일록이 대답을 시원히 아니하는 데 애가 타고 또 돈도 급하므로,

"샤일록 씨, 내 말 들었소? 돈을 꾸어 줄 거요? 안 줄 거요?"
하고 재촉하였다. 샤일록은,

"안토니오 선생, 선생은 교환소에서 나를 만날 때마다 나를 흉보고 고리대금업자라고 욕하는 것을 나는 한 번 대꾸도 아니하고 지금까지 꾹 참아왔소. 이 굳센 인내심은 우리 유대 민족의 특성이란 말이오. 또 선생은 나를 가리켜 종교를 믿지 않는 놈이라고, 사람의 목을 무는 개 같은 놈이라 욕을 하면서 내 이 유대인 복장에 침을 뱉고, 발길로 차고— 나를 아주 개처럼 멸시하지 않았소? 그런데 오늘 어찌 선생이 나한테 구걸을 왔구려, 응! 선생께서 나한테 일부러 오셔서 샤일록아, 이놈의 개야, 돈을 좀 꾸어다오 하고 말씀을 하시니 이런 개가 무슨 돈을 가지고 있겠습니까? 개란 놈이 삼천 냥씩 남에게 꾸어 줄 돈이 있을 리가 있소? 그럼 이것은 나더러 선생 앞에 무릎을 꿇고 엎드려서 대감님이여, 지난 수요일에 대감께서 내 얼굴에 침을 뱉으시며 나를 개라고 모욕하셨는데, 오늘 대감으로부터 이렇게 정성스럽고 친절한 대우를 받는 은혜를 갚기 위하여서 지금 이 개가 대감님한테 돈을 꼭 꾸어드려야 된다는 것입니까?"

안토니오는,

"응, 내 기분으로는 지금도 한 번 더 '이 개 같은 놈아' 하고, 침을 뱉고 또 한 번 더 발길로 차고 싶다만, 에잇! 당신이 나한테 돈을 꾸어 주는 것을 친구에게 꾸어 주는 것이 아니라 원수에게 꾸어 주는 것으로 생각하고 꾸어 주면 좋지 않겠소! 만일 내가 못 갚는 경우에 당신

은 훌륭한 체면을 유지하면서 나에게 손해배상을 청구할 권리가 생길 것이 아닙니까?"
하고 말하니 샤일록의 대답이,

"이리 좀 오시오. 나는 차라리 당신의 친구가 되고 당신의 사랑을 받기를 원하오. 나는 당신이 지나간 날 나에게 씌운 모든 모욕을 다 잊어버리고 당신의 요청을 곧 들어 드리겠소. 지금 내가 꾸어 드리는 돈은 무이자로 합시다."

이런 파격의 친절에 안토니오는 적지 않게 놀랬다. 친절을 가장하는 샤일록은 돈 삼천 냥을 꾸어 주어서 안토니오의 사랑을 얻는 것이 금리보다 더 귀하다고 말하였다. 이자는 그만두되, 꼭 한 가지 조건이 있는데 그것은 일종의 재미있는 장난으로 지금 곧 함께 공중인에게 가서 계약서를 작성하도록 하자는 것이었다. 그 계약서에는 만일에 채무자가 계약 기일에 빌린 돈을 돌려주지 못하는 경우 채권자는 채무자의 몸뚱이 한 쪽 살을 꼭 한 근만 베어내는 권한을 가질 것이라는 계약서를 쓰는 데 동의하면 돈을 꾸어 주겠다고 말하였다. 안토니오는,

"동의하구 말고. 그 증서에 내가 사인하리다. 참으로 유대인에게도 위대한 친절미가 있다고 나는 지금 시인하오."
하고 대답하였다.

바사니오는 자기를 돕기 위하여 그따위 엉터리 문서에다가 사인할 필요가 없으니 그만두라고 말렸다. 안토니오는 지금 귀향 중에 있는 무역선에는 차용하는 금액보다 몇 갑절어치 가격이 나가는 화물이 쌓여 있어서, 며칠 후 입항하기만 하면 기한 전에 넉넉히 갚아 버릴 터인데, 무슨 걱정이 있느냐고 하면서, 사인을 한다고 고집하였다.

두 사람의 말을 듣고 있던 샤일록은,

"아, 아, 우리 조상님 아브라함이여, 굽어 살피소서! 이 예수교 신자들은 참 의심이 많기도 합니다. 이 사람들은 무슨 일이고 일을 너무 똑똑히 하느라고 도리어 상대방의 의도를 의심하게 되는 것이 큰 탈입니다. 바사니오 씨, 내 말 좀 들어보시오, 안토니오 씨가 설혹 기한을 넘긴다 한들 내가 그 계약 조건 이행을 강요함으로써 무슨 이익을 얻을 수 있겠습니까? 사람 고기 한 근이 대관절 시장에서 얼마만한 가치가 인정되겠습니까? 양고기나 쇠고기보다 무가치할 것이 아닙니까? 안토니오 씨에게 호의를 보이느라고 나는 이런 우스운 제안을 한 것인데, 그 사람이 원하시면 지금 곧 계약서를 작성하겠고 그렇지 않으면 자, 안녕히."

바사니오는 이 유대인이 제아무리 친절한 체하면서 별별 소리를 다 하지마는 친구가 자기를 돕기 위하여 그러한 위험하고 소름 끼치는 계약을 하는 것이 싫다고 극력 반대하고 말렸다. 그러나 안토니오는 고집을 부려 계약서에 서명을 하였다. 안토니오는 이 유대인의 말을 믿고 하나의 장난이라고 생각한 것이었다.

바사니오가 구혼하려고 하는 부자 처녀는 베니스 시에서 가까운 벨몬트라는 지방에 살고 있었다. 그 처녀의 이름은 포셔였다. 옛날 전설에 나오는 케이토의 딸로 부르터스의 아내가 되었던 여자의 이름과 꼭 같은 이름이었다.

친우 안토니오가 자기 목숨을 걸어서 빌려 준 돈으로 바사니오는 큰 부자 차림을 하고 하인 그라티아노와 함께 벨몬트로 갔다.

바사니오의 구혼은 성공하였다. 며칠 끌지 않고 포셔는 결혼을 승낙한 것이다. 바사니오는 마침내 자신은 큰 부자가 아니라는 것을 약혼자에게 고백하였다. 자기가 자랑할 수 있는 것은 재력이 아니라 귀족의 자손인 것뿐이라고 말하였다. 포서는 자기가 바사니오를 흠모해 온 것은 재산을 탐내서 그런 것이 아니고 고상한 인격을 존경해 온 것이라고 말하고 앞으로 남편의 사랑을 받기 위해서는 자기가 지금보다 한 천배나 더 어여뻐졌으면 좋겠다고 말하였다. 더구나 그는 겸손한 태도로 자기는 고등교육도 받지 못했고 사회생활에 경험도 풍부치 못하나 나이가 아직 어리니까 앞으로 얼마든지 더 배워 나갈 수가 있다고 말했다. 그리고 자신의 유순한 마음을 다 기울여 정성껏 남편을 섬기겠노라고 맹세하면서, 남편에게 좋은 지도와 편달을 부탁한다고 말하였다. 그는 또다시,

"제 몸과 제 재산이 이제부터 전부 당신의 것이 되었습니다. 바로 어제까지는 제가 이 아름다운 저택의 주인이었고, 제가 여왕 노릇을 했고, 이 집에서 시중든 모든 하인들이 다 저에게 복종했지만 오늘부터는 이 집, 이 하인들 그리고 저의 몸까지 모두가 다 당신의 것이 되었습니다. 제가 저의 이 모든 재산과 권리를 당신에게 양도하는 표적으로 이 반지를 드리오니 받아 주십시오."

하고 말하면서 자기 손가락에 끼었던 반지를 빼서 바사니오에게 주었다.

바사니오는 자기 같은 허술한 사내를 돈도 많고 귀부인인 포서가 그처럼 즐겁게 현숙한 부인이 되어주겠다는 약속이 너무나 황송하여서 어쩔 줄 몰라했다. 자기도 사랑과 감사를 올릴 따름이라고 어물어물 중얼거리면서, 반지를 받아 끼면서 이 반지는 죽을 때까지 계속 빼지 않고 끼고 있겠노라고 맹세하였다.

포서가 남편에게 정성껏 순종하는 어진 아내가 되겠노라고 거듭

맹세하는 것을 들은 그라티아노는 한 걸음 나서서 바사니오와 포셔 부부의 행복을 축하했다. 그러고 나서 오늘 이 기쁜 자리에서 자기도 동시에 결혼하기를 허락해 달라고 말하였다.

"대환영입니다. 그런데, 신부는 어디 있어요?" 하고 포셔가 묻는 말에 그라티아노는 자기 친구 바사니오가 포셔와 결혼을 하게 될 때에 자기는 포셔의 하녀 네리사와 결혼을 하기로 벌써부터 약속되어 있었다고 말하였다.

포셔가 그게 사실이냐고 물어보니까 네리사는,

"마님, 그렇습니다. 마님께서 허락하신다면."
하고 대답하였다.

포셔는 즐겁게 허락하였고 바사니오는 유쾌한 태도로,

"그렇다면 그라티아노 씨와 네리사 양의 결혼은 우리 두 사람의 결혼을 축복하는 의미가 되는군요!"
하고 반가워하였다.

이렇게 두 쌍의 연인들이 마음껏 즐기고 있는데 하인이 들고 들어온 편지 한 장이 그들의 흥을 깨버렸다. 안토니오로부터 바사니오에게 온 편지인데 그 사연은 무서운 내용이었다. 바사니오가 편지를 읽고 있는 표정을 바라다보는 포셔는 남편과 지극히 친한 안토니오가 죽을 지경에 빠졌다는 소식이 아닌가 하고 직감하였다. 편지를 읽고 난 바사니오의 얼굴이 백지장처럼 창백해진 것을 보고 무슨 소식이기에 그다지도 놀라느냐고 물었다. 바사니오의 대답은,

"아, 아, 나의 사랑 포셔여. 이 편지 한 장 속에 이 세상에 둘도 없는 가장 놀라운 소식이 적혀 있소. 포셔, 내가 가진 재물이라고는 내 정동맥을 돌고 있는 피밖에 없다고 당신에게 고백할 적에, 내가 밑천

한푼 없는 가난뱅일 뿐 아니라, 한 걸음 더 나아가서 빚투성이였다는 사실을 당신에게 고백하지 아니한 것이 후회됩니다."
라고 말하였다. 그러고는 그가 안토니오에게로 돈을 꾸러 갔던 일, 안토니오가 유대인 샤일록에게 빚을 내던 일, 그 차용증서에 만일에 기한 전에 빚을 갚지 못하는 경우에는 안토니오가 그 위약의 벌로 자기 몸 살덩이 한 근을 베어내기로 되어 있었다는 자초지종 이야기를 다 했다. 그리고 안토니오의 그 편지를 소리를 내어 크게 읽었다. 편지 내용은,

"바사니오 형, 내 선박들은 모두 다 파선되었고 유대인과의 계약은 위약이 되고, 나는 어쩔 수 없이 죽는 길 하나밖에는 남지 않았소. 내가 죽는 날 최후로 형을 한 번 만나보고 싶소. 그러나 형의 생각대로 하시오. 마음에 내키지 않거들랑 안 와도 좋소. 형의 행동을 강요하기는 싫소."

포서는,

"여보, 여기 일은 다 보류해 두고 지금 곧 떠나요. 제 남편인 당신 때문에 당신 친구의 머리털 한 가락이라도 베어지기 전에 빌린 돈의 20배를 갚으라고 하여도 갚을 수 있는 돈을 제가 드리리다. 아무 염려 마세요. 제가 그러한 막대한 돈을 주고 당신을 사는 셈이 되니 나는 그만큼 더 몇 배 당신을 사랑하게 되겠지요."

정식으로 혼인 수속이 끝나야만 포서의 재산에 대한 처분권이 남편에게 부여될 수 있게 되었다. 포서는 그날로 곧 결혼하자고 하여 부랴부랴 식을 거행하였고, 그라티아노와 네리사도 덩달아서 결혼을 하였다. 그리고 나서 바사니오와 그라티아노는 그 날로 떠나 베니스로 달려가 보았더니 안토니오는 이미 감옥에 구금되어 있었다.

악독한 유대 상인은 바사니오가 빌린 돈을 지불하겠다는 요구를 반환 기일이 이미 지났다는 구실로 계약서 문자 그대로 안토니오의 살 한 근을 베어 받겠다고 고집하여 재판소에 고소하였다. 안토니오는 잡혀 갇히게 되고 공판일자가 결정되었다. 이 공판날을 기다리는 바사니오는 십년감수는 되었을 것이다.

바사니오를 재촉하여 어서 빨리 가 빚을 갚아 버리고 안토니오를 데리고 돌아오라고 보내고 난 포셔는 어쩐지 안토니오의 사건이 그리 단순하게 해결될 성싶지 않다는 예감이 들었다. 어떻게 하면 이 사건을 무사히 해결 지을 수가 있을까 하는 궁리에 골몰하였다. 사랑하는 남편의 제일 가까운 친구가 생명이 위태롭게 되었다. 남편인 바사니오의 체면을 유지시켜 주기 위해서는 아내 된 자기는 세상 무슨 일에나 남편의 일에 간섭하지 않고, 남편의 우수한 재능에 맡겨 두는 것이 마땅한 일이었다. 그러나 아무리 생각해 보아도 안토니오의 운명이 심상치 않은 역경에 처해 있는 것 같은 생각이 들었고 포셔 자기 자신의 지혜를 짜내서 이 난관을 돌파하지 아니해서는 안 될 것 같은 예감을 억제할 수가 없었다. 포셔가 지금 곧 베니스로 가서 피고 안토니오의 변호인이 되어 능변으로 변호해 주지 않으면 뒤에 도무지 수습할 수 없는 어떤 일이 생길는지도 모르겠다고 생각해 그날 즉시 베니스를 향하여 길을 떠나기로 결심하였다.

포셔의 친척 중에 법률에 아주 능통한 사람이 있었다. 그의 이름은 벨라리오인데 그에게 편지를 보내서 이번 재판 사건을 설명하고 좋은 의견을 물어서 어떠한 변호를 하면 안토니오가 무죄 판결을 받게 될 수 있는지 알려 달라고 부탁했다. 또 포셔 자신이 일장 연극을 꾸밀 계획이니, 법정에 나갈 때 변호사가 입는 법의 한 벌을 좀 빌려 달라고 간곡히 부탁하였다. 편지를 보냈던 심부름꾼이 회답을 가지고 왔는데, 펴보니 그 편지에 벨라리오 의견이 세세히 적혀 있고 또 소포에 법의 한 벌과 기타 판사가 사용하는 여러 가지 도구를 싸서 보내주었다.

포서와 네리사는 둘 다 남자 옷을 입고 포서는 법관, 네리사는 법관의 서기처럼 차려 입고 길을 떠났다. 재판이 개정되는 바로 그날 아침에 베니스에 도착하였다. 그날 베니스 시 대법원에서는 시 참사관들 입회 하에 열렸는데, 포서는 곧 입정하여 판사에게 벨라리오의 소개 편지를 올리었다. 그 소개 편지 내용은 벨라리오 자신이 출두하여서 안토니오의 변호를 할 예정이었으나, 갑자기 병석에 눕게 되어서 자기가 친히 참석 못 하고 대신으로 청년 변호사 벨타자 박사(포서의 별명)를 보내는 것이니, 그에게 변호를 허락하여 달라는 편지였다. 법관은 이 법의를 입고 등장한 미남자의 용모를 좀 이상스럽게 보았으나 변호하라고 허락하였다.

자, 이제 중요한 재판은 시작되었다. 포서가 법정 내를 쭉 둘러보니 거기에는 무자비한 유대 상인이 있고, 자기 남편인 바사니오도 있었다. 그는 자기 아내의 변장한 것을 알아보지 못하고, 안토니오 곁에서 이 친구의 신변에 대하여 무척 염려하고 있는 태도를 보였다.

이 중대한 사건의 변호를 맡은 포서는 용기를 내어서 시치미를 똑 떼고, 우선 샤일록을 향하여 말하기를 베니스 시 법률에 의하면 물론 원고는 계약서 또는 증서의 이행을 요구할 권리를 가지고 있다. 그러나 법에서도 엄혹만을 강조하는 것이 아니라 자비성을 인정한다. 자비는 하늘에서 내리는 비와 같아서 자비를 베푸는 측에게도 좋은 일이 되고, 자비의 혜택을 받는 측에게도 좋은 일이 된다. 이 자비의 은혜는 하나님의 뜻이므로, 이 세상 사람의 권력이 하나님의 자비성에 가까이 가면 갈수록 더 한층 공평한 정의의 판결을 내릴 수 있게 되는 것이다. 일국의 왕도 자비스러운 판결을 내림으로써 그가 쓰고 있는 왕관을 더욱더 영화스럽게 만들 수 있을 것이다. 또 일반 평민들도 누구나 다 서로서로 자비를 베푸는 미덕을 행사하는 것이 좋을 줄 아는데, 원고는 어찌 생각하느냐고 물었다. 이 웅변은 천하 만인이 다 같이 공명할 수 있을 만큼 훌륭한 것이었으나, 유독 샤일록의 마음만은 감동시키지 못하였다. 샤일록은 여러 말 할 것 없이 계약서 명문대로 이행하도록 판결을 내려 달라고 주장하였다.

"피고는 돈으로 갚을 능력은 없는가?"
하고 포서는 물었다.

이때 바사니오가 나서면서 원금 삼천 냥에서 몇 배의 금액이든지 샤일록이 요구하는 대로 얼마든지 더 지불하여도 좋으니 타협해 보자고 말하였다. 그러나 샤일록은 그것을 거절하고 반드시 안토니오의 살 한 근만 청구한다고 고집하는 것이었다. 바사니오는 청년 변호사에게 혹시나 법률을 좀 관대하게 해석하여서 안토니오의 목숨을 살릴 방법이 없는가 하고 탄원하였다. 포서는 엄숙한 태도로 국법이란 한 번 정한 후에는 절대로 수정할 수 없는 것이라고 대답하였다. 변호사가 국법은 변경할 수 없다고 단언하는 것을 들은 샤일록은 이 변호사가 자기편을 돕는 것이라고 생각되어서,

"아, 다니엘 선지자께옵서 이 심판을 해주시려고 나타나셨군. 오! 저렇게 젊으면서도 지식이 풍부하신 재판관이시여! 저는 무한한 존경을 올리나이다. 보기에는 무척 젊어보이나 실제로는 연로하신 모양이군요."

하고 말하였다.
　　포서는 샤일록에게 그 계약서를 좀 보여 달라고 하였다. 계약서를 읽고 난 포서는 입을 열어,
　　"이 계약서를 보니 피고는 계약 위반죄에 걸린 것이 분명하오. 그러므로 이 유대인 원고는 피고의 살을 한 근 베어 받을 권리가 있소. 그러나 샤일록 씨, 자비심을 보이시오. 돈을 받고 나더러 이 계약서를 찢어버리라고 해주시오."
　　그러나 샤일록이란 인물은 절대로 자비심을 보일 인물이 아니었다. 그래서 그는,
　　"내 영혼을 걸어 맹세합니다. 나의 이 결심을 변경할 구변을 가진 사람은 이 세상에는 있을 수 없을 것입니다."
하고 대답하였다. 포서는,
　　"정말 그렇다면 할 수 없지요. 그럼 안토니오 씨 당신 가슴을 헤치고 칼을 받으시오."
하고 선언하였다. 포서는 안토니오에게,
　　"무슨 할 말이 있소?"
하고 물었다. 안토니오는 아주 침착한 태도로 이미 죽을 것을 각오한 자기로서 장황한 말을 할 필요를 느끼지 않노라고 대답하고, 고개를 돌려 바사니오를 바라다보면서,
　　"바사니오, 그대 손이나 한 번 잡아봅시다. 행복스럽게 사시오. 내가 그대를 도우려고 하다가 도리어 이런 불행에 빠진 것을 그리 과히 슬퍼하지는 마시오. 그대의 아내에게 내 이야기를 자세히 하고 내가 얼마나 그대를 사랑하였는가를 알려 주시오!"
　　바사니오는 깊은 사랑을 느끼면서,

"안토니오, 나는 이미 결혼을 하였소. 나의 아내는 내 생명과 같이 귀하오. 그러나 내 자신의 생명 또 내 아내, 또는 온 세상 모든 것이 그대의 생명보다 더 아까울 것이 없소. 그대의 목숨을 살리기 위해서 나는 여기 서 있는 이 악마 놈에게 내 생애 전체를 빼앗기고 희생하여도 좋소."
하고 말하였다.

이 말을 들은 포서는 원래 대단히 친절한 본성을 가진 여자이므로 남편의 친구에 대한 이 고귀한 사랑의 고백을 좋다고 생각하였다. 그러나 이 자리에서는,

"당신이 이렇듯이 극진한 사랑과 정성을 당신 친구에게 퍼부어 주는 사실에 만일, 이 자리에 당신 아내가 앉아서 엿듣는다고 하면 당신 아내는 당신의 생각을 고맙게 여기지는 않으리다."
하고 말하였다. 그라티아노도 주인의 행동을 모방하고 싶은 충동을 느끼어서, 방금 자기 아내 네리사가 재판소 서기 복장을 하고 포서 곁에 앉아서 재판 진행 기록을 쓰고 있는 줄은 꿈에도 모르고 말을 하기를,

"나도 아내가 있는 사람입니다. 내 아내가 하늘나라로 날아올라가는 재주가 있어서 전지전능하신 하나님께로 가서 이 악독한 유대 놈의 성격을 변화시킬 재주를 가졌다면 참 기쁘겠소."

이 말을 들은 네리사는 맞받아서,

"그런 말을 당신 아내가 없는 이 자리에서 하기에 망정이지, 만일에 당신 집에서 그런 말을 했다가는 집안에서 큰 소동이 일겠네요."
하고 말하였다. 초조해진 샤일록은 기다리다 못하여 소리를 질렀다.

"쓸데없는 말로 시간을 허비하지 말고, 속히 판결을 내려 주십시

오."
　법정 안에 모인 사람들은 모두 다 흉악한 한 장면을 구경하게 되나 보다 하고, 안토니오의 불행을 동정하여 가슴이 아팠다. 포서는 살을 베어 내서 달아 볼 저울을 준비하였느냐고 묻고 나서 유대인에게 말하기를,
　"샤일록 씨, 안토니오가 출혈을 많이 하게 되면 혹 죽을지도 모르니 용한 의사 한 분을 청하여 오시오."
하니까 샤일록으로서는 안토니오의 고기가 탐이 나는 것이 아니고 피를 흘려 죽게 하는 것이 소원이었으므로,
　"그러한 조건은 이 계약서에 적혀 있지 않습니다."
하고 말하였다. 포서는,
　"계약서에는 쓰여 있지 않지마는 그렇다고 해서 의사를 입회시키지 말라는 조건도 쓰여 있지 아니하지 않소? 당신이 마음이 착한 사람이라면 그만한 편의는 달게 받아 줄 것이 아닙니까?"
하고 따지었다. 샤일록은 간단히,
　"계약서에는 그런 조건이 씌어 있지 않습니다."
하고 대답하였다.
　"응. 그렇게 고집을 한다면, 그럼 좋소이다. 안토니오의 살 한 근은 원고의 소유가 될 수밖에 없소. 법률을 바꿀 수도 없고, 법정에서는 법률에 의하여서 판결을 내릴 수밖에 없으니까요. 자, 피고의 가슴 쪽 살을 베내시오."
하고 판결을 내리었다. 샤일록은 소리를 질렀다.
　"아, 아, 현명하시고 정의를 유지하시는 판사님! 다니엘 선지자께서 오셔서 판결을 내리시는 듯싶습니다."

그러고 나서 샤일록은 기다란 칼을 좀 더 갈면서 안토니오를 똑바로 바라다보면서,

"자, 준비하시오!"

하고 말하였다. 이때,

"잠깐 기다리시오!"

하는 포셔의 목소리가 쨍 울리었다.

"여기 한 가지 특별한 점이 있소. 이 계약서에 보면, 원고는 피고의 피까지 소유한다는 항목이 씌어 있지 않소. 여기 '살덩이 한 근'이라고 똑똑히 적혀 있소. 그러니까 원고가 피고의 살을 베 낼 때에 만일에 피고의 피를 한 방울이라도 흘리게 한다면 베니스 시 법률에 의하여 당신의 소유 부동산과 동산을 전부 압수할 터이니 그리 알고 하시오."

법정 내에 모여 있던 많은 사람들이 모두 이 젊은 법관의 재능에 감탄하였다. 그라티아노는 흥이 나서 아까 샤일록이 한 말을 비꼬아서,

"오, 현명하고 정의로우신 판사님! 자, 보라, 이 유대 놈아, 너의 다니엘 선지자가 명판결을 내리시었다."

하고 소리 질렀다. 악독한 계획이 수포로 돌아간 것을 깨달은 샤일록은 그만 낙망하여서 그럼 돈으로 받겠다고 요구하였다. 바사니오는 너무나 기뻐서,

"자, 돈은 여기 있다. 자, 어서 받아라."

하고 소리 질렀다. 그러나 이때 포셔는 손을 내저으면서,

"천천히! 그리 덤빌 필요 없소. 이 유대인은 아무것도 받을 수 없고 도리어 벌을 받게 되었소. 자, 샤일록, 속히 살 한 근을 베어 내시

오. 단지 살을 한 근 베되 피는 한 방울도 내서는 안 될 것이니 조심해서 하시오. 그리고 또 한 가지 조건은 살은 더도 말고 덜도 말고 꼭 정확하게 한 근만 잘라 내야 되오. 당신이 잘라 낸 살덩이를 저울에 달아 보아서 만일에 한 푼 중이라도 더 무겁든지 혹은 가볍든지 하게 되면, 베니스 시 법률에 의하여 당신은 사형에 처하고 당신의 전 재산을 몰수하게 될 것이오."

하고 준엄한 논고를 하였다. 샤일록은,

"어이구, 어서 내 돈이나 받아 주시오. 돈만 받으면 나는 고소를 취소하고 곧 물러가겠습니다" 라고 말하였다. 바사니오는,

"자, 여기 당장 돈이 있으니, 가지고 가오. 자, 자."

하고 서둘렀다. 샤일록이 그 돈을 받으려고 하는 것을 가로 막으면서 포셔는,

"기다려라, 유대인, 네게는 또 한 가지 처벌 받아야 할 죄가 있다. 너는 이 도시 시민 한 사람을 살해할 목적으로 음모를 꾸민 범죄자이니까 살해 미수범이다. 그러니 이 나라 법률에 의하여 사형이 내려야만 되겠는데 만일에 네가 살고 싶거든 저기 앉아 계신 시장님께 무릎을 꿇고 목숨을 빌어라. 시장님이 특사를 내리시지 않으면 너는 사형이다."

하고 말하였다. 시장이 말하기를,

"아, 샤일록아, 내 말을 듣거라. 나는 지금 이 자리에서 우리 예수 믿는 나라 법률과 너의 유대 법률과 얼마나 차이가 있는지 너에게 보여주마. 지금 너는 죽을죄를 지었으되 나는 네가 나에게 빌기 전에 너에게 특사를 내려 벌을 한 등 감해 주어, 네 생명만은 유지하되, 네 재산은 전부 몰수하여서 그 반은 안토니오에게 주고 반은 국고로 들어

간다."
 마음씨가 관대한 안토니오는 정부에서 샤일록의 재산 반을 하사하겠다는 호의를 사양하고 샤일록에게 도로 돌려줄 것인데 단지 거기에는 한 가지 조건이 붙는다고 말하였다. 그 조건은 무엇인고 하니 얼마 전에 샤일록의 무남독녀가 아버지의 반대를 무시하고 예수교인인 로렌조라는 청년과 결혼을 하였는데 샤일록은 딸의 한 짓이 너무나 비위에 거슬렸다. 그래서 자기가 죽은 후에라도 딸은 자기 재산을 한 푼도 상속받지 못한다는 유서를 작성하여 시 정부에 등록해 둔 일이 있었다. 그 유서를 찾아다가 찢어 버리고 재산 전부를 딸에게 상속한다는 증서를 꾸미어서 다시 등록하면 안토니오에게로 하사되는 재산을 전부 돌려주겠다고 제안하였다.
 유대인 샤일록은 복수는 실패하고 재산은 반으로 줄어든 데 대해 너무나 기가 막혔으나 할 수 없이 동의하면서,
 "아, 나는 몸이 아픕니다. 집으로 돌아가 좀 누워야겠습니다. 재산 상속권 등록은 내 딸의 명의로 만들어서 제 집으로 가져오시면 제가 사인해 드리겠습니다."
하고 대답하였다. 시장은,
 "그럼 집으로 가라. 그리고 서류가 되거든 곧 서명하여 보내도록 하라. 그리고 만일에 그대가 과거의 죄악을 다 회개하고 예수교를 믿어 성의를 보이면 몰수하였던 재산 반까지도 도로 돌려주도록 할 것이니, 잘 생각해서 하라."
하고 명령하였다. 그리고 시장은 곧 안토니오를 놓아준다고 선언하고 재판을 끝냈다. 그리고 시장은 젊은 변호사의 지혜를 극구 칭찬하면서 관사로 가서 저녁을 같이 먹자고 초청하였다. 포셔는 남편이 집

으로 돌아가기 전에 먼저 가야 했으므로, 시장의 초대를 완곡히 사양하였다. 시장은 안토니오에게로 얼굴을 돌리며,

"내 생각에는 당신이 이분한테 받은 은혜가 막대한 줄로 아는데, 이분에게 적당한 보수를 주실 생각이 없습니까?"

하고 말하였다. 그리고 시장과 참사관들은 다 퇴정하고 말았다. 이때 바사니오는 포서에게,

"참으로 훌륭하신 어른이십니다. 선생의 현명하신 판결 덕분에 오늘 나와 이 친구는 그 엄청난 재해를 면하게 되었습니다. 실례의 말씀이오나 유대인에게 갚아 주었어야 할 이 돈 삼천 냥을 받으시기 바랍니다."

하고 말하니 안토니오도,

"우리가 선생의 덕을 입은 것은 계산할 수 없습니다."

하고 인사하였다. 포서는 돈을 받지 않는다고 굳이 사양하였다. 바사니오는 그러면 무슨 물건이고 원하시는 것이 있으면 반드시 올리겠으니 말씀하시라고 간곡히 권하였다. 포서는,

"그렇게 말씀하시니 노형이 끼고 계신 그 장갑을 벗어서 나를 주시면, 기념으로 내가 끼겠습니다."

하고 대답하였다. 바사니오가 장갑을 벗을 때 포서는 자기가 남편에게 끼워 준 반지가 손가락에 그냥 끼어 있는 것을 보고,

"그 반지까지 나를 주시면 사랑의 기념으로 내가 늘 끼고 있겠습니다."

하고 청하였다. 포서의 목적은 반지를 빼앗아 가지고 집으로 돌아가 있다가 남편이 집으로 왔을 때 자기가 사랑의 징표로 끼워준 반지를 왜 끼지 않고 다니느냐고 트집을 잡아서 남편을 한 번 골려 줄 생각으

로 그리한 것이다. 바사니오의 입장은 참 딱하게 되었다. 이 결혼반지는 절대로 남에게 줄 수 없는 것이었다. 그래서 그는 솔직하게 이 반지는 자기 아내가 손수 끼워 준 반지인데, 언제나 빼지 않고 늘 끼고 있기로 약속한 것이니, 드릴 수는 없다. 그러나 반지를 꼭 요구하신다면 신문에 광고라도 내서 베니스 시에서 제일 값진 보석 반지를 사서 드릴 터이니, 이 반지만은 제발 단념해 달라고 간청했다.

포셔는 큰 모욕을 당한 것처럼 법정 문 밖으로 빨리 걸어 나가면서,

"거지가 청하는 것을 어떻게 거절하는지 그 좋은 방법을 오늘 배워서 감사합니다."

하고 톡 쏘았다. 안토니오가 이것을 보고 민망하여,

"여보게, 바사니오, 그 반지를 빼어 주면 무슨 큰 일이 나는가? 여기 이분이 내 목숨을 살려 주신 은인인데, 그것을 생각할 때 그래 자네 아내의 작은 불만과 비교가 되는가?"

이 말을 들을 때 바사니오는 안토니오의 호의에 대하여 너무나 소홀히 한 것 같은 부끄러운 생각이 들었다. 그래서 그만 그라티아노에게 반지를 맡겨서 멀리 간 포셔 뒤를 뛰어 따라가서 주게 되었다. 그라티아노가 반지를 포셔에게 주는 것을 본 네리사는 자기에게도 반지를 하나 선사해 달라고 요청하였다. 그라티아노도 주인처럼 마음이 관대한 사람이므로, 반지를 빼어서 이 서기에게(그가 자기 아내인 줄은 모르고) 주었다. 이 두 장난꾸러기 여성은 집으로 돌아가서 남편들이 돌아오기를 기다려, 반지를 보자고 졸라서 남편들의 땀을 빼게 하고 어디 가서 어떤 여인한테 홀려서 아내에게 받은 결혼반지까지 빼 주었느냐고, 흠뻑 바가지를 긁어볼 즐거움으로 인해 마주서서 바라

다보면서 허리가 부러지도록 웃어댔다.

집으로 돌아오는 포서의 기분은 참으로 유쾌하였다. 남을 도와주는 선행에 성공한 그 유쾌한 기분이 좀처럼 사라지지 아니하였다. 이 유쾌한 기분은 그가 지금 보는 모든 사물을 모두 다 더 한층 명랑하게 만들어 주는 것이었다. 달빛도 어느 때보다 더 밝아 보이고, 달이 구름 속에 숨는 것도 이전보다 더 아름다워 보이는 것이었다. 달밤에 집으로 돌아오면서 집을 바라다보니 창문에서 불빛이 비치어 나왔다. 포서는 즐겁게 네리사에게 말하였다.

"저기 보이는 촛불이 우리 집 응접실에 켜놓은 불인데, 그 조그마한 초 한 자루가 이렇게 멀리까지 그 불빛을 던져 주는 것처럼, 이와 같이 혼란한 시대에 이 세상에서 조그마한 착한 일을 하여도 그 광휘가 멀리멀리 비치겠지!"

그리고 좀 더 가까이 가자 자기 집에서 음악 소리가 흘러나오는 것을 듣고,

"음악은 낮에 듣는 것보다 밤에 듣는 것이 더 아름답구나."
하고 좋아하였다.

포서와 네리사는 집안으로 들어가 옷을 갈아입고 남편들이 돌아오기를 기다리고 있었다. 얼마 오래지 않아 포서의 남편과 네리사의 남편이 안토니오를 데리고 왔다. 바사니오는 자기의 가장 가까운 친구 안토니오를 아내인 포서에게 소개하였다. 신부가 방문객을 환영한다는 인사가 끝나자마자, 방 한 쪽에서는 네리사와 그 남편이 무엇이라고 말다툼을 하고 있었다. 포서가,

"아, 아니, 만나자마자 부부싸움이 웬일이야? 도대체 왜들 그래요?"

하고 따지니까 그라티아노가,

"네리사가 아주 너절한 금반지 한 개를 나에게 주었는데요, 그 반지에다가 고깃집 칼등에 새기는 것처럼 무슨 시구를 하나 새겼는데요, 뭐라고 했는고 하니, '나를 사랑하라, 나를 네 몸에서 빼지 말아라.' 이런 말을 새긴 반지였어요."

하고 말하자 네리사가 맞받아서,

"그래, 그래요. 그 시 한 수가 무엇을 의미하는지 모른단 말이에요, 글쎄? 내가 그 반지를 당신한테 줄 때에 당신은 죽을 때까지 그 반지는 절대로 빼지 않는다고 맹세하지 않았어요? 응, 여보! 이제 와서 뻔뻔스럽게 핑계를 대며 무슨 변호사의 서기한테 주었노라구, 흥! 어떤 계집한테 주고 나서 무슨 구차스런 변명이야, 글쎄!"

하고 대드니까 그라티아노는,

"아, 글쎄, 내가 직접 그 청년, 아니 바로 말하자면 청년이라기보다 소년, 키가 작달막한 미소년, 응 당신 키보다 더 크지 못한 총각인데, 그 애한테 주었다는데, 왜 믿지를 못하오. 그 소년이 변호사, 그 훌륭하고 젊은 변호사, 안토니오의 생명을 살려 준 그 웅변가의 서기란 말이오. 고놈의 자식이 꼭 내 반지에 눈독들여서 그것을 꼭 달라고 졸라대니, 내가 죽으면 죽었지 그걸 어떻게 거절할 수가 있어야지."

이 말을 들은 포셔는,

"여보세요, 그라티아노, 그것은 당신의 잘못이오. 자기 아내의 결혼 선물을 남을 주다니? 원 게 될 말이오. 나도 내 남편에게 결혼반지를 주었는데 말이오, 내가 내 자랑을 하는 것 같지만 우리 남편은 진심 절대로 그 반지를 남에게 주지 않을 줄 꼭 믿어요, 나는……."

그러니까 그라티아노는 자기 발뺌을 하려고,

"아니오, 바사니오 주인님도 그 반지를 변호사에게 나보다 먼저 주셨습니다. 그것을 보고, 그 서기 녀석이 고집을 부려 자기도 재판 필기를 하느라구 죽어라 애를 썼는데, 왜 안 주느냐고 대놓고 졸라서 할 수 없이 주었습니다."

이 말을 듣자 포서는 화를 내며 자기 남편이 결혼반지를 남을 주었다니 웬 말이며, 모두 어떤 계집한테 홀려서 빼주고 나서, 이제 우리들을 속이려 드느냐며 우리가 그렇게 만만히 속을 성싶느냐고 크게 화를 냈다.

바사니오는 아내가 그처럼 화가 난 것이 너무나 미안해서 열심히 변명을 하였다.

"아닙니다. 아니오. 계집이 웬 계집이오? 변호사가 판결을 잘 내렸기에, 그 보수금으로 삼천 냥을 주려고 하니까, 그걸 거절하고 꼭 반지를 달라는군요. 반지는 절대로 못 주겠다고 하니까, 그 변호사가 와락 화를 내고 가는구려. 글쎄 그러니, 그때 나더러 달리 어떻게 하란 말이오? 내가 너무나 친구의 은혜를 모르는 인간인 듯이 생각되어서, 부끄럽기 한이 없고 그래서 내가 그만 반지를 빼서 저 사람을 시켜서 갖다 주게 하였소. 그밖에 별다른 도리가 없는 걸 어쩌겠소? 만일에 당신이 그 재판장에 참석을 했더라면 당신이 자진해서 그 반지를 변호사에게 주라고 나를 권했을 거요. 안 그러오?"

이때 안토니오는 너무나 미안해서,

"아, 모두가 나 때문에 이렇게 부부싸움이 되었으니, 내가 낯을 들 면목이 없습니다."

하고 탄식하였다. 그리고 말을 이어서,

"내가 일찍이 이 바사니오를 경제적으로 좀 도와줄 일이 생겨서 내 몸을 저당잡고 빚을 내준 일이 있었습니다. 부인의 남편이 반지를 준 그 훌륭한 변호사가 없었더라면, 나는 벌써 저승으로 갔을 겁니다. 내가 영혼을 두고 맹세합니다. 부인의 남편은 절대로 부인의 신임을 배신할 인물이 아닙니다."

그제야 포셔는,

"아, 그러시다면 좋습니다. 더 이상 말 안 하기로 하고 여기 반지가 또 한 개 있으니, 선생님께서 증인이 되셔서 이 반지를 제 남편에게 주시고, 지난번 그 반지보다 이 반지는 좀 더 잘 간수하라고 당부해 주시면 고맙겠습니다."

하면서 반지를 꺼내 주었다.

바사니오가 그 반지를 받아들고 자세히 보니, 그 반지가 바로 변호사에게 주었던 그 반지인지라, 한편 놀라고, 한편 의심스럽고 또 신기하여서 어안이 벙벙하여 서 있었다. 포셔는 그제서야 이러저러하여 자기가 변호사로 가장하고 또 네리사는 서기로 가장시켜 데리고 가서, 그런 연극을 꾸민 사실을 모두 다 이야기하였다. 바사니오는 놀라면서도 기뻐하며 자기 아내의 용기와 지능을 자랑스럽게 여기게 되었다.

그리고 나서 포셔는 새로이 안토니오를 환영하는 인사를 하고 나서 품속에서 한 장의 편지를 꺼내 안토니오에게 주었다. 그 편지 내용에는 한때 파선되었다고 소문났던 안토니오의 무역선이 끄떡없이 이미 항구에 무사히 입항하였다는 반가운 소식이었다.

그들은 둘러앉아서 모두 다 유쾌한 기분으로 반지 사건을 여러 번 되풀이해 이야기하면서 웃고 떠들었다.

또 제아무리 변장을 잘했다 하더라도 다른 사람들도 아니고, 바로 제 남편들이 제 아내를 몰라보는 그런 바보들이 어디 또 있겠느냐고 하며 서로 놀리고 웃어댔다.

리어 왕

KING LEAR

주요 등장인물

리어왕 : 브리튼의 왕

고네릴 : 리어왕의 큰딸

리건 : 리어왕의 둘째 딸

코델리아 : 리어왕의 막내 딸

올버니 공작 : 고네릴의 남편

콘월 공작 : 리건의 남편

프랑스 왕 : 코델리아의 구혼자, 코델리아와 결혼함

버간디 공작 : 코델리아의 구혼자

켄트 백작 : 리어왕의 충신, 케이아스라는 이름으로 리어왕의 하인이 됨

바보 영감 : 리어왕의 광대

영국 왕 리어에게 딸 세 자매가 있었다. 맏딸 고네릴은 올버니 공작부인이 되고, 둘째 딸 리건은 콘월 공작부인이 되었고, 막내딸 코델리아는 아직 처녀였는데, 구혼자 두 사람이 이 공주를 두고 경쟁하고 있었다. 프랑스 왕과 버간디 공작이 경쟁을 하는데, 둘이 다 리어 왕궁에 와서 묵으면서 이 공주의 사랑을 독차지해 보려고 애를 쓰고 있었다.

늙은 리어 왕은 80여 세나 된 노인으로 노년에 몸도 피로하고 정무도 귀찮아져서, 국사 집무를 좀 더 젊은 사람에게 맡겨 버리고, 자기는 멀지 않은 죽음에 대한 준비나 잘할 결심을 했다. 하루는 딸 세 자매를 모두 한 자리에 앉히고 각자 자기 입으로 그 누가 부왕을 제일 사랑하는지 말하도록 하여서, 그 사랑의 도를 측정하여 나라를 삼분하여 나눠 주려고 했다.

맏딸 고네릴은 자기의 부왕에 대한 사랑 정도는, 말로는 다 표현할 수 없고, 자기 눈동자보다도 더 사랑하며, 자기 생명이나 자유보다도 더 사랑하노라고 말하였다. 그러나 실은 진정으로 부왕을 사랑하는 것은 아니었고, 단지 입발림으로 그럴듯하게 꾸며댄 데 불과한 것이었다. 왕은 딸의 말을 믿고 진정으로 자기를 그처럼 사랑하는 줄 알고 기분이 좋아져서 왕국의 삼분의 일을 그 딸과 사위 공동 집정 하에 떼어 맡기게 되었다.

둘째 딸을 불러 말을 시키니까 리건은 자기 언니와 꼭 마찬가지로 속을 감추고 겉으로는 부왕을 사랑하는 마음이 자기 언니보다도 더 맹렬하여서, 이 세상 어떤 즐거움보다도 아버지를 사랑하는 것이 제일 즐겁다고 말하였다. 리어 왕은 자기를 그렇게 극진히 사랑하는 딸들을 둔 것이 마음에 대단히 흡족하고 이 둘째 딸의 맹세가 마음에 꼭 들어서 맏딸에게 준 땅과 똑같이 국토 삼분의 일을 갈라서 상을 주었다.

그 다음에는 막내딸 코델리아더러 말하라고 하였다. 왕의 내심으로는 이 막내딸이 자기를 제일 기쁘게 해왔고, 또 제일 사랑해 왔으니까 요것은 언니들보다도 더 한층 달콤한 말로 왕의 귀를 즐겁게 해주려니 하고 적이 기대하고 있었다. 코델리아로서는 언니들이 모두 속으로는 남편들과 단짝이 되어 부왕의 왕권을 빼앗을 궁리를 하고 있으면서 겉으로만 입술에 꿀 칠하듯이 아양을 떠는 그 꼴이 야비하게 보였다. 그는 여러 말 보태지 않고 간단히 자식 된 의무로 아버지를 사랑하노라고 대답하였다.

자기가 이때까지 제일 총애하던 막내딸의 입에서 이러한 불경스런 대답이 나오는 것을 들었을 때 왕은 몹시 노하였다. 그러지 말고 태도를 고쳐서 좀 더 달콤한 대답을 해야지 그렇지 않으면 나라를 나눠 주지 아니할 테니, 다시 잘 생각해서 대답하라고 타일렀다. 코델리아는 다시 아버지가 자기를 길러 주었고, 또 사랑해 주었으므로 자기로서는 그 은혜를 보답할 의무를 느끼어서 늘 아버님께 복종해 왔고, 또 존경하였노라고 대답하였다. 또 그리고 이어서 자기는 말주변이 부족하여서 언니들처럼 아첨도 할 줄 모를 뿐더러 사실에 있어서도 자기는 아버지만을 특별히 사랑한다고 단언할 수는 없다고 하였다. 방금 언니들이 그들 자신의 입으로 이 세상에서 아버지보다 더 사랑하는 사람이 없다고 말했으나, 진정 그렇다면 그들은 남편을 왜 얻었는가? 자기는 만일 시집을 가게 되면 자기 사랑과 봉사의 절반은 남편에게 나눠 주어야 할 의무가 생길 것이다. 결혼하고 나서도 아버지만 사랑하고 남편을 돌보지 않는다면 그런 결혼은 자기로서는 거절할 수밖에 없겠노라고까지 말하였다.

　말은 그렇게 하지만 코델리아는 내심으로는 아버지를 몹시 사랑하고 있었다. 입술에 꿀발림만 하는 언니들보다 그 진정한 사랑의 정도는 비교도 안 되는 것이었다. 다른 때 같으면 솔직히 그 넘치는 사랑을 숨김없이 고백하였을 것이다. 지금 언니들이 마음에 없는 사탕발림을 교묘하게 하는 것이 불쾌하게 생각되어서 자기로서는 사탕발림을 하기보다 차라리 침묵을 지키는 것이 나을 것이요, 또 떳떳한 행동이라고 믿었던 것이다. 그렇게 함으로써 그는 언니들처럼 이득을 볼 목적이 포함되어 있다는 의심을 받지 않고 자기의 사랑은 순진한 사랑이요, 결코 영리적이지 않다는 점이 명확해질 것이다. 또한 이러한 순진스런 고백이 언니들의 과장된 허언보다 좀 더 진정한 성의를 나타내는 것이라고 생각하였던 것이다.

　그러나 늙은 왕은 이런 단순한 대답이 건방지다고 크게 화를 냈다. 원래 이전부터 역정을 내기 잘하던 왕은 늙어 고집이 더 심해져서 참된 사랑을 거짓 사랑과 분간하지 못했다. 가슴속에서 진정으로 흘러나오는 진담과 가식에서 나오는 사탕발림을 구분하지 못하였다. 순간적인 노여움의 발작을 억제하지 못한 노왕은 지금까지 이 막내딸에게 주려고 남겨 놓았던 국토 삼분의 일을 도로 거두어서 큰딸 부부에게 나눠 주고 말았다. 궁전 내에 대신들을 다 모아 놓고, 그들 앞에서 두 사위에게 왕관을 씌워 주고 국권, 국가 수입, 국가 행정 사법권을 다 물려주고 자기는 왕이라는 명의만 가지고 있겠다고 선포하였다. 왕궁 유지비도 사양했다. 자기는 단지 백 명의 시위병과 시종을 거느리고 한 달은 큰딸의 나라에 가서 살고, 그 다음 한 달은 둘째 딸 나라에 가서 살고 하여 매월 번갈아서 딸들의 사랑을 계속해 받으면 족하다고 말하였다.

　나랏일을 이처럼 쉽게 버리고 의지의 인도를 거절하고, 감정적 기분으로 이러한 일을 저질러 놓은 노왕의 행사에 만조백관이 모두 다 놀란 것은 당연한 일이었다. 그러나 신하 중에는 이 격분한 왕을 간할 용기를 가진 자가 하나도 없었다. 오직 한 사람 켄트 백작만이 코델리아를 옹호하여 말을 했더니 왕은 입을 닫지 않으면 사형에 처하겠다고 호령하였다. 그러나 현명한 켄트 백작은 그리 쉽게 내리눌릴 인물이 아니었다. 켄트 백작은 일찍부터 변함없이 리어 왕에게 충성을 다하여 왕을 존경하였고, 친부처럼 사랑하였고, 주인으로 섬겨 왔다. 이 주인의 원수 앞에서는 자기 생명을 내걸어 싸웠으며, 리어 왕의 안전을 위하여서 전쟁에 지는 일이 없던 충신이었다. 오늘 이날에 왕의 처사에 반대하는 이유는 오늘날까지 자기가 충성을 다해 온 신하로서 이처럼 무모하게 왕을 반대하는 행동을 광증이 든 탓으로 돌리는 한이 있더라도 왕에게 바른대로 충고하여서, 왕의 처사를 올바로 잡아 드리고 싶은 충성심에 있었던 것이다. 그래서 그는 과거에도 중대한 사건이 생길 때에는 왕에게 늘 충고해 온 것처럼 지금에도 충고를 안 할 수 없었다. 이번 실수를 올바로 잡기 위하여서 왕이 자기의 경솔한 처사를 취소하는 것을 보기 전에는 왕명에 복종할 수 없노라고 강경히 항의하는 것이었다.

　이 착한 켄트 백작의 충언은 더 한층 왕의 분노를 폭발시켰다. 마치 치명적 환자가 도리어 자기를 치료해 주는 의사를 죽이는 것처럼 왕은 이 충직한 신하에게 국외 추방을 명하고, 그 기한을 단 닷새로 한하여 그 전에 떠나지 아니하면 사형에 처한다고 선고하였다. 켄트 백작은 하직하면서 왕이 그토록 엄명하신다면 할 수 없이 국외로 가기는 가겠지만 떠나기 전에 하나님께 비노니 코델리아의 신변을 보호하여 주시고, 코델리아 공주님만은 바른말을 아뢰었으니 더 말할 것 없지만, 큰 두 여왕님의 말씀이 참된 사랑으로 실천되기만 바라면서, 생소한 타국으로 가서 자기 생활을 전환시키겠노라고 고별인사를 하고 탄식하면서 길을 떠났다.

    왕은 코델리아의 구혼자인 프랑스 왕과 버간디 공작을 초청하여 데려다가 막내딸 처벌할 일을 이야기해 들려주고 지금 코델리아는 알몸뚱이만 남고 유산이라고는 한 푼도 없게 되었으니, 그래도 구혼할 의향이 있는가를 타진하였다. 버간디 공작은 곧 그러한 무일푼의 여성에게는 흥미가 없노라고 사양하고 말았다. 그러나 프랑스 왕은 공주가 부왕의 불쾌를 사게 된 그 원인이 말주변이 부족하고, 그 언니들처럼 아첨을 할 줄 모르기 때문에 그리되었다는 사정을 잘 알고 있었다. 그는 공주의 손을 부여잡고 자기로서는 한 나라를 지참금으로 가지고 오는 신부보다도 덕행을 가지고 오는 신부를 더 값있게 인정하는 것이니, 언니들에게 작별 인사를 하게 했다. 또 그렇게도 무례하고 몰인정하기는 하지만 아버지는 아버지이니까 부왕에게도 작별 인사를 아뢰고 나서, 자기와 손에 손을 잡고 프랑스로 가서 왕후가 되어 그 아름다운 프랑스의 국모로서, 이 두 언니들의 나라들보다 한층 더 아름다운 나라의 주인이 되어 행복한 생활을 하자고 달래었다. 그러고는 버간디 공작에게 맞대 놓고 이자는 물로 만들어진 공작 각하인지는 모르나 지금까지 사랑하노라고 찾아다니던 공주가 지참금이 없어지자, 곧 그 사랑이 물처럼 흘러내려가고 말았다고 비웃었다.

    코델리아 공주는 눈물 가득 찬 눈으로 언니들에게 작별 인사를 하면서 늙은 아버님을 모시고 국사를 잘 보살피라고 당부를 하였다.

언니들은 삐죽해 가지고 자기네들이 다 제각기 제 의무를 다 잘 알고 있으니, 여러 군소리하지 말라고 빈정대었다. 그리고 운명의 구걸로 프랑스로 외국 왕을 따라가는 네가 네 외국 서방님을 만족시키도록 채비를 잘 차리라고 멸시하는 태도로 대답하였다. 사랑하는 부왕을 표리부동한 언니들한테 맡기고 떠나가는 코델리아 공주는 구슬프기 그지없었다.

코델리아가 떠나가자마자 언니들의 악귀 같은 본성이 드러나고 말았다. 첫 달에는 맏딸 고네릴의 궁전에서 부왕이 동거하기로 약속되었음에도 불구하고 한 달이 다 못 차서 벌써 약속과 실행이 일치되지 않게 되었다. 이 욕심꾸러기 딸은 아버지한테서 재산은 물론이고, 왕관까지도 물려받았건만, 부왕이 자기의 허영심을 만족시킬 목적으로 가지고 있는 물품에 욕심을 품었다. 뿐만 아니라 아버지가 곁에 있는 것이 꼴도 보기 싫어지고, 더군다나 거느리고 있는 그 백 명의 시종이 눈엣가시처럼 생각되었다. 아버지를 만날 때마다 딸은 얼굴을 찡그리고 늙은 아버지가 무슨 이야기라도 걸면 골치가 아프다고 핑계하거나 그 밖에 어떠한 수단으로든지 아버지를 멀리하려 하였다. 딸은 이 늙은 아버지를 모시는 것이 쓸데없는 짐으로만 생각이 들고, 그 신하들을 먹여 살리는 것도 불필요한 낭비처럼 생각되었다. 일부러 아버지의 말씀을 거역하기도 하고, 또 일부러 못 들은 체하기도 하는 것이었다. 리어 왕이 이 딸의 급변한 행동을 눈치 못 채는 것은 아니었으나, 될 수 있는 대로 눈을 감아 주었다. 사람이란 누구나 대체로 자기가 고집불통으로 일을 저질러 놓고는 후에 솔직히 자기 과오를 시인하기는 싫어하는 성질을 가진 것이 보통이다.

진정한 사랑과 충성은 그 어떤 '악질'로도 멀리할 수 없는 법이요,

그와 반대로 거짓과 공허한 마음은 '버릇'으로 타협되는 법도 없는 것이다. 이 원칙은 추방된 켄트 백작의 행동으로 증명되었다. 추방을 당한 그가 영국 땅 어디서고 발각되는 날에는 사형을 받을 위험이 있는 것도 무릅쓰고 주인에게 유용한 봉사를 할 수 있는 기회를 보기 위하여, 주인의 옆에 몰래 숨어 있으면서 은근히 도와주려고 생각하였다. 자기가 섬겨야 할 주인을 섬기기 위해서는 자기의 처지가 변하더라도 아무리 천한 일이라도 불문하고 달게 하는 것이 착한 사람의 특징이다. 이 선량한 백작은 하인으로 변장을 하고, 과거의 품위를 다 내버리고 왕의 하인으로 써달라고 자원하였다. 왕은 물론 이 사람이 켄트인 줄은 모르고, 이 케이아스라는 사람을 하인으로 고용하였다. 왕이 한때 부리던 그 위대하고, 고상하고 장대하던 신하인 줄은 몰랐다. 소박하게 왕명을 잘 수행해 주는 것이 그렇게도 유들유들한 아첨을 떠는 그의 맏딸에 비하여 이 하인은 왕의 마음에 꼭 들게 되었다.

그리고 이 케이아스가 고용된 지 얼마 안 되어서 주인에 대한 자기 충성과 사랑을 보일 수 있는 기회를 얻게 되었다. 어떤 날 고네릴의 요리사가 리어 왕에게 너무나 무례하게 구는 것을 보았다. 그것은 반드시 고네릴 왕후가 그 요리사를 시켜서 일부러 왕에게 불순하게 굴게 하는 것이라고 간파한 케이아스는 그 요리사가 폐하 앞에서 너무나 노골적으로 모욕의 언사로써 왕을 희롱하며 지나가는 것을 쫓아가서 그놈 발뒤축 사이로 다리를 걸었다. 그 요리사는 개밥 구덩이 위에 꼴사납게 나가 넘어졌다. 리어 왕이 케이아스의 이 친절한 복수를 보고 나서는 케이아스를 더 한층 좋아하게 되었다.

리어 왕에게 충성하는 사람이 켄트 혼자만은 아니었다. 궁내에서는 지위도 낮고 아주 보잘것없는 인물이었으나, 리어 왕에 대한 사랑을 저버리지 아니한 바보 영감이 있었다. 이 바보 웃음거리꾼은 원래 리어 왕이 자기 궁전에 살고 있을 때부터 늘 왕의 옆에 붙어 따라다니면서 왕을 웃기곤 하였다. 옛날 풍속에 왕궁 혹은 큰 벼슬아치들의 집에는 바보 한 사람을 먹여 두고, 업무를 끝낸 후에는 이 바보를 데리고 웃고 떠들고 노는 것이 한 풍습으로 되어 있었다. 이 가련한 바보는 리어 왕이 왕권을 딸에게 옮겨 준 후에도 왕을 꼭 붙어 따라다니면서 재롱을 피워서, 왕의 기분을 위로해 주는 것이었다. 이 바보도 때로는 리어 왕이 갑자기 정신없이 노망이 나서, 자기가 썼던 왕관을 번쩍 벗어서 딸의 머리에 씌워 주던 그 모습이 생각날 때마다, 한 마디씩 왕을 놀려대지 않고는 못 견디었다. 그래서 하루는 리어 왕의 우스운 행동을 노래로 지어 곡조에 붙여서 읊조리는 것이었다.

"오, 두 딸들아! 너희의 뺨에는 갑자기 기쁨의 눈물이 흘러내리고,
왕은 슬퍼서 노래를 부르도다.
아무튼 이러한 왕이 숨기 내기를 하면서,
바보들 틈 사이로 돌아다니도다!"

바보 영감은 얼마든지 즉석에서 새어 나오는 즉흥시를 곡조에 맞춰 부르면서, 고네릴 면전에서도 드러내놓고 여러 가지 조롱과 놀리는 언사를 반복하며 방황하는 것이었다. 참새가 남의 종자인 뻐꾸기를 맡아서 잘 길러 놓으면, 뻐꾸기들은 자기네를 길러 낸 어미 새에게 은혜를 갚기는커녕 도리어 늙은 참새의 머리를 쿡쿡 쪼아 주는 것과 마찬가지로 리어 왕의 두 딸은 배은망덕한 사람들이라고 비난하였다. 또는 말이 수레를 끄는 대신에 수레가 말을 끄는 격이라고 비꼬아

중얼거리었다. 리어 왕은 지금 와서는 왕이 아니요, 왕의 그림자만이 남아 있다고 개탄하는 것이었다.

리어 왕은 딸의 정이 차차 더 식어가고 더욱더 버르장머리 없이 굴며 아버지를 멸시하는 기색이 노골적으로 나타나는 것을 깨닫게 되었다. 이 어리석은 노왕이 딸한테 받는 수모가 점점 늘어가더니 마침내 딸은 아버지를 대면하였다. 아버지가 거느리고 있는 시종 백 명을 먹이기도 어려울 뿐더러 그 군식구들이 떠들고 놀고 먹고 마시면서 궁 안을 시끄럽게 한다고 불평을 토로하였다. 시종 수를 줄이되 특히 젊은 놈들을 다 내보내고 늙은이나 몇 사람 남겨 두어서, 시중들게 하여야 되겠다고 종알거렸다. 이런 불평을 듣는 리어 왕은 자기 눈과 귀를 의심하였다. 자기의 친딸이 이렇듯 불쾌한 말을 하는 것은 참으로 뜻밖이었다. 자기한테서 왕관을 물려받은 딸이 이제 와서 아버지의 시종 수를 줄여야 한다느니 하여 늙은 아버지의 비위를 이렇듯이 거스르게 하리라고는 참으로 믿을 수 없었다. 그러나 딸은 조금도 반성하는 기색이 없고, 불평이 더욱더 느는 것을 볼 때 리어 왕은 격분하였다. 더구나 자기가 거느리고 있는 시종들은 모두 다 한결같이 고결한 행동과 예의를 잘 지키는 사람들이었다. 결코 이 더러운 딸년이 악담을 하는 모양으로 소란하거나 술이 취하여 떠드는 일 없이 모두가 각기 자기 맡은 본분에 충실한 사람들인데, 딸년이 공연한 생떼를 부린다고 윽박질렀다. 그러고는 둘째 딸 리건에게로 간다고 즉시 말을 준비하라고 서둘렀다. 리어 왕은 맏딸은 배은망덕한 년으로, 그 가슴은 대리석같이 희지만 그 몸은 악귀의 화신이요, 바다귀신보다도 더 흉악한 년이라고 욕을 하였다. 그리고 고네릴 네년은 평생 아이를 못 낳도록 내가 저주한다. 혹 애를 낳거들랑 그 자식이 네년이 이 아비한테 한 대로 제 어미를 학대함으로써, 은혜를 모르는 자식은 어버이에게는 독사의 혀보다도 더 독하고 날카로운 것이라는 것을 알려 주기를 바란다고 저주를 하였다. 고네릴의 남편은 자기는 아내의 비행에 가담한 일이 없노라고 변명하였다. 리어 왕은 귀담아 듣지도 않고 크게 화를 내며 곧 말안장을 차리라고 호령하여 시종 백 명을 거느리고, 둘째 딸 리건의 궁으로 간다고 길을 떠났다. 도중에서 생각해보니, 막내딸 코델리아가 나쁘다고 생각되었던 것이 지금 와서는 맏딸의 약점과 비교하여서 얼마나 작은 허물이었나 하고 새삼스러이 막내딸이 그리워서 엉엉 울었다.

　리건은 남편인 왕과 더불어 굉장한 큰 궁전 안에서 호강하고 있었다. 리건의 궁전을 향하여 가는 리어 왕은 케이아스 하인을 앞서 보내어 둘째 딸에게 아버지를 영접할 준비를 하라고 통고하였다. 맏딸 고네릴도 아우 리건에게 편지를 보냈다. 내용은 부왕의 방탕한 생활과 까다로운 불평에는 참으로 견딜 수 없었다고 하소연하고 리건이 속을 썩이지 아니하려거든 시종 백 명이 궁 안에 들어서기 전에 미리 막아야 한다고 일러준 것이었다. 그런데 고네릴의 편지를 가지고 가는 사자와 리어 왕의 편지를 가지고 가는 케이아스가 한날한시에 리건의 궁전에 도착하게 되었다. 케이아스는 궁전 문 앞에서 고네릴의 사자와 맞부딪쳤는데 자세히 보니 그자는 다른 사람이 아니라, 고넬리 궁에서 리어 왕에게 불순한 태도로 대할 때 케이아스가 발을 걸어 개밥 구덩이에 넘어뜨려 주었던 바로 그 하인인 것을 알게 되었다.

　케이아스로서는 이 하인이 아니꼬워 보일 뿐더러, 또 그의 사명이 무엇인지 의심이 생겨서 트집을 잡아 싸움을 걸었다. 케이아스는 결투를 선언하였으나, 그자가 거절하므로 케이아스는 화가 치밀어

올라서 그자를 흠씬 두드려 누이고 말았다. 그같이 교활한 놈, 또는 수상한 편지를 나르는 놈이 당연히 받을 벌을 받은 것이지만 이 소식이 리건 부부의 귀에 들어가자 화가 난 리건이 케이아스를 잡아다가 벌을 주는 목판 위에 앉혀 놓았다. 자기 부왕의 편지를 가지고 온 사신을 극진히 우대하는 것이 마땅한 일일 터인데, 도리어 이런 부끄러운 형벌에 처한다는 것은 잘못하는 일이었다.

리어 왕이 둘째 딸의 궁 안에 들어섰을 때 자기가 보낸 사자가 그런 부끄러운 형틀에 두 다리를 뻗고 앉아 있는 것을 보고 그 기분이 어떠하였을까? 그러나 그는 참았다. 이 첫번 불쾌함을 꿀꺽 참고 있노라니, 이번에는 좀 더 큰 불쾌한 일이 그를 맞이하였다. 오래오래 기다려도 딸과 사위가 나와 맞지 아니하므로 어쩐 일인가 물어보았다. 사신의 대답이 왕과 왕후께서 멀리 여행을 가셨다가 바로 어젯밤에야 환궁하셨는데, 몸이 피곤하여 주무시는 중이라고 하는 것이었다.

리어 왕은 단호한 태도로 딸이 나와 맞기를 강요하였더니 마지못해 나오기는 나왔는데, 세상에 이런 일도 있을까. 둘째 딸과 둘째 사위만 나오는 것이 아니라, 세상 보기도 싫은 맏딸이 먼저 와서 밤새도록 아버지 흉을 실컷 보다가 셋이서 함께 나오는 것이었다. 이런 꼴을 볼 때 노왕은 참 기가 막혔다. 딸 형제가 손에 손을 잡고 나오는 것을 보고 리어 왕은 놀라서 아니 그래 설마한들 맏딸 네년이 이 아버지의 허연 수염을 대할 면목이 있느냐고 책망을 했다. 둘째 딸 리건이 대신 나서면서 아버지 공연히 그리 화만 내지 말고, 우선 시종 절반은 흩어 보내고 나서, 언니에게 사과하고 도로 언니의 궁으로 가라고 말하였다. 그러나 리어 왕은 화를 내지 않고 부드러운 목소리로 둘째 딸에게 대답하였다. 설마한들 아버지더러 다시 맏딸 앞에 무릎을 꿇고 식량과 의복을 대 주소서 하고 빌게 된다면 그것이 얼마나 사람 도리에 벗어나는 일인가, 그러한 부자연한 생활에는 구역질이 났으니 그런 쓸데없는 수작을 나한테 하지 말고, 이제 두 번 다시 맏딸을 보기 싫어하는 이 아비를 네가 맡아서 시종 백 명과 함께 이 궁 안에서 살도록 하여야 되겠다고 말하였다.

 설마한들 아버지의 왕국 절반을 물려받은 둘째 딸이 아비의 은혜를 잊어버렸을 리가 없다. 더구나 둘째 딸의 눈매는 맏딸의 눈매처럼 흉악하게 생기지 아니하고, 아주 부드럽고 친절한 빛이 역력히 나타나는 것을 보았다. 자기는 꼭 이 둘째 딸의 궁에서 살도록 해야지, 지금 시종 절반을 줄여서 데리고 어정어정 맏딸의 궁으로 다시 가기보다는 차라리 할 수 없으면, 유산을 한 푼도 못 받아 가지고 프랑스 왕에게로 시집간 막내딸에게로나 가서 그곳 왕인 사위에게 약간의 생활비나 빌어 가지고 여생을 마칠 도리밖에 없다고 한탄하였다. 이렇게까지 부왕이 말하는데도 리건의 표정에는 언니 고네릴의 태도에 비하여 조그만큼도 더 친절미가 있는 것이 보이지 아니하였다.

 리건은 마치 형제간에 불효 경쟁이나 하는지, 정 그러시다면 시종 오십 명이 너무 많으니, 반을 더 줄이어서 이십오 명쯤이나 거느리고 사신다면 받아들이겠노라고 말하였다. 낙심한 리어 왕은 옆에 서 있는 맏딸을 바라다보면서, 만일 리건이 그런다면 자기는 도로 맏딸에게로 돌아가겠다고 말하였다. 즉 맏딸은 시종 오십 명이면 받아들인다고 하니 단지 이십오 명만을 맡겠다는 둘째 딸보다 아비를 사랑하는 도수가 꼭 배이니까, 그리로 가서 살겠다고 하였다. 이 말에 맏딸이 질색을 하면서, 이십오 명까지도 불필요하지, 열 명도 소용없지,

다섯 명도 많지, 시종을 따로 거느릴 필요 없이 궁내 시종들이 여가에 시중들어 올리면 넉넉하지 않으시냐고 말하였다.

　이리하여 이 두 고약한 딸들은 그렇게도 그들에게 나라까지 나눠 주신 아버지를 학대하는 데, 경쟁이나 하듯이 조금씩 조금씩 아버지가 거느릴 시종의 수효를 줄여 말하는 것이었다. 위대한 존엄의 표지인 시종 수가 이미 백 명밖에 남아 있지 아니하는 것이 벌써 그의 지위가 대단히 소홀해졌다는 표식이다. 그러니 그 수가 이처럼 자꾸자꾸 줄어 간다는 것은 결국 그가 한때에는 이 나라 왕이었다는 위엄을 떨어뜨리는 징조가 되는 것이었다. 많은 시종을 거느리고 사는 것이 반드시 행복의 증진이라고 말할 것은 아니지마는, 한때 수백만 명을 호령하던 솜씨에 단 한 사람의 시종도 거느리지 못하게 된다는 것은 실로 쓰라린 일이 아닐 수 없다. 시종이 줄어든다고 해서 리어 왕이 불편을 느끼게 된다는 것보다도 딸들의 이 배은망덕한 행동이 더할 수 없이 괘씸하게 생각되는 것이었다. 이러한 환멸이 리어 왕의 가슴을 아프게 하였다.

　두 딸에게 이러한 푸대접을 받으며 깨달으니, 자기 왕국을 이런 불효막심한 자식들에게 나눠 준 바보짓이 뼈에 사무치게 분한 생각이 들었다. 그래서 리어 왕은 정신에 이상을 나타내게 되었다. 그는 자기 자신이 자각하지 못하면서 이들 부도덕한 딸들에게 복수를 해서, 이 온 세계를 무서움에 떨게 하겠노라고 호언장담을 하기에 이르렀다. 노왕이 제아무리 고래고래 소리를 질러도 그의 늙은 팔뚝에는 복수를 실행할 만한 힘이 없고 그 소리는 공허한 꽹과리 소리밖에 더 안 되었다. 때마침 밤이 되고 모진 광풍이 일어나고, 번개가 번쩍, 우렛소리 우루루, 폭우가 내리 쏟아졌었다. 이런데도 두 딸년은 아버지의 시종들을 방 안으로 들이지 않으려고 하는 것을 본 리어 왕은 몹시 흥분하였다. 리어 왕은 이런 불효자식들과 한 지붕 밑에서 잠을 자기보다는 차라리 시종들을 거느리고 이 폭풍우를 무릅쓰고 벌판으로 나아가서 말을 달리며 이 광장한 풍우와 승강이를 하는 것이 영웅다운 일이라고 느끼게 되어서 시종을 이끌고 폭우 속으로 사라지고 말았다. 궁 안에서 딸들은 그 고집불통 인간들이 자진하여서 파멸을 초래하는 것은 저 스스로 벌을 받는 것이니까, 말릴 필요 없이 제 마음대로 내버려 두자고 의견이 일치되었다. 그래서 폭우 속으로 뛰쳐나간 리어 왕 등 뒤로 성문을 닫아 버리고 말았다.

리어 왕의 앞길에는 몇십 리를 나가도 풀숲 한 포기 없는 사지였다. 이 비 가릴 집 한 채 없는 벌판으로 왕은 돌진하여 나아갔다. 바람과 우레를 멸시하고 반항하면서 소리소리 지르기를,

"야 바람아 불어라, 불어! 불어서 이 땅덩이를 바닷속에 밀어 넣어라. 물결아, 일어나서 육지 위로 기어올라 땅덩이를 삼켜 버려라. 인간이라고 부르는 배은망덕한 동물들을 모두 쓸어 없애 버려라."

이러는 동안에 따르던 시종들은 뿔뿔이 다 흩어져 버리고, 옆에 끝까지 남아 있는 사람은 왕궁에서 사람들을 웃기는 직함을 맡은 바보 영감 하나뿐이었다. 그는 노래를 지어 불렀다.

"왜소하고 가느다란 지능을 가진 자
바람 비와 씨름하여 무엇 하리.
비는 매일매일 내리지만,
운명 좇아서 만족을 찾게나."

한때 위대하였던 국왕으로서 지금 단 한 사람의 바보 영감과 함께 표류하고 있는 때에 나타난 한 사람이 있었다. 그는 본래 켄트 백작이었다가 지금 케이아스란 가명으로 왕의 하인 노릇을 하는 사나이였다.

"아, 폐하, 여기 계시군요. 밤을 사랑하는 동물들도 오늘 밤 같은 이런 밤은 좋아하지 아니하옵니다. 이 밤의 이 무서운 폭풍우가 모든 짐승을 굴속으로 쫓아 넣어 버렸사옵니다. 이러한 환난과 공포는 우리들 인간으로서도 도저히 견디어 낼 수 없는 것이옵니다."

하고 말하면서, 켄트 백작은 왕을 이끌었다. 그러나 왕은 이 말을 공격하여서,

"보다 더 큰 환난이 존재해 있는 한, 이렇게 비교적 적은 해독은 감각되지 아니한다."

라고 말하였다. 마음이 평정되어 있을 때에는 육체도 편안할 수 있으나, 그의 마음속에 폭발한 광풍은 그의 육체적 감각을 말끔히 소멸시키고 가슴속에 뛰는 고민만을 남겨 놓은 것 같았다. 그는 불효 자식들의 비행을 비난하되 음식을 가져다 주는 손을 너희 입이 환영을 하지 아니하고 도리어 그 손을 깨무는 년들이라고 욕을 하는 것이었다.

마음씨 좋은 케이아스는 이런 폭풍이 계속하는 밤에 폭풍과 싸우고 서 있는 것은 부질없는 짓이라고 타일러서 왕을 벌판에 외로이 서 있는 무너져 가는 집안으로 이끌고 들어갔다. 그러나 앞서 들어서던 케이아스가 외마디 소리를 지르며 놀라 뛰어나와서 그 집안에는 도깨비가 있다고 소리 질렀다. 다시 자세히 살펴보니 그것은 도깨비가 아니요, 가련하고 불쌍한 거지 빼드람이었다. 이 거지가 비바람을 피하기 위하여서 이 움집 속에 들어가 있던 것이었다. 이 바보 거지는

참말 미친 거지와 거짓으로 미친 체하는 거지들 틈에 섞여서 촌락으로 돌아다니며 얻어먹었기 때문에, 이 바보 거지도 한 절반은 미쳐서 다니는 것이었다. 거짓으로 미친 체하면서 얻어먹으러 다니는 거지들은 순진스런 시골 농민들의 동정심을 사기 위해서 서로 '불쌍한 톰'이니 '참된 선인'이니 등 이름을 지어 가지고는 서로 바늘, 못 또는 장미꽃 가시 같은 것으로 팔을 찔러 피를 내게 하고는 앞세우고 가면서 "이 불쌍한 톰에게 한 푼 적선합쇼" 하고 애원하는 것이었다. 팔을 찔러서 피를 내보이는 이유는 그것을 좋게 해석하면 하나님께 복을 비는 한 방법이 된다고 하고 동냥을 안 주는 사람에게는 멸망을 비는 주문이 된다고 협박하여서, 무식하고 겁 많은 농민들에게서 동냥을 긁어내는 것이었다. 이 불쌍한 바보 거지도 역시 그들 한 부류에 속한 걸인이었다. 리어 왕은 이 거지가 헐벗은 몸에 조그만 담요 조각 한 개로 겨우 아래만 가린 것을 보고, 이 사람 역시 딸들에게 재산을 다 내어주고 이런 꼴이 되었으리라고 탄식하였다.

    이러한 엉터리없는 말을 되풀이하는 왕을 바라다 볼 때 케이아스는 공주들의 불효가 이 노왕을 아주 미치게 하였다고 생각하였다. 원래 훌륭한 충신으로서 지금 변장을 하고 왕을 보호하고 있는 켄트 백작은 이때야말로 자기가 진정으로 충성을 다하여 왕에게 최고의 봉사를 할 기회가 이르렀다고 생각하였다. 그래서 그 이튿날 새벽 동이 틀 때 켄트 백작은 아직 도망하지 아니하고 그냥 따라온 충복 몇 사람의 힘을 빌려서 자기가 살고 있는 도버 성으로 왕을 옮기어 모시어 놓았다. 그리고 즉시 프랑스로 건너가서 코델리아를 만나 그 잘하는 말솜씨로 지금 리어 왕이 어떠한 곤경에 빠져 있다는 것을 자세히 이야기해 들려주고, 그의 언니 두 사람이 다 꼭 같이 얼마나 잔인하게 아버지를 푸대접하고 내쫓았다는 사실을 일일이 들려주었다. 그 착하고 사랑 깊은 막내딸이 프랑스 왕인 자기 남편에게 하소연하였다. 비록 자매간이기는 하지만 그런 흉악하고 불효막대한 년들을 그대로 둘 수 없으니, 영국으로 군대를 끌고 건너가서 그 연놈들을 다 내쫓고 아버님께 왕위를 도로 올리자고 간청하였다. 코델리아는 남편의 군대를 이끌고 영국 항구 도버에 상륙하였다.

　미친 리어 왕은 켄트 백작 성 안에서 보호를 받고 있는 것이 싫증이 나서, 몰래 도망해 나와서 혼자서 도버 해변을 정처 없이 헤매고 있다가 코델리아가 데리고 상륙한 프랑스군의 선봉대에게 발견되었다. 리어 왕은 옷차림이 너무나 더러웠고, 정신은 아주 미쳐버려서 해변 근처 풀밭에서 주운 마른 풀대로 엮은 관을 머리에 쓰고 큰 목소리로 노래를 부르면서 이리 뛰고 저리 뛰고 있었다.

　아버지를 병원에 입원시켰다는 소식을 들은 코델리아는 금시 뛰어가서 뵙고 싶었으나, 의사의 말이 약을 드려 한참 실컷 주무시게 한 후 정신을 돌린 후에 만나 뵙는 것이 좋겠다는 충고를 들었다. 그럼 잠에서 깨실 때까지 기다리기로 하고, 이 유명한 의사에게 자기가 가진 금은보석들을 전부 주고 아버지를 꼭 살려 달라고 부탁하였다. 의사들이 좋은 약과 훌륭한 기술을 써서 얼마 안 되어 딸과 대면하여도 무방하리만큼 그의 정신과 육체가 정상으로 돌아오게 되었다.

　이 부녀의 대면 광경은 그야말로 눈물나는 장면이었다. 가련한 늙은 왕은 자기가 본시 제일 귀여워하던 딸을 대수롭지 않은 일에 감정을 터트려, 이 딸을 유산 한 푼 나눠 주지 않고 내쫓은 그 후회와 지금 그 사랑하는 딸을 이렇게 다시 만나는 기쁨이 교차하였다. 곧 또 쾌차되지 못한 병세가 심해져서 지금 자기가 어느 곳에 누워 있는지도 인식하지 못하고, 딸이 뺨에 키스로 애무해 주어도 "이게 웬 여인이냐?"고 묻기도 하였다. 그러고는 둘러서 있는 시종들에게,

"이 여인이 내 생각에는 꼭 코델리아 같은데 내가 상상을 한다고 비웃지를 말게나."

하고 말하면서 벌떡 일어나서 딸 앞에 무릎을 꿇고 앉아 머리를 조아리면서 용서해 달라고 비는 것이었다. 코델리아는 마주 꿇어앉아서 아버지가 딸 앞에 꿇어앉는 일은 세상에 없는 법이니, 그러지 마시고 자리에 누우시라고 권하였다. 그러고는 부왕의 얼굴과 뺨에 키스를 퍼부으면서, 이 키스는 두 언니의 악행을 씻어버리는 키스라고 말했다. 언니들도 지금쯤은 아마 그 폭풍우 부는 밤에 부친을 내쫓은 것을 후회하고 있을는지도 모르니 안심하시라고 말씀 드렸다.

하여튼 언니들의 행동을 듣고 코델리아 자신은 아버지를 도와 언니들의 항복을 받고 아버님을 복위시킬 목적으로 프랑스 군대를 이끌고 왔다고 아뢰었다. 노왕은 이 늙은 아비가 노망이 나서 저지른 일이니 그 일은 다 잊어버리라고 대답하는 것이었다.

늙은 왕은 효성스럽고 사랑 깊은 막내딸의 간호와 훌륭한 의사들이 올리는 좋은 약의 효험으로 건강이 회복되었다.*

---

* 이하 2쪽 정도가 번역이 누락되어 있다. 아마도 역자 피천득은 내용상 별 문제 없다고 생각한 것 같다.

심벨린
CYMBELINE

주요 등장인물

심벨린 : 브리튼의 왕

왕비 : 두 번째 부인

클로튼 : 두 번째 왕비의 아들

이모젠 : 첫 번째 왕비의 딸

포스추머스 : 이모젠의 남편

이아치모 : 로마인으로 포스추머스와 그의 아내 이모젠을 유혹하기 내기를 함

피사니오 : 포스추머스의 하인

벨라리우스 : 두 왕자를 도둑질해 간 추방당한 귀족

귀데리우스 : 심벨린 왕의 잃어버린 왕자(폴리도아)

아비라거스 : 심벨린 왕의 잃어버린 왕자(캐드웰)

루키우스 : 로마 대장

옛날 로마 제국에서 아우구스투스 시저가 황제 노릇을 하고 있던 시절에 영국(그 당시에는 브리튼이라고 불리었다)을 다스리고 있는 왕의 이름은 심벨린이었다. 이 왕과 왕후 간에는 자식 셋(아들 둘, 딸 하나)이 있었는데, 이 아이들이 아직 어렸을 때, 왕후는 그만 세상을 떠나버렸다. 맏딸 이모젠이 세 살 때 아직 젖먹이인 막냇동생과 어린 동생 두 사내아이는 누가 훔쳐갔는지는 모르나 대궐에서 사라져 버리고, 이모젠 혼자서 궁 안에서 아버지와 함께 살게 되었다. 심벨린 왕은 왕자 둘이 그 누구에게 유괴됐는지를 모를 뿐 아니라, 어디로 가서 어찌 되었는지를 전혀 알 수가 없었다.

심벨린 왕은 재혼을 했다. 이 둘째 왕후는 마음이 곱지 못할 뿐 아니라 계략이 음흉하여서 의붓딸 이모젠을 학대하였다. 심벨린 왕의 첫번 왕후의 몸에서 난 이모젠을 이 둘째 왕후가 지극히 미워하면서도 그는 이 공주와 자기의 아들(이 여인 역시 두 번째 혼인이어서 전 남편의 아들이 하나 있었으므로)을 결혼시키기로 계획했다. 그 동기는 이렇게 함으로써 왕 심벨린이 죽은 뒤에는 이 나라 왕관을 자기 아들 클로튼에게 씌워 주려는 계략이었다. 끝까지 두 왕자가 발견되지 않으면 왕위는 필연코 공주 이모젠에게로 갈 것이니 그렇게 되면 이모젠의 남편이 왕위를 차지하게 될 것이라고 왕후는 믿었던 것이다. 그러나 왕후의 이 계략은 이모젠 자신의 행동으로 실패로 돌아가고 말았다. 그것은 이 공주가 자기 아버지나 왕후도 모르게 허락도 받지 않고 제멋대로 어떤 남자와 결혼을 해 버렸기 때문이었다.

이모젠의 남편이 된 포스추머스란 사람은 그 당시에 있어서 제일 뛰어난 학자인 동시에 또 가장 공적이 많은 신사였다. 이 사람의 아버지는 왕 심벨린을 위하여 여러 번 전쟁터에 나갔다가 결국 전사하였다. 그러자 남편의 전사를 너무나 비통해한 그의 어머니도 이 아들을 낳아 놓고는 곧 죽고 말았다.

　세상에 나오자마자 고아가 된 애기를 불쌍히 여긴 심벨린 왕은 이 애기의 이름을 (자기 아버지가 죽은 후에 세상에 태어났다고 하여 죽은 뒤 후손이란 뜻으로) 포스추머스라고 지어 주고 궁 안으로 데려다가 기르고 교육을 받도록 해 주었다.

　그래서 이모젠 공주와 포스추머스는 둘이서 함께 한 선생님 밑에서 매일 공부하였을 뿐 아니라 어려서부터 제일 가까운 동무가 되었다. 아이 때부터 그들 둘은 서로 극진히 사랑하고 있었고 나이가 들어감에 따라 그 사랑은 더 한층 굳어져 갔다. 그들이 철이 들어 사리를 분간할 줄 알게 되자 그들은 아무에게도 알리지 않고 몰래 결혼해 버린 것이었다.

　의붓딸 이모젠의 모든 행동을 언제나 염탐해 온 왕후는 공주의 이 비밀을 알아내고 낙심천만한 나머지 곧 이 사실을 왕께 아뢰었다. 일국의 공주인 고귀한 신분을 망각하고 천민과 결혼을 했다는 말을 들은 왕의 분노는 그 무엇과 비교할 수 없이 컸다. 그래서 왕은 즉시 포스추머스를 불러 외국으로 추방을 명하고 종신토록 본국에 돌아오지 못한다고 선언했다.

　남편을 잃어버리게 되어 비탄에 빠진 이모젠을 가장 동정하는 척하는 왕후는 포스추머스가 추방당해 가는 장소로 택한 로마로 떠나가기 전에 두 사람이 몰래 만나볼 수 있는 기회를 주겠노라고 나섰다. 그러나 이 가면을 쓴 친절의 진짜 동기는 남편을 떠나보낸 후 공주를 가까이 하여 왕의 허락 없이 결혼한 것은 불법 행위인 만큼 결혼이 인정되지 않는 것을 누누이 일러 납득시켜 결국 자기 아들 클로튼과 정식 결혼을 시키려는 책략이었다.

몰래 만난 이모젠과 포스추머스 양인은 애끊는 작별을 고하면서 이모젠은 자기 어머니가 준 금강석 반지를 남편에게 주었고, 포스추머스는 이 반지를 한시도 떼어놓지 않고 몸에 지니고 다니겠노라고 약속했다. 포스추머스도 아내의 팔에 팔찌를 하나 끼워주면서 그것은 사랑의 표적이니 조심하여 간직하라고 신신당부하였다. 그리고 작별하기 직전에 그들 둘이서는 서로서로 죽을 때까지 영원토록 사랑이 변하지 않고 서로 정조를 지키기로 거듭 맹세하였다.

이모젠은 궁전에 남아서 슬픔에 잠긴 우울한 나날을 보내게 되었고 포스추머스는 자기 목적지인 로마로 갔다. 로마에서 포스추머스는 여러 나라에서 모여든 많은 유쾌한 청년들과 교제하게 되었다. 그들은 모두 다 한결같이 자기 나라 여성이 천하제일이라고 우겨대고, 또 자기 아내만이 천하제일이라고 고집하는 것이었다. 포스추머스도 그의 마음을 잠시도 떠나지 않는 아내를 칭찬하면서 자기 아내야말로 이 세상에 둘도 없을 가장 아름답고 지혜 있는 정절을 지키는 여인이라고 극구 칭송했다.

그런데 이 청년들 중에 이아치모라는 로마 사람은 포스추머스가 시골뜨기인 브리튼 여자가 로마 여자보다도 더 훌륭하다고 자꾸 뽐내는 것을 못마땅하게 생각하였다. 그래서 일부러 포스추머스의 말을 곧이듣지 않는다고 떠들어 큰 싸움이 벌어지게 되었다. 한참 동안 말다툼을 하던 차에 이아치모가 그럼 자기가 브리튼으로 가서 이모젠을 유혹할 자신이 있으니 내기를 걸겠느냐고 대드는 바람에 포스추머스는 그 내기를 허락하기에 이르렀다. 이 내기 조건은 만일 이아치모가 이 계획에 성공하지 못하고 실패하게 되는 경우에는 이아치모는 상당한 금액의 돈을 물어내기로 하였다. 또 만일에 이아치모가 이모젠을 유혹하는 데 성공하여서 포스추머스가 사랑의 표적으로 주고 왔다는 그 팔찌를 받아다가 포스추머스 눈앞에 내 놓는 경우에는 포스추머스가 이모젠에게서 사랑의 표적으로 받은 금강석 반지까지 이아치모에게 주기로 한다는 내기에 둘이 합의를 하였다. 이런 내기를 걸면서도 포스추머스는 이모젠의 굳건한 정조 관념에 가장 굳은 신념을 가지고 있었기 때문에 이런 내기를 해도 아내의 명예에 아무런 타격도 없으리라고 생각하였다.

브리튼으로 온 이아치모는 자기가 로마에 가 있는 포스추머스의 친구라고 하며 이모젠을 찾으니 이모젠은 반가이 맞이하고 또 후한 대접을 아끼지 아니했다. 그러나 이 이아치모가 이모젠에게 노골적으로 사랑을 구하기 시작하자 이모젠은 이를 단호히 거절하며 욕을 퍼붓고 경멸하였다. 그래서 얼마 오래지 않아 이아치모는 자기의 못된 계략이 성공할 가능성이 도무지 없다는 것을 깨닫게 되었다.

그러나 이아치모는 내기를 꼭 이겨야 할 욕심으로 어떤 모략이라도 써서 포스추머스에게 뒤집어씌우기로 결심하기에 이르렀다. 그래서 그는 이 목적을 달성할 수 있는 수단으로 이모젠을 모시는 하인들 몇 명을 돈을 많이 주어 매수해 가지고 트렁크 속에 숨어서 이모젠의 침실로 운반되어 들어가는 데 성공하였다.

큰 트렁크 속에 숨은 그는 이모젠이 자리에 누워 잠이 들 때까지 기다리고 있다가 트렁크 밖으로 기어 나와서 그 침실 전체 모양을 자세히 살펴보면서 보이는 것을 모두 수첩에 적어 넣었다. 그러면서 이모젠에게 가까이 가서 이모젠의 목덜미에 점이 한 개 있는 것을 똑똑히 보고 가만히 손을 들어 공주 손목의 팔찌를 빼 가지고 트렁크 속으로 도로 들어가 숨었다.

　그 이튿날 이아치모는 로마로 돌아가는 길에 올랐다. 로마에서 이아치모는 포스추머스에게 뽐내면서 이모젠이 자기 남편이 끼워 준 팔찌를 빼주더라고 자랑을 하고, 또 그뿐만 아니라 이모젠이 자기와 하룻밤 자기를 허락하였다고까지 이야기를 하였다. 그래서 이아치모는 자기의 거짓 이야기를 아래와 같이 하였다. 그는 말하기를,
　"그 여인의 침실 벽에는 은실로 수놓은 비단 폭이 걸리어 있는데, 그 수 모양은 안토니를 만난 클레오파트라의 자신만만해하는 모습으로 참 굉장히 훌륭한 물건이더군요."
　이 말을 들은 포스추머스는,
　"참으로 그렇소. 그건 사실이오. 그러나 그건 직접 보지 못하더라도 남들 말을 듣고 알 수 있는 거요."
하고 대답하였다. 그래 이아치모는,
　"그 방 벽난로는 남쪽에 있는데, 그 난로 선반 위에는 다이아나 여신이 목욕하는 상이 놓여 있고 참 아주 살아 있는 것처럼 아름답게 만들어져 있습디다."
하고 말하니 포스추머스는,
　"그것도 어디서 듣고 온 소리. 이상 이야기가 우리나라에서는 큰 화젯거리이니까."
하고 말하였다. 그러자 이아치모는 그 침실 천장 모양을 자세히 묘사하고 나서 말을 계속하여,
　"참 그 난로 앞에 놓인 장작 담는 그릇 이야기를 빼놓을 뻔했군요. 그 그릇은 은으로 만들었는데 그 다리는 큐피드 신 두 명이 서로 눈을 찡끗하고 마주 바라다보고 서 있는 모양으로 만들어져 있더군

요."

하고 말을 끝내고는 주머니에서 팔찌를 꺼내 보이면서,

"자, 여보시오, 이 보물은 잘 기억하고 있겠지요, 당신두? 그 여자가 이걸 나에게 주었다오. 그녀가 이걸 팔목에서 살짝 빼던 그 아리따운 모습이 지금도 내 눈에 선합니다. 그때 그 예쁜 모습은 이런 금팔찌 선사에는 비할 수 없는 더 큰 호의였으나, 이 팔찌도 값은 나갈걸요. 그녀가 이걸 나에게 내주면서 하는 말이 자기가 한때는 귀중하게 여겼던 물건이라고 그럽디다."

그리고 나서 마지막으로 그는 이모젠의 목덜미에 점이 있는 것까지 보았노라고 말하고 말을 맺었다.

이런 교묘한 말을 귀 기울여 듣고 있던 포스추머스는 들으면 들을수록 의심이 더해가는 것을 참고 듣다가 마침내 그의 입에서 이모젠에 대한 욕설이 걷잡을 수 없이 쏟아져 나오게 되었다. 그의 욕설은 너무나 감정적이었다. 그리고 그는 이아치모가 만일 이모젠에게서 팔찌를 받아가지고 올 때에는 금강석 반지까지 준다고 내기했던 그대로 금강석 반지를 이아치모에게 내주었다.

질투심이 끓어올라 화를 참지 못한 포스추머스는 피사니오에게 당장 편지를 썼다. 이 피사니오란 사람은 영국 신하로 이모젠을 모시고 있는 신하 중 한 사람인데 원래 포스추머스와는 가까운 친구인 동시에 충성을 바쳐 온 사람이었다. 포스추머스는 편지에다가 자기 아내의 부정행위의 증거를 잡았다는 이야기를 자세히 쓰고 피사니오더러 이모젠을 웰스 지방에 있는 항구 밀포드 헤이번으로 데리고 가서 죽여 달라고 써서 보냈다.

그리고 그와 동시에 이모젠에게도 편지를 썼는데 이 편지에는 이모젠을 감쪽같이 속일 목적으로 지금 자기는 영국 땅에 발을 들여놓기만 해도 처형될 것을 잘 알면서도 이모젠이 하도 그리워서 못 보고는 말라 죽을 지경이니 밀포드 헤이번에서 꼭 만나자고 썼다. 마음씨 곱고 또 남편을 조금도 의심하지 아니하는 이모젠은 이 편지를 받자 그 즉시로 피사니오와 함께 길을 떠났다. 그의 남편에게 대한 사랑은 세상 그 무엇보다도 커서 죽는 한이 있더라도 남편과 만나고 싶었다.

그런데 이 두 사람이 목적지까지 거의 도착될 때 피사니오는 포스추머스에게 충성을 다하고 싶었다. 그러나 이러한 잔인한 명령에는 복종할 수 없었으므로 이모젠에게 사실을 그대로 말해 버렸다. 그립고 그리운 남편이 보고 싶어서 나선 이모젠에게 이 소식, 즉 자신을 죽이라고 명령했다는 기막힌 소식을 듣는 이모젠의 슬픔과 놀라움은 무어라 형용할 수가 없었다.

피사니오는 이모젠을 여러 말로 위로하고 남편 포스추머스가 그 비행을 뉘우치고 회개할 때까지 꾹 참고 기다리라고 충고하였다. 그리고 이모젠이 그런 마음의 고통을 품고 아버지에게로 돌아가기를 거절하는 것을 본 피사니오는 여자옷을 입은 채로 여행을 하는 것은 위험하니 남자복장으로 변장하는 것이 좋겠다고 권고하였다. 이모젠은 그 말을 받아들여 남장을 하고 혼자서 로마까지 찾아가서 남편을 만나기로 결심하였다. 남편이 어떤 이유로인지 자기를 죽이려고까지 악한 마음을 품은 것을 알았지만 이모젠으로서는 남편에 대한 애정을 버릴 수가 없었던 것이다.

이모젠에게 남자복장을 구해 준 피사니오는 혼자서라도 궁으로 돌아가야만 될 몸이므로 이모젠 혼자 여행하도록 내버려두고 갈 수밖에 없었다. 그러나 작별하면서 그는 이모젠에게 신통한 효력이 있다는 약 한 알을 주었다. 이 약은 그가 왕후에게서 하사받은 것인데, 만병통치약이라고 왕후가 말하더라고 하면서 이 약을 이모젠에게 주었다.

그런데 왕후는 피사니오가 이모젠과 포스추머스에게 충성하는 것을 몹시 싫어하고 미워했다. 왕후가 이 약을 피사니오에게 하사할 때에는 독약인 줄로 알고 준 것이었다. 왕후는 그 약을 구할 때에 자기 시의에게 부탁하기를 어떤 동물에게 먹여보아서 독약의 효과를 시험해 보고 싶으니 독약 한 알을 달라고 했던 것이다. 이 왕후의 악독한 마음씨를 잘 알고 있는 그 의사는 이 왕후에게 진짜 독약을 주지 않고 약 한 알을 주기는 주었다. 그러나 그 약을 먹으면 몇 시간 동안 죽은 듯이 잠이 들었다가 다시 깨어날 뿐, 아무런 다른 부작용도 없는 약이었다. 이 약을 만병통치약인 줄로만 믿은 피사니오는 이모젠이 여행 중에 혹 병에 걸릴 때 이 특효약을 먹으라고 준 것이다. 약을 주고 난 피사니오는 이모젠의 안녕을 빌고, 또 억울한 그의 고난이 행복으로 끝맺기를 축원하면서 작별을 고하였다.

그런데 신의 섭리는 묘하게도 이모젠의 발길을 그의 두 남동생이 살고 있는 곳으로 인도하였다. 이 두 남동생은 어렸을 때 행방불명이 되었는데, 두 왕자를 유괴해 낸 인물은 다른 사람이 아니라 심벨린 왕궁정 신하 중 한 사람인 벨라리우스란 사람이었다. 이 사람은 억울하게 반역죄라는 누명을 쓰고 추방 명령을 받은 사람이었다. 복수심이 북받쳐 오르는 것을 참지 못하여 왕자 둘을 도둑질해 데리고 깊은 숲 속으로 들어가서 동굴을 집으로 삼고 살고 있었다. 왕자들을 유괴할 때에는 복수하느라고 했지만 며칠 지나지 않아서 그는 이 두 어린 왕자들에게 정이 들어서 자기 친자식 못지않게 잘 기르고 또 교육하였다. 그래서 그들은 자라 훌륭한 청년들이 되었고 타고난 왕자의 기상이 발휘되어 용감하고도 험난한 생활도 좋아하게 되었다. 생업인 사냥에 만족하지 않고 그들이 아버지인 줄로 알고 있는 벨라리우스에게 전쟁에 안 내보내 준다고 생떼를 쓰기가 일쑤였다.

그런데 이모젠은 다행히도 바로 이 왕자들이 살고 있는 동굴에 다다르게 되었다. 그는 우선 그 큰 숲을 지나서 밀포드 헤이번으로 가서 거기서 배를 타고 로마까지 갈 생각으로 숲속으로 발을 들여 놓았다. 아무리 가고 또 가도 밥 한 그릇 사 먹을 집이 없으므로 그는 피로하고 굶주려 거의 죽을 지경에 이르렀다. 제아무리 남자 옷을 입었다 할지라도 대궐에서 곱게 자라난 젊은 여자가 인적 없는 숲속을 혼자 무한정 헤맨다는 것은 도저히 불가능한 일이었다. 그래서 이 동굴을 본 그는 그 안에 들어가면 혹시나 음식을 먹을 수 있을까 하는 희망을 품고 굴 안으로 들어갔다. 그는 굴속에 아무도 없고 텅 비어 있는 것을 발견하였다. 그러나 여기저기 돌아보니 식어빠진 고깃덩어리가 한곳에 놓여 있는 것이 눈에 띄었다. 그는 하도 배가 고팠기에 체면 불구하고 앉아서 그 고기를 먹기 시작하였다.

고기를 먹으면서 그는 혼잣말로,

"아! 남자 노릇이란 참 고단하군. 힘들어 죽겠는걸! 단지 이틀 동안 한때 땅 위에 누워 잤다고 이렇게 몸이 괴롭구나. 내 결심이 이만큼 강하니까 그래도 이만큼 견디지, 그렇지 못하면 난 병들겠네. 피사니오가 그 산꼭대기에서 밀포드 헤이번 쪽을 가리켜줄 때에는 그게 그렇게도 가깝게 보였는데!"

그렇게 한탄을 하면서도 남편이 무슨 일로 그런 잔악한 명령을 내렸는지 알 수가 없다는 생각이 들어서,

"아! 나의 사랑하는 남편이여, 그대는 위선자로다!"
하고 한숨을 지었다. 이러는 동안에 벨라리우스를 따라 사냥을 나갔던 두 왕자, 즉 이모젠의 남동생들이 돌아왔다. 벨라리우스는 이 두 왕자에게 각기 폴리도아와 캐드웰이라는 이름을 지어 주었다. 그리고 이 두 청년은 자기들의 본래 신분을 알 도리가 없이 벨라리우스를 아버지인 줄 알고 섬기고 있는 것이었다. 그러나 이 왕자들의 원래 이름은 하나는 귀데리우스이었고, 또 하나는 아비라거스였다.

맨 먼저 동굴 속으로 들어서던 벨라리우스는 이모젠을 보자 두 청년을 밖에 멈추어 세우고,

"얘들아 게 좀 섰거라. 들어오지 말고! 저것이 무엇인지 우리 음식을 먹고 있다. 저것이 내게는 요정으로 보이는데."

"아니, 왜 그러세요, 아버지?"

하고 둘째가 물어보았다. 벨라리우스는 다시,

"아, 하나님! 이 동굴 속에 천사 한 분이 강림하셨구나. 천사가 아니면 지상 선인일 거구."

하고 말하였다. 남자 옷을 입은 이모젠이 아주 미남자로 보였던 것이다.

사람들의 말소리를 들은 이모젠은 굴문 가까이 나오면서 말을 건넸다.

"아, 착하신 주인님들, 저를 해치지 마세요. 제가 이 동굴 속으로 들어오기 전에 저는 먹을 것을 빌거나 혹은 사려고 하였어요. 그러나 아무도 안 계시기에 그냥 먹었어요. 난 도둑놈이 아닙니다. 자 보세요. 저기 저렇게 방바닥에 금이 굴러 있지만 제가 하나도 건드리지 않았으니까요. 자 여기 밥값이 있습니다. 어서 받으십시오. 제가 여러

분을 못 뵙고 그냥 가게 되었으면 이 밥값을 상위에 놓고 나서 감사의 기도를 올린 후에 떠나갔을 것입니다."

그러나 그 남자들은 정색하고 밥값은 절대로 안 받는다고 하였다. 그래서 겁이 난 이모젠은,

"당신들은 화가 나셨군요. 그러나 당신들이 나를 죽이려거든 내가 지금 고기를 못 먹었으면 벌써 죽었을 것이라는 걸 알아주세요."
하고 말하였다. 벨라리우스는,

"그래, 당신은 지금 어디로 가는 길이며, 또 이름은 무엇이오?"
하고 물었다.

"제 이름은 피델로입니다. 저의 친척 한 분이 이탈리아로 가요. 그가 밀포드 헤이번에서 배를 타고 떠나는데 그를 보러 가다가 배가 너무 고파서 지금 제가 이 지경이 되었습니다."
하고 이모젠은 대답하였다. 벨라리우스는,

"천만에! 우리들이 이래 뵈도 아주 무례한 놈들이라고 생각 말고, 또 우리가 살고 있는 이 굴이 누추하다고 해서 우리를 천하게 보지는 말아 주시오. 마침 잘 만났소. 지금 밤이 다 되었소. 여기서 자고 아침 먹고 떠나면 원기가 더 한층 날 것이오. 야, 애들아 이분께 인사 드려라."

이모젠의 남동생들은 누님인 줄은 모르고 여러 가지 친절한 말로 이 손님을 맞이하며 동굴 안으로 들어왔다. 그리고 그들은 이 손님을 형님처럼 사랑하겠노라고 거듭 말하였다. 굴속에서 노루고기로 (그들이 사냥 가서 잡아 온 노루) 요리를 하는데, 이모젠이 요리 솜씨로 거들어 주어서 그들을 기쁘게 하였다. 지금은 귀족 집에서 태어난 여자들은 요리를 배우지 않는 것이 고정된 풍속이지만 그 당시에는 공주까지

도 이 유익한 기술을 잘 배우는 것이 통례였던 것이다.

피델로라고 자기 이름을 댄 이 이모젠이 그 익숙한 솜씨로 노루 각을 뜨고 국에 장을 치고 하는 것을 보는 두 형제는 아마 쥬노 여신이 병이 들어 누웠는데 피델로가 그 여신에게 음식을 만들어 올리는 직분을 맡은 사람인가보다고까지 칭찬하며 좋아하였다. 또 그리고 폴리도아는 아우에게,

"야, 이 사람 노랫소리를 들어보아라. 바로 천사가 노래 부르는 것 같지!"

하고 말하는 것이었다.

그리고 형제가 보기에 이 피델로라는 사람의 웃는 얼굴은 참으로 귀엽기 짝이 없었다. 그러나 어딘가 우울한 빛이 그 얼굴에 떠도는 것 같이 보이니 이 사람은 아마 슬픈 사정을 꾹 참고 있는 사람인가보고 서로 말을 주고받았다.

이모젠(아니 형제들은 피델로라고 부르는 사람)의 이러한 부드러운 성격이(또 혹은 그들은 서로 모르고 있으나 그들이 한 핏줄을 받은 형제자매였던 관계 때문인지) 형제들의 애정을 흠뻑 차지하게 되었고 이모젠 자신 역시 이 두 청년을 그들 못지않게 사랑하게 되었다. 그래서 이모젠 생각에도 사랑하는 포스추머스를 찾아가는 길이 아니었던들 지금 여기 야생에 사는 청년들과 함께 죽을 때까지 이 동굴에서 살아도 좋으리란 생각까지 들었다. 그러므로 그들이 이모젠더러 여독이 완전히 풀릴 때까지 푹 쉬어서 다시 길을 떠남이 어떠냐고 청할 때 이모젠은 기꺼이 승낙하였다.

그들이 사냥해 온 노루고기를 다 먹고 나서 사냥을 또 나가지 않을 수 없게 되었으나 피델로는 몸이 아파서 함께 나아가지 못하였다.

그 남편의 이상한 행동과 숲속을 헤맨 피로가 쌓여서 병이 생긴 것은 틀림없었다.

청년들은 이모젠과 작별하고 사냥을 나가면서도 서로 이 피델로라는 젊은 사람의 고귀한 태도와 우아한 모습에 감탄하는 것이었다. 이모젠이 굴속에 혼자 남아 있게 되자 곧 피사니오가 주던 약 생각이 문득 났다. 그는 그 약을 먹었다. 그러고는 즉시 죽음과 같은 깊은 잠에 빠졌다.

벨라리우스와 형제가 사냥에서 돌아오자 폴리도아가 맨 먼저 동굴 안으로 들어섰다. 이모젠이 누워 있는 것을 본 그는 이모젠이 잠이 든 줄로 생각하고 잠을 깨울까 조심하여 그 육중한 구두를 벗고 버선발로 사뿐사뿐 걸어갔다. 이처럼 이 숲에 사는 왕자들의 마음에는 참된 애정이 서로 통하였던 것이다. 그러나 그는 얼마 오래지 않아 제아무리 요란한 소리로도 이모젠을 깨울 수 없다는 것을 알게 되어 결국 죽었다고 믿게 되었다. 그래서 폴리도아는 이모젠의 죽음을 그 어떻게도 애통해 하는지 그들이 세상에 날 때부터 떨어지지 아니하고 함께 살아온 형제자매처럼 애절한 정감을 느끼는 것이었다.

벨라리우스는 이 죽은 사람의 시체를 굴 밖으로 끌어내다가 저쪽 숲으로 가서 그 당시 풍속대로 노래와 엄숙한 조가를 불러서 장례식을 거행하자고 제의하였다. 그래서 이모젠의 두 남동생이 이모젠을 받들어 나무 그늘진 곳으로 옮기어 가만히 풀밭 위에 눕혀 놓았다. 그들은 몸을 떠난 영혼의 안정을 노래 부르면서 그 몸 위에 나뭇잎과 꽃을 뿌리었다. 그러면서 폴리도아는 말하되,

"여름이 가고 겨울이 오기 전까지 나는 이곳에 살면서 날마다 여기 와서 피델로 그대의 가련한 무덤에 꽃을 뿌리련다. 이 창백한 앵초

화는 바로 그대의 얼굴과 같고 이 도라지꽃은 그대의 혈관과 같으며, 이들 장미꽃 향기는 그대의 숨보다 더 달콤하지 못하리니, 이 모든 것을 나는 그대의 몸 위에 뿌리노라. 아, 그리고 겨울에 이르러 그대의 달콤한 시체를 덮어 줄 꽃이 하나도 없어지게 될 때에는 나는 털 같은 이끼로 그대 시체를 싸주리라."
라고 노래하였다. 그러고는 이 장례식이 다 끝나자 그들은 슬피 울면서 그 자리를 떠나갔다. 이모젠이 혼자 풀밭에 누워 있는 지 몇 시간 안 되어 그 약 기운이 약해지자 깨어 일어나서 그의 몸에 얇게 덮인 나뭇잎과 꽃을 쉽게 털어 버리고 일어났다. 그는 이때까지 자기가 꿈을 꾼듯이 생각되어서 혼잣말로,

"아니, 난 내가 어떤 정직한 사람들이 사는 굴속방지기 겸 식모 노릇을 하고 있다고 생각했는데, 어쩐 일로 이렇게 꽃 속에 묻혀 있게 되었는가?"
하고 중얼거리면서 거기서 그가 동굴로 가는 길을 알 리 없을 뿐 아니라 자기가 새로 사귀었다고 생각되던 청년들의 모습도 보이지 아니하였으므로 그는 자기가 참말로 지금까지 꿈을 꾸었다고 단정하고 나서 다시 그 고단한 순례를 떠났다. 이 밀포드 헤이번까지 어떻게든지 반드시 찾아 나가서, 거기서 배를 타고 이탈리아로 갈 수 있으리라는 생각을 하면서 걸어갔다. 지금 그의 일편단심은 로마로 가서 자기 남편을 찾아 남자로 속이고 그의 하인으로 일을 하는 것이다.

그러나 이때 이모젠으로서는 알 도리가 없는 큰 사건이 벌어지고 있었다. 그것은 이때 돌연히 로마 황제 아우구스투스 시저와 영국 왕 심벨린 간에 일대 전쟁이 벌어진 것이었다. 그래서 로마군대는 영국을 정복하려고 대군을 이끌고 영국 땅에 상륙하여 바로 이모젠이 지

나가고 있던 숲을 향하여 진군하고 있었다. 그리고 이 로마군에 섞이어서 포스추머스도 온 것이었다.

포스추머스는 로마군에 편입되어 오기는 했으나 그의 원래 목적은 로마군 편이 되어서 자기 모국을 반대하여 싸우는 데 있지 아니하였다. 영국 왕이 설사 자기를 추방했다 해도 모국인 만큼 심벨린 왕을 위하여 싸울 결심이었던 것이다.

그는 이때까지도 이모젠이 자기를 배반하고 몸을 더럽혔다고 꼭 믿고 있는 것은 사실이었다. 그러나 자기가 한때 그렇게도 아끼고 사랑했던 아내를 자기가 친히 명령을 내려 죽이기까지 한 자기 행동(피사니오의 회신에 의하면 그는 포스추머스의 명령대로 이모젠을 처치해 버렸다고 보고했으므로)을 뉘우치게 되었다. 그는 자포자기식으로 영국으로 돌아가서 싸우다가 전사해 버리면 좋고, 그렇지 않으면 왕에게 붙들리어서 처형되어도 좋고 좌우간 죽어 버리고 싶었다.

이모젠은 밀포드 헤이번에 채 도착하기 전에 로마군에게 사로잡혔다. 그의 침착한 태도와 재주 있어 보이는 모습을 본 로마군 대장 루키우스가 이모젠을 자기 시종으로 삼았다.

심벨린의 군대가 적병과 접전하려고 마중 나와서 숲속을 지나갈 때 폴리도아와 캐드웰 두 청년은 지원병으로 입대하였다. 이 두 청년은 지금 자기들이 바로 자신의 친아버지 편이 되어 싸우러 나간다는 것은 모르고 있었으나 조국을 위해 싸우고 싶은 생각과 용맹을 날리고 싶은 욕망에 가득 차 군대에 들어간 것이었고 벨라리우스 영감 역시 군대에 편입되었다. 벨라리우스는 자기가 왕자들을 유괴해 내서 심벨린 왕을 슬프게 한 죄를 후회한 지는 이미 오래고 자기가 원래 군인인 만큼 이번 기회에 전공을 세워 속죄하고 싶은 마음으로 입대한 것이었다.

전쟁은 크게 벌어졌다. 그런데 심벨린 군대 측에 포스추머스와 벨라리우스 등 명장 또는 용감무쌍한 두 왕자가 가담하지 않았던들 영국군은 참패했을 것이고 왕 자신의 목숨까지도 희생되었을 것이다. 이 사람들이 왕을 죽음에서 구해내었고, 또 이날 전투는 영국군의 승리로 끝장이 났다. 전쟁이 끝나자 전사하지 못한 포스추머스는 추방 명령을 어기고 귀국한 죄로 처형당할 것을 작정하고 한 장교에게 자수하고 말았다.

이모젠과 그가 섬기던 적장은 포로가 되어 심벨린 왕 앞으로 이끌리어 갔다. 이모젠을 모함한 이아치모 역시 로마군 장교로 출전했다가 포로가 되어 왕 앞으로 이끌려 왔다. 이때 포스추머스 또한 왕으로부터 사형 선고를 언도받기 위해 왕 앞으로 이끌려 왔다. 이렇게 일이 묘하게 돌아가는 중에 벨라리우스와 폴리도아, 캐드웰 두 청년 역시 왕 앞에 나타났다. 그들은 이번 전쟁에 보인 용맹에 대한 훈장을 받기 위해 왕 앞으로 온 것이었다. 피사니오 역시 언제나 왕을 모시는 신하이므로 이 자리에 참석해 있었다.

이렇게 되고 보니 지금 왕 앞에는 포스추머스, 이모젠, 이모젠이 잠시 섬겼던 패장, 충성을 다하는 피사니오, 친구를 배반한 이아치모, 또 그리고 실종되었던 왕자 두 명과 이 왕자들을 유괴해 갔던 벨라리우스까지(그들은 모두가 제각기 딴 희망과 두려움을 가지고 있었지만) 모두 다 한 자리에 모이게 되었다.

로마군 패장이 제일 먼저 심문을 받았다. 다른 사람들은 제각기 다 뛰는 가슴을 억누르고 왕 앞에 조용히 서 있었다.

이모젠은 포스추머스를 보자 그가 자기 남편이라는 것을 알아보았다. 그가 비록 농부 복색으로 변장을 하고 있었으나 아내의 눈은 속일 수 없었다. 그러나 포스추머스는 남장한 자기 아내를 알아보지 못하였다. 이모젠은 이아치모도 이내 알아보았는데 그 자가 어쩐 일로 자기가 남편에게 주었던 금강석 반지를 손에 끼고 있는지 이상하다고 생각하였다. 이모젠은 이아치모가 남편과 내기한 것을 모르고 있었으므로 그 반지가 어떻게 이 자에게로 가게 되었는지를 모르는 것은 당연한 일이었다. 또 그리고 이모젠은 지금 바로 자기 아버지 앞에 적군 포로의 몸으로 붙들려 와 서 있는 것이었다.

피사니오는 자기 자신이 남자 옷을 구해다가 이모젠에게 입혔으므로 이모젠을 곧 알아보았다. 그래서 속으로,

"하, 공주님이 살아 계시구나. 좌우간 어찌되나 결과를 보자."

하고 생각하고 있었다.

벨라리우스도 역시 이모젠을 알아보고 캐드웰에게 귓속말로,

"이 아이가 죽었다 살아났나?"

하고 속삭였다. 캐드웰도 알아보고,

"그러게 말이오, 죽은 피델로의 그 장미꽃같이 정말 똑같이 생겼소."

하고 대답을 하니, 폴리도아도 덩달아서,

"죽었다 살아났음에 틀림없다."

하고 속삭였다. 그러나 벨라리우스는,

"말도 마라. 만일 그 아이가 도로 살아왔다면 우리를 아는 체하고 말을 건넬 텐데."

하고 속삭이자 폴리도아가 다시,

"그 애가 죽은 것을 우리가 확실히 보았는데."

하고 되풀이하였다.

"조용히 해."

하고 벨라리우스가 대답했다.

포스추머스는 사형 선고가 어서 내려서 빨리 죽기를 기다리고 있었다. 그는 자기가 이번 싸움에 왕을 위하여 싸워서 왕의 목숨을 구했다는 말을 하면 왕이 자기를 용서해 줄까봐 겁이 났다. 그래서 그런 사연을 일체 입 밖에 내지 않기로 결심하고 있었다.

왕 앞에서 맨 먼저 말을 시작한 사람은(아까 이미 지적한 대로) 이모젠을 포로로 잡아서 벌하지 않고 자기 시종으로 삼았던 로마 대장 루키우스였다. 이 대장은 용감했을 뿐 아니라, 귀족 태생이었으므로 아래와 같이 왕에게 하소연하였다.

"제가 듣사옵기에는 왕께서는 포로를 돈을 받고 석방해 주는 일은 절대로 없고 반드시 죽여 버린다고 하더이다. 저는 로마 사람이어서 로마 혼을 안은 채 즐겁게 죽음에 임하겠습니다. 그러나 꼭 한 가지 제가 특별히 요청할 것이 있습니다."

하고 말하면서 이모젠을 이끌어 왕 앞에 가까이 세웠다.

"이 소년은 영국 태생입니다. 이 소년만은 속죄 돈을 받고 석방해 주시기를 바랍니다. 이 소년은 저의 시종인데 이 소년처럼 친절하고 책임감이 강하고 언제나 부지런한 시종은 지금까지 본 일이 없었습니다. 그렇게도 정직하고, 그렇게도 상냥한 이 소년은 그가 비록 로마 대장을 섬기기는 했어도 영국에 대하여 털끝만큼도 해를 끼친 일은 없습니다. 왕께서 우리 포로 전체를 다 죽여도 좋으나 이 소년만은 살려주십시오."

심벨린은 자기 딸 이모젠을 자세히 내려다보았으나 그가 남자 옷을 입었기 때문에 자기 딸인 줄 알아보지 못했다. 그러나 전지전능한 대자연이 그의 가슴을 감동시켰는지 그는 말하였다.

"내가 분명히 소년을 어디서 본 기억이 있는데, 그 얼굴이 참 낯이 익단 말이야. 내가 지금 무슨 정신으로 이런 말을 하게 되는지 나로서도 알 수 없으나 살려 주마. 이 소년을, 그리고 또 네 목숨을 살려 줄 뿐만 아니라 더 나아가서 네가 지금 소원이 있으면 한 가지만 말을 해라. 네가 원하는 것은 그 무엇이고 간에 허락해 줄 테니, 네 소원이 포로들 중 제일 훌륭한 사람의 목숨을 살려 달라는 소원이라 할지라도 내가 윤허할 것이다."

"폐하, 감사하옵니다."
하고 이모젠은 대답하였다.

그 당시 풍속에 의하면 무슨 소원이든지 허락해 준다는 말은 이 소원을 할 수 있게 은혜를 베푼 그 사람이 이 세상 무엇이고 간에 한 가지 소원을 말하면 그것은 꼭 들어준다는 것이다. 그래서 거기 모인 여러 사람들은 이 시종이 과연 그 어떠한 한 가지 소원을 이야기하는가 호기심에 가득 차서 모두 귀를 기울이고 있었다. 이때 그의 주인인 로마 대장 루키우스는,

"내 목숨을 살려 달라고 빌지는 말아라. 내 생각에 지금 네가 그런 소원을 하려고 하는 것같이 보이는데 난 그것이 싫단 말야."
하고 말하였다. 이때 이모젠은,

"아니오, 아니오, 미안 천만이오나 저로서는 더 소중한 소원이 한 가지 있습니다. 장군님의 목숨을 살려 달라는 소원보다 더 중대한."
하고 말하였다. 이 말을 들은 로마 대장은 이 소년의 배은망덕을 괘씸하게 여기는 태도를 보였다.

그러나 이모젠은 이아치모를 노려보았다. 그가 가진 소원은 그 어느 것보다도 여기 이 사람이 손에 끼고 있는 그 금강석 반지가 어떤 경로로 그의 손에 들어가게 되었는지 그 사실을 자백시켜 주시기를 바라는 한 가지 소원뿐이라고 말하였다.

심벨린은 이 소원을 윤허하고 나서 이아치모에게 그가 그 금강석 반지를 가지게 된 경로를 바른대로 대지 아니하면 악독한 고문에 처해서라도 자백을 받도록 할 터이니 숨김없이 다 자백하라고 위협했다.

그러자 이아치모는 그 자리에서 그의 악행을 전부 자백하였다. 즉 이미 이야기한 것처럼 로마에서 친구끼리 내기를 걸어 가지고 자기가 최후 수단으로 꾀를 써서 포스추머스를 속이고 반지를 받았다는 사실을 모두 털어놓았다.

아내의 정절을 의심했던 포스추머스가 지금 이 자리에서 이놈의 고백을 듣고 아내가 그 얼마나 결백하다는 것을 알게 된 그 심경은 형용할 수 없이 진지했다. 그래서 그는 지체 없이 왕 앞으로 가까이 가서 자기가 아내를 오해하고 피사니오를 시켜서 살해케 한 죄를 자백하고 나서,

"아, 아, 이모젠! 나의 사랑, 나의 생명, 나의 아내, 아 이모젠, 이모젠, 이모젠!"
하고 부르며 애통해 마지않았다.

이모젠은 자기 사랑하는 남편이 이렇듯이 슬퍼하는 광경을 그대로 보고 있을 수가 없어서 당장 그 자리에서 자기의 신분을 밝혔다. 사랑하는 여자를 그렇게도 학대한 양심의 가책으로 고통을 당한 포스추머스가 지금 죽은 줄 알았던 아내와 원만히 화해를 하게 되었으

니 그의 기쁨이란 말하지 않아도 짐작할 수 있을 것이다.

심벨린도 잃어버렸던 딸을 도로 찾은 기쁨에 넘치어서 이모젠을 왕궁 안에 받아들였다. 동시에 포스추머스의 목숨만 살려주는 데 그치지 않고, 자기 사위로 아주 인정해 주었다.

벨라리우스도 마침 좋은 기회가 왔다고 생각되어 자기의 죄상을 일일이 자백하였다. 그러고 나서 폴리도아와 캐드웰 두 청년을 앞에 세워 놓고 이 둘은 다른 사람이 아니라 실종되었던 귀데리우스와 아비라거스 왕자라고 아뢰었다.

심벨린은 벨라리우스를 용서해 주었다. 이렇듯이 기쁜 일이 연속 일어나는데 어찌 이전의 죄를 처벌할 생각이 날 수가 있을 것인가? 딸이 살아 있는 것을 알게 됐고 잃어버렸던 두 왕자를 도로 찾은 것만도 여간 기쁜 일이 아닌데 게다가 두 왕자가 다 용감한 군인이 되어 아버지를 사지에서 건져 주고 전쟁에서 승리를 안겨 주었으니 이런 경사가 한 나라에 두 번 또 있을 것인가!

이모젠은 이제 편히 앉아서 잠시 자신이 섬기었던 로마 대장에게 좋은 봉사를 할 수 있게 되었으니 영국 왕은 공주의 청을 받아들여 포로 루키우스를 석방해 주었다. 바로 이 루키우스가 두 나라 중간에 서서 평화 교섭을 적극 추진하여 로마와 브리튼 두 나라가 평화 조약을 체결하게 되었으며 이 조약을 두 나라가 다 오랫동안 준수하고 위반하지 아니하였다.

심벨린의 둘째 왕후는 자기 계략이 모두 실패로 돌아간 것을 보고 분하기도 하려니와 양심상 가책에 고민하였다. 엎친 데 덮친다고 그의 아들 클로튼이 공연한 트집을 잡아, 어떤 사람과 칼싸움을 하다가 칼에 찔려 죽는 참사까지 당했다. 왕후는 아파 누웠다가 다시 일어나지 못하고 병사하고 말았다.

참혹한 일이란 이렇듯이 경사로운 대단원을 방해하지 않을 정도로 약간만 언급하기로 하고 더 이상은 기술하지 않기로 한다. 좋은 일을 한 사람들은 모두 다 행복하게 살게 되었다. 그 교활하고 배신자인 이아치모까지도 그의 악행이 결국 성공하지 못했다는 사실에 맞추어 관대한 처분으로 그 죄를 용서받았으니 이만하면 이 이야기는 만족스러울 것이다.

맥베스
MACBETH

주요 등장인물

덩컨 : 스코틀랜드의 왕

맥베스 : 글래미스의 백작, 코더의 백작, 나중에 왕이 됨

마녀 1, 2, 3

뱅코 : 장군

맥베스 부인

맬컴 : 덩컨의 아들

도널베인 : 덩컨의 아들

플리언스 : 뱅코의 아들

맥더프 : 파이프의 성주

아주 의젓하신 덩컨 왕이 스코틀랜드에 왕좌를 차지하고 있는 시절에 맥베스라는 장군이 있었다. 그는 왕의 친척일 뿐 아니라 그 용감성과 점잖은 행동이 궁성 안에서 대단한 존경을 받게 되었다. 노르웨이가 놀랄 만한 많은 군대를 이끌고 습격해왔다. 국내의 반역군들과 조력하여 격전을 일으켰을 때, 맥베스 장군이 잘 싸워서 격퇴시킨 전공은 그의 명성을 한층 높였다.

맥베스와 뱅코 두 장군이 이 전쟁에 크게 이기고 돌아오다가, 바람이 몹시 부는 벌판에 다다르니 괴상하게 생긴 사람이 셋이 나타나서 길을 막는 것이었다. 이 세 사람은 몸뚱이는 꼭 여자 같으나, 수염이 댓 자나 자라서 늘어져 있고 그 거친 피부며 산만한 의복차림은 사람이 아니고 무슨 괴물처럼 보였다. 맥베스가 무어라고 말을 건네려고 하니까 그 세 괴물은 제각기 거친 손가락을 그들의 여윈 입술에 대면서 조용하라는 표시를 하였다. 첫째 괴물이,

"글래미스 백작 각하,"

하고 불렀다. 이러한 괴물이 자기 이름을 부르는 것이 맥베스 장군에게는 괴상하게 생각되었는데, 이어서 다른 한 괴물이,

"코더 백작 각하,"

하고 부르는 데 더 한층 놀랐다. 자기는 절대로 코더 백작이 아니었기 때문이다. 그런데 셋째 괴물은,

"만세! 지금 우리나라 왕으로 등극하시는 폐하를 축하 하나이다."

라고 말하였다. 이것은 당치도 않은 예언이었다. 현왕의 아들들이 지금 모두 시퍼렇게 살아 있을 때 맥베스 자신에게 왕위가 올 가능성은 절대로 없다는 것을 그는 잘 알고 있었다. 세 괴물은 다시 뱅코를 향하여 수수께끼 같은 말을 하였다.

"장군님께서는 맥베스 장군님보다는 좀 떨어지기는 하지만 더 위대하십니다. 맥베스처럼 행복스럽지는 못하겠으나, 더 한층 행운이 있으실 것입니다. 뱅코 장군님, 그대는 살아서 왕이 되지는 않겠으나, 죽은 후에 그대 자손들은 스코틀랜드 왕위를 대대로 누리게 될 것입니다."

라고 예언하고는 세 괴물은 공기처럼 사라지고 말았다. 두 장군은 이 세 괴물이 필시 마녀일 것이라고 생각하였다.

둘이서 한참 그 자리에 서서 이 이상한 경험을 다시 생각하고 있었다. 그때 국왕으로부터 전령사가 달려오더니 국왕이 맥베스를 코더 백작으로 승진시켰다는 소식을 전하여 주었다. 마녀들의 예언이 이렇게 신통히도 금방 들어맞는 것이 하도 신기하고 어안이 벙벙하여 멍하니 서서 전령사에게 아무런 대답도 못 하고 벙어리처럼 서 있었다. 그러나 내심으로는 그 셋째 마녀의 예언대로 자기는 머지않아 스코틀랜드의 왕권을 손에 잡게 될 기회가 이르려니 생각되어 슬그머니 기뻤다. 그는 뱅코를 향하여,

"방금 마녀들의 예언이 이렇게 신통히 맞는 것을 보니 장군의 자손들이 스코틀랜드 왕이 되리라고 믿어도 좋겠소."

라고 말하였다. 뱅코는,

"그러한 예언이 장군에게 왕위를 빼앗으려는 마음을 일으켜 줄는지 모르겠습니다. 그러나 이런 데 사는 마녀들이란 대개가 장난삼아 예언을 하는 것입니다. 그 예언을 그대로 믿었다가 큰 봉변을 당하게 되는 위험성이 다분히 있다고 봅니다."

라고 대답하였다. 그러나 마녀의 예언이 맥베스의 마음속에 너무나 깊은 암시를 주었기 때문에, 맥베스는 뱅코의 이런 경고를 귀담아 들

을 마음의 여유가 없었던 것이다. 이때부터 맥베스의 마음속에는 스코틀랜드 왕위를 얻을 궁리로 가득 차게 되었다.

집으로 돌아온 맥베스는 세 마녀를 만났던 이야기를 자기 부인에게 들려주고, 그 예언 중 하나는 벌써 들어맞았다고 자랑하였다. 부인은 본시 마음씨가 곱지 못하고 야심만만한 여인이어서 이런 말을 들은 뒤로는 자기도 남편을 따라 이 나라 최고 지위에 올라앉을 꿈을 꾸었다. 그리고 그 성공을 위해서는 수단을 가리지 않아야 한다고 남편을 자꾸 독촉하였다. 맥베스는 마녀의 예언이 있는 이상 현왕을 무력으로 내쫓을 필요는 없으니 그리 조급히 서둘지 말고 때를 기다리자고 하였다. 그러나 그의 아내는 자꾸만 빨리 거사하라고 졸라대는 것이었다.

지금 왕은 아주 어지신 분으로 가끔 친척 귀족들의 집을 방문하기를 즐겨하시었다. 때마침 승전하고 돌아온 맥베스 장군의 영예를 빛나게 하기 위하여 두 왕자 맬컴과 도널베인 또 그 밖에 여러 신하들과 시종들을 데리고, 맥베스의 성으로 찾아오게 되었다.

맥베스가 살고 있는 성은 그 위치가 매우 좋았을 뿐 아니라, 공기가 맑고 건물 여기저기 새들이 깃들이기 좋은 틈에는 어디나 구석구석 새 둥지가 틀어져 있었다. 새가 많이 모여 사는 곳의 공기가 으레히 맑고 상쾌하다는 것은 누구나 다 아는 사실이다. 왕은 즐거운 기분으로 이 성에 오시어서 특히 이 성주 부인의 각별한 대접을 받고 대단히 만족하시었다. 그러나 이 부인은 간사스런 음모를 미소로 숨기는 재주가 능란하였고, 겉으로는 아름다운 꽃같이 보이지만 실상은 꽃밭 속에 기어다니는 뱀 같은 여자였다.

여행에 좀 피곤해진 왕은 침실로 일찍 들어가 눕고 그 옆방에서 당시 풍속대로 시종 두 사람이 옆에 모시고 자게 되었다. 이 성에서 받은 정중한 대접에 크게 만족한 왕은 침전에 들기 전에 대신과 시종들에게 선물을 나누어 주고 특히 성주인 코더 백작 부인에게는 금강석을 선물하면서 아주 친절한 부인이라고 극구 칭찬하는 것이었다.

자정이 되었다. 온 세상은 죽은 듯이 조용하고 잠든 사람들은 가위 눌리는 꿈에 시달리고, 늑대나 살인강도 외에는 거리에 나다니는 동물이라곤 없었다. 바로 이때 맥베스 백작 부인은 잠을 안 자고 깨어 있어서 왕을 암살할 음모를 꾸미고 있었다. 왕을 죽인다는 사악한 행동이 보통 사람으로서는 도저히 감행하기 어려운 것인 줄은 알았으나, 남편의 기질이 살인을 하기에는 적합하지 아니하기 때문에 성공하지 못할 것을 염려하여 자기가 나선 것이다. 그는 남편이 왕위를 노리는 야심을 품고 있다는 것을 잘 알고 있었으며, 남편의 성격이 대단히 세심하다는 것도 잘 알고 있었다. 그러나 최종단계에 가서 그러한 야심을 만족시키는 데 필요한 커다란 범죄를 단행할 만한 용기가 남편에게 있을까를 의심하였다. 그는 남편을 살살 달래어 이날 밤 좋은 기회에 왕을 암살하기로 약속은 받아 놓았으나, 남편의 결심을 의심하지 아니할 수 없었던 것이다. 그래서 거사하려고 하다가 자기 자신보다도 더 마음이 약한 남편이 중간에 결단을 짓지 못하고 실패를 하게 될 가능성이 충분히 있다고 보았다. 그래서 부인은 자기가 친히 거사하려고 단도를 들고 왕이 잠들어 있는 방으로 살금살금 들어갔다. 옆방에서 숙직하고 있는 두 명의 호위병에게는 이미 독한 술을 담뿍 먹여서 둘이 다 세상모르고 코를 드르릉 골며 자고 있으므로 침전까지 몰래 들어가는 것은 쉬운 일이었다.

여행 끝에 피로한 덩컨 왕은 세상모르고 깊은 잠이 들어 있었다.

맥베스 부인은 이 잠든 왕의 얼굴을 물끄러미 들여다보니까 그 얼굴이 자기 아버지의 얼굴과 비슷한 점이 있어서 차마 죽이지 못하고 남편에게로 되돌아가서 다시 의논하였다. 그리되니까 남편의 결심도 크게 흔들리게 되었다. 맥베스는 왕을 죽여야만 하는 이유가 없다고 생각하였다. 첫째로 자기는 이 왕을 섬기는 신하일 뿐더러 아주 가까운 친척이었고, 둘째로 오늘 밤에는 왕이 자기 집에 손님으로 오셨는데 손님을 친절하게 대접하여야 될 의무를 가진 집주인으로 설사 다른 암살자가 들어온다고 하더라도 그것을 막고 손님을 보호해 주어야 한다. 그런데 도리어 자기 손에 칼을 들고 왕을 찔러 죽인다는 것은 인간으로서는 차마 할 수 없는 일이라고 생각하였다. 더구나 이때까지 덩컨 왕은 백성에 대하여 공정했고 자비로웠으며, 또 모든 귀족들과 신하들도 끔찍이 사랑했다. 더욱이 특별히 맥베스 자기에게 각별한 사랑을 베풀어 주어 온 덩컨 왕을 죽이다니? 이런 착한 왕에게는 하나님의 특별한 보호가 있을 것이니, 그를 죽인 자가 발각되면 온 백성이 복수심에 뒤끓게 될 것이 무서웠다. 또 더구나 맥베스가 이 나라 백성들의 존경을 받게 된 것도 왕이 그를 신임하는데서 온 것이 사실이다. 그런데 지금 와서 자신이 왕을 암살하여 자기 자신의 명예를 손상시킨다는 것은 도무지 이유가 되지 않는다는 생각이 들게 되었다.

　남편이 이렇듯 심각한 마음속 갈등과 고통을 품고 있는 것을 알게 된 부인은 남편의 마음이 단단하지 못하여 암살 계획을 중지했다는 생각이 들었다. 그래서 무슨 일이고 한번 정했던 일은 절대로 변경하기를 싫어하는 끈기 있는 성질을 가진 이 부인은 어디까지나 목적을 관철하기 위하여 열심히 남편의 귀에 그럴듯한 말로 꾀이었다. 첫째로 이 일은 실행하기가 아주 쉽다. 아주 짧은 시간 안에 해치울 수 있는 일이어서 이 하룻밤의 고생으로 장차 가지게 될 왕위의 영화가 무궁할 것을 생각해보라고 자꾸만 꼬드겼다.

그래도 남편이 말을 안 들으려고 하는 것을 본 부인은 마지막에는 한번 정했던 목적을 돌변하는 것은 무정견하고 비겁한 짓이라고 윽박지르면서 무슨 일에나 결단성이 있어야 된다고 역설하였다. 부인은 말하기를 어린애가 어미젖을 빨고 있는 모양이 그 얼마나 사랑스럽고 예쁜지 말할 수 없다. 그러나 한번 죽여야 되겠다 하는 결심을 세웠다면, 이것저것 생각 말고 그 애기가 젖을 물린 어머니를 제아무리 아름다운 웃음을 띠고 쳐다본다 할지라도 입을 딱 악물고 애기를 뚝 떼어 들고 그 머리를 부서 버릴 만한 용단성이 있어야만 사람 구실을 할 수 있다고 되풀이해 말하였다.

그러고는 한 가지 방법을 설명해 주었다. 왕을 죽인 후 그 죄를 옆방에서 자고 있는 호위병들에게 뒤집어씌우면 된다. 지금 그들이 술에 만취하여 자고 있으니까 그들에게 뒤집어씌우기는 쉽다고 말하였다. 구변 좋은 부인이 이렇게 솔깃하도록 꾀어서 마침내 남편 맥베스의 용기를 북돋아 주었다.

맥베스는 칼을 들고 어두운 복도를 더듬어서 왕이 누워 자는 방을 찾아 가다가 중간에서 자기 머리 바로 위에 피가 뚝뚝 흐르는 칼이 한 자루 매달려 있는 것을 보았다. 그는 손을 쳐들어 그 칼을 붙잡으려 했으나 아무것도 손에 잡히지 않았다. 그는 착각을 일으켰던 것이다.

맥베스는 무서운 마음을 억누르고 왕이 자고 있는 방으로 들어가서 칼을 단숨에 왕의 가슴에 쿡 박아서 일을 쉽게 끝내고 말았다. 허리를 펴는 참에 옆방에서 잠을 자던 호위병 하나가 잠꼬대로 크게 웃으니까 다른 하나가 "사람 죽인다!" 소리를 치면서 가위에 눌려 자리에서 벌떡 일어났다. 두 호위병은 잠이 깨어, "하나님, 우리에게 은혜를 베푸소서!" 하고 간단한 기도를 올리는 것이었다. "아멘!"을 부르고는 둘이 다 도로 잠이 들어 버렸다. 꼼짝 못 하고 가만히 서서 그 두 호위병의 기도를 듣고 있던 맥베스는, 첫 놈이 "하나님, 우리에게 은혜를……" 하고 기도를 시작할 때 '아멘' 하고 화답하고 싶은 충동을 느끼었으나 목이 메어서 말이 나오지 않았다.

그러자 그의 귀에는 이상한 외침 소리가 들려 왔다. "야, 모두 다 깨어라! 맥베스가 왕을 죽였다. 순진하고 죄 없는 왕을 죽였다. 생명을 새롭게 해주는 왕을. 잠을 자지 말고 다 깨어 일어나라!" 이 외침 소리는 온 집안에 가득 차는 것 같았다. "글래미스가 왕을 암살하였다. 그래서 코더는 잠을 잘 수가 없게 되었다. 맥베스는 불면증에 걸렸다."

이러한 두려운 망상에 사로잡힌 맥베스는 지금까지 아내가 귀를 기울이고 결과를 기다리고 있는 안방으로 돌아갔다. 남편이 반미치광이 다 된 꼴로 돌아오는 것을 보고, 아내는 남편이 일을 해치우지 못하고 오는 줄로 생각하고 왜 그렇게 마음이 약하냐고 화를 냈다. 남편이 피 묻은 손에 피 묻은 칼을 그냥 들고 온 것을 보자 얼른 그 피 묻은 칼을 빼앗았다. 그러고는 옆방으로 달려가서 잠들어 있는 호위병들 얼굴에 온통 피 칠을 해 주어서 범죄를 그들에게 뒤집어씌웠다.

살인 사건은 이튿날 아침에 발각되었다. 맥베스 부부는 애통해하고 있었고 애매한 호위병에게 죄가 넘어갔다. 그들 둘이 다 몸이 피투성이가 되어 있고, 칼도 그 방 안에 던져져 있었으므로, 그들은 변명할 도리가 없었던 것이다. 그러나 사람들의 생각에는 그 호위병들이 그런 악한 일을 저지를 아무런 동기가 없으므로 사람들은 맥베스를 의심하게 되었다. 그래서 죽은 왕의 두 아들은 도망을 가 버렸다. 맏아들 맬컴은 영국 조정으로 가서 보호를 빌었고, 막내아들 도널베인은 아일랜드로 도망가 숨었다.

왕위를 계승할 권리를 가진 두 왕자가 다 도망을 가 버렸으므로 다음의 왕위 계승자인 맥베스가 당연히 등극하게 되었다. 이것은 들판에서 만났던 마녀들의 예언이 신통하게 들어맞은 순간이었다.

최고의 지위에 오르기는 했으나 맥베스 부부는 그 마녀들의 그 다음 예언을 잊어버리지 못하였다. 그 예언은 맥베스가 왕이 되기는 하지만 맥베스가 죽은 후에는 그의 자손이 대를 이어 왕이 되지 못하고, 뱅코 장군의 자손에게로 왕위가 계승될 것이라는 예언이었다. 더구나 그들은 자기들 손에 피 칠을 한 중대한 죄를 범한 사람인지라, 그 예언이 항상 마음에 불안하였다. 그래서 맥베스 부부는 다시 뱅코 장군과 그 아들을 죽여서 마녀들의 예언이 아무 소용없는 걸로 돌아가게 할 음모를 꾸미게 되었다.

뱅코 부자를 살해할 방법으로 성내 귀족들을 하나도 빼놓지 않고 다 궁전으로 초대하여 연회를 베풀기로 하였다. 뱅코가 오는 길 중간에 자객들을 매복시켰다가, 뱅코 일행을 전부 죽여 버리는 것이었다. 뱅코는 자객의 손에 죽었으나 아들 플리언스는 그 혼란한 틈을 타서 도망하였다. 이 도망간 플리언스의 후손들이 스코틀랜드 왕위를 대대로 계승해 내려오다가 제임스 6세에 이르러 이 왕이 스코틀랜드 마지막 왕인 동시에 영국의 초대 왕을 겸임하게 되어서 이 두 나라가 하나가 된 것이다.

맥베스 궁내 연회석으로 말머리를 돌리면 왕후는 있는 재주를 다 발휘해 귀빈들을 접대하였다. 맥베스 왕은 오늘 밤 이 잔치에 천하 귀빈들이 다 모였는데 유독 뱅코만 빠졌으니 그가 오지 아니할 리는 절대로 없고 필연코 오는 길에 무슨 변을 만난 것처럼 생각하였다. 그러나 만일에 그가 오지를 않는다면 건방진 태도로 해석할 수밖에 없다고 투덜거리는 것이었다. 이때 맥베스가 보낸 자객의 손에 죽은 뱅코의 유령이 소리 없이 들어와서 맥베스가 앉으려고 하는 자리에 슬그머니 먼저 앉았다.

맥베스가 제아무리 용감하다 한들 이 유령을 보았을 때 그의 얼굴이 백지장처럼 창백해지고, 움직이지 못하고 서서 이 유령에게서 눈을 떼지 못하고 바라다보고 있었다. 왕후와 다른 손님들의 눈에는 유령이 보이지 않기 때문에 넋을 잃고 빈 의자를 노려보고 있는 왕을 정신에 이상이 생겼는가 의심하였다. 놀란 왕후는 옆으로 바싹 다가서서 귓속말로 덩컨 왕을 죽이던 날 밤에 그가 보았다고 하던 그 칼이 환상이었던 것과 마찬가지로 지금 뱅코의 유령을 보는 것도 하나의 환상이라고 일깨어 주었다. 그러나 맥베스의 눈에는 그 유령이 뚜렷이 보이므로 아내의 말을 믿지 않고 그 유령에게 말을 건네려고 하였다. 지금 맥베스가 말을 시작하면 자신들의 죄악이 전부 폭로될 염려가 되어 부인은 손님들을 향하여 왕께서 가끔 이렇게 미치는 증세가 있으니 여러분은 다 밖으로 나가 달라고 요청했다.

그 뒤로 맥베스는 여러 가지 환영을 보는 버릇이 생겼다. 또 부부는 밤마다 무서운 꿈을 꾸었다. 뱅코의 유령이 그들 부부에게는 살아 있는 플리언스의 존재에 못지않은 고통과 공포의 원인이 되었다. 이런 견딜 수 없는 생각의 압박에 눌리운 맥베스는 벌판으로 나가서 그 예언자 마녀들을 다시 찾아 만나서 그들에게 결국에는 어떻게 결말나게 될 것인지를 물어보고 싶은 생각을 버릴 수 없었다.

그는 벌판으로 나가서 마녀들이 살고 있는 동굴로 찾아갔다. 이 마녀들은 맥베스가 찾아올 줄을 벌써 알았으므로 장래 일을 예언할 수 있는 악귀를 하나 만들기 시작하였다. 이 악귀를 만드는 원재료는 옴두꺼비, 박쥐, 뱀, 지렁이 눈알, 개 혓바닥, 도마뱀의 다리, 부엉이 날개, 용의 비늘, 늑대의 이빨, 상어의 넷째 똥집, 무당 죽은 송장의 살덩이, 독초(이 독한 풀은 캄캄 어두운 밤에 뽑아 온 것이라야 효과가 있다), 염소의 쓸개, 유대인의 간, 무덤 위에 돋아나는 옻나무 뿌리 다진 것, 죽은 아이의 손가락— 이러한 여러 가지 원료를 잘 섞어 가지고 큰 솥에 담아서 오래오래 끓여야 한다. 막 끓어오를 때에 얼른 원숭이의 피를 부어서 식혀 가지고 거기에 자기 새끼를 잡아먹은 암퇘지의 피를 섞고, 그 위에 다시 살인범으로 교수대에서 죽은 사람 시체에서 흘러내린 기름 덩어리로 불을 피워 놓고, 그 위에다 구워 내어야 되었다. 이렇게 하여서 만든 귀신을 결박하여 세워 놓고 요녀들이 말을 물으면 그 귀신이 예언을 곧잘 하는 것이었다.

요녀들이 맥베스를 그들 앞에 세워 놓고,

"맥베스여, 그대의 의혹을 풀어줄 자 그 누구인가? 우리가 방금 만들어 놓은 마귀인가 또 그렇지 않으면 이놈의 주인인 혼령인가?"

하고 물어 보았다. 맥베스는 이 지옥 마귀를 만들어 내는 괴상스런 광경을 목도하였으나 조금도 무서워하지 아니하고 용감한 태도로,

"소위 혼령이란 것들이 어디 있느냐? 나 좀 보자."

라고 대답하였다. 그러니까 혼령 셋이 나타났다. 그 첫째 혼령은 무장한 사람 머리 모양으로 나타나서,

"맥베스야, 파이프 성 총독을 조심해라."

라고 말하였다. 이 충고를 듣고 맥베스는 매우 감사히 생각하였다. 맥베스는 오래전부터 이 파이프 총독인 맥더프에 대해서 질투를 느껴 왔던 까닭이다. 둘째 혼령은 피 흘리는 어린아이의 형상으로 나타나서,

"맥베스야, 그대는 사람을 두려워하지 말고 멸시하라. 사람, 여자의 몸에서 태어난 사람으로 그대를 해할 수 있는 힘을 가진 자 없으리라. 그리고 그대는 피투성이가 되기를 즐겨하고 용감하여지고 결심을 굳게 하라."

하고 충고해 주었다. 맥베스 왕은,

"응, 그렇다면, 맥더프야. 이놈, 살아 있거라. 내가 너를 무서워할 무슨 이유가 있는가? 너는 나한테 죽을 것이다. 나는 창백한 얼굴을 한 공포라는 신은 거짓이라는 것을 폭로할 것이다. 그 후에는 설사 벼락이 내릴지라도 나는 한숨 잠을 잘 것이다."

하고 뽐내었다.

둘째 혼령이 물러가자 이어서 셋째 혼령이 그 머리에 왕관을 쓰고 손에는 나뭇가지를 든 어린아이 형상으로 나타나서,

"맥베스야, 그대는 반역자를 방어하는 데 아무런 근심도 하지 말라. 비어남 숲의 나무들이 단시네인 언덕에서 그대를 적대하여 습격해 오기 전에는 그대는 절대로 망하지 아니하리라." 하고 예언하였다. 맥베스는,

"응, 매우 좋은 전조이다. 좋다! 이 세상 그 어느 누가 땅에 뿌리박고 서 있는 숲을 통째로 움직일 수 있을쏘냐? 나는 내 명이 다 차고야 죽지 절대로 비명횡사는 안 할 것을 지금 깨달았다. 그러나 지금 나의 가슴은 꼭 한 가지 일을 더 알고 싶어서 이렇게 뛰고 있다. 자,

알려다오. 그대가 그렇게도 예언을 잘 한다고 하니, 그럼 앞으로 뱅코의 자손이 이 나라 왕이 될 가능성이 있는가 없는가를 알려다오."
라고 물을 때 갑자기 마귀를 만들어 낸 솥이 엎질러지며 어디선지 음악 소리가 나더니 뱅코의 그림자가 거울을 들고 앞으로 지나갔다. 그의 몸은 피투성이가 되어 있었다. 그가 들고 있는 거울 속에 반사되어 나타나는 여덟 명의 사람들은 모두 다 한결같이 왕의 복장으로 차렸는데 그들이 차례차례 지나갈 때 피투성이가 된 뱅코는 맥베스를 비웃는 얼굴로 바라다보았다. 거울 속에 차례로 나타나는 그림자들을 손가락으로 하나씩 가리키는데 자세히 보니 그 그림자들은 맥베스가 죽은 후에 스코틀랜드 왕이 될 사람들인데 그 전부가 다 과연 뱅코의 자손임이 분명하였다. 그리고 또 마녀들은 음악에 발맞추어 덩실덩실 춤을 추면서 맥베스에게 작별 인사를 하고 사라지고 말았다.

　맥베스가 이들 마녀의 굴 밖에 나서자마자 소식이 들려왔다. 맥베스가 살해한 선왕의 아들이 잉글랜드로 도망가서 있다가 스코틀랜드 왕좌를 도로 빼앗을 목적으로 원정군을 모집하였다. 그런데 파이프 성 총독인 맥더프가 거기 가담하였다는 소식이 들려 왔다. 화가 머리끝까지 난 맥베스는 즉시 맥더프의 성을 습격하여 맥더프의 아내와 가족과 일가친척들을 모두 다 살육해 버리고 말았다. 이러한 잔인한 행동이 그의 부하 장군들의 마음을 몹시 아프게 하여서 많은 부하들이 잉글랜드로 도망하여 맬컴 왕자와 맥더프 총독이 지휘하는 잉글랜드 군대에 참가할 기회만 노리게 되었다. 그러나 당장 맥베스의 감시가 엄중하여서 도망을 못 하는 사람들은 행동으로 옮기지는 못하나 마음속으로는 반대편이 이기기를 빌고 있는 형편이 되었다. 그래서 맥베스가 모집한 군대의 행진은 몹시 느리고 모두가 이 압제 폭군을 싫어하고 미워하고 멸시하고 또 의심하게 되었다. 그래서 맥베스는 자기 손으로 죽인 덩컨이 지하에서 편히 쉬고 있는 것이 도리어 부러웠다. 지하에서 자고 있는 선왕에게는 이제는 반역도, 독약도, 도적도 없고 가정불화도 없으며 외군 침략도 없는 것이다.

이렇게 사태가 점점 더 악화되어 가는 동안에 맥베스가 밤마다 뱅코의 유령이 꿈에 나타나는 공포증을 피하기 위하여 아내의 품에 그 머리를 묻고 하소연하게 되었는데 그 아내가 그만 자살을 하고 말았다. 이 여인은 자기 자신의 양심 가책과 사람들의 눈총에 못 견디고 드디어 제 손으로 제 목숨을 끊어 버린 것이었다. 이제 맥베스는 이 세상에서 아무데도 하소연할 데 없는 고독한 신세가 되고 말았다. 그의 생활은 자연 무질서하게 되었다. 차라리 자신도 죽어버렸으면 하는 생각이 들게 되었다. 그러나 맬컴의 군대가 점점 가까이 접근하여 오는 것을 막아야 하기에 용기를 내어 자기 혼잣말처럼 "죽어도 갑옷을 들쳐 입고 죽어야지" 하고 결심하는 것이었다.

더구나 그는 마귀의 입에서 들은 대로 이 세상 여인의 몸에서 난 사람은 자기를 죽일 수 없고, 또 비어남 숲이 걸어 들어오지 못할 것이니까, 자기는 절대로 죽지 않으리라는 자신이 만만하였다. 그래서 그는 적군을 맞아 싸우기를 피하고 성문을 굳게 닫고 기다리기로 하였다. 그의 성은 결코 함락되지 않으리라고 믿고 맬컴군대가 가까이 오기를 기다리고 있었다. 하루는 성루 위에서 망을 보고 있던 병사가 백지장이 되어 뛰어와서 보고하였다. 자기가 성루 위에서 숲 쪽을 바라다보고 섰노라니까 그 숲이 움직이는 것같이 보이더니, 그 숲이 지금은 이쪽을 향하여 움직여 오는 것같이 보인다고 하는 것이었다. 이 말을 듣고 맥베스는 고함을 질렀다.

"야, 이 거짓말쟁이, 이 죽일 놈 같으니라고. 만일 네 말이 거짓이라면 너는 저 나무에 매달아서 굶어 죽게 할 것이요, 그 보고가 사실이라면 나도 할 말이 없다."

그는 지금 마녀들의 예언이 회상되어 겁이 잔뜩 났다. 비어남 숲이 단시네인까지 움직이기 전에는 무섭지 않았으나 지금 제 눈으로 보아도 분명 숲은 걸어오고 있었다.

"오, 사실이로구나. 사실 그렇구나. 그러나 이제는 도망은 할 수 없고 그렇다고 이대로 앉아서 망할 내가 아니다. 자 나아가자. 돌격! 이제 저 햇빛도 보기 싫고 더 살기도 싫다. 나가 싸우자."
고 외쳤다. 이런 억지소리를 지르면서 그는 성 밖에 벌써 둘러싸고 있는 적진을 향하여 뛰어나갔다.

보초병이 보고한 그 이상스런 일, 즉 숲이 움직인다는 비밀은 곧 밝혀졌다. 맬컴이 자기 군대를 비어남 숲에 집결시켜 놓고는 궁성을 향하여 돌진하였는데, 자기 군대의 수효를 숨기기 위하여서 한 수단으로 병사마다 나무를 한 가지씩 꺾어서 앞에 들고 행진하게 명령을 내린 것으로 이것을 멀리서 바라다볼 때 숲이 걸어오는 것같이 보였던 것이다.

격전이 벌어졌다. 맥베스의 부하 장병들 중에서 대부분은 겉으로는 왕명에 복종하는 체하였으나 속으로는 이 폭군을 미워하고 있었으므로 별로 열심히 싸우지 않았다. 그러나 약간의 병사들은 왕을 도와 크게 기세를 올리고 왕도 참 잘 싸웠다. 그래도 급기야 왕은 맥더프와 맞닥트렸다. 왕은 마녀들이 맥더프를 삼가라고 충고하던 생각이 나서 피하여 달아나려 하였으나, 맥더프가 앞을 가로막고 싸움을 걸어 왔다. 자기 가족과 친척을 학살한 원수를 갚는다고 호언하면서 달려들었다. 맥베스는 이 맥더프 가족의 피를 너무 많이 흘리게 한 것이 꺼리어서 그와 맞싸우기를 피하려고 했으나 맥더프가 가로막으면서,

"이놈. 폭군아, 살인범아, 지옥으로 갈 놈아, 못된 놈아."
하고 욕설하면서 달려드는 것이었다.

이때 맥베스는 다시 마녀들의 예언이 생각났다. 그 예언에 의하면 이 세상 여인의 몸에서 출생된 자로는 자기를 해칠 능력을 가진 자가 없으리라는 것이었다. 그래서 그는 다시 믿음을 가지고 껄껄 웃으면서 맥더프에게 말하였다.

"맥더프야, 네가 아무리 애를 써도 그것은 허사다. 네가 그 칼로 내 머리를 베어 하늘 높이 날리고 싶겠지만 나의 몸에는 요술이 붙어서 내 몸을 보호하므로 이 세상 여인의 몸에서 난 자는 절대로 나를 해치지 못하는 줄을 알아라."

맥더프는 대답하되,
"네 놈의 몸에 붙은 요술이 무용지물인 것을 알아라. 너에게 거짓 예언을 해 준 그 마녀들을 저주하여라. 나는 보통 세상 사람이 나는 모양으로 이 세상에 태어난 사람이 아니로다. 나는 우리 어머니 몸으로부터 기한이 차기 전에 인공적으로 꺼내서 나온 사람이다."

이 말을 들은 맥베스는 믿음이 무너지는 것을 느끼며 부들부들 떨면서,

"애야, 그 따위 엉터리 소리를 하는 네 혓바닥을 잘라 버리리라. 나는 후세 사람들에게 충고하련다. 그 거짓말쟁이 마귀들이나 또는 유령들의 예언을 믿지 말아라. 그놈들은 예언을 하되 두 가지 의미로 해석할 수 있는 애매한 어구를 사용하여서 사람들에게 희망을 주었

다가도 그 말 해석이 달라지면 그 사람을 망치어 버리게 되는 것이다. 그러니까 나는 지금 맥더프 너와는 싸우지 않겠다."
고 소리소리 질렀다. 맥더프는,

"네가 내 손에 죽기 싫다면 내 살려 주마. 너를 살려 주고 너를 온 세상에 끌고 다니면서 세상 사람들에게 구경거리로 만들겠다. 괴이한 짐승을 끌고 다니면서 구경시키듯이 '여러분 백성들이여, 여기 이 폭군의 꼴을 보시오' 하는 팻말을 씌워 가지고 거리거리로 끌고 다닐 것이다. 그게 좋으냐?"
고 조롱하였다.

이러한 조롱에 분개한 맥베스는 절망에서 생겨나는 최후 용기를 내어서,

"이놈아, 개소리 말아라. 안 된다, 안 돼. 내가 저 젊은 왕자 발 아래 쓰러져 죽을 내가 아니요, 또 오합지졸에게 망신을 당할 내가 아니다. 비록 비어남 숲이 걸어 들어오더라도, 또 맞서는 네가 비록 여인의 몸에서 나지 않았다 하더라도 나는 끝까지 싸울 테니, 자, 옜다, 받아라, 내 칼을."
이라고 고함지르면서 달려들어 죽기로 싸웠다. 일대 격전이 벌어진 후 맥베스의 목은 맥더프의 칼날에 잘리고 말았다. 승리자 맥더프는 맥베스의 머리를 젊은 왕자 맬컴에게 갖다 바치었다. 이리하여 한동안 왕위를 찬탈했던 맥베스는 죽고, 맬컴이 모든 귀족들과 백성 전체의 응원을 받아 왕위에 즉위하게 되었다.

끝이 좋으면 다 좋다

ALL'S WELL THAT ENDS WELL

주요 등장인물

버트럼 : 로실론 백작

프랑스 왕

라퓨 : 늙은 신하

헬레나 : 유명했던 의사의 딸로 백작부인과 함께 살고 버트럼을 사랑함

플로렌스의 과부

다이애나 : 과부의 딸

로실론 백작이 죽자 그의 아들 버트럼이 그 작위와 영토를 상속받아 새로운 백작이 되었다. 그런데 당시 프랑스 왕은 버트럼의 아버지를 매우 좋아했다. 이 좋아하던 백작이 죽었다는 비보를 접하자 그의 아들을 즉시 파리로 불러들여서 궁에 함께 데리고 있으면서 특별한 사랑을 베풀고 또 보호해 주고 싶다는 명령을 내렸다.

버트럼은 아버지가 돌아가신 후 홀로 된 어머니를 효성을 다하여 모시고 하루하루를 살고 있었다. 하루는 프랑스 왕궁에서 오랫동안 왕을 섬긴 늙은 신하 라퓨가 왕명을 받들고 버트럼을 궁전으로 데리고 가려고 내려 왔다.

당시 프랑스 왕은 엄격한 독재자여서 그 누구나 왕궁으로 들어오라는 초대를 받게 되면 그것은 그 사람의 계급의 높고 낮음을 막론하고 거절할 수 없는 엄명이었다. 그러므로 남편을 갓 여윈 백작 부인이 이 사랑하는 아들을 내놓는다는 것은 바로 자기 남편 장례를 한 번 더 지내는 것과 같은 슬픔이었다.

그러나 왕명이 엄한지라 하루도 지체 할 수 없어 아들더러 곧 떠나라고 하였다. 버트럼을 데려갈 사명을 띠고 온 라퓨는 백작 부인에게 그 남편의 죽음을 깊이 위로하고 또 이처럼 아들과 이별하는 비탄에 좋은 말로 위로하였다. 프랑스 왕은 아주 친절한 분이어서 아들을 왕 자신의 친아들처럼 귀여워해 줄 것이니 아무 염려 말고 보내라고 간곡히 말하였다. 그러나 이 말은 이 늙은 신하의 아첨하는 말에 지나지 않고 사실 왕은 버트럼이 좋아서 데려가는 것이 아니었고 그의 영토가 탐이 났던 것이다.

그리고 또 라퓨는 지금 왕께서는 어떤 중병에 걸리어서 신음 중인데 이 병은 아무런 약을 써도 고칠 수 없는 병이라고 의사들이 진단까지 내렸다고 말하였다. 이 말을 들은 백작 부인은 헬레나(백작 부인을 모시고 있는 처녀)의 아버지가 살아 있기만 했던들 폐하의 병을 고칠 수 있을 텐데 참 유감천만이라고 말하였다. 그리고 나서 백작 부인은 라퓨에게 헬레나의 내력을 대강 설명해 주었다.

즉 헬레나는 전국에 유명했던 의사 제라드 드 나아본의 무남독녀였는데 그 명의가 죽을 때 백작 부인에게 딸을 맡아 길러 달라고 유언했다는 것이었다. 그래서 그 의사가 죽자 백작 부인은 헬레나를 데려다가 지금까지 길러 왔는데 이 처녀의 성격은 정숙하고 훌륭하다고 극구 칭찬하였다. 그리고 헬레나가 이렇듯 우아한 성격을 가질 수 있게 된 것은 오로지 그 훌륭한 아버지로부터 물려받은 것이라고 말하였다. 백작 부인이 말하고 있는 동안 헬레나는 소리 없이 울고 앉아 있었다. 백작 부인은 아버지가 돌아가셨다고 그렇게 너무나 상심하면 안 된다고 조용히 꾸짖었다.

버트럼은 어머니에게 이별을 고하였다. 어머니는 눈물과 한없는 축복으로 그 사랑하는 아들과 작별하면서 라퓨에게 자기 아들의 안전을 부탁하여,

"착하신 대감님, 우리 애는 아직 궁 생활에는 통 경험이 없는 애인만큼 각별히 지도해 주서야겠습니다."
하고 신신당부하였다.

버트럼이 떠나가면서 마지막으로 헬레나에게도 작별 인사를 하는데 단순히 예의로 헬레나의 평안을 빌고 나서 이 간단한 이별 인사를 아래와 같이 말하고 끝냈다.

"당신 주인이신 내 어머님이 편안하시도록 늘 보아 드리시오."

그런데 헬레나는 이전부터 버트럼을 짝사랑해 왔었다. 그래서 이

때 소리 없이 흘리는 눈물은 아버지 돌아가신 것을 슬퍼하는 울음은 아니었다. 헬레나는 아버지를 무척 사랑했었다. 그러나 지금은 자기가 그 누구보다도 제일 사랑하는 이를 이별하지 아니할 수 없게 되었다. 자기 아버지의 모습은 다 잊어버리고 그의 마음을 차지하는 영상은 오직 버트럼의 모습뿐이었다.

헬레나가 버트럼을 사랑하기 시작한 것은 벌써 퍽 오래전부터였고 버트럼이 프랑스 귀족 중에도 제일 역사가 긴 집안 자손이라는 사실을 늘 기억하고 있었다. 그러나 자기 자신은 평민의 자손이었다. 그의 부모들도 평민이었다. 버트럼의 선조들은 모두가 다 귀족이었다. 그러므로 헬레나는 버트럼을 자기 상전으로 쳐다보고 죽을 때까지 그의 하인이 될 도리밖에 없다는 것을 잘 알고 있었다. 자신과 버트럼 사이에 가로놓인 계급 차이는 너무나 엄청나게 크기 때문에 헬레나는 언제나 혼자 한탄하기를,

"요 미련한 년이 하늘에 있는 별을 사모하면서 그 별과 혼인을 했으면 하고 바라고 있는 건 바보의 짓이다. 버트럼은 나와는 거리가 너무나 멀구나."

하고.

버트럼이 집을 떠나가고 없는 것은 헬레나의 눈에서 눈물을 자아냈고 가슴은 슬픔으로 가득 차 있었다. 헬레나의 짝사랑은 가망 없는 헛노릇이기는 했으나 사랑하는 이를 가까이 두고 수시로 볼 수 있는 것은 행복이었다. 그래서 그는 버트럼의 까만 눈, 둥그스름한 이마 또는 그 윤택한 곱슬머리를 보고 또 보았기에 그의 가슴속에는 버트럼의 얼굴이 도장처럼 찍어져 있었다.

헬레나의 아버지인 제라드 드 나아본이 세상을 떠날 때 무남독녀

헬레나에게 남겨 준 유산이라고는 효력 확실한 약방문 몇 개밖에 없었다. 유명한 의사였던 아버지는 깊은 연구와 오랜 경험으로써 체득한 특효약 몇 가지를 가지고 있었던 것이다. 그런데 이 몇 가지 약 중에는 지금 프랑스 왕이 앓고 있다는 그 병에 특효가 있는 약도 있었다. 그래서 라퓨가 왕의 병 중세 이야기를 하는 것을 곁에 앉아서 들은 헬레나는 지금까지 자기는 천한 몸이라 이 세상에서 아무런 희망도 없다고 자포자기하고 있던 생각을 버리고 자기가 그 약을 가지고 파리까지 가서 왕의 병을 치료해 주었으면 하는 엉뚱한 계획을 마음속에 세우고 있었다. 그러나 왕 자신과 또 왕을 모시는 시의들까지 모두 이 병은 고칠 수 없는 병이라고 선언했다. 그러니까 헬레나가 설사 병을 고쳐 드린다고 자원하고 나선다 할지라도 이 미천하고 무식한 처녀의 말을 신용해 줄 리가 없으리라고 생각하였다. 그러나 헬레나가 이 약을 가지고 성공할 수 있다는 자신은 그 유명한 의사였던 아버지도 장담하지 못할 만큼 큰 것이었다. 이 약은 하늘 별 중에도 제일 재수 좋은 별들이 축복해 준 약이다. 그래서 이것이 헬레나 자기의 운명을 개척해 줄 유산이 되어 자기가 로실론 백작 부인이 되는 영화까지 가져다주려니 하는 신념을 가지고 있는 것이었다.

버트럼이 떠나간 지 얼마 오래지 않아 백작 부인의 시종 하나가 백작 부인에게 이상한 사건을 들려주었다. 그것은 그 시종인 헬레나가 혼자 중얼거리는 소리를 엿들었는데 무슨 소리인지는 알아들을 수가 없었다. 그러나 몇몇 마디는 분명 헬레나가 버트럼이 그리워서 파리로 만나러 가려고 하는 것같이 들리더라는 보고였다. 이 말에 백작 부인은 그 시종에게 고맙다는 뜻을 표하고 가서 헬레나를 불러 오라고 명령했다. 시종으로부터 헬레나에 관한 이야기를 들은 백작 부인의 마음속에는 그 옛날 자기 젊었을 시절, 버트럼의 아버지와 연애하던 기억이 새삼스레 새로워졌다. 그래서 그는 혼잣말을 했다.

"내가 젊었을 때 꼭 그랬지. 연애라는 것은 청춘 장미꽃이 가진 가시란 말이야. 대자연의 아들딸인 우리 인생이 젊었을 적에는 잘못을 범하는 것이 일쑤인데 그때에 우리는 그것이 잘못인 줄 모르지만 그 잘못은 어디까지나 우리 잘못이거든."

백작 부인이 이처럼 자기 젊었을 때 범한 잘못인 연애를 회상하고 있을 때 헬레나가 들어섰다. 백작 부인은 다짜고짜,

"헬레나야, 내가 네 어머니인 것을 너는 알고 있지."

하고 말하였다. 헬레나는,

"아닙니다. 마님은 저의 주인님이옵니다."

하고 말하였다. 그러자 백작 부인은 다시,

"너는 내 딸이다. 나는 네 어머니고. 그런데 너 왜 내 말을 듣자 얼굴이 그렇게 파랗게 질리니?"

하고 말하였다. 헬레나는 백작 부인이 혹시나 자기가 버트럼을 사랑하고 있는 것을 눈치 채지나 않았는가 싶어서 놀라고 무섭고 마음이 혼란스러워,

"마님, 용서해 주세요. 마님은 제 어머님이 아니옵고 로실론 백작께서 제 오빠가 아니옵고 그러니 제가 어찌 마님의 딸이 되겠습니까."

하고 대답하였다. 백작 부인은,

"얘, 그러나 말이다, 네가 내 며느리가 될 수는 있지 않니? 내가 너에게 어머니니 딸이니 하는 말을 하니 네가 상당히 당황한 기색을 보이는데 그것은 네가 내 며느리가 되고 싶은 생각을 감추느라고 그

러는 게지. 헬레나야, 너는 내 아들을 사랑하느냐?"

놀란 헬레나는,

"마님, 용서해 주세요."

하고 대답할 따름이었다.

백작 부인은 다시 물음을 반복하여,

"네가 내 아들을 사랑하느냐?"

하고 따지었다. 헬레나는,

"마님께서는 아드님을 사랑하시지 않습니까?"

하고 말하였다.

"얘, 나한테 그런 분명치 않은 애매한 대답을 하지 말고, 자 헬레나야, 자, 네가 사랑에 빠졌다는 것이 내 눈에 역력히 보이니 숨기지 말고 네 기분을 솔직히 말해라."

헬레나는 꿇어 앉아 자기 사랑을 고백하고 부끄러움과 두려움에 떨면서 백작 부인의 용서를 빌었다. 자기가 아무리 짝사랑을 했다고 해도 엄청난 신분 차이 때문에 소원이 이루어질 가망성은 없다는 것을 알고 있다고 말했다. 또 버트럼은 자기가 그를 사랑하고 있는 줄은 통 모르고 있을 것이라고 말하고, 자기의 경우를 해를 숭배하는 인도 사람에 비하여 말했다. 즉, 인도 사람은 해를 숭배하지만 해는 이 숭배자의 모습을 내려다보면서도 숭배자의 마음은 알지 못하는 것처럼 버트럼이 자기 마음을 알아주지 못할 것이라고 말하였다. 그러자 백작 부인은 헬레나가 요즘에 파리로 가보려고 생각한 일은 없는가 물어보았다. 그래서 헬레나는 자기가 라퓨 입을 통하여 왕의 병 이야기를 들을 때 생각했던 것을 숨기지 않고 그대로 고백하였다.

"그럼 그것이 네가 파리로 가고 싶어 하는 동기로구나. 그렇지?

똑바로 말해라."

하고 백작 부인이 따지었다. 헬레나는 정직하게,

"처음에 그런 생각이었사오나 버트럼께서 파리로 간 후 파리 생각이 더 간절하게 나고 약이니, 왕이니 하는 생각은 머리에 남아 있지 않은 것이 사실이옵니다."

하고 대답하였다.

백작 부인은 헬레나의 이 상세한 고백을 무표정한 얼굴로 듣기만 하고 가타부타 아무런 말도 아니하였다. 그러나 백작 부인은 그 약이 왕의 병을 고칠 수 있는 효과를 꼭 가졌을까를 거듭 질문하였다. 헬레나는 그 약은 아버지께서 만드신 약 중 제일 소중히 여기시던 약이고 아버지 임종 시에야 그 약을 자기에게 주셨다고 아뢰었다. 이 말을 들은 백작 부인은 제라드 드 나아본이 죽던 날 자기가 그의 딸을 맡아서 잘 길러주겠다고 정중히 약속했던 사실을 기억했다. 동시에 또 왕의 생명이 헬레나가 가지고 있는 그 약에 달려 있지나 않을까 하는 희망도 품게 되었다(이 계획은 사랑에 빠진 한 처녀의 생각으로 시작된 것이기는 하나 이것이 왕의 병을 낫게 하는 동시에 제라드 드 나아본의 딸의 장래 운명을 지배할 신의 섭리가 아닐까 하는 생각이 백작 부인의 머리를 스치고 지나갔다). 그래서 백작 부인은 헬레나에게 마음대로 해보라는 허락을 해주고 파리까지 편안히 갈 수 있도록 여비도 넉넉히 내주고 또 시중할 사람들도 붙여주었다. 헬레나가 파리로 향해 떠날 때 백작 부인은 앞길을 축복해 주고 그의 계획이 성공하도록 축원해 주었다.

파리에 도착한 헬레나는 늙은 라퓨의 알선으로 왕을 알현할 기회를 얻었다. 그러나 왕은 이 젊은 처녀 의사의 약이 과연 얼마나 효력이 있을까 의심이 가서 곧바로 그 약을 써볼 생각을 하지 않았기 때문에 헬레나는 난관에 봉착하였다. 그러나 헬레나는 자기는 제라드 드 나아본(왕도 이 유명한 의사의 명성을 잘 알고 있었다)의 딸이라고 말한 후 아버지께서 여러 해 경험과 기술로 얻은 결정이 곧 이 약이라고 설명했다. 그리고 왕이 이 약을 드시고 나서 이틀이 지나도 완쾌하지 못하는 경우에는 자신을 사형에 처하는 벌을 받겠노라고 용감하게 주장하였다. 왕은 마침내 그 약을 시험해 보기로 결정했는데 약 먹은 지 이틀 후까지 완쾌되지 않는 경우에는 헬레나를 사형에 처하겠다고 선언했다. 그러나 만일 병이 완쾌되는 경우에는 헬레나가 요구하는 그 어떤 총각이든(단 왕자들만은 제외하고) 그의 남편으로 내주겠다는 조건을 내세웠다. 헬레나가 상으로 남편을 선택한다는 것은 헬레나 자신의 제안이었다.

　헬레나는 자기 아버지의 약 효력에 대해서는 자신만만했다. 이틀이 채 다 차기 전에 왕은 완쾌되었다. 그래서 왕은 이 예쁜 의사에게 약속한 상을 줄 목적으로 전국 귀족 총각들을 전부 소집해 놓고 헬레나더러 이 총각 중 아무나 고르라고 말하였다. 헬레나가 남편을 고르는 데 많은 시간이 필요치 않았다. 이 수다한 귀족 총각들 중에 버트럼이 섞이어 있는 것을 본 헬레나는 버트럼을 가리키며,

　"바로 이 사람을 저는 택하옵니다. 제가 버트럼 씨를 차지해 버릴 엄두는 감히 내지 못하오나 제가 살아 있는 동안 이분의 지도 하에 일생 종 노릇하며 살겠습니다."
하고 말하였다. 왕은,

　"아, 그렇다. 그럼, 여보게 버트럼, 이 여자는 자네의 아내이니 데려가게."
하고 말하였다.

버트럼은 왕이 선물로 주는 이 여자는 싫다고 말하는 데 주저하지 않았다. 이 여자는 가난한 의사의 딸로 한동안 자기 아버지의 보호 밑에 살다가 지금은 자기 어머니 덕택에 얻어먹고 사는 이런 여자와 결혼하기는 싫다고 말하였다.

이런 가혹한 말로 배척을 받은 헬레나는 왕에게,

"저는 폐하의 호의에 감사할 따름이옵니다. 이만한 정도로 이 일은 끝내 주십시오."

하고 말하였다.

그러나 왕은 자기의 왕명이 이렇게 단순하게 무시되는 것을 결코 좋아하지 않았다. 그 당시 프랑스 왕의 직권 중 하나로 귀족들의 혼사를 결정지어 주는 직권이 엄연히 존재해 있었으므로 그날 당장 버트럼과 헬레나의 결혼식을 거행하라고 명령하였다. 이 결혼은 버트럼에게는 싫은 것을 강요당한 결혼이었다. 헬레나도 그가 자기 목숨을 걸어서 얻은 이 남편에게 아무런 희망도 가질 수 없게 되었으니 아무리 프랑스 왕명이라 해도 남편의 사랑을 강요할 수는 없었다.

결혼식이 끝나자마자 헬레나는 왕께로 가서 남편의 휴가를 청원하여 그 허가증을 받아 가지고 남편에게로 갔다. 남편은 이런 벼락 결혼을 하는 데 대한 자기 마음이 통 준비되어 있지 않았으므로 지금 얼떨떨하기만 하여 하여튼 자기가 마음이 내키는 대로 할 것이니 헬레나는 상관 말라고 쏘아붙이는 것이었다. 헬레나는 남편이 자기를 버리고 딴 데로 갈 생각이 있는 것을 눈치 채고 탄식하였다. 과연 남편은 헬레나더러 혼자 집으로 돌아가라고 명령하는 것이었다. 이런 불친절한 명령을 들은 헬레나는,

"서방님, 저로서 여러 말 할 수는 없사오나 저는 서방님을 일생

섬길 가장 충직한 하인이옵니다. 저를 수호하는 못생긴 별들이 저에게 큰 행운을 가져다주는 데 실패했습니다. 그래도 저로서는 언제나 눈을 크게 뜨고 저에게 내린 이 상을 찾을 때가 오는 것을 지켜보고 있겠습니다."
라고 대답하였다.

헬레나가 이렇게 애원해도 교만한 버트럼의 마음은 움직이지 않았다. 남편은 아내에게 보통 쓰는 작별 인사 한 마디 않고 휙 나가 버리고 말았다.

헬레나는 곧 백작 부인의 집으로 돌아갔다. 그가 왕의 목숨을 살려 주었고 또 그리워하는 남자와 결혼은 했으니 그가 파리까지 갔던 목적은 다 달성되었음에 틀림없었다. 그러나 그는 낙심천만하여 시어머니께로 돌아왔다. 집에 다다르자마자 그는 남편에게서 온 편지 한 장을 받았는데 이 편지는 그의 가슴을 찢어놓았다.

마음 좋은 백작 부인은 헬레나를 맞이할 때 마치 이 며느리는 아들이 골라서 혼인한 며느리처럼 기쁘게 환영하면서 결혼한 날로 신부 혼자만 집으로 쫓아버린 아들을 욕하며 헬레나를 위로했다. 시어머니의 이러한 환영도 헬레나의 마음을 명랑하게 해 주지 못했다. 헬레나는,

"어머님, 제 남편은 가셨습니다. 영원히 갔습니다."
하고 말하고 나서 방금 받은 편지를 크게 읽었다. 편지 사연은— '내 손가락에서 절대로 뽑아지지 않을 내 반지를 그대가 가지게 될 때라야만 그대는 나를 남편이라고 부를 권리가 생길 것이오. 그러나 그런 일이 생길 리는 절대로 없으리란 것을 나는 예고하오.'— 였다.

"아, 이런 기막힌 편지가 어디 있어요!"

하고 헬레나는 말하였다.

　백작 부인은 며느리더러 참고 기다리라고 부탁하면서 버트럼이 돌보지 않고 가 버렸으니 시어머니와 함께 살면 되지 않느냐고 타이르고 버트럼 같은 놈 스무 놈보다도 더 가치가 있는 귀한 며느리라고 말했다. 더할 나위 없이 착한 시어머니는 이런 친절한 말로 며느리를 위로했으나 헬레나의 슬픔을 풀지는 못하였다.

　헬레나는 편지에서 눈을 떼지 못하고 읽고 또 읽으면서 비명을 질렀다.

　"내 아내가 없어지지 않는 이상 나는 프랑스에 발을 들여놓지 않을 것이오."

　백작 부인은 그런 문구가 편지에 들어 있느냐고 물었다.

　"예, 어머님!"

하는 짧은 대답이 이 가련한 헬레나의 입에서 새어나왔다.

　그 이튿날 아침 헬레나는 행방을 감추었다. 그가 집을 떠나간 후에 백작 부인에게 올려 달라는 편지 한 장을 써 놓았다. 이 편지에 그는 자기가 무슨 이유로 떠나가는지를 설명하였다. 헬레나 자기 때문에 버트럼이 나라를 떠나고 집을 떠나 영 안 돌아오게 된 사정을 통탄한 나머지 그 죄를 속죄할 목적으로 성 자크 르 그랑드를 모신 수도원으로 가서 수녀가 되기로 결심하고 집을 떠나간다는 내용이었다. 버트럼에게 편지를 보내 그가 그렇게도 싫어하는 아내는 영 다시 집으로 돌아오지 않을 것을 남편에게 알려달라고 부탁하였다.

　파리를 떠난 버트럼은 이탈리아 플로렌스로 가서 그곳 공작의 군대에 입대하였다. 그는 즉시 전쟁에 참가하여 무훈을 세후고 돌아오는 도중에 어머니로부터 편지를 받았다. 그 편지에는 헬레나가 아주 떠나가고 집에 와도 헬레나 꼴을 안 보게 되었으니 안심하라는 편지였다. 이런 입맛 당기는 편지를 읽은 그는 곧 집으로 가려고 준비하고 있었다. 바로 이때 헬레나는 순례자 복장을 하고 플로렌스 시에 도착하였다. 성 자크 르 그란드의 수도원으로 순례를 가는 사람들은 모두 중간에 이 플로렌스 시를 지나가게 되어 있었다. 헬레나가 이 시에 들어서서 알아보니 그 시에 사는 친절한 과부 하나가 여자 순례자는 무조건 재워주기도 하고 모든 편의를 보아준다고 하는 것이었다. 그래서 헬레나도 이 마음 좋은 과부 집을 찾아갔더니 과연 반갑게 맞아주며 시가지 구경을 하고 싶으면 얼마든지 안내해 주겠노라고 하는 것이었다. 그리고 때마침 군대 행진이 있을 텐데 헬레나가 만일 구경하기 원한다면 구경하기 제일 좋은 장소로 안내해 주겠다고 하였다. 그러고 나서 과부는,

"군대 행진을 구경 가면 당신 나라 군인도 볼 수 있을 것입니다. 그 사람은 로실론 백작인데 이번 전쟁에 공을 크게 세운 사람입니다."

하고 말하였다. 버트럼이 이 행진에 참가한다는 말을 들은 헬레나는 반갑게 가기로 약속했다. 그리고 그 과부와 함께 구경 갔는데 사랑하는 남편의 얼굴을 멀리서나마 보는 것은 반갑기도 했으나 슬프기도 했다.

"그 사람 참 미남자지요?"

하고 과부가 말하였다.

"내가 그 남자를 참 좋아해요."

하고 헬레나는 정직하게 대답하였다.

집으로 돌아오는 동안 과부는 입에 침이 마르도록 버트럼의 이야

기만 하였다. 과부는 버트럼이 결혼을 하기는 했으나 신부가 마음에 들지 않아 가련한 아내를 내버리고 그 아내를 피하기 위하여서 군대에 입대했다는 이야기를 자세히 하였다. 헬레나는 자신의 불행을 남의 입으로부터 듣는 고통을 꾹 참고 끝까지 들었다. 그러나 버트럼에 관한 이야기는 그것으로 끝난 것이 아니어서 과부는 또 다른 이야기를 끄집어냈다. 그것은 버트럼이 바로 이 과부의 딸을 사랑한다는 이야기였다. 이 이야기는 헬레나의 가슴을 아프게 하였다.

 버트럼이 왕이 억지로 맡긴 아내는 거절했으나 그렇다고 해서 그가 사랑을 모르는 남자는 아니었다. 그는 플로렌스 군대에 입대하여 이 시에 주둔하게 되자 지금 헬레나가 묵고 있는 이 집 주인 과부의 딸 다이애나에게 홀딱 반했다. 매일 밤 다이애나의 침실 창 아래로 와서 온갖 음악을 다하고 또 자기가 지은 노래를 불렀다. 그는 다이애나의 아름다움을 찬양하고 사랑해 달라고 애원하면서 다이애나의 식구가 다 잠이 든 후 몰래 찾아올 테니 만나 달라고 자꾸만 졸랐다. 그러나 다이애나는 이 남자의 부당한 요구를 한 번도 들어주지 아니하였다. 그것은 다이애나가 좋은 어머니의 교육을 받았기 때문에 아내를 가진 남자가 연애를 하는 것을 받아주지 않은 것이다. 지금 이 과부가 경제적으로 가난한 생활을 하고 있기는 하나 그는 귀족의 후손으로 예절을 잘 지키는 전통을 이어서 딸 다이애나는 그런 엄격한 교육 밑에 자라났다.

 이 과부는 이러한 이야기를 헬레나 앞에 늘어놓으면서 자기 딸의 곧은 품행과 올바른 판단력을 극구 칭찬하였다. 그것이 모두 다 어미의 훌륭한 교육과 충고를 받은 결과라고 말하였다. 그리고 나서 바로 오늘 밤에는 버트럼이 다이애나더러 꼭 방 안에 들어 달라고 귀찮게 조른다고 말하였다. 그 이유는 버트럼이 내일 아침 일찍 플로렌스를 떠나야 하니 떠나기 전에 꼭 만나야 되겠다는 것이라고까지 말해 주는 것이었다.

　버트럼이 그렇게도 열렬하게 과부의 딸을 사모하고 있다는 말을 듣는 헬레나의 가슴은 찢어지는 듯했다. 그러나 이 불타는 듯 강렬한 마음을 가진 헬레나는 새로이 한 계책을 꾸미기 시작했다(그의 지난번 계획이 실패한 것도 헬레나를 낙담시키지 못했다). 그는 자기를 버린 남편을 도로 찾는 묘책을 생각해냈다. 그는 이때 과부에게 자기가 바로 헬레나라고 고백하고 나서 그날 밤 버트럼을 집 안으로 받아들이고 다이애나 대신 자기가 버트럼을 만나도록 도와달라고 간청하였다. 자기 남편이 일찍, 만일 헬레나가 그가 끼고 다니는 반지를 입수한다면 그때에는 헬레나를 아내로 인정하겠다는 의향을 보였다는 것도 설명하였다. 다이애나 침실에서 헬레나 자기가 남편을 몰래 만나도록 꾸며주기만 하면 그 반지를 입수할 방도가 있노라고 설명하였다.

　이 말을 들은 과부와 딸은 헬레나에게 협조해 준다고 약속하였다. 이번 약속을 하게 된 동기는, 한편으로는 이 버림받은 불쌍한 여인을 동정하는 마음에서였고 또 한쪽으로는 헬레나가 주는 돈에 탐이 났던 것이었다. 그래서 해 지기 전에 헬레나는 수단을 써서 헬레나가 죽었다는 소문을 버트럼 귀에 들어가도록 만들어 놓았다. 그 목적은 이런 소문을 버트럼이 들음으로써 이제는 자유롭게 재혼할 수 있다는 생각이 들게 해 그날 밤 다이애나 대신 만나는 자기에게 결혼하자고 청혼할 것이 분명하다고 생각되었기 때문이었다. 그래서 이날 밤에 반지도 입수하고 또 결혼하자는 약속까지 받아두면 후일 요긴히 쓸 때가 오리라고 믿었다.

밤이 어두워지자 버트럼은 다이애나의 침실로 인도되었는데 그 방에서 헬레나는 남편을 대면할 준비를 갖추고 있었다. 버트럼이 주위섬기는 사랑의 속삭임은 그것이 비록 다이애나에게 하는 말이기는 하지만 지금 헬레나의 귀에 꿀보다도 더 달았다. 그리고 헬레나 역시 그 얼마나 달변으로 남편의 말에 응하였던지 버트럼은 황홀해져서 결혼하자고 조르고 죽을 때까지 사랑이 변치 않는다고 맹세하였다. 헬레나는 이 모든 것이 장차 자기가 다이애나가 아니고 헬레나라고 밝혀질 때에도 남편이 이 약속들을 지켜줄 예언이 되어 주기를 바랐다.

버트럼은 지금까지 헬레나가 얼마나 이해성 있고 현명한 여자라는 것을 알지 못하고 있었다. 만일 그것을 일찍 알았더라면 그가 헬레나를 그렇게 무시하지 않았을지도 모른다. 여러 해 동안 매일 대하는 얼굴인지라 첫번 볼 때의 인상처럼 아름다움과 추함의 구별이 확실치가 못하였다. 헬레나는 상전을 모시는 조심성과 사랑이 뒤섞이어서 버트럼 앞에서는 언제나 조용하게 입을 다물고 있었으므로 그의 아름다움을 버트럼은 인식하지 못했었다. 그런데 이날 밤에 헬레나는 이 하룻밤 사귀는 동안에 남편에게 좋은 인상을 남기는 것이 자기 앞날 운명과 행복을 좌우하게 되리라는 것을 절실히 깨달았다. 그래서 헬레나는 자기 최대의 지혜를 다 쥐어짜서 남편의 기분을 사려고 필사의 노력을 하였다. 헬레나의 소박한 미덕과 명랑한 대화 그리고 정답고도 사랑스러운 행동이 버트럼의 마음을 사로잡았다. 그는 이 여자를 꼭 아내로 맞이하여야 되겠다는 생각으로 헬레나가 반지를 빼 달라고 요구할 때 선선히 빼주었다. 그렇게도 요긴한 반지를 입수한 헬레나는 자기가 왕에게 선사받았던 반지를 남편에게 주었다.

날이 새기 전에 헬레나는 남편을 내보내니 그는 어머니 집을 향하여 곧 길을 떠났다.

자기의 계획을 성공으로 이끄는 데는 과부 모녀의 조력이 끝까지 필요하다고 생각한 헬레나는 그 모녀를 데리고 파리로 급히 갔다. 파리에 도착해 보니 그때 마침 왕이 로실론 백작 부인 집으로 거동한 것을 발견했다. 헬레나는 가능한 속력을 다 내서 왕의 뒤를 급히 따라갔다.

왕의 건강은 지금까지 튼튼히 유지되었으므로 백작 부인을 만나자 왕은 그 무엇보다도 맨 먼저 자기 병을 고쳐 준 헬레나 생각이 났다. 헬레나를 이 세상 제일 귀한 보배라고 칭찬하면서 우매한 남편 때문에 죽고 말았으니 그 얼마나 가련한가 하고 백작 부인에게 말하였다. 그러나 이 이야기가 백작 부인의 기분을 상하게 한 것을 눈치 챈 왕은 얼른,

"아, 다 잊어버립시다. 나는 모든 것을 다 용서했습니다."
하고 말하였다.

그러나 마음 좋은 늙은 신하 라퓨는 그렇게도 귀여워했던 헬레나에 관한 문제를 그렇게 대수롭지 않게 치워버리는 데 불만을 느껴서,

"제가 한마디 꼭 해야겠습니다. 젊으신 백작께서는 폐하를 위시하여 어머니, 아내에게 큰 죄를 범하였사온데 그 중에도 백작 자신에게 지은 죄가 제일 큽니다. 그것은 백작께서는 이 세상 둘도 없는 아내, 즉 보는 사람마다 다 그 아름다움에 놀라고, 듣는 사람마다 그 재미있는 말에 혹했고, 또 그 완전무결한 성격은 모든 사람의 존경을 자아낸 그 헬레나를 영 잃어버리고 말았으니까요."
하고 말하였다.

왕은 말하되,

"이미 잃어버린 것을 찬양하는 것은 그것을 더욱더 값나가게 하는 것이거늘. 자, 버트럼을 불러들이지."

버트럼은 왕 앞에 무릎을 꿇고 헬레나에게 못할 짓을 해서 미안하다는 사과를 하였다. 왕은 이미 고인이 된 이 청년의 아버지와 어머니의 정을 고려하여 용서해 주고 다시 총애하기로 한다고 했다.

그러나 갑자기 왕의 표정은 일변하여 무서운 눈초리로 버트럼을 쏘아보았다. 왕은 버트럼이 제 손가락에 버젓이 끼고 있는 그 반지가 다른 반지가 아니라 왕 자신이 헬레나에게 하사한 바로 그 반지인 것을 발견했기 때문이다. 왕이 그 반지를 하사할 때 헬레나는 그가 갑자기 큰일을 당하여 왕에게 구원을 청하기 위하여 그 반지를 왕께로 보내게 되는 일이 생기지 않는 한 그 반지를 절대로 빼지 않겠노라고 하나님께 맹세하던 그 기억이 왕의 머리에 새롭게 떠올랐다. 그래서 왕이 버트럼에게 그 반지가 어떤 경로를 밟아서 그의 손에 들어오게 되었는가를 묻자 그의 대답은 어떤 여자가 그 반지를 창문 밖으로 던져 주는 것을 받았노라는 애매한 대답을 하였다. 그리고 헬레나는 결혼 당일 이래 지금까지 못 보았노라고 대답하였다. 버트럼이 자기 아내를 몹시 싫어한다는 사실을 잘 알고 있는 왕은 버트럼이 필연코 헬레나를 죽여 버리고 그 반지를 빼앗아 낀 것이라고 생각하여 호위병에게 명령하여 버트럼을 체포하도록 하면서,

"지금 내 머릿속에는 우울한 생각으로 가득 차 있다. 헬레나는 필연코 비명횡사했음에 틀림없다."

하고 말하였다.

바로 이때 다이애나와 그의 어머니가 들어서면서 진정서를 제출

하였다. 왕에게 올리는 이 모녀의 진정 내용은 버트럼이 다이애나와 결혼한다는 정중한 맹세를 한 일이 있으니 왕명으로 그 결혼을 성취시켜 달라는 것이었다. 왕의 진노를 두려워한 버트럼은 자기는 그런 약속을 한 일이 없노라고 딱 잡아뗐다. 그러자 다이애나는 반지 한 개 (이 반지는 헬레나가 다이애나 손에 잠시 맡긴 것이었다)를 꺼내 보이면서 버트럼이 결혼을 맹세하던 날 이 반지를 자기에게 주었고 또 자기도 반지 한 개를 버트럼에게 주었는데 지금 버트럼이 끼고 있는 반지가 곧 자기가 준 반지라고 말하였다.

이 말을 들은 왕은 다이애나를 체포하라고 호위병에게 명령하였다. 왕 자신이 헬레나에게 하사한 반지에 대해서 버트럼의 말과 다이애나의 말이 서로 다른 것을 본 왕은 자기 추측이 적중되었다고 믿었다. 헬레나의 반지가 어떤 경로로 다이애나 손에 입수되었는지를 바로 대지 않으면 버트럼과 다이애나 둘 다 사형에 처한다고 호통을 쳤다. 이때 다이애나는 자기에게 그 반지를 판 보석상이 지금 밖에 와 있으니 불러다 물어보아 주십사고 말했다.

왕이 허락하자 다이애나의 어머니가 밖으로 나갔다가 헬레나를 데리고 들어왔다.

백작 부인은 아들이 위험에 빠진 것을 속으로 몹시 근심하면서도 혹시나 그가 정말로 헬레나를 해한 것이나 아닌가 하고 의심하고 있었다. 그때 자기가 친어머니나 다름없이 사랑해 주던 그 헬레나가 버젓이 살아서 들어오는 것을 볼 때 그 기쁨은 너무도 벅차서 몸을 지탱하지 못할 정도였고 왕 역시 자기 눈을 의심하면서,

"아, 지금 내 눈앞에 보이는 이 여자가 과연 버트럼의 아내 바로 그 여자인가?"

하고 외쳤다. 헬레나는 아직도 남편이 자기를 아내라고 인정하지 않았으므로,

"아닙니다, 폐하. 폐하께서 보시는 것은 실물이 아니고 그림자뿐입니다."

하고 말하였다. 버트럼은

"실물이오, 실물! 아! 용서해주시오!"

하고 소리를 질렀다. 헬레나는,

"아, 서방님, 제가 이 예쁜 처녀 대신으로 당신을 대할 때 당신은 저에게 참 좋게 해주셨어요. 자 여기 당신의 편지가 있습니다!"

하고 말한 후 편지 한 구절을 크게 읽었다.— '내 손가락에서 절대로 뽑아지지 않을 내 반지를 그대가 가지게 될 때에'— 나는 그걸 성공하였습니다. 당신이 당신 반지를 저에게 주었지요. 자, 그럼, 지금 당신은 제 남편이 되어 주시겠습니까? 저는 당신을 두 번 이겼으니까요."

하고 말하였다.

버트럼의 대답은,

"만일에 당신이 정말로 그날 밤 나와 같이 이야기한 사람이라는 증거가 있으면 나는 당신을 사랑하겠소. 사랑, 사랑, 영원한 사랑!"

이라고 하였다.

이 증거를 세우는 일은 조금도 어려운 일이 아니었다. 다이애나와 과부 두 여자가 증인이 되려고 일부러 온 것이다. 다이애나가 헬레나에게 그러한 훌륭한 조력을 해준 것을 참으로 기특히 여긴 왕은 다이애나도 귀족 총각을 마음대로 골라 남편을 구하라고 약속하였다.

이렇게 헬레나는 결국 자기 아버지의 유산이 하늘에서 가장 행복한 별들의 축복을 받은 것이었다는 것을 발견하게 되었다. 그것은 지

금 자기는 버트럼의 사랑하는 아내가 된 동시에 늙은 백작 부인의 며느리가 되었고 또 저 자신이 젊은 로실론 백작 부인이 된 것이다.

말괄량이 길들이기
THE TAMING OF THE SHREW

주요 등장인물

뱁티스타 : 캐서린과 비안카의 아버지

캐서린 : 뱁티스타의 큰딸, 말괄량이

비안카 : 뱁티스타의 둘째 딸

페트루초 : 캐서린의 남편이 된 베로나 출신 청년

루센쇼 : 비안카와 약혼한 청년

빈센쇼 : 루센쇼의 아버지

호텐쇼 : 최근 결혼한 신랑

파듀아라는 동네에 뱁티스타라고 하는 큰 부자가 살고 있었다. 그의 맏딸 캐서린은 성미가 괄괄하기로 소문이 쫙 퍼져 있었다. 이 처녀의 성질은 아주 괄괄하여 그 성미를 꺾을 수 없었고 툭하면 화를 발칵 잘 낼 뿐 아니라 성이 나서 남을 욕하기 시작하면 온 동리가 다 떠나가도록 소리를 고래고래 질렀다. 말괄량이 캐서린이란 소문이 전국에 널리 퍼졌다.

그래서 이 나라 안에서는 이 처녀와 결혼을 해볼 생각을 품은 총각은 한 사람도 없었다. 그런데 둘째 딸 비안카는 아주 얌전하기 그지없는 처녀여서 이 처녀와 결혼하고 싶어 하는 총각은 무척 많았을뿐더러 상당히 유력한 집에서 청혼을 해왔다. 아버지 뱁티스타는 맏딸을 먼저 시집보내고 나서야 동생을 시집보낼 수 있다고 고집하여 청혼을 모두 거절해 왔다.

어느 날 페트루초라고 하는 젊은이가 파듀아에 나타났다. 그는 소문난 말괄량이 캐서린을 일부러 찾아 청혼하려고 왔다. 그는 캐서린이 부잣집 딸이요, 또 아주 미인이라는 데 입맛이 당기었던 것이다. 그는 제아무리 유명한 말괄량이라 할지라도 자기가 아내로 삼기만 하면 손쉽게 길을 들이어서 유순하고 공순한 주부로 만들 자신이 있노라고 장담하였다. 사실 이 페트루초 외에는 캐서린을 꺾을 사람이 없을 것이다. 이 어려운 일을 해보려고 나선 사나이는 캐서린 못지않게 괄괄한 성격의 소유자였다. 그리고 그는 또 성격이 쾌활하고 웃기를 잘하며 유머가 풍부한 데다가 말재주가 비상하였고 또 아주 슬기롭고 판단력이 강한 사람이어서 겉으로만은 평정을 끝까지 유지해 나가는 침착한 사람이었다. 더구나 그는 자기의 모순이 드러나도 웃는 낯으로 묵살해 버리는 아량을 가진 사람이었다. 본성은 무관심하고 단순하면서도 캐서린의 남편이 되자마자 아내에게 대하여 너무나 난폭한 태도를 취하였다. 그에게 이것은 한낱 장난에 지나지 아니하였지만 아내의 무례한 행동과 고집을 억눌러서 길을 들이기 위해서는 겉으로는 난폭한 태도로 임하지 않을 수 없었다.

페트루초는 말괄량이 캐서린을 직접 만나 보기 전에 우선 아버지 뱁티스타를 찾아뵙고 아주 엉큼하게 자기는 베로나 사람이라고 밝혔다. 그는 댁 따님 캐서린이 이 천하에서 둘도 없는 얌전한 처녀라는 소문을 듣고 결혼을 하고 싶어서 찾아왔으니 그 얌전한 따님과 교제하는 것을 허락해 달라고 간청하였다. 아버지 마음으로는 딸이 하루 속히 시집을 가게 된다면 마음이 오죽이나 기쁘리오마는 딸 캐서린이 수줍고도 양순한 여자인 줄로 잘못 알고 찾아온 이 사나이에게 무어라고 대답하나 하고 주저하고 있었다. 그때 웬걸 캐서린에게 음악을 가르치고 있던 음악 선생이 황급히 뛰어 들어왔다. 그의 말에 의하면 따님이 음악 연습에 약간 실수가 있으므로 다시 한 번 해보라고 했다. 그러자 따님이 갑자기 화를 내면서 그 피리를 들어 내 머리를 내리 갈겼기 때문에 나는 억울하게 매만 얻어맞고 도망해 왔노라고 불평을 늘어놓는 것이었다.

이 이야기를 듣고 있던 페트루초는,

"아, 참 용감한 여자로군요. 참 사랑스러운 처녀인데요! 한 번 꼭 만나서 이야기라도 해보았으면 좋겠습니다. 나는 매우 바쁜 사람이라 따님에게 청혼을 하기 위하여 자주 여러 번 왔다 갔다 할 수는 없습니다. 지금 당장 이 자리에서 결정을 지어야 되겠습니다. 아시다시피 우리 아버님이 며칠 전에 돌아가셨기 때문에 나는 많은 땅과 재물을 상속받았습니다. 그러니까 제 생활에는 아무런 부족 없이 풍족하오나 만일에 제가 댁 따님의 사랑을 독차지하게 되어서 결혼을 하게 된다면 지참금은 얼마나 얹어 보내시려는지요?" 하고 말하였다.

초면에 이런 소리까지 하는 이 청년이 캐서린의 사랑을 독차지하기에는 그 성격이 너무나 솔직하고 무뚝뚝하다고 생각되기는 했다. 그러나 아버지는 맏딸 캐서린을 어서 속히 치워버리고 싶은 생각에 그 아무런 사내에게라도 보내주는 것이 좋겠다는 생각이 들었다. 뱁티스타는 당장 약속하기를 지참금은 상당 액수를 즉시 주겠고 자기가 죽은 뒤에는 자기 소유 토지 절반을 상속시켜 주겠다고 대답하였다. 이렇게 이상한 약혼은 당장 그 자리에서 성립이 되고 말았다.

아버지는 딸을 놀래주려고 밖으로 나가고 페트루초는 약혼한 처녀가 들어오면 어떻게 그를 유혹할까 하는 궁리에 골몰해 있었다. '그 처녀가 이 방 안으로 들어설 때에 나는 가장 유쾌한 태도로 대하리라. 만일에 그가 내게 욕설을 퍼부으면 나는 그 욕하는 목소리가 꾀꼬리 소리처럼 아름답다고 칭찬을 해주자. 만일에 그가 얼굴을 찡그리면 나는 그의 얼굴이 이슬 맺은 장미 꽃봉오리처럼 깨끗하고 예쁘다고 칭찬해 주리라. 만일에 그가 말을 통 안 하고 뾰루퉁해 있으면 나는 그의 말은 아주 웅변이라고 치켜올려 주리라. 그리고 그가 만일 나보고 어서 썩 꺼지라고 소리를 치면 나는 한 주일 동안 함께 사귀어보자는 그 말씀 참으로 반갑소이다 하고 대답하리라.' 이렇게 한참 궁리를 하고 있는 동안 캐서린이 아주 거만한 태도로 방 안에 들어섰다. 이때 페트루초가 먼저 입을 열어,

"안녕하십니까? 케이트 양! 당신 이름이 케이트이지요?" 하고 말을 건넸다. 이러한 인사를 받는 것이 시답지 않다고 생각한 캐서린은 멸시하는 태도로,

"홍, 나하고 이야기하고 싶은 사람은 누구나 다 나를 캐서린이라고 부릅니다." 하고 대답하였다.

"아니, 그것은 거짓말! 누구나 다 그냥 케이트라고 부르는 걸 내가 잘 알고 있는데요. 그 누구나 당신 이야기를 할 적에는 언제나 한결같이 그 못생긴 케이트, 그 말라빠진 케이트, 또는 그 말괄량이 케이트하고 부른답니다. 그러나 케이트 양, 지금 내가 막상 당신을 대해 보니 당신이 이 세상에서 제일 예쁜 처녀라는 걸 알게 되었습니다. 내가 먼 곳에 살면서도 당신이 아주 얌전하다는 평판을 많이 들었기 때문에 나는 지금 당신에게 구혼하려고 일부러 이렇게 찾아온 것입니다."
하고 페트루초는 말하였다. 이것은 구혼 장면으로 보기에는 너무나 의외의 한 장면이었다. 캐서린은 화가 치밀어서 목소리를 높여 자기가 무슨 까닭으로 말괄량이라는 평을 듣는지 그 본보기를 이 남자에게 보여주려고 하였다. 그런데 이 남자는 여전히,

"아, 당신의 그 예쁜 목소리와 예의 바른 인사 말씀에 경의를 표하나이다."
하고 말하는 것이었다. 그리고 바로 이때 이 처녀의 아버지가 가까이 오는 발자국 소리를 들은 페트루초는 얼른 목소리를 높여서,

"자, 예쁜 캐서린 양! 쓸데없는 잡담은 그만하고 우리 어서 약혼식이나 합시다. 당신 아버님께서는 벌써 이미 응낙하셨고 지참금 금액까지도 결정지어 놓았으니 지금 당신이 좋아하건 싫어하건 나는 당신과 결혼하고야 말겠소." 하고 따지는 것이었다.

그리고 아버지 뱁티스타가 방 안에 들어서자마자 페트루초는 캐서린이 그 얼마나 친절하게 자기를 환영하였으며 또 벌써 따님이 이번 일요일에 결혼식을 거행하자고 약속까지 했다고 시치미 떼고 말

하였다. 이 말을 듣는 캐서린은 하도 기가 막히고 어이가 없어서 자기는 그런 약속을 한 일이 절대로 없노라고 극력 부인하였다. 일요일에 결혼식은커녕 이 무례하기 짝이 없는 젊은이가 목을 매고 죽는 꼴을 보았으면 속이 후련하겠다고 말했다. 그러고는 아버님께서는 어떻게 이런 개망나니 같은 녀석에게 딸을 내주겠다고 약속을 했느냐고 막 대드는 것이었다. 이때 페트루초는 얼른 그 말을 받아서 따님이 지금 한 말을 그대로 믿지 말라고 영감님에게 말하였다. 그러고는 또 이 처녀는 자기 아버님 앞에서는 부끄러워서 결혼 약속을 부인하고 있지만 이때까지 단둘이서 이야기 할 때에는 아주 곱게 굴었을 뿐 아니라 그가 자기를 사랑한다는 고백까지 했다고 설명하였다. 그러고 나서는 캐서린에게 향하여,

"자, 케이트 양! 우리가 약혼한 만큼 나는 곧 베니스 시로 가서 결혼식 때 입을 좋은 옷들을 사 가지고 올 터이니 아버님께 그날 굉장한 피로연을 준비하도록 요청해 주십시오. 나는 이번 일요일 날 결혼식 때 쓰기 위하여 반지며 기타 여러 가지 패물과 훌륭한 비단 옷들을 한 가득 싣고 장가들러 올 터이니 기다리시오." 하고 말을 마치고 밖으로 뛰어나갔다.

그 일요일 날 수많은 손님들이 결혼식에 참석하려고 신부집으로 모여들었다. 그러나 아무리 기다려도 신랑이 나타나지 않는 것이었다. 캐서린은 그 남자가 단순히 자기를 골탕 먹이려고 이렇게 한 것이라는 생각이 들어 눈물만 흘리고 있었다.

저녁때가 다 되어서야 신랑이 오기는 왔다. 그런데 그가 약속했던 물건들은 한 가지도 가져오지 않고 빈손으로 왔을 뿐 아니라 결혼식에 입는 예복도 입지 않고 보통 평복을 그것도 단정히 입지를 않고

막 꾸겨서 아무렇게나 걸치고 온 것이었다. 이 작자가 이 정중하여야 할 자리를 한낱 장난으로 생각하는구나 하고 생각하는 손님들은 모두 분개하였다. 이 신랑을 따라온 들러리의 복장도 더럽기 그지없었고 그가 타고 온 말의 마구도 무척 더러웠다.

할 수 없이 신부 댁에서 예복을 내줄 터이니 예복을 입고 결혼식을 하라고 했으나 신랑은 그것은 거절하였다. 그는 대관절 예복과 결혼을 하는 것이냐, 나라는 이 사람과 결혼을 하는 것이냐고 따지는 것이었다. 아무리 달래보았댔자 이 신랑의 마음을 바꿀 수 없다고 깨달은 신부 댁에서는 그럼 하여튼 이대로 얼른 교회당으로 가서 식을 거행하기로 하고 모두들 몰려갔다. 교회당에 도착한 신랑은 거기서도 역시 한 반쯤 미친 사람의 행동을 하면서 목사가 캐서린을 아내로 삼기로 맹세하느냐고 물을 때 커다란 목소리로,

"아내로 삼으려니까 결혼식을 하는 건데 이런 바보스런 질문이 어디 있습니까?" 라고 소리를 버럭 질렀다. 이때 주례 목사는 깜짝 놀라서 손에 들었던 성경책을 그만 떨어뜨렸다. 목사가 성경책을 주우려고 허리를 구부릴 때 신랑이 목사를 어떻게도 세차게 떠밀었던지 목사는 방바닥에 펄쩍 나동그라지고 성경책은 데구르르 굴렀다.

겨우 질서를 회복하여 식을 다시 진행시키는 중에도 신랑은 계속하여 발을 동동 구르기도 하고 입에 담을 수 없는 욕설을 함부로 퍼붓기도 하였다. 제아무리 거만 빼던 캐서린도 너무나 기가 막히고 분해서 바들바들 떨고 있었다. 식이 끝나자 일행이 교회당 문 밖으로 나서기도 전에 신랑은 어서 축배를 올리라고 고집했기 때문에 할 수 없이 술을 한 잔 부어주었다. 신랑은 그 술잔을 높이 쳐들고 모인 사람들께 향하여,

"자, 나는 축배를 듭니다." 하고 크게 소리를 지르고 나서 그 술을 한 절반 쭉 들이키더니 나머지 술 찌꺼기를 목사의 얼굴에다 끼얹어 버렸다. 목사는 어째서 그런 못된 짓을 하느냐고 꾸중하고 따졌다. 신랑은 자기가 술을 마시면서 목사의 얼굴을 자세히 보니까 그의 수염이 몹시 성긴 것이 아마도 영양 부족같이만 보여서 거기에 술 찌꺼기를 끼얹었노라고 대답하였다. 이러한 괴상망측한 결혼식이야말로 전무후무한 기괴한 결혼식이었다.

　신랑 페트루초가 결혼식 날 이러한 개망나니 짓을 일부러 감행한 동기는 어디 있었을까. 그것은 이렇게 첫날부터 서둘러야만 그 유명한 말괄량이인 캐서린을 쉽사리 길들일 수 있겠다고 생각했기 때문이었다.

　뱁티스타는 그의 집에서 굉장한 피로연을 베풀었다. 그러나 교회당에서 식을 마치고 신부 댁으로 돌아온 신랑은 연회식 상에 앉지도 않고 신부 캐서린을 붙들고 지금 당장 베로나의 집으로 가야 한다고 독촉을 하였다. 신랑의 고집이 어찌도 센지 장인 영감의 만류도 통하지가 않고 화가 잔뜩 난 신부의 반항도 소용없었다. 남편은 끝까지 남편으로서의 권리를 주장하여 이미 결혼식이 끝난 이상 남편 마음대로 아내를 명령할 수 있다고 고집하면서 캐서린을 억지로 이끌고 밖으로 나갔다. 신랑의 이러한 행동이 너무나도 당돌하고도 강했으므로 모두가 다 어안이벙벙하여 말리려 드는 사람도 없었다.

　남편은 자기가 타고 온 그 더러운 말에 신부를 태우고 자기와 들러리까지도 모두 더러운 말을 타고 길을 떠났다. 가는 길은 험하고 진흙탕이어서 캐서린이 탄 말이 힘이 빠져 꺼꾸러질 때마다 신랑은 동정은커녕 갖은 더러운 욕설을 거침없이 퍼붓는 것이었다. 그래서 집까지 가는 도중에 캐서린은 들러리와 말들을 욕하는 소리 외에는 남편의 말을 듣지 못하였다.

그 괴로운 여행을 끝내고 겨우 시집에 도착하였다. 신부를 자기 집안으로 데리고 들어가는 남편은 무척 친절했다. 그러나 집에 도착한 첫날 밤 신부는 저녁도 못 먹었고 잠도 한숨 잘 수가 없었다. 그것은 그들이 집에 다다르자마자 곧 저녁상이 들어오기는 했으나 신랑은 그 음식을 모두 다 생트집을 잡았다. 고기는 방바닥에 집어던져 버리면서 깩깩 소리를 질러 하인들을 불러다가 썩 쓸어버리라고 호령하는 것이었다. 그러면서 남편이 아내에게 변명하는 말은,

"아, 이것이 다 나의 사랑하는 아내, 그대 몸을 생각해서 그러는 것이니 오해하지는 마시오."였다.

그는 말하기를 이런 덜된 음식을 일생 부잣집에서 고이 자란 캐서린으로는 물론 입에 대지도 않을 것이니 요리사를 내쫓고 다른 사람을 데려오든지 하지 아니하면 안 되겠다고 소리를 치는 것이었다.

배도 고프려니와 몹시 피곤해진 캐서린이 잠을 자려고 침대에 누우려고 했다. 그러나 남편은 침대 자리를 잘못 폈다고 짜증을 내어 하녀들을 불러 호령하면서 베개를 집어 내던지고 홑이불을 벗겨서 방바닥에 던지며 아주 야단이었다. 신부는 할 수 없이 옆에 놓인 의자에 주저앉았다. 의자에 앉은 채로 잠시 잠이 들려고 할 때면 신방을 잘못 꾸며 놓았기 때문에 신부가 첫날 밤 잠도 못 자고 고생하게 만들어 놓았다고 시끄럽게 하인들을 꾸짖는 고함소리에 놀라서 잠이 달아나 버리곤 했다.

그 이튿날에는 어제와 같은 일이 되풀이되었다. 남편은 캐서린에게만은 어디까지든지 친절하게 굴면서도 조반상을 받고 앉아 조반

음식이 나쁘다고 짜증을 내면서 조반상을 방바닥에 둘러엎어 버리고 말았다. 할 수 없이 캐서린은 그 강한 자존심을 억누르고 하인을 불러서 아무런 음식이고 좋으니 조금만이라도 주인 몰래 좀 갖다 달라고 부탁을 하였다. 이미 주인 페트루초의 사전 명령을 받은 하인들인지라 주인 몰래 신부에게 음식을 갖다 드릴 수 없노라고 모두 피해 버리는 것이었다. 마침내 신부는 혼자 한탄하였다.

'아하! 남편이 나를 굶겨 죽이려고 결혼을 했단 말인가! 우리 친정에서는 문 밖에 와 비는 거지들에게도 많은 음식을 척척 내주는데. 오, 내가 이때까지 누구에게 청을 내거나 빌어 본 일이 없었거늘. 지금 내가 먹지 못하여 배가 쪼르륵거리고 잠을 못 자서 골치가 띵하고 밤낮으로 욕지거리만 듣기에 귀가 먹먹해졌으니! 흥, 기가 막히는 것은 그이는 나에게 이렇게 못살게 굴면서도 그것 모두가 다 나를 극진히 사랑하기 때문이라고 우겨대니 이 일을 어찌 한담? 참 야단났네!'

이렇듯이 혼자서 한탄을 하고 있을 때 때마침 남편이 들어왔다. 그래도 아내를 아주 굶겨 죽이려는 것은 아닌지 소고기 한 접시를 들고 오는 것이었다. 남편은,

"사랑하는 나의 아내 케이트여, 좀 어떻소? 자 이것 보오. 내가 당신을 얼마나 사랑하고 또 위하는가? 내가 당신 먹이려고 이렇게 고기를 내 손으로 직접 구워가지고 왔으니, 자, 좀 들어보시오. 나의 이런 친절을 감사할 줄이나 아오? 어? 대답이 없어! 아무 말도 안 한다고? 아이고, 그럼 이 고기도 당신 입에는 맞지가 않는단 말이군요. 응, 내가 공연히 헛수고만 했군. 으음!" 하고 말하면서 하인을 부르더니 그 구운 고기 담긴 접시를 그대로 도로 가져가게 하였다.

캐서린의 그 굉장한 자존심도 굶주림 앞에서는 고개를 숙일 수밖

에 없었다. 속에는 화가 치밀어 오르는 것을 꾹 참고,

"아, 아니, 그걸 이리 주세요, 제발!" 하고 빌었다. 그러나 남편은 만족하지 않은 태도로,

"흥, 소소한 보잘것없는 호의에도 고맙다는 인사 한마디는 있어야 하는 법인데. 그래, 나의 이 성의에 대하여 고마운 뜻의 표시도 없는 당신에게 이 고기를 줄 생각은 없소." 하였다. 이렇게까지 되고 보니 캐서린은 마지못하여,

"고맙습니다," 하고 말하였다. 그제야 남편은 간단한 식사를 허락하였다.

"당신의 그 유순한 마음씨를 그대로 품고, 자, 많이 드시오. 배가 부르거들랑 곧 당신 친정으로 갑시다. 비단 옷을 입고 비단 모자를 쓰고 금반지를 끼고 외투, 목도리 그리고 부채까지도 다 들고 갑시다." 하며 위로의 말을 한 후 자기 말의 진실성을 증명하는 증거로 즉시 재봉사와 모자 상인을 불러들이니 재봉사는 이미 주문받아 지어두었던 새 옷들을 들고 들어왔다. 캐서린의 배가 한 절반쯤 불렀을까 할 때 남편은 하인을 불러 음식상을 치우게 하면서,

"아니, 무어요, 벌써 배가 불렀소!" 하고 웃으면서 아내를 조롱하는 것이었다.

모자 상인은 모자를 내어 보이면서,

"주문하셨던 모자를 가지고 왔습니다." 하고 말하니 페트루초는 당장 이 따위 모자는 어떤 틀에서 찍어낸 모자인지 모르나 이 모자 꼴이 조개껍질 한 개 호두 껍질 한 개 만도 못하니 이걸 어떻게 새 신부 머리에다가 씌울 수가 있는가 하고 욕하였다. 모자 상인더러 어서 썩 가지고 가서 좀 더 큰 모자와 바꾸어 오라고 호령하였다. 이때 캐서린

은 얼른,

"아니에요, 내가 여기 이 모자를 쓸게요. 귀부인들 사이에선 요새 이런 모자가 유행이에요." 하고 말하였다. 그러나 남편은,

"흠, 당신이 아주 얌전해진 뒤에라야 이런 모자를 쓰게 되지 그 전에는 허락하지 않을 테니 그리 알고 계시오." 하고 딱 잘라서 말하였다. 이때는 캐서린으로서도 약간 요기를 하고 난 뒤라 이때까지 축 늘어져 있던 기분이 훨씬 회복되어서,

"아니, 무어라고요? 안 된다고요? 왜요? 내가 왜 내 마음대로 못해요! 난 내 마음대로 할 거예요! 난 어린아이가 아니에요. 당신보다 더 한 어른들도 내가 내 마음대로 할 때 언제나 그냥 두었는데, 그래 당신이 감히 내 원하는 바를 거부할 수 있단 말이에요! 내 말이 듣기 싫거들랑 당신 귀를 막고 가만히 계세요, 네!"

이때 페트루초는 자기가 어떻게 아내를 다루어야 길을 들일 수 있는지 방법을 체득하고 있었기 때문에 지금 이 자리에서 아내와 쓸데없는 말다툼을 할 필요를 느끼지 않아서,

"아니, 어째서 꼭 이 모자가 가지고 싶단 말이오? 이 모자는 아주 천해 보이는데. 이렇게 천한 모자를 싫어하는 당신이 더 한층 사랑스럽소." 하고 딴전을 부리는 것이었다. 캐서린은,

"사랑스럽건 말건 나는 이 모자가 꼭 마음에 드니 이 모자를 쓸래요. 이밖에 다른 모자는 절대로 안 쓸 거에요." 하고 악을 쓰는 것을 남편은 들은 체 만 체하고,

"예, 가운이 보고 싶어요?" 하고 딴전을 할 때 마침 재봉사가 이미 만들어 가지고 온 옷을 들고 캐서린에게로 가까이 왔다. 이때 페트루초의 심사로는 지금은 아내에게 새 모자나 새 옷을 통 주지 아니할 생

각이었으므로 이 가운에 대해서도 불만을 쏟아 놓았다.

"아니, 원 이런 걸 다 가운이라고 만들었는가? 이게 도대체 무어야? 이것을 소매라고 이렇게 만들었는가?" 하고 투덜대는 페트루초의 말에 재봉사는,

"아, 선생님께서 주문하실 적에 최신 유행에 따라 지으라고 부탁하시기에," 하고 대답하는 것을 캐서린이 맞받아서,

"참, 이렇게 훌륭한 옷은 참 처음 봤어요!"
하며 좋아하였다.

페트루초는 속으로 '흥, 이 모자 상인과 재봉사에게 물건 값은 값대로 다 물어주면서도 지금 나의 이 괴이한 행동에 대해서는 사과를 해야겠지!' 하고 생각을 하면서 겉으로는 모자 상인과 재봉사에게 욕을 막 퍼부어 주고 내쫓아 버리고 말았다. 그러고는 캐서린을 보고,

"자, 이제 당신 친정으로 그만 갑시다. 지금 당신이 입고 있는 옷은 좀 못마땅하기는 하지만 할 수 있소? 이대로 가야지. 자 당신 친정으로 갑시다."

그러고는 남편은 곧 말을 준비하라고 하인에게 이르고 나서 지금이 오전 7시니까 지금 떠나면 점심 전에 친정에 도착할 수 있으리라고 말하였다. 그가 오전 7시라고 말을 하지만은 사실은 이미 오후이므로 캐서린은 좀 부드러운 태도로,

"여보세요, 지금이 오후 2시인데, 지금 떠나면 저녁때가 다 되어야 친정에 도착할 텐데요." 라고 말했다.

이 말을 들은 남편은 아내가 자기 말에 절대 복종하지 않는 한 친정으로 데리고 가지 않겠다고 선언하였다. 남편은 말하기를 자기는 태양이어서 시간도 제 마음대로 정할 수 있노라고 하고 그래서 아내

가 아직도 남편의 명령에 반대하는 태도가 남아 있는 한 친정으로 가지 않는다고 단언하였다.

"내가 무슨 말을 하거나 무슨 일을 하거나 간에 절대로 반대하지 않으면 그때 길을 떠날 것이오. 또 떠나는 시간도 내 마음대로 정할 테니 그리 아시오." 하고 다짐을 주었다.

그 이튿날 온종일 캐서린은 남편에게 절대 복종하는 연습을 톡톡히 하여 급기야 반대라는 말의 뜻을 잊어버리고 매사에 절대 복종 하게쯤 되자 그들은 친정으로 가는 길을 떠나게 되었다. 그런데 도중에 그때가 바로 정오인데 남편은 참 달이 밝다고 감탄을 하였다. 아내는 대낮에 무슨 달이 뜨느냐고 했더니 남편은 아내더러 아직도 복종심이 부족하니 집으로 도로 가자고 호령하여서 캐서린이 혼쭐이 났다. 남편은 이어서 말했다.

"내가 지금 달이 밝고 별이 총총하다고 하는데 당신이 딴소리를 하고 있는 것은 절대 복종 훈련이 아직 미흡한 탓이오. 그러니 지금 당신을 데리고 친정으로 갈 수는 없소." 하고 말하면서 말 머리를 돌리는 척하니 말괄량이 캐서린은,

"아, 아, 아니, 제발 빕니다. 어서 가요. 네! 여기까지 왔다가 도로 간다니 그게 무슨 말씀이에요. 해가 떴건 달이 떴건 그건 당신 마음대로 하세요. 이제는 당신이 햇빛을 촛불이라고 우기더라도 나는 동의할 터이니 어서 가시자고요." 하고 빌었다. 그러니까 남편은,

"응, 지금 달이 떴지!" 하고 한 번 더 시험할 때 캐서린은 얼른,

"예, 예! 달이 떴어요." 하고 말하였다.

"흥, 거짓말 좀 작작해. 저게 해지 달이야?" 하고 남편이 따지니까 아내는,

"예, 예, 해예요. 그러나 당신이 금방 또 해가 아니라고 그러면 해가 아니라고 나도 시인하겠어요. 당신이 하는 말은 무엇이나 다 옳아요." 하고 대답했다. 조금 더 가서 어떤 노인 한 분을 만났다. 이때 남편은 한 번 더 아내를 시험해보려고 그 노인을 보고,

"안녕하십니까, 아가씨!" 하고 인사를 하고 나서 캐서린 보고는 저 아가씨보다 더 얌전한 처녀를 본 일이 있느냐고 묻는 것이었다. 그러고는 계속하여 그 처녀의 볼이 참 아름답다고 격찬하고 그의 눈은 별과 같다고 말하였다. 그러고는 다시 그 노인에게,

"아, 예쁘고도 사랑스러운 처녀여, 부디 안녕히 가십시오." 하고 인사를 한 후 다시 캐서린더러,

"여보, 케이트, 저기 저 아름다운 처녀를 좀 보세요." 하고 말하였다.

아주 철저히 항복해 버린 캐서린은 남편의 의견을 그대로 좇아서 그 노인에게 향하여,

"아, 젊고도 꽃송이같이 피어나는 예쁜 처녀야. 어쩌면 저렇게도 곱게 생기고도 유쾌하고 또 상냥하게 생겼을까? 그런데 어디를 가시나요? 댁이 어디세요? 저렇게 예쁜 딸을 둔 부모야말로 그 얼마나 행복할까요." 하고 주워섬기었다. 그러니까 남편은 다시,

"아니, 여보, 케이트, 당신이 미쳤소? 이 사람이 어디 여자요? 내 참! 저렇게 늙고 주름살투성이고, 쇠약하고, 느러터진 영감이 그래 당신 눈에는 젊은 처녀로 보인단 말이요?" 하고 반박하였다. 그러니까 캐서린은 얼른,

"아, 용서하세요. 저 햇빛이 너무 강해서 내 눈이 몹시 부시기 때문에 모든 물건이 희미하게 보여서 그만 실수를 했어요. 지금 다시 자

세히 보니까 이분은 아주 늙으신 할아버지시군요. 제가 잘못 본 것을 용서해 주세요." 하고 거듭 사과하였다. 그러자 남편도 덩달아서,

"할아버지 용서해주세요. 그래 지금 어디로 가십니까? 저희들이 가는 길과 방향이 같으시다면 동행하면 반갑겠습니다." 하고 말하였다. 그 늙은이는 말하되,

"아 점잖으신 신사와 유쾌하신 숙녀를 만나 뵈니 참 반갑습니다. 내 이름은 빈센쇼인데 지금 바로 파듀아로 가는 길이지요. 내 아들을 찾아가는 길입니다." 하고 대답하였다. 이 말을 들은 페트루초는 이 늙은이가 바로 루센쇼의 아버지인 것을 알아챘다. 루센쇼는 페트루초 자기의 처제인 비안카와 벌써 오래전에 약혼을 한 청년임을 그는 알고 있었다. 그래서 페트루초는 이 노인에게 그의 아들이 큰 부잣집 사위가 되는 것을 축하해 주었다.

그들 세 사람은 모두 유쾌한 기분으로 뱁티스타의 집까지 갔다. 그 집에서는 벌써 그 집 둘째 딸 비안카와 루센쇼의 결혼식에 참석하러 온 손님들로 북적이고 있었다. 뱁티스타는 맏딸을 시집보내자마자 곧 이어서 이 둘째 딸 비안카를 마저 시집보내는 것이었다.

캐서린 일행이 친정에 들어서니 뱁티스타는 그들을 바로 둘째 딸 결혼 피로연석으로 안내하였다. 거기서 비안카의 남편이 된 루센쇼와 또 다른 한 사람(호텐쇼라고 하는 사람으로 역시 최근에 결혼한 신랑)이 페트루초 부부를 반갑게 맞아들였다. 둘이 다 아주 얌전한 신부들과 결혼한 루센쇼와 호텐쇼는 자기네의 행복과 말괄량이 캐서린에게 장가든 페트루초의 가없은 신세를 비교하여 아주 만족스러운 태도로 페트루초를 놀려주기 시작하였다.

페트루초는 식사가 다 끝나고 부인들이 다른 방으로 건너갈 때까

지는 아무런 대꾸도 아니하고 그들의 놀림을 묵묵히 받아주고 있었다. 부인들이 다 퇴석한 후에 자기 장인까지가 한패가 되어 자기를 놀려주고 웃는데 화가 나서 자기 아내야말로 거기 모인 두 신랑의 아내들보다 엄청나게 더 공손한 여자라고 말하였다. 그러니까 캐서린의 아버지가,

"흥, 슬프도다. 내 사위 페트루초여. 그대가 이 세상에서 제일가는 고집불통 말괄량이 아내를 얻어 놓고 지금 무어라고 큰소리치고 있는가." 하고 말하였다. 페트루초는,

"아니, 그럼 우리 한 번 내기해볼까요? 우리 세 사람이 다 제각기 자기 아내를 이 방으로 오라고 불러보아서 아무 소리 안 하고 제일 먼저 오는 공손한 아내를 가진 사람이 상을 받게 하는 내기를 해볼까요?"

이 제안에 다른 두 신랑은 즐겁게 찬성하였다. 두 신랑은 자기의 아내들이 캐서린보다 훨씬 온순하여서 남편의 말에 잘 복종하리라는 자신을 갖고 있었다. 그래서 그들이 상금을 20파운드로 정하자고 하는데 페트루초는 자기는 이 상금의 이십 배도 걸겠노라고 큰소리쳤다. 루센쇼와 호텐쇼는 그럼 백 파운드씩 걸자고 동의하였다. 그러고는 맨 먼저 루센쇼가 하인을 보내서 비안카를 좀 오라고 했더니 그 하인이 돌아와서 하는 말이,

"주인님, 부인께서는 지금 바쁜 일이 있어서 못 오신다고 합니다." 하고 말하였다. 이때 페트루초는,

"아, 무엇이 어쩌고 어째? 부인이 분주해서 못 오신다고? 그게 그래 아내로서 남편에게 보내는 대답이란 말이야?"

하고 소리를 지르니 그 방에 모여 있던 여러 사람들이 모두 웃으면서

만일 캐서린을 오라고 하면 그는 비안카의 대답보다도 한층 무례한 대답이 올 것이라고 말들을 했다. 그 다음에는 호텐쇼가 사람을 보내서 아내를 불러올 차례인데 그는 부르러 보내는 하인에게,

"가서 내 아내보고 이리 좀 오십사고 간절히 빌어 보게."
하고 부탁하는 것이었다. 페트루초는 크게 소리 내 웃으면서,

"하하하 빌어! 빌면야 물론 꼭 오겠지." 하고 비꼬니까 호텐쇼는,

"허나 당신의 아내는 암만 빌어도 좀처럼 오지 않을 거요." 하고 대답하였다.

호텐쇼가 보냈던 하인 역시 부인을 모시고 오지 못하고 혼자 어정어정 되돌아오는 것을 본 호텐쇼는 당황했다.

"여보게, 부인이 어디 나가고 안 계시던가? 어째서 안 모시고 오는 건가?" 하고 물었더니 그 하인의 대답은,

"아씨 말씀이 아마 사랑방에서 남편들끼리 무슨 농을 하시는 모양이니 내가 갈 것 없이 주인님을 안방으로 좀 오시라고 하게, 하고 말씀하시던데요."

이 말을 들은 페트루초는,

"흥, 더 망해 가는구나." 하고 코웃음 치며 호텐쇼를 놀려준 후 자기 하녀를 불러 세우고,

"야, 야, 너 아씨한테 가서 내가 얼른 이리 좀 오라고 명령하더라고 말씀드려라." 하고 말하여 내보냈다. 거기 모여 있는 모든 사람들은 그 누구나 다 캐서린이 절대로 오지 않으리라고 생각하고 있는데 웬걸 뱁티스타가 놀란 목소리로,

"어럽쇼! 이것 봐, 캐서린이 막 뛰어오는구나!" 하고 소리를 질렀다. 캐서린은 방 안으로 들어서면서 아주 공손한 목소리로,

"저를 오라 하시니 무슨 일이 생겼어요?" 하고 묻는 것이었다. 페트루초는,

"당신 동생과 또 호텐쇼 씨의 부인은 어디들 있소?" 하고 물으니까 캐서린의 대답이,

"모두들 안방 화덕 옆에 앉아서 이야기들을 하고 있어요." 하고 대답하였다. 그러니까 페트루초는 다시,

"그럼 얼른 가서 두 분 다 모시고 빨리 오시오." 하고 말하자 캐서린은 아무 대답 없이 물러나갔다. 이때 루센쇼가,

"자, 이건 참 의외인데!"

하고 감탄하고 호텐쇼도 덩달아서,

"참 그렇구려. 놀랄 일인데. 어떻게 그렇게 길을 잘 들여 놓았을까." 하고 감탄하는 것이었다. 이때 페트루초는 말하기를,

"결혼 생활이 원만하고 화평하다는 징조이지요. 부부가 서로서로 사랑하고 아내가 남편을 존경하여서 아주 안정된 가정생활, 간단히 말하자면 가정이 극히 행복하다는 표시지요." 하고 뽐내는 것이었다.

말괄량이 딸이 이렇게 철저하게 길이 든 것을 보게 된 아버지 뱁티스타는 너무나 기뻐서,

"여보게, 내 사위 페트루초군, 참 잘했네! 잘했어! 자네가 이번 내기에 이겼으니깐 상금은 물론 자네 것이 될뿐더러 내가 그애 지참금에다가 이만 파운드를 더 얹어 주겠네. 그 애가 아주 딴사람이 되었네 그려!" 하고 말하니 사위 페트루초는,

"그야 물론 제가 이 내기에 이겼습니다마는 잠깐만 좀 더 기다려 주십시오. 저의 아내가 과연 얼마마한 정도까지 정숙해졌고 또 복종을 잘 하는지를 보여드리겠습니다." 하고 말을 하고 있는데 그때 캐

서린이 다른 두 신부를 데리고 들어왔다. 이때 페트루초는,

"자아, 좀 똑똑히 보시오. 우리 캐서린이 당신의 아내들까지 다 데리고 오지 앉았소! 아, 그런데 케이트 당신이 지금 쓰고 있는 그 모자가 당신에게는 통 어울리지가 않으니 당장 벗어서 저쪽에 내버리시오."

이 말이 떨어지기가 무섭게 캐서린은 얼른 모자를 벗어서 내던졌다. 이것을 본 호텐쇼 부인은 자기 남편에게 향하여,

"아아, 여보시오. 난 이런 망측한 꼴은 내 평생 처음 보았소. 당신은 나에게 저런 망신을 주지는 않겠지요!" 하고 말하니 비안카도 덩달아서,

"아이고 기가 막혀. 언니는 그래 웬 책임감이 그리 강해져서 우리들까지 이리로 끌고 왔어요, 그래." 하고 원망을 하니 비안카의 남편이,

"여보, 당신도 언니를 좀 본받아 책임감을 느끼면 좋았을 것을. 당신이 너무나 영리했기 때문에 나는 금방 일금 일백 파운드의 돈을 손해보았소이다." 하고 말하였다. 비안카는,

"흥, 그따위 바보스런 내기를 하는 것이 틀린 일이지요." 하고 대꾸했다. 이때 페트루초는 자기 아내에게,

"여보 캐서린, 당신이 지금 이 자리에서 이 두 완고한 여자들에게 여자가 남의 아내가 된 이상 그 아내 된 책임이 얼마나 중대하다는 사실을 좀 교훈으로 주시오."라고 하였다.

이때 이 방 안에 모여 있는 사람들 모두가 실로 놀랄 일이 생겼다. 그것은 페트루초의 말이 끝나기가 무섭게 캐서린은 아내 된 자는 마땅히 남편에게 절대 복종하는 미덕을 가져야만 한다고 일대 웅변

을 토하였다. 끝으로 자기 자신은 이미 남편의 명령은 그 어떠한 것이고 간에 복종하기로 결심하였노라고 선언하였다.

이리 되어서 캐서린은 파듀아 일대에 다시 명성이 자자하게 퍼졌다. 이번에는 결혼 전처럼 말괄량이 고집쟁이 캐서린으로 소문난 것이 아니라 이 세상에서 제일 온순하고도 책임감이 강한 아내 캐서린이라는 소문이 전국에 퍼져 나갔다.

쌍둥이의 희극
THE COMEDY OF ERRORS

주요 등장인물

에페수스의 공작

에게온 : 시러큐스의 늙은 상인

에게온의 아내 : 수도원 원장이 됨

시러큐스의 안티폴루스 : 에게온의 쌍둥이 아들

에페수스의 안티폴루스 : 에게온의 쌍둥이 아들

시러큐스의 드로미오 : 안티폴루스 쌍둥이의 하인

에페수스의 드로미오 : 안티폴루스의 쌍둥이 하인

아드리아나 : 에페수스의 안티폴루스의 아내

루시아나 : 아드리아나의 동생

루스 : 아드리아나의 하녀

시러큐스와 에페수스 두 나라 간에는 사이가 좋지 못하여 에페수스에서는 아주 혹독하고 무지한 법률을 제정하여 실시하게 되었다. 이 악법의 내용은 시러큐스 장사꾼이 만일 에페수스 영토 내에 나타나기만 해도 그 상인은 곧 체포되어 사형에 처할 것이요, 사형을 면하면 일천 마르크의 벌금을 내고 석방할 수 있다는 법이었다.

그런데 시러큐스 나라 장사꾼으로 늙은 에게온이란 사람이 있었다. 이 사람이 어느 날 에페수스 나라 거리를 헤매다가 발각되어 붙잡혀서 이 나라 통치자인 공작 앞으로 끌려갔다. 공작은 그 나라 법대로 벌금을 바치든지 그렇지 않으면 사형장으로 나가든지 두 가지 중 한 가지 길을 택하라고 명령했다.

에게온은 벌금을 낼 돈이 없었다. 그래서 공작은 이 사람에게 사형을 언도할 수밖에 없었다. 언도하기 전에 공작은 에게온에게 벌금을 내지 못하면 꼭 죽을 줄 알았을 텐데 무슨 이유로 이 나라로 들어왔는지를 자세히 설명하라고 명령하였다.

에게온은 대답하되 자기는 죽는 것을 조금도 두려워하지 않는다고 하였다. 그 이유는 자기의 평생 생활은 슬픔으로 가득 차 있기 때문에 살아 있는 것이 괴롭기만 하였고 그 불행한 일생 이야기를 한다는 것은 죽기보다도 더 괴로운 일이라고 말했다. 그러고 나서 그의 경험담을 아래와 같이 쭉 늘어놓았다.

"나는 시러큐스에서 태어난 사람으로 어려서부터 장사꾼 집안에서 자라나며 장사를 배웠습니다. 나는 성장하여 결혼할 때 아주 마음에 드는 아내를 얻어서 행복한 생활을 시작했습니다. 그런데 상업상 용무로 한동안 집을 떠나 에피담넘이란 곳으로 출장을 가게 되었는데 거기서 일이 뜻대로 되지 않아 차일피일하는 것이 여섯 달이나 묵게 되었습니다. 그러고도 몇 달 간 더 머물러야만 될 형편이므로 나는 아내에게 나 있는 데로 오라고 연락을 하자 아내는 즉시 나에게로 왔습니다. 아내가 오자마자 그는 산기가 있어서 어린애를 낳았는데 쌍둥이 아들을 낳았습니다. 그런데 이 아들들 모습은 너무나 꼭 같았으므로 부모도 누가 형이고 누가 아우인지 분간할 수가 없었습니다. 그런데 그때 우리 내외가 들어 있던 여관에 함께 묵고 있던 한 가난한 여인이 또 쌍둥이 아들을 낳았는데 이 쌍둥이도 우리 쌍둥이처럼 분간할 수 없도록 꼭 같게 생겼습니다. 그런데 이 쌍둥이의 부모는 매우 가난한 사람이어서 아들들을 키울 힘이 없다고 해서 나는 그 쌍둥이 아이들을 사 가지고 내 쌍둥이 아이들의 하인으로 길렀습니다.

나의 아들들은 그야말로 훌륭하고 잘생기어서 내 아내 되는 사람은 이 아이들을 여간 대견하게 여기고 또 큰 자랑거리로 생각했습니다. 아내는 아이들을 데리고 하루 바삐 집으로 가겠노라고 매일같이 재촉했습니다. 나도 거기 찬성하여 어느 날 배를 타고 떠났는데 그날은 운이 안 좋은 날이었어요. 왜냐하면 우리가 탄 배가 에피담넘을 떠나 얼마 가지 못해 큰 폭풍우를 만나게 되었는데 이 폭풍우가 멎지 않고 점점 더 심해졌습니다. 그러자 선원들은 그 배가 침몰할 것을 깨닫고 저희들끼리만 조그만 배에 옮겨 타 가버리고 우리 여객들은 침몰될 배에 그냥 내버려 두었습니다. 우리만 남아 있게 된 그 배는 얼마 가지 않아 깨어지고 가라앉아 버릴 것만 같았습니다.

나의 아내는 어쩔 줄 모르고 자꾸 울기만 하고 어린애들은 아무 것도 모르고 제 어미가 우니까 무조건 따라 우는 것이었습니다. 이 모습을 보는 나는 나 자신으로서는 죽는 것이 별로 무섭지 않았고 어떻게 하면 아내와 어린것들을 구해 줄 수 있을까 골똘한 생각이 내 머리에 가득 찼습니다. 그래서 나는 배 한구석에서 선원들이 위급한 때 쓰려고 늘 준비해 두는 작은 돛대를 발견했습니다. 나는 그 돛대 한 끝에다가 내 막내아들을 비끄러매 놓고 다른 한 끝에는 쌍둥이 종 중의 막내를 비끄러매었습니다. 그러면서 나는 아내에게 다른 두 아이도 내가 하는 그대로 한 돛대 양끝에 비끄러매라고 지시했습니다. 이렇게 하여 아내는 두 아이를 돛대에 매고 나는 막내 두 아이를 매어 놓고 나서 작은 아이들을 맨 돛대에 내 몸을 매고 아내는 큰 아이들을 맨 돛대에 자기 몸을 매게 하였습니다. 우리가 이렇게 하지 않았더라면 그날 우리 가족은 모두 죽었을 겁니다. 우리가 돛대에 몸을 매자마자 배는 큰 바위에 부딪히면서 산산이 쪼개지고 말았습니다. 그러나 가늘기는 하나 그래도 나무토막인 돛대에다가 몸을 맨 우리들은 물에 잠기지는 않고 물 위에 떠돌아다니게 되었습니다. 그러나 나는 나와 한 돛대에 매인 두 아이를 돌보느라고 내 아내를 도와줄 수가 없었고 곧 우리가 매달린 돛대들은 서로 멀리 떨어지게 되고 말았습니다. 그러나 그들이 내 시야를 벗어나기 전에 나는 내 아내와 아이들이 지나가던 배에 구조를 받는 것을 보았습니다. (제 생각에 아마) 코린트 사람의 배로 보였습니다. 아내와 두 아이가 구원되는 것을 본 나는 안심하고 그 흉악한 파도와 싸웠습니다. 한참 물결 위로 떠돌던 우리도 마침내 어떤 배의 구조를 받게 되었습니다. 마침 그 배 선원들은 모두 나를 잘 아는 사람들이었기 때문에 우리를 극진히 보호하고 대접해 주었고 시러큐스까지 안전하게 실어다 주었습니다. 그러나 그 기막힌 순간부터 지금까지 나는 내 아내, 큰아들 또 그 하인의 행방을 통 모르고 살아왔습니다.

내 작은아들놈이 열여덟 살이 되자 그는 자기 어머니와 형은 어디 있느냐고 자꾸 물으면서 자기가 자기 하인을 데리고 찾아 나가보겠노라고 자꾸 졸라대기 시작했습니다. 나 자신도 물론 내 아내와 큰아들을 찾고 싶은 생각이 간절했습니다. 그러나 지금 나에게는 이 아들이 외아들 셈이었으므로 이 아들까지 내보냈다가 혹시나 그 아들까지 잃어버리게 되면 어쩌나 하는 걱정 때문에 선뜻 허락하지 않았습니다. 그러나 아들이 하도 조르고 또 종 아이까지도 자기 형을 찾아보겠다고 하므로 끝내 나는 허락하고 말았습니다.

그런데 말씀입니다. 내 어린 자식이 어머니를 찾는다고 집을 나간 지 이미 7년이 되었습니다. 2년 동안이나 기다리다 기다리다 못하여 아들을 찾아 이 세계 각처를 헤매기 이미 5년이나 되었습니다. 그동안 나는 저 멀리 그리스 땅까지 가 보았을 뿐 아니라 아세아 대륙 변경까지 답파하고 나서 집으로 돌아가던 도중에 이 에페수스에 내려섰습니다. 사람이 살고 있는 땅이면 한 곳도 남기지 않고 다 찾아보고 싶은 마음에서였습니다. 그러나 오늘은 내 목숨의 마지막 날이 되었습니다. 그러나 내가 내 아내와 아들들이 죽지 않고 아직 살아 있다는 소식만이라도 듣는다면 지금 죽어도 한이 없겠습니다."

그는 이 긴 이야기를 끝마치었다.

이런 이야기를 들은 공작은 이 사람이 자기 아들을 찾기 위하여서는 제 목숨도 아끼지 아니한다는 점에 감동되어 이 사람을 동정하게 되었다. 그래서 공작은 말하기를 시러큐스 상인이 이 땅에 발을 들여놓으면 무조건하고 죽이거나 벌금을 받는 법은 자기 자신이 선포한 법이었다. 지금 만일 자기가 이 법 실시를 중지하게 된다면 자기의 맹세를 깨뜨리는 것이 될 뿐 아니라 위신 문제도 되는 만큼 그를 용서하거나 석방할 수는 없는 일이었다. 그러나 사정이 그만한 것을 참작하여, 법대로 꼭 시행한다면 그 당일로 벌금을 못 내면 그 당일로 사형에 처하는 것이 마땅하겠으나 특별히 하루의 여유를 줄 것이니 이 하루 동안에 어디서든지 돈을 빌리든지 해서 벌금을 낼 수 있도록 해 보라고 말하였다.

그러나 이 상인에게 이 하루의 연기는 아무런 도움도 되지 않았다. 그것은 에게온이 이 에페수스에 아는 사람이라고는 한 사람도 없는 처지인 만큼 그 누가 이 생면부지에게 일천 마르크나 되는 큰돈을 그냥 주거나 꾸어 줄 사람이 있을 리가 없었다. 그래서 에게온은 할 수 없이 아무런 희망도 품지 못한 채 이 공작 앞을 물러 나와서 감옥에 다시 갇히었다.

에게온은 이 에페수스에는 자기가 아는 사람이라고는 단 한 사람도 없다고 생각하고 있었다. 그러나 바로 그의 생명이 경각에 달려 있는 이 시각에 그가 그렇게도 열성으로 찾아다니던 작은아들뿐 아니라 큰아들까지 둘이 다 바로 에페수스 시내에 있다는 사실을 그는 몰랐던 것이다.

에게온의 두 아들은 그 얼굴과 모습이 꼭 같았을 뿐 아니라 그 이름까지도 꼭 같았으니 두 아들이 다 안티폴루스라는 이름으로 불리었고 또 그 쌍둥이 하인들의 이름도 둘이 다 드로미오였다. 늙은 아버지가 이 에페수스까지 찾으러 온 둘째 아들, 즉 시러큐스의 안티폴루스가 그의 종 드로미오를 데리고 이 에페수스 시에 도착한 날은 아버지 에게온이 여기 도착한 바로 그날이었다. 그러므로 이 젊은 사람 역시 시러큐스 상인인 만큼 무심코 있었으면 자기 아버지가 당하고 있는 그 위험에 봉착했을 것이다. 그러나 다행히도 이 아들은 예전부터 잘 아는 친구 하나를 길에서 만났다. 그 친구의 말이 바로 아까 한 시러큐스 상인 늙은이가 붙잡혀서 사형을 기다리고 있다는 이야기를 들려주었다. 그러니 위험을 모면하는 방법으로 시러큐스에서 왔다고 하지 말고 에피담넘에서 온 상인으로 행세하라고 일러 주었다. 이 말에 안티폴루스는 감사의 뜻을 표시하고 그대로 가장하기로 하면서 그 누구인지는 모르나 같은 시러큐스 사람이 그런 위기에 빠져 있는 것을 가련하게 생각하였다. 그는 그 노인이 바로 자기 아버지라는 것을 알 리가 없었던 것이다.

에게온의 아들은(그의 동생인 시러큐스의 안티폴루스와 구분하기 위하여 이 큰아들의 이름은 에페수스의 안티폴루스라고 불러야만 될 것이다) 이 에페수스 시에 20년 동안이나 살아 왔을 뿐 아니라 지금 큰 부자가 되어 있었다. 그가 알기만 하면 자기 아버지의 벌금쯤 물기에는 걱정 없었다. 그러나 이 안티폴루스는 그가 바다에 빠졌을 때 어떤 배에 구원을 받아 살아나게 되던 그 당시에는 젖먹이 어린이 때 일이었으므로 자기 아버지가 누구인지 알 리가 없었다. 또 그가 물에서 건져내서 살게 되었다는 이야기는 늘 들어서 알고 있었으나 그의 어머니가 어떻게 생겼는지도 역시 모르고 살아 왔다. 그것은 그들이 바다에 빠졌을 때 그들을 건져 준 어부들이 안티폴루스와 드로미오를 그 어머니에게로부터 빼앗아 그 불행한 어머니의 슬픔을 외면하고 딴 사람한테 팔아먹었던 것이다.

안티폴루스와 드로미오는 메나폰 공작에게로 팔려 갔다. 이 공작은 유명한 장군이요 에페수스 공작의 삼촌이었다. 그래서 메나폰 공작은 자기 조카인 에페수스 공작을 만나 보러 갈 때에 이 두 아이를 데리고 갔었다. 에페수스 공작은 이 어린 안티폴루스를 귀여워해서 자기가 맡아 길러가지고 장성하자 자신의 군대 장교로 배속시켰다.

이 군대에서 안티폴루스는 전쟁터에 나갈 때마다 그의 용감성으로 명성을 떨치게 되었을 뿐 아니라 바로 자기의 보호자인 공작의 목숨까지 살려내는 큰 공을 세웠다. 그래서 공작은 안티폴루스의 공덕을 상 주기 위하여 에페수스에서 이름난 부잣집 딸 아드리아나에게 장가를 보내 주었다. 그래서 바로 그의 아버지가 이곳에 도착하던 현재까지 그 아내와 호화로운 생활을 계속해 왔고 하인 드로미오 역시 그때까지 이 주인을 섬기고 있었다.

시러큐스의 안티폴루스는 그에게 시러큐스에서 온 사람이 아니라 에피담넘에서 온 사람으로 행세하라고 일러 준 친구와 작별 하였다. 그 후 자기 하인 드로미오에게 돈을 주어 여관으로 가 점심을 좀 차리라고 일러 보내고 혼자서 이 시가지 구경도 하고 풍속도 살펴보기로 하였다.

드로미오는 남의 종살이를 하는 처지이면서도 성격이 매우 유쾌해서 가끔 안티폴루스가 침울한 표정을 보일 때마다 여러 가지 우스운 말과 행동으로 주인의 기분을 좋게 해주곤 하였다. 그래서 이 주인과 하인 사이에는 이 세상 보통 주종 관계에서는 찾아볼 수 없는 친밀성을 보여 하인이지만 가끔 주인에게 실없는 말을 하여 웃기는 것이 허락되었다.

그런데 시러큐스의 안티폴루스는 종 드로미오를 여관으로 보낸 후 거리에 우두커니 서 있었다. 자기가 벌써 몇 해나 두고 잃어버린 어머니와 형을 찾아 헤매는 고독한 여행, 또는 이때까지 그렇게 세계 방방곡곡 다 찾아보고도 아직 성공하지 못한 비애를 다시금 느끼고 있었다. 그는 스스로,

"나는 바닷물 속 물방울 같은 신세로구나. 제아무리 나의 혈육인

물방울을 찾으려고 헤매어도 그 물방울은 그 광대한 바닷물 속에 섞이어서 발견해 낼 도리가 없구나. 부질없이 어머니와 형을 찾아 헤매는 이 내 신세여!"

하며 한탄을 하고 있는데 어느새 드로미오가(안티폴루스는 이 사람이 자기 하인 드로미오인 줄로 알 수밖에 없었다) 돌아왔다. 안티폴루스는 종이 그렇게도 빨리 돌아온 것을 이상스럽게 생각하면서 돈은 어디다 두고 왔느냐고 물었다. 그런데 사실은 이 드로미오는 시러큐스의 안티폴루스를 섬기는 하인이 아니었고 그의 형인 에페수스의 안티폴루스를 섬기는 드로미오였다. 이들 두 안티폴루스와 두 드로미오는 이때 까지도 이미 에게온이 그들이 어렸을 때 꼭 같이 생겼었다고 말한 것같이 꼭 같았다. 그들은 분별할 수 없이 꼭 같이 생겼으므로 지금 이 안티폴루스가 지금 온 드로미오를 꼭 자기 자신의 하인으로 본 것은 당연한 일이었다. 그래서 그는 이 드로미오 보고 어쩌면 그렇게 빨리 왔느냐고 따지는 것이 무리가 아니었다.

  드로미오는 대답하였다.

  "마나님께서 어서 점심 잡수러 오시래요. 빨리 안 오시면 닭고기는 다 타버리고 돼지고기는 산적꼬지에서 다 털어버리겠고 소고기는 다 식어빠져서 꼿꼿해진다고 독촉이 심하셔요."

  안티폴루스는 이 하인이 농담을 하는 줄로만 생각하고,

  "야, 지금 그런 쓸데없는 수작을 부릴 때가 아니다. 도대체 돈은 어디다 두고 왔단 말이냐?"

하고 말하였다.

  드로미오는 그 말에 대답은 않고 그냥 마나님이 어서 밥을 먹자고 주인님을 모셔 오라고 해서 왔노라고 우겨대는 것이었다. 안티폴

루스는,

"대관절 어떤 마나님 말이냐?"

하고 물으니 드로미오는,

"어떤 마나님이라니요? 주인님의 부인이시지요."

하고 대답하였다. 안티폴루스는 아직 장가든 일이 없었기에 와락 화를 내면서

"야, 내가 가끔 너하고 농담을 한다고 해서 이처럼 지나친 농담을 듣고자 하는 것은 아니다. 난 지금 너하고 농담이나 하고 있을 만큼 마음이 편하지가 않다. 그래 아까 그 돈을 어디다 두었냔 말이냐? 그 대답이나 어서 해. 우리에게 이 땅은 생소한데 그래 누구에게 그 많은 돈을 맡기고 다니느냐 말이다. 네가 꼭 들고 다니지 않고."

드로미오는 그대로 지금 말하고 있는 사람이 꼭 자기 주인인 줄 알고 있는데 난데없이 생소한 곳에 와 있다고 하니 이것은 틀림없이 주인이 농담을 하는 줄로 믿고 아주 신이 났다.

"주인님, 그런 농담일랑 진지 잡수시면서 하시도록 하고 어서 가십시다. 저는 아무 다른 용무도 없고 단지 마나님께서 마나님 동생분과 함께 점심을 차려 놓고 기다리고 있으니 어서 주인님을 모시고 오라는 분부를 받고 있는 것입니다."

이때 안티폴루스는 더 참을 수가 없어서 드로미오를 때려주었다. 그 드로미오는 집으로 뛰어가서 주인님은 진지 잡수러 오시기를 거절하시면서 자기는 아내가 없다고까지 말씀을 하십니다 하고 말했다.

에페수스의 안티폴루스의 아내인 아드리아나는 자기 남편이 아내를 가진 일이 없다고 하더란 말을 듣자 원래 질투심이 강한 여자인

지라 그럼 자기 남편이 딴 여자를 더 좋아하는 징조라고 곡해를 하고 화가 머리끝까지 올랐다. 그래서 아드리아나는 자기 남편을 욕을 해 가며 질투심이 끓어올라 남편을 원망하며 트집을 잡기 시작하였다. 그러니까 아드리아나와 한 집에 같이 살고 있는 동생 루시아나는 언니가 공연히 아무런 근거도 없이 쓸데없이 남편을 의심한다고 제발 그러지 말라고 달래다 못해 그만 지쳐 나가떨어지고 말았다.

시러큐스의 안티폴루스가 여관으로 가보니 거기에 드로미오가 돈을 지키고 앉아 있는 것을 발견하였다. 그래 그는 아까 그 하인이 농담을 좀 과하게 한 것을 한 번 더 질책하려고 하였다. 그때 마침 아드리아나가 가까이 오더니 그는 물론 이 남자를 자기 남편인 줄로만 알고 어째서 자기를 그렇게 놀란 얼굴로 마치 처음 보는 것처럼 대하느냐고 대드는 것이었다. (그도 그럴 것이 이 안티폴루스는 이 여자를 생전 처음 보는 것이니 그럴 수밖에 없었다.) 그러나 아드리아나는 말을 계속해서 결혼을 하기 전에는 그렇게도 끔찍이 자기를 사랑해 주더니 지금 와서는 딴 여자를 사랑하니 어디 그럴 수가 있느냐고 따지고 계속하여,

"이게 무슨 일이오. 여보, 응, 내 남편인 당신이 무슨 일로! 무슨 일로 내가 당신의 사랑을 잃어버렸단 말이오?"

하고 되풀이하는 것이었다.

몹시 놀란 안티폴루스는,

"아니, 여보세요, 보아하니 점잖은 부인께서 나한테 왜 이런 하소연을 하십니까?"

하고 말을 꺼낸 그는 자기는 절대로 결혼한 일이 없었고 더구나 자기가 이 도시에 발을 들여 놓은 것은 두 시간이 될까 말까 하다고 여러 번 설명하였으나 아드리아나는 덮어 놓고 어서 빨리 집으로 가자고

이끄는 것이었다. 이 부인이 고집을 피울 뿐 아니라 안티폴루스를 놓아주지 아니하므로 그는 할 수 없이 이 여자를 따라서 자기는 모르면서 자기 형 댁으로 가서 형수님과 또 그 여동생과 합석하여 밥을 먹었다. 밥을 먹으면서도 이 집 주인 부인은 자꾸만 자기를 남편이라고 부르고 또 그 동생 되는 여인이 자기를 계속해서 형부라고 부를 때는 어이가 없었다. 혹시 자기가 자면서 이 여자와 혼인을 했는지 그렇지 않으면 지금 자기가 꿈을 꾸고 있나보다 라고까지 생각하였다. 또 그리고 여기까지 따라온 드로미오도 주인 못지않게 놀랐으니 이 집 가정부(바로 이 드로미오의 형수되는 사람)가 자꾸만 자기를 남편이라고 부르는데 기가 막혔던 것이다.

 시러큐스의 안티폴루스가 이처럼 이 집에서 자기 형수와 마주앉아 밥을 먹는 동안에 그의 형, 즉 이 여인의 진짜 남편이 하인 드로미오를 데리고 점심을 먹으려고 집으로 돌아왔다. 그러나 이 집 주인 부인이 하인들에게 그들 식구가 식사하는 중에는 아무런 손님도 들이지 말라고 미리 일러두었으므로 그 집 하인들은 문을 열어주지 아니하였다. 그래서 그들이 문을 계속 두들기면서 집 주인 안티폴루스와 하인 드로미오가 점심을 먹으려고 집으로 왔다고 소리를 질렀다. 그러자 그 집 하녀들은 모두 깔깔 웃으면서 집 주인님은 방금 식당에서 마나님과 마주앉아 식사를 하시는 중이요, 하인 드로미오는 부엌에 있는데 웬 미친놈들이 와서 그러느냐고 비웃기만 하는 것이었다. 그들은 화가 치밀어서 문을 때려 부수다시피 했으나 결국 들어가지를 못했다. 자기 아내가 웬 남자와 마주앉아 밥을 먹고 있다는 말을 들은 안티폴루스는 놀랐을 뿐 아니라 화가 나서 다른 데로 가버렸다.

 시러큐스의 안티폴루스가 식사를 다 끝낸 후에도 그 여인이 계속하여 안티폴루스 자신을 남편이라고 불러댔다. 또 드로미오는 드로미오대로 가정부가 자꾸만 자신을 남편이라고 불러댔다. 그들은 둘이 다 당황스럽기도 하려니와 싫증이 나서 될 수 있는 대로 속히 무슨 구실이든지 잡아 가지고 이 집에서 빨리 나갈 궁리에 급급하였다. 더구나 안티폴루스로서는 이 집 주인 부인의 여동생이라는 루시아나에게는 퍽 호감을 가지게 되었으나 그 질투 덩어리인 주인 부인은 아주 질색이었다. 드로미오 역시 마누라라고 자처하고 달려드는 그 가정부 여자가 딱 싫어졌다. 그래서 이들 주인과 하인은 합심하여 될 수 있는 대로 속히 이들 새로운 아내 앞에서 도망쳐 버리고 싶었다.

시러큐스의 안티폴루스가 이 부인의 집 문 밖에 나서기가 무섭게 웬 금붙이 장사가 달려들었다. 이 사람 역시 안티폴루스를 잘못 보고 안티폴루스 씨라고 이름까지 부르면서 금 고리를 한 개 건네어 주었다. 안티폴루스가 그 금 고리를 받기를 거절하자 금붙이 장사는 아니 주문하신 대로 꼭 맞추어서 만들어 왔는데 제 것이 아니라니 무슨 말씀이냐고 하면서 억지로 떠맡기고 가 버렸다. 이때 안티폴루스는 드로미오보고 어서 빨리 짐을 배에 싣고 곧 이곳을 떠나자고 하였다. 그는 도무지 이해할 수 없는 이런 일을 연속으로 당하고 나니 마치 여우에게 홀린 것 같아서 한시 바삐 이곳을 떠나 버리고 싶었던 것이다.

잘못 본 안티폴루스에게 금 고리를 주고 갔던 금붙이 장사는 몇 걸음 못가서 체포되었다. 금붙이 장사가 남의 빚을 많이 지고 못 갚았기 때문이었다. 바로 이때 에페수스의 안티폴루스가 지나가는 것을 본 금붙이 장사는 자기가 바로 조금 전에 금 고리를 준 사람이 곧 이 사람인 줄로만 알고 달려들어 금 고리 값을 내라고 했다. 방금 준 그 금 고리 값이 자기 빚 총액과 비슷하니까 그 값만 치러주면 빚을 갚고 잡혀 가지 않게 될 것이라고 말하는 것이었다. 그러나 이 안티폴루스는 금 고리를 받은 일이 없는지라 금 고리도 주지 않고 돈을 내라고 생떼를 쓴다고 욕을 퍼부었다. 그러나 이 안티폴루스 형제는 너무나 꼭 같이 생기어서 아무도 분간해내지 못하는지라 이 금 고리 장사도 자기가 딴 사람에게 준 것은 통 모르고 방금 금 고리를 받고도 대금을 지불해 주지 아니하니 고약한 놈이라고 대들었다. 이렇게 둘이서 옥신각신 싸웠으나 서로들 고집하기 때문에 빨리 끝이 나지 아니하여 금붙이 장사를 체포한 경찰이 화가 나서 금붙이 장사를 감옥으로 끌고 가려고 했다. 그러니까 금붙이 장사는 안티폴루스가 물건을 받고도 돈을 지불하지 않는다고 법에 고발한다고 하여 경찰은 이 두 사람을 다 체포하여 감옥으로 끌고 갔다.

안티폴루스가 감옥으로 이끌려 들어가는 때 마침 드로미오를 보았다. 이 드로미오는 시러큐스의 드로미오여서 이 안티폴루스의 동생의 하인이었다. 그러나 안티폴루스는 이 사람을 자기 하인인 줄로 알고 이 하인더러 빨리 집으로 가서 마님에게 자기가 돈 때문에 옥에 갇히게 되었으니 얼른 돈을 가지고 오라고 명령하였다. 이 명령을 들은 드로미오는 지금 주인님을 급히 찾아온 이유는 아까 주인님이 명령하신 대로 짐을 벌써 다 배에 실어 놓았고 배는 금방 떠날 준비가 다 되었다는 사실을 보고하려고 온 것이다. 그런데 주인의 마음이 금시에 변하여 조금 전 그들이 억지로 끌려가서 밥을 얻어먹고는 부랴부랴 뛰쳐나온 그 이상한 집으로 다시 가보라고 하니 이게 모두 어찌된 영문인지 알 수가 없었다. 지금 주인의 표정을 보니 일이 심상치가 않은 것 같았다. 그래서 그는 아무 말도 못 하고 주인이 시키는 대로 그 이상한 집으로 다시 가보기로 했다. 그러나 그는 가기는 가면서도

혼잣말로,

"내 원, 그 집 가정부 루스란 여인이 나를 제 남편이라고 우겨대는데 또 갔다가는, 하 내 참, 허나 하인이란 주인님의 명령을 절대로 복종해야 하는 법이니 안 가고 배길 수 있나? 가볼 수밖에."
하고 중얼거리었다.

그런데 그 이상한 집 마님 아드리아나는 순순히 돈을 내주었다. 드로미오가 그 돈을 가지고 가다가 길에서 시러큐스의 안티폴루스 즉 자기 주인을 만났다. 그런데 이 안티폴루스는 그동안에도 참 이상한 별별 일을 다 겪어서 정신이 어지러웠다. 그것은 그가 길에서 만나는 사람 대부분이 아주 친한 듯이 인사를 하고 또 더러는 얼마 후 집으로 찾아오라고 말했다. 또 어떤 사람은 다짜고짜로 자기가 꾸었던 돈을 갚겠노라고 하면서 돈을 주고 갔다. 또 더러는 언제나 친절히 해주어서 고맙다는 인사를 하고 지나가는 것이었다. 그것은 그의 형인 안티폴루스가 이 시에서 대단히 인기를 끄는 시민이었으므로 이렇게 친구가 많았던 것이다. 더구나 어떤 양복 재봉사가 다가오더니 일전에 주문하신 썩 훌륭한 양복감을 구해다 놓았으니 어서 가서 몸의 치수를 재자고까지 하는 데는 그가 어안이 벙벙해지지 않을 수 없었다.

그래서 이 안티폴루스는 지금 자기는 어떤 마술에 걸린 나라에 들어온 것이라고 단정을 내리고 있었다. 그런데 드로미오가 나타나더니 난데없이 놀란 표정을 하며 어떻게 용하게 감옥에서 빠져 나왔느냐고 감탄하였다. 또 돈이 들어 있는 한 주머니를 내주니 안티폴루스는 아주 완전히 자기 정신이 정상이 아닌 것같이 생각되었다. 그래서 그는 속으로,

"하! 나뿐 아니라 이 드로미오 놈까지도 여우에게 홀렸구나. 흥,

우리 둘 다 허깨비를 보면서 여기를 헤매고 있구나."
하고 생각을 하니 더 한층 생각이 혼동되어지고 두려움까지 생겨서 그는 크게 외쳤다.

"아, 하나님이시여, 이 괴상한 장소에서 빠져 나가도록 구원해 주시옵소서!"

그러자 또 전혀 모르는 한 사람이 가까이 왔다. 이 여자는 아까 점심을 같이 하면서 약속한 금 고리를 어서 달라고 조르는 것이었다. 화가 벌컥 난 안티폴루스는 더 참을 수가 없어서 그 여자를 요술쟁이라고 욕을 퍼붓고 자기는 이 여자를 한번 본 일도 없고 점심을 같이 먹은 일도 없고 금 고리를 주겠다고 약속한 일도 없다고 말하였다. 그러나 그 여자는 분명 자기는 이 남자와 점심을 함께 먹었고 또 금 고리를 한 개 준다는 약속을 분명히 받았노라고 우겨댔다. 만일 금 고리를 주기 싫다면 자기가 점심 때 안티폴루스에게 준 그 귀한 반지나 도로 돌려달라고 호통치는 것이었다. 이때 안티폴루스는 점점 더 무서운 생각이 들어서 이 여인은 요술쟁이가 아니면 마귀 할머니라고 단정하였다. 그는 그에게서 아무런 반지도 받은 일이 없다고 소리 지르면서 '걸음아 나 살려라' 하고 도망치고 말았다. 이 모습을 본 여인은 여인대로 여간 놀라지 않았다. 분명 이 남자는 자기와 함께 점심을 먹었을 뿐 아니라 금 고리를 한 개 준다고 약속하는 바람에 자기 반지까지 빼주었는데 시치미를 떼고 도망가 버리는 데는 기가 딱 막혔다. 그러니까 지금 이 여자도 이 도시 다른 여러 사람들처럼 이 안티폴루스를 그의 형으로 잘못 보았던 것이다. 아내를 가진 형 안티폴루스가 사실 이 여자와 점심을 같이 하고 반지도 받은 일이 있었던 것이다.

즉 이 아내를 가진 안티폴루스가 자기 집으로 돌아갈 때 문 안에도 못 들어오고 (그때 방 안에 있던 사람들은 모두가 다 식탁에 앉은 아우가 바로 이 집 주인인 줄로만 믿고 있었기 때문에) 떠나가면서 화가 잔뜩 났다. 자기 아내는 원래 질투심이 강해서 이전에도 가끔 남편이 다른 여자를 보고 다닌다고 오해하고 집안에 못 들어오게 하던 버릇이 있었다. 이번에도 아마 바가지를 긁나 보다 생각되어 그 복수로 그는 정말 딴 여인의 집으로 찾아갔다. 그 여자가 반가이 맞으며 점심까지 대접해 주므로 기분이 좋아져서, 본래는 자기 아내에게 선사하려고 주문해 둔 금 고리를 찾다가 이 여자에게 선사해 버릴 생각으로 금 고리를 준다고 약속했다. 그런데 이 금 고리는 금붙이 장사의 실수로 그의 아우 손에 이미 들어가 있는 것이었다. 금 고리 선사를 약속받은 이 여자는 그것이 너무나 기뻐서 그 좋은 반지를 내준 것이었다. 그런데 이제 와서 그 사람이(아우인 줄은 모르고) 반지 받은 일을 부인할 뿐 아니라 생판 일면식도 없노라고 소리 지르면서 화를 내고 달아나 버리는 것을 보고는 이 여자는 안티폴루스가 정신이 돌았다고 생각하였다. 그래서 그는 이 사람의 아내를 찾아가서 남편이 미쳤다고 알려 주어야 되겠다고 결심하게 되었다.

    이 여자가 아드리아나의 집으로 가서 그의 남편이 미쳤으니 그리 알라고 말하고 있을 때 남편이 감옥소 간수와 함께 집으로 돌아왔다. (감옥소 간수는 안티폴루스가 돈이 많은 부자인 줄 잘 알고 있었으므로 집으로 같이 와서 돈을 받고 풀어줄 심산이었다.) 아까 아드리아나가 드로미오의 말을 듣고 돈을 내주었으나 드로미오는 그 돈을 아우에게 주었던 것이다.

    남편이 지금 와서 점심때 문을 왜 안 열어주었느냐고 힐문을 하는 것으로 보거나 또는 아까 식사 중에도 그가 계속 자기는 남편이 아니라고 우기면서 이 에페수스 시내에는 이날 아침 처음 발을 들여 놓앉노라고 헛소리를 하던 광경이 다시 머리에 떠올랐다. 아드리아나는 방금 친구가 일러주듯이 자기 남편이 미쳤음에 틀림없다고 단정해 버렸다. 그래서 아드리아나는 감옥소 간수에게 돈을 주어 보내고 나서 하인들에게 명하여 이 미친 남편을 결박하게 하였다. 굵은 밧줄로 결박하여 어두운 방으로 끌어다가 가두어 놓고 의사를 불러 오라고 사람을 보냈다. 그러나 묶여서 끌려가면서 안티폴루스는 더 한층 화가 나서 야단법석을 떠니 사람들은 이 사람이 정말 미쳤다고 단정하게 되었다. 또 드로미오도 똑같이 주인의 말씀이 옳다고 우겨대니까 하인들은 달려들어서 드로미오까지 꽁꽁 묶어서 주인과 한 방에 가두어 놓았다.

남편과 하인을 묶어서 어두운 방에 감금해 놓고 한숨을 쉬노라니 밖에 나갔던 하인 하나가 급히 뛰어 들어왔다. 주인님과 종 둘이 다 무슨 재주로 파옥, 탈출을 했는지 방금 저쪽 길로 태연히 걸어가고 있는 것을 보았노라고 보고하였다. 이 말을 들은 아드리아나는 그들을 다시 붙잡아 올 목적으로 밖으로 허둥지둥 뛰어나갔다. 이번에는 틀림없이 하려고 힘센 장정 여러 명을 데리고 나갔는데 아드리아나의 동생도 따라나섰다. 아드리아나 일행이 그 근처 수도원 문 앞에 다다르자 그들은 거기서 안티폴루스와 드로미오 두 사람을 모두 만났다. 역시 이 부인뿐 아니라 다른 사람들도 이 두 사람을 도망해 나온 두 사람인 줄로 착각하였다.

시러큐스에서 온 안티폴루스는 이때까지 더욱더 괴상한 일을 겪고 있었다. 아침에 어떤 금붙이 장사에게서 억지로 받은 금 고리를 목에 걸고 다녔더니 그 금붙이 장사가 달려들어서 무슨 이유로 아까는 그 금 고리 받은 사실을 부인하고 돈도 치러주지 않더니 이처럼 버젓이 달고 다니느냐고 윽박지르는 것이었다. 그래서 안티폴루스는 아침에는 받지 않겠다는 금 고리를 억지로 맡기고 가고 종일 얼씬도 아니하더니 이제 와서 왜 말썽부리냐고 공격하였다.

　이때 아드리아나가 달려들면서 이 사람은 미치광이가 된 자기 남편이라고 하면서 장정들더러 묶으라고 호령하였다. 장정들이 안티폴루스와 드로미오에게 손을 대려할 때 그들 두 사람은 날쌔게 수도원 문 안으로 뛰어 들어갔다. 수도원 안으로 도망해 들어간 두 사람은 이 수도원 주인인 원장님께 보호를 청하였다.

　그러자 수녀는 무슨 일로 소동이 났는지 친히 알아보기 위하여 문 밖으로 나왔다. 이 수녀는 신성한 사람인 동시에 슬기로운 판단력을 가진 여인이었기 때문에 일단 자기 수도원으로 들어와서 보호를 청한 사람들을 순순히 내놓으려고 하지 아니하였다. 그래서 이 수녀는 아드리아나에게 남편이 어째서 미치게 되었는가를 자세히 질문하였다. 아드리아나의 이야기를 듣고 난 수녀는,

　"그럼, 당신의 남편이 갑자기 미치게 된 근본 원인은 어디 있을까요? 그의 배가 파선을 해서 졸지에 파산되었을까요? 그렇지 않으면 그가 사랑하던 친구가 죽었습니까?"
하고 물어보니 아드리아나는 그런 일은 전혀 없다고 대답하였다. 그러니까 수녀는,

　"그럼 그 남자가 자기 아내 외에 딴 여자를 연모하다가 잘 안 되어서 미친 것인가요?"
하고 말하자 아드리아나는 남편이 흔히 외박하는 때가 많았는데 아마 필연코 딴 여자를 보러 다닌다고 자기도 벌써부터 짐작하였노라고 대답하였다.

그러나 남편이 집에 들어오기를 꺼려한 이유는 딴 여자를 사랑했기 때문만은 아니었다. 아내의 끊임없는 바가지에 싫증이 나서 그렇게 된 것이 사실이었는데, 수녀는 (아드리아나의 그 과격한 성격을 보아 대강 짐작하고는) 진실을 포착할 목적으로,

"당신 남편이 바람을 피우고 다닌다면 당신은 마땅히 바가지를 심하게 긁었을 것이 아니오?"

하고 말하였다.

"그럼요, 지독히 했지요."

하고 아드리아나는 대답하였다. 이에 수녀는,

"아하, 그러나 아직도 좀 덜했던 게지요?"

하고 자극하였다. 그러니까 아드리아나는 이 수녀를 납득시키기 위하여서 그 문제에 대해서는 지나치게 남편을 달달 볶았노라고 말하며,

"그저 밤낮 그 이야기뿐이었지요. 잠자리에 들어서도 나는 그 이야기로 남편을 추궁하고 잠도 변변히 자지 못하도록 했지요. 식탁에 마주 앉아서도 난 그 이야기로 남편이 밥 먹는 것을 방해했지요. 우리 단둘이 있을 때에는 딴 이야기는 한마디도 아니하고 그 이야기로 남편을 달달 볶았지요, 손님이 있을 때에도 자주자주 그 이야기를 암시했어요. 그렇게도 내가 온갖 욕설을 다 해도 남편은 딴 여자를 사랑하고 있었어요."

하고 늘어놓았다.

이 질투 심한 여자에게서 이러한 자백을 받아 쥔 수녀는 다시 말하였다.

"그러니 당신 남편이 미치고 말았지요. 질투 많은 여자의 독설은

미친 개 이빨의 독보다도 더 독한 것이오. 당신 말대로 하면 남편의 잠은 당신의 욕설 때문에 언제나 방해를 받았으니 그의 머리가 띵해졌을 건 분명하고요. 그가 먹은 음식은 당신의 독설로 중독되었을 것이니 불쾌한 마음으로 밥을 먹으면 소화가 절대로 안 되지요. 그래서 남편은 지금 병에 걸렸네요. 당신 말을 들으니 남편은 당신의 바가지 때문에 놀러 다니지도 못했다니 사회적 오락이 없으면 남자는 우울해지고 낙망하게 되는 법입니다. 그러니까 당신의 너무 과한 질투가 당신 남편을 미치게 만든 요소였네요."

이때 아드리아나의 동생 루시아나가 말을 가로막아 언니를 변명해주려고 언니가 바가지를 좀 긁기는 했으나 심한 정도는 아니었다고 말하고 나서 언니에게로 고개를 돌리면서,

"그래, 언니는 어째서 이 수녀님의 험담을 가만히 듣기만 하고 아무 대꾸도 안 해요."

하고 충동질하였다.

그러나 이 수녀의 말이 아드리아나에게 자기 행동이 그 얼마나 야비했었다는 것을 충분히 깨우쳐 주었기 때문에 수녀의 말이 옳다고 말하였다.

그러나 아드리아나는 지금 자기 행동이 야비했다는 데 수치를 느끼기는 하면서도 남편을 내보내 달라고 계속 간청했다. 그러나 수녀는 아드리아나가 수도원으로 들어오는 것을 허락하지 아니하고, 또 그 불행한 사람을 이런 고약한 질투 덩어리 아내에게 그냥 내줄 수는 없으므로 수도원에서 자기가 친절을 다하여 그 미친 증세를 고쳐주겠다고 선언했다. 그리고 문 안으로 들어서서 밖에서 아무도 못 들어오도록 문들을 모두 잠가 버리라고 하인에게 명령하였다.

이렇게 이날 하루 종일 두 쌍의 쌍둥이가 수난을 받고 있는 동안 옥에 갇혀 있는 에게온의 죽을 시각은 점점 가까워 오고 있었다. 지금 저녁때가 거의 다 되어 오는데 해 지기 전에 벌금을 내지 못하면 그는 죽게 되어 있었다.

사형장은 바로 수도원 근처에 있었다. 수녀가 수도원 문을 닫고 들어가자마자 에게온은 사형장으로 끌려나왔다. 그래도 지금이라도 누구든지 나타나서 벌금을 물어주면 그 자리에서 에게온을 석방시킬 생각으로 공작 자신이 이 사형수를 따라 함께 나온 것이었다.

이때 아드리아나는 이 구슬픈 행진 앞에 다가서면서 수도원 수녀가 미친 자기 남편을 숨겨 놓고 내놓지 않으려고 하니 선처해 주십사고 공작에게 하소연하였다. 아드리아나가 이렇게 호소하고 있는 동안에 아드리아나의 진짜 남편과 드로미오가 나타났다. 그들은 공작 앞으로 와서 자기 아내가 자기를 미친놈으로 몰아서 결박해 가둔 죄를 다스려 주십사고 호소하였다. 그러고는 그들 둘이 어찌어찌 하여 결박을 끊고 지키는 자들을 교묘히 피하여 도망해 나왔다는 사연을 자세히 말했다. 자기 남편은 수도원에 숨어 있는 줄로만 알았는데 이렇게 불쑥 딴 곳에서 나타난 그를 보는 아드리아나는 자기 눈을 의심하지 않을 수 없었다.

그리고 에게온은 또 그대로 자기 아들을 보자 이 아들은 분명 자기 어머니와 형을 찾으려고 나섰던 그 아들임에 틀림없다고 믿게 되었다. 이제 아들이 벌금을 달갑게 물어줄 것이므로 자기 목숨은 건졌다고 안심하였다. 그래서 그는 사랑하는 아들에게 말을 걸면 자기는 곧바로 석방된다고 생각하였다.

그러나 세상에 이런 일도 있을 수 있을까? 그의 아들은 자기 아버지를 보면서도 이 사람은 모르는 사람이라고 딱 잡아떼는 것이었다. 그도 그럴 것이 이 큰아들이 바닷물에 빠져서 아버지와 이별했던 그 당시에 그는 아직 젖먹이였던 만큼 아버지의 얼굴을 기억할 리가 없었다. 그러나 가련한 에게온은 아마 자기가 그동안 너무나 고생하고 돌아다녔기 때문에 몸이 아주 변해서 아들까지도 몰라보게 되었는가 생각도 해보았다. 또 혹시 그렇지 않으면 이 꼴이 된 제 아비를 이 사람들 앞에서 아버지라고 부르기가 부끄러워서 그러는 걸까 하고 거북스럽게 망설이고 있었다. 그때 마침 수도원으로부터 수녀와 안티폴루스와 드로미오가 모두 한꺼번에 나왔다. 그러자 아드리아나는 남편 둘, 하인 둘이 한 자리에 나타나는 것을 보고 놀라 기절할 지경이었다.

결국 이 수수께끼 같은 쌍둥이 소동은 끝을 맺고 그동안 생긴 여러 가지 기괴한 사건의 진상이 명확하게 밝혀지기에 이르렀다. 공작이 이 두 쌍의 안티폴루스와 드로미오를 한 자리에 세워 놓고 보니 그는 즉시 이 신비를 풀 수가 있었다. 그것은 그가 이날 아침에 에게온으로부터 쌍둥이 아들과 쌍둥이 하인에 관한 자세한 이야기를 들었으므로 그는 곧 쌍둥이들이 한 자리에 모이게 되었다는 것을 알아차렸다.

그뿐 아니라 에게온이 이날 아침에 사형 선고를 받고 나서 공작에게 하소연한 그의 소원이 모두 풀려서 이날 해가 지기 전에 그에게 둘도 없는 행복이 찾아들었다. 그것은 지금 수도원장으로 있는 수녀가 다른 사람이 아니라 바로 에게온의 아내요 쌍둥이 안티폴루스의 어머니라고 자기 신분을 밝힌 것이었다.

즉 처음에 바다에서 구조되자마자 어부들에게 맏아들 안티폴루스와 종 드로미오를 빼앗겨 버린 이 여인은 그때 곧장 수도원으로 들어가서 수녀가 되었다. 그 지혜로운 행동과 거룩한 모습이 인정되어 얼마 전에 이 수도원 원장으로 임명된 것이었다. 그러니까 그가 어떤 알지 못하는 청년들을 보호해 준 것은 그도 모르게 바로 자기 친자식들을 보호해 주는 일이 되었던 것이다.

참으로 오래간만에 만난 부모 자식들 간 서로 사랑을 주고받고 축하를 올리느라고 법석하는 통에 그들은 아버지 에게온이 해 지기 전에 사형을 받아야 된다는 사실을 잠시 잊어버리고 있었다. 그러나 그들이 조용해지자 그 생각이 나서 에페수스의 안티폴루스가 당장 그 자리에서 아버지의 목숨을 구할 돈을 지불하겠노라고 자진하여 나섰다. 그러나 공작은 그 돈 받기를 거절하고 즉석에서 에게온을 석방하였다. 그러고는 전 가족과 공작까지 모두 다 수도원으로 들어가서 이 기뻐서 어쩔 줄 모르는 가족이 천천히 서로 지난 경험담을 이야기하는 것을 공작은 낱낱이 다 듣고 있었다. 쌍둥이 드로미오의 기쁨도 역시 대단하였다. 그들 둘이 서로 축하하면서 난생 처음으로 자기 얼굴 모습을 상대방 얼굴에서 보고 (마치 거울을 들여다보는 모양으로) 서로가 자기 얼굴이 얼마나 미남인 것에 크게 만족하였다.

아드리아나는 수녀님한테 들은 충고를 늘 마음에 간직하여 그날 이후로는 남편을 공연히 의심하지도 아니하고 또 질투의 바가지를 긁지 않게 되었다.

시러큐스의 안티폴루스는 자기 형수의 동생인 루시아나와 혼인을 하게 되었고 마음씨 착한 늙은 에게온은 도로 찾은 아내와 아들들과 함께 이 에페수스에서 여러 해 동안 살게 되었다. 그러나 이곳 사람들이 이 쌍둥이들을 잘못 알아보는 일은 그 후에도 아주 없어지지 않았다. 이 형제들이 길에 나서면 여러 가지 이상스런 일을 경험하게 되었으나 지금에는 그런 경험이 이상하게 생각되지 않고 도리어 재미있게 되고 말았다.

푼수대로 받는 보응

MEASURE FOR MEASURE

주요 등장인물

빈센티오 : 공작

안젤로 : 공작 대리

에스칼루스 : 늙은 대신

클라우디오 : 줄리엣을 유혹한 혐의로 감옥에 간 신사

이사벨라 : 클라우디오의 동생

루치오 : 클라우디오의 친구

마리아나 : 안젤로의 약혼녀

줄리엣 : 클라우디오의 약혼녀

옛날 비엔나 시를 다스리는 공작 한 분은 그 성격이 매우 온후하고 관대하여 그 시 주민들이 법을 지키지 않아도 벌주기를 등한히 해왔다. 그런데 이 시 여러 법률 중에도 한 가지 특별한 법이 있었는데 이 공작 재위 중 한 번도 이 법을 적용시킨 일이 없었기 때문에 이 법의 존재까지 거의 잊어버리게 되었다.

이 특별한 법의 내용은 그 어떤 남자든 자기 아내가 아닌 딴 여자와 동거하면 그 남자를 사형에 처한다는 법이었다. 이 공작이 이 특별법까지도 시행하지 않았기 때문에 결혼의 신성성이 파괴되어 버렸다. 그래서 비엔나 시 부모들은 자기 딸들이 남자들의 유혹을 받아 혼인하지 않고 동거하니 처벌해 달라는 진정서를 거의 매일 이 공작에게 제출하였다.

마음씨 좋은 공작은 주민 중에 이런 부도덕한 생활이 늘어 가고 있는 데 적지않게 상심하였다. 그러나 지금까지 관대하던 그가 갑자기 엄격한 법을 시행하게 된다면 이때까지 자기를 존경하고 사랑하던 시민들이 자신을 폭군이라고 비난할 것이 염려되었다. 그래서 그는 자기 자신이 혹독하게 처벌하는 것을 피하기 위하여 당분간 시외로 가서 은거하면서 대리인을 세워서 그에게 정권을 주어 이 음란한 생활을 하는 사람들을 엄벌하도록 하기로 결심하게 되었다.

비엔나 시에서 가장 엄격하고도 강직한 생활을 하기 때문에 시민 간에 현자라고까지 알려진 안젤로라는 사람이 이 중요한 직책을 맡는 것이 제일 좋을 것 같아서 공작은 이 사람을 선택하였다. 그래서 우선 에스칼루스 대신과 상의해보았더니 그 역시,
"이 비엔나 시에서 그러한 중대한 책임을 맡아 볼 수 있는 사람은 안젤로 대신이 제일 적임자라 생각되옵니다."

하고 대답하였다. 공작은 폴란드로 여행을 다녀온다는 구실을 만들어 자기는 당분간 자리를 비우고 그동안 안젤로에게 정권 대행권을 맡기노라 선포했다. 그러나 공작이 외국으로 여행 간다는 것은 거짓이었고 그는 곧 비엔나로 되돌아왔다. 신부의 복장으로 변장을 하고 들어와서 안젤로가 정치를 얼마나 잘 하나를 감시하기로 한 것이었다.

안젤로가 이 새로운 권력을 잡은 지 얼마 안 되어 클라우디오라는 사람이 한 처녀를 유혹했는데 그것이 발각되었다. 안젤로는 법을 발동시켜 클라우디오를 체포 감금시켰다. 그러고는 오랫동안 실시되지 않았던 특별법을 적용하여 이 남자에게 사형을 선고하였다. 그러자 클라우디오 사면 운동이 도처에서 일어났는데 에스칼루스 대신도 그 중 한 사람이어서,

"아, 이 죄인의 아버지는 참으로 훌륭한 분이니 그 아버지의 체면을 보아서 젊은이의 범죄를 사면해 주시기 바라옵니다."
하고 빌었으나 안젤로는,

"법을 허수아비로 만들어서는 안 됩니다. 그 아무리 무섭게 생긴 허수아비라도 새들이 앉아보아 무사하게 되면 무서워하기는커녕 편안한 안식처로 여겨서 상시 허수아비에 올라앉아 쉬려 하게 될 것입니다. 그러니 절대로 사면할 수 없소이다. 그자는 사형입니다."

클라우디오의 친구 루치오가 감옥으로 면회를 갔더니 클라우디오는,

"루치오 형, 날 좀 살려주게. 내 누이 이사벨라가 당장 오늘로 성 클레어 사원 수녀로 들어가기로 되어 있는데, 그에게 가서 지금 내 처지를 잘 말하고 곧 공작 대리님에게로 가서 좀 빌어 봐 달라고 간청해

주게. 누이 자신이 안젤로한테 가서 빌어 보라고 해. 내 누이는 구변이 아주 좋아서 성공할 수 있을 거야." 하고 애걸하는 것이었다.

클라우디오의 말대로 그의 누이 이사벨라는 그날 수녀 견습생으로 들어갔다가 수습 기간이 끝나면 베일을 쓰고 아주 수녀가 되기 위해 어떤 수녀를 찾아뵙고 수도원 규칙을 우선 배우려 했다. 그때 마침 루치오가 이 수도원까지 찾아와서 말하기를,

"거룩한 이 장소에 평화가 있을지어다." 하였다.

"누구십니까?" 하고 이사벨라가 물으니 수녀가,

"남자의 목소리로군." 하고 대답하였다. 그러고 나서 말을 계속하여,

"이사벨라, 나가서 그 사람을 만나 용건을 물어보세요. 나는 남자를 만날 수가 없으니까. 이사벨라도 베일을 쓰고 수녀가 된 뒤에는 수도원장의 허가 없이는 남자와 이야기할 수가 없게 되오. 그리고 남자와 이야기를 할 때에는 얼굴을 보여서는 안 되고, 얼굴을 보일 때에는 말을 해서는 안 되게 되오." 라고 말하였다.

"아니, 그럼 수녀들은 그 외에 더 다른 권리가 허용되지 않는가요?"

"그만한 권리면 족하지 않은가요?" 하고 수녀가 대답하니 이사벨라는,

"참, 그렇군요. 제가 말하는 것은 좀 더 큰 권리를 요구하는 것이 아니라 수녀들을 좀 더 잘 단속하는 것이 좋으리라고 생각해서 하는 말입니다."

루치오의 목소리가 한 번 더 들려왔다. 수녀는 이사벨라에게,

"그 사람이 또 부르는군. 어서 대답하시오." 라고 말하니 이사벨라는 밖으로 나가 루치오를 보고,

"평화와 번영을 축복합니다. 저를 찾는 분이 누구십니까?" 하고 물었다. 이때 루치오는 경건한 태도로 가까이 오며,

"이사벨라 씨를 좀 뵐 수 있을까요? 이사벨라 씨는 여기 새로 오신 분으로 불운에 빠진 클라우디오의 누이 되는 분입니다."

"어째서 불운에 빠진 클라우디오라고 하십니까? 제가 바로 이사벨라인데요."

"아, 그렇습니까. 당신 오빠는 지금 감옥에 갇혀서 나를 대신 보내 인사를 드리는 것입니다."

"아니, 그게 무슨 말씀이세요? 왜요? 무슨 죄로요?"

루치오는 클라우디오가 어떤 처녀를 유혹한 죄로 체포 감금되었다는 것을 이야기했다. 이 말을 들은 이사벨라는,

"아! 그렇다면 오빠가 사촌누이 줄리엣을 유혹한 게로군요." 하고 말하였다. 사실 줄리엣과 이사벨라는 사촌은 아니었고 단지 학교 동창 시절 친분을 기억하는 의미로 서로 사촌이라고 부르는 것이었다. 그런데 줄리엣이 클라우디오를 사랑하고 있는 것을 잘 알고 있는 이사벨라는 사랑 때문에 쉽사리 유혹에 응한 것이려니 하고 생각하였다. 루치오는,

"그러합니다. 바로 줄리엣입니다."

"그렇다면 오빠가 줄리엣과 결혼하면 그만 아닌가요?" 하고 이사벨라가 말했다. 루치오가 대답하기를 클라우디오는 줄리엣과 결혼하겠다고 하는데도 불구하고 공작 대리인은 이미 저지른 죄가 중하다고 사형을 언도하였다고 하였다. 그리고 말을 이어서,

"당신께서 안젤로에게로 가서 빌어서 그의 마음을 누그러뜨리지 못하면 당신 오빠는 죽습니다." 하고 말하였다. 이사벨라는,

"이를 어쩌나! 내가 무슨 그리 큰 재주가 있다고? 안젤로의 마음을 움직일 수 있는 힘이 내게는 없는데요."

"의심하는 것은 옳지 않은 일입니다. 해보지도 않고 의심부터 하는 것은 성공할 수 있는 일도 실패하게 만듭니다. 자, 어서 안젤로에게 가보도록 하시오! 예쁜 처녀가 애원하고 꿇어 엎드리고 울고 하면 남자들의 마음은 하나님처럼 착해지는 것입니다."

"내 힘껏 해보지요. 우선 수도원장님께 사연을 아뢰고 나서 안젤로를 찾아가보기로 하지요. 가서서 오빠에게 말씀 드려주세요, 밤 되기 전에 제가 무슨 소식이고 전해 드린다고요."

말을 마친 이사벨라는 궁으로 달려가서 안젤로 앞에 무릎을 꿇고,

"저는 근심에 쌓인 애원자입니다. 저의 간청을 들어주시기를 바라옵니다." 하고 말하였다.

"응, 그래? 그대의 간청은 대관절 무엇인가?" 하는 공작 대리인의 말을 들은 이사벨라는 자기 오빠의 목숨을 살려주십사고 애절한 말로 진정하였다. 그러나 대리인 안젤로는,

"그건 별 도리가 없네. 그대 오빠에게는 이미 사형 선고가 내려졌으니 죽는 도리 밖에 없네."라고 말하였다.

"아, 법이 올바르기는 하오나 그러나, 너무나 가혹합니다! 저의 오빠는 그럼……" 하다가 말을 끊고 이사벨라는 물러 나가려고 하였다. 그러나 이사벨라와 동행해 온 루치오는,

"그렇게 빨리 단념하면 안 됩니다. 다시 가서 애걸하고 그 앞에 꿇어 엎드려서 그의 옷자락을 붙들고 늘어지시오."라고 말하였다. 그래서 이사벨라는 다시 꿇어 엎드려서 자비를 베풀어 주십사고 애원하였다.

"이미 사형 선고를 내렸으니까 지금 다시 어찌할 수 없네. 때가 너무 늦었네." 하고 안젤로는 말하였다.

"너무 늦었다니요! 아니옵니다. 제 말씀을 들으시면 선고를 취소하실 생각이 들게 될 것입니다. 제 말을 믿어 주십시오. 이 세상에서 그 어떠한 지위, 왕위, 공작 대리인, 장군의 지휘봉, 판사의 법의들도 자비심에 비하면 그 반쪽의 가치도 없사옵니다."

"다 듣기 싫으니 어서 가시오." 하고 안젤로는 소리 질렀다. 그러나 이사벨라는 굴하지 않고 계속 간청하여,

"만일 공작 대리인께서 제 오빠와 같은 처지에 놓여 있었다면 공작 대리인께서도 실수하셨을 겁니다. 그러나 오빠는 공작 대리인처럼 완고하지는 않았을 것입니다. 제가 공작 대리인께서 가진 권세를 가졌다 하고 대감께서 이사벨라 처지가 되었다면 어찌하겠습니까? 아, 재판관이 되고 죄수가 된 때 서로의 기분은 그 어떤 것이겠습니까!"

"더 말하지 마시오. 내가 그대 오빠에게 사형 선고를 내린 것은 내 자의로 한 것이 아니고 법이 내린 판결이요. 내 친척, 내 형제, 내 아들이라 할지라도 법 앞에서는 용서가 없을 겁니다. 그대 오빠는 내일 죽을 것이오." 하고 안젤로는 말하였다.

"내일? 아, 그건 너무나 급박한데요? 살려주십시오, 살려주세요! 오빠는 죽을 준비가 되어 있지 않습니다. 닭 한 마리를 잡을 때에도 그 때가 있지 않습니까. 그런데 우리 사람끼리 죽이는 것을 짐승 죽이는 것보다 가볍게 해서야 되겠습니까? 생각해보서요, 제 오빠가 살인을 한 일이 없는데 만일 지금 오빠를 죽인다면 살인범도 처벌되지 않은 벌을 오빠 혼자 받는 것입니다. 가만히 생각해보세요, 제 오빠의 실수를 공작 대리인께서도 범하지 않을 자신이 있으신가를. 그만한 실수

는 누구나 다 범하는 것이오니 제 오빠의 목숨을 구해 주십시오!"
하고 비는 이사벨라의 말에 안젤로의 마음은 적이 흔들렸다. 이사벨라의 미모에 자기 자신이 유혹을 받는 죄스러운 정욕을 느끼게 되어 클라우디오가 범한 그 간음을 자기도 범할 수 있다는 가능성을 느끼게 되었다. 이 마음속 투쟁을 견딜 수 없는 안젤로는 그 자리를 물러나려고 하였다. 그러나 이사벨라는 안젤로를 붙들고,

"공작 대리인님! 잠깐만, 잠깐만 기다려 주세요. 자 들으세요. 제가 공작 대리인께 뇌물을 드리겠어요. 돌아다보세요!" 하고 말하였다. 자기에게 뇌물을 주겠다는 말에 놀란 안젤로는,

"뇌물이라니?" 하고 물었다.

"예. 제가 드리고자 하는 뇌물은 금도 은도 아니고 또는 사람들의 상상으로 그 가치가 결정되는 보석류도 아니옵니다. 단지 참된 기도, 깨끗한 영혼을, 세속에 물들지 않은 정숙한 처녀들이 올리는 기도, 이런 거룩한 뇌물은 하나님께서도 즐겁게 받으실 거예요." 하고 이사벨라는 말하였다.

"그래. 그럼, 내일 아침에 다시 오시오." 하고 안젤로는 말하였다. 잠깐이나마 오빠의 생명을 늘리는 데 성공하고 내일 다시 애원할 기회를 얻은 이사벨라는 어쩌면 이 완고한 사람의 마음을 설복시킬 가능성이 남아 있다는 생각에 기쁜 마음으로 그 자리를 물러 나가면서,

"하나님께서 공작 대리인님의 평강을 지켜주시기 비오며, 하나님께서 공작 대리인님의 명예를 구해 주시기를 비나이다." 하고 말하였다. 이 말을 들은 안젤로는 마음속으로,

'아멘! 그대의 정숙으로 나를 구해주시오.' 하고 중얼거리고 나서는 자기 마음속에 싹트는 음탕한 생각을 걷잡을 수가 없었다.

"이게 웬일인가? 이게 웬일인가? 내가 그래 이 여자를 사랑하게 되었단 말인가? 내가 이 여자의 목소리를 한 번 더 들어 귀와 눈요기를 하고 싶어졌단 말인가? 내가 꿈꾸는 것은 무엇인가? 인류를 유혹하는 미끼, 성스러운 사람까지 잡으려 드는 이 미끼에 나는 걸릴 것인가. 절조가 없는 계집에게는 한 번도 느껴본 일이 없는 내 열정이건만 이 정숙한 여성 앞에는 굴복하고 말았구나. 다른 사람들이 간음하는 것을 볼 때 나는 이때까지 조소하기만 하지 않았는가!" 하고 혼자 중얼거렸다.

이날 밤 안젤로는 이 서로 충돌되는 마음의 고통으로 밤을 지새웠다. 그런데 사형 선고를 받은 클라우디오는 이날 밤 목사 옷으로 변장한 공작의 방문을 받아 그의 설교를 듣고는 죄를 뉘우치고 하늘나라로 갈 마음의 준비를 하여 평정한 마음으로 그날 밤을 지냈다. 그러나 안젤로는 밤새도록 그 천진난만하고 현숙한 이사벨라를 유혹하고 싶은 욕망과 범죄 계획에 대한 양심의 가책과 공포심이 교차되어 우유부단한 마음의 고통에 번민하고 있었다. 그러나 결국 그의 음탕한 생각이 승리하여 이사벨라가 뇌물을 제공하겠다고 하면 오빠의 귀한 생명을 구하는 대가로 그의 정조를 바쳐야 한다고 요구하기로 결심하고 말았다.

그 이튿날 아침 이사벨라가 찾아오자 안젤로는 이사벨라 혼자만 들어오라고 하며 단둘이 만나게 되자,

"나는 그대를 사랑하오. 이사벨라 양." 하고 말하면서 정조를 바치면 오빠의 목숨을 건져주겠다고 말하였다.

"제 오빠가 줄리엣의 정조를 깨뜨렸다고 해서 그 죄로 사형을 받게 되었는데 이건 무슨 말씀입니까?" 하고 이사벨라가 말하니 안젤로

는,

"줄리엣이 부모 몰래 밤중에 클라우디오에게로 간 것과 꼭 같이 그대가 오늘 밤 남몰래 나한테로 오면 그대의 오빠는 죽이지 않을 것이오." 하고 대답하였다. 자기 오빠에게 사형 선고를 내린 죄와 꼭 같은 행동을 하라는 이 요구에 놀란 이사벨라는,

"제가 그런 부끄러운 행동을 하기 전에 저는 죽어도 좋고 매 맞아 죽어도 좋으나 이 요구에는 절대로 응할 수 없습니다." 하고 대답한 이사벨라는 계속하여 안젤로가 그런 요구를 하는 것은 진정으로 한 것이 아니고 단순히 자기의 정조관을 시험해 보려는 데 불과한 것으로 믿는다고 말하였다. 그러나 안젤로는,

"내 명예를 걸고 나는 내 요구가 진정이라는 것을 말하오." 하였다. 이런 괴상망측한 요구를 하면서 '명예'라는 말을 쓰는 데 분개한 이사벨라는 말하기를,

"하! 명예를 걸어서라고요? 그런 명예, 또는 그런 악독한 요구는 있을 수 없는 것입니다. 안젤로 공작 대리인님, 두고 보셔요! 나는 이 일을 폭로하겠습니다. 지금 제 오빠에게 특사를 내린다는 명령서에 서명해 주세요. 만일 거절하신다면 나는 당신이 그 얼마나 야비한 인간이라는 걸 전 세상에 폭로할 것이니까요."라고 하였다.

"이 세상 누가 그대 말을 믿을까? 흠잡을 수 없는 나의 인격, 준엄하기 그지없는 나의 생활을 모르는 사람이 없으니 그대의 비난을 믿어줄 자 누구란 말인가. 내 요구에 응해 주면 오빠의 생명이 구원될 것이요, 그렇지 않으면 그는 내일 죽을 것이오. 그대가 아무리 떠들어도 나의 거짓이 그대의 참말을 이기고도 남음이 있을 거요. 잘 생각해 보고 내일 대답을 주시오." 하고 말하였다.

오빠가 갇히어 있는 형무소로 찾아가는 이사벨라는,

"누구에게 호소할까? 내가 폭로한들 내 말을 믿을 사람이 어디 있을까?" 하고 한탄하였다.

이사벨라가 형무소에 다다라 보니 그때 오빠는 목사로 가장한 공작과 신앙에 대한 이야기를 하고 있었다. 목사로 가장한 공작은 이미 줄리엣도 만나 보아 두 사람의 잘못을 여러 번 설명해 주었다. 불행하게 된 줄리엣은 눈물을 흘려 뉘우치면서 클라우디오보다도 자기가 더 책임이 크다는 것을 자백하였다.

클라우디오가 갇혀 있는 방까지 간 이사벨라는,

"이곳에 평화가 있을지어다. 방문객에게 은혜를 베푸소서." 하고 말하였다. 목사로 가장한 공작은,

"거기 누구요? 들어오시오." 하고 말하니 이사벨라는,

"오빠 클라우디오와 두세 마디 이야기할 것이 있어서 찾아온 사람이옵니다." 하고 말하니 공작은 감방 밖으로 나와서 그 감옥 간수에게 부탁하여 두 사람의 대화를 몰래 엿들을 수 있는 장소로 인도되었다.

"자, 누이. 무슨 좋은 소식 있어?" 하고 클라우디오가 물었다. 이사벨라는 내일은 죽을 각오를 해야 한다고 간단히 일러주었다. 클라우디오는,

"그래, 별 도리 없단 말이지?"

"그래. 도리가 아주 없지는 않지만 우리가 그 요구에 응하면 우리들 명예는 땅에 떨어지고 말 거에요."

"좀 더 자세히 요점을 이야기해 줘."

"아! 난 오빠가 무서워! 오빠가 한 6, 7년 더 살고 싶은 욕망에 사

로잡혀서 명예를 손상할까 봐 겁이 나요! 오빠, 죽을 용기가 있어? 죽음은 무서운 거예요, 그래서 일개 보잘것없는 풍뎅이도 사람 발에 밟혀 죽게 될 때에는 큰 인물이 죽을 때와 꼭 마찬가지로 고통을 느낄 거예요."

"누이는 어째 나를 이처럼 괴롭히는 거요? 그래, 그런 재담으로 나를 움직일 줄로 알아! 나는 죽어. 나는 이 죽음을 신부가 신랑을 붙잡는 것처럼 껴안을 테야."

"아, 오빠, 말 참 잘했어. 지하에 계신 아버님도 만족하실 거예요, 오빠는 죽을 수밖에 별 도리가 없어. 그러나 내 말을 좀 들어봐. 그 가면을 쓴 군자인 공작 대리인이 무어라고 말하는지 아세요? 만일 내가 그에게 처녀의 정조를 제공하면 오빠를 살려주겠다고 그랬어요. 아, 내가 차라리 오빠 대신 죽을 수 있다면 죽어도 좋아!"

"고마워, 누이!"

"내일 죽을 준비를 해, 오빠!"

"죽는다는 건 참 무서운 일이야!"

"더럽게 사는 것도 무서운 거지요" 하고 이사벨라가 말했지만 죽음의 공포에 사로잡힌 클라우디오는 본성을 잃은 듯이,

"누이! 날 살려 줘! 오빠를 살리기 위해서 누이가 죄를 짓는 것은 대자연 앞에서는 도리어 미덕이 될 거야."

"아, 비겁한 오빠! 그래 오빠는 자기 누이의 더럽힘을 죽음보다 가볍게 보는 건가요? 아! 에, 에, 에! 그게 무슨 소리야! 오빠는 명예를 존중하여 더럽게 살기보단 차라리 죽음을 취할 줄 알았더니, 지금 보니 누이 동생 몸을 더럽혀서까지 살고 싶어 하는군요, 아, 아!"

"아니야, 누이, 내 말 좀 자세히 들어……" 하고 클라우디오가 무

슨 변명을 하려 하는데 공작이 들어서면서,

"클라우디오, 내가 지금 자네 남매가 하는 이야기는 다 엿들었네. 내 생각에는 안젤로가 자네 누이를 더럽히려는 생각이 있어서 그런 것이 아니고 자네 누이의 정조관을 시험해 보느라고 그런 것일 테지. 그런데 누이가 참된 명예를 발휘시킨 것은 훌륭한 일이로군, 안젤로가 자네에게 특사를 내릴 가망성은 없으니 죽을 때까지 하나님께 기도를 올려 죽을 준비를 하는 것이 좋을 걸세." 하고 말하였다.

이때 자기의 마음이 약했던 것을 후회하는 클라우디오는,

"누이, 날 용서해 줘! 난 지금 사는 것이 싫증이 났으니 어서 죽기만 바라고 있을게." 하고 말한 후 자기의 약함을 부끄러워하고 슬퍼하면서 그 자리에서 물러나고 말았다.

이사벨라와 단둘이 남게 된 공작은 이사벨라의 열정을 칭찬하여,

"그대는 참 좋은 사람일세." 하고 말하였다.

"아! 그 어지신 공작님께서 안젤로의 인품을 잘못 보셨어요. 언제라도 공작님께서 돌아오시거든 저는 안젤로의 비행을 폭로하겠어요." 하고 말을 하였지만 이사벨라는 지금 이 자리에서 자기가 공작 앞에 이것을 폭로하고 있다는 사실을 모르고 있었다.

공작은,

"그렇게 하는 것은 잘못하는 일은 아닐 것이나 안젤로는 그대의 말을 반박할 것이니까 지금 내가 그대에게 충고하는 말을 정신 차려 듣게. 그대가 내 말대로 하기만 하면 그대 몸을 더럽히지 않고도 그 어느 불행한 여인을 도와주고, 그대의 오빠를 구원해 주고, 또 그리고 공작이 돌아오실 때 공작을 기쁘게 해드릴 좋은 일을 할 수가 있단 말이오." 하고 말하였다. 이사벨라는 그 일이 나쁜 일이 아니라면 무슨

일이든 시키는 대로 하겠다고 말하였다. 공작은,

"미덕은 언제나 용감한 것이요, 두려울 것이 없는 것이오." 라고 말하고 나서 이사벨라가 혹시 프레더릭의 누이동생 마리아나의 이야기를 들은 일이 있는가 물어보았다. 마리아나는 얼마 전에 파선하여 죽은 장군 프레더릭의 누이동생이었다.

이사벨라는,

"예, 제가 그 이름을 많이 들었어요. 칭찬이 아주 자자하더군요." 하고 대답하였다. 공작은,

"이 여자가 누구냐 하면 곧 안젤로의 아내요. 그런데 마리아나가 남편에게로 가져 가려고 했던 지참금이 몽땅 바닷속에 잠겨 버렸소. 그러니 이 여자의 곤경을 상상해 보오. 그 파선 때문에 이 여인은 사랑하는 오빠를 잃어버렸을 뿐 아니라 그 배에 실었던 재산까지 다 잃어버렸지. 재산이 없어지자 또 남편의 사랑도 식어져 버렸단 말이야. 겉으로는 점잖아 보이는 안젤로는 아내의 행실이 나쁘다는 핑계로(사실은 지참금을 못 가져오는 것 때문이지만) 그 뒤 이 아내를 통 돌아보지 않았어. 남편이 이렇듯이 무정한 것을 볼 때 보통 여자 같으면 남편을 배반하고 말겠지만 이 마리아나는 그 잔악한 남편을 잊지 못하고 계속 사랑하고 있단 말이야." 하고 말을 끝낸 공작은 자기 계획을 세세히 이사벨라에게 들려주었다.

이 계획이 무엇이었느냐 하면 다음과 같다.

이사벨라는 안젤로에게 가서 밤 자정에 안젤로 소원대로 밀회하기로 약속을 하고 오빠의 특사장을 받아내 올 것, 그러고는 밤에 안젤로를 만나는 것은 이사벨라 대신에 마리아나가 만나서 어둠 속에서 이사벨라 행세를 하도록 한다는 것이었다.

그리고 공작은,

"이사벨라, 이런 연극을 한다는 걸 조금도 부끄럽게 생각하지 마오. 안젤로는 마리아나의 남편이니까 이들 부부를 만나게 하는 것은 죄가 아니오." 하고 말을 맺었다. 이 계획을 기쁘게 승낙한 이사벨라는 공작이 가라는 데로 가고 공작은 마리아나에게로 가서 이 계획을 알려주기로 하였다. 그런데 공작은 이전에도 목사 차림으로 마리아나를 몇 차례 방문하여 종교교육도 해주고 위로도 해주는 동안 마리아나로부터 그 슬픈 사정 이야기를 들었던 일이 있었으므로 마리아나는 지금 이 신실하신 목사님의 말을 순종하기로 쾌히 응낙하였다.

이사벨라는 안젤로를 만나고 난 즉시 마리아나의 집으로 갔다. 그리 오라고 일러주었던 공작이 이사벨라를 보자,

"시간 맞추어 잘 왔소. 그대 그 훌륭한 공작 대리인으로부터 무슨 소식을 가지고 왔소?" 하고 말하였다. 이사벨라는 안젤로와 한 말들을 자세히 보고하였다.

"안젤로의 정원은 벽돌담으로 둘러있는데 그 서쪽에 포도밭이 있고 이 포도밭으로 들어가는 문이 있다고 그래요."
하고 말하면서 이사벨라는 두 개의 열쇠를 쳐들어 보이면서,

"이 큰 열쇠는 포도밭 대문을 여는 열쇠이고 이 작은 열쇠는 포도밭과 안채 사이 문을 여는 열쇠라고 하더군요. 저는 밤중에 그 안채로 들어가겠노라고 약속하고 오빠 특사 약속을 받아냈어요."

"마리아나가 꼭 알고 가야 할 무슨 다른 암호는 약속된 게 없나?"

"없어요, 별로. 단지 어두운 후에 간다는 조건밖에는. 그런데 나는 오빠 문제 때문에 공작 대리인의 댁으로 찾아간다는 구실로 하인 하나를 데리고 갈 터이니까 시간은 오래 있을 수가 없다고 미리 말해

두었어요." 하는 이사벨라의 대답을 듣고 공작은 그 기지를 칭찬하고 나서 마리아나에게,

"일을 치르고 떠나올 적에 여러 말 하지 말고 조용하게, '이제 내 오빠 일을 기억하세요!' 하고 속삭이고 나오시오." 하고 일러주었다.

이날 밤 마리아나를 공작 대리 집으로 데리고 가는 이사벨라는 이 연극으로 오빠를 살리고 자기 정조도 더럽히지 않게 된 것이 무한히 기뻤다.

그러나 공작 생각에는 클라우디오의 목숨이 안전하다고는 믿어지지가 않아서 그는 자정 때쯤 되어 감옥으로 다시 가보았다. 공작이 감옥으로 가보기를 잘했지 만일 그렇지 않았더라면 클라우디오의 목은 잘리었을 것이다. 그것은 공작이 감옥에 도착하자마자 공작 대리로부터 명령이 내려왔는데 클라우디오의 머리를 잘라서 오전 5시까지 보내달라는 명령이었다.

그러나 공작은 감옥 경비병에게 클라우디오의 머리는 자르지 말고 방금 죽은 죄수의 머리를 가져다 바치라고 했다. 경비병의 의혹을 풀어주기 위하여 공작은 자기 자필로 쓰고 도장을 찍어 봉한 명령서를 경비병에게 보였다. 간수는 이 목사가 지금 부재중인 공작으로부터 밀서를 받은 줄로 믿고는 클라우디오는 죽이지 않고 딴 죽은 죄수의 머리를 베어다가 바치었다.

그리고 나서 공작은 역시 자필로 자기가 이튿날 아침 비엔나 시로 갑자기 돌아가겠으니 성문까지 마중 나오라는 편지를 써서 안젤로에게 보냈다. 성문에서 통치권을 공작에게 도로 돌리고 또 그때 시민들 중 혹 억울한 일이 있으면 진정서를 내도록 하라고 분부하였다.

이른 새벽에 이사벨라가 감옥으로 가니 목사가 기다리고 있었다.

이사벨라는 대리가 특사 명령을 보냈는가 하고 묻는 데 대답하기를,

"음, 안젤로가 그대 오빠를 이 세상으로부터 떠나보냈소. 그대 오빠의 머리를 잘라서 벌써 공작 대리한테 갖다 바쳤소." 하였다. 하도 기가 막히고 분격한 이사벨라는,

"아, 악독한 안젤로! 아, 불행한 클라우디오! 아, 불쌍한 이 내 몸! 이 잔인한 세상!" 하고 외쳤다.

가장한 목사는 이사벨라를 여러 말로 달래서 약간 진정시켜 놓고는 공작이 곧 돌아올 것이니 공작 앞에서 안젤로를 고발하라고 일러주었다. 그리고 그 고발이 잠시 동안 이사벨라를 불리한 처지에 놓이게 할지라도 개의치 말고 결과를 끝까지 보도록 하라고 타일렀다. 이사벨라에게 이리저리 하라고 일러주고 난 공작은 마리아나에게로 가서 그에게도 이리저리 하라고 일러주었다.

그리고 나서 공작은 목사 옷을 벗어 버리고 공작의 옷을 입고 비엔나 시로 들어섰다. 대다수의 시민들이 나와 환영하는 속에 안젤로는 정식으로 통치권을 공작에게 도로 바치었다. 그러자 이사벨라가 나타나더니,

"억울한 사정을 아뢰나이다. 저는 클라우디오라는 사람의 누이이온데 오빠는 어떤 처녀를 유혹했다는 죄목으로 목이 잘리었습니다. 저는 오빠를 살려내보려고 공작 대리한테 호소했었습니다. 제가 대리 앞에서 얼마나 애원하고 무릎을 꿇고 빌었다는 것은 여기서 자세히 아뢰지 않아도 통촉하실 줄 믿습니다. 단지 그 결과가 얼마나 야비하고도 통탄하게 맺어졌다는 사실만을 호소하겠습니다. 안젤로는 제가 그에게 정조를 제공하지 않는 한 오빠를 사면해 주지 않겠다고 고집해 저는 오래 고민하다가 결국 오빠를 사랑하는 마음이 정조보다

더 커서 정조를 바쳤습니다. 그러나 보십시오. 그 이튿날 새벽 안젤로는 저와의 약속을 어기고 오빠의 목을 자르라는 명령을 내렸습니다." 하고 호소하자 공작은 이 여자의 말을 믿을 수 없다는 표정을 보였다.

안젤로는 클라우디오는 법에 의하여 처단되었는데 아마 그 누이동생이 너무 슬퍼하여 정신 이상이 생긴 줄로 생각된다고 말하였다. 그러자 또한 사랑의 고발자가 나섰는데 이는 마리아나였다. 마리아나는,

"존귀하신 공작님, 이 사람은 제 남편이옵니다. 이사벨라가 지금 호소한 것은 거짓말이옵니다. 이사벨라가 제 남편과 하룻밤 지냈다는 그 밤 제가 분명히 제 남편과 안채 다락에서 하룻밤을 지냈습니다. 만일 내 말이 거짓이라면 천벌이 내리사 내 몸이 이 자리에서 돌이 되도록 해주십시오." 하고 맹세하였다.

그러자 이사벨라는 로도윅이라고 하는 목사가 자기의 증인이 될 수 있다고 주장하였다. 이사벨라와 마리아나가 이렇게 나선 것은 두 사람 다 공작이 시킨 대로 한 것이다. 그것을 모르는 안젤로는 이 두 여인의 증언이 서로 다른 것을 보고 이제는 이사벨라의 고발이 거짓이었다는 것을 밝힐 자신을 얻어 거짓된 무고에 놀랐다는 표정을 지으며,

"저는 지금까지 아무 말 않고 웃고만 있었습니다. 그러니 공작님, 저의 인내는 이 이상 더 견딜 수가 없습니다. 이 두 미친 여자들의 행동은 그 어떤 자의 사주로 저를 모략하는 것밖에 다른 아무것도 없습니다. 저에게 권리를 주시면 이에 대한 재판을 제가 하고자 하옵니다." 하고 말했다.

"아, 좋소, 좋아. 대환영이오. 그대 마음대로 이 여인들을 처벌하시오. 자 에스칼루스 대신, 대신도 안젤로 대신과 동석하여 이 중상모략이 어디서 나온 것인지 밝히도록 하시오. 소위 증인이라는 목사는 곧 이리로 호출할 터이니 그가 오거들랑 엄벌에 처하도록 하시오. 나는 잠시 어디 갔다가 올 터이니 이 모략이 완전히 밝혀질 때까지 안젤로 대신은 그 자리를 떠나지 마시오." 하고 말한 공작은 어디론지 가 버리고 말았다.

공작이 떠나가자 안젤로는 자기 자신을 고발한 이 사건을 자기가 마음대로 처리할 수 있게 된 것이 마음에 매우 흡족하였다. 그러나 공작이 목사 옷으로 갈아입는 동안은 실로 짧았다.

목사 옷을 걸친 공작이 안젤로와 에스칼루스 두 대신 앞에 서니 안젤로가 애매한 혐의를 받았다고 확신한 에스칼루스가 이 가짜 목사에게 말하였다.

"목사님, 이리 가까이 오시오. 그대가 이 두 여인을 추겨서 안젤로 대감을 해하려고 했습니까?" 하고 심문을 시작하자 목사는,

"공작께서는 어디 계십니까? 저를 심문할 수 있는 분은 공작 한 분뿐입니다." 하고 말하였다. 에스칼루스는,

"공작께서는 우리 두 사람에게 모든 권한을 맡기셨으니 우리가 그대들 심문을 할 수 있으니 똑바로 말하시오." 하고 말하였다.

"적어도 용기 있게 대답할 수 있지요." 하고 말하고 난 목사는 우선 이사벨라의 고발처럼 중대한 고소를 공작 자신이 재판하지 않고 이 자리를 비운 것은 잘못된 행사라고 비난하였다. 그러고는 자기가 가만히 비엔나 시 생활을 관찰해 보니 너무나 많은 비합법적인 만행이 자행되고 있는 것을 보았노라고 하며 정부 욕을 실컷했다. 정부를

비난하고 공작을 비방하는 이 목사의 언동에 에스칼루스는 목사를 체포하여 옥에 가두고 악형을 처하겠다고 위협하였다. 그러자 거기 모인 여러 사람들, 그중에도 특별히 안젤로가 깜짝 놀라는 동시에 앞에서 목사가 옷을 벗어 버리니 그는 목사가 아니고 공작 자신이었다.

자기 정체를 드러낸 공작은 맨 먼저 이사벨라에게 말을 건넸다.

"이사벨라, 이리 가까이 오시오. 그대의 목사는 지금 그대의 공작이 되었소. 내가 옷을 바꾸어 입기는 했으나, 나의 마음은 변하지 않고 그대로요. 나는 지금도 그대에게 도움을 아끼지 않겠소."라고 하니 이사벨라는,

"아, 용서하여 주세요. 공작님의 백성인 제가 몰라 뵙고 공작님을 괴롭혔으니 죄송할 따름이옵니다." 하고 말하였다. 그러니까 공작은 자기가 도리어 용서를 받아야 할 일이 많다고 하면서 그 한 예로 자기가 이사벨라의 오빠가 죽는 것을 방지하지 못한 잘못이 있다고 말하였다.

공작은 아직 클라우디오가 죽지 않고 살아 있다는 것을 이사벨라에게 알리지 않고 이사벨라의 인품을 좀 더 시험해보려고 하였다. 공작이 자신의 비행을 이미 다 알고 있다는 것을 깨달은 안젤로는 별수 없이,

"아, 공작님, 저는 죄악이란 글자 그보다도 훨씬 더 큰 죄악을 범한 놈입니다. 저의 이 수치를 이 이상 더 끌어나가지 않기 위하여 저의 자백으로 저 자신 판결을 내리도록 윤허해 주십시오. 당장 사형 선고 집행 판결을 내리옵소서." 하고 말하였다. 이에 대하여 공작은,

"안젤로, 그대의 죄악은 명백하니 더 상고해볼 필요 없이 클라우디오의 머리를 자른 바로 그 교수대에서 그대의 머리도 자르도록 선

언하고 즉시 집행을 명령하노라. 그리고 이 사람의 유산을 과부가 될 마리아나에게 전부 상속시켜서 이 사람보다 더 좋은 사람에게 재혼할 지참금으로 사용하도록 하라." 하고 말하였다. 이때 마리아나는 무릎을 꿇고 이사벨라가 공작 대리에게 클라우디오의 목숨을 빈 것처럼 정성을 다하여 남편의 목숨을 빌며,

"아, 공작님. 저는 다른 남편은 싫습니다. 더 좋은 사람도 싫습니다. 인자하신 공작님! 아! 이사벨라 날 좀 도와주세요! 당신도 여기 무릎을 좀 꿇고 내 남편 목숨을 살려달라고 빌어주세요. 그러면 나는 일생동안 당신의 은혜는 잊지 않고 무슨 일이나 도와드리겠습니다!" 하고 말하였다. 이때 공작은,

"그대가 지금 이사벨라에게 귀찮게 조르는 것은 미친 짓이오. 지금 이사벨라가 만일 안젤로의 목숨을 살려달라고 빌게 된다면 클라우디오의 유령이 무덤을 뚫고 나와 노할 것이 아닌가." 하고 말했으나 마리아나는 들은 체 만 체하고 계속하여,

"이사벨라, 예쁜 이사벨라. 내 옆에 꿇어 앉지 말고 두 손을 높이 들고 아무 말도 말아요, 말은 내가 다 할게. 이런 말이 있습니다. 가장 좋은 사람에게도 적은 흠이 반드시 있고, 흠이 조금 있음으로써 좀 더 좋은 사람이 될 수 있다고요. 제 남편 역시 그런 사람이 될 수 있습니다. 아, 이사벨라. 날 좀 도와서 말해 주지 않을래요?" 하고 말하니 공작은 말하기를,

"안젤로는 클라우디오를 죽인 죄로 죽을 수밖에 없소." 하였다. 이때 이사벨라는 무릎을 꿇고 엎드려,

"인자하신 공작님, 제 생각에 안젤로는 자기가 맡은 바 책임을 틀림없이 수행한 것이니 그를 죽이는 것은 옳지 않게 보입니다! 제 오

빠는 죽을 죄를 지었기 때문에 법에 의하여 처단된 것이니까요." 하고 말하는 것을 보는 공작의 마음은 흐뭇하였다. 공작은 이 원수의 목숨을 살려주라고 비는 이사벨라에게 말로 대답하지 않고 사람을 보내 클라우디오를 데려다가 클라우디오가 살아 있는 것을 보여주었다. 그러고는 공작이,

"이사벨라, 그대의 미덕을 보아 클라우디오를 특사로 석방하니 그대는 나의 아내가 되어 나로 하여금 클라우디오의 매형이 되게 해주오. 그리고 안젤로, 그대는 그대 아내를 끝까지 사랑해야 되오. 그대 아내의 미덕이 그대 목숨을 구해 준 것이니. 기뻐하시오, 마리아나! 안젤로, 아내를 사랑하시오! 내가 목사 행세할 때 그대 아내는 나에게 모든 죄를 자백했는데 간음한 일은 절대로 없다는 걸 내가 알았소."

안젤로는 잠시 권력을 잡았을 때 그의 마음이 얼마나 잔인했었다는 것을 지금 깨닫게 되고 자비라는 것이 그 얼마나 좋은 것인가 절실히 느끼게 되었다.

공작은 클라우디오와 줄리엣에게 결혼하라고 명령을 내리고 나서 다시 이사벨라에게 청혼하였다. 이사벨라의 정숙함과 고귀한 행동이 공작을 감격시켰던 것이다. 아직 베일을 쓰기 전이라서 수녀가 되지 않은 이사벨라인지라 그가 결혼하는 데 아무 지장도 없었다.

목사 행세를 하면서 자기에게 더할 나위 없는 친절을 보인 공작의 호의에 감격한 이사벨라는 즐거운 마음으로 청혼을 승낙하였다. 그래서 이사벨라가 이 나라 공작 부인이 되자 이 부인의 훌륭하고 정숙한 언행이 일국의 모범이 되어 시민들도 모두 공작 부인을 찬양하게 되고 처녀들은 모두 공작 부인을 따라하였다.

그 후로는 줄리엣처럼 실수하는 여자가 없었기 때문에 그 법을 적용시킬 사건이 거의 생겨나지 않았다. 그리고 인자한 공작은 사랑하는 아내 이사벨라와 함께 오랫동안 나라를 잘 다스렸으며 이 공작 부부는 이 세상에서 제일 행복한 부부였다.

열두 번째 밤, 혹은 당신 마음대로

TWELFTH NIGHT, OR WHAT YOU WILL

주요 등장인물

세바스찬 : 비올라의 쌍둥이 오빠

비올라 : 세바스찬의 쌍둥이 동생, 세자리오로 변장

오르시노 : 일리리어의 통치자

올리비아 : 공작의 딸

선장 : 파선된 배의 선장

안토니 : 세바스찬을 구해준 선장

메살린에서 나고 자란 세바스찬이란 젊은 신사와 그의 누이동생 비올라라는 젊은 숙녀는 쌍둥이었다. 그 두 사람은 날 때부터 그 모습이 꼭 같아서(이 꼭 같은 것은 참으로 신기한 일이었다고 그때 사람들은 말하고 있다) 하나는 남자 옷을 입었고 하나는 여자 옷을 입었기에 망정이지 그렇지 않았더라면 누가 누구인지 통 알아낼 도리가 없었다. 이 쌍둥이는 같은 날 같은 시간에 이 세상에 태어났고, 그 후 그들은 또 한날 한시에 같이 죽을 뻔한 경험도 가지게 되었다.

그것은 그 둘이 함께 배를 타고 가다가 일리리어 해안에서 파선을 당하여 죽을 뻔했던 것이다. 그들이 타고 있던 배가 폭풍우를 만나 바위에 부딪혀 배가 산산이 부서졌는데, 이때 목숨을 건진 사람은 극소수였다. 이 배 선장은 선원 몇 명과 더불어 조그마한 배를 타고 겨우 육지에 도달하여 생명을 구했다. 이때 비올라도 이 배에 한몫 끼어 해변까지 무사히 오기는 했으나, 자기 오빠가 꼭 빠져 죽은 줄로 생각하며 자기가 살아난 것을 기뻐하기보다도 오빠가 죽은 것을 통탄하여 마지않았다. 그러나 선장은 비올라를 위로하였다.

선장은 배가 깨질 때 비올라의 오빠가 아주 튼튼한 돛대에 몸을 매고 물 위에 떠 있는 것을 보았다. 선장은 시야가 멀어져서 보이지 않을 때까지 분명 세바스찬이 살아 있는 것을 보았으니 염려 말라고 타이르는 것이었다.

선장의 말을 들은 비올라는 다소 안심이 되었으나, 이제는 고향을 떠난 수천 리 밖, 이 낯선 땅에서 앞으로 어떻게 살아 나갈까가 염려되었다. 그래서 그는 선장에게 이 일리리어라는 곳에 대해서 아는 것이 있는가 없는가 물어보았다. 선장은 선뜻,

"알구말구요. 참 잘 압니다. 내가 태어난 집이 바로 여기서 3시간

여행하는 거리에 있으니까요."
하고 대답하였다.

"그럼, 이 땅 통치자는 누구입니까?"
하고 비올라가 물으니 선장은 이 일리리어는 오르시노라는 사람이 다스리고 있는데 이 사람은 태어나기도 귀족으로 태어났지만 그의 성격도 아주 고귀하다고 말해 주었다.

비올라는 말하기를 자기도 이 오르시노라는 사람의 명성을 아버지한테서 여러 번 들은 일이 있는데, 이 사람은 아직 장가들지 않은 총각이라는 말까지 들었노라고 하였다. 그러니까 선장은,
"아, 참, 그렇습니다. 적어도 최근까지는 총각입니다. 그러나 약 한 달 전에 이곳을 떠날 때 돌아다니는 풍설을 들으니(높은 지위에 있는 사람의 사생활에 대해서는 일반의 이야깃거리가 참 많은 법이니까) 오르시노는 올리비아라는 처녀를 짝사랑하고 있다고들 그럽디다. 올리비아는 아주 정숙하기로 유명한 처녀로 공작의 따님입니다. 지금부터 바로 열두 달 전에 아버지를 여의고 오빠를 의지하고 살아 왔었는데, 이 오빠마저 얼마 전에 죽었답니다. 그래서 아버지와 오빠를 사별한 올리비아는 너무 비통하여 그 후 통 남자라고는 보기도 싫어한다는 소문이 자자했습니다."
하고 말하였다.

자기 자신도 오빠를 잃어버린 외로운 몸인 비올라는 그렇게도 오빠의 죽음을 비통해 하는 이 처녀를 만나보고 싶었고 가능하다면 함께 살고 싶었다. 그래서 그는 선장더러 자기를 올리비아에게 소개해 줄 수 없느냐고 물어보았다. 만일 소개해 주면 자신은 그 처녀의 하녀가 되어도 좋다고 말하였다.

그러나 선장이 대답하기를 그것은 성공할 가망성이 별로 없는 제안이라고 하였다. 왜냐하면, 올리비아는 그의 오빠가 세상을 떠난 후부터는 아무도 집안에 들이지를 않는데 오르시노 공작이 찾아가도 면회 거절을 한다는 것이었다. 이 말을 들은 비올라는 마음속으로 다른 계획을 세워보았다. 그것은 자기가 남자 복장을 하고 오르시노 공작의 하인으로 일을 했으면 하는 생각이었다.

처녀의 몸으로 남장을 하고 사내 노릇을 해보겠다는 생각은 엉뚱하기 그지없는 환상이 틀림없었다. 그러나 지금 비올라가 당면한 고독감과 불안감, 그리고 보통 이상의 미모를 가진 이 여자가 낯선 곳에서 혼자 살아나간다는 것이 위험하다는 생각 때문에 이런 궁리를 하는 것이 아주 무리라고 단정할 수도 없는 것이다.

선장은 행동이 점잖은 사람일뿐더러 비올라 자신의 안위를 매우 염려해 주고 있다는 것을 알아차린 비올라는 자기 계획을 선장에게 설파하면서 요청하자 선장은 쾌히 도와주기로 약속하였다. 그래서 비올라는 선장에게 돈을 주어 남자 옷 한 벌을 사다 달라고 부탁하였다.

남자 옷을 사되 자기 오빠 세바스찬이 늘 입는 옷과 꼭 같은 것을 구해 달라고 부탁했다. 비올라가 남자복장 차림을 하고 나서니 그 모습은 신통히도 꼭 오빠의 모습과 같았으므로 이 남매를 잘못 보는 사람들이 많이 생겨서 여러 가지 희극이 속출하게 되었다. 장차 이야기가 나오겠지만 비올라의 오빠인 세바스찬도 죽지 않고 살아 있었다.

비올라라는 예쁜 처녀를 남자로 변장시켜 놓은 친절한 선장은 자기 친구들을 통하여 비올라를 공작에게 소개하도록 했다. 남자복장 한 비올라는 이때부터 세자리오라는 남자 이름으로 행세하기 시작하였다. 세자리오라는 미남자의 얌전한 태도와 조심스런 몸가짐에 극히 탄복한 오르시노 공작은 즉시 세자리오를 채용하였다. 이것은 비올라가 바랐던 소원이 성취된 것이다.

공작이 거느리고 있는 여러 하인 중에서 유독 세자리오가 직책에 충실할뿐더러 상전을 모시는 데 충성을 다하는 것이 공작의 마음을 흡족하게 하였다. 그가 일하기 시작한 지 얼마 안 되어 세자리오는 공작의 심복이 되었다. 그래서 오르시노는 이 세자리오에게 자기가 올리비아를 극진히 사랑하게 된 내력을 자세히 설명하게 되었다. 이 세자리오에게 오르시노는 짝사랑의 비애를 하소연하고 자기가 올리비아 집안을 위하여 그 얼마나 힘을 써주었는데도 불구하고 올리비아는 공작의 성의를 무시하고 아무리 찾아가도 한번도 만나주지도 않는다고 호소하였다.

그리고 오르시노 공작은 실연의 쓴맛 때문에 자기가 좋아하던 운동, 기타 오락을 다 중지했다. 집에 꾹 박혀 앉아서 센티멘털한 음악, 고즈넉한 곡조, 사랑의 노래나 하루 종일 들어서 그 지루하기 짝이 없는 시간을 보낼 뿐이었다. 그가 한때 자주 만나던 현명하고 지식이 풍부한 귀족들의 방문까지 무시해 버리고 하루 종일 이 젊은 세자리오를 데리고 하소연을 계속하는 것이었다.

젊은 처녀로서 젊고 미남자인 공작의 사랑 이야기를 종일 듣는 것은 위험천만한 일이었다. 얼마 오래지 않아서 비올라는 오르시노가 그처럼 그리워하는 올리비아의 사랑을 받기 위하여 그 얼마나 고민하고 참아왔는지 하소연을 듣고 앉아 있었다.

그러던 중 자기 자신이 이 오르시노를 짝사랑하게 되었다는 슬픈 심정을 발견하기에 이르렀다. 그래서 비올라 자기가 보기에는 이처럼 고귀한 공작, 이 세상 사람 그 누가 보더라도 깊이 존경하지 아니할 수 없는 품격을 구비한 이 공작을 올리비아란 여자가 본체만체한다는 것을 참으로 이상한 일이라고 생각하게 되었다. 그는 남자의 값진 진정한 마음을 몰라보는 소경인 올리비아를 단념하지 않고 그냥 혼자 고민하는 것도 어리석은 일이라고 오르시노에게 암시를 주려고 아래와 같이 말하였다.

"예를 들어 주인님께서 올리비아를 사랑하는 정도로 한 여자가 주인님을 사랑하는데, (사실상 그렇게 사랑하는 여자가 있을 수도 있는 것이니까) 주인님은 그 여자를 도저히 사랑할 수가 없으셔서 주인님이 그 여자를 보고 '나는 너를 사랑할 수 없으니 단념하라' 하고 딱 끊어 말씀해 버리면 그 여자는 거기에 만족하리라고 생각하십니까?"

오르시노는 세자리오의 이런 이론에 동의하지 아니하였다. 그 이유는 이 세상 어느 여자고 간에 오르시노 자기가 올리비아를 사랑하는 만큼 어떤 남자를 사랑할 수는 절대로 없다고 믿는 것이었다. 그는 이어서 자기 마음처럼 극진한 사랑을 간직할 열정을 지닌 여자는 하나도 없다고 우기면서 제 사랑을 어떤 여자의 사랑과 비교해 말하는 것은 불공평한 일이라고 말하였다.

비올라로서는 공작의 의견을 절대 존중하는 것이 마땅한 것이었으나, 지금 공작의 말은 옳다고 인정할 수 없다고 생각되는 자신의 마음을 억제할 수가 없었다. 그 이유는 지금 자기가 오르시노를 사모하고 있는 그 열정은 오르시노가 올리비아를 사랑하고 있는 정도와 조금도 다름이 없다는 것을 깨달았기 때문이다. 그래서 비올라는 말하기를,

"아! 그러나, 저는 알고 있습니다. 주인님……."

"자네가 무얼 알아?"

하고 오르시노는 세자리오가 말을 채 마치기도 전에 소리를 질렀다.

"저는 너무나 잘 알고 있어요. 한 여자가 한 남자를 사랑할 때 그 열정이 얼마나 크다는 걸요. 여자들의 마음도 우리 남자들 마음과 꼭 같아요. 제 아버님의 딸 하나가 어떤 남자를 죽자 사자 하고 사랑했는데요, 마치 제가 여자였더라면 주인님을 사랑하듯이."

하고 대답하였다.

"그럼 그 여자의 이야기를 들려다오."

하고 오르시노는 말했다.

"별다른 이야깃거리는 없어요. 그 애는 사랑을 고백하지 못하고 가슴속에 꼭 감추어 두었어요. 마치 샘 속에 파묻힌 벌레가 그 연한 살을 깎아 먹는 대로 그냥 내버려두듯이요. 그 애는 혼자서 마음속으로만 그 남자를 사모했어요. 그래서 무거운 침울 속에 그 애는 인내 그 자체처럼 기념비에 올라앉아서 자기 고민을 비웃고 있었어요."

하고 대답하였다.

그러자 공작은 그러면 그 여자가 상사병에 걸려 죽지 않았느냐고 물었다. 비올라는 이 물음에는 어물쩍 넘어갈 수밖에 없었다. 그것은 다른 여자의 이야기를 한 것이 아니고 비올라 자신이 오르시노를 그렇게 사모하고 있으면서 혼자 고민하고 있는 것에 대한 고백이었기 때문이었다.

비올라와 오르시노가 이런 이야기를 하고 있는 동안에 한 사람이 들어왔다. 이 사람은 오르시노의 심부름으로 올리비아 집에 갔다 온 사람이다. 그는 아래와 같이 말하였다.

"제가 아무리 빌어도 계속 만나주지를 않더니 하녀가 나와서 그의 대답을 들려주는데, 이렇게 말을 하던뎁쇼. 즉, '지금으로부터 7년 동안 우리 주인은 아무도 만나지 않을 것이오. 그리고 수녀처럼 전신을 베일로 가리고 다닐 것이고 그의 방은 죽은 오빠 생각으로 흘리는 눈물로써 채워질 것이오.' 하는 이런 대답이었습니다."

이 말을 들은 공작은 그만 기가 막혀 탄식하였다.

"아! 이미 죽어 떠난 오빠를 그렇게도 사랑하는 이 기특한 여인, 이 여인의 가슴을 금같이 귀한 이 내 화살로 꿰뚫을 수가 있다면 그는 참으로 얼마나 나를 사랑해 줄 것인가!"

그리고 나더니 공작은 비올라를 보고,

"세자리오. 내 일찍이 자네한테 내 가슴속 비밀을 다 통틀어 고백한 것을 알고 있지. 자 그러니 지금 올리비아의 집으로 좀 가게. 가서 꼭 만나보고 와야 하네. 문 안에 안 들이거들랑 문 밖에 그냥 서서 그가 만나줄 때까지 그 자리에서 키가 자랄 때까지 기다리겠노라고 고집을 부려 주어, 알았지."

하고 말하였다.

"제가 그이를 혹 만나게 된다면 그땐 어떻게 할까요?"

하고 비올라는 물었다.

"아, 그리 된다면 나의 사랑의 열정을 그이 앞에 다 털어 놓거나, 내가 그를 얼마나 사모하고 있는지를 자세히 길게 설명해 주게. 네가 내 대신 나의 고민을 하소연하는 것이 더 한층 효과적일 것 같아. 그이도 나 같은 지위에 있는 사람에게서 말을 듣는 것보다는 자네 같은 얌전한 사람한테 말을 들으면 좀 더 주의해 들을 거야, 아마도."

하고 말하였다.

이렇게 비올라는 올리비아의 집으로 갔다. 그러나 그는 자기 자신의 남편이 되어 주었으면 하고 극진히 바라고 있는 남자를 딴 여자에게 그와 결혼해 달라고 조르는 일을 하기는 싫었다. 그러나 그가 일단 일을 맡은 이상 그 일을 성실히 해주지 아니할 수 없었다. 그래서 조금 후에 올리비아는 어떤 청년이 문 밖에 와서 꼭 만나야겠다고 억지를 쓰고 있다는 보고를 받았다. 이 보고를 하는 하인은

"주인님이 지금 몸이 편찮으시다고 말했더니 이 사람 말이 주인님이 편찮으신 걸 알기 때문에 만나러 왔노라고 하네요. 그래서 제가 다시 지금 주무신다고 했더니 그 사람은 그것도 벌써 알고 왔노라고 하면서, 지금 꼭 뵈어야 되겠다고 그러던데요. 그러니 이제 또 무어라고 핑계를 댈까요? 그 사람은 아주 벽창호여서 주인님이 만나 말하고 싶건 말건 자기는 꼭 만나 말씀 드려야겠다고 고집을 부리네요."
하고 말하는 것이었다.

이 건방지고도 무례한 녀석이 대관절 어떻게 생긴 작자인가 하는 호기심이 발동한 올리비아는 하여튼 한 번 만나보고 싶은 생각이 들었다. 베일로 자기 얼굴을 가리면서 그럼 한번만 더 오르시노의 심부름꾼을 만나겠다고 하였다.

방 안으로 들어서는 비올라는 제 재주껏 사나이 모습으로 공작 집 하인들이 쓰는 수준 있는 말을 사용하여 베일로 얼굴을 가리고 있는 여자에게 말을 건네었다.

"천하일색, 명랑하고 섬세하고 비길 데 없는 아름다운 모습을 가진 분이시여! 청컨대 당신이 이 댁 주인이신지 아닌지 말씀해 주십시오. 만일에 당신이 이 댁 주인이 아니시라면 저는 저의 말씀을 딴 분한테 드릴 수는 없는 것이니까요. 더구나 내가 올릴 말씀은 공작 각하께서 쓰신 것을 제가 외워가지고 오느라고 무척 애를 썼사오니 딴 사

람에게 공연히 말씀 드릴 수는 없사옵니다."

하고 말하였다. 올리비아는

"어디서 왔습니까?"

하고 물었다.

"제가 외워 온 말씀 이외에는 더 드릴 말씀이 없사오니 지금 물으심에 대답을 하는 것은 부적당하다고 말씀드립니다."

하고 비올라는 대답하였다.

"아 그대는 희극 배우인가?"

하고 올리비아가 말하였다. 비올라는,

"아닙니다. 그렇지만 저는 이 연극을 하는 사람도 아니올시다."

하고 대답하는데, 그 뜻은 자기는 여자이면서 남자 행세를 하고 있다는 사실을 의미한 것이었다. 그리고 그는 한 번 더 올리비아를 보고 그가 과연 이 댁 주인인지 물어보았다.

올리비아는 자기가 주인이라고 대답하였다. 그러자 주인의 메시지를 이 사람에게 전하는 것보다도 자기 사랑의 경쟁자인 이 여자의 얼굴이 더 보고 싶어 죽을 지경이 된 비올라는 곧바로,

"아, 주인님, 얼굴을 잠시 보여주시지오."

하고 말하였다.

이러한 무례한 요구를 받은 올리비아는 화를 내기보다 이 요청에 응해 줄 생각이 들었다. 그것은 오르시노 공작의 구혼을 끝끝내 거절해 온 이 교만한 미인이 공작의 하인인 미천한 세자리오를 대하자마자 바로 첫눈에 정이 들어 버렸기 때문이다.

그래서 비올라가 얼굴을 좀 보여 달라고 청할 때 올리비아는,

"그대는 그대의 주인님으로부터 나의 얼굴과 무슨 교섭을 하라는

사명을 받아가지고 왔는가?"

하고 말하면서도 앞으로 7년 동안 베일을 벗지 않기로 맹세했던 것도 잊어버리고 베일을 벗으면서 다시 말하되,

"하여튼 이 커튼을 벗고 내 초상화를 보여주지. 자 어디, 참 잘 그려졌지?"

하였다. 비올라는,

"참으로 멋지게 조화된 아름다운 얼굴입니다. 두 볼을 장식하는 희고 붉은 살결은 대자연이 그 기묘한 기술로 만들어 놓은 것임에 틀림없습니다. 만일에 당신께서 이렇듯이 아름다운 얼굴의 사본을 이 세상에 남겨 놓지 않고 그냥 무덤 속으로 들어가신다면 당신은 이 세상에서 가장 잔인한 사람이 될 것입니다."

하고 말하였다. 올리비아는,

"아! 나는 잔인한 사람이 되지 않을 것이오. 이 세상은 나의 아름다움의 목록을 기록할 수 있겠지요. 첫째 평범하게 붉은 두 입술, 둘째 눈두덩을 가진 두 개의 회색 눈, 목 한 개, 턱 한 개 등등. 아, 그대는 그렇게 나를 추켜주라는 분부를 받고 왔는가?"

비올라는 대답하기를,

"당신을 제가 본 대로 말씀드린 것뿐입니다. 당신은 너무나 자존심이 강하십니다. 그러나 또 대단히 아름답습니다. 저의 주인님이신 공작은 당신을 사랑합니다. 아, 그의 사랑은 얼마나 진지한지 당신이 미인 여왕으로 당선되어 왕관을 쓰는 것보다도 더 한층 값진 사랑입니다. 오르시노 공작께서는 당신을 숭배하고 눈물을 흘리면서까지 사랑합니다. 사랑 때문에 그의 신음 소리는 우뢰소리 같고 한숨은 불꽃 같습니다."

하고 말하였다. 그러자 올리비아는,

"그대의 주인은 내 마음을 이미 잘 알고 계실 겁니다. 나는 절대로 그분을 사랑할 수가 없습니다. 내가 그의 순정을 의심하는 바는 결코 아닙니다. 그이가 고귀하고 지위가 높고 활발하고, 또 흠잡을 데 없는 청년이라는 것을 나는 잘 알고 있어요. 또 누구나 다 그 분이 박학하고 친절하고 예의 바르고 용감한 분이라고 칭찬이 자자합니다. 그러나 나는 그이를 사랑할 수는 없습니다. 그분이 나의 이 솔직한 대답을 벌써 오래전에 받고 있습니다."

하고 말하였다. 이때 비올라는,

"저의 주인님이 당신을 사랑하는 만큼, 만일 제가 당신을 사랑하게 된다면 저는 버드나무 집을 당신 문 앞에 지어 놓고 당신의 이름을 부를 것입니다. 나는 올리비아 님께 올리는 14행시(소네트)를 써가지고 그 시를 한밤중에 노래 부를 것입니다. 내가 '올리비아'라고 크게 부른 당신의 이름이 이 언덕에서 저 산골짜기로 돌고 도는 산울림이 되어 천지에 가득 차게 할 것입니다. 그래서 당신은 이 천지에서 쉬는 날이 없어질 것이고 필연코 저를 동정해 주게 될 것입니다."

이 말을 들은 올리비아는,

"실컷 해보시오, 그렇게! 그런데 그대 부모는 어떤 분이오?"

하고 말하였다. 비올라는,

"저 자신의 운명보다는 훨씬 훌륭하고 저 자신도 훌륭한 인물이며, 신분이 좋은 사람입니다."

하고 대답하였다. 올리비아는

"자, 이젠 돌아가서 당신 주인에게 보고하시오. 나는 절대로 그분을 사랑할 수가 없다고 하더라고. 그리고 그분더러 앞으로 다시는 아무도 내게 보내지 말아달라고 내가 말하더라고 전해 주오. 혹시 당신이 그가 내 대답에 어떤 반응을 보이는지를 가르쳐 주려고 오는 것은 무방하지만."
하고 말을 하여 비올라를 보내면서도 올리비아 마음 한 구석에는 서운한 생각이 드는 것을 금할 수 없었다.

비올라는 올리비아를 "아름답고 잔인한 분"이라고 불러주고 그 앞을 물러나왔다.

비올라가 나간 후 올리비아는 비올라가 자기 신분을 말할 적에,
"저 자신의 운명보다는 훨씬 훌륭하고 저 자신도 훌륭한 인물이며, 신분이 좋은 사람입니다."
하고 말하던 것을 입속으로 되뇌어보았다. 그리고는 목소리를 크게 내어,
"그 사람은 참말로 신분이 좋은 사람임에 틀림없구나. 그 언어, 동작, 그 얼굴, 그 몸맵시, 그 정신이 모두가 그의 고상한 신분의 증명이 된다."
하고 소리 지르면서 이 세자리오가 공작이었으면 얼마나 좋을까 하고 생각하였다. 그리고는 자기가 세자리오한테 반해버렸다는 사실을 자각하게 되자 너무나 갑작스러운 사랑을 느끼는 자기감정을 꾸짖었다. 그러나 세상 사람 누구나 자기 자신의 약점을 슬프게 꾸짖는 것은 진지함이 없는 것이다. 그래서 얼마 오래지 않아 올리비아는 자기 자신의 지위와 공작의 하인인 그 청년의 지위 사이에는 얼마나 큰 간격이 있다는 사실을 잊어버렸다.

더구나 숙녀의 덕은 감정을 억제하고 마음속에 감추어 두는 것을 의미한다는 것까지도 무시해버리고, 당장 이 젊은 세자리오를 사랑

하기로 결심하게 되었다. 그래서 올리비아는 세자리오가 자기를 만나러 올 때 공작이 선사로 보낸 다이아 반지를 자기가 받지 않고 거부했음에도 불구하고 두고 갔으므로 그 반지를 돌려준다는 구실을 꾸며 가지고 자기의 반지를 한 하인에게 내주면서 얼른 세자리오를 따라가서 그 반지를 돌려주라고 보냈다. 올리비아가 이런 일을 벌인 목적은 자기가 세자리오에게 자기 금반지를 보냄으로써 세자리오가 이 반지를 보낸 사람이 자신을 사모한다는 눈치를 챌 수 있도록 하는 데 있었다. 올리비아의 이 행동은 확실히 비올라로 하여금 올리비아가 자기한테 반했다는 걸 깨닫게 하였다. 비올라는 반지를 가지고 간 일이 통 없었기 때문에 반지를 받고 나서 가만히 아까 두 사람이 이야기하던 장면을 회고해보니까 올리비아가 자신을 존경하는 태도를 많이 보였다고 느껴졌다. 그래서 비올라는,

"아, 큰일났구나. 그 가련한 여자는 차라리 꿈하고 연애하는 것이 더 좋을걸. 아, 내가 이렇게 남자로 변장한 것이 큰일을 저질러 놓았으니 이를 어쩌나? 내가 남자복장을 하고 그 여자 앞에 나타났기 때문에 소망 없는 사랑의 한숨을 쉬게 만들어 놓았으니 내가 오르시노 때문에 소망 없는 한숨을 쉬는 것과 비슷한 불행에 올리비아를 빠뜨려 놓았구나."

하고 탄식하였다.

오르시노에게로 돌아온 비올라는 올리비아와의 만남이 실패로 돌아간 사실을 보고하고 올리비아가 다시는 사람을 보내지 말아 달라고 하더란 말까지 전하였다. 이러한 말을 들었음에도 불구하고 공작은 그냥 마음씨 고운 세자리오가 이 완강한 여자의 마음을 돌리도록 끝까지 노력해 줄 것을 믿는다고 하면서 그 이튿날 다시 올리비아

에게 가보라고 명령하였다. 이튿날까지 기다리는 것이 지루하다고 느낀 오르시노는 자기가 제일 좋아하는 노래를 다시 불러달라고 명령하고 나서 비올라에게,

"착한 우리 세자리오군! 내가 어젯밤에 그 노래를 들을 때, 이 노래가 나의 열정을 얼마간 덜어주는 듯한 생각이 들었네. 자세히 들어 봐, 세자리오. 이 노래는 옛날 노래요, 또 평범한 노래야. 이 노래 내용은 옛날 노처녀들과 뜨개질하는 여자들이 뜰에 앉아서 부르던 노래라네. 뼈바늘로 뜨개질하는 젊은 처녀들이 번갈아 부르던 노래. 그러니까 이 노래는 참 쑥스럽기 한이 없어. 그렇지만 나는 이 노래가 참 좋아. 이 노래야말로 그 옛날 좋은 시절 깨끗한 사랑을 노래한 것이기 때문에."

이리 오라, 이리 와, 죽음아. 그 구슬픈 전나무 그늘에
나를 눕혀 다오.
날아 없어져라, 날아 없어져, 숨결아, 아름다우나
잔인한 처녀 손에 나는 죽었는데
내가 입을 흰 수의는 송진이 묻어 온통 더럽혔으니,
아! 준비해 두라.
이 내 몸처럼 죽음을 참으로 나눈 사람은 다시 없나니.

꽃 한 송이, 향내 나는 꽃 한 송이도 던지지 말라.
내 검정색 관 위에.
한 사람의 친구도, 한 사람도, 뼈밖에 남지 않을
내 시체를 보러 오지 말아요.

천 번, 만 번 한숨을 아끼도록 슬프고도 참된 애인이
영영 찾을 수 없는 곳에,
나를 묻어다오. 오, 그곳에, 나 혼자 무덤 속에서 울게 해주오.

이런 노래를 듣는 비올라도 이렇듯이 소박한 묘사로 하염없는 사랑의 고민을 표현한 것에 감동되어 그의 얼굴에 넘치는 감동의 표정이 역력히 나타났다. 비올라의 슬퍼하는 표정을 간파한 오르시노는 말하기를,

"아니, 세자리오. 그대는 애송이 때부터 벌써 상사병에 빠졌는가? 그렇지 여보게."
하고 말하였다.

"약간입니다. 공작님 용서하세요."

"흠, 어떤 여자인고. 상대방은? 여자 나이 몇 살이나 됐는고?"
하고 오르시노가 물었다. 비올라가,

"주인님 연세에 주인님과 꼭 같이 생긴 사람입니다."
하고 대답을 하자 공작은 이 청년이 자기보다 나이를 더 먹고 얼굴이 검은 여자를 사랑한다는 것이 우스워서 빙그레 웃었다. 그러나 비올라가 그렇게 대답한 것은 자기가 바로 오르시노를 사랑한다는 의미이지 어떤 여자를 말한 것은 아니었다. 그러나 오르시노가 그걸 눈치챌 리 없었다.

비올라가 올리비아를 두 번째 방문할 때에 그는 아무런 지체없이 곧 올리비아 방으로 안내되었다. 하인들은 눈치로 밥벌이하는 자들이기에, 주인이 이 미남자와 이야기하기를 즐긴다는 것을 눈치로 벌써 알아차렸다. 비올라가 문 앞에 가 서기가 무섭게 문은 벼락같이 열

리고 공작 하인은 정중한 인사를 받으면서 올리비아의 방으로 들어섰다. 그리고 비올라가 주인의 심부름으로 한 번 더 올리비아에게 간원하려고 왔다고 말하자 올리비아는,

"아니, 나는 그 공작 이야기는 두 번 다시 더 듣기 싫다고 말하지 않았소. 그러나 당신이 만일 다른 이야기를 하려고 왔다면, 당신이 나의 사랑을 구한다면 나는 그 말을 천하 명곡보다도 더 기쁘게 듣겠어요."

하고 아주 노골적으로 자기 기분을 고백하고 말았다. 지금까지의 말만으로도 벌써 너무나 분명한 사랑의 고백이었으나 올리비아는 곧 계속하여 좀 더 똑똑하게 아주 툭 터놓고 사랑을 고백하였다. 그러나 그가 비올라 얼굴에 나타나는 어리둥절해하는 표정과 또는 불만을 표시하는 듯한 표정을 보자 계속하여 말했다.

"아, 그대의 입술에 나부끼는 그 아름다운 조소와 멸시와 노여움의 웃음! 아! 세자리오 씨, 나는 맹세하나이다. 봄날 피는 장미꽃, 처녀의 순결, 명예, 진실을 걸어서 저는 그대를 사랑하노라고 서약합니다. 그대의 자존심을 상하는 줄 알기는 알면서도 저는 저의 열정을 숨길 수 있는 지혜나 의지력을 상실해 버리고 말았습니다."

하고 말하였다.

그러나 올리비아의 사랑고백은 허사가 되고 말았다. 비올라는 후닥닥 일어서서 앞으로 다시는 오르시노의 심부름을 하러 오지 않는다고 단언하였다. 방문을 나서면서 자신은 여자는 그 어떤 여자고 간에 사랑해 줄 수가 없다고 선언하고 물러나갔다.

비올라가 올리비아의 집 문 밖에 나서기가 무섭게 한 사나이가 달려들면서 비올라에게 결투를 신청하였다. 이 사람은 올리비아에게

구혼했다가 거절을 당한 사람인데 공작의 하인인 이 청년이 올리비아의 후대를 받는다는 소식을 듣고 분이 터져서 결투를 신청한 것이었다. 가련한 비올라는 어찌할 바를 몰랐다. 외양만은 남자처럼 차리고 다니지만 그의 마음은 여자의 마음인지라 결투는커녕 칼을 보기만 해도 소름이 끼치는 것이었다.

무시무시한 남자가 칼을 뽑아들고 달려드는 것을 보는 비올라는 이제 별수 없이 자기는 여자라고 자백하는 도리밖에 없다고 생각하였다. 입을 열려고 하는 참에 난데없이 지나가던 사람 하나가 가까이 와서 말려주었기 때문에 그는 크게 안도하게 되었다. 그런데 이 낯선 사람은 비올라를 오래전부터 사귄 친우인 양 대우하면서 결투를 걸어 온 사람을 보고,

"혹시 여기 이 청년이 당신에게 무례한 짓을 했다면 그것은 나의 실책이었소이다. 그러나 만일에 당신이 잘못했다면 나는 이 사람을 대신하여 당신과 싸우겠소."
하고 덤벼들었다.

비올라는 난데없이 나타나서 자기를 보호해 주는 이 사람에게 감사의 말도 하고 또 어떠한 연유로 생면부지인 사람에게 그렇게 친절히 해주는지를 물어보려고 했다. 그러나 입을 벙긋하기도 전에 이 사람은 새로운 원수에게 붙잡혔다. 이 원수는 다른 사람이 아니라 이 사람을 체포하려고 온 경찰관이었으므로 이 사람의 용기도 소용없이 붙들려 갈 수밖에 없게 되었다. 경찰관이 이 사람을 잡아가려고 하는 이유는 이 사람이 여러 해 전에 어떤 죄를 지었기 때문이었다. 이 잡혀가는 사람은 비올라를 보고,

"자네를 찾아 나섰다가 이 지경이 되었네그려. 하여튼 내 돈지갑

이나 돌려주게. 내가 꼭 써야만 하게 되었으니. 난 잡혀가긴 하지만 내가 고생할 것보다도 자네를 도와주지 못하게 되는 것이 더 유감일세. 왜, 자네 그렇게 멍하니 바라다보고만 있는가? 공연히 겁내지 말고 안심하게."

하고 말하였다.

　이러한 수작이 비올라를 몹시 놀라게 한 것은 당연한 일이었다. 그래서 그는 지금 처음 보는 사람이 웬 돈지갑을 맡겼노라고 하는지 도무지 알 수 없다고 말했다. 그러나 자기가 당장 봉변 당할 것을 이 사람 때문에 면하게 된 데 대한 감사의 예로 자기가 가지고 있던 돈을 몽땅 톡톡 털어 이 사람에게 주었다. 그러자 이 처음 만난 남자는 더러운 언사로 욕지거리를 하며 아주 불친절할 뿐만 아니라 배은망덕한 놈이라고 욕을 퍼부으면서 끝으로 경찰관에게,

　"자, 보시오. 여기 이놈 때문에, 내가 이놈이 죽음의 아가리까지 들어간 걸 구원해 주었소. 그리고 내가 일리리어 땅에 발을 들여놓게 된 것도 꼭 이놈 때문이었는데, 내가 지금 곤경에 빠지는 걸 보고 시치미를 뚝 떼니 세상에 이런 경우가 있을 수 있소!"

하고 하소연하였다.

　그러나 경찰관은 이 죄수의 말을 들어줄 흥미도 없고 이유도 없었으므로,

　"그래 우리더러 어쩌란 말이냐?"

하고 대답하면서 그 죄수를 압송해 갔다. 경찰에게 이끌려 가는 그 사람은 고래고래 소리를 질러 비올라를 욕하였다. 얼핏 들으니 이 사람은 비올라를 세바스찬이라고 부르면서 거리가 멀어져서 고함소리가 들리지 않게 될 때까지 갖은 욕설을 다 퍼붓는 것이었다. 그 사람

이 자기 이름을 세바스찬이라고 부르는 것을 들은 비올라는 이 사람을 붙들고 자세한 사정을 물어보고 싶었으나 경찰관이 너무나 빨리 끌고 갔으므로 쫓아가지를 못하였다. 그러나 그가 추측컨데 이 사람이 혹시나 자기를 오빠 세바스찬이라고 잘못 보고 그러는 것이 아닐까 하는 의혹이 생겼다. 그렇다면 바로 아까 그 사람에게 오빠가 구원을 받아 지금 어디서 살아 있지나 않을까 하는 한 가지 희망을 품을 수 있게 되었다.

비올라의 이 추측은 틀림없이 맞았던 것이다. 지금 붙잡혀 간 사람의 이름은 안토니였는데 그의 직업은 선장이었다. 세바스찬이 그때 돛대에 몸을 매어 물위에 뜨기는 했으나 오랫동안 물결에 시달려서 기진맥진하여 거의 죽어갈 때에 마침 안토니의 배가 지나가다가 그것을 발견하고 세바스찬을 배 위로 끌어올려 목숨을 구해주었던 것이다. 선장 안토니는 세바스찬을 무척 좋아하게 되어서 이 청년을 자기 배에 그냥 태워 데리고 어디를 가나 동행하고 있었다. 그런데 웬일인지 세바스찬이 갑자기 오르시노 영토인 일리리어 구경을 하고 싶다고 하였다.

안토니는 자기가 일리리어 땅에 발을 들여 놓았다가 붙들리기만 하면 생명이 위태하다는 것을 알면서도 세바스찬과 따로 떨어지는 것이 싫어서 위험을 무릅쓰고 들어왔던 것이었다. 안토니의 범죄는 과연 무엇이었는가 하면, 몇 해 전 해전이 벌어졌을 때 안토니가 오르시노 공작의 조카에게 중상을 입힌 일이 있었다. 그래서 지금 안토니가 경찰관에게 잡혀 가게 된 것은 그때 그 죄 때문이었다.

일리리어에 내리기는 안토니와 세바스찬이 함께 하였는데 그들이 내린 지 몇 시간이 못 되어 안토니는 비올라를 만난 것이었다. 안토니는 자기 돈지갑을 세바스찬에게 통째로 맡겨서 마음대로 돈을 쓰며 시가지를 구경하고 무엇이든 살 것이 있으면 사라고 말하였다. 자기는 여관방에 숨어서 세바스찬이 구경을 다 끝내고 여관으로 올 때까지 기다렸던 것이다. 그러나 약속한 시간이 지나도 세바스찬이 여관으로 돌아오지 않았다. 그래서 안토니가 모험을 무릅쓰고 세바스찬을 찾으려고 거리에 나섰던 그때에 마침 비올라를 보았다.

비올라는 세바스찬이 입은 옷과 꼭 같은 옷을 입었고 또 얼굴도 꼭 같았다. 안토니는 이 사람을 세바스찬이라고 믿고 이 세바스찬이 봉변 당하는 모습을 보고 자기 딴에는 친구를 구해 주려고 했는데, 그 세바스찬이(안토니는 비올라를 세바스찬인 줄로만 생각하고) 자기를 모른체할 뿐만 아니라 아까 맡겼던 돈지갑도 안 내놓는 것을 볼 때 안토니가 크게 노하는 것은 당연한 일이었다.

안토니가 붙들려 가버린 뒤 비올라는 그 자리에서 더 머뭇거리다가는 아까 결투를 걸어오던 사람이 재차 달려들 것이 무서워서 걸음아 나 살려라 하고 집으로 돌아갔다. 비올라가 집에 들어간 지 얼마 안 되어 비올라에게 결투를 걸었던 그 남자는 비올라가 되돌아오는 것을 보았다. 그러나 사실인즉 이 사람이 본 것은 비올라가 아니라 그의 오빠 세바스찬이었다. 세바스찬이 무심코 지나가는데 웬 남자가 달려들면서,

"아, 또 만났구나. 자 한 대 받아라."

하면서 세바스찬을 막 때렸다. 세바스찬은 겁쟁이가 아닌지라 영문은 모르나 때린 놈을 마주 때리며 칼까지 뽑아 들었다.

그런데 어떤 여자가 나타나서 이 두 사람의 결투를 중지시켰다. 이때 마침 올리비아가 나와서 두 사람이 싸우는 것을 보고는 이 세바

스찬을 비올라인 세자리오로 잘못 보고 싸움을 말린 후 세바스찬을 자기 집으로 초대하였다. 올리비아는 세바스찬을 자기 집 안으로 인도하면서 길에서 못된 놈을 만나 공연한 봉변을 당하게 해서 미안하다고 사과를 거듭하는 것이었다.

세바스찬은 아까는 웬 놈이 달려들어 무례한 짓을 해서 놀랐는데 이제는 또 웬 초면의 여성이 나타나서 싸움을 말려주고 또 이렇듯이 친절히 대해주는 데 놀라지 않을 수 없었다. 그러나 그도 청년인지라 미지의 여성에게서 받는 대접이기는 하나 마음에 십분 만족하여 순순히 따라 들어갔다. 그러니까 올리비아는 올리비아대로 세자리오가(올리비아는 이 사람을 세자리오로 잘못 보았기 때문에) 자기의 친절을 즐겁게 받아주는 것을 볼 때 여간 기쁘지가 않았다. 그들 남매의 모습은 꼭 같았으나 지금 이 사람의 얼굴에서는 아까 올리비아 자신이 세자리오에게 사랑을 고백할 때 본 그 멸시 또는 분노의 빛이 통 발견되지 않았기 때문에 올리비아는 무척 기뻤다.

그리고 세바스찬은 또 그대로 이 초면의 여자가 자기에게 이렇게 과도한 호의를 보여주는 것이 싫지 않고 매우 좋았다. 그는 이 여자의 호의를 즐겁게 받기는 하면서도 이 생면부지의 여자가 통성명도 없이 자기를 애인처럼 대해주는 것이 하도 이상해서 속으로는 이 여인이 혹 정신병자가 아닌가 하는 의심까지 했다. 가만히 보니 집이 여간 훌륭하지 않을 뿐 아니라 여러 하인들을 척척 다루는 것을 보니 이 여자가 이 집 주인인 것이 틀림없다고 생각했다.

또 처음 만난 자기에게 애정을 고백하는 이상스런 행동 이외에 다른 일에는 조금도 기이한 기색이 나타나지 않는 것을 보고 그는 이 여자의 유혹을 성큼성큼 잘 받아주었다. 갑작스레 변한 세자리오의 태도에 올리비아는 여간 기쁘지가 않았으나 지금 빨리 서두르지 않았다가 잠시 후에라도 이 남자의 마음이 변하지나 않을까 염려가 되었다. 그래서 그는 세바스찬을 보고 지금 마침 신부 한 분이 방문 오셨으니 지금 당장 그분더러 주례를 해 달래서 결혼식을 거행하자고 말하였다. 세바스찬도 즉시 그게 좋겠다고 대답하였다. 결혼식이 끝나자 세바스찬은 잠깐 가서 자기 친구 안토니에게 자기의 행운을 말해주고 오겠노라고 하고 밖으로 나갔다.

바로 이때 오르시노 공작은 자기가 친히 올리비아를 만나 간청해보려고 올리비아의 집까지 찾아왔다. 바로 이 문 앞에서 안토니를 체포하여 끌고 오는 경찰관과 마주쳤다. 그런데 오르시노 공작과 함께 온 비올라를 본 안토니는 이 사람을 세바스찬으로 보았기 때문에 오르시노에게 이 청년은 배은망덕한 놈이라고 비난하는 것이었다.

안토니는 공작에게 이 청년이 물에 빠져 죽게 된 것을 자기가 건져서 살려준 이야기로부터 시작하였다. 그리고 자기가 이때까지 그얼마나 잘 돌보아주었으며 석 달 동안이나 밤낮을 헤아리지 않고 이 청년을 돌보아주었노라는 사연을 자세히 이야기하였다.

그러나 바로 이때에 올리비아가 문 밖으로 나왔으므로 공작은 안토니의 말을 더 듣지 않고 올리비아만 바라다보면서,

"아, 여기 공작부인께서 나타나셨구나. 천사께서 내려오사 지금 이리로 걸어오시는 것이다." 하고 중얼거리고는 안토니를 보고,

"야, 이 자식아. 너 미쳤냐. 여기 이 청년이 석 달 동안 나를 섬기었는데!"

하고 말하고는 경찰관더러 안토니를 끌어다가 감옥에 가두라고 명령하였다.

그러나 오르시노 공작이 천국에서 내려온 공작부인이라고까지 존대해 준 올리비아가 공작 자신은 본체만체하고 세자리오에게만 달려들어 아양 떠는 꼴을 본 공작은 크게 화를 냈다. 자기 하인인 세자리오가 올리비아의 사랑을 받는다는 사실을 발견한 공작은 안토니 이상으로 세자리오를 미워하게 되어 최악의 형벌을 주어 복수를 하겠다고 협박했다. 그러고는 공작은 비올라를 보고,

"얘, 어서 가자. 죽여 버릴 테니!"

하고 말하였다.

지금 공작의 태도로 보아 그는 질투심을 이기지 못하여 비올라를 곧 사형에 처해 버릴 기세였다. 그러나 비올라는 공작을 극진히 사랑하고 있었기 때문에 절대로 비겁한 태도로 나오지 않고 주인님 마음을 편하게 해드리기 위해서 자기는 즐겁게 죽겠노라고 말하였다. 그러나 올리비아가 지금 자기 남편을 쉽게 보낼 리가 없었다. 그래서 그는,

"세자리오 씨, 어디로 가십니까?"

하고 만류하니 비올라는,

"나는 공작을 내 목숨보다 더 사랑하오."

하고 대답하였다.

그러나 올리비아는 세자리오는 자기의 남편이니 아무도 그를 잡아가지 못한다고 소리를 지르고 나서 즉시 하인을 시켜 신부를 증인으로 모셔왔다. 신부는 자기가 바로 2시간 전에 올리비아와 이 청년의 결혼식을 주례하였노라고 말하였다. 비올라는 자기가 올리바아와 결혼한 일이 절대로 없다고 우겨댔다. 그러나 올리비아와 신부의 말을 믿은 오르시노 공작은 자기 하인 놈이 자기가 자기 목숨보다도 더

사랑하는 올리비아를 빼앗은 놈이라고 믿을 수밖에 없었다. 그러나 이미 이 두 사람이 신부 앞에서 백년가약을 맺은 이상 이제 별 도리가 없다고 단념하였다. 오르시노는 자기를 배반한 여자와 하인을 그대로 두고 혼자 돌아서면서 배은망덕한 신랑은 다시는 자기 눈앞에 띄지 않도록 하라고 위협했다. 그리고 혼자 가려고 하는데, 하나의 기적이(그들에게는 기적으로 보일 수밖에 없었다) 나타났다. 그것은 바로 이때 또 한 사람의 세자리오가 나타나서 올리비아를 자기 아내라고 선언한 것이었다. 또 한 사람의 세자리오는 다름 아니라 올리비아와 아까 결혼식을 거행한 세바스찬이었던 것이다.

 이 두 사람, 얼굴도 꼭 같고 목소리도 똑같고 옷차림까지도 똑같은 두 사람을 보는 놀람이 약간 진정되자 오빠와 누이는 서로 물어보았다. 비올라로서는 자기 오빠가 죽지 않고 살아 있다는 것이 믿어지지가 않았다. 세바스찬은 또 그대로 이미 바다에 빠져 죽은 줄로만 안 누이동생이 살아 있다 치더라도 남자복장을 하고 있다는 것이 여간 이상한 일이 아니었다. 그러나 급기야 비올라는 자기가 남자 옷을 입고 있기는 했으나 비올라임에 틀림없다고 고백하였다.

 쌍둥이 남매 모습이 신통히도 꼭 같았기 때문에 사람을 잘못 보아 위에서와 같은 여러 가지 희비극이 연출되게 되었다는 것이 명백해졌다. 그리고 올리비아가 여자한테 홀렸다는 웃음거리에 누구나 웃지 않을 수가 없었다. 그러나 올리비아는 비올라와 결혼식을 하지 않고 그의 오빠인 세바스찬과 결혼했는데 무엇이 우스우냐고 하면서 도리어 기뻐하는 것이었다.

 일이 이렇게 되자 오르시노 공작은 올리비아를 단념하지 않을 수 없었다. 이 불가능한 사랑은 금시에 사라지고 그의 생각은 그가 새로

이 좋아해 온 세자리오가 여자였다는 사실에 큰 흥미를 느끼게 되었다. 그래서 공작은 새삼스러이 세자리오를 유심히 들여다보면서 자기가 이 청년을 언제나 미남자라고 생각했던 것으로 보아 이 사람이 여자 차림을 하고 나서면 상당히 예쁜 처녀가 될 것이라고 믿게 되었다. 그러자 그는 또 세자리오가 여러 번 자기는 공작을 사랑하노라고 하는 말을 들었던 것이 기억에 떠올랐다. 그때에는 단지 한 충직한 하인이 주인에게 충심을 보이기 위해 사랑하노라고 말하는 줄로만 생각하고 있었다.

지금 와서 회상해보니 그 사랑이란 말에는 보통 이상의 그 무엇이 있었던 것같이 생각되기도 했다. 그래서 그가 지금까지 수수께끼라고 생각되었던 여러 가지 말이 지금 그의 머릿속에 새로운 뜻으로 떠올랐다. 그래서 그는 즉석에서 비올라를 자기 아내로 삼을 결심을 하고 말을 꺼냈다. 세자리오니 청년이니 하고 부르던 입버릇을 갑자기 고칠 수가 없어서,

"야, 세자리오야, 너는 그동안 나에게 네가 나를 그 어떤 여자들보다도 더 사랑한다고 수천 번이나 고백했다. 또 네가 그동안 참 충성스럽게 일을 잘 해주었고 또 그동안 너는 나를 주인님이라고 불렀으니 지금부터는 나를 남편이라고 불러다오. 그대는 지금부터 오르시노 공작부인이시다."

하고 말을 맺었다.

오르시노가 자기가 끝끝내 거절한 사랑이 비올라에게로 옮겨 가는 것을 본 올리비아는 그들을 자기 집 안으로 들어오라고 청했다. 또 그 즉시 신부를 모셔다가 두 사람의 결혼식을 거행하도록 주선해 주겠노라고 자청하였다. 이리하여 이 집에서 오전 중에는 올리비아와

세바스찬 두 사람의 결혼식이 거행되고 그날 오후에는 오르시노와 비올라 양인의 결혼식이 거행되었으니 이 쌍둥이 남매가 하루에 제각기 결혼을 하게 된 것이었다. 그 남매를 떨어지게 만들었던 파선은 그들 남매에게 각기 굉장한 행운을 갖다 준 셈이 되었다. 비올라는 일리리어 공작 오르시노의 아내가 되었고 세바스찬은 일리리어에서 제일 부자인 올리비아의 남편이 된 것이다.

아테네의 타이먼

TIMON OF ATHENS

주요 등장인물

타이먼 : 아테네의 귀족

루키우스 : 아첨쟁이 귀족

루클루스 : 아첨쟁이 귀족

플라비우스 : 타이먼의 충직한 하인

셈프로니우스 : 아첨쟁이 귀족

엘키비아데스 : 아테네 대위

아테네 시에 귀족 타이먼이라는 사람이 살고 있었다. 이 사람은 원래 재산이 풍부하였거니와 그의 마음도 너그럽고 관대하여서 그 한도를 헤아릴 수가 없었다. 그가 소유하고 있는 엄청난 재산에 돈은 물 흘러 들어오듯 한없이 계속해 들어왔으나 그 돈이 들어오는 것보다 더 빨리 온갖 계급의 사람들에게로 쏟아져 나가는 것이었다. 그 도시 가난한 사람들만이 타이먼의 자선을 맛본 것이 아니고 소위 귀족 계급에 속하는 거물들까지도 타이먼의 도움을 받았다. 또 그들은 그의 부하 노릇을 한다는 것을 수치로 여기지 아니하였다. 그래서 그의 식탁은 언제나 산해진미를 노리는 호식가들의 집합소가 되어 있었고 그의 집 문은 언제나 열려 있었다. 아테네 시로 들어오는 누구나 다 타이먼의 이 거대한 재산과 또 그의 관대하고도 호방한 성격이 좋아서 타이먼의 사랑에는 복종하지 아니할 수 없었다. 그 어떠한 생각을 품은 사람이거나 또는 그 어떠한 지위에 놓인 사람이거나를 막론하고 모두가 다 타이먼의 심부름꾼이 되었다.

즉 페트론(찬조하고 후원해주는 사람)의 그때그때 기분을 거울처럼 잘 맞추어 줄줄 아는 아첨쟁이들이 드나드는 것은 물론이요, 소위 백절불굴한다는 견유학파를 자처하면서 평범한 것을 멸시하고 이 세상 물정에는 초연한 체하는 인물들도 찾아왔다. 그들은 타이먼의 인자한 태도와 관대한 대우에는 저항하지 못하고 (자기 성격상으로 맞지 않는다고 투덜거리면서도) 마지못해 이 집 훌륭한 잔치에는 어김없이 참석했다. 자기 스스로 이 훌륭한 타이먼으로부터 칭찬을 받았거나 각별한 인사를 받았다고 생각될 때에는 아주 기분 좋게 집으로 돌아가는 것이었다.

가령 한 시인이 자기 작품을 발표하기 전에 권위자가 추천해 주는 서문 한 편을 받고자 할 때면, 그 시집을 타이먼에게 헌정하노라는 한 줄만 써 넣어서 거리에 내놓으면 그 시집을 판매하는 데는 아무런 지장도 없었다. 다 팔게 될 뿐 아니라 그에 더해 이 페트론으로부터 금일봉의 회사금이 보장되는 것은 물론이고 그 뒤로 이 시인은 타이먼 집에 무상 출입할 수 있는 영광을 가지게 되는 것이었다. 또 어떤 화가가 그림 한 폭을 팔려 하나 곤란을 느낄 때에는 그 그림을 타이먼에게로 가지고 가서 그의 높은 평가를 바란다고 내놓기만 하면 두 번 다시 여러 말 없이 이 관대한 타이먼에게 그 그림을 팔아넘길 수가 있었다. 또 혹 어떤 보석상이 값나가는 보석을 팔지 못해 애쓰거나 혹은 어떤 비단 장사가 너무나 비싼 비단을 쌓아 놓고 팔지 못해 애쓰게 될 때가 있다. 그들이 언제나 열려 있는 시장 같은 타이먼 댁으로 그것을 가지고 가기만 하면 그 보석 또는 비단을 얼마든지 부르는 값에 팔아먹을 수가 있었다. 그리고 이 마음씨 좋은 타이먼에게 그런 좋은 물건의 선매권을 주어서 고맙다는 칭찬까지 듣고 나오는 것이었다. 일이 이쯤 되고 보니 그의 집에는 아무런 쓸데도 없는 물건들, 아니 도리어 거북스럽고 겉모양만 번드르르한 물건들이 쌓이고 쌓여서 거추장스럽게만 되어 갔다. 게다가 또 언제나 쓸데없는 손님들이 밤낮 와글와글 끓어서 타이먼을 번거롭게 하는 것이었다. 놀러 오는 손님들, 거지 시인들, 화가들, 잇속만 차리는 장사치들, 귀족들, 귀부인들, 가난한 관리들, 취직을 기다리는 사람들이 응접실에 하루 종일 들고 나면서 주인의 귀에다 입술을 갖다 대고 갖은 아첨을 다 해가며 주인을 신격화하기에 여념이 없었다. 주인이 말을 탈 때 발을 딛는 받침대까지도 신성시하고 공기를 마시는 것까지도 이 주인의 허락과 자선에 의하여서 비로소 마시는 것처럼 알랑대는 것이었다.

이렇게 매일같이 이 집에 드나드는 사람들 중에는 고귀한 가문에 태어났으나 (자기 분에 넘는 사치한 생활을 하기 때문에) 벌지는 못하면서 빚을 너무 많이 지고 갚지 못하여 채권자들 고소로 감옥에 갇혔던 것을 타이먼이 그 빚을 갚아주고 빼내 온 청년들도 많이 끼어 있었다. 그런데 젊은 방탕아들은 재산으로는 타이먼 흉내를 도저히 못내는 처지이면서도 돈을 함부로 쓰고 방탕한 생활을 하는 것은 타이먼의 동정과 존경을 받으리라고 곡해하고 남의 돈을 물 쓰듯 하여 타이먼을 흉내 내는 자들이 수두룩했다. 이런 기생충들 가운데도 특히 벤티디우스라고 하는 자는 불법적으로 빚을 지고 갇히어 있는 것을 타이먼이 불쌍히 여겨서 바로 며칠 전에 5달란트라는 거액을 대신 물어준 일이 있었다.

그러나 홍수처럼 밀려드는 이들 손님들 중에서도 제일 표를 내는 자들은 선물을 들고 오는 자들이었다. 혹시 타이먼이 그 어떤 사람의 개나 말을 좋다고 말 한 마디만 하면 그 사람들은 당장 행운아가 될 수 있었고, 또 아무리 값싼 가구일지라도 타이먼이 보고 좋아하는 기색만 보이면 그 사람은 금방 돈을 많이 벌 자신이 생기는 것이었다. 타이먼이 한 번 좋다고 한 물건이면 그 어떠한 물건이고 간에 당장 그 이튿날로 타이먼 대감의 집으로 선물로 들어오는 것이었다. 선물 보내는 사람들은 한결같이 그 선물이 보잘것없는 나쁜 물건이지마는 정으로 받아 달라고 청하는 것이었다. 그러나 그 보잘것없는 선물이 개이거나 말이거나 그밖에 그 어떤 물건이건 간에 타이먼이 받아 놓은 이상 그는 받은 것보다 몇 배나 더 되는 선물을 답례로 꼭 보내는 것이었다. 다시 말하면 선물 보내는 자들은 타이먼으로부터 그 답례로 개 스무 마리 말 스무 마리, 하여튼 선물 준 것보다는 몇십 배를 더 선물받게 된다는 것을 잘 알고 있었으므로 그 선물 보내는 자들의 심리는 단시일 고리대금 하는 심리와 꼭 같았다. 이와 같은 생각을 품고 있던 루키우스 대감은 자기가 소유한 흰 말을 타이먼이 칭찬하더라는 귀띔을 듣자마자 즉시 은 안장을 씌운 흰 말 네 필을 선물했다. 또 루클루스 대감 역시 타이먼이 자기가 가지고 있는 개 굴레가 아주 잘 만들어져 있고 또 날씬하고 좋다고 말하더란 소문을 듣자 즉시 아무런 사심도 없는 단순한 우의적 선물이라는 명목으로 그 개 굴레를 타이먼에게 선물한 일이 있었다. 그런데 마음 착한 타이먼은 이 선물을 보내는 사람들의 흑심은 깨닫지 못하고 선물을 보낸 사람들에게 더 한층 값나가는, 즉 이십 배나 더 값나가는 금강석이나 보석을 답례로 보냈다.

또 어떤 때에는 이 위선적인 짐승들이 좀 더 대놓고 직접적으로 타이먼으로부터 값진 물건을 낚아내기도 했다. 나쁜 마음을 가진 자들보다 더 지나친 아첨으로 타이먼이 소유한 어떤 물건을 과도히 칭찬하고 추켜주면 도통 남을 의심할 줄 모르는 타이먼은 그 물건을 그 사람에게 선물하고 마는 것이었다. 이렇게 하여 타이먼이 그 어떤 좋은 물건을 싸게 샀거나 산 지 며칠 안 된 물건이 그 어떤 손님 마음에 들 때에는 그 손님은 돈 한 푼 안 들이고 단지 야비하고 빤히 들여다보이는 아첨 몇 마디로 그 귀중한 물건을 제 손아귀에 넣을 수 있었다. 타이먼은 누구나 남의 것을 좋다고 부러워하는 것은 곧 그것을 가지고 싶다는 표현이라고 인정하는 사람이었다. 언젠가도 어떤 짐승 같은 자식이 타이먼이 타고 다니는 말을 훌륭하고 잘 뛴다고 칭찬하는 소리를 듣고는 그 이튿날로 말을 그 대감에게 선사한 일이 있었다. 타이먼 대감은 다른 사람들도 모두 자기 자신처럼 점잖다고 보고 있었기 때문에 그가 좋아하는 친구들에게 물건을 주는 것은 그의 큰 낙이었다. 그는 위선적인 친구에게라도 자기 재산이라면 말뿐 아니라 나라 전체를 넘겨주어도 섭섭하지 아니할 정도로 친구들을 믿었다.

그렇다고 해서 타이먼이 자기 전 재산을 이런 고약한 아첨꾼들에게 몽땅 내준다는 것은 아니었다. 그는 고상하고도 찬양받을 만한 행동도 많이 했다. 예를 들면 자기 하인 하나가 어떤 부잣집 딸과 연애를 하였는데 이 남자는 여자에 비하여 경제적으로 너무나 가난했기 때문에 혼사를 이루기가 불가능하게 되었다. 이 사정을 안 타이먼이 아테네 돈으로 3달란트나 되는 막대한 돈을 이 하인에게 무조건 회사해서 신부의 아버지가 신랑에게 요구하는 금액을 넉넉히 마련할 수 있게 한 일이 있었다. 그러나 이러한 예는 극히 드문 일이었고 대개는 위선자들과 기생충들에게 재물을 많이 빼앗기는 것이었다. 자기 집을 부산하게 드나드는 그 수다한 사람들이 거의 다 가면을 쓴 사람이라는 사실을 깨닫지 못하는 타이먼은 자기 집에 그렇게 자주 찾아오는 사람이니 응당 자기를 좋아하는 것임에 틀림없다고 생각하고 있었다. 또 그자들이 언제나 웃음 띤 얼굴로 아첨하는 좋은 말만 하는 것을 보고 그들은 모두 다 슬기롭고 선량한 사람들이어서 자기 행동을 전적으로 찬성하는 것이라고 생각하는 것이었다. 그래서 타이먼이야 파산을 하건 말건 타이먼이 차려 놓은 요리상에 둘러앉아서 계속해서 타이먼의 건강과 번영을 축원한다는 구실 아래 축배를 거듭 들어 고귀한 술을 물 마시듯 할 때에도 그는 참된 친구와 가면을 쓴 친구를 분간하지 못하였다. 그렇게도 수많은 사람들이 모두 다 친형제처럼 재산을 서로 나누어 가지는 것을 아주 기쁘게 생각하였으니 (사실상 재산을 나누어 가지는 것이 아니라 타이먼 혼자서 모두 부담하는 것이었는데)

이 기회를 잡은 사람들이 진수성찬에 열광하는 것을 보고 타이먼은 그것이 진정한 우정의 발로라고 생각하는 것이었다.

　타이먼의 친절한 마음의 발로로 인해 재산을 탕진하는 모습은 마치 금을 주관하는 신 플루터스가 그의 부하에 지나지 않는 듯 그는 아무런 절제도 없이, 무의식중에 자기 재산이 얼마나 더 지탱할 수 있을까 하는 의문을 품어보는 일도 없었다. 절제없이 마구 놀아나니 제아무리 큰 부자라 할지라도 재산이 무한정일 수는 없는 것이라 타이먼의 재산도 거의 탕진되고 말았다. 그러나 이러한 기막힌 사정을 그에게 올바로 일러주는 사람은 과연 그 누구일까? 그에게 아첨만 하는 이들? 아니 그자들은 타이먼의 눈을 감겨 주어야만 자기네들에게 유리하니까 충고할 생각을 품을 리가 없었다.

　그러나 타이먼의 단 하나인 충직한 하인 플라비우스가 주인 앞에 장부를 펴놓고 일일이 설명하여 파산이 임박했다는 사실을 알려주어도 아무런 효과는 나타나지 아니하였다. 그래서 플라비우스는 종의 신분으로서 그렇게까지 한다는 것이 이상스러울 정도로 눈물까지 흘려가며 낭비하지 말라고 빌고 빌었으나 소용없는 일이었다. 종이 이렇게 빌 때마다 타이먼은 듣기가 싫어서 그 이야기는 뒤로 미루자고 하고 다른 일이나 하라고 명령하는 것이었다. 돈 많은 사람더러 가난해졌다고 충고해주는 것처럼 귀에 들어오지 않는 이야기는 없을 것이다. 부자가 갑자기 가난해졌다는 사실을 인정하는 것은 죽기보다 더 싫은 인정일 뿐 아니라 자기 재산이 부지중에 다 없어졌다는 사실은 결코 믿지 않고 싶을 것이다. 주인님 타이먼의 그 크나큰 집 방방마다 술자리가 벌어져서 방이 터져 나갈 것처럼 공술 먹는 사람들이 느긋하며 방바닥은 엎질러진 술로 젖게 될 때 이 마음 착하고 정직한 종은 그 휘황찬란한 불빛 아래서 노래 부르고 춤추며 부어라 마셔라 하는 꼴을 차마 보고 있을 수가 없었다. 그는 슬그머니 혼자서 골방으로 들어가서, 방 안에서 흘러내리는 술보다 더 많은 눈물을 흘렸다. 그는 머지않은 장래에 주인님은 알거지가 될 것이요, 그리되면 이때까지 알랑거리던 친구들은 모두 다 가버릴 것이요, 요리상 앞에서나 찬양하는 그 위선자들의 찬양은 요리상이 없어짐과 함께 뚝 끊어져 버릴 것이요, 거울 찬 눈보라가 이는 날에 기생충과 파리들은 모두 다 없어질 것을 주인님은 깨닫지 못하는구나 한탄하며 고민하였다.

그러나 마침내 그날은 오고야 말았다. 이제는 타이먼으로서도 이 충직한 종의 하소연에 귀를 기울이지 않으면 안 될 지경에 빠진 것이었다. 그러나 타이먼은 돈이 필요했다. 그래서 하인더러 토지라도 좀 팔아서 돈을 마련하라고 명령을 내렸더니 하인의 말은 그렇게도 여러 번 주인님께 실상을 알려 드렸는데도 듣지 않고 그냥 낭비를 계속하는 동안에 토지는 벌써 다 팔아먹었다는 것이었다. 또 더러는 권리를 포기해 버렸으니 지금 와서 팔아먹을 땅은 밭 한 곳도 없다고 하였다. 또 그리고 집에 남아 있는 가구 조각들은 다 팔아보아야 지금 타이먼이 짊어지고 있는 빚 절반도 청산할 수 없다고 말하였다.

이러한 보고를 받은 타이먼은 너무나 깜짝 놀라서,

"아니, 그게 웬 소리냐? 내 토지가 이 아테네로부터 라세데몬까지 쭉 연결되어 있는데."

하고 질겁하여 물으니 종은 대답하기를,

"아, 주인 대감님! 이 세상은 단 한 개뿐이옵니다. 단 한 개에는 한정이 있는 것이옵니다. 그 땅이 단숨에 다 날아가 버렸습니다!" 하였다.

그러나 타이먼은 자기가 자기 재산을 탕진하게 된 것은 자기가 못된 짓을 했기 때문이 아니고 친구들을 도와주었기 때문에 그리된 것이어서 설사 그가 자기 재산을 어리석게 소비했다고 할 수는 있어도 나쁜 일에 소비한 것은 절대 아니라고 자위하였다. 그래서 (그때 울고 앉아 있는) 종에게 위로의 말을 늘어놓았다. 타이먼 자신은 훌륭한 친구들을 많이 가지고 있는 이상 그들(자기가 전 재산을 털어서까지 도와준 친구들)에게 돈을 좀 꾸어 달래거나 그냥 달라고 하면 그들도 자기가 막 돌려 준 모양으로 막 돌려 줄 것이 분명하니 아무 염려 말라고 타이르는 것이었다. 그러고는 아주 유쾌한 기분으로, 그의 요구는 반드시 이루어지리라는 자신을 가지고 여러 친구들에게 심부름꾼을 보내기로 하였다. 우선 자기가 과거에 아무런 제한도 없이 선물을 아낌없이 주었던 루키우스 대감, 루쿨루스 대감, 셈프로니우스 대감 등에게 사람을 보냈다. 또 자기가 얼마 전에 대신 빚을 갚아주어서 감옥에서 나오도록 한 벤티디우스는 그 후 그의 아버지가 세상을 떠나 상당한 재산 상속을 받았으니까 이번 자기의 요구를 쾌히 응해 주리라고 생각하였다. 또 그리고 벤티디우스에게 사람을 보내서 자기가 대신 갚아 주었던 빚 5달란트를 도로 달래기로 하고 또 그 여러 대감들, 각각 50달란트씩 꾸어주었던 그 친구들은 (자기가 필요하다고 연락하기만 하면) 그 50달란트의 오백 배라도 당연히 꾸어주려니 하고 생각하였다.

맨 먼저 그는 루쿨루스에게 사람을 보냈다. 그런데 이 야비한 대감은 지난 밤 꿈에 은쟁반과 은잔 한 벌을 선물받는 꿈을 꾸고 난 참이라서 타이먼의 하인이 왔다는 통고를 듣자 옳다 꿈이 실현되노라고 타이먼이 과연 은쟁반 선물을 보냈구나 하고 반가워하였다. 그러나 타이먼의 하인이 찾아온 본뜻을 알게 되자 그의 희미하고도 물거품 같은 우정은 곧 드러났다. 타이먼의 하인을 세워 놓고 자기로서는 타이먼의 몰락을 벌써부터 미리 짐작하고 타이먼의 집에 먹으러 갈 때마다 타이먼에게 경고하였으며, 점심때 충고해도 말을 안 듣기에 그날 저녁때 또 가서 식탁에 마주앉아 돈을 좀 덜 쓰라고 누누이 권고했으나 타이먼은 들은 체 만 체하더니 지금 그 꼴이 되었다고 떠들어댔다. 그러면서도 자기는 물론 타이먼이 차려 놓은 잔치에는 한 번도 참석 아니한 일이 없었고 그때마다 다른 데서는 구경도 못할 진수성찬을 실컷 먹을 수 있었을 뿐 아니라 그밖에 값진 선물을 많이 받은 것은 사실이다. 그러나 자기가 타이먼의 집으로 갈 때마다 그 목적은 타이먼을 충고하려 한 것이라고 말을 하는데 이것은 물론 야비하기 짝이 없는 거짓말이었다. 그리고 나서 그는 슬그머니 타이먼의 하인을 약간의 돈으로 매수해가지고 주인에게 돌아가서 루클루스가 마침 집에 없어서 못 뵙고 왔다고 거짓말을 하게 하였다.

　　루키우스 대감에게 보냈던 하인 역시 실패하고 돌아왔다. 타이먼 덕택에 살이 팡팡 찌고 타이먼의 선물을 받아서 부자가 된 이 대감도 바람의 방향이 변하고 그 한정 없이 흘러나오던 선물 샘이 끊어져 버린 것을 알아채자 처음에는 믿을 수 없는 일이라고 반문하였다. 사실로 하인이 돈을 꾸러 왔다는 말을 듣고는 갑자기 몹시 민망하고 딱한 표정을 가장하며 바로 어제 물건을 많이 사느라고 돈을 다 써 버리고 현재 돈이 통 없으니 참 미안천만이라고 말했다. 불행히도 그렇게도 훌륭한 친구의 요청에 응하지 못해서 가슴이 아파 죽을 지경이라고 꾸며대는 것이었다.

　　한 접시 음식을 나누어 먹는 친구라 할지라도 그 중 참된 친구는 몇 명이나 될까? 생각해보면 타이먼은 이 루키우스의 친아버지나 다

름없었거늘, 루키우스가 빚을 지면 타이먼이 돈주머니 끈을 풀어 그 빚을 대신 갚아주었고 루키우스가 자기 하인들에게 지불하는 봉급도 타이먼의 주머니에서 나왔다. 그가 오래오래 바라다가 겨우 지어 놓고 지금 뽐내고 있는 이 집을 지을 때 고용한 노무자 임금까지도 모두 다 타이먼이 지불해 주었거늘, 아 그렇거늘! 배은망덕한 사람은 짐승만도 못한 것이다! 이 루키우스까지 지금 와서 과거에 자기가 타이먼에게서 선물 받은 재물에 비하면 거지에게 한 푼 던져주는 셈밖에 더 안 되는 돈을 꾸어주기를 거절하다니.

셈프로니우스를 위시하여 타이먼이 하인을 보내본 그 많은 수전노 대감들 대개가 다 더러는 근사한 핑계를 둘러대고 더러는 아주 똑 잘라서 타이먼의 요구에 응하기를 거절했다. 벤티디우스까지도, 타이먼이 대신 빚을 물어주어 감옥에서 꺼내주었고 또 지금에는 부자가 된 벤티디우스까지도 이전에 타이먼이 꾸어준 것이 아니라 그냥 희사한 5달란트의 돈을 돌려주기를 거부하는 것이었다.

타이먼이 부자일 때 모든 사람들이 그렇게도 타이먼을 따르고 존경하고 하더니 타이먼이 가난해지자 모두가 다 슬슬 피해 달아났다. 한때 타이먼이란 사람이야말로 이 세상에서 가장 관대하고 마음이 너그럽고 손이 크고 어쩌고 하고 최대의 찬사를 퍼붓던 그 혀들이 지금에 와서는 돌변하였다. 타이먼의 관대는 무모한 짓이었고, 마음이 너그러운 것은 사치한 것이었고 어쩌고 하며 악평하고 돌아가는 것을 부끄러워하지 아니하였다. 사실상 타이먼이 이런 유의 동물들을 그 관대의 대상으로 했던 것이야말로 무모한 짓이었음에 틀림없을 것이다. 지금에 와서 타이먼의 집은 한적해졌을 뿐만 아니라 사람들은 이 집에 오기를 의식적으로 피하게 되어 이전에 누구든지 지나가던 사람은 반드시 들려서 마음껏 이 집 술을 마시고 반가운 대접을 즐기던 것과는 딴판이 되어 버렸다. 아니 그 반대로 지금 이 집으로 모여드는 사람들은 모두가 다 빚 받으러 오는 자, 고리대금업자, 깍쟁이들뿐으로서 아무런 체면도 차리지 않고 어서 내놓으라고 강요하는데 못 내겠으면 차용증서를 써내라, 이자라도 내라, 저당권 설정을 하자, ― 고집불통 얼음장처럼 찬 인물들이어서 절대로 연기할 수 없다고 아우성치는 것이었다. 그래서 지금 타이먼의 집은 감옥이 되었고 오도 가도 못하고 종일 갇히어서 시달리는데 50달란트 기한이 되었으니 갚아달라는 놈, 5천 크라운짜리 청구서를 들고 들어오는 놈, 그걸 다 갚으려고 피를 방울방울 짜낸다 하더라도 타이먼 한 사람의 피를 가지고는 모자랄 지경이었다.

　이러한 절망적이고 도저히 회복할 수 없는 처지에 놓였음에도 불구하고 하루는 타이먼 대감이 큰 잔치를 차린다고 선언하였다. 그가 아는 손님은 전부 다 청하였는데 대감이니 귀부인이니 아테네 시에서 내로라고 하는 인물은 하나도 빼놓지 않고 다 초대했다. 초대장을 받은 사람들은 모두 놀라 마지아니하였다. 놀라고 의아하면서도 얻어먹겠다고 꾸역꾸역 모여 들었는데 루키우스, 루클루스를 위시하여 벤티디우스, 셈프로니우스 그밖에 모두 다 참석하였다. 지금 이렇게 다시 초대를 받고 보니 그 누구보다도 타이먼에게 돈 좀 빌려주기를 거절한 자들이 앞장서서 재롱을 부리기 시작하였다. (그들 생각에는) 타이먼이 돈이 떨어졌다고 했던 것은 단지 한 핑계에 지나지 않았고 실은 친구들의 우정을 떠보는 계략이었는데 자기들이 이 계략에 속아 넘어간 것이 원통하고 후회되었다. 그러나 한편은 아주 말라 버리었다고 생각했던 샘이 다시 터져 나오는 것을 볼 때 누구보다도 기뻐하는 자들은 역시 타이먼을 도와주기 거부하던 자들이었다. 그자들이 들어서면서부터 온갖 교태를 다 부려 시치미를 뚝 떼고 타이먼 같은 가까운 친구가 돈을 꾸어 달라고 사람을 보냈을 때 그때 마침 돈이 똑 떨어져서 못 돌려준 것이 말할 수 없이 미안하게 되었노라고 변명을 하였다. 그러나 타이먼은 화를 내지 않고 아무렇지도 않은 태도로 자기는 그걸 벌써 다 잊어버렸으니 그런 사소한 문제에 관심을 둘 필요 없다고 대답하였다.

그러면서도 그 교활한 대감들은 자기네가 자기의 친구가 곤란한 때 좀 도와주기를 거절했음에도 불구하고 타이먼이 다시 일어나 청하는 잔치에 참석하지 아니하고는 못 배기는 것이었다. 아무리 제비 같은 날짐승이 여름을 따라다닌다 해도 이 인간들처럼 부자를 따라다니지는 않을 것이요, 아무리 겨울을 피해 달아난다 하더라도 이 인간들처럼 친구가 역경에 빠졌다는 기미만 보고 도망가 버린 것처럼 그렇게 빨리 달아나지는 않았을 것이다. 즉 사람이란 동물은 짐승만도 못한 것이었다.

그러나 오늘 타이먼의 집에서는 또다시 풍류 소리와 함께 김이 무럭무럭 나는 요리 그릇들이 들어왔다. 상 위에 죽 벌려 놓은 뚜껑 덮은 요리 그릇들을 바라다보는 손님들은 자기 눈을 의심할 만큼 놀라기도 하고 감탄하기도 하고 의심하기도 했다. 파산했다고 전해지던 타이먼이 지금 이렇게도 값나가는 요리를 차리다니 그것이 사실인지 허깨비인지 눈을 의심하지 아니할 수 없었다. 그러자 타이먼이 어떤 암호를 할 때 상 위에 놓인 요리 그릇들 뚜껑이 한꺼번에 열리는데 거기에는 타이먼의 뜻이 그대로 나타났다. 그것은 손님들이 기대하고 있었던 고량진미는 한 그릇도 없고 뚜껑을 열어젖힌 이 그릇그

릇마다 김 오르는 더운 물밖에 없었다. 이것은 파산한 타이먼이 친구를 대접할 수 있는 가장 적당한 음식임에 틀림없었다. 더구나 여기 모인 이 배은망덕한 친구들, 친구라는 것은 말뿐으로 우정은 금시 사라지는 김에 틀림없었다. 그놈들의 마음은 미지근한 물과 마찬가지로 축축하고 미끄러운 것이었던 만큼 지금 타이먼이 이자들에게 이런 음식을 내놓는 것은 지당한 처사이었다. 손님들은 모두 너무나 놀라서 어리둥절하고 있는데 타이먼은 소리를 높여,

"자 이 개들아, 어서 엎드려서 핥아먹어라!"

하고 고함을 지르기가 무섭게 그는 달려들어서 그 물그릇을 들어 손님들의 머리, 얼굴, 가슴에 막 끼얹어 주었다. 허둥지둥 모자를 집어들고 달아나는 신사 숙녀와 대감들을 향하여 타이먼은 물그릇을 막 내동댕이쳤다. 서로 밀치고 밟고 큰 혼란을 일으키며 도망가는 이자들을 문 밖까지 따라 나오며 물그릇을 던지던 타이먼은 고래고래 소리를 질렀다.

"이놈들, 이 미끈미끈한 기생충들아, 친절의 가면을 쓰고 남을 망치는 고약한 놈들, 얌전한 이리 떼, 수줍은 곰들, 부당한 재물을 탐내는 욕심쟁이들, 얻어먹기나 하는 친구들, 파리 떼 같은 놈들!"

하고 막 욕을 퍼붓는 것이었다. 누구보다도 먼저 도망가려고 덤비는 통에 어떤 자는 외투도 미처 못 입고 얇은 옷차림으로 뛰어가는 놈도 있고 모자를 잃어버린 놈, 보석을 잃어버린 숙녀들이 수두룩하였다. 그러면서도 그 엉터리 요리상을 떠나 그 미친듯이 날뛰는 타이먼의 욕설을 더 듣지 않으려고 모두 다 빨리빨리 달아나 버리고 말았다.

이것이 타이먼이 연회를 연 맨 마지막이었다. 뿐만 아니라 타이먼은 이 날로 아테네 시를 하직하고 전 인류와의 관계를 끊어버리고

혼자서 깊은 숲속에 숨어 버리고 말았다. 아테네와 인류를 저주하며 떠나가는 그는 그 구린내 나는 아테네 성이 무너져 내리고 성내 집들이 모두 무너져서 그 안에 살고 있는 주인들을 파묻어 주었으면 하고 빌었다. 그리고 온갖 박해가 사람들을 못살게 굴게 해달라고 빌었다. 즉, 전쟁, 폭동, 가난, 질병이 아테네 주민을 몰살시키거나 그렇지 않으면 정의로운 신께서 이 도시 남녀노소 빈부귀천을 막론하고 전부 죽여주십사고 기도를 올리었다. 그리고 깊은 숲속으로 들어가면서 자기는 거기서 사람 종자보다 훨씬 친절하고 착한 동물을 만나고 싶었다. 그래서 그는 옷을 활활 벗어 버리고 사람 형태로 다시 돌아오지 않기로 맹세하고 나서 숲속에 굴을 파고 혼자 살기 시작하였다. 짐승처럼 굴속에 살며 풀뿌리를 캐 먹고 시냇물을 마시며 사람은 절대로 피하고 짐승이 사람보다 더 우정이 깊다고 생각하기에 이르렀다.

그 얼마나 기막힌 반전이었던가? 돈 잘 쓰는 부자 타이먼 대감, 모든 사람을 기쁘게 해주던 타이먼 대감이 지금에 이르러서는 벌거벗은 타이먼, 인류를 극히 미워하는 타이먼으로 변했으니! 그에게 매일처럼 모여들어 아첨하던 무리들은 다 어디로 갔는가? 그가 거느리고 살던 그 수다한 하인들과 종들은 다 어디로 갔는가? 이 음산한 공기가, 소란스런 대기가 그래 지금 이 대감의 종이 되어 대감 몸에 따뜻한 옷을 입혀줄 것인가? 저 탄탄한 나무들, 독수리 성화에 용케도 견디어낸 저 나무들이 그래 대감의 젊고 싹싹한 시종이 되어서 대감이 심부름시킬 때마다 냉큼냉큼 다녀오게 될 수가 있을까? 겨울이 되면 단단하게 얼어버리는 저 개울물이 그래 과연 대감이 지난밤 술이 과하여 아침 입맛이 없을 때 드실 따끈한 죽을 끓여 대접하게 될 수가 있단 말인가? 저 황량한 숲속에 사는 야수들이 어찌 대감을 찾아와서 그의 손을 핥으면서 아첨하게 될 수가 있을까?

그런데 어느 날 타이먼이 먹을 풀뿌리를 캐고 있노라니 그의 삽이 어떤 단단한 물건에 닿았다. 그래 흙을 헤치고 보니 그것은 금덩이였다. 아마 그 옛날 세상이 어지러울 때 어떤 인색한 부자가 여기에 금을 묻어두고 세상이 평정되면 와서 파 가려고 했던 것이 그에게 기회가 이르기 전에 아마 죽어 버렸나 보다. 그가 죽기 전에 아무에게도 이 비밀을 말해주지 아니했기 때문에 그 금덩이가 그냥 남아 있었음에 틀림없을 것이다. 그래서 이 금덩이는 사람에게 아무런 도움도 주지 않고 또 아무런 해를 끼치는 일 없이 자기의 고향인 땅속에 지금까지 숨어 있다가 우연히도 타이먼의 삽에 부딪쳐서 다시 세상 구경을 하게 된 것이었다.

타이먼이 이전과 같은 생각을 가지고 있었더라면 자기가 발견한 이 금덩이를 가지고 한 번 더 친구들과 아첨꾼들을 매수하고도 남음이 있었을 것이다. 그러나 지금의 타이먼은 세상만사가 다 싫증이 나 버린 때라 금덩이를 보기만 해도 눈에 독이 올라서 그걸 그만 도로 묻어 버리려고 하였다. 그러나 그 순간 그의 머리에는 한 악독한 생각이 스치고 지나갔다. 아니다, 이 금덩이를 세상에 내놓기만 하면 이 금 때문에 서로 도둑질하고, 압박하고, 불공평한 재판을 내리고, 뇌물을 주고받고, 격투하고 서로 살육을 자행하여 사람끼리 환란을 자초하리라는 생각을 하니 고소하기 짝이 없었다. (타이먼이 인류를 미워하는 감정이 얼마나 심했던지 돈 때문에 인류가 서로 찢어지고 멸망하는 꼴을 보면 속이 시원할 것같이 생각되었다.) 바로 이때 한 무리의 아테네 군대가 이 숲속으로 행군해 들어와서 타이먼이 살고 있는 굴 근처를 통과하게 되었다. 이 군대의 통솔자는 엘키비아데스 대위였다. 그는 아테네 국회의원들에 대한 불평을 품고 (아테네 사람들은 모두가 다 너무나 은혜를 모르고 배은망덕한 사람들이었기 때문에 끊임없이 군대 또는 친우들의 미움을 사는 것이 보통이었다) 아테네를 탈출해 나온 군인이었다. 이 군대는 아테네 수호를 위하여 여러 번 용감스럽게 싸워 왔음에도 불구하고 아테네 국회의원들이 그 은혜를 망각하고 푸대접하는 데 화가 났던 것이다. 이 군대가 아테네 시를 무찔러 버릴 기세를 눈치 챈 타이먼은 자기가 발견한 그 금덩이를 통째 이 군대에 내주었다. 금덩이를 군대에 바치는 조건이라고는 아무것도 없고 단지 아테네 시를 쑥대밭을 만들어 주면 족하다는 부탁뿐이었다. 전 시가지를 태우고 전 시민을 도륙하되 늙은 놈들이 하얀 수염을 기르고 있어서 점잖아 보이기는 하나 그놈들은 모두가 사기 횡령꾼이니 살려둘 필요가 없고 젊은 사람들과 어린이들이 지금은 착하게 보이나 그놈들을 살려 두었다가는 나중에 장성하여 모두 반역자가 되겠으니 살려둘 필요 없이 모두 다 죽여 버려야 된다고 타이먼은 거듭 말하는 것이었다. 그리고 타이먼은 신께 빌기를 이 군대의 눈을 멀게 하고 귀를 먹게 하여서 순진한 처녀들의 하소연도 받아들이지 않게 되고 젖먹이 어린이들의 울음소리에도 군인들의 마음속에 측은지심이 생기지 않도록, 어머니들의 호소에도 마음이 움직이지 않아 남녀노소 빈부귀천할 것 없이 아테네 시민 전부를 도륙하고 난 후에는 다시 이 정복자들까지도 서로 죽이도록 혼란을 일으켜 달라고 빌었다. 그가 아테네 시와 아테네 주민은 말할 것 없이 전체 인류를 미워하는 정도가 이렇듯 극단에 이르렀던 것이다.

 타이먼이 그처럼 들짐승보다도 더 야만적이고도 외로운 생활을 영위하던 차에 하루는 어떤 한 사람이 자기 굴문 밖에 예를 갖추고 서 있는 것을 발견하고 그는 몹시 놀랐다. 자세히 보니 그 사람은 다른 사람이 아니라 타이먼의 가장 충복인 플라비우스였다. 이 충복은 주인님이 숲속에서 짐승과 같은 생활을 한다는 소식을 듣고 그래도 주인을 도와주고 싶은 일편단심으로 주인을 섬길 목적으로 이렇게 찾아온 것이었다. 그런데 이 플라비우스가 자기 주인이 살고 있는 이 어둡고 으슥한 동굴을 목격하고, 주인이 어린애처럼 벌거벗고 사는 것을 보고, 한때는 대감이었던 이 타이먼이 들짐승 중에서도 제일 야비한 들짐승 생활을 하고 있는 모습을 보았던 것이다. 이 충복은 너무나 억울하고 기가 막히어서 공포에 차고 혼란스런 심경으로 굴문 앞에 우두커니 서 있었다. 한동안 목이 메어 말도 못 하고 서 있다가 겨우 마음을 진정하고 말을 시작하였으나 말보다도 눈물이 앞을 가리어 타이먼을 납득시키기가 참으로 어려웠다. 더구나 타이먼은 사람이라면 모두 다 의심하고 멸시하고 있었으므로 자기 종이 거지꼴이 된 자기를 섬기려고 왔다는 수작이 도무지 믿어지지가 않았다. 지금 울며 말하고 있는 이자 역시 사람의 탈을 쓴 놈이니 이놈은 분명코 반역자임에 틀림없고 눈물도 가짜라고 단정하고 어서 썩썩 물러가라고 야단을 치는 것이었다. 그러나 이 충직한 하인은 절대로 자기가 무슨 딴 목적이 있어서 찾아온 것이 아니고 단지 옛날 주인님에게 충성을 보이고자 왔노라고 누누이 설명하였다. 그 진지한 태도가 급기야는 타이먼을 설득시켜서 그 자신이 세상에 단 한 사람의 정직한 사람이 있다는 것을 알게 되었노라고 고백하기에 이르렀다. 그러나 이 정직한 사람까지도 그 모습이 사람의 탈을 썼기 때문에 타이먼은 사람 꼴만 보아도 증오심이 격동하는 것을 참을 수 없게 되었으므로 사람의 탈을 쓴 입에서 흘러나오는 말소리도 듣기가 싫으니 어쩔 수 없다고 고집하였다. 설사 그의 마음은 모든 사람에 비하여 더 유하고도 동정심이 가득 차 있었음에도 불구하고 그 외양이 사람의 꼴인 이유 하나 때문에 그 하인은 타이먼에게 용납되지 못하고 그냥 떠나가지 않으면 안 되었다.

그러나 이 가련한 하인이 타이먼의 고독하고도 야만적인 생활에 약간의 변화를 주려고 기도했던 것보다 몇 배나 더 큰 방문객들이 타이먼을 찾아왔다. 즉 아테네 시의 귀족들과 국회의원들이 대거 타이먼을 방문한 것이었다. 성난 곰처럼 덤비는 엘키비아데스 대위와 그 군대는 아테네 성을 둘러싸고 성을 연일 습격하면서 아테네 시를 잿더미로 만들겠다고 호통하는 것이었다. 이런 위기에 봉착한 아테네 시민들은 자기네가 궁지에 빠지게 되자 옛날의 타이먼 대감을 기억하게 되었다. 타이먼이 궁지에 빠졌을 때 본체만체했던 아테네 국회의원들이 지금 타이먼 대감의 용감성, 전투 지휘 능력을 회상하게 되었으니 타이먼은 과거의 이 나라 장군으로 그 전략이 신출귀몰하여서 외적을 막아내고 나라를 구해낸 전공이 혁혁했던 사실을 회상한 것이었다. 그래서 그들은 지금 타이먼에게 다시 군권을 잡고 반역자 엘키비아데스 군대를 물리쳐 달라고 청하려 숲으로 몰려 온 것이었다.

국회에서 대표를 뽑아 타이먼에게 시중들면서 간청하기로 하였다. 그 대표들은 과거에 자기네가 타이먼의 불행에 얼마나 무관심하고 무례했었는가 하는 잘못을 진정으로 깨닫지 못하고 자기네가 급하게 되니까 제발 살려 달라고 빌려고 타이먼을 찾아온 것이었다.

그래서 그들은 타이먼 앞에 무릎을 꿇고 애원하기도 하고, 눈물을 흘리며 하소하기도 하여 타이먼으로 하여금 아테네 시로 돌아가서 시민들을 구해내 달라고 간청했다. 그리고 그들은 또 지금에 이르러서 타이먼에게 돈을 얼마든지 주고, 권세를 주고 또 전 시민의 숭앙과 사랑을 다시 받도록 하여서 지나간 날의 무례를 변상하겠노라고 하는 것이었다. 타이먼이 들어주기만 한다면 시민 전체의 생명 재산을 모두 다 그의 발아래 들여 놓겠노라고까지 빌었다. 그러나 지금의 벌거숭이 타이먼, 사람을 미워하는 타이먼은 이미 타이먼 대감이 아니요, 자선심 많은 타이먼도 아니요, 용감한 타이먼도 아니며, 전쟁의 참화로부터 아테네를 수호해 줄 타이먼도 아니었고 또 평화시 그들의 장식품이 되어 줄 타이먼이 아니었다. 엘키비아데스 대위의 군대가 지금 아테네 시민 전부를 죽여 버리더라도 아랑곳할 타이먼이 아니었다. 군대가 아테네 시를 약탈하고 남녀노소를 모조리 다 죽여 버린다면 그것을 기뻐할 타이먼이었다. 타이먼은 자신의 심정을 국회의원들 앞에 솔직하게 토로하였다. 그리고 만일 자기가 칼을 가지고 있었던들 아테네 시민 중 가장 높은 사람의 목을 자를 것이라고 말하였다.

크게 낙망하여 울고불고 하는 아테네 국회의원들에게 이상과 같은 당황스런 대답을 주고 난 타이먼은 그들이 떠나갈 때 한마디 충고를 하였다. 그것은 타이먼 자기가 죽기 전에 자기 동족을 위하여 꼭 한 가지 친절을 보이고 싶으니 시민들이 그렇게도 엘키비아데스의 군대가 무섭고 두렵고 걱정이 된다면 구원받을 길은 꼭 한 가지가 있다고 말하였다. 이 말을 들은 국회의원들은 결국 타이먼이 아테네를 구해주려나 보다 하고 생각되어 안도의 한숨을 쉬게 되었다. 그러자 타이먼은 계속해 말하기를 그가 살고 있는 굴 근처에 큰 나무 한 그루가 있는데 자기는 조만간 그 나무를 찍어 버리려고 생각하고 있으니 아테네 시민 중에 재앙을 면하고 싶은 사람들은 빈부와 노소를 막론 아테네 시민 중에 재앙을 면하고 싶은 사람들은 노유 빈부를 막론하고 얼른 이 숲으로 나와서 자기가 그 나무를 찍기 전에 그 나무 맛을 보아도 좋다고 말했다. 그 뜻은 아테네 시민들이 군대의 칼날 아래 무참히 죽는 것보다 이 나뭇가지에 목을 매어 자살하는 것이 좀 더 명예스러운 죽음일 것이라고 비꼬는 말에 불과한 것이었다.

    타이먼이 자기 동포에게 보낸 예의는 이것이 마지막이었고 또 그의 동포들이 타이먼의 모습을 본 것도 이것이 마지막이었다. 이 일이 있은 직후에 어떤 가난한 군인이 타이먼이 살고 있는 숲에서 그리 멀지 않은 해안을 거닐다가 그 해변에서 타이먼의 무덤을 발견한 것이었다. 바로 바다 가까이 쌓여진 이 무덤 비문에는 인류를 미워한 타이먼의 무덤이라고 새겨져 있고 그 아래,
'그가 살아 있을 동안 그는 전 인류를 미워하기 그지 없었으며 그가 죽은 순간에 그는 이 살아 있는 모든 비열한들이 전염병에 걸려 죽으라고 빌고는 숨이 끊어졌다.' 하는 비명이 새겨져 있었다.

    타이먼이 비명횡사를 했는지 또 혹은 생애에 대한 환멸과 인류를 싫어하는 감정이 극도에 달하여 자살을 해버렸는지 그것은 분명치가 않았다. 하여튼 이 비명을 읽는 사람들은 그 누구나 다 최후까지 인류를 미워하다가 죽은 이 사람이 인류를 저주하고 죽은 것은 당연한 일이라고 말하였다. 타이먼이 자기 묘지를 하필 이 해변가로 택한 데 대하여 혹자는 상상하기를 가면을 쓰고 속이기만 하는 인간들의 일시적이고 또 얕은 눈물을 멸시한 그가 이 해변에 묻혀 자기 무덤 위로 그 넓고 넓은 바닷물이 쉴 새 없이 영원토록 울며 지나가는 것을 바랐기 때문에 그 자리에 묻힌 것이리라고 생각하였다.

로미오와 줄리엣

ROMEO AND JULIET

주요 등장인물

로미오

몬테이그 : 로미오의 아버지

벤볼리오 : 몬테이그의 조카

에이브러햄 : 몬테이그의 하인

밸세이져 : 로미오의 하인

머큐쇼 : 로미오의 친구

로잘린 : 로미오가 짝사랑한 첫 애인

줄리엣

캐퓰릿 : 줄리엣의 아버지

타이볼트 : 캐퓰릿의 조카

로렌스 신부

패리스 백작 : 줄리엣의 구혼자

베로나 시 주민 중에 제일 유력한 두 가문이 있었으니, 한 가문은 캐퓰릿 댁이요, 또 한 가문은 몬테이그 댁이었다. 이 두 가문은 여러 해 동안 한 도시에 살면서도 서로 오해가 생겨 피차 원수가 되고 말았다. 두 가문의 갈등이 날로 늘어서 급기야는 이 두 가문뿐만 아니라, 이 두 가문의 친척들까지도, 또는 하인들까지도 원수가 되어서 길에서 만나면 서로 욕지거리를 하게 되고, 심지어는 싸움을 하여 피투성이가 되는 일이 많아졌다. 우연히 길에서 만나도 서로 공연한 트집을 잡아가지고 대판 칼부림이 벌어지곤 하였으므로, 시민들이 이맛살을 찌푸리곤 하였다.

어느 날 밤 캐퓰릿 노옹 댁에서는 많은 신사 숙녀를 초대하여 큰 연회를 열었다. 베로나 시에서 행세깨나 하는 사람들 전부가 참석하였고, 원수인 몬테이그 댁 친척 외에는 누구든지 다 와 달라고 초청하였다. 이 연회에 로잘린이라고 하는 처녀도 참석하였는데, 이 처녀는 로미오라는 청년의 애인이었다. 로미오는 몬테이그 노옹의 아들이었는데, 이 캐퓰릿 댁 연회에 몬테이그 댁 사람이 참석한다는 것은 실로 위험천만한 일이었다. 로미오의 친구인 벤볼리오가 자꾸만 가보자고 로미오를 꾀었고, 그냥 뻐젓이 가지 말고, 얼굴에 마스크를 쓰고 가면 괜찮다고 하는 것이었다. 이 친구가 꼭 로미오를 데리고 이 연회에 참석하려고 하는 이유는 이러하였다. 즉 이 연회에 참석한 로잘린이란 처녀는 벤볼리오가 보기에는 별로 잘생기지도 못하였는데, 로미오가 그 처녀에게 미쳐서 날뛰는 것이 늘 민망스러웠다. 오늘 저녁 연회에는 로잘린 외에 시내 미인 처녀들이 전부 모일 것이다. 그곳으로 로미오를 데리고 가서 여러 처녀들을 소개해 주어, 로미오가 로잘린을 차버리고 다른 처녀를 좋아할 수 있는 기회를 줄 목적이었다. 로미오가 이 연회에 모인 다른 처녀들을 보면 로잘린보다 월등히 더 잘생긴 처녀를 반드시 발견할 것이라고 생각하였다.

"자, 글쎄 가보자구. 그 예쁜 처녀들 틈에 낀 로잘린을 보면, 로잘린 같은 것은 백조들이 모여 노는 틈에 한 마리 보잘것 없는 까마귀처럼 보일 거야."

하고 그는 강권하는 것이었다. 로미오는 이 친구의 말을 그리 믿지는 않았으나, 하여간 가면 그립고 그리운 로잘린을 만날 터이지 하는 생각으로 함께 가기로 하였다. 로미오는 순진하고도 열정적인 연애광이어서 로잘린을 사랑하기 때문에 잠도 못 자고 친구들도 귀찮아졌다. 그는 혼자 조용한 곳으로 가서 로잘린을 그리는 생각에 잠기기를 즐기는 것이었다. 로잘린은 도리어 로미오를 싫어하여서 한 번도 로미오의 정열을 받아주는 일이 없이 불친절하고 싸늘하였다. 그래서 벤볼리오는 로미오의 이 첫사랑을 깨뜨리기 위하여 여러 다른 미인들과 교제를 시켜야겠다고 생각하였다. 그래서 로미오, 벤볼리오, 또 다른 한 친구 머큐쇼 세 청년이 가면으로 얼굴을 가리고 연회석을 찾아갔다. 캐퓰릿 노옹은 이 청년들을 반가이 맞으면서 발가락 사이에 굳은살이 박히지 아니한 처녀들이 많이 모였으니 마음대로 실컷 춤을 추라고 농담을 하면서 아주 흡족하고 유쾌한 모양이었다. 노옹은 자기도 한참 청춘 시절에는 연회에 갈 때에 반드시 가면을 쓰고 가서 아무런 여자고 붙들고 귀에 입을 대고 마음 놓고 속삭이는 것이 재미있었노라고 말하였다.

그들은 댄스를 시작하였다. 로미오는 여러 여자들 중에서 특히 아름다운 한 처녀를 발견하였다. 이 여자의 얼굴은 횃불처럼 환하고, 흑인 여자들만이 가질 수 있는 보석, 즉 밤중에 더 광채가 나는 보석

같이 예쁘다고 생각되었다. 너무 지나치게 예쁘고, 이 세상 속세에 살기에는 너무나 신성하고, 다른 여자들은 까마귀 같은데 이 여자만 하얀 비둘기 같고, 세속 여자들과는 도저히 비교가 안 되는 절세미인이라고 극히 칭찬하였다. 로미오가 이처럼 칭찬을 늘어놓는 목소리를 그 옆에 서 있던 타이볼트라는 사람이 듣고, 이 가면 쓴 사나이의 목소리가 로미오의 목소리라는 것을 짐작하였다. 이 타이볼트는 바로 캐퓰릿 노옹의 조카였다. 타이볼트는 열정적이고 억센 성격의 소유자였다. 몬테이그의 아들놈이 가면을 쓰고 몰래 들어와서 개수작을 늘어놓는 것은 도저히 용서할 수 없다고 생각하고 삼촌을 찾아서 이 놈을 당장 이 자리에서 죽여 버리라고 야단법석을 떨었다. 그러나 영감님은 지금 이 자리에서 분풀이를 하면 다른 손님들에게 큰 실례가 되는 일이요, 또 사실 그 집과 우리집은 원수이지만 여기 모인 신사 숙녀 여러 사람은 대개 다 로미오를 잘 아는 사람들이었다. 더구나 베로나 시민 다수가 로미오만은 훌륭한 신사요, 교양 있는 청년이라고 존경하고 있는 것이 사실인 만큼, 이때 우리 측에서 먼저 손을 대는 것은 불리하니까 지금만은 좀 꾹 참고 있으라고 타일렀다. 이렇듯이 삼촌이 말리니까 꾹 참기는 했으나, 타이볼트는 언제고 한번 이 못된 놈에게 오늘 밤의 모욕을 갚을 것이라고 굳게 결심하였다.

　댄스가 끝나자 로미오는 그 예쁜 처녀가 서 있는 곳으로 가서, 그가 가면을 쓴 것을 방패로, 좀 실례되는 것을 무릅쓰고 그 여자의 손을 살그머니 붙잡았다. 그러고는 아주 부드러운 목소리로,

　"당신의 이 손은 신성한 성전이라고 할 수 있습니다. 내가 이 신성불가침한 손을 만져서 신성을 모독하였사오니, 이 행동은 순례자인 나로서 큰 죄를 지은 것입니다. 그러니까 나의 이 죄를 사함 받는

예식대로 내가 마땅히 이 손에 키스를 하지 않을 수 없게 되었습니다." 하고 말하였다.

여자는 대답하기를,

"착한 순례자여, 그대의 신앙심은 너무나 예의 바르고, 너무나 고상합니다. 그러나 순례자에게 허락된 권리는 성인의 손을 만질 수는 있으나 그 손에 키스를 하는 법은 없지요." 하고 말하였다. 로미오는,

"그렇다면 성인은 입술이 없나요? 순례자도 입술이 없을까요?" 하고 말하니, 여자의 대답이,

"예, 입술이 있기는 하지만, 그 입술은 기도를 올릴 때만 쓰는 입술입니다."

로미오는,

"오! 오! 그러시다면, 이 순례자의 기도를 들어주십시오. 허락하여 주시오. 만일 거절하시면 나는 절망입니다."

이렇듯이 사랑스럽고 재미있는 이야기를 주고받고 있는데, 마침 하인이 와서 처녀의 어머니가 처녀를 부른다고 하여 처녀는 가버렸다. 로미오가 하인에게 이 처녀의 어머니가 누구냐고 물어보았더니, 그렇게도 순진하고 예쁜 처녀가 다른 사람이 아니고 바로 줄리엣, 즉 캐퓰릿의 외동딸이요, 그 대를 이을 상속자라는 것을 알게 되었다. 자기 아버지 몬테이그의 가장 큰 원수의 딸! 그것도 모르고 자기 진심을 이 원수에게 줘 버리다니? 이것이야말로 참으로 난처한 일이었다. 그러나 어떤 일이 생기더라도 이제 와서 사랑을 버릴 수는 없었다.

줄리엣도 방금 마주서서 이야기하던 그 남자가 로미오라는 것을 알게 되었다. 그는 괴로웠다. 로미오가 첫눈에 줄리엣을 사랑하게 된 것과 마찬가지로 줄리엣도 너무나 급작스럽게, 미련 없이 로미오에

게 애정을 느끼게 되었던 것이다. 이 한 번 박힌 사랑의 씨를 어찌 떼어버릴 수 있으랴? 영원토록, 가문의 원수이니 반드시 미워해야만 될 텐데!

　자정이 지나서 로미오는 온다 간다 소리 없이 친구들 앞에서 사라지고 말았다. 로미오는 자기 마음을 남겨 두고 몸만 떠나 나온 이 집을 차마 떠나갈 수 없었다. 그는 그 집 후원으로 되어 있는 과수원 담을 뛰어넘어 들어가서, 마음속으로 사랑을 되풀이하면서, 그 정원을 잠시 거닐고 있었다. 그때 마침 이층 창문 앞에 줄리엣의 모습이 나타났다. 이 처녀의 무한한 아름다운 자태는 마치 동쪽 하늘에 솟아오르는 햇빛처럼 빛나는 것이었다. 그러나 어슴푸레 비치는 달빛 속에서 로미오는 떠오르는 햇빛의 눈부신 광채에 눌리어서 병들고 창백해 보이는 듯한 줄리엣의 자태에 황홀하였다. 줄리엣은 한 손을 뺨에 대고 서 있는 것이었다. 로미오는 차라리 자기가 장갑으로 변해서 이 처녀의 손에 끼워져 그 처녀 뺨에 스쳐보았으면 얼마나 행복스러울까 하고 상상해보았다. 줄리엣은 로미오가 쳐다보고 있는 것을 모르고 서서 깊이 한숨을 내쉬고 탄식하는 것이었다.

　"아! 어쩌나!"

　로미오는 이 탄식 소리에 온몸이 녹아내리는 것 같아서 조용히 말을 건넸으나 줄리엣은 듣지 못하였다.

　"오, 다시 한 번 더 말해보라. 나의 명랑한 천사여. 그대는 지금 내 눈에는 하늘에서 내려온 천사같이 보이는도다. 이 세상 모든 인간은 그대 앞에 굴복하리로다."

　줄리엣은 로미오가 엿듣고 있는 것을 알지 못하고, 이날 밤의 흥분을 억제하지 못하여서 소리를 내서 로미오의 이름을 부르면서 하소연하는 것이었다.

"오, 로미오! 로미오! 어인 일로 그대 이름을 로미오라 부르는가? 나를 사랑하거든 그대 부친이 지어 준 이름을 거절하라. 그대 그리 못하겠거든 나에게 그대 사랑을 맹세해다오. 그리하면 나는 캐퓰릿이란 성을 버리리라."

이 말을 듣고 난 로미오는 무어라고 대꾸를 할 용기가 생기기는 했으나 좀 더 무슨 이야기가 나오는가 듣고 싶은 호기심이 생겼다. 가만히 듣고 섰노라니, 처녀는 계속해서 혼잣말로 열정적인 하소연을 퍼붓는 것이었다. 로미오가 몬테이그라는 성을 가진 것을 원망하고 그가 다른 이름을 가졌으면 오죽이나 좋으랴, 또 혹은 그 미운 이름을 없애 버리면 좋을 텐데. 이러한 사랑스러운 고백을 듣고 섰던 로미오는 그만 더 견딜 수가 없어서 불쑥 대답을 하였다. 마치 이때까지 줄리엣이 한 것은 독백이 아니라 로미오에게 고백하는 것에 대한 대답처럼,

"그대가 그렇게도 로미오라는 이름이 불유쾌하다면 앞으로는 로미오라고 부르지 말고 내 사랑이라고 불러주던지, 또 그렇지 않으면 아무 이름이고 그대가 부르고 싶은 대로 불러주시오."
하고 말하였다. 정원에서 들려오는 남자 목소리를 들은 줄리엣은 언뜻 누구 목소리인지 분간을 못하여 웬 나쁜 놈이 남의 비밀 독백을 다 들었는가 하고 염려되었다. 그러나 로미오가 다시 크게 말을 건네자 그것이 사랑하는 사람의 목소리인지라 곧 로미오의 목소리를 알아듣고는, 이렇게 무모하게 담을 넘어 들어오면 생명이 위태한데 어찌하여 이러한 모험을 하느냐고 걱정을 하였다. 몬테이그의 가족이 이 집 정원 안에 들어와 있는 것을 들키는 날에는 꼼짝없이 목이 떨어질 터

인데 어찌하느냐고 걱정하는 것이었다. 로미오는,

"허허, 아이고 참 무서워. 그러나 그놈들 한 20명쯤이 칼을 들고 달려드는 것보다도 그대의 눈총이 더욱 무섭소이다. 그대만이 나를 사랑의 눈으로 보아준다면 나는 그놈들의 적개심을 조금도 두려워하지 않겠습니다. 그대의 사랑 없이 오래 사는 것보다는 차라리 그자들의 사정없는 칼날에 찔려 죽는 편이 오히려 좋겠습니다."

"하여튼 여길 어떻게 들어왔어요? 누가 그대를 이리로 인도하여 왔어요."

"오직 사랑이 나를 이리로 인도해 주었소. 나는 배의 선장은 아니오마는 그대가 저 먼 바다 건너 있다고 하더라고 그대를 만나기 위하여서는 어떠한 모험이라도 하겠소."

이때 줄리엣의 얼굴에는 홍조가 떠올랐다. 그러나 어두운 밤이라 로미오는 그것을 볼 수 없었다. 줄리엣은 자기가 로미오를 사랑하고 있다는 사실을 느끼기는 하나 직접 로미오에게 고백을 할 용기는 없어 혼자서 독백을 한 것이다. 지금 막상 로미오를 대하고 나니 자기가 방금 무슨 말을 중얼거리고 났는지 생각이 나지 않았다. 처녀로서의 체면을 지키기 위하여서 구혼자를 멀찍이 세워두고 얌전한 숙녀답게 얼굴을 찡그려 구혼자의 요구를 거절하고 부인하였다. 속으로는 제 아무리 간절히 사랑하면서도 겉으로는 무관심과 수줍음을 가장하여 구혼자가 자기 욕망을 그렇게 가볍고 쉽게 만족시킬 수 없다는 것을 깨닫게 하는 것이 처녀 기질일 것이다. 성공하기 어려우면 어려울수록 그 가치는 더 한층 높아지는 것이다. 그러나 지금 줄리엣에게 있어서는 거절이나 연기할 마음의 여유가 없었다. 로미오가 듣는 줄 모르고 이미 다 고백해 버렸으니, 지금 와서 새삼스레 숨길 필요 없이 이

때까지 독백한 것은 사실로 자기 진심에서 나온 것임을 인정하였다. 이어서 사랑의 힘은 미운 이름이라도 사랑스럽게 들리게 하는 것이므로 지금 와서는 로미오 몬테이그라는 이름이 아주 정다운 이름이라는 것을 시인하였다. 그리고 한 가지 특별히 청할 것은 자기가 너무나 갑자기 로미오를 사랑하게 된 것이 자기 성격이 조심성 없어서 그런 줄로 오해하지 말아 달라고 하였다. 첫눈에 반해 버린 것이 잘못된 일이라고 한다면 그것은 줄리엣 자신의 잘못이 아니라, 오늘 밤 이상스런 분위기 속에서 서로 사귀게 된 탓으로 돌릴 것이다. 즉 자기 자신으로서도 어떻게 된 일로 그렇게도 이상스럽게 단번에 반해 버렸는지 알 수가 없다. 하여튼 점잖은 숙녀가 마땅히 지켜야 할 예의를 다하지 못하고 너무 경솔하게 행동하기는 했으나 그것은 진심에서 나온 것이니 양해해 달라고 하소연하였다.

로미오는 대답하기를 그대처럼 깨끗한 처녀를 대하여 그 정절을 털끝만큼이라도 의심하지 아니한다는 것을 하나님 앞에 맹세하노라고 말하였다. 이때 줄리엣은 로미오의 말을 막고 무슨 일에나 맹세를 해서는 안 되고, 자기가 로미오를 진심으로 사랑하기는 하나 사실상 그대와 나 둘 사이의 사랑에 있어서는 너무 급하게, 너무 무모하게, 너무 철없이 맹세하여서는 안 된다고 말하였다. 그러나 로미오는 바로 이날 밤 이 자리에서 영원한 사랑의 맹약을 맺자고 간청했다. 줄리엣은,

"그대가 그러한 요구를 하기도 전에 벌써 나는 약속을 하지 않았나요? 당신이 숨어 서서 나의 고백을 다 듣지 않았어요? 그러나 내 성격은 바다와 같이 무한하고 나의 사랑은 역시 바다와 같이 깊으므로 나는 지금 내가 독백한 약속을 전부 취소해 버리고, 한 번 더 공공연

하게 약속을 다시 해주는 기쁨을 맛보려고 합니다."
라고 대답하였다. 이처럼 둘이서 오랜 시간을 이야기하고 있노라니 줄리엣과 한 방에서 자는 하녀가 날이 새도록 자지 않고 무엇을 하고 있느냐고 어서 들어와서 자라고 독촉을 했다. 줄리엣은 침실로 뛰어 들어갔다가 바로 다시 뛰어나와서,

"만일에 그대의 사랑이 진정이라면, 그대가 나와 결혼을 할 의사가 꼭 있다면, 아침이 밝은 후에 즉시 사람을 보내서 정식으로 청혼을 하겠으니 기다려 주십시오. 시간을 정하여 결혼식이 끝나면 나는 내 평생의 운명을 당신 발아래 제공하겠고, 남편이 된 당신을 따라서는 이 세상 끝까지라도 따라갈 결심입니다."
하고 말하였다. 이 말을 하는 동안에도 줄리엣은 여러 차례 하녀의 부름을 받아 침실로 들락날락하는 품이 마치 나이 어린 아이가 사랑하는 새 한 마리를 명주실에 매어가지고 놓아주었다 잡아당겼다 하는 것과 같았다. 또 로미오도 줄리엣 못지않게 그 앞을 떠나가기가 싫은 모양이었다. 두 사랑하는 남녀에게는 밤중에 단둘이 서로 주고받는 속삭임처럼 달콤한 음악은 다시 없는 것이다. 그러나 마침내 서로 잘 자라는 인사를 남기고 헤어졌다.

그들이 헤어질 때 동이 텄다. 애인의 생각과 또는 이때까지 주고 받은 이야기가 가슴속에 남아 집으로 가서도 잠 한잠 자지 못할 줄을 안 로미오는 바로 근처에 있는 사원으로 걸음을 돌리어 로렌스 신부님을 만나러 갔다. 착한 신부님은 벌써 일어나 새벽 기도를 올릴 준비를 하던 중인데 이렇듯이 이른 새벽에 로미오가 찾아온 것을 보고 그가 지난밤 잠자리에 들지 않았으리라고 짐작하였다. 필연코 또 그 젊은 가슴속 번민을 풀지 못하여 밤새도록 거리거리를 헤매었으려니

하고 생각하였다. 신부님의 이 생각이 꼭 들어맞은 것은 사실이다. 이 신부님은 이전부터 열정적인 로미오에게 연애의 번민이 있는 것을 알고 있던 까닭이었다. 그러나 신부님은 로미오가 번민하고 있는 그 사랑의 상대자를 잘못 생각하고 있는 것이다. 즉 신부님은 로미오가 로잘린에게 배척을 받고 그렇게 고민하는 것이라고 믿었던 것이다. 그런데 돌연히 로미오가 어젯밤 처음 만난 줄리엣에게 홀딱 반해가지고 당장 오늘 중으로 결혼을 시켜달라는 부탁을 받은 신부님은 너무나 놀라서 손을 들고 로미오를 뻔히 쳐다볼 뿐이었다. 신부님은 로미오가 여러 차례 로잘린이 자기 사랑을 받아 주지 아니한다고 원망하고 불평을 하소연하는 소리를 들어왔기 때문에 젊은이들의 연애는 눈으로만 하는 것이지 마음 깊이 진정으로 사랑하는 것은 아니라고 말하였다. 로미오는,

"신부님은 지금까지 내가 로잘린을 사랑하되 그가 내 사랑을 받아주지 않는다고 내가 비관하는 것을 비난해 오지 않으셨습니까? 그런데 오늘 이야기는 나의 짝사랑이 아니고 줄리엣과 내가 서로서로 꼭 같이 사랑하는 것이니까 좋지 않습니까?"
하고 애원하였다. 이 말을 들은 신부님은 그 나이 어린 줄리엣과 로미오를 결혼시켜 놓으면, 그 결혼으로 인하여 캐퓰릿과 몬테이그 두 가문의 오랜 갈등을 없애버리는 좋은 결과가 나타날 수 있을 것이라고 생각하였다. 이 세상에서 신부인 자기처럼 이 두 집안을 꼭 같이 친하게 사귀어 온 사람은 없었다. 또 그동안 자기가 중간에 나서서 화해를 시켜보려고 여러 번 노력해보았으나 번번이 실패하였는데 좋은 기회가 왔다고 생각되었다. 더욱이 자기는 로미오를 매우 귀여워해서 지금까지 로미오의 청을 거절한 일이 한 번도 없었는데, 이 좋은 청을

물리칠 수 있으랴 하는 생각이 들어서 두 사람의 결혼식 주례를 해주기로 약속하고 말았다.

로미오의 기쁨! 줄리엣도 로미오에게 심부름을 보냈던 하인의 입으로 지금 당장 신부님 방에서 결혼식을 거행하기로 했으니 곧 그리 오라는 소식을 듣고 곧 바로 달려왔다. 두 사람은 신부님 주례로 거룩한 혼인을 맺고 또 마음 좋은 신부님의 기도로 결혼식이 끝났다. 신부님은,

"하나님께서 이 두 사람의 결혼을 축하하여 주시오며, 또 이 젊은 캐퓰릿과 몬테이그 가문 양인의 결합이 두 집안의 오래 묵은 적개심을 묻어버리고 그 오래된 싸움과 갈등을 해소하는 역할을 성취하도록 비나이다."

하고 기도했다. 결혼식이 끝나자 줄리엣은 곧 집으로 돌아갔다. 로미오와 오늘 밤에도 어젯밤에 만났던 그 정원에서 다시 만나자고 약속을 하고 헤어졌다. 집에서 기다리는 줄리엣은 기대하는 시간이 너무 길었다. 비교해 말하자면 참을성 없는 어린아이가 명절에 입혀준다고 하는 새 옷을 어서 입고 싶어서 그 전날부터 안절부절 못하는 모습과 같았다.

바로 그날 점심때쯤 로미오의 친구인 벤볼리오와 또 머큐쇼 등이 베로나 거리를 거닐다가 깍쟁이 타이볼트를 선두로 한 한 무리의 젊은이들과 딱 마주쳤다. 어젯밤 연회에서 로미오를 죽인다고 삼촌에게 대들던 그 성급한 타이볼트였다. 머큐쇼가 로미오와 동행이 된 것을 못마땅하게 본 타이볼트는 노골적으로 머큐쇼를 비난하였다. 타이볼트 못지않게 성질이 표독하고 혈기가 왕성한 머큐쇼는 발칵 화를 내며 대들었다. 벤볼리오가 중간에 끼어서 말려보았으나 싸움은

시작되고 말았다. 로미오가 가까이 오자 흥분한 타이볼트는 머큐쇼는 젖혀 놓고 로미오에게 대들면서,

"이 원수의 아들 놈."

하고 욕을 했다. 로미오는 이 타이볼트와 싸우는 게 너무나 싫었다. 이 타이볼트가 줄리엣의 사촌오빠이며, 또 줄리엣이 이 사촌오빠를 몹시 따르는 것도 잘 알기 때문에 타이볼트와는 다투기가 싫었다. 더욱이 로미오는 선천적으로 어질고 유순한 사람으로 과거에도 두 집 싸움에 끼어들기를 즐겨하지 않았던 것이다. 더욱이 이제는 캐퓰릿이란 성은 자기가 사랑하는 줄리엣의 성인 만큼 그 이름에 대한 아무런 적개심도 없고 도리어 반가운 것이었다. 그러므로 로미오는 될 수 있는 대로 타이볼트와 타협을 해보려고 부드럽고 친절한 목소리로 그의 이름을 불렀다. 자기는 몬테이그의 아들이지만 타이볼트의 이름을 부를 때 일종의 즐거운 느낌을 받았다. 그러나 타이볼트는 몬테이그라면 전부 미워하고 있으므로 그 어떠한 타협도 거부하고 무기를 빼어 들고 달려들었다. 로미오가 타이볼트와의 싸움을 피하려고 하는 숨겨진 이유가 있는 것을 모르는 머큐쇼는 로미오가 침착한 태도를 취하는 것을 굴복이라고 오해하여서 자신이 타이볼트에게 욕지거리를 하며 달려들었다. 타이볼트와 머큐쇼는 칼을 맞들고 싸웠다. 로미오와 벤볼리오 둘이서는 이 싸움을 말리려고 애썼으나 그 보람도 없이 머큐쇼가 타이볼트의 칼에 맞아 죽어버렸다. 머큐쇼가 죽은 것을 본 로미오는 더 참을 수가 없어서 타이볼트에게 아까 자기가 받은 것과 꼭 같은 욕설을 퍼부으면서 달려들었다. 타이볼트는 한참 싸우다가 로미오의 칼에 맞아 죽고 말았다.

시내에서 대낮에 이런 불상사가 생겼으니 그 소문은 삽시간에 전

도시에 퍼졌다. 사방에서 구경꾼이 모여들고 캐퓰릿과 몬테이그의 부부들도 물론 뛰어오고 시장까지 뛰어왔다. 이 시장은 타이볼트의 칼에 죽은 머큐쇼의 친척인데 캐퓰릿과 몬테이그 가문의 지긋지긋한 불화로 인하여 시내의 치안이 유지되지 아니하는데 화가 치밀었다. 이번에는 아주 강경한 태도를 취하여서 앞으로는 다시 이런 소란이 없어지도록 하려고 결심하였다.

싸움을 목도했노라는 벤볼리오를 증인으로 불러 놓고 자초지종을 본 대로 자세히 보고하라고 명령하였다. 벤볼리오는 자세히 보고하면서도 될 수 있는 한 자기 친우인 로미오의 편을 들어서 말하였다. 캐퓰릿 부인은 자기 친척이 죽은 데 대하여 격분하여서 이번 살인 사건의 하수인을 극형에 처해 달라고 시장에게 탄원하였다. 증인 벤볼리오는 로미오와 아주 가까운 친구일 뿐만 아니라 숙적 몬테이그 댁 일가이니까 그의 증언은 믿을 수 없다고 주장하는 것이었다.

캐퓰릿 부인은 로미오가 자기 사위가 된 줄을 모르고 있기 때문에 이렇게 자기 딸 줄리엣의 남편을 죽을 지경으로 몰아넣는 것이었다. 한편 몬테이그 부인은 아들의 목숨을 살리려고 로미오가 타이볼트를 죽인 것은 당연한 행동이요, 범죄가 아니라고 주장하였다. 그것은 타이볼트가 먼저 머큐쇼를 살해한 살인범이니까 그 살인범을 죽이는 일은 떳떳한 행동이라고 주장하였다. 시장은 두 편 주장을 공평히 비판하여 판결을 내렸는데 결국 로미오를 베로나 시 경계선 밖으로 추방하라는 선고였다.

이 소식은 줄리엣을 여지없이 놀라게 하였다. 이 소식은 결혼한 지 불과 몇 시간이 안 되는데 이혼을 강요하는 소식이었다. 이 소식을 들을 때 줄리엣은 로미오에게 향한 분노가 치밀어 오르는 것을 금할 수 없었다. 아니 사촌오빠를 죽이다니? 줄리엣은 로미오를 아름다운 폭군, 악귀 같은 천사, 탐욕스런 비둘기, 늑대 가죽을 뒤집어쓴 어린 양, 꽃 속에 숨은 뱀 등등 모순적인 이름을 부르며 울었다. 즉 사랑과 미움이 교차되는 마음속 싸움의 발로였다. 그러나 결국에 가서는 사랑이 미움을 정복하여 이겼다. 그래서 로미오가 사촌오빠를 죽인 슬픔으로 인하여서 흘리던 눈물이 변하여 사촌오빠 손에 죽을 뻔한 남편이 살아 있는 것을 기뻐하는 눈물이 되었다. 그러고는 또다시 새 눈물이 쏟아지는데 이 눈물은 단지 로미오가 추방을 당하는 쓰라림에서 나오는 눈물이었다. 로미오가 추방을 당한다는 소식은 줄리엣에게는 사촌오빠가 열 명이 죽었다는 소식보다 더 한층 슬픈 소식이 되었다.

  로미오는 일을 저질러 놓고는 즉시 로렌스 신부님 방으로 들어가 숨었다. 거기서 시장이 추방을 선고하였다는 소식을 들은 로미오는 그 선고가 사형 선고보다도 더 견딜 수 없는 것으로 느껴졌다. 베로나 시에서 쫓겨나서 줄리엣과 다시 만나지 못하는 생활은 차라리 죽는 것보다 더 심한 형벌이라고 생각되었다. 줄리엣이 살고 있는 곳은 천국이요, 그 밖의 곳은 어디나 다 지옥이요 고통일 것이다. 선량한 신부님이 여러 가지 말로 위로해보았으나, 이 미쳐 날뛰는 젊은이가 신부님 말을 귀담아 들을 리가 만무하였다. 정말 미친 사람처럼 제 머리털을 쥐어뜯고, 자기가 들어가 묻힐 무덤의 넓이를 재어보아야 한다고 하면서 땅에 누워 구르기도 하였다.

  이런 비통 중에서 사랑하는 아내로부터 위로의 편지를 받았는데, 그 편지가 로미오의 마음을 약간 진정시켜 주었다. 신부님은 이 기회를 이용하여 로미오가 타이볼트를 죽이는 그러한 철없는 짓을 저질러 놓고는 이제 와서 자살을 하느니 마느니 하는 것은 사람답지 못한 비겁한 생각이란 것을 지적하였다. 만일 그가 자살을 하면 그것은 남편만 믿고 사는 아내까지 죽이는 악행이라고 일러주었다. 인격이 고상한 청년인 줄로 믿었더니 지금 보니 녹아내리는 양초로 만든 인형 꼴이 되고 말았다. 지금부터라도 용기를 가다듬어서 굳센 삶을 유지하도록 하라고 충고하였다.

그의 범죄는 사형 선고에 해당하는 죄인데도 불구하고 시장이 관대하게 추방형으로 감형을 해주었는데 웬 추태를 부리는 것이냐? 더욱이 그가 타이볼트를 죽이고 타이볼트한테 찔려 죽지 아니한 것만도 천만다행이다. 줄리엣이 또한 그의 사랑하는 아내가 되었으니 이런 행복스런 일이 또 어디 있겠는가? 이러한 신부님의 충고가 로미오의 마음을 가라앉히었다. 신부님은 다시 일러주기를 오늘 밤으로 몰래 줄리엣을 만나보고 이별을 고한 후 곧 떠나서 과히 멀지 않은 만튜아 땅으로 도망가 숨어 있으면 자기가 적당한 시기를 보아 두 사람이 결혼했다는 사실을 공포할 것을 약속하였다.

그렇게 되면 자연히 두 집은 화해가 될 것이요, 또 시장도 특사해 줄 것이다. 그때에는 오늘 한 가지 근심을 품고 떠나갔던 고향으로 20배의 기쁨을 품고 돌아오게 될 것이라고 순순히 타일렀다. 이 신부님의 지혜로운 충고에 로미오는 안심이 되어 그날 밤에 아내를 만나러 가기로 하였다. 그러나 신부님께서는 하룻밤을 지내고 이튿날 새벽에 떠나서 만튜아 땅으로 가 있으면 때때로 시기를 보아 두 집안 사정을 편지로 연락해 줄 것이니 잠자코 가서 조용히 기다리고 있으라고 타일러 주었다.

그날 밤 로미오는 맨 처음 줄리엣의 사랑 독백을 듣던 그 정원을 통해 사랑하는 신부의 방으로 몰래 들어갔다. 그날 밤, 그들 부부는 빈틈 없는 기쁨과 행복을 즐기었다. 그러나 그들은 이렇게 둘이 함께 즐기는 기쁨이 머지않아 이별해야 한다는 슬픔으로 변하는 것을 막을 수 없을뿐더러, 지나간 날 생긴 위험스런 모험의 기억이 그들에게 자꾸만 불쾌한 그림자를 던져주는 것이었다.

    달갑지 않은 새벽은 너무나 빨리 왔다. 줄리엣은 새벽에 우는 종달새 울음소리를 밤에만 우는 나이팅게일의 울음소리라고 억지로 우겨 보았다. 그러나 그 새소리는 분명 새벽 종달새 소리였고, 그 소리는 지금 줄리엣의 귀에 시끄럽게만 들릴 뿐이었다. 더욱이 동쪽 하늘에 퍼지는 찬란한 햇빛은 무엇보다도 두 애인의 이별을 재촉하는 것이었다. 로미오는 천근같이 무거운 가슴을 안고 떠나가면서 만튜아에 도착하면 매일 매시간 편지를 써 보내겠다고 줄리엣에게 약속을 하였다. 방 창문을 타고 정원에 내려서서 쳐다보는 로미오의 얼굴을 내려다보는 줄리엣의 마음속에는 어찌된 일인지 일말의 불길한 예감이 들었다. 마치 로미오가 깊고 깊은 무덤 속에 들어가 있는 송장처럼 보였다. 로미오의 마음속에도 어째 께름칙한 기분이 들었다. 이렇게 날이 밝은 후에 베로나 시내에서 어정거리다가 이 집안 사람들 눈에 띄면 반드시 맞아 죽게 될 것이 두려워서 황황히 뛰어나가고 말았다. 하늘이 정해 준 이 한 쌍 부부의 비극은 이로써 시작되는 것이었다.

    로미오가 베로나 시를 떠나간 후에 며칠 안 되어서 캐퓰릿 영감님이 줄리엣의 혼담을 꺼냈다. 딸이 이미 로미오와 결혼한 사실을 알리 없는 아버지는 사윗감을 고르는데 패리스 백작이 제일 마음에 든 것이었다. 패리스 백작은 용감한 청년으로 고상한 인격을 가진 사내였다. 줄리엣이 로미오를 만나지 않았던들 이만한 훌륭한 구혼자가 다시는 없었을 것이다.

　아버지가 패리스에게 시집을 가라는 말을 할 때 줄리엣은 깜짝 놀랐다. 줄리엣은 이 핑계 저 핑계를 댔다. 우선 자기 나이가 시집가기에는 너무 어리고, 더욱이 사촌오빠 타이볼트의 갑작스런 죽음에 대한 놀람과 슬픔이 아직 사라지지 않았는데 어찌 사랑을 받아들일 수 있겠으며 친척의 장례식도 채 끝나기 전에 결혼식 축연을 베푼다는 것은 캐퓰릿 집안의 수치가 되는 것이라는 등등 이유를 들었다. 그러나 자기가 이미 로미오와 결혼했다는 사실은 숨기었다. 그러나 캐퓰릿 노옹은 딸의 어떠한 하소연에도 귀머거리가 된 모양인지 강압적으로 곧 결혼 준비를 하라고 명령을 내리고 당장 오는 목요일을 결혼식 날짜로 작정하고 말았다. 돈 많고 젊고 고귀한 남편을 얻어주는 것이니 그만한 신랑이라면 베로나 시 전체를 통틀어 제일 거만을 빼는 처녀라도 즐겁게 허락을 할 판인데, 철없이 거절한다는 것을 도무지 이해할 수 없었다. 이 미련한 것이 제 자신의 행복을 차 버리려고 하는 것은 절대로 용서할 수 없다는 것이었다.

　이러한 난관에 처한 줄리엣은 친절한 신부님한테 호소하는 도리밖에 없었다. 신부님은 줄리엣의 청탁이면 언제나 잘 들어주었으므로 그럼 이번에도 아주 위험한 모험이라도 구애치 않고 한번 꾀를 써 볼 용기가 있느냐고 줄리엣에게 따져 물었다. 줄리엣은 자기가 지극히 사랑하는 남편이 지금 시퍼렇게 살아 있는데 어떻게 그를 버리고 패리스한테 시집을 가겠는가, 차라리 산 채로 생매장 될지언정 다른 사람과 결혼을 할 수는 없다고 말하였다. 신부님은 한 방법을 가르쳐주었다. 즉 우선 집으로 돌아가서 아주 즐거운 태도로 패리스한테 시집을 가겠다고 쾌히 허락하여 아버지를 만족시켜라.

그러고는 내일 밤이 바로 수요일 즉 결혼식 전날 밤이니까 지금 주는 이 약을 내일 밤에 먹으면 그 약을 마신 지 42시간이 되면 줄리엣의 몸은 얼음장같이 싸늘해지고 숨이 끊어질 것이다. 다음 날 아침에 신랑이 신부를 데리고 가려고 오면 그때에는 신부가 죽은 것을 발견할 것이다. 그리되면 이 나라 법대로 시체를 북두칠성을 본뜬 나뭇조각이 깔린 관에 누여서 가족묘지 속에 뉘어 놓을 것이다. 줄리엣이 연약한 여자이지만 42시간 동안만 가짜 죽음으로 무덤 속에 누워 있을 용기가 있다면 이 약기운이 자연히 소멸되고 소생할 것이다.

이를테면 42시간 동안 꿈을 꾸고 깨어나는 것과 같을 것이다. 그러면 신부님이 즉시 로미오에게 편지로 이런 사정을 알릴 것이니까 로미오가 밤중에 무덤으로 가서 잠든 듯이 누워 있는 줄리엣을 안아다가 만튜아 집에 뉘어두면 얼마 후에 줄리엣은 소생될 것이다. 줄리엣이 남편에 대한 사랑과 패리스를 싫어하는 감정은 그로 하여금 이러한 위험한 모험이라도 해볼 용기를 가지게 하였다. 줄리엣은 신부님의 지시를 꼭 그대로 지키기로 약속하고 약을 받아들고 사원에서 나왔다. 줄리엣은 집으로 가는 길에 패리스 백작을 만나게 되어 그와 결혼하는 것을 승낙하였다. 이 소식은 캐퓰릿 노부부에게 더할 나위 없는 커다란 기쁨을 주었다. 지금까지 고집을 부리어 아버지를 분노하게 하던 딸이 이렇게 복종을 하게 되니 아버지 마음은 흡족하였다. 그 딸이 더 한층 예쁘게 보였다. 혼인 준비에 온 집안이 북적북적하였다. 일찍이 베로나 시내에 이러한 경사가 없었고 돈은 물 흐르듯 흘러나왔다.

수요일 밤에 줄리엣은 약을 마셨다. 막상 약을 마시려 할 때 언뜻 혹시나 신부님이 부모의 허락도 없이 젊은 남녀의 결혼식을 해준 책임을 회피하기 위하여서 줄리엣을 아주 죽여 버릴 계획으로 진짜 독약을 준 것이나 아닐까 하는 의심도 나지 않은 바 아니었다. 하지만 그 신부님은 원체 거룩한 분이었으므로 신부님을 믿기로 하였다. 그러나 또 한편으로는 만일에 로미오가 제때에 무덤까지 찾아오지 못하여서 로미오가 오기 전에 무덤 속에서 약의 힘이 사라져 소생하게 된다면 그 어둡고 무시무시한 무덤 속, 캐퓰릿 댁 대대손손의 뼈와 해골이 쭉 놓인 옆에 바로 일전에 죽은 타이볼트의 피투성이 된 시체가 아직 썩지 않고 그냥 누워 있는 모습을 본다면, 그 어두컴컴한 무덤 속에서 얼마나 무서울까. 더욱이 어렸을 때부터 들어온 유령 이야기, 무덤 속을 헤매는 귀신들, 이런 것들이 눈앞에 어른거리어서 약을 먹기를 주저하였다. 그러나 로미오에게 향하는 극진한 사랑의 정, 미운 패리스…… 줄리엣은 약을 억지로 꿀꺽 삼키고 곧 정신을 잃었다.

다음 날 이른 아침 패리스는 신부의 잠을 음악 소리로 깨우려고 악대를 데리고 왔으나, 산 줄리엣은 없어지고 방 안은 음산한 가운데 시체가 놓여 있었다. 그래서 사랑의 희망도 죽어 버리고 집안이 온통 뒤죽박죽이 되었다. 가련한 패리스의 애통은 형언할 수 없었다. 가증스런 죽음이 결혼도 하기 전에 모략을 써서 이혼을 강제시킨 것이라고 분노하였다. 그중 누구보다도 제일 비참한 광경은 늙은 캐퓰릿 부부의 비통해하는 모양이었다. 외딸, 가련한 사랑스러운 딸, 그래도 딸이 있어서 즐겁기도 했고 위로도 되었는데, 그 악착스런 죽음이란 놈이 이 귀여운 딸을 자기네보다 더 명예스런 가문으로 시집을 보내서 시내에서 더 한층 출세를 하게 될 찰나에 두 늙은이를 이렇게 속이다니!

화려한 결혼 축하연을 하려고 차려 놓았던 만반의 준비를 졸지에 우울한 장례식에 돌려쓰지 않을 수 없게 되었다. 결혼 행진곡을 부르려고 온 악대가 구슬픈 장례 행진곡을 부를 수밖에 없게 되었다. 경쾌한 곡조를 연주하려고 가지고 온 악기들로 구슬픈 곡조를 연주하게 되었다. 신부가 걷는 길에 퍼주려고 잘라놓았던 꽃을 송장 위에 뿌리게 되었으니, 이런 기막힌 일이 어디 또다시 있으리오. 결혼식 주례로 초청하여 온 신부님이 장례식을 주례하게 되었고, 행복한 새 생활을 시작하기 위하여 사원으로 갈 준비를 했던 처녀는 돌변하여 비애의 죽음 길을 가기 위하여 사원으로 옮겨지게 되었다.

불행한 소식은 좋은 소식보다 언제나 더 빨리 전파되는 법이다. 줄리엣이 죽었다는 기막힌 소문이 만튜아에 가 있는 로미오의 귀에 신부님이 보낸 편지보다 앞서서 먼저 굴러 들어갔다. 신부님의 편지 내용을 보면 줄리엣의 장례는 하나의 연극에 지나지 않은 것이고, 줄리엣은 참말로 죽은 것이 아니라 단지 죽음의 그림자가 잠깐 동안 깃들었을 뿐이다. 사랑하는 아내가 무덤 속에 누워 있는 시간은 사실 몇 시간 남아 있지 않았으니 곧 무덤으로 뛰어가서 아내를 안아다가 뉘여두면 소생될 것이므로 그리하라고 지시하는 편지였던 것이다.

조금 전까지 로미오는 유난히 기쁘고 또 가슴이 시원한 느낌을 가졌었다. 그가 지난밤에 꿈을 꾸었는데 자기가 죽는 꿈을 꾸었다. (참으로 이상스러운 꿈도 다 있지, 죽은 사람이 어떻게 죽은 뒤 자기 일을 인식할 수 있었는지.) 그런데 갑자기 죽어 있노라니까 아내가 와서 자기가 죽은 것을 보고 달려들어 입김을 불어 넣어주어서 죽은 자기를 소생시켜 주는 꿈을 꾸었던 것이다. 그랬는데 한 메신저가 가지고 온 편지를 뜯어보니, 좋은 소식은 아니고 뜻밖에도 아내가 죽었다는 소식. 아, 죽은 아내에게 입김을 불어 넣어서 살릴 재주가 자기에게는 없는데, 이것 참 큰 일이 났구나. 즉시 말 한 필을 준비시켜 가지고 그날 밤으로 베로나로 달려가서 무덤을 찾아가려고 길을 떠났다. 절망에 빠진 사람의 머리에는 망령된 생각이 들기 쉬운 법이다. 그가 말을 달릴 때 언뜻 그의 머릿속에는 며칠 전에 본 길가 약방이 기억났다. 그날 그 약국 앞을 지나오면서, 그 거지꼴을 하고 며칠 굶은 듯하여 보이는 그 약국 주인의 꼴이며, 상점 내 시렁 위에는 빈 상자가 너저분히 쌓여 있고, 여기저기 너저분한 물건들이 되는 대로 쌓여 있는 것을 보았다. 그는 혼자 속으로 혹시나 자기 자신이 최후에는 이런 곳에 와서 독약을 사야만 될 악운에 빠지게 되는지도 모를 일이라는 예감이 생겨서 혼자서,

"만튜아 법률로는 독약을 파는 약 장사는 사형에 처한다는 혹독한 법이 있기는 하지만 꼭 독약을 사야만 할 사정이 생긴 사람은 여기 이 약방에 오면 사게 되는지도 모르겠다."

하고 중얼거리었던 기억이 지금 새삼스레 머리에 떠올랐다. 그래서 말에서 내려서 그 약방으로 들어가 독약을 사고자 했다. 그 약방 주인은 처음에는 안 된다고 딱 버티었으나 로미오가 금 조각을 던져줄 때 가난에 쪼들린 이 약제사가 어찌 더 버틸 수 있었으랴! 슬그머니 독약을 꺼내 놓으면서 그 독약을 마시는 사람은 20명의 힘을 자기 한 몸에 차지하였다 할지라도 견디지 못하고 즉사하는 명약이라고 자랑하였다.

이 독약을 몸에 지니고 로미오는 베로나로 갔다. 캐퓰릿 댁의 가족 묘지에 들어가보아서 사실로 줄리엣이 죽었으면 자기도 곧 그 독약을 그 자리에서 마시고 줄리엣 옆에 누워서 죽기로 결심한 것이었다. 그가 베로나에 도착한 것은 밤이 되어서였다. 그는 캐퓰릿 댁 가족 묘지가 있는 사원으로 등불과 삽, 곡괭이를 준비해 가지고 들어갔

다. 그가 무덤 문을 부수려고 하는데 때마침,

"야, 이 개 같은 놈아. 야 몬테이그야 거기 섰거라. 이 무슨 불법 행동이냐?"

하는 고함소리가 들리었다. 이 고함소리의 주인은 패리스 백작이었다. 패리스는 자기가 아내로 삼으려고 했던 줄리엣의 영전에 울며 꽃을 뿌려주려고 거기 왔던 것이다. 패리스는 로미오가 어떤 곡절로 이 밤중에 이 무덤을 찾아왔는지 그 목적을 알 도리 없고 로미오는 분명 몬테이그 족속인데, 이 몬테이그 족속은 옛날부터 캐퓰릿 댁과는 불구대천지원수인 줄 잘 알고 있었다. 패리스로서는 아마도 로미오란 놈이 이 밤중에 원수의 묘지 앞에 와서 어물거리는 목적은 필시 이 캐퓰릿 댁 시체들에게 모욕을 가할 흉계를 가진 것이라고 속단하고 아주 성난 목소리로 소리를 질렀던 것이다. 더욱이 이 로미오는 살인죄로 베로나 시에서 추방을 당한 놈인데 지금 베로나에 몰래 잠입한 것이 들키면 곧 사형을 받을 인물인 줄 알고 패리스는 그를 체포하려고 달려들었다. 로미오는,

"너는 상관 말고 비켜라. 네가 만일 내 명령에 불복하고 그냥 어물거리고 있으면 나는 네 놈의 피를 또 흘리어서 지금 저 무덤 속에 누워 있을 타이볼트와 같은 운명에 처하게 할 터이니 썩 비켜라."

하고 호령하였다. 패리스 백작은 크게 화가 나서 로미오를 때리려고 달려들었다. 둘이 싸우다가 로미오는 그만 패리스를 죽이고 말았다. 로미오가 등불을 죽은 자의 얼굴에 비치고 자세히 살펴보니 이자가 바로 풍설로 이미 들었던 줄리엣의 신랑 될 뻔한 패리스인 것을 발견하였다. 로미오는 패리스가 불쌍한 생각이 들어서 패리스의 손을 붙들고 흔들었다. 로미오는 패리스를 "승리의 무덤 속에 묻어주겠노

라."고 외치면서 무덤 문을 부수고 열었다. 무덤 안에 들어가 보니 과연 줄리엣이 칠성판 위에 고요히 누워 있었다. 그 아름다운 얼굴 모양이나 살색은 제아무리 억센 죽음의 힘으로도 변화시킬 수가 없었던지 볼수록 더 아름다웠다. 로미오는 여위고 징그럽고도 거대한 괴물인 죽음이란 악착한 놈이 호색가가 되어서 이 아름다운 줄리엣의 시체를 앞에 뉘여 놓고 서서 기쁘게 들여다보고 있는 것 같은 느낌을 가졌다. 줄리엣의 몸은 약을 마시기 전이나 지금이나 아무런 변화도 없이 싱싱하고 꽃다운 그 자태로 누워 있어서 죽었다기보다도 잠이 든 것처럼 보였다. 바로 그 옆에 타이볼트의 시체가 피투성이가 된 수의를 입고 누워 있었다. 그것을 본 로미오는 이 죽은 사람에게 용서를 빌고 줄리엣과의 관계로 '처남'이라고 정답게 불러주고 나도 지금 죽어서 네 복수를 당하겠노라고 말하였다.

로미오는 아내의 몸을 껴안고 마지막 이별의 키스를 퍼부었다. 그러고는 곧 독약을 마시어서 그의 피곤한 육체의 무거운 짐을 영원히 풀어주고 말았다. 약국에서 로미오가 사가지고 온 독약은 줄리엣이 마신 약과는 그 성분이 근본적으로 다른 것이어서 로미오는 즉사하고 말았다.

그러나 줄리엣이 마신 약은 독약이 아니었다. 그 마취력이 차차 소멸되어서 줄리엣은 숨을 다시 쉬게 되어 정신이 반짝 나서 로미오가 왜 지금까지 아니 오나 하고 불평하려 했는데 사실은 로미오가 너무 일찍 왔던 것이다.

신부님은 편지를 부탁하여 로미오에게 보냈던 하인이 중도에 지체되어 로미오를 만나지 못하였으므로 편지를 전하지 못하고 도로 가지고 왔다는 보고를 받았다. 이제 줄리엣이 깨어날 시간이 임박했는데 큰일났다고 질겁하여 곡괭이와 등불을 준비해 가지고 무덤으로 급히 달려갔다. 무덤에 다다르니 무덤 문이 부서져 있고 안에는 등불이 환하게 켜 있을 뿐 아니라 칼이 떨어져 있는 땅은 피에 젖어 있으며 그 옆에 로미오와 패리스가 숨이 끊어져서 나란히 누워 있는 것을 보았다. 그의 놀라움이란 형용할 수 없어서 어리둥절해진 신부님은 멍하니 한참 서 있었다. 그때 줄리엣이 완전히 소생하여 휘휘 둘러보다가 신부님이 서 있는 것을 보고 자신이 지금 어떠한 장소에 와 누워 있는 것을 알게 되었다. 그래서 신부님과 함께 로미오도 왔으리라고 믿고 로미오를 불렀다. 신부님은 줄리엣의 목소리를 듣고 얼른 일어나 나오라고 말하였다. 신부님은 줄리엣에게 자기네가 꾸며 놓은 연극이 그만 사람의 힘으로는 어찌할 도리가 없는 어떤 초자연적 위대한 신의 방해를 받아서 모든 것이 허사가 되었다고 일러주었다. 신부는 그때 마침 여러 사람들이 몰려오는 인기척을 듣고 겁이 더럭 나서 그만 도망을 치고 말았다.

　줄리엣은 옆에 누워 있는 로미오의 손에 잔이 쥐어져 있는 것을 발견했다. 그러면 로미오는 독약을 마시고 죽었구나 직감하고 그 잔을 핥아보았다. 그러나 독약이 남아 있지 않으므로 아직도 온기가 가시지 아니한 남편의 입술을 힘껏 빨아서 거기 묻은 독약을 먹고 죽으려고 했으나 얼른 죽을 수가 없었다. 사람들의 몰려오는 소리가 너무 가까이 들려왔다. 줄리엣은 자기가 간직하였던 칼을 빨리 빼어 자결하고 말았다. 그리하여 줄리엣은 그의 참 사랑인 로미오 옆에 나란히 누워서 운명을 같이하였다.

타이어 왕자 페리클레스

PERICLES, PRINCE OF TYRE

주요 등장인물

페리클레스 : 타이어 시의 왕자

안티오쿠스 : 그리스의 황제

헬리카누스 : 페리클레스의 충성스런 신하

클레온 : 타르수스의 통치자

디오니자 : 클레온의 아내

레오니네 : 디오니자의 하인

시모니데스 : 펜타폴리스의 왕

타이사 : 시모니데스의 딸, 페리클레스의 아내

마리나 : 페리클레스의 딸

세리몬 : 에페수스의 의사

뤼시마코스 : 미틸레네의 총독

타이어 시를 다스리던 페리클레스 왕자는 자진하여 자기 나라를 떠나 딴 곳에서 방랑 생활을 시작하게 되었다. 그 이유는 페리클레스가 그 당시 그리스의 황제인 안티오쿠스가 타이어 시와 그 시민들에게 악독한 형벌을 주려고 한다는 소문을 들었기 때문이었다. 그리스 황제 안티오쿠스는 원래 마음이 악독하고 나쁜 사람이었다. 그가 이전에 행한 악한 행동의 비밀을 페리클레스가 알고 있었기 때문에 그 비밀이 탄로 날까 무서워서 타이어를 파멸시키려고 하는 것이었다. 그렇기에 권세 있는 사람의 비밀을 엿보는 일은 언제나 위험천만한 일인 것이다.

왕자는 타이어 시 행정을 헬리카누스에게 전적으로 맡기고 타이어를 떠나 배를 타고 외국으로 피하여 안티오쿠스 황제의 분노가 가라앉을 때까지 숨어 다니기로 결심하였다. 헬리카누스는 왕자가 가장 신임하는 신하였을 뿐 아니라 정직하고도 유능한 신하였다.

왕자가 맨 먼저 간 곳은 타르수스였다. 거기 도착하자마자 그는 이 땅에 때마침 큰 흉년이 들어서 시민들이 모두 굶어죽게 되었다는 소식을 들었다. 그래서 왕자는 즉시 자기가 가지고 온 식량을 모두 털어서 이 시민들을 구제하도록 하였다. 왕자가 이곳에 도달한 때, 이 땅 사람들은 그야말로 최후의 역경에 처해 있었는데 왕자의 이러한 동정을 받게 된 시민들과 이 땅 통치자인 클레온은 너무나 감사해서 왕자를 융숭하게 환영하였다.

그러나 페리클레스 왕자가 이 타르수스에 머문 지 며칠이 못 되어 그의 충성스런 신하로부터 비밀 편지가 도착했다. 그 편지 사연은 안티오쿠스 황제가 페리클레스가 간 곳을 탐지해 알게 되어서 왕자를 죽이려고 밀사를 타르수스로 보냈으니 지체 말고 곧 딴 데로 도망가라고 한 것이었다. 이 편지를 받은 왕자는 또다시 배를 타고 떠나가지 않을 수 없게 되었다. 이 소식을 들은 그곳 주민들은 자기네 목숨을 살려준 이 은인을 진심으로 축복하며 이별을 고하였다.

 왕자가 탄 배가 항해한 지 얼마 안 되어 그 배는 큰 폭풍우를 만나 거기 탔던 사람들은 모두 다 물에 빠져 죽었다. 페리클레스 혼자만이 겨우 어떤 알지 못할 바위섬에 밀려 올라서 생명을 구하게 되었다. 그가 이 생소한 해변에 이르러 정신을 차리자마자 근처를 지나가던 가난한 어부들에게 발견되어서 왕자는 그 어부들의 집으로 가서 옷도 얻어 입고 먹을 것도 구하게 되었다.

 이 어부들의 말에 의하면 이 땅은 펜타폴리스라는 땅으로, 이곳을 다스리는 왕의 이름은 시모니데스였다. 이 왕은 오랫동안 정치를 잘해서 국민들이 편안한 삶을 누렸기 때문에 국민들은 모두가 다 왕을 훌륭한 왕 시모니데스라고 불렀다. 또 그리고 이 왕 슬하에는 아름다운 공주 한 분이 있는데, 페리클레스는 바로 내일이 이 공주의 생일이라는 것까지 어부들의 입을 통하여 알게 되었다. 그런데 이 생일날을 축하하기 위해서 이 나라 궁전에서는 굉장한 무사 검투 시합이 있기로 되어 있었다. 사방 각국에서 왕자들과 무사들이 모여들어서 이 시합에 참가하여 우승하는 사람이 공주의 사랑을 얻게 된다는 조건이라는 것까지 알게 되었다.

 이 아름다운 공주의 이름은 타이사였다. 왕자는 이런 말을 들으니 자기도 이 시합에 한몫 끼어보고 싶은 생각이 들었으나 불행히도 갑옷을 잃어버렸기 때문에 시합에 나서지 못하게 된 것을 속으로 통탄했다. 그런데 바로 이때 한 어부가 바다에 나갔다가 그물에 걸려서 가지고 왔노라고 하며 갑옷 한 벌을 내놓았다. 이 갑옷은 틀림없이 왕

자가 잃어버린 바로 그 갑옷이었다. 자기 자신의 갑옷을 본 페리클레스는,

"아 감사한 이 행운! 운명은 나에게 말할 수 없는 고통만 주어 오더니만, 지금 그 보상으로 나에게 이 갑옷을 돌려주었구나. 이 갑옷은 바로 내 선친께서 남겨주고 가신 것이기 때문에 나는 이 갑옷을 다른 갑옷들보다 더욱더 소중히 여겨서 어디를 가나 꼭 가지고 다니고 잠시도 내 곁을 떠나지 않도록 아껴 온 것이다. 그 흉악한 물결이 이 갑옷을 빼앗아 가더니 물결이 자고 잔잔해지자 이걸 내게 도로 돌려주었으니 이렇게 고마울 데가. 이 갑옷을 도로 찾은 이상 나는 파선을 원망하지 아니한다."

하고 말하였다.

그 이튿날 아버지가 물려주신 갑옷을 입고 나선 왕자는 시모니데스 왕궁으로 갔다. 거기서 공주 타이사의 사랑을 구하려고 사방에서 모여든 무사들과 왕자들과 싸워 일일이 물리치고 우승을 하게 되었다. 그 당시 풍속에 의하면 여러 나라 왕자들과 무사들이 공주의 사랑을 목표로 시합을 하여 최후 우승을 획득하는 사람에게는 공주 자신이 이 무사나 왕자에게 상을 주게 되어 있었다. 그러므로 타이사 공주도 그 법례에 따라서 시합이 끝나자 페리클레스에게 참패당한 모든 무사와 왕자들을 다 내보내고 나서 혼자 남아 있는 우승자의 머리에 승리의 월계관을 씌워 주어서 아버지인 왕을 기쁘게 해주었다. 이때 관을 받아 쓰는 페리클레스는 공주의 모습을 보자, 그 즉시 이 아리따운 처녀를 사모하는 마음이 끓어올랐다.

시모니데스 왕 역시 이 처음 보는 무사의 내력은 알 수가 없었으나(페리클레스는 안티오쿠스의 자객이 자기 뒤를 따를까봐 겁이 나서 자기 본색을 밝

히지 못하고 자기는 타이어에 사는 한 평민이라고 말하였던 것이다) 그 행동을 보매 참으로 훌륭한 신사일 뿐 아니라 며칠 데리고 이야기해보니 여러 가지 학식이 매우 풍부한지라 감탄해 마지않았다. 그러던 중 공주 타이사가 이 남자를 사랑한다는 고백을 하게 되자 마음씨 좋은 시모니데스 왕은 이 낯선 사내를 자기 부마(왕의 사위)로 삼는 것을 허락하였다.

페리클레스가 타이사와 결혼하여 신혼 생활을 시작한 지 몇 달만에 그는 본국 소식을 듣게 되었다. 그 소식은 그동안에 페리클레스를 죽이려고 하던 안티오쿠스 황제가 세상을 떠났다는 것이었다. 타이어 국민들은 왕이 너무나 오래 타국에 가서 살고 나랏일을 보살피지 아니한다고 하여 반역을 일으킬 계획을 세우고 있었다. 이 반역이 성공하면 페리클레스의 충신인 헬리카누스를 왕으로 세운다는 것이었다. 이 눈치를 챈 헬리카누스는 자기가 왕이 되고 싶은 생각은 손톱만큼도 없고 오직 충신으로 일생을 보낼 결심을 하였으므로 헬리카누스 자신이 페리클레스가 간 곳을 수소문해 알아가지고 지금 민심이 그러하니 외국에 더 오래 머물러 있지 말고 곧 귀국하여 왕위에 오르라는 간곡한 편지를 보냈다. 이 소식을 알게 된 시모니데스 왕은 (지금까지 한 이름 없는 무사인 줄로만 알고 있었던) 사위가 그 유명한 타이어 왕자라는 것을 알게 되어 여간 기뻐하지 않았다. 그러면서 한편으로는 사위가 왕자인 것이 도리어 섭섭하다는 생각도 금할 수 없었다. 그것은 이 사위가 무명지사라면 언제까지나 수하에 두고 함께 살아 갈 수가 있을 것이었다. 그러나 타이어 왕이 되어야 할 몸이라니 부득이 이 사위뿐 아니라 자기 딸과도 작별하지 않으면 안 될 운명에 마음이 서운해졌다. 더구나 자기 딸이 바닷길을 가다가 풍랑이라도 만나면 어쩌나 하는 염려도 대단한 것이었다. 왕의 눈치를 챈 페리클레스는 자기 혼자 우선 가서 왕위에 오를 터이니 타이사는 당분간 친정에 남아 있어도 좋겠다고 제안했다. 그러나 타이사가 꼭 남편과 함께 간다고 우기기 때문에 하는 수 없이 동행하기로 결정하고 뱃길이 편하기만 기원하고 있었다.

그러나 바다는 이 불행한 페리클레스에게는 좋은 친구가 아니었다. 페리클레스 일행이 타이어에 도착하기 훨씬 전에 그 배는 모진 광풍을 만나게 되었고 이 폭풍우에 놀란 타이사는 병이 들어 눕게 되었다. 그런데 조금 후에 타이사를 간호하던 간호사 리초리다가 갓난아기를 안고 페리클레스 앞에 나타나서 타이사가 아기를 분만한 직후 그만 죽었다는 슬픈 소식을 전하였다. 간호사는 아기를 페리클레스 앞에 들어 보여주면서,

"자, 여기에 이런 폭풍우에 견디어 내기에는 너무나 가엾고 어린 공주님이 계십니다. 이 애기는 돌아가신 왕비님이 남기고 간 애기입니다." 라고 말하는 것이었다.

사랑하는 아내가 죽었다는 소식을 들은 페리클레스의 애통이란 말로 형용할 수 없는 것이었다. 한참 동안 정신 나간 사람처럼 멍하니 있던 페리클레스가 입을 열어,

"아, 하나님, 당신은 어인 일로 우리 인간들로 하여금 서로 사랑하도록 만들어 놓고는 그 사랑하는 사람을 이렇게도 잔인하게 빼앗아 가는 것입니까?" 하고 호소하였다. 이때 간호사 리초리다는,

"참으십시오. 여기 이 공주님이 왕후께서 이 세상에 남기고 가신 단 한 가지 유물입니다. 이 어린 공주님을 보아서 대장부의 기상을 보여주십시오. 이 귀중한 애기를 위해서 자중해 주세요." 하고 말하였다.

갓난아기를 받아든 페리클레스는 애기에게 말하기를,

"아, 너처럼 불행하게 태어난 애기는 이 세상에 둘도 없을 것이다. 그러니 네 일생이 행복하기만 빈다. 이 세상 공주로 태어나면서 너처럼 혹독한 환영을 받는 일은 다시 없을 것이다. 그러니 네 일생은 반드시 부드럽고 안전하기를 축원한다! 네가 이 세상에 태어날 때, 불, 바람, 물, 땅, 하늘이 모두 미친듯이 날뛰었으니 너의 장래는 행복스러워야만 될 것이다. 네가 이 세상에 태어나면서 제일 먼저 잃어버린 사랑(이 애기의 어머니가 죽은 것을 가리켜 하는 말)은 이 세상 그 어떤 기쁨으로도 보상할 수 없는 슬픔이로구나." 라고 한탄하였다.

폭풍우는 계속되었다. 그런데 미신에 사로잡힌 선원들은 시체를 배에 그냥 태워 두는 한, 폭풍우는 절대로 가시지 않는다는 미신을 그대로 믿었다. 그들은 페리클레스에게로 와서 왕비 시체를 물속에 던져 수장하여야 된다고 탄원하면서,

"용감하신 폐하여, 하나님의 축복을 비나이다." 하고 말을 맺었다.

슬픔에 잠긴 왕은,

"용감하다구? 난 폭풍우를 무서워하지 않는 사람이다. 폭풍우는 더할 나위 없이 나를 학대했다. 그러나 이 애기, 이 새로 나온 아기를 위해서는 이 폭풍이 어서 멎어주었으면 좋으련만!" 하고 말하였다. 그러나 선원들은,

"폐하, 왕비 폐하 시체를 물에 던져야 되겠습니다. 물결은 더욱더 세차지고 바람은 더 크게 불어오고 있사오니 시체가 배 위에 그냥 놓여 있는 한, 폭풍은 절대로 멎지 않습니다." 하고 고집하는 것이었다.

페리클레스 자신은 이러한 미신을 믿지 아니하였으나 선원들의 마음을 풀어주기 위해서,

"그대들 생각대로 하게나. 왕비의 시체를 물속으로 던져야만 되는구나, 가련하고 불쌍한 왕비!" 하고 말하였다.

이 불행한 왕은 왕비의 시체를 물에 던지기 전에 죽은 아내의 모습을 마지막으로 보기 위해 시체에 가까이 갔다. 아내 타이사를 들여다보면서 그는,

"아, 사랑하는 나의 아내여. 그대의 운명은 기구하기도 하구려. 불빛도 없이, 불도 없이, 온갖 불친절한 요소들이 그대를 통 잊어버리고 말았구려. 아, 나 자신 역시 그대의 몸을 무덤에 곱게 장례 치를 힘도 없이 이 초라하기 짝이 없는 관에 넣은 채 이 바닷속에 내던져야만 하게 되었소. 그대의 시체가 너저분한 조개들 틈에 누워 있을 때, 그대의 뼈 위로 출렁거리는 물결 소리에 그대의 시체는 부끄러움을 금치 못하리니, 아! 리초리다야! 너 어서 가서 네스터에게 향, 잉크, 종이, 상자, 또 그리고 보석들을 이리 가져오라고 해라. 그리고 또 니칸더에게는 공단 수의를 이리로 가져오라고 일러다오. 이 애기는 베개 위에 눕혀 놓고 빨리 가서 그것들을 모두 이리 가져오도록 일러다오. 그동안 나는 여기서 나의 타이사를 보내는 신성한 고별 기도를 올리련다." 하고 말하였다.

시종들이 페리클레스의 소유인 커다란 상자를 들고 나오자 (이 상자 안에는 공단 수의가 놓여 있었다) 그 상자 안에 왕비를 눕혀 놓고 그 위에 향을 뿌린 후 시체 옆에는 보석들을 넣고 거기에 편지 한 장을 끼워 놓았다. 이 편지의 사연은 이 시체의 신분을 밝혀놓고 이어서 그 누구든지 이 상자를 발견하는 사람은 이 시체를 후히 묻어주면 고맙겠다는 간청이었다. 그러고는 페리클레스 자신의 손으로 그 상자를 바다로 내리밀어 넣었다.

폭풍이 진정되자 페리클레스는 타르수스로 가자고 선원들에게 명하였다. 그는 말하되,

"이 애기가 타이어에 가기까지 이 배 안에서, 견뎌내지 못할 것이다. 타르수스에서 마땅한 유모를 구하여 맡기고자 하노라."고 하였다.

타이사를 바다에 밀어 넣은 그 밤이 지나고 그 이튿날 새벽이 된 때, 에페수스 지방에서 가장 유명한 의사인 세리몬이란 신사 한 분이 바닷가로 산보를 나가자, 그의 하인들이 웬 상자 하나를 가지고 가까이 왔다. 그들의 말에 의하면 그 상자가 밤새 물결에 밀리어 해변에 도착하였다는 것이었다. 그 하인 중 하나가 말하기를,

"이 상자를 해변으로 떠미는 물결처럼 큰 물결은 평생 본 일이 없었습니다."라고 하였다.

세리몬은 그 상자를 자기 집으로 운반해 가라고 명령하였다. 집으로 가서 그 상자 뚜껑을 열고 들여다보던 그는 그 안에 어여쁜 젊은 귀부인 하나가 고요히 누워 있는 것을 발견하고 무척 놀랐다. 그 상자에서 발산하는 향내를 맡고, 또 값진 보석이 가득 담겨 있는 것을 보았다. 그는 이렇듯이 화려하게 저승으로 간 여인은 필연코 상당한 신분을 가진 분이리라는 걸 직감하고 이리저리 더 찾아보다가 편지가 그의 손에 붙잡혔다. 그 편지를 읽어 보고 의사는 이 여인의 시체가 타이어 왕비의 시체라는 것을 알게 되었고 왕비의 귀한 몸으로 이러한 수장을 당하게 된 괴이한 일을 이상스럽게 생각하였다. 이런 부인을 잃어버린 페리클레스를 측은히 여기는 생각을 금할 수가 없어서,

"오, 페리클레스여, 만일 그대가 죽지 않고 살아 있다면 그대의 가슴은 애통으로 찢어졌으리라."

하고 한탄하였다. 그러고는 타이사의 얼굴을 유심히 살펴본 그는 그

얼굴이 아직 생생하여 죽은 사람의 얼굴 같지 않은 것을 발견하고 말하기를,

"흥, 그대를 바닷물 속에 집어넣은 사람들은 상당히 경솔한 행동을 했네." 하고 중얼거렸다. 의사는 이 여인이 아주 죽은 것이 아니라고 믿었다. 그래서 그는 하인들을 시켜 불을 피워 놓게 하고 강심제, 감로주 등 적당한 약들을 갖다 놓았다. 이 여자가 혹시 깨어날 때, 그의 정신이 덜 놀라도록 하기 위하여 나지막한 음악을 옆에서 연주하도록 하였다. 그러고는 모두들 큰 호기심을 가지고 뺑 둘러선 사람들에게,

"여러분 좀 비키세요. 이 왕비가 들이마실 수 있는 공기를 충분히 공급해야겠습니다. 왕비는 반드시 살아납니다. 그분은 이 상자 속에 다섯 시간가량밖에 더 안 들어 있었다고 나는 봅니다. 자 보시오. 지금 그가 살아나고 있습니다. 살았어요, 저 눈썹, 눈썹이 움직이는 걸 봐요! 금시 이분은 소생해서 자기 운명을 우리들에게 이야기하여 우리를 울릴 것입니다" 하고 말하였다.

사실 타이사는 절대로 죽은 것이 아니었다. 어린애를 해산하고 난 뒤 기절해 버린 것이었다. 남들이 보기에 꼭 죽은 것같이 보였으나 지금 이 친절한 신사의 치료를 받아 숨을 돌리게 되었던 것이다. 그래 그는 눈을 뜨면서,

"여기가 어디요? 폐하께서는 어디로 가셨나요? 여기가 어떤 세상입니까?" 하고 묻는 것이었다.

천천히 조금씩 조금씩 세리몬은 타이사가 그간 어떠한 경지에 빠져 있었다가 지금 깨어났다는 이야기를 들려주고는 이 여인이 이 편지를 읽고도 놀라지 않을 만큼 원기가 회복된 것을 확인했다. 그는 페

리클레스가 써 넣은 편지와 보석들을 왕비에게 보여 주었다. 이 편지를 본 타이사는,

"아, 이 글씨는 폐하의 친필, 내가 배를 타고 떠난 것만은 확실하지만 애기를 낳았다는 건 글쎄 확실치가 않은데. 그러나 이제 나는 남편을 평생 다시 못 보고 살게 되었으니 이제 나는 수녀의 옷을 입고 평생 동안 기쁨을 모르고 살게 되었군요." 하고 한탄하였다.

"왕비님, 사실 말씀대로 수녀 생활을 하실 생각이시면 바로 요 근처에 다이애나 수도원이 있으니 그리 가셔서 거주하실 수 있을 겁니다. 그리고 만일 원하신다면 저의 조카딸이 왕비님의 시종을 들도록 하겠습니다." 하고 말하였다.

타이사는 세리몬의 이 제안을 감사히 받아들이며 동의하였다. 그래서 타이사의 건강이 완전 회복되자 세리몬의 소개로 왕비는 다이애나 수도원 수녀로 들어가서 거기서 슬픈 그날그날을 보냈다. 그 당시 다이애나 종교가 요구하는 여러 가지 거룩한 예배에 그녀는 열심히 종사하였다.

페리클레스는 딸을(이 딸이 항해 중 배 위에서 낳았기 때문에 그 이름을 마리나라고 지어주었다) 타르수스로 데리고 가서 거기 성주 클레온과 그의 부인 디오니자에게 맡기어서 기르기로 했다. 페리클레스는 자기가 처음 도망해 나올 때, 이 타르수스 주인에게 양식을 나누어 준 일이 있었으므로 이 성주 부부가 자신의 어린 딸을 맡아 귀히 길러주리라고 믿었다. 클레온이 페리클레스 왕을 만나게 되고 또 왕이 경험한 커다란 수난 이야기를 듣자, 그는 말하였다.

"아, 갸륵하신 왕비! 신께서 허락하셨더라면 그 왕비님이 이리로 오셔서 우리 눈을 즐겁게 해주셨을 것을!"

이에 페리클레스는 대답하되,

"하늘에 계신 전지전능하신 하나님의 뜻을 우리들이 복종하지 아니할 수 없는 것입니다. 내가 설사 지금 타이사의 몸 위에서 포효하는 바닷물처럼 울부짖어봤자 전능하신 하나님 앞에는 아무 소용도 없이 그 뜻대로 이루어질 것이오. 그런데 이 마리나, 나의 사랑하는 어린 딸, 이 애를 그대에게 맡겨 기를 수밖에 없는 신세가 되었소. 이 어린 것을 맡기니 공주답게 잘 길러주기를 바라오."
하고 말하고 나서 클레온의 부인 편으로 얼굴을 돌리면서,

"착하신 부인, 이 애기를 잘 길러서 나를 축복해 주시기를 바랍니다." 하고 말했다.

클레온의 부인 디오니자는,

"저도 지금 젖먹이가 하나 있습니다. 그러나 내 애기가 폐하의 애기보다 조금도 더 나은 대우를 받지 못할 것을 저는 지금 장담하옵니다." 하고 대답하니 클레온 역시 꼭 같은 약속을 하면서,

"폐하, 폐하께서 우리 국민 전체에게 양식을 주신 그 은혜(이 은혜를 평생 잊지 못하는 국민들이 기도를 올릴 때마다 왕에게 감사를 올리는데)에 대한 우리들의 보답이 이 공주에게 충분히 미치게 될 것입니다. 만일에라도 제가 폐하의 딸을 조금이라도 푸대접하는 일이 있게 된다면 폐하의 은혜로 생명을 유지하게 된 내 백성들이 도저히 용납하지 않고 나를 꾸짖을 것입니다. 그러나 만일에 제가 국민들에게 추궁당할 때까지 공주를 푸대접하는 일이 있다면 나는 곧 천벌을 받을 것이며, 내 대대손손이 다 천벌을 받을 것입니다." 라고 말하였다.

자기 딸이 그렇게도 귀염 받고 살아가게 되었다는 사실을 알게 된 페리클레스는 안심하고 딸을 클레온과 그 부인 디오니자에게 맡

겨 놓고 또 간호사 리초리다를 공주의 시녀로 두고 그곳을 떠났다. 페리클레스가 떠나갈 때 어린 마리나는 철이 없어서 아버지와 이별하는 슬픔을 통 모르고 있었다. 시녀 리초리다는 오래 모셨던 왕과 작별하는 것이 서러워서 울고 있었다. 이것을 본 왕은,

"아, 울기는 왜! 리초리다야. 눈물을 보이지 말아! 울지 말고 저 어린 주인을 잘 섬겨라. 그가 자라나면 너는 그 은혜 밑에서 잘 살 수 있게 될 것이다." 하고 위로의 말을 했다.

페리클레스는 고향 타이어까지 무사히 도착하여 그의 왕위를 도로 찾아가지고 안락한 생활을 하였지만 그가 죽은 줄로만 생각하는 아내는 에페수스에서 고된 수녀 생활을 하고 있었다. 어린 공주 마리나, 자기를 낳은 불행한 어머니마저 한 번도 본 일이 없는 이 마리나는 클레온이 보호하여 공주답게 잘 자라며 교육을 받고 있었다. 클레온은 마리나에게 아주 세심하게 교육을 하였기 때문에 마리나가 만 14세가 되었을 때 벌써 그는 그 당시 가장 박학하다는 사람들에 못지않은 다방면 지식을 체득하고 있었다. 더구나 그는 신처럼 노래를 잘 불렀고 여신처럼 춤을 잘 추었다. 그리고 또 특히 자수에 능하여서 그가 수놓는 새나 과일이나 꽃 같은 것들은 자연대로 자라난 것들과 꼭 같이 생생하였다. 마리나가 수놓은 비단실 꽃을 생화와 비교할 때 그 어느 것이 진짜 꽃인지 분간할 수 없을 정도였다.

마리나가 이렇듯이 세심한 교육을 받아 일반인 모두 다 그 재주에 놀라고 칭찬이 자자하게 되었다. 그러자 그를 지금까지 길러준 클레온의 아내인 디오니자는 그만 질투심이 폭발하여 마리나의 원수가 되고 말았다. 그 이유는 디오니자 자신의 딸은 마리나와 동갑이요, 마리나와 꼭 같은 교육을 받았음에도 불구하고 머리가 좋지 못하여 마

리나를 따르지 못하였다. 세인의 칭찬과 주목은 마리나가 독차지하고 디오니자의 딸은 무시되고 말았던 것이다. 그래서 디오니자는 마리나를 없애면 자기 딸이 더 출세할 것같이 생각되어서 마리나를 죽여 버릴 계획까지 세우기에 이르렀다.

이 계획을 완수시킬 목적으로 디오니자는 마리나를 죽여 버릴 자객 하나를 채용하여 놓고 기회를 엿보고 있었다. 때마침 마리나에게 충성을 다해 온 시녀 리초리다가 죽은 날에 마리나를 해치려고 하였다. 마리나가 죽은 리초리다 시신 옆에서 슬피 울고 있는 동안에 디오니자는 자객과 더불어 마리나를 죽일 계획을 꾸미고 있었다.

디오니자가 악행을 감행하기 위하여 고용한 사람의 이름은 레오니네였는데 이 사람은 사람 죽이기를 떡 먹듯 하는 악한이었다. 그러나 마리나의 인격은 모든 사람의 존경과 사랑을 받고 있었기 때문에 이 악한까지도 마리나를 귀여워하여서 좀처럼 죽이고 싶은 생각이 나지 아니하였다. 그래서 그는,

"마리나는 참으로 착한 처녀인데요!"

하고 말하였다. 그러니까 그 무자비한 원수 디오니자는,

"그러니까 하나님 나라에서 그 애를 더 기다릴 것이 아닌가. 자 지금 그 애가 이리로 오고 있다. 시녀 리초리다의 죽음을 슬퍼하면서. 자네, 명령을 실행하기로 결심을 했는가?" 하고 재촉했다.

디오니자의 명령에 거역하기를 두려워하는 레오니네인지라 그는,

"예, 결심했습니다." 하고 대답하였다. 이리 되어서 이 '결심했습니다'라는 짧은 말이 마리나의 비명횡사를 결정지어 놓았다. 이때 마리나는 손에 꽃 광주리를 들고 나타났는데 리초리다 무덤 위에 매일

매일 꽃을 뿌려 주겠노라고 말하던 것이었다. 그는 말하기를 여름이 다 가는 날까지 리초리다의 무덤 위에는 자줏빛 제비꽃과 금잔화로 엮은 돗자리가 늘 놓여 있도록 하겠다고 했다. 그래서 마리나는,

"아, 아, 이 내 신세야! 폭풍우 요란한 속에서 어머니가 돌아가시면서 태어난 이 내 신세! 이 세상은 나에게는 영원한 폭풍우이다. 내 친구들을 모두 빼앗아 가버리네." 하고 탄식하는 것이었다. 이때 위선자인 디오니자는 말하기를,

"아, 이게 웬일인가, 마리나야! 왜 이렇게 혼자 울면서 돌아다니는가? 내 딸은 어디로 가고 너 혼자서. 리초리다가 죽었다고 그리 슬퍼 말아라. 내가 리초리다보다 더 고맙게 해줄 테니. 아, 이 공연한 슬픔 때문에 네 얼굴이 많이 상했구나. 자 이리 와, 그 꽃을 이리 다오, 바닷바람은 꽃을 쉬 시들게 하느니라. 그리고 여기 이 레오니네와 함께 산보나 좀 해라. 이 좋은 날씨에 소풍을 좀 하면 네 기분이 훨씬 명랑해질 것이다. 자, 레오니네, 어서 마리나의 손목을 잡고 산보나 좀 해, 응."

마리나는,

"싫어요. 아주머니 하인을 제가 데리고 다니면 아주머니가 바쁘실 텐데요." 하고 말하였다. 레오니네는 디오니자의 하인 중 한 사람이었던 것이다.

그러나 이 꾀 많은 여인은 마리나를 레오니네와 함께 남겨 두고 자기는 살짝 피해 버릴 생각으로,

"어서, 그러지 말고 어서, 난 네 아버지 왕을 사랑하는 것과 꼭 같이 너를 사랑한다. 그런데 너의 아버지가 오늘이고 내일이고 언제든지 불쑥 이리로 오실는지도 모르는데 네 얼굴이 이렇게 상한 것을 보

시면 어쩌겠니. 우린 언제나 네가 이 세상 미인의 한 표본이라고 늘 네 아버님한테 말씀드려 왔는데 지금 와서 네 상한 얼굴을 보시면 우리가 너를 학대한 것처럼 오해하시기가 쉬울 것이다. 자 어서 가거라. 제발, 소풍이나 하고 다시 유쾌한 기분을 돌이켜라. 너의 그 아름다운 살결은 늙은이나 젊은이의 마음을 사로잡느니라. 그 예쁜 살결이 상하지 않도록 주의해야 한다."

이렇게 깐깐스럽게 졸라대는 디오니자의 말에 그만 굴복하고 만 마리나는,

"그럼, 가기로 하겠습니다. 그러나 제가 가고 싶어서 가는 것은 아닙니다." 하고 대답하였다.

디오니자는 그 자리를 떠나가면서 레오니네에게,

"내가 한 말을 꼭 기억해야 돼!" 하고 다그쳤다. 아, 무서운 한 마디. 이 한 마디 말의 뜻은 곧 마리나를 죽여야 한다는 명령을 기억해야 된다는 말이었다.

마리나는 바다를 바라다보았다. 자기의 출생지인 바다를 바라보면서 마리나는,

"서풍이 부는가?" 하고 중얼거리었다.

"서남풍이오." 하고 레오니네가 대답하였다. 마리나는,

"내가 저 바다에서 날 때 그날에는 북풍이 불었다 하네요."
하고 중얼거리면서 그 기억을 새롭게 하였다. 즉, 그날 일어났던 그 폭풍우, 아버지의 슬픔, 어머니의 죽음. 그래서 그는 다시 입을 열어,

"우리 아버지는 그 폭풍우를 조금도 무서워하지 않으시고 '용감하라, 선원들아' 하고 말씀하시면서 그 귀하신 손으로 친히 밧줄을 꽉 붙들고 또 돛대를 끌어안고서 금시 산산조각 날 듯한 갑판 위에 태연

히 서 계셨다고 해요. 리초리다가 나한테 모두 자세히 이야기해주었지요." 하고 말하였다. 레오니네는,

"그게 언제 일이오?" 하고 물었다.

"내가 태어나던 날. 그날처럼 물결이 세고 바람이 강했던 날은 전무후무라고 그러네요." 하고 마리나는 대답하였다. 그러고는 그날 그 폭풍우 광경을 자세히 설명하였다. 선원들의 활약, 돛잡이가 연성 불어대는 호각 소리, 선장의 고함소리,

"이런 것들이 배를 더 한층 혼란하게 만들었다고요." 하고 말을 맺었다.

마리나는 시녀 리초리다로부터 자기의 불행한 출생 장면을 거듭 거듭 되풀이해 들었기 때문에 이 광경들은 그의 상상 속에 언제나 남아 있는 것 같았다. 그러나 이때 레오니네는 마리나의 말을 가로막고서 기도나 올리라고 재촉하였다. 이 말을 들은 마리나는 어쩐지 까닭 모를 공포심에 사로잡히는 것을 억제하지 못하면서,

"그게 무슨 소리에요?" 하고 물었다.

"간단히 기도해요. 너무 지루하게 하지 말고, 하나님의 귀는 기도 소리를 재빨리 들으시니까요. 또 그리고 난 재빨리 거사를 해야 한다고 맹세를 한 사람이니까요." 하고 레오니네는 독촉하였다.

"날 죽이려고 하는구려, 왜요?" 하고 마리나는 물었다.

"우리 주인마님을 만족시키기 위해서지요." 하고 레오니네는 대답하였다. 마리나는,

"주인마님이 무슨 이유로 날 죽인다는 거예요? 내가 알기에는 생전에 그이를 괴롭힌 일은 단 한 번도 없었는데요. 난 나쁜 말이라곤 한 마디도 입 밖에 낸 일이 없었고 생물에 대해서는 절대로 해를 끼친

일이 없고, 일생 동안에 쥐 한 마리 죽인 일 없었고 파리 한 마리 죽인 일이 없는데요. 그 언젠가 한 번 내가 실수하여 벌레 한 마리를 밟은 일은 있었으나 나는 그 후 즉시 그 벌레를 위하여 눈물을 흘렸거든요. 내가 무슨 못된 짓을 했기에 나를?"

"내가 맡은 직책은 행동에 대한 이론을 따지는 데 있는 것이 아니고 단지 실행하는 데 있으니 그리 아시오." 하고 레오니네는 대답하였다. 그러고 나서 그는 마리나를 죽이려고 달려들었는데 바로 이 순간 어떤 해적 떼가 해안에 상륙하여 마리나를 보고는 마리나를 끌고 가 해적선에 올라탔다.

마리나를 약탈해 온 해적은 마리나를 미틸레네 땅으로 실어다가 거기서 종으로 팔아버렸다. 종으로 팔려 간 마리나는 그 주인집에서 종살이를 해 나가는 동안에 그 아름다움과 정숙이 이 미틸레네 전역에 널리 전파되었다. 뿐만 아니라 마리나를 종으로 산 주인집은 마리나가 버는 돈으로 큰 부자가 되었다. 마리나는 음악, 무용, 자수를 가르쳐 번 돈을 전부 주인집 내외에게 갖다 바쳤다. 마리나의 재주와 부지런한 성격은 소문이 계속 퍼져 나가 드디어 뤼시마코스라는 젊은 사람의 귀에까지 들어가게 되었다. 이 사람은 바로 미틸레네 지방을 다스리는 총독이었다. 총독 뤼시마코스는 친히 마리나가 살고 있는 집을 방문하여 전국에서 그렇게들 칭찬하는 이 여자를 직접 보기로 하였다.

마리나와 이야기를 주고받은 뤼시마코스 총독은 풍설만 듣고 기대했던 것보다 이 처녀가 너무나 엄청나게 정숙하고 눈치가 빠르고 마음이 고운 데 탄복을 마지않게 되었다. 그 자리를 떠나갈 때 마리나더러 그 훌륭한 재주와 정숙을 잘 지키도록 하라고 격려하고 나서 나중에 자기가 마리나를 다시 찾을 때에는 마리나에게 반드시 좋은 일이 있을 것이라고 말하고 물러갔다. 뤼시마코스는 그 후 마리나의 월등한 판단력과 교양과 재주 그리고 그 아름다운 모습에 반하여서 마리나의 신분이 천한데도 불구하고 마리나를 자기 아내로 맞이하고 싶은 마음을 억누를 수가 없었다. 그래서 그는 마리나가 귀한 집에서 태어났다는 반가운 소식을 들어보려고 누차 마리나에게 부모가 누구인가를 물어보았으나 그럴 때마다 마리나는 아무 대답도 않고 울기만 하는 것이었다.

한편 타르수스에서는 디오니자의 명령을 실행하지 못하고 마리나를 해적에게 빼앗기고 돌아간 레오니네는 주인마님의 분노가 무서워서 마리나를 죽여 없애고 돌아왔노라고 거짓 보고를 했다. 이 악독한 디오니자는 마리나가 죽은 줄로 믿고 겉치레로나마 장례식을 거행하도록 하고 꽤 훌륭한 비석을 하나 세워 놓았다.

그리고 얼마 안 되어 페리클레스는 충신 헬리카누스를 데리고 타이어를 떠나 타르수스로 향하는 뱃길을 떠났다. 그 목적은 자기 딸을 만나보고 딸을 데리고 돌아올 예정이었다. 페리클레스는 그가 딸을 클레온 부부에게 맡겨 놓은 후 지금까지 한 번도 찾아본 일이 없었던 만큼 지금 가서 이미 죽어 버린 아내의 몸에서 난 딸의 장성한 모습을 보게 될 생각에 여간 기쁘지가 않았다. 그러나 마리나가 죽었다는 소식을 듣고 또 비석을 제 눈으로 본 페리클레스는 이 세상에서 가장 슬프고 괴로운 아버지가 되어 버렸다. 죽어 버린 아내 타이사가 남기고 간 오직 하나의 선물인 딸까지 잃어버린 페리클레스는 이 땅이 보기가 싫어져서 즉시 떠나고 말았다. 타르수스를 떠나서 배에 오른 페리클레스는 즉시 무겁고도 무감각한 우울증에 사로잡히고 말았다. 그는 말 한마디 없이 조용히 있을뿐더러 그의 주위에서 일어나는 어떠한 일에도 아무런 감각을 느끼지 못했다.

타르수스에서 타이어로 항해하는 도중에 배는 마리나가 살고 있는 미틸레네를 지나가게 되었다. 어느 왕의 배가 자기 영토 해안을 지나가는 것을 본 뤼시마코스 총독은 그 배에 어느 나라 왕이 행차했는지 알고 싶은 호기심에 사로잡혀서 조그만 배 한 척을 타고 나아가 그 큰 배 가까이 갖다 대었다. 페리클레스의 충신인 헬리카누스는 이 귀빈의 내방을 신중히 맞았으며 이 배는 타이어에서 온 배인데 지금 타이어 왕께서 타고 계시다고 일러주었다. 헬리카누스는 말을 계속하여

"우리 왕께서는 지나간 석 달 동안 말 한마디 안 하시고 진짓상 한 번 안 받으시고 고통에 잠겨 계십니다. 왕께서 그렇게 울화병을 가지시게 된 원인을 말하자면 한이 없겠사오나 간단히 아뢰자면 왕께서는 지극히 사랑하는 공주와 왕비를 둘 다 잃어버리시고 그처럼 애통해하시는 것입니다."

이 말을 들은 뤼시마코스는 고통 중에 있는 왕을 꼭 좀 뵙게 해달라고 간청했다. 뤼시마코스가 페리클레스 왕을 보자 그 즉시 왕은 무척 좋은 사람이었을 것이라는 생각이 들어서,

"대왕님, 환영합니다! 하나님의 축복을 받으소서, 대왕님!" 하고 말을 건네었다.

그러나 뤼시마코스가 페리클레스에게 말을 걸어도 아무 소용없는 일이었다. 페리클레스는 아무런 대응도 아니할 뿐 아니라 처음 보는 손님이 자기 눈앞에 나타난 것을 통 인식하지도 못하는 것 같았다. 이때에 뤼시마코스의 머리에는 누구보다도 제일 재주 있는 마리나가

생각났다. 그리고 이 가련한 처녀의 능변이 이 벙어리 된 왕에게서 그 어떤 대답을 능히 이끌어 낼 수 있으리라고 생각되었다. 그래서 우선 헬리카누스의 동의를 얻어 마리나를 이 배로 데려오도록 했다. 마리나가 이 배, 즉 자기 아버지가 울화에 잠겨서 꼼짝 않고 앉아 자는 배로 올라왔다. 모든 사람들은 마치 마리나가 공주라는 것을 이미 알고 하는 것처럼 융숭하게 환영하였다. 그러면서 그들은 이구동성으로 "아 용감한 숙녀여." 하고 소리를 질렀다.

이 사람들이 마리나를 이처럼 칭찬하는 것을 본 뤼시마코스는 매우 기뻐서 말하기를,

"이 숙녀는 참으로 훌륭한 분입니다. 그래서 이분이 귀족의 태생인 줄 확실히 알기만 하면 나로서는 이분을 나의 아내로 삼는 것을 최고의 영광으로 알 것입니다."

하고 말하였다. 그리고 나서 그는 마리나를 향하여 마치 이 미천한 처녀가 자기가 원하는 대로 귀족 태생으로 변하거나 한 것처럼 정중한 태도로 대하였다. 맑고도 아름다운 마리나 양이라고 부르면서 지금 이 배에는 슬픔과 고민으로 상심이 되어 말 한마디 아니하는 왕이 한 분 타고 계시다고 설명해 주었다. 이어서 마리나가 가진 그 힘으로 이 마음의 병에 걸린 왕의 병을 고치도록 해봐 달라고 간구하는 것이었다. 마리나는,

"네, 제가 저의 최대한 솜씨를 발휘하여 왕의 병을 고치도록 노력해보겠습니다마는 한 가지 조건이 있습니다. 조건은 다른 것이 아니라 이 왕 앞으로는 저와 여자 하인 단둘이서만 가도록 허락해 주셔야 합니다." 하고 말하였다.

미틸레네에 살고 있으면서 자기는 본래 한 나라의 공주로서 지금

종살이를 하고 있다는 자기 비밀을 폭로하기가 부끄러워서 이때까지 통 자기 신분을 밝히지 않은 마리나였다. 지금 페리클레스 앞에서는 자기가 그 귀한 지위에서 어찌하여 종이 되기까지 몰락하게 되었는지 기구한 운명을 실토하였다. 마리나는 마치 자기가 지금 자기 아버지 앞에서 말하고 있다는 것을 감지한 듯이 그가 쏟아 놓는 하소연은 그 전부가 자기 자신의 슬픔이었던 것이다. 마리나가 지금 이 자리에서 자기 신세타령을 하고 있는 이유는 불행한 사람의 주의를 환기시키는 방법으로 그 사람의 재난과 비슷한 재난을 늘어놓는 것보다 더 좋은 방법이 없는 것을 잘 알고 있었기 때문이다. 마리나의 부드러운 목소리가 잠든 듯한 왕의 귀를 진동시켰다. 왕은 그동안 한 곳만 응시하던 그 눈을 들어 마리나를 바라다보았다. 그런데 마리나는 지금 왕의 눈앞에 죽은 왕비의 모습 그대로를 보여주고 있어서 왕은 크게 놀랐다. 그래서 몇 달 동안을 말 한마디 아니하던 왕의 입에서 말이 터져 나왔다.

"아 나의 사랑하는 아내!" 하고 잠에서 깨어난 듯한 왕은 중얼거리었다. 그러고는 계속하여,

"나의 사랑하는 아내는 여기 이 처녀와 꼭 같이 생겼었다. 그리고 내 딸이 살아 있었던들 이 처녀와 꼭 같이 생겼을 거다. 내 아내의 갸름한 이마, 지팡이같이 꼿꼿하고 가냘픈 몸집, 한 치도 다르지 않고 신통하게 같다. 또 그 은방울 같은 목소리, 보석 같은 그 눈! 야 처녀야, 너 어디서 왔니? 너의 부모가 누구인지 알려다오. 네가 말할 때 너는 고생에서 고생으로 돌았기 때문에 네 신세가 나의 괴로운 신세와 비슷하다고 말했지, 아마."

"예, 일부러 그런 말씀을 제가 아뢰었습니다."

하고 마리나는 대답하였다. 그리고 이어서,

"제 사정이 대왕님의 고통과 같은 점이 꼭 있다고 생각되어서 그렇게 아뢴 것이옵니다."

하고 말하였다. 이에 왕은,

"응, 어서 네 이야기를 하여라. 네 이야기를 들어보아서 만일에 네가 겪은 고생이 내 고난의 천분의 일쯤만 되더라도 네가 사내대장부 같은 기개로써 그 곤란을 극복했다고 믿겠고 나의 고생은 한낱 여자의 고생이라고 생각하련다. 그런데 사실 너는 왕족들 무덤을 응시하고 있는 인내 그 자체같이 보이기도 하고 또 연극 밖에 나서서 웃어대는 극단의 곤궁 그 자체같이 보이기도 한다. 자, 착한 아이야, 네 이름이 무엇이지? 그리고 어서 네 이야기를 다시 들려다오. 자 이리 와서 내 곁에 앉아라." 하고 말하였다.

처녀가 자기 이름은 마리나라고 한다는 말을 듣자 페리클레스의 놀람이란! 마리나라는 이름은 흔히 있는 이름이 아니었고 자기 딸이 바다 한중간에서 출생했기 때문에 그것을 기념하는 의미로 마리나라고 자기가 만들어 지어준 딸의 이름이거늘. 그래서 왕은,

"아, 참, 우습구나, 아마도 그 어떤 분노한 신이 너를 이리로 보내서 나로 하여금 이 세상의 웃음거리로 만들려고 했나 보다."

하고 말을 하니 마리나는,

"폐하, 잠깐 참으세요. 그렇지 않으면 제가 이야기를 여기서 중지하겠습니다." 하고 말하였다. 페리클레스는,

"아니, 아니, 그래 내 참으마. 그러나 네 이름을 마리나라고 부르는 것이 나를 얼마나 놀라게 했는지를 너는 모르는구나."

하고 말하니 마리나는 대답하기를,

"저에게 이 이름을 지어준 분은 큰 권력을 가진 분이었는데 제 아버님은 즉 왕이었습니다."라고 하였다. 페리클레스는,

"뭐, 공주! 마리나라고 불리는 공주! 아 너는 사람이냐 귀신이냐? 자 어서 더 말해라, 그래 네가 난 곳이 어디냐? 그리고 어째서 네 이름을 마리나라고 지었는지를?" 하고 물으니 처녀가 대답하기를,

"제가 바다 한중간에서 태어났기 때문에 제 이름이 마리나가 되었습니다. 제 어머님께서는 공주셨는데 저를 낳자마자 곧 세상을 떠나셨습니다. 늘 저의 시중을 들어주던 리초리다가 눈물을 흘리면서 전부 이야기해 들려주곤 했어요. 그래서 저의 아버님이신 왕이 저를 타르수스로 데려다가 클레온 댁에 길러 달라고 맡겼는데 마침내 클레온의 부인이 나를 죽이려고 했습니다. 그때 마침 해적 떼가 나타나서 저를 구해내다가 이 미틸레네 시로 데리고 왔습니다. 아, 그런데 폐하, 왜 우십니까? 폐하 생각에 저를 한낱 거짓말쟁이라고 보시나요? 그러나 저는 참말로 페리클레스 왕의 딸이옵니다. 아버님께서 지금 살아 계시다면요."

이 말이 맺기 전에 페리클레스는 소리를 질러 시종들을 불렀다. 그가 이 벼락같이 달려오는 기쁨에 놀란 것인지, 또 혹은 이것이 사실인가 꿈인가 의심이 나서 그랬는지. 하여튼 그는 큰 소리를 질렀는데 이 소리를 들은 신하들과 시종들은 무조건 기뻐서 뛰어 들어왔다. 페리클레스가 헬리카누스 보고 하는 말이,

"아, 헬리카누스, 나를 한 대 때려보시오. 내 몸을 칼로 찔러보시오, 나를 아프게 해보오. 지금 대해같이 밀려들어 오는 이 기쁨의 홍수가 이 내 육체를 파멸시켜 버릴 것 같으니. 아, 이리 오너라, 바다에서 나서 타르수스에 묻혔다가 이 바다에서 도로 찾은 내 딸아, 헬리카

누스여, 무릎을 꿇고 앉아서 거룩하신 하나님에게 감사를 올리시오! 여기 이 아이가 마리나요. 자, 내 딸아. 나는 너를 축복한다! 헬리카누스, 지금 곧 나의 새 옷을 가져오시오, 나의 새 옷을! 내 딸이 타르수스에서 그 야수 같은 디오니자의 손에 죽을 뻔했으나 용히 죽지 않고 살아 있었다오. 자, 그대여, 공주 앞에 꿇어앉아 공주님 하고 불러 보라, 공주는 그대에게 모든 것을 설명해 줄 것이오. 아, 이 사람은 누구?"

하고 물은 페리클레스 왕은 뤼시마코스의 존재를 지금 처음 발견한 모양이었다. 헬리카누스는,

"폐하, 이분은 바로 미틸레네 총독입니다. 폐하가 울화증에 걸려 고생하신다는 소식을 듣고 뵈러 오신 분입니다." 하고 대답하였다. 페리클레스는,

"아. 그렇습니까, 고맙습니다. 자, 어서 내 옷을 가져오시오! 난 이제 완쾌되었소. 아, 하나님, 나의 딸에게 축복을 내리소서! 하, 귀를 기울이라! 음악, 이 음악은?"

하고 말하는 페리클레스는 친절한 신하들이 그에게 음악을 들려주는 것이라고 생각했는지 또 혹은 거대한 희열이 그에게 환각을 일으키게 하였는지 그는 나지막한 음악 소리를 듣는 모양이었다.

헬리카누스는,

"폐하, 제 귀에는 음악 소리가 들리지 않사옵니다."

하고 대답을 하니 페리클레스는,

"들리지 않다니? 이 음악은 하늘에서 내려오는 음악 소리다."

하고 말하는 것이었다. 그러나 다른 사람들은 아무런 음악 소리도 들리지 않으므로 너무나 갑작스런 기쁨이 왕의 머리를 약간 돌게 하지

나 않았는가 하고 생각한 뤼시마코스가,

"지금 왕을 반대하는 것은 옳지 못한 일이니 왕 마음대로 두어 주시오." 하고 귀띔을 주어서 거기 모인 모든 사람이 음악 소리가 들린다고 말하자 왕은 자꾸만 졸리다고 불평을 말하였다. 이때 뤼시마코스가 왕에게 소파에 좀 누우시도록 하라고 권하면서 베개를 머리 밑에 넣어주었다. 그러자 너무나 과도한 기쁨에 피로해진 왕은 깊은 잠에 빠지고 말았다. 마리나는 그 소파 옆에 고요히 앉아서 잠든 아버지를 물끄러미 바라다보고 있었다.

페리클레스는 잠자는 동안에 꿈을 꾸었다. 이 꿈으로 인하여 그는 에페수스로 가기로 결심하게 되었으니 그의 꿈 내용은 이러하였다. 꿈에 에페수스의 수호 여신인 다이애나가 그의 앞에 나타나서 에페수스에 이 여신을 모신 수도원으로 와서 그 여신 상 앞에서 왕 자신의 일생 고락을 모두 다 고백하여야 된다는 엄명을 내렸다. 그러고는 여신이 자기가 들고 있는 은제 활을 두고 맹세하되 만일 왕이 여신의 명령대로 잘 이행하면 왕에게는 매우 좋은 보상이 내릴 것이라고 선언하였다. 왕이 잠에서 깨자 건강은 기적적으로 회복되었고 또 꿈 이야기를 하고 자기는 그 꿈에 여신이 명한 대로 이행하기로 결심하였노라고 말하였다.

그러자 뤼시마코스는 페리클레스를 초대하여 미틸레네에 내리게 하여 이 땅에서 구할 수 있는 최대의 기쁨을 맛보며 며칠간 쉬라고 청하였다. 페리클레스는 이 초대에 응하여 하루이틀쯤 거기서 보내기로 하였는데 이 동안에 이 땅에서 굉장한 연회가 벌어졌다. 그 어떠한 환락, 또 마리나가 미천한 생활을 하고 있을 때에도 마리나를 존경하고 사랑해 온 뤼시마코스가 그 사랑하는 공주의 아버지인 왕을 그 얼마나 정성 들여 환대하였을까 하는 것은 독자들의 상상에 맡기려 한다. 페리클레스는 자기 딸이 남의 집 종살이를 할 때 뤼시마코스가 도와주었다는 사실을 알게 되자 뤼시마코스가 마리나에게 구혼하는 것을 쾌히 허락하였다. 마리나 역시 뤼시마코스의 구혼을 싫어할 아무런 이유가 없었다. 그러나 페리클레스는 이 두 사람의 약혼을 허락하는 조건으로 결혼하기 전에 먼저 모두가 다 함께 에페수스 다이애나 여신 사당에 참배하여야 한다고 말했다. 그래서 즉시 그들 세 사람은 배를 타고 길을 떠났다. 여신이 순풍을 보내주어서 여러 주일 걸리지 않고 배가 무사히 에페수스에 도착하였다.

　페리클레스가 신하들을 거느리고 여신을 모신 수도원 안으로 들어설 때 거기에는 나이 든 세리몬이 마침 제단 옆에 서 있었다. 이 사람은 그 옛날에 페리클레스의 아내인 타이사를 살려준 의사, 바로 그 사람이었다. 그리고 지금 이 사당의 수녀로 있는 타이사도 제단 앞에 서 있었는데 페리클레스의 모습은 그 여러 해 동안의 슬픈 생활로 인하여 많이 변했다. 그러나 타이사는 남편의 모습을 알아보았고 더군다나 페리클레스가 제단 앞에 다가서서 고백을 시작하였을 때 그는 남편의 목소리임을 확인하고 남편이 호소하는 말 구절구절에 놀라고 의아해하면서 가만히 듣고 서 있었다. 페리클레스가 제단 앞에서 호소하는 말은 아래와 같았다.

　"다이애나 여신이시여! 그대의 올바른 명령에 복종하는 나는 지금 여기서 타이어 왕임을 고백하나이다. 나는 겁이 나서 내 나라를 도망해 나와서 펜타폴리스로 가서 거기서 아름다운 공주 타이사와 결혼을 하였사옵니다. 내 아내는 그 후에 바다 한중간에서 죽고 말았사오나 그가 남기고 간 딸이 있었는데 그 애 이름은 마리나이옵니다. 마리나는 타르수스에 사는 디오니자에게 맡겨서 키우게 했는데 14살 나던 해에 디오니자는 마리나를 죽이려고 하였습니다. 그러나 이 처녀를 지키는 별의 도움으로 처녀는 구원을 받아 미틸레네로 가게 되었습니다. 마침 내가 그 땅 앞바다를 지나갈 때 행운이 이 처녀를 나의 배로 인도하였습니다. 그때 이 처녀의 명확한 기억력으로 그가 바로 내 자신의 딸이라는 것이 증명되었사옵나이다."

여기까지 들은 타이사는 황홀한 감정을 더 억누를 수가 없어서 소리를 질렀다.

"당신은, 아, 당신은 페리클레스 왕." 하고 외치고 나서 기절해 버리고 말았다. 페리클레스는,

"이 여자가, 이 웬일이오? 아, 이 사람이 죽었소! 살려주시오, 여러분!" 하고 말하였다. 이때 세리몬이 나서며,

"당신이 이 다이애나 제단 앞에서 진실을 고백하였다면 이 부인은 바로 당신의 아내입니다." 하고 말하였다. 페리클레스는,

"아니, 뭐요, 내 아내는 바로 내 이 손으로 물속에 던졌는데요."

그러자 세리몬은 폭풍우가 심했던 그 이튿날 아침에 이 부인이 에페수스 해변에 표류하였다는 사실, 그리고 자기가 관 뚜껑을 열어 보자 그 안에 부인의 몸 외에 보석들과 편지가 들어 있는 것을 발견하던 이야기, 그리고 자기가 어떻게 이 부인을 소생시켜서 수도원의 수녀가 되도록 주선했다는 일장 사연을 죽 늘어놓았다.

이때 기절했다가 도로 정신을 차린 타이사가 말을 받아,

"아, 폐하여, 폐하는 페리클레스가 아닙니까? 그대는 페리클레스처럼 말을 하고 페리클레스처럼 보입니다. 그대가 바로 폭풍우, 출생, 죽음을 명명한 이가 아닙니까?"

놀란 페리클레스는,

"아, 죽은 타이사의 목소리!"

"죽은 줄 알고 물에 던져졌던 타이사가 바로 저입니다."

"아, 정말로 타이사로군!" 하고 놀라면서도 기쁜 페리클레스는 소리 질렀다. 그러자 타이사는,

"아, 이제 나도 그대를 똑똑히 알아보게 되었어요. 우리가 펜타폴리스에서 나의 아버님과 눈물로서 작별할 때 아버님이 그대에게 주신 반지, 바로 그 반지를 그대 손가락에 끼고 있습니다."
하고 말하였다. 페리클레스는 소리 질러 말하며,

"아, 그만두시오. 아, 하나님, 현재 이 친절이 과거의 학대를 전부 아무것도 아닌 것으로 만들어 주었습니다. 아, 자 타이사, 이리 와서 이 내 품에 한 번 더 묻히시오."

이때 마리나도 말하였다.

"저의 가슴도 어머니 품속으로 뛰어들어갑니다."

이때 페리클레스는 딸을 어머니에게 소개하면서,

"여기 무릎을 꿇고 있는 이 애를 보시오. 이 애가 당신의 혈육입니다. 바다 한중간에서 당신이 낳은 딸, 이름은 마리나, 그것은 이 애가 바다에서 태어났기 때문에 내가 그렇게 지어준 것이오." 하고 말하였다.

"아, 얘가 내 딸이라."
하고 말하며 타이사는 너무나 기뻐서 딸을 힘껏 껴안았다. 이때 페리클레스는 제단 앞에 꿇어 엎드려,

"순결하신 다이애나 여신님, 그대의 계시를 받아 나는 지금 이런 행복을 가지게 되었사오니 이 은혜를 갚기 위하여 나는 밤마다 그대

제단에 참배하렵니다." 하고 말하였다. 그러고 나서는 당장 그 자리에서 타이사의 동의를 얻어 정숙한 마리나와 그에게 은혜를 베풀어준 뤼시마코스의 정중한 약혼식이 거행되었다.

이 페리클레스와 타이사와 또 딸의 행적에서 우리는 큰 교훈을 얻을 수 있다. 그것은 재난 중에도 정숙을 지키는 것(하나님께서 인생에게 인내심과 도의심이 결국 보상을 받는다는 교훈을 주기 위함)이 끝에 가서는 그 어떤 기회나 변화를 극복하여 성공과 승리를 획득한다는 교훈이다. 또 그리고 헬리카누스의 행적에서 우리는 진리, 신념, 충성의 한 중요한 표본을 보게 된 것이다. 그가 한 나라의 왕이 될 기회가 있었음에도 불구하고, 다른 사람의 권리를 찬탈하기를 거절하고 법적 권리를 가진 사람을 일부러 초청하여 왕위를 도로 찾도록 주선한 그 도의심을 우리는 본받아야 할 것이다. 그리고 타이사의 목숨을 살려준 위대한 인물 세리몬의 행적에서 우리는 각자가 가진 지식을 인류에게 유익한 일에만 사용하면 그는 거의 신에 가까운 성인이 된다는 교훈을 받은 것이다.

이 이야기를 끝맺기 전에 한 가지 더 말할 것은 그 악독한 클레온의 처는 그 소행에 상응한 형벌을 받은 사실이다. 그것은 이 악한 여인이 마리나를 해치려고 했다는 소문을 들은 타르수스 주민이 총궐기하여 그들이 굶어 죽기를 면하게 해준 페리클레스의 복수를 해주었다. 그 주민들은 벌떼같이 일어나서 클레온의 집에 불을 질러 클레온 부부를 둘 다 산채로 화장하고 말았다. 큰 범죄를 하려다가 실패했다고 그것이 하나님 앞에 죄가 아닌 것이 아닌 만큼 이 범죄자가 그 죗값으로 그렇게 참혹한 죽음을 맞이한 것에 대해서 신들도 매우 기뻐하였을 것이다.

오셀로
OTHELLO

주요 등장인물

오셀로 : 무어인, 베니스 군의 장군

데스데모나 : 오셀로의 부인

브러밴쇼 : 데스데모나의 아버지

캐시오 : 오셀로의 부관

이아고 : 오셀로의 부관 자리를 노린 악한

베니스 시내 큰 부자로 시의원인 브러밴쇼에게는 예쁘고 얌전한 딸이 있었다. 그 이름은 데스데모나였다. 이 얌전한 처녀는 아버지의 극진한 사랑을 독차지하고 있을 뿐 아니라 그 거대한 재산을 상속받을 권리의 소유자였기 때문에 구혼자가 많았다. 그러나 이 처녀는 자기 나라 안에서 사는 동족 남자 중에는 자기에게 맞는 남성다운 기질을 가진 사람은 하나도 없다고 생각하였다. 또 그는 육체적 매력보다는 차라리 정신적 우월성을 가진 남자가 더 한층 마음에 들며 누구나 다 가질 수 있는 평범한 성격의 소유자보다도 존경할 만한 특수한 성격을 가진 남자가 좋다고 생각하였다. 자기 아버지가 좋아하는 무어인 한 사람을 마음속으로 사랑하고 있었다.

데스데모나가 선택한 이 연인이 부적당하다고 할 아무런 이유도 없었다. 브러밴쇼의 귀염을 받아서 그 댁에 자주 드나드는 오셀로라는 청년은 비록 흑인이었으나 이 귀인다운 무어인을 베니스 최고 미인의 배우자로 소개하기에 아무런 부족함이 없었다. 오셀로는 군인으로서 매우 용감하였고, 터키와의 전쟁에서는 연전연승하는 무훈을 세운 사람으로 당시 베니스 군대의 대장직에 있어서 국민의 존경과 신임을 그 한 몸에 받고 있었다.

오셀로는 원래 여행하기를 즐기는 사람이어서 그는 일생 동안에 세계 여러 곳을 돌아다니면서 별별 모험을 다 맛보았다. 데스데모나 아가씨는 그의 모험담 듣기를 참으로 좋아하였다. 어렸을 적 이야기, 전쟁하던 이야기, 적군의 성을 쳐부수던 이야기, 위험한 경우에 싸우면서 빠져나오던 고생담, 바다 또는 육지에서 고생하던 이야기, 적병과 일대일 접전을 할 때나 또는 대포 구멍을 향하여 막 돌격하여 들어가던 이야기, 들으면 들을수록 재미있는 이야기들, 또 언젠가 한번은 악독한 적군에게 사로잡혀서 종으로 팔려갔던 이야기, 종살이하면서 얼마나 혹독한 학대를 받았고, 또 어떻게 겨우 도망을 해 나왔다는 이야기, 외국에 가서 구경 다니던 이야기, 광대한 사막 지대, 로맨틱한 동굴, 채석 공장에 있는 집채 같은 대리석 덩어리, 구름 위로 불쑥 솟아오른 높고 높은 산봉우리, 야만인종들이 사는 이야기, 사람을 잡아먹는 식인종 이야기, 또 아프리카에 사는 흑인종 중에는 머리가 어깨 위에 얹혀 있지 않고 어깨 아래로 삐죽 내돋아 있는 기형아도 있다는 이야기, 이런 여러 가지 기담과 괴담이 순진한 처녀를 홀딱 반하게 만든 것이었다. 이런 이야기에 정신이 팔린 데스데모나는 이야기 듣는 중간에 집안에 무슨 급한 일이 생기는 때에는 오셀로더러 잠시만 기다려 달라고 하고, 얼른 일을 해치우고는 종종걸음으로 도로 달려와서 오셀로의 이야기에 귀를 기울이곤 하였다.

    그러다가 어떤 날 데스데모나는 적당한 기회를 택하여 자기가 지금까지 오셀로에게서 들은 이야기들은 모두 단편적이었다고 말했다. 그러고는 그가 아주 어렸을 적 시절로부터 지금까지 살아온 내력을 처음부터 끝까지 주욱 다 이야기해 달라고 부탁하게 되었다. 그래서 오셀로는 젊었을 때부터 그의 생애가 과연 얼마나 비참한 것이었던가를 이야기하여서 이 순진한 처녀의 눈물을 자아내게 되었다. 긴 이야기가 끝나자 처녀는 그의 생애를 통하여 그가 겪은 고난을 동정하여 한숨을 쉬고, 좀 애교를 떨면서 그 이야기들이 모두 다 과거지사이기는 하지만, 그 얼마나 가련하고 불행한 일인가, 하나님께서 한 사람을 출생시켜서 그런 고생을 시킨 데 대하여 하나님께 감사하노라고 말했다. 그리고 오셀로가 자기 일신상 이야기를 전부 들려주어서 고맙다고 인사하였다. 그러고는 만일에 그의 친구 중에서 어떤 처녀와 연애할 욕망이 있다면 오셀로가 지금 이야기해 들려준 이야기를 그 친구에게 자세히 들려주어서 자기가 사랑하는 처녀에게 그 이야기들을 잘 들려준다면 그 이야기를 들은 처녀는 그 남자에게 홀딱 반해 버릴 것이라고 말하였다. 이 처녀의 마음씨와 함께 붉히는 낯빛이 오셀로에게 용기를 주었다. 오셀로는 노골적으로 이 마음씨 좋은 이 처녀를 향하여 사랑을 고백한 다음 구혼을 하여 성공하였다.

오셀로는 얼굴 빛깔로 보나 재산으로 보나 이 처녀의 아버지인 브러밴쇼가 사위로 쉽게 맞아들일 자격은 없었다. 아버지는 딸의 자유를 구태여 구속하고자 하는 사람은 아니었으나 자기 딸이 으레 베니스 시 귀족 중에서 의원이나 혹은 의원 후보자가 되는 청년 중에서 남편감을 고르려니 하고 기대하고 있었다. 그런데 딸은 결국 아버지 눈을 피하여 이 무어인을 사랑하여서 그가 흑인임에도 불구하고 자기의 마음과 운명을 이 남자의 용감스런 육체와 원만한 성격에 전적으로 의뢰하게 되었다. 데스데모나는 자기를 사모하는 여러 백인들의 흰 얼굴과 혈색보다 이 나라 전 여성이 싫어하는 흑인 오셀로를 사랑하였기에 그의 검은 얼굴이 더 한층 존경스런 생각이 들어서 한 번 택한 그의 남편에 대한 애정과 부부애에 절대적으로 충실할 수 있었다.

그것은 비밀리에 맺은 결혼이었는데 그 비밀은 오래가지 못하고 결국 브러밴쇼 영감님의 귀에 들어갔다. 대로한 브러밴쇼는 무어인 오셀로가 마술로 자기 딸 데스데모나를 꾀어서 제 아버지의 허락도 없이 비밀 결혼을 하였으니 그 결혼은 무효로 하고 오셀로를 처녀 유인죄로 처벌해 달라고 고소를 하게 되었다.

그런데 바로 이때 정부에 정보가 들어오기를 그 당시 베니스의 영토인 사이프러스 섬을 탈환할 목적으로 터키 군대의 대함대가 쳐들어온다는 것이었다. 이 적을 물리치려면 베니스 정부로서는 오셀로의 힘을 빌리지 않고서는 속수무책인 형편이었다. 이 위기를 맞아 적의 침략을 방어할 수 있는 대장은 오셀로 한 사람밖에 없다는 것을 너무나 잘 알고 있었다. 처녀 유인죄로 재판을 받으려고 법정에 나섰던 오셀로는 베니스 법률에 의해 죄가 확정되면 사형에 처하게 되어 있었다. 그럼에도 불구하고, 그 자리에서 나라가 위기에 처했으니 중임을 맡길 수밖에 없는 지경에 이르렀다.

의원석에 자리 잡은 나이 든 브르밴쇼는 우울한 분위기가 도는 법정에서 침착한 변론을 전개시켜야 할 처지에 있었다. 하지만 그의 분노가 너무나 극도에 달하였기 때문에 대단한 적개심을 품고 변론하였다. 그 후에 피고 오셀로가 변명할 때에는 그는 웅변가는 아니었으나 솔직하게 자기가 데스데모나와 사랑하게 된 경위를 조용조용히 자세하게 고백하였다. 그 변명을 듣고 난 법원장까지도 이런 솔직한 고백이 능히 처녀의 마음을 감동시켜서 사랑을 싹트게 하였을 것은 무리가 아니라는 의견을 갖게 되었다. 또 오셀로가 데스데모나를 유혹하느라고 썼다는 마술, 혹은 요술이라는 것은 연애에 열중하는 남자가 누구나 다 사용하는 정직한 방법과 다른 점이 없다고 인정되었다. 피고가 사용한 요술은 단지 자기가 사모하는 여자의 귀를 솔깃하게 한 달콤한 이야기에 지나지 않는다는 의견이었다.

데스데모나가 친히 법정에 증인으로 불려와서 증언할 때 오셀로의 변명은 그 전부가 사실이라고 주장하고 나서 자기 아버지에게 간구하기를,

"여자로서 그를 낳고 길러준 부모에게 바쳐야 할 효도는 물론 중

요합니다. 그러나 그보다도 자기 남편에게 바치는 의무가 더 소중해야 된다는 사실은 다른 누구보다도 바로 자기 어머니가 본보기가 되었으니 아버님께서는 그 점을 참작하여서, 관대하게 용서해 주시기를 바랍니다."
라고 말하였다.

    브러밴쇼는 자기 주장이 받아들여지지 않는 것을 깨닫자 마침내 무어인에게 사과하고 하는 수 없이 자기 딸을 그의 아내로 준다고 허락하였다. 그러고는 자기 딸을 향하여 자식이 단 하나인 것이 다행이지 만일 딴 자식이 데스데모나와 같은 불효막심한 행동을 했다면 자기는 그 자식의 모가지를 비틀어서 죽였을지도 모를 것이라고 말하였다.

    이 어려운 문제가 원만히 해결을 보았으니 보통 사람 같으면 잘 먹고 잘 노는 것이 자연스러울 것이다. 그러나 오셀로는 군인인지라 군대 생활이 그에게는 더 자연스러우므로 곧 사이프러스로 적을 방어하려고 나가게 되었다. 데스데모나로서도 전쟁터로 남편을 내보내는 것은 위험한 일이기는 했으나, 갈 바에는 빨리 떠나보내는 것이 영광이므로 신혼부부의 서로 그리운 정을 억누르고 쾌활한 태도로 남편을 전송하였다.

    오셀로가 사이프러스 섬에 상륙하자마자 바다에 폭풍이 크게 일어나 터키 함대가 전멸했다는 소식이 왔고 전쟁은 당분간 없게 되었다. 그러나 이것이 오셀로에게는 큰 심적 고통이 엄습하여 오는 한 빌미가 되었던 것이다. 그것은 그렇게도 순진한 아내를 싸고도는 모략이 적이나 악한들보다도 더 한층 마음의 불안을 일으키는 요소가 되기 때문이었다.

오셀로 대장군은 캐시오라는 부하를 가장 신임하고 있었다. 이 미카엘 캐시오는 플로렌스 태생으로 젊고 유쾌하고 음탕하여 여성들이 좋아하는 성격의 소유자였다. 그는 미남자인 동시에 또 구변이 좋기 때문에 젊고 아리따운 아내를 데리고 사는 나이 많은 사람들은 대개가 다 이 청년에게 질투심을 느끼고 있었다. 오셀로도 물론 자기 나이보다는 너무나 젊은 아내를 데리고 살았으나, 고귀한 성격을 가진 사람이므로 질투는 모르고 지내는 사람이었다. 비열한 짓은 하지도 않거니와 상상도 못하는 사람이었다. 데스데모나와 사랑놀이를 할 때에 오셀로는 자기 자신에게는 여자를 다루는 부드러운 기술이 부족한 것을 자각하고 있었다. 그래서 여자를 즐겁게 하는 재주를 가진 이 캐시오를 가끔 동반하여 셋이서 놀기도 하고 또 때로는 캐시오를 자기 대신으로 혼자 보내서 아내를 즐겁게 해주도록 하기도 하였다. 이러한 관계로 데스데모나는 물론 남편에게 정조를 원만히 지키면서도, 남편 다음으로는 캐시오를 제일 좋아하고 신임하고 있었다. 이 미카엘 캐시오를 사이에 두고 오셀로 부부는 아무런 부자연스러움도 느끼지 않고 늘 가까이 교제해 왔다. 그래서 캐시오는 오셀로의 가정을 자주 방문하여 셋이 모여 앉아서 자유롭게 떠들고 농담하며 놀곤 하였는데, 그것이 오셀로에게도 싫지 않고 좋았던 것이다. 그 이유는 오셀로야말로 매우 엄격한 성격의 소유자였으나 그러한 사람들이 흔히 자기 성격과는 정반대인 쾌활한 성격의 소유자와 잘 어울리는 경우가 많은 것이다. 그래서 데스데모나와 캐시오는 허물없이 이야기하고 웃고 떠들 수 있었다.

　오셀로는 마침내 캐시오를 자기 부관으로 승진시켰다. 이 부관의 지위는 물론 장군의 최고 신임을 받는 자리요, 또 장군과 제일 가까운 지위였다. 그런데 캐시오의 승진이 이아고라는 한 장교의 비위를 크게 거스르게 하였다. 이아고는 오래전부터 캐시오를 멸시하여, 전쟁술에는 아주 무식한 놈이요, 계집들이나 농간하는 재주를 가진 놈이어서 군대를 전선에 배열시키는 지식보다도 계집애를 꾀어내는 재주가 더 많은 놈이라고 욕을 하였다. 이아고 자기가 장군의 부관이 되기에 캐시오와는 비교도 안 되는 적임자라고 생각하고 있었는데, 캐시오가 그 귀한 자리를 차지하는 것을 본 이아고는 캐시오와 오셀로를 둘 다 미워하게 되었다. 오셀로가 캐시오를 편애하는 것이 이아고에게는 큰 불평이었다. 더구나 아무런 근거도 없이 오셀로가 자기의 아내 에밀리아에게 딴 뜻을 가지고 있지나 않은가 하는 의심을 품게 되어서 이아고는 이런 엉터리없는 공상적인 충동을 억제하지 못하고 한 가지 무서운 복수 음모를 꾸미기에 이르렀다. 즉 캐시오, 오셀로, 데스데모나 이들 세 사람을 동시에 파멸시킬 함정을 파기 시작하였다. 이아고는 잔꾀가 많을 뿐 아니라, 인간의 본성에 대한 연구가 깊은 사람이었다. 그래서 그는 이 세상 사람들은 예외 없이 누구나 다 육체의 고통이 심해서 견디기 어려운 것보다도, 마음의 고통, 그중에서도 질투심의 노예가 되는 때에는 그것처럼 사람을 아프게 하는 고통이 또다시 없다는 것을 잘 알고 있었다. 어떻게 해서든지 오셀로로 하여금 캐시오와 데스데모나가 간통이나 하지 않는가 하는 의심을 품게 하고자 하였다. 오셀로가 질투심을 느끼게만 만들어 놓는다면, 캐시오나 오셀로 중에 한 놈이 반드시 죽을 것이요, 또 두 놈이 다 죽으면 그건 더욱 좋다 하고 이아고는 생각하였다.

　오셀로 장군이 아내와 함께 사이프러스 섬에 상륙하자마자 적국 함대가 폭풍으로 인하여 전멸이 되었다는 소식이 쫙 퍼졌다. 도민들은 큰 명절을 맞이한 듯한 즐거운 기분이 되었다. 여기저기서 큰 잔치가 벌어지고 술이 물처럼 흐르고 만취한 도민들이 흑인 장군 오셀로와 현숙한 부인 데스데모나 만세를 부르는 소리가 섬이 떠나갈 듯이 높았다.

    오셀로 장군은 이날 밤 상륙한 병사들이 과음하여 질서를 문란케 한다거나 도민들의 반감을 사는 행동을 하면 엄중 처벌하라고 캐시오 부관에게 명을 내리었다. 바로 이날 밤 이아고는 속 깊이 숨겨 두었던 음모를 실행하려고 결심하였다. 장군님에게 충성을 맹세하는 술이라는 명목으로 자꾸만 술을 권하여서, 캐시오를 대취하도록 만들었다. 경비의 책임을 맡은 부관으로서 술을 취하도록 마신다는 것은 잘못된 일이요, 또 캐시오 자신도 많이 마시기를 거절하였으나, 이아고가 권주가까지 불러 가며 한 잔 한 잔 자꾸만 권하는 바람에 그만 만취되었다. 혀가 꼬부라져서 데스데모나 부인의 칭찬을 되풀이하면서 부인의 건강을 기원하는 축배가 자꾸자꾸 반복되었고 그만 곤드레만드레가 되고 그 원수의 술은 캐시오의 정신을 혼미 시키고 말았다. 이때 이아고가 다른 취객 하나를 끌고 와서 캐시오와 싸움을 붙여 놓으니, 이 두 취객이 각기 군도를 빼 들고 칼싸움이 벌어졌다. 몬태노라고 하는 장교가 두 사람 사이에서 싸움을 말리다가 도리어 부상을 당하였다. 그렇게 되니 이 사람 저 사람 달려들어서 큰 소란이 일어났다. 이때 이아고는 소문을 널리 전파할 목적으로 종각으로 뛰어가서 종을 냅다 두드리니 그 종소리가 군인들 귀에는 취객들의 소란을 고하는 소리보다는 당장에 큰 반란이 일어나는 것 같은 공포감을 일으켰다. 이 경종 소리가 오셀로의 잠을 깨웠다. 오셀로는 급히 옷을 입고 현장으로 뛰어나가서 부관 캐시오에게 무슨 일이 생겼느냐고 질문하였다. 이때 술이 약간 깬 캐시오는 정신은 좀 들었으나, 장군 앞에서 면목이 없고 너무나 부끄러워서 얼른 대답을 못 하고 멍하니 서 있었다. 이아고가 캐시오의 입장을 두둔하는 태도를 가장하면서 자기 자신이 일부러 술을 많이 먹인 사실은 살짝 숨기고, 캐시오의 과실을 좀 과장하여 보고하였다. 캐시오는 술이 과도히 취했었기 때문에 무엇이 어찌되었는지 자기로서도 어리벙벙했으므로, 무엇이라고 변명할 말을 얻지 못하였다. 오셀로는 본시 매우 엄격한 사람인지라, 당장 그 자리에서 캐시오의 부관 지위를 박탈해 버리고 말았다.

그렇게 이아고의 음모의 첫 단계는 완전 성공하였다. 이 미운 놈의 지위를 박탈하는 데 성공하고 나자 이제는 제2단계로 캐시오를 아주 몰락시켜 버릴 계획에 몰두하였다.

캐시오는 이 불행한 처벌을 받고 정신을 바짝 차리기는 했으나, 자기 지위를 떨어트린 것이 이아고의 모략인 줄은 알지 못했다. 캐시오는 이아고에게 어떻게 하면 복위할 수 있을 것인지 탄원을 해볼 도리가 없을까 하고 물어보았다. 이아고는 가장 동정하는 태도로 이 세상 사람이 누구나 다 술이 취하는 수가 있는 것이니 크게 상심할 필요가 없다고 위로하면서 속으로는 이때 묘한 방법으로 일을 꾸며보려고 궁리를 하였다.

오셀로는 아내를 무척 사랑하였기 때문에 아내의 소원이면 그 무엇이고 간에 무작정 허락하였다. 이아고는 오셀로 장군에게 직접 탄원하는 것보다 데스데모나 부인에게 간청하여서 장군님의 마음을 움직이도록 하는 것이 제일 좋은 방법이라고 캐시오에게 일러주었다. 부인께서는 솔직하면서도 관대하신 분이므로, 이 부인의 덕을 의지하여서 장군님의 신임을 회복하게 하는 것이 좋으리라는 이 충고는 캐시오에게도 과연 훌륭한 방법이라고 생각되었다. 이아고의 이 충고가 악독한 흉계를 내포하지 않았더라면 물론 그것은 아주 훌륭한 충고이었을것이다. 그러나 자, 이제 일이 어찌 전개되나 두고 보기로 하자.

　캐시오는 이아고의 권고에 따라 즉시 데스데모나 부인에게로 찾아가서 간청을 하였다. 부인은 이러한 정직한 탄원에는 마음이 쉽게 움직이는 분이므로, 즉시 노력하기로 약속하며, 만일 실패한다면 자기 목숨 내기를 해서라도 꼭 성사시키겠노라고 장담하였다. 곧 부인은 진지한 태도이면서도 아양이 섞인 어조로 오셀로에게 탄원하였으나, 오셀로로서는 캐시오에 대한 환멸이 너무나 컸으므로 거절하고 말았다. 즉, 그렇듯이 과도한 실수를 쉽게 용서하여 준다는 것은 군기상 안 되는 일이니까 용서해 주더라도 적당한 시간이 지나간 후에라야 된다고 오셀로는 말하였다. 그러나 부인은 또 부인대로 그리 쉽사리 물러설 사람이 아니었다. 그래서 그 시간을 넉넉잡아,

"내일 밤까지."

"응, 안 돼."

"그럼 모레 아침까지."

"응, 안 돼."

"그럼, 글피 아침까지."

　이 이상은 한 시간도 더 양보할 수 없노라고 부인은 버티었다. 부인은 불쌍한 캐시오가 그래 술잔이나 마시었다고 해서 그렇게도 혹독한 모욕을 주는 것은 너무 과하지 않으냐고 남편에게 따졌다.

　그래도 오셀로는 그냥 고집을 세웠다. 부인은,

"글쎄, 웬 고집이에요, 이게? 내가 이렇게도 간절하게 비는데 이

러실래요? 이 캐시오, 미카엘 캐시오라는 사람은 당신이 한때는 이 사람을 당신 대리로 나한테 보내어 내 귀에 사랑을 속삭이게 하여서, 내 마음을 기쁘게 해 주었고, 또 가끔 내가 그 사람 앞에서 당신의 흉을 보면 그이는 언제나 당신 편을 들어 주곤 하지 않았어요! 그런데 이제 와서 그래 이만한 청도 들어주지 못하겠단 말이에요? 당신이 나를 얼마나 사랑해 주는가를 저울질해 보고 싶으면 이런 작은 청으로 당신을 시험해 보지는 않겠어요."

이렇게까지 간원하니 오셀로는 더 거절하지 못하고 미카엘 캐시오를 재등용하기는 하겠지마는 잠깐 동안의 시간 여유를 달라고 아내에게 빌다시피 하였다.

오셀로와 이아고가 함께 우연히 데스데모나의 방으로 들어서는 순간에 캐시오가 부인에게 와서 복직되도록 도와달라고 간청하고 나서 뒷문으로 나가는 그 뒷모습이 그들 눈에 띄었다. 악한 모략을 꾸미는 데는 위대한 기술자인 이아고는 혼잣말처럼,

"흥, 꼴불견이로군."

하고 속삭였다. 오셀로는 이 말을 듣기는 했으나 별로 염두에 두지 않고, 아내와 상의하는 데 정신이 팔려서 그 말을 잊어버리고 말았다. 그러나 오셀로는 얼마 후에 아까 들은 이아고의 속삭임이 자기 기억에 남아 있는 것을 깨달았다. 데스데모나가 방에서 나간 후 이아고는 단순히 방금 자기 머리에 떠오른 어떤 부질없는 생각을 만족시키려고 하는 태도로, 오셀로가 지금 부인에게 구혼하러 갔을 때 캐시오가 그 사실을 알고 있었는지, 모르고 있었는지 아느냐고 오셀로에게 물어보았다. 이 물음에 오셀로 장군은 캐시오가 그것을 알고 있었다고 시인하고, 또 자기가 구혼을 하려고 마음먹고 데스데모나를 자주 찾

아다닐 적에 캐시오를 시켜서 중매를 서게 한 일까지 있었노라고 대답하였다. 이 대답에 이아고는 이맛살을 찌푸리면서 마치 자기가 아주 기상천외의 말을 들은 듯이,

"아, 아니, 그게 참 말씀이오니까?"

하고 소리를 질렀다. 이 고함 소리가 오셀로의 마음속에 깃들었던 그 속삭임, 아까 둘이서 이 방으로 들어올 때 캐시오가 뒷문으로 나가는 것을 보고 이아고가 속삭인 그 한 마디가 새삼스러이 똑똑히 떠올랐다. 혹시나 무슨 이상스런 별다른 의미가 그 한 마디 속에 포함되어 있지나 않았는가 하는 의혹이 생기기 시작하였다. 오셀로는 이 이아고라는 사람을 늘 공정한 사람, 신용할 수 있는 사람으로만 믿고 있었으므로 지금 그놈의 속에 어떠한 꾀, 어떠한 악독이 들어 있는 것을 깨닫지 못했다. 오셀로의 생각에는 필연코 지금 이 정직한 사람에게 차마 말로 표현하지 못하는 어떤 내막이 숨겨져 있지나 않을까 하는 의심이 생기었다. 그래서 오셀로는 이아고에게 무슨 일이든 알고 있으면서도 말하기를 꺼리는 것이 있으면 기탄없이 말해 달라고 하였다. 아무리 불쾌한 일일지라도 솔직하게 들려 달라고 요청했다. 이아고는,

"더러운 물건이 절대로 드나들지 않는 성당 같은 제 마음속에 혹시나 하나의 음괴스런 생각이 침범해 들어왔다면 어찌하시겠습니까?"

하고 말을 시작하고는 계속하여 만일에 오셀로 장군이 관찰력의 부족으로 인하여서 신변에 어떠한 위해가 박두하게 된다면…… 그러나 선량한 사람들의 명예는 불확실한 약간의 의혹만으로는 판단할 수 없는 것이다. 이아고가 지금 자기 머릿속에 떠오르는 괴상한 생각을

장군님에게 아뢰댔자 장군님의 마음의 평화를 흔들어 놓을 따름이지 아무데도 쓸데없는 짓이 될 것이니 차라리 침묵을 지키기로 한다고 슬쩍 암시를 던져 놓았다. 오셀로의 호기심은 극도로 자극되어 거의 정신이 혼란하기에 이르렀다. 이때 이아고는 장군님의 심기를 공연히 어지럽게 만들어서 대단히 죄송하다고 사과하면서 지금 말씀 올린 것은 오직 상상일 뿐이지 확증이 없으니까 조금도 의심하실 필요는 없다, 그러나 가장 삼가셔야 될 일은 공연한 질투심의 발로를 절대로 피하도록 하여야 된다고 충고하였다. 이러한 요술로써 악한 이아고는 방어선을 치지 아니한 오셀로의 마음속에 의혹의 씨를 뿌려 놓은 것이었다. 그러고는 또다시 한 번 더 의심을 절대로 삼가야 한다고 되풀이해 말하였다. 거기 대하여 오셀로는,

"나의 아내는 아주 공정한 성격을 가져서 친구 사귀기를 무척 좋아하고 연회에 참석하기를 즐기며, 이야기하기를 즐기고, 노래도 좋아하고, 놀음도 좋아하고, 춤도 썩 잘 추는 여자이다. 그러나 그의 정조에는 일호의 의심도 할 여지가 없소. 내 아내가 부정하다고 의심한다면 나는 확실한 증거를 요구할 것이오."

하고 말하였다. 이에 대하여 이아고는 아내의 부정을 믿지 아니하는 것은 참으로 장한 일이라고 추켜올리고, 물론 아무런 증거도 없다고 맹세하고 나섰다. 그러나 캐시오가 부인과 한 방에 있을 때에는 부인의 행동을 유심히 주목하여야 된다고 충고하였다. 주목할 필요가 있다는 것은 무슨 의심할 점이 있어서 그렇다는 것이 아니라, 이아고 자신은 이탈리아 태생인 고로 외국인인 오셀로 장군님보다는 이탈리아 여성들의 기질에 관한 이해가 월등하다고 결론지었다. 더군다나 이 베니스는 이탈리아 전국을 통하여 풍기가 제일 문란하기로 유명한

곳이어서, 베니스 여자들은 자기 남편에게 절대로 보이지 않는 묘한 곡마를 연출하는 여자들이 수두룩하다고 한 마디 더 던졌다. 또다시 말을 이어서 데스데모나 부인으로 보더라도 자기 친아버지를 속이고 오셀로 장군과 비밀 결혼을 한 여성인 만큼, 그 비밀을 지키는 기술이 묘했던지 그의 부친은 딸이 마술에 걸렸다고까지 생각하지 않았는가? 이렇게까지 암시 깊은 말을 듣는 오셀로의 마음은 크게 요동치기 시작했다. 자기 아버지를 그렇게 감쪽같이 속인 여자가 지금 남편을 또 속이지 않으리라고 어찌 장담할 수 있을까?

이아고는 장군의 마음을 공연히 동요시켜서 대단히 죄송하다고 사과하였다. 그러나 오셀로는 겉으로는 무관심을 가장하면서도 속으로는 등이 바짝 달아서 이아고더러 어서 더 말해 달라고 간청했다. 이아고는 계속 겉으로는 용서를 빌면서 캐시오로 말하면 자기의 친한 친구인데, 그 친한 친구를 의심하는 것은 참 안된 일이지만, 세세히 그의 행동을 검토해보면 수상한 데가 있을뿐더러 외국인인 오셀로가 불리한 조건에 있는 것이 사실이라고 단언하였다. 그것은 무엇인고 하면 데스데모나가 처녀였을 때 그와 동족인 여러 미남자한테서 구혼을 받았는데, 그것을 다 물리치고 하필 흑인인 오셀로를 자기 배우자로 택한 것은 그 여자가 일종의 괴벽스런 성격의 소유자인 증거라고 볼 수 있다. 데스데모나가 어느 때든지 제 본정신으로 돌아설 때에는 자기 남편 오셀로와 이탈리아 백인 미남자들을 비교해 볼 것은 당연하다고 말하였다. 그래서 이아고는 마지막으로 캐시오의 복직을 얼마 동안 연기해 나가면서 데스데모나가 그 얼마마한 열성으로 캐시오의 복직을 간구하는지 그 정도를 헤아려보면 다 그렇고 그런 것을 알아내게 되리라고 오셀로에게 말했다. 이 악한은 점잖고도 유순하고 순진한 데스데모나 부인을 파멸시킬 그물을 펴놓은 것이었다.

　이 오랜 대화가 끝나고 서로 헤어지면서 이아고는 부인의 부정이 확실한 증거로 나타나기 전에는 절대로 의심을 품지 말고 꼭 믿어야 된다고 오셀로에게 다짐받았고 오셀로는 꾹 참고 있겠노라고 이아고에게 약속하였다. 그러나 속아 넘어간 이 순간부터 오셀로에게는 안정이 사라지고 말았다. 밤을 뜬눈으로 새우기가 일쑤이었다. 잠을 좀 자보려고 아편도 써보고 수면제도 써보았으나, 잠을 이루지 못하였다. 그가 맡은 직업에도 마음이 가지 않았다. 무기를 다루는 것도 아주 무의미해졌다. 이때까지는 군대 행진만 보아도, 바람에 날리는 깃발만 보아도, 군복을 몸에 두르고 거리에 나서기만 하여도 가슴이 막 울렁거리는 흥분을 느꼈었고, 북소리, 나팔 소리, 군마의 말굽 소리만 들려도 흥이 저절로 나곤 했었다. 그런데 지금에 이르러서는 군인으로서의 명예심과 정열이 다 사라진 것을 발견하였다. 어떤 때 보면 아내가 어디까지나 정숙해 보이다가도, 또 어떤 때 보면 그렇지 않아 보이고, 어떤 때는 이아고가 꼭 바른 말을 하는 것같이 들리다가도, 또 어떤 때에는 거짓말로 들리기도 하였다. 그는 이런 이야기를 애초에 듣지 않았더라면 좋았을 것이라고 후회하기도 하였다. 설사 아내가 캐시오를 사랑한다 하더라도 자기가 모르고 있었으면 이렇게 고민하지는 않을 것이라고 생각하였다. 이러한 어지러운 생각을 걷잡을 수 없어서, 한 번은 이아고의 목을 졸라 쥐고 데스데모나의 부정 행동의 증거를 당장 내놓지 않으면 죽여 버린다고 협박도 하게 되었다.

　이아고는 자기 말을 믿어주지 아니하는 것이 원망스럽다고 탄식하면서 지나가는 말처럼 데스데모나가 빨간 물이 든 손수건을 들고 있는 것을 본 기억이 있는가 오셀로에게 물어보았다. 오셀로는 그 빨

간 손수건은 자기가 데스데모나와 결혼할 때 선물로 준 것이라고 말하였다. 이아고는,

"흥, 그러나 저는 바로 어제 낮에 미카엘 캐시오가 그 빨간 손수건으로 이마의 땀을 씻는 것을 보았는데요."

하고 말하였다. 오셀로는 만일에 그것이 사실이라면 그 연놈을 단번에 때려죽이겠다고 맹세하였다.

공기처럼 가볍고 사소한 증거품도 질투로 가득 찬 남자에게는 견딜 수 없이 귀중한 증거품처럼 보이는 법이다. 자기가 아내에게 선물로 준 그 손수건이 어떠한 경로로 캐시오 손에 들어가게 되었는지 그 진상을 조사해볼 마음의 여유도 없이 오셀로는 연놈을 다 죽여 버린다고 떠들었다. 데스데모나같이 정숙한 여자가 남편으로부터 받은 선물을 딴 남자에게 줄 리가 없었다. 데스데모나를 모함하기에는 수단을 가리지 아니하는 이아고란 놈이 선량하기는 하나 겁쟁이인 자기 아내를 꾀어 협박하여서 데스데모나의 손수건을 훔쳐오게 했다. 그러고는 캐시오가 늘 다니는 길가에 떨어뜨려 놓아 그것을 본 캐시오가 멋도 모르고 주워들고 다녔던 것이다. 이아고가 이런 함정을 파놓고 오셀로에게는 부인이 캐시오에게 손수건을 준 것이라고 거짓말을 한 것이다.

오셀로는 곧바로 아내를 찾아갔다. 머리가 몹시 아프니 (하기는 머리가 아프게 되기도 했지만) 머리를 싸매게 손수건을 좀 달라고 말했다. 아내는 손수건을 한 개 내주었다. 그러나 오셀로는 그것 말고 자기가 선사한 그 빨간 손수건을 가져오라고 말했다. 데스데모나는 어찌되었는지 어디서 잃어버렸는지 없어졌다고 대답하였다. 오셀로는,

"아, 아니, 그게 무슨 소리야, 응! 그런 실수가 어디 있어? 그 손수

건은 보통 손수건이 아니야. 어떤 이집트 여자가 내 어머님께 선물로 준 것인데, 그 이집트 여인은 실은 무당이어서 그 손수건에는 요술이 붙은 것인데 말이야. 그 여인이 그 손수건을 내 어머님에게 줄 때에 그 손수건을 간직하고 있으면, 그 가지고 있는 여자에게 남편의 사랑을 끄는 매력이 생기게 해서 남편의 사랑을 독차지하게 될 것이라 했지. 만일에 그 손수건을 잃어버리든지 혹은 딴 사람에게 주면 그 손수건이 가진 매력이 옮아가서 남편의 사랑이 사라질 뿐 아니라, 도리어 미워하고 싫어하게 되는 것이니, 절대 주의하라고 신신당부를 한 것이오. 어머님이 세상을 떠나시던 날 그것을 나에게 주시면서 언제든 장가를 들 때에는 그 손수건을 신부에게 주라고 유언을 하신 것이오. 그래서 내가 그 손수건을 첫날 밤 당신에게 준 것인데, 그걸 그렇게 소홀히 하면 어떻게 하오, 응! 네 눈동자보다 그 손수건을 더 귀중히 생각하여야 할 터인데."

이런 말에 부인은 깜짝 놀라서,

"아, 아니, 이 세상에 그런 요술이 있을 수가 있어요?"
하고 물었다.

"그렇지. 그 손수건은 요술 붙은 손수건인데, 지금으로부터 약 2백 년 전에 살던 어떤 요녀가 무당 내릴 때 만든 손수건으로, 그 손수건의 재료인 명주를 짠 실은 하나님의 축복을 받은 누에들이 뽑은 실이오. 그 빨간 물감은 죽어서도 몸이 썩지 않은 처녀들의 심장에서 뽑아낸 피로 염색한 것이랍니다."

이러한 괴상한 힘을 가진 손수건을 잃어버린 데스데모나는 겁이 바짝 났다. 그 손수건을 분명 잃어버렸으니 그럼 이제는 남편의 사랑도 분명 잃어버렸구나 하고 걱정하게 되었다. 오셀로는 눈을 뒤집고,

어서 그 손수건을 내놓으라고 야단을 쳤다. 잃어버린 손수건을 내놓을 도리는 없는지라 부인은 남편의 생각을 딴 데로 돌리어보려고 웃으면서 말했다. 그가 그런 괴상한 손수건 이야기를 하는 것은 자기가 미카엘 캐시오와 다정하게 지내는 것이 시기가 나서 캐시오와 자기가 친히 지내는 것을 금지시키려는 모략으로 생각한다고 말했다. 아무리 그래도 자기는 캐시오를 좋은 친구로 믿는다고 말하는 순간에 오셀로는 그만 발작을 일으키며 문을 박차고 나가 버렸다. 혼자 남은 데스데모나는 설마 그러기야 하랴 하고 의심은 하면서도, 혹시나 남편이 질투를 시작하면 참 큰일이라고 생각하였다. 도대체 무슨 이유로 남편이 질투를 하는지 이해할 수가 없었다. 혹시나 베니스 본국에서 무슨 언짢은 뉴스가 전하여 왔는지도 알 수 없는 일이요, 어쨌든 국가에 무슨 곤란스런 사건이 생겨서 말은 못 하고 혼자 끙끙 앓으면서 딴 곳에다 화풀이를 하는 모양이라고 생각하였다. 그래서,

"이 세상 남자가 신이 아닌 이상 신혼날 밤 남편의 사랑이 오랜 뒤까지 계속되기를 어찌 바랄 수 있으리오."
하고 혼자 한탄하는 것이었다.

오셀로와 데스데모나는 그 다음 다시 만났다. 오셀로는 더 한층 노골적으로 아내를 막 몰아대고 남편을 배반하고 딴 남자를 사랑하는 줄 이미 다 알고 있노라고 야단법석을 떨었다. 그 남자가 누구라는 것은 밝히지 않으면서 오셀로는 엉엉 울기까지 했다. 데스데모나는 하도 기가 막혀서,

"아, 아니, 이게 웬 망령이시오, 글쎄. 울기는 왜 우세요!"
하고 달래니까 오셀로는 자기는 이 세상 온갖 고난과 빈궁, 병약, 수치 같은 것은 얼마든지 참아 이길 수가 있겠으나, 아내의 부정행위는

절대로 참을 수가 없어서, 자기 가슴이 찢어졌노라고 말하였다.

"한때 그렇게도 아름답고 향기로워 자신의 오관을 다 녹여주던 그 아내가 어찌하여서 지금 아주 값싼 잡초로 변하고 말았는가? 그럴 바에는 처음부터 이 세상에 태어나지 않은 것보다 못하지 않은가?"

이렇게 욕을 퍼붓고는 휙 나가버렸다. 남편이 나가 버린 후, 이 순진한 부인은 너무나 놀라고 어이 없어서 무거운 졸음이 엄습하는 것을 참을 수 없었다. 곧 시녀더러 첫날 밤 신방에 폈던 그 이부자리를 깔아 달라 하고 그 자리에 누워서 기다렸다.

데스데모나는 자리에 누워서 남편이 곧 옆에 와서 누우려니 하고 기다리다가 어느덧 잠이 들고 말았다. 갑자기 너무도 가슴 아픈 일을 당했으므로 몸이 몹시 피곤했던 것이다. 오셀로는 부정한 아내를 꼭 죽여 버릴 계획을 세워가지고 침실로 살그머니 들어왔으나 고요히 잠든 아내의 얼굴을 들여다볼 때 피를 흘릴 생각이 없어졌다. 그렇듯이 백설 같은 살결, 석회같이 맑은 피부에 상처를 내줄 생각도 사라져 없어지고 말았다. 그러나 그는 이 여자는 꼭 죽여 버려야만 하겠다고 생각하였다. 이 여자를 살려 두면 지금 자기 혼자만이 배반당한 것도 억울한데, 앞으로 필경 여러 남자를 배반할 것에 틀림없으리라고 속단하였다. 그러나 죽이기 전에 그는 마지막 키스를 막 퍼부었다. 이 키스에 데스데모나는 잠이 깨었다. 그는 남편의 얼굴을 쳐다보았다. 남편은 이때 입술을 꽉 물고 눈동자는 핑 돌았다. 남편의 표정이 이쯤 되면 그것은 죽음을 표시하는 것이라고 부인은 직감하였다. 오셀로는,

"너의 육체를 내가 지금 죽일 터이니, 육체는 죽더라도 너의 영혼을 살리려거든 지금 하나님께 기도를 올려라."

하고 명령하였다. 순결한 데스데모나는 죽음의 그림자 아래 누워서 제발 살려달라고 빌고 정 죽는다면 무슨 이유로 죽는지 그 까닭이나 알려주고 나서 죽여 달라고 애원하였다. 오셀로는 캐시오에게 손수건을 준 죄로 죽이는 것이니 그리 알라고 말하였다. 죄 없는 부인은 변명을 하려 하였으나 오셀로는 변명을 들으려 하지 아니하고 달려들어 이불로 아내의 목을 싸고 눌러 죽이고 말았다.

바로 이때 캐시오가 사람들의 부축을 받으면서 방 안으로 들어왔다. 상처를 입고 피가 흐르는 몸이었다. 그것은 이아고가 자객을 보내 캐시오를 찔러 죽이려고 해서 그 자객이 캐시오를 칼로 찔렀으나 치명상을 못주고 화가 난 캐시오를 피하여 달아나다가 비밀이 탄로날까 두려워하는 이아고 손에 살해되었다. 자객의 포켓에서 나온 편지를 읽고 난 후에 이아고의 악행과 캐시오의 무죄가 판명되었다.

이 발견은 오셀로에게는 파란 하늘에 마른 벼락이었다. 그가 아무 죄 없는 아내를 죽인 것이 명확해진 것이었다. 아, 자기의 사랑하는 아내! 가련한 부인! 어디까지나 정숙하고 순진한 아내를 죽이다니? 이런 혹독한 현실을 이해할 때 오셀로는 이 세상에 더 살아 있을 마음이 없어지고 말았다. 그는 자신의 칼을 빼서 거꾸로 세우고 그 칼날 위에 엎어져서 그 아내의 싸늘한 몸뚱이 위에 엎히어 죽고 말았다.

부록
안토니와 클레오파트라
ANTHONY AND CLEOPATRA

주요 등장인물

안토니 : 마르쿠스 안토니우스

클레오파트라 : 이집트 여왕

펄비아 : 안토니의 첫 번째 아내

시저 : 옥타비우스 시저

폼페이 : 폼페이우스

옥타비아 : 안토니의 아내이자 시저의 누나

안토니와 클레오파트라가 극진한 사랑을 하게 된 내력은 아래와 같다. 안토니가 파아티앤스족을 정복하려고 나선 길에 실리시아에 도착하였을 때, 그는 거기서 이집트 여왕 클레오파트라에게 특사를 보내었다. 그가 특사를 보낸 목적은 이집트 여왕 클레오파트라가 안토니의 원수인 커시어스와 브루터스 등과 한 패가 되어서 안토니에게 항거한 죄에 대한 벌을 받기 위하여 실리시아로 오라는 명령서를 전달하기 위한 것이었다. 델리우스라는 장군이 이 명령서를 가지고 이집트로 가서 여왕을 만나보니, 여왕 클레오파트라의 용모며 목소리며 말재주가 하도 아름다우므로 안토니 같은 천하 호걸이 이 여왕을 대해보면 벌은커녕 며칠 안 가서 연애를 하게 될 것임에 틀림없다고 생각하였다. 그래서 클레오파트라 여왕에게 아무런 염려도 말고 안심하고 안토니를 찾아가 뵈라고 권고하였다.

일찍이 로마의 집정관인 줄리어스 시저, 또 그 다음에는 폼페이 등을 홀려서 제 손아귀에 넣었던 클레오파트라는 특사의 말을 믿는 동시에 이번에도 안토니를 녹여보려고 만반의 준비를 하고 떠났다. 옛날 줄리어스 시저나 폼페이를 녹여낼 때에 클레오파트라는 아직 철모르는 젊은 여자였다. 그러나 지금은 여성으로서 최고의 매력을 발휘할 수 있는 중년기에 들었으므로 자신의 미모와 수완에 대하여 더 한층 자신감을 가지고 길을 떠난 것이었다. 그는 금은보석으로 장식한 휘황찬란한 비단옷을 입고 배를 타고 안토니를 만나러 갔다. 금박을 올린 배의 돛은 자줏빛 비단이요, 배를 젓는 노들은 은박을 입혀 눈이 부셨다. 배 안에 탄 악대가 연주하는 음악 리듬에 맞춰 젓는 은빛 노는 파란 물을 헤치며 전진하는 것이었다. 배 한중간쯤 누각에 비단 막을 치고 그 안에 클레오파트라가 비스듬히 누워 있었다. 그의 몸차림은 비너스 여신(아름다움과 사랑을 상징하는 여신)같이 차리었고, 좌우에는 큐피드(사랑의 신)의 복장을 한 어린 남자들이 둘러서서 여왕에게 부채질을 해주고 있었다.

그리고 여러 시녀들은 모두 다 인어처럼 차리고, 뱃사공들과 시종들도 모두 울긋불긋한 비단옷을 입었다. 배가 항구에 들어서자 향내가 육지 위까지 퍼져서 구름같이 모여 선 구경꾼들의 코를 찔렀다. 이 배가 입항했다는 소문이 쫙 퍼지자 도시 사람들이 모두 다 해변으로 배 구경을 나갔다. 그 시가지 한복판에 단을 쌓고 옥좌를 놓은 곳에 앉아서 클레오파트라의 항복을 받으려고 대기하고 있던 안토니는 측근 시종 무관들에게 둘러싸여 텅 빈 광장에 고독하게 앉아 있게 되었다. 시민들은 방금 비너스 여신이 배를 타고 와서 바쿠스 남신(포도주를 사랑하는 신)과 만나 전 아시아 대륙에 축복을 내려준다고 기뻐하는 것이었다.

클레오파트라가 탄 배가 닿았다는 소식이 안토니에게 전달되자, 그는 곧 특사를 보내서 클레오파트라에게 저녁을 함께 먹자고 초청하였다. 그러나 클레오파트라는 배에서 내리지 않고 그 특사에게 안토니를 모시고 배로 와서 배에서 저녁을 같이하자고 초대하였다. 안토니는 호남자인지라 쾌히 승낙하고 그 향기 풍기는 배 위에서 클레오파트라와 마주앉아 저녁을 먹었다. 바로 이날 밤, 안토니와 클레오파트라는 끊으려야 끊을 수 없는 사랑에 빠지고 말았다.

이때 안토니의 아내인 펄비아가 시저를 반대하여 전쟁을 일으키고 남편의 원병을 청구하는 것도 응하지 않았다. 안토니는 클레오파트라에게 홀딱 반하여서 아내도 돌아보지 않고, 전쟁도 집어치우고, 클레오파트라와 함께 이집트의 도시 알렉산드리아로 가서 매일같이 어린애들처럼 즐겁게 놀기만 하였다. 그들 두 남녀는 하루도 서로 떨어져 있기가 싫어서 하루는 클레오파트라가 안토니를 청하여 연회를 열고 먹고 마시고 놀고, 그 이튿날은 또 안토니가 클레오파트라를 초대하여서 종일 먹고 마시고 놀았다. 음식을 차릴 때, 얼마나 호화스럽게 차려 먹었는가를 짐작할 수 있는, 예를 들면 이런 일이 있었다. 그 당시 알렉산드리아에 필로타스라는 의사가 살고 있었다. 그가 어느 날, 안토니의 저택에 가 보았더니 부엌에서 새벽부터 요리를 차리는데, 이 세상에서 사람이 먹는 고기란 무슨 고기든지 없는 것이 없었다. 더욱이 놀란 것은 하루 동안에 돼지 여덟 마리를 차례차례 구워내는 것이었다. 이러한 광경을 본 의사는,

"아, 아니, 웬 손님을 그리 많이 청했소?"
하고 감탄했더니 잔치 음식을 만드는 사람의 대답이,

"흥, 손님이라곤 열두 명 이상 되는 일이 절대로 없지요. 하지만 안토니 장군은 통돼지가 아니면 절대로 안 잡숫는데, 그 식사 시간이 일정하지가 않아서, 어떤 날은 일찍 잡숫고, 어떤 날은 늦게 잡숫는다오. 그리고 장군님이 식사를 가져오라고 명령이 내릴 때, 즉시 대령하여야지, 좀 늦어지던지 또는 구운 고기가 좀 식었던지 하면 안 잡숫고 벼락이 내리지요. 그래서 이렇게 온종일 굽고 있다가 언제나 들여오라고 할 때에 얼른 들여보내려고 하루에도 십여 마리 돼지를 계속해 굽고 있는 것이라오."
하고 대답하면서 웃더라는 일화가 있다.

클레오파트라는 밤낮없이 잠시라도 안토니를 못 보면 안절부절 못하여 종일 쫓아다니면서 마주앉아 둘이서 놀음도 하고, 술도 마시고, 산보도 꼭 같이 다녔다. 어쩌다가 안토니가 술이 취하여 거지 복

장을 하고 길거리로 돌아다니면서 싸움도 걸고, 남의 집에 무단출입을 하거나 할 때에는 클레오파트라는 하녀로 변장하고 꼭 그 뒤를 따라다녔다. 더욱이 너무나 웃기는 일은 하루는 안토니가 낚시질을 나갔다가 물고기를 한 마리도 잡지 못하여 화가 잔뜩 난 일이 있었다. 그 다음 날에 클레오파트라는 안토니가 낚시질을 나가기 전에 하인들을 시켜서 물고기를 미리 잡아서 준비해 두었다가 안토니와 함께 배를 타고 낚시질을 나가서 낚시를 던질 때마다 잠수부가 고기를 들고 물속으로 숨어 들어가서 낚싯대에 꿰어주도록 하였다. 그리하여 삽시간에 고기를 수십 마리를 낚아내고서 안토니가 아주 의기양양하여 뽐내는 것을 보고, 클레오파트라는 내용을 아는지라 속으로 웃기도 했다. 그렇지만 겉으로는 아주 낚시질 선수라고 안토니를 마음껏 추켜주어서 그의 마음을 흡족하게 해주었다.

그러나 그날 자신의 궁전으로 돌아와서는 시녀들을 모아 놓고 낮에 안토니가 낚시질하던 이야기를 하며 허리를 잡고 웃는 것이었다. 그러고는 한 가지 꾀를 내서 그 이튿날 또다시 낚시질을 가자고 안토니를 꾀어 여러 손님들을 함께 데리고 나갔다. 안토니가 멋도 모르고 낚싯대를 던졌더니 금시에 아주 큰 고기 한 마리가 물려 올라왔다. 안토니가 아주 뽐내면서 건지고 보니 그 물고기는 산 물고기가 아니라 소금에 절인 고기였다. 그것은 클레오파트라가 잠수부를 시켜서 소금에 절인 고기를 안토니의 낚싯대에 꿰어주게 꾸미었던 것이다. 클레오파트라뿐 아니라 모든 손님들도 허리가 끊어지도록 웃었다. 한참 웃고 난 클레오파트라는 안토니에게 당신은 여러 나라와 왕들을 낚는 재주는 비상하나 물고기를 낚는 재주는 없는 사람이니까 이제부터는 낚시질은 그만두라고 하였다. 그때부터 그는 낚시질을 하지 않게 되었다.

　이렇게 소꿉놀이처럼 재미가 깨가 쏟아지게 노는 동안에 안토니에게 뜻밖의 놀라운 소식이 한꺼번에 두 곳에서 왔다. 그 첫째 소식은 이탈리아에 내버리고 와서 돌보아주지 아니한 아내 펄비아가 자신의 군대를 이끌고 시저에게 도전하였다가 참패하여 이탈리아에서 쫓겨나서 외국으로 망명을 했다는 소식이었다. 둘째 소식은 라버에너스 왕이 안토니의 영토인 아시아 전 지대를 점령해 버렸다는 놀라운 소식이었다. 이런 소식들을 받은 안토니는 그야말로 취했던 술이 갑자기 깨듯이 정신이 번쩍 들었다.

　안토니는 즉시 군대를 이끌고 라버에너스 왕을 추격하여 아시아 주 피니시아 국까지 쳐들어갔다. 거기서 그는 자기 아내 펄비아가 보내온 호소의 편지를 받았다. 그는 그 즉시로 아내가 거느린 군대를 응원할 목적으로 방향을 돌리어 로마로 쳐들어가기로 결심하였다. 그리하여 이탈리아에서 망명해 나온 군인들을 모으게 되었다. 그런데 그들의 입으로부터 전해 듣기를 이번 이탈리아 내란은 시저가 시작한 것이 아니라, 순전히 안토니의 아내 펄비아가 자기 남편이 클레오파트라한테 홀려서 본처인 자기를 돌보지 않는 데 질투를 느끼어서, 이탈리아에서 소란을 일으킨 것이었다. 이것은 안토니로 하여금 클레오파트라를 버리고 이탈리아로 돌아오도록 하기 위한 연극이었다는 사실을 알고 그는 크게 화를 냈다.

　바로 그때, 남편 안토니를 만나려고 길을 떠났던 그의 아내 펄비아가 중간에서 병사했다는 소식이 들려왔다. 그래서 안토니는 시저에게 향하였던 오해와 적개심을 풀고 로마 정벌을 중지하고, 평화적으로 로마 시로 들어가니 시저도 안토니를 적대시 하지 않고 친우로 맞아들였다. 로마의 위정자들은 물론 시저와 안토니가 싸우는 것을 좋아하지 아니하였으므로 이 두 지도자를 한 자리에 모아 화해시키고 대로마국 영토를 양분하여 동반부는 안토니에게, 서반부는 시저에게 맡기는 조약을 맺었다. 그리고 이 두 사람의 관계를 더 한층 강하게 할 목적으로 시저의 누님인 옥타비아와 안토니 두 사람을 결혼을 시켜서 한 가족이 되도록 극력 주선하여 성공하였다. 시저의 누님 옥타비아는 전 남편과 사별하고 과부가 되었다. 안토니도 이번에 상처를 당했으니, 이 두 남녀의 재혼은 정당하였고, 또 내란을 방지하기 위하여서도 가장 훌륭한 정책이라고 간주되었다.

옥타비아는 시저의 극진한 사랑을 받는 누님일 뿐 아니라, 상당히 현숙한 여인이었다. 이 옥타비아가 안토니의 아내가 되면 자기 남동생 시저와 남편 안토니 사이를 잘 조화시켜서 내란이 일어나지 아니하리라고 모두들 믿게 되었다. 그 당시 로마 법률로 따지면 과부가 전 남편이 죽은 지 열 달이 차기 전에 재가를 하는 것이 금지되어 있었다. 그러나 어떤 방법으로든지 꼭 안토니와 시저를 조화시켜서 국가 평화를 유지하고 싶은 생각이 간절하였다. 그리하여 임시 국회를 열어 과부 재혼에 관한 법률을 개정해 가지고 옥타비아와 안토니가 합법적으로 결혼하도록 하였다.

사실은 그 당시 로마 지도자는 세 사람이었는데, 그 하나인 섹스투스 폼페이우스(폼페이라고도 부름)는 홀로 시칠리아 섬에 웅거해 있으면서, 그 당시 유명했던 해적 떼 두목들인 메나스와 미네크레테스 등과 결탁해서 지중해 해상 권리를 독점하고 있었다. 그는 시저와는 사이가 좋지 못하나 안토니에게는 호의를 보여서 안토니의 전처 펄비아와 안토니의 어머니가 시저에게 쫓겨나서 국외로 망명해 다닐 때 시칠리아 섬에 맞아들여 후하게 접대해준 일이 있었다.

　지금 와서 시저와 안토니가 화해하였을 뿐 아니라, 처남 매부 간이 된 이 좋은 기회에 폼페이까지 함께 세 지도자가 다 같이 화해하여 국내 평화를 영구히 유지하도록 하자고 하여 국회가 주동이 되어 세 지도자가 해변가 미세나 산상에 모이게 되었다. 이 회의에서 폼페이에게는 시칠리아와 사르디니아 섬을 직속 영토로 주기로 하였다. 폼페이는 그 대가로 지중해를 개방하여 해적 떼를 다 평정시키는 동시에 매년 얼마씩의 밀을 로마 정부에 바치기로 하고 서로 양해가 성립되어 조약에 서명하기에 이르렀다.

　이 세 지도자가 평화 조약에 서명을 마치자 셋이서 돌려가며 한 턱씩 내기로 하고, 그 순서는 제비를 뽑아 정하기로 합의되었다. 제비를 뽑았더니 폼페이가 제 일차로 한턱을 내게 되었다.

　"자, 그럼 어서 먼저 한턱 내시오. 그런데 장소는 어디로 하시려오?"

하고 안토니가 물으니 폼페이는 서슴지 않고 바로 항구에 정박되어 있는 자기 배를 가리키면서,

　"저기, 저 배 위에서 내지요. 내가 우리 아버님한테서 유산으로 물려받은 것이라고는 저 배 위에 세운 한 채 누각밖엔 없소."

하고 대답하였다. 폼페이가 이런 말을 하게 된 원인은 그때 안토니가 자기 부친의 집을 차지하고 있는 것을 꼬집어 말한 것이었다.

　그 배 안 누각에서 주연을 베풀기로 결정이 되었다. 그 배를 해변에 바싹 대어 닻을 내려놓고 미세나 산봉우리로부터 이 배에 이르기까지 널빤지로 다리를 놓았다.

　세 지도자가 한 자리에 모여서 술이 거나하게 취하여 농담들을

하고 있을 때 귀순한 해적 떼 두목 중 하나인 메나스가 폼페이 곁으로 바싹 다가와서 귓속말로,

"장군님! 그래, 장군님께서는 시칠리아와 사르디니아 두 섬으로 만족할 작정이십니까? 지금 슬쩍 닻줄을 끊고 배를 바다로 끌고 나가면, 저 두 분은 독 안에 든 쥐가 아니겠습니까? 그리되면 장군님이 이대로 마국 전체를 통치하는 유일한 대왕이 되실 터인데요!"

하고 꾀었다. 술이 취한 폼페이가 이 말을 듣고 한참 동안 묵묵히 생각을 하더니 한숨을 길게 쉬면서,

"여보게, 자네가 그런 생각이 있으면 나한테 알릴 필요 없이 자네 마음대로 실행했으면 좋을 것을 나한테 미리 물어보니 나더러 배신자가 되란 말인가? 이제는 별수 없이 우리의 이 처지에 만족하고 지낼 수밖에 없게 되었네. 나로서야 어찌 신의를 배반할 수 있으며, 또 후세에라도 나를 반역자로 몰면 그런 수치가 또 어디 있겠는가!" 하고 대답하였다.

세 번 연회가 다 끝난 후 폼페이는 시칠리아로 돌아가고, 시저와 안토니는 로마에 남아서 둘이서 공동으로 나라를 다스려 나가게 되었다. 그런데 이상한 일로 사사건건 시저가 안토니보다 우세하였다. 안토니 자신도 이것을 알고 내심으로 심히 우울해 하였다.

안토니가 이집트에 있을 때 언젠가 한 번 이집트에서 제일 유명하다는 점쟁이를 불러 사주팔자를 본 일이 있었다. 그 점쟁이가 클레오파트라에게 매수를 당하여서 그랬는지, 혹은 클레오파트라가 안토니와 떨어져서는 불행할 것이라는 데 동정을 해서 그랬는지, 또 혹은 안토니의 사주를 그대로 숨김없이 똑바로 해석해 주었는지, 그 어느 것인지는 똑똑히 알 수 없다. 하여튼 그 점쟁이는 안토니의 팔자도 물

론 대단히 좋지마는 시저의 팔자에 비하면 언제나 시저에게 눌리게 되어 있으니까, 될 수 있는 한 안토니는 시저와 같이 있지 말고 따로 떨어져 있는 것이 좋으리라고 경고한 일이 있었다. 점쟁이는 아주 노골적으로,

"당신의 혼은 시저의 혼을 언제나 두려워하고 있을 운명입니다. 그러므로 당신이 시저와 갈라져 따로 있을 때에는 당신의 혼이 대단히 용감하고 또 고상하나, 시저와 가까이 있게 되면, 당신의 혼은 시저의 혼에게 눌려서 기를 펴지 못하게 될 것입니다."

하고 예언하는 것이었다. 그 점쟁이 예언이 과연 맞았다. 안토니와 시저가 로마 시내에 같이 살면서 심심할 때 주사위 놀음을 하거나 트럼프 놀음을 하면 번번이 안토니는 시저에게 지는 것이었다. 가끔 닭싸움을 붙여보아도 어쩐 일인지 안토니의 닭이 시저의 닭에게 매번 지곤 하는 것이었다.

그러는 동안에 안토니가 맡아 다스리는 아시아 영토 내에서 반란이 일어났기 때문에 안토니는 로마를 떠나서 그리스로 가서 아테네 시에 주둔하게 되었다. 이 두 지도자가 떨어져 있는 동안에 여러 가지 잡음이 두 사람 사이에 이간을 붙이려 하였다. 시저의 누님이며 안토니의 아내인 옥타비아는 동생과 남편 사이에서 매우 고민하다가 동생을 좀 달래보려고 로마로 돌아왔더니, 시저는 도리어 매부가 누님을 학대하다가 내쫓고 말았다고 투덜거리었다. 옥타비아가 그렇지 않고 두 사람 사이에 화해를 시킬 목적으로 왔노라고 누누이 변명하였으나, 시저는 그 말을 곧이듣지 않고 누나더러 안토니와는 이혼하라고 강요하였다. 그러나 옥타비아는 자기 남편의 집에 머물러 있으면서 전 남편 소생인 아들과 안토니와의 소생인 아들을 돌보면서 동

생과 남편이 전쟁을 일으키기까지 이르지 않도록 빌고 있었다.

　안토니는 알렉산드리아로 가서 클레오파트라와 다시 함께 살게 되었다. 그리고 안토니는 클레오파트라를 이집트, 사이프러스, 리디아, 시리아 등 여러 나라의 여왕으로 추대한다고 공포하였다. 또 안토니는 클레오파트라의 몸에서 난 자기 아들 알렉산더를 아메니아, 메디아, 파디아 등 여러 나라 왕 중 최고 대왕으로 추대한다고 공포하였다. 그리하여 알렉산더에게 오래전 알렉산더 대왕이 즉위할 때 입었던 그 왕복을 입히고 즉위식을 거행하게 하였다. 또 클레오파트라에게는 아이시스 여신(천지를 주재하는 여신) 모양으로 차리게 하여 즉위식을 거행한 후, 전 국민에게 새로운 아이시스 여신이 하강하였다고 선포하였다.

　로마에 있는 옥타비우스 시저는 이러한 정보가 입수되는 대로 국회에 보고하고, 안토니를 공격하고 비난하는 연설을 하여 전 로마 시민의 여론이 안토니를 악평하게 하도록 힘을 기울이었다. 안토니는 또 안토니대로 시저를 공격하는 글을 써서 계속적으로 전국에 공포하였다.

　시저는 꾸준히 원정 준비를 해오다가 군세가 넉넉하게 되자, 클레오파트라에게 선전포고하였다. 안토니에게는 이미 자기 영토 전부를 클레오파트라의 아들에게 양도했으니까 이 전쟁에 관여할 권리가 없다고 통고하였다.

　전쟁은 크게 벌어졌다. 이때 양측 군세를 비교하여 보자. 안토니는 500척 이상의 배를 가지고 있었으나, 이 배들은 전함이라기보다는 차라리 승전 축하용 선박이라고나 할까 너무나 무겁고 둔해서 전투에는 부적당한 배들이었다. 그 외에 보병 약 10만 명, 기마병 약 1만2

천 명이 안토니의 명령 하에 있었다. 시저의 군세를 보면 250척의 전투함, 8만 명의 보병, 약 1만2천 명의 기병으로 쌍방 군세가 백중하게 보였다. 안토니의 병선 수는 시저의 약 두 배나 가지고 있었으나, 그 배들을 조종할 줄 아는 선원들이 부족하였다. 임시로 그리스 등지에서 강제로 아무나 징집해 모아 놓으니 그 사람들이 쓸모가 없는 것은 분명한 일이었다.

 시저는 만반의 준비를 갖추어 놓은 후, 안토니에게 특사를 보내서 싸우려거든 어서 싸우러 오라고 독촉하였다. 안토니는 배에 군사 20만 명을 싣고 선원 2천 명을 데리고 해상으로 나아가 시저의 해군과 일대 해전을 벌이고자 하였다. 안토니로서는 아무리 전쟁이라고 하여도 클레오파트라를 이집트에 남겨두고 혼자 이탈리아로 상륙 작전을 하기는 싫었기에 클레오파트라와 함께 해군을 이끌고 지중해로 가서 결전을 시행할 결심이었다. 그러나 그의 부하들은 해전에는 경험이 전혀 없고, 육전에는 경험이 많으므로 해전은 이집트 해군이나 페니시아 해군에게 맡기고 안토니는 육군을 이탈리아 본토에 상륙시켜서 육지에서 시저의 군대를 한꺼번에 무찔러 버리는 것이 상책이라고 여러 번 제의했다. 그러나 안토니는 응하지 않고 바다에 그냥 남아 있었다.

 시저의 해군과 안토니의 해군은 격전을 거듭하였으나, 좀처럼 승부를 결정짓기가 어려웠다. 어떤 이유에서인지 갑자기 클레오파트라가 타고 있는 배가 전투를 중지하고 도망하는 것을 본 안토니는 그만 용기를 잃고 자기 명예도 다 내버리고 그리운 클레오파트라의 품속으로 들어가고 싶은 욕망을 걷잡을 수 없었다. 안토니는 싸움을 그만 집어치우고 뱃머리를 돌려 클레오파트라의 배를 따라서 알렉산드리아로 돌아가고 말았다. 정신없이 용감히 싸우고 있는 부하들을 그냥 내버려 두고 안토니는 클레오파트라의 뒤를 따라갔다.

안토니가 클레오파트라의 궁전으로 찾아가니 클레오파트라는 반가이 맞아들여 그날부터 둘은 밤낮을 가리지 않고 술이 만취하여 놀기만 하였다. 그러나 이 놀이는 자포자기의 놀이였다. 그래서 클레오파트라는 최후에는 자살을 해버릴 결심까지 하였다. 그리하여 시종을 시켜서 여러 가지 독약을 구해다가 놓고는 사형 선고를 받고 감옥에서 죽을 날을 기다리고 있는 죄수들을 하나씩 불러내다가 한 가지씩 먹여 보아서 죽을 때 얼마만한 고통을 겪는지 시험해 보았다. 독약을 먹고 죽는 사람들은 그 어떤 종류의 독약을 막론하고 몹시 고통을 당하고 죽는 것을 보고 클레오파트라는 독약을 먹고 자살할 생각은 버렸다. 그런데 독사에 물린 사람은 별로 고통스런 빛을 보이지 않고, 그저 머리가 좀 아프다고 하더니 이어서 잠들듯이 죽어 버리는 것이었다. 그래서 클레오파트라는 죽을 때가 이르면 독사에 물려죽기로 마음속으로 결심하고 있었다.

그러면서 또 한편으로 클레오파트라는 시저에게 특사를 보내어 자기는 이집트 여왕 자리를 사퇴할 터이니, 허용하고 자기 아들에게 양위하도록 허락해 달라고 하였다. 또 안토니도 시저에게 특사를 보내서 만일에 자기가 이집트에 살고 있는 것을 못마땅하게 생각한다면 자기는 그리스로 가서 아테네 성에서 평민 생활을 하겠으니 허락해 달라고 간청하였다.

시저는 안토니의 청을 한마디로 거절하고 클레오파트라에게는 만일에 그가 안토니를 죽여 버리거나 국외로 추방해 버리면 그 청을 들어 주겠다고 회답하였다. 이 시저의 답장을 가지고 알렉산드리아로 온 시저의 특사는 타이리우스라는 사람이었다. 이 사람은 매우 슬기 있고 수완이 있는 사람이었다. 그는 클레오파트라를 한 번 보자, 곧 그 아름다운 자태에 놀라고 탄복하였다. 시저가 이 클레오파트라 여왕을 한 번 만나 보기만 하면 처벌은커녕 도리어 사랑에 빠져 버리게 될 것이니 여왕은 아무 염려도 말고 안토니만 내쫓아 버리면 자기가 로마로 돌아가서 시저에게 잘 아뢰어서 여왕위를 그대로 보존하도록 해주겠노라고 설득했다. 클레오파트라는 귀가 솔깃하여 그 특사를 극진히 대접하였다. 그러나 너무나 오랫동안 시저의 특사가 클레오파트라와 단둘이서 수군거리는 것을 본 안토니는 질투심이 끓어올라서 시저의 특사를 붙들어다가 볼기를 실컷 때렸다. 그런 다음 시저한테로 가서 안토니가 크게 노하여 특사의 볼기를 때려 쫓아 보냈으니 시저도 화가 나거든 그때 인질로 잡혀 있는 안토니의 부하 히필츄스 볼기를 때려 내쫓든지 목을 매 죽이든지 마음대로 하라고 보고하도록 명령을 내린 후 로마로 돌려보냈다.

 시저의 군대는 아프리카에 상륙하여 필루시움 시를 점령하니, 전세는 한층 험악해졌다. 클레오파트라는 수많은 노무자를 동원시켜서 아이시스 성당 근처에 여러 개의 가짜 무덤을 쌓아 놓고 그 무덤들 속에 자기가 가진 금은보화를 모조리 감추기 시작하였다. 알렉산드리아 시가 시저 군에게 함락되더라도 클레오파트라는 자기 재물을 다 감추어 놓고 내놓지 않을 생각으로 그렇게 한 것이었다.

 전쟁은 점점 더 안토니에게 불리하게 되었다. 시저는 군대를 거느리고 바로 알렉산드리아 시 교외까지 다가가 성외에 진을 치게 되었다. 안토니는 특사를 성외로 내보내서 시저에게 단둘이 만나 승부를 결단하자고 교섭하였다. 그러나 시저는 그것을 거절하고 육해군을 전부 동원해 시가를 습격해 들어가겠노라고 선언하였다.

　그날 밤 안토니는 부하 장졸들을 모아 놓고 술을 나누면서 자기는 천운이 다하였으니 여기 그냥 머물러 있지 말고 시저에게로 가서 항복하고 시저 편이 되라고 권하였다. 그러나 부하들은 눈물을 흘리면서 생사를 같이한다고 맹세를 하였다. 하지만 병사들은 이미 전쟁에 진 것을 깨닫고 그날 밤 자정 때 성문을 열고 모두가 다 빠져 나가서 시저 군에 가담하고 말았다.

　이튿날 아침 일찍이 안토니가 바다로 향한 성루 위에 올라서서 클레오파트라의 해군이 시저의 해군과 최후 접전을 하는 모습을 바라보고 있었다. 그런데 뜻밖에도 이집트 해군은 시저의 해군 앞으로 배를 저어 가서 싸우지도 않고 그대로 항복해 버리고 도리어 시저의 해군과 합세하여 성을 향하여 밀려오는 것이었다. 이 광경을 본 안토니는 이때까지 자기가 목숨까지 내걸고 클레오파트라를 위하여 싸워 주었는데, 클레오파트라는 이제 도리어 자기를 배반하고, 적 시저에게 달라붙었다고 크게 노하여 시내로 뛰어 내려왔다. 안토니가 대로하였다는 소식을 들은 클레오파트라는 겁이 나서 만들어두었던 가짜 무덤 안으로 시녀들만 데리고 들어가 숨어서 안에서 문을 잠가 버렸다. 그런 다음 안토니에게 사람을 보내서 클레오파트라가 죽었다고 보고하게 하였다. 이 소식을 들은 안토니는 놀라고도 애통하여 방으로 들어가서 갑옷을 홀떡 벗어 버리고,

　"아, 아! 안토니야, 너는 이제 무슨 명목으로 이 세상에 살아남아 있겠느냐? 내가 제일 사랑하던 나의 애인이 이미 죽었으니… 아, 그러나 클레오파트라야 안심하라. 내 지금 곧 그대의 뒤를 따르리라."

하고 독백하면서 그의 시종 무관 에로스를 불러서 세워 놓고 자기의

칼을 빼어 내밀면서,

"자, 에로스, 그대는 이전부터 내가 명령하면 언제든지 이 칼로 나를 찔러 죽여주기로 약속했지? 자, 지금 그때에 이르렀으니, 이 칼로 나를 찔러 죽여다오."

하고 말하였다. 에로스는 묵묵히 그 칼을 받아들고 번쩍 높이 들어 안토니를 찌르지 않고 자기 몸을 찔러 그 자리에서 죽어 쓰러졌다. 이것을 본 안토니는,

"아, 영웅다운 에로스! 나는 그대의 이러한 행동에 감사하오. 그대는 나에게 내가 마땅히 실행하여야만 할 행동의 모범을 보여주었구나."

하고 감탄하면서 안토니는 에로스의 몸에 꽂힌 칼을 뽑아들고 자기 자신의 몸을 찔러 자살하고자 하였다. 그는 자기 배에 칼을 꽂고 조그만 침대 위에 엎드렸다. 그러나 그는 빨리 죽지 못하였다. 잠시 기절했다가 도로 깨어나서 자기가 아직 죽지 않고 살아 있는 것을 알자 시종들에게 어서 빨리 죽여 달라고 애걸하였다. 그러나 한 사람도 감히 장군의 몸에 손을 대지 못하고 슬금슬금 다 도망해 나가고 말았다. 안토니는 고래고래 소리를 지르며 고통스러워했으나 빨리 죽을 수가 없었다.

바로 이때 가짜 무덤 안에 숨어 있던 클레오파트라가 안토니를 모시고 오라고 보낸 사자가 나타났다. 이 사자에게서 클레오파트라가 죽지 않고 무덤 속에 숨어 있다는 말을 들은 안토니는 어서 빨리 자기를 클레오파트라가 있는 곳으로 데려가 달라고 부탁하였다. 부하들은 죽어 가는 안토니를 부축하여 클레오파트라가 숨어 있는 무덤 문 앞까지 모시고 갔다.

클레오파트라는 무덤 문을 열지 않고 이층 창문으로부터 피륙을 내려 보내서 안토니의 몸을 매어 끌어올리려고 하였다. 무덤 안에는 클레오파트라 외에 시녀 두 사람만이 있었으므로 그 세 여인이 제아무리 힘을 합하여 끌어올려도 그 육중한 안토니의 몸은 좀처럼 끌려 올라가지 않았다. 죽어가는 안토니는 두 팔을 벌리고 클레오파트라를 쳐다보고 있었으나, 여자들의 힘으로는 그를 끌어올릴 도리가 없었다. 마침내는 클레오파트라가 죽을힘을 다 내어 몸을 창문턱에 걸고 안토니의 팔을 붙잡아 끌어올린 다음, 세 여자가 부축하여 침대 위에 눕혔다. 다 죽어가는 안토니를 내려다보면서 클레오파트라는 제 손톱으로 제 얼굴을 할퀴면서 미친듯이 날뛰었다. 이윽고 좀 진정되자, 자기 옷자락을 찢어서 안토니 몸에 묻은 피를 닦아주면서 자기 얼굴을 그의 가슴에 파묻고,

"오! 나의 남편, 나의 주인, 나의 황제님."
하고 울부짖으며 통곡하였다.

안토니는 부드러운 음성으로 위로의 말을 하며 술을 한 잔 청하였다. 안토니는 술을 한 잔 쭉 들이켜고 나서 클레오파트라에게 과히 슬퍼하지 말고, 행복하게 살라고 권하면서 자기는 이 세상에 나서 영웅이 되었다가 영웅답게 죽으니 아무런 여한도 없다고 말하고 숨이 끊어졌다.

바로 이때 시저가 보낸 특사 프로쿨레이우스가 무덤 앞에 나타났다. 안토니가 제 칼로 제 배를 찌르고 엎드려 신음하다가 부하들에게 부축되어 클레오파트라에게로 갈 때 그 부하 중 한 놈이 슬그머니 안토니의 배에 꽂힌 칼을 빼 감추어 가지고 몰래 성문을 빠져나갔던 것이다. 그 피 묻은 칼을 시저에게 바치면서 안토니가 자살을 하려 했다

고 알려준 것이었다. 이 피 묻은 칼을 받아 쥔 시저는 혼자 골방으로 들어가서 슬피 울었다. 돌이켜 생각해보면 안토니는 그의 친우였고, 매형이었고, 또 자기와 동등권을 가진 대로마 제국의 통치자의 한 사람이 아니었던가? 오늘날 이렇듯이 비참한 최후를 보게 되다니! 시저는 남자다운 울음을 금할 수 없었던 것이다.

한참 울고 난 시저는 프로쿨레이우스를 불러서 클레오파트라를 찾아보라고 명령하였다. 만일에 클레오파트라마저 죽어버리면, 그 여왕이 가졌던 온갖 보물을 감춘 곳을 찾지 못해 전리품을 가지고 로마로 돌아갈 수 없게 되는 것이 염려되었다. 그보다도 이집트 여왕을 산 채로 잡아서 로마로 끌고 가면 자기 인기가 더 한층 높아질 것을 기대하였기 때문이었다.

클레오파트라는 시저의 특사에게 무덤 문을 열어주지도 않았다. 또 시저를 만나보라고 아무리 권하여도 시저는 만나볼 필요가 없다고 딱 거절하는 것이었다. 그러고는 시녀를 시켜서 무화과 장수 노파를 곧 불러들이라 하였다. 무화과 장수 노파가 들고 들어온 과일 광주리에는 독사가 숨겨져 있었다.

셰익스피어 연보

1564년	4월 23일 스트래트포드 시에서 상업에 종사하며 시 고위직으로 있었던 아버지 존 셰익스피어와 지주의 딸인 어머니 메리 아든 사이에서 셋째이자 장남으로 워릭서 주의 작은 마을 스트래트포드온에이번의 헨리 거리에서 태어남(현재 그 집은 셰익스피어 박물관이다). 4월 26일에 성 삼위일체 교회에서 세례받음.
1570년	셰익스피어가 스트래트포드 문법학교에 재학한 기록은 남아 있지 않으나 당시 아버지의 집안과 지위로 보아 라틴어, 수사학, 논리학과 테렌스, 세네카 등 고대 로마 작가의 고전문학을 배우고 기초교육을 받았다.
1582년	18세가 된 셰익스피어는 가세가 기울자 11월 27일에 반강제로 이미 임신 중인 여덟 살 연상의 앤 해서웨이와 결혼.
1583년	5월 26일 첫딸 수잔나가 출생하고 세례받음.
1585년	2월 2일 쌍둥이 아들 햄닛과 딸 주디스가 출생하고 세례받음. 이 무렵 학교 교사로 일했다는 기록이 있으나 확실치 않음.
1588년	확실한 기록은 없으나 가족들을 두고 옥스퍼드를 거쳐 런던으로 떠남.
1588~94년	런던에서 극작가와 배우로 활동하며 극작품 《실수 연발》,

	《사랑의 헛수고》 공연.
1589~92년	3부작 《헨리 6세》 공연.
1592년	당시 캠브리지 대학 출신 극작가 로버트 그린은 런던 극장가에서 두각을 나타내기 시작한 셰익스피어를 시기하고 폄하하는 글을 남김.
1592~93년	《비너스와 아도니스》 출간.
1592~94년	시집 《루크리스의 겁탈》, 희곡 《리처드 3세》, 《티투스 안드로니쿠스》, 《말괄량이 길들이기》, 《베로나의 두 신사》 출간.
1593~1600년	《소네트집》 출간.
1594~96년	《로미오와 줄리엣》 출간. 1594년 12월 27일과 28일, 그리니치 궁전에서 왕 앞에서 배우로서 연기하며 호평을 받음.
1595년	《리차드 2세》 출간.
1595~96년	《베니스의 상인》, 《한 여름밤의 꿈》 출간.
1596년	아버지가 문장(a coat of arms)을 가지도록 허가 받음. 장남 햄닛 사망.
1596~97년	《존 왕》, 《헨리 4세》(1부) 출간.
1597년	《윈저의 즐거운 여인들》 출간. 스트랫퍼드 시에서 저택 뉴 플레이스를 구입함(이 저택은 1759년에 헐림).
1597~98년	《헨리 4세》(2부) 출간.
1598년	윌리엄 셰익스피어라는 이름이 극 표지에 처음으로 등장함.
1598~99년	《대단한 헛소동》, 《헨리 5세》 출간.
1599년	《줄리어스 시저》 출간. 런던의 사우스워크에 8각형 목조

	건물인 글로브 극장 운영에 주주로 참여 많은 이익을 받음 (이 극장은 1613년 6월 29일에 화재로 소실됨).
1599~1600년	《좋으실대로》,《십이야》출간. 셰익스피어 극단이 글로브 극장으로 옮김.
1600~1601년	《햄릿》,《불사조와 거북이》출간.
1601년	9월 8일 아버지 사망.
1601~1602년	《트로일러스와 크레시다》출간.
1602~1604년	《끝이 좋으면 다 좋다》출간.
1603년	엘리자베스 1세 여왕 후사 없이 서거. 스코틀랜드를 통치하던 제임스 6세가 영국의 제임스 1세가 되어 통치함. 셰익스피어 극단이 황실의 극단으로 임명 받으면서 '킹스맨'이라고 불림.
1603~1604년	《오셀로》출간.
1604년	《잣대에 잣대로》출간.
1605~1606년	《리어 왕》,《맥베스》출간.
1604~1608년	《아테네의 타이먼》출간.
1606~1607년	《안토니와 클레오파트라》출간.
1607년	6월 5일 큰 딸 수잔나, 프로테스탄트 외과의사 존 홀과 결혼.
1607~1608년	《코리온레이너스》,《페리클레스》출간. 손녀딸 엘리자베스 출생.
1608년	9월 9일 어머니 사망.
1609~1610년	《심벌린》출간. 셰익스피어 극단이 블랙프라이어스 극장 매입.

1610~1611년	《겨울 이야기》 출간. 은퇴하여 고향 스트랫퍼드로 돌아와 유복한 생활을 누림.
1611년	《태풍》 출간.
1612~13년	《헨리 8세》 출간.
1613년	《두 귀족 친척》 출간. 런던에 상당한 양의 부동산 매입, 글로브 극장 화재로 소실.
1614년	11월 15일 런던 방문, 두 번째 글로브 극장 세움.
1616년	2월 10일 둘째 딸 주디스 결혼, 3월 25일 유언서를 작성하고 4월 23일 스트래트포드에서 52세의 젊은 나이로 사망. 성 삼위일체 교회에 매장됨. 몇 년 후 가족들에 의해 흉상이 세워짐.
1623년	8월 6일 아내 앤 해서웨이 사망. 《셰익스피어 희극, 사극, 비극》 초판 발행.

찰스 램, 메리 램 연보

1764년	12월 3일 메리 램은 런던에서 아버지 존과 어머니 엘리자베스 램(필드)의 7자녀 중 셋째로 태어남.
1769년 경	런던 거리에서 작가 올리버 골드스미스(Oliver Goldsmith)를 만나고 당시 배우로 유명했던 데이비드 개릭(David Garrick)이 연기하는 극 공연을 보았음.
1775년	2월 10일 찰스 램은 런던의 템플 법원가 2번지에서 일곱 자녀 중 막내로 태어남.
1782~89년	찰스 램이 크라이스트 호스피털에 재학.
1789~91년	찰스 램이 상인 조셉 페이스의 상회에서 일함.
1791년	9월 1일 찰스 램이 남해상회(South Sea House)의 서기로 취직(1792년 2월 8일까지 근무). 엘리아(Elia)라는 필명은 이 회사에서 함께 일했던 이탈리아계 동료 서기의 이름으로 알려져 있음.
1792년	찰스 램은 2월 초순 솔트의 사망으로 템플에서 이사를 나올 수밖에 없었음. 4월 5일 동인도회사의 회계사무 서기로 취직. 3년 무보수 수습서기였다. 7월 31일 찰스를 아끼고 사랑했던 외할머니 필드부인 사망.
1795년	찰스 램은 정신병 증세로 수개월간 병원에 입원. 누이 메리는 바느질 일 시작.

1796년	9월 22일 누나 메리가 정신 발작으로 어머니를 살해함. 정신이상을 판정받고 정신병원에 가지 않고 일생동안 법적으로 남동생 찰스의 보호 하에 살게됨. 이로 인해 찰스도 인생을 독신으로 지내며 누이와 함께 살게 됨.
1797년	2월 함께 살았던 고모 헤티(사라 램) 사망. 같은 해 소토오우이로 가서 가장 가까운 친구 S. T. 콜리지를 방문, 윌리엄 워즈워스와 그의 여동생 도로시를 만남. 콜리지의 시집에 램의 소네트(14행시) 네 편이 발표됨.
1798년	첫 산문《로자먼드 그레이와 늙은 장님 마거릿의 이야기(*A Tale of Rosamund Gray and Old Blind Margaret*)》출판.
1799년	4월 13일 아버지 사망, 누이 메리 퇴원 후 함께 삶.
1801년	메리와 찰스는 문학 및 사교 모임을 만들어 친구 콜리지와 윌리엄 워즈워스, 도로시 워즈워스와 만남. 이 무렵부터 찰스의 음주벽이 시작됨.
1800-03년	여러 신문에 사소한 글들을 실음.
1802년	《존 우드빌(*John Woodvil*)》출판.
1804년	콜리지를 통해 윌리엄 해즈릿을 만남.
1805년	찰스가 시로 쓴 동화〈마음의 왕과 왕비〉출간.
1806년	소극〈H씨(Mr. H)〉를 드루어리 레인 극장에서 상연. 급진적 사회 정치 사상가 윌리엄 고드윈(Willam Godwin) 부부를 모임에서 만난 후 그들의〈청소년 도서(Juvenile Library)〉를 위해 메리 램에게 무엇인가를 쓸 것을 요청함. 이에 찰스와 함께《셰익스피어 이야기들》집필 시작.
1807년	누이 메리와 함께 역사상 가장 탁월한 산문으로 개작한

	셰익스피어 극 입문서이며 15세기 초기 아동문학의 걸작 《셰익스피어 이야기들(Tales from Shakespeare)》 초판 출판.
1808년	어린이용 《율리시즈의 모험(The Adventures of Ulysses)》과 비평문 《셰익스피어 시대의 극시인들의 표본(Specimens of English Dramatic Poets Who Lived about the Times of Shakespeare)》 출판. 메리와 찰스는 윌리엄 해즈릿과 친분을 깊이 쌓음.
1809년	《셰익스피어 이야기들》 재판 출간, 찰스와 메리가 공동으로 어린이 얘기들을 모은 《레스터 부인의 학교(Ms. Leicester's School)》와 《어린이를 위한 시(Poetry for Children)》 (1825년까지 9판 인쇄) 출판. 이 두 남매는 이 작품 출판으로 재정적 안정에 큰 도움을 받음.
1810-11년	찰스가 리 헌트의 《리프렉터》지에 에세이를 기고.
1811년	찰스가 시로 쓴 동화 〈도루스 왕자〉와 〈미녀와 야수〉 발표.
1814년	12월 메리는 《신 영국 여성잡지》에 여성에게 바느질이 재정적 독립을 가져올 방법으로 높이 평가한 〈바느질에 관하여〉 발표. 그 이듬해부터 '셈프로니아'란 필명 사용.
1818년	찰스의 작품집과 평론 출판. 《로자먼드 그레이와 늙은 장님 마거릿의 이야기》, 운문 〈크라이스트 호스피털의 회상〉, 평문 〈셰익스피어의 비극〉, 〈호가스의 천재성 및 성격(On the Genius and Character of Hogarth)〉 등이 포함됨.
1819년	찰스가 배우 패니 켈리에게 청혼했으나 거절 당함.
1820년	《런던 매거진(London Magazine)》 8월호에 '엘리아'란 필명으로 〈남해상회〉를 연재하기 시작하여 1823년까지 일련의

	수필을 계속 발표함. 친구 윌리엄 워즈워스가 소개한 11세의 엠마 아이소라를 양녀로 입양해 양육. 1833년 출판업자 에드워드 목슨(Edward Moxon)에게 출가시킴.
1821년	10월 26일 형 존 사망.
1822년	메리와 함께 파리 방문. 배우 털머(Talma)를 만남.
1823년	찰스는 《런던 매거진》에 실렸던 수필을 모아 《엘리아 수필집(Essay of Elia)》 출판.
1825년	3월 29일 동인도 회사를 33년 근속 후 후한 퇴직금을 받고 은퇴함. 그 후 글쓰기에 매진하고 누나 메리를 돌보며 살아감.
1830년	9월 18일, 친우 해즈릿 사망. 시집 《앨범 시편(*Album Verses*)》 출판.
1833년	찰스의 《엘리아 마지막 수필집(*The Last Essays of Elia*)》이 목슨에 의해 출판됨.
1834년	7월 25일 콜리지 사망. 찰스 램은 에드먼턴에서 12월 22일 낙상 후 12월 27일 사망(59세).
1842년	메리는 런던으로 다시 이사 옴.
1847년	5월 20일 메리 사망(82세). 에드먼턴 교회 묘지 동생 찰스 램 옆에 묻힘.

피천득 연보

1910   서울 종로구 청진동 191번지에서 5월 29일 태어남(본관 : 홍성, 아버지 피원근, 어머니 김수성).

1916   아버지 타계. 유치원 입학, 동시에 서당에서 《통감절요》를 배움.

1919   어머니 타계. 경성제일고보(현 경기고) 부속소학교 입학.

1923   제일고보 부속소학교 4학년 때 검정고시 합격으로 2년 월반하여 경성제일고보 입학. 춘원 이광수가 피천득을 자신의 집에 3년간 유숙시키며 문학, 한시 및 영어 지도.

1924   2년 연상인 양정고보 1년생 윤오영과 등사판 동인지 《첫걸음》에 제목 미상의 시 발표.

1926   첫 시조 〈가을비〉를 《신민(新民)》 2월호(10호)에 발표. 9월에 첫 단편소설 번역(알퐁스 도데의 〈마지막 시간〉을 번역하여 《동아일보》에 4회 연재).

1927   중국 상하이 공부국 중학교 입학(1930년 6월 30일 졸업), 흥사단 가입. 도산 안창호 선생에게 사사.

1930   첫 자유시 〈차즘〉(찾음)을 《동아일보》에(1930년 4월 7일) 발표(등단). 상하이 후장대학(현 상하이 대학교) 예과 입학(9월 1일).

1931   후장대학 상과에 입학, 후에 영문학과로 전과함. 《동광》지에 시 3편(〈편지〉〈무제〉〈기다림〉) 발표.

1932   첫 수필 〈은전 한닢〉을 《신동아》(1932년 5월호)에 발표.

1934	내서니얼 호손 단편소설 〈석류씨〉 번역(윤석중 책임 편집 《어린이》지에 게재). 상하이 유학 중 중국 내전으로 일시 귀국하여 금강산 장안사에서 상월스님에게 1년간 《유마경》 《법화경》을 배우고 출가까지 생각하였으나 포기.
1937	상하이 후장대학 영문학과 졸업(졸업 논문 주제는 아일랜드 애국시인 W. B. 예이츠).
1939	임진호와 결혼(시인 주요한 부인의 중매와 이광수 부인 허영숙의 추천). 장남 세영 태어남.
1940	서울 중앙상업학원 교원(1945년 1월 20일까지).
1941	경성제국대학 이공학부 도서관 고원(영문 카탈로그 작성).
1943	차남 수영 태어남.
1945	경성대학교 예과교수 취임(10월 1일), 그 이듬해 국대안 파동으로 사직서 제출(10월 22일).
1946	서울대학교 문리과대학 교수(1948년 2월 28일까지).
1947	첫 시집 《서정시집》(상호출판사) 간행. 딸 서영 태어남.
1948	서울대학교 사범대 영문과 교수 취임(3월 1일).
1954	미국 국무성 초청 하버드대 연구교수(1년간).
1957	《셰익스피어 이야기들》(찰스 램 외 저) 번역(대한교과서주식회사) 출간.
1959	《금아시문선》(경문사) 출간.
1963	서울대학교 대학원 영어영문학과 주임교수(1968년 1월 10일까지). 8·15표창 받음.
1964	《셰익스피어 쏘네트집》 번역(정음사) 출간.
1968	자신의 영역 작품집 《플루트 연주자(A Flute Player)》(삼화출판사) 출간.
1969	금아시문선 《산호와 진주》(일조각) 출간. 미국의 여러 대학에서 한

	국 문학, 문화 순회강연. 영국 BBC초청으로 영국 방문.
1970	제37회 국제PEN 서울세계대회(대회장 : 백철) 참가 : 논문발표 및 한국시 영역 참여. 국민훈장 동백장 받음.
1973	월간문예지《수필문학》에 수필〈인연〉발표.
1974	서울대학교 조기퇴직(8월 14일자) 후 미국 여행.
1975	서울대학교 명예교수.
1976	수필집《수필》(범우사) 출간.
1977	《산호와 진주》로 제1회 수필문학대상 수상.
1980	《금아시선》《금아문선》(일조각) 출간.
1991	대한민국 문화예술상 은관문화훈장 수여.
1993	시집《생명》(동학사) 출간.
1994	번역시집《삶의 노래 ― 내가 사랑한 시, 내가 사랑한 시인》(동학사) 출간.
1995	제9회 인촌상 수상(시 부문).
1997	88세 미수기념《금아 피천득 문학전집》(전 4권, 샘터사) 출간.
1999	제9회 자랑스러운 서울대인 수상.
2001	영역 작품집《종달새(*A Skylark: Poems and Essays*)》(샘터사) 출간.
2002	단편소설 번역집《어린 벗에게》(여백) 출간.
2005	상하이 방문(상하이를 떠난 지 70년 만에 차남 피수영, 소설가 박규원과 함께).
2007	서울 구반포 아파트에서 폐렴 증세로 서울 아산병원에 입원한 뒤 별세(5월 25일). 경기도 남양주 모란공원(예술인 묘역)에 안장.

타계 후 주요 사항

2008   서울 잠실 롯데월드 3층 민속박물관 내 '금아피천득기념관' 개관.

2010   탄생 100주년 기념 제1회 금아 피천득 문학세미나 개최(중앙대).

2014   피천득 동화《자전거》창작 그림책(권세혁 그림) 출간. 2018년부터 피천득 수필 그림책 시리즈《장난감 가게》(조태경 그림),《엄마》(유진희 그림),《창덕궁 꾀꼬리》(신진호 그림),《서영이와 난영이》(한용옥 그림) 계속 출간.

2015   금아피천득선생기념사업회 결성(초대회장 석경징).

2016   부인 임진호 여사 별세(모란공원에 합장).

2017   서거 10주기를 맞아《피천득 평전》(정정호 지음) 출간.

2018   서울 서초구 반포천변에 '피천득산책로'(서초구청) 조성.

2022   탄생 112주기, 서거 15주기를 맞아《피천득 문학 전집》(전 7권)(범우사)과《피천득 대화록》(범우사) 출간.

작품 해설

원전(原典)의 맛을 과히 손상시키지 아니하고 산문으로 옮기는 데 있어 이렇게 잘 된 것은 없다. 1807년 이 책이 출판된 후 영국 가정마다 이 책이 없는 집이 별로 없을 정도로 소년 소녀들이 애독하여 온 것은 물론 일반 어른들도 원전은 못 읽어도 이 책은 읽어왔다.

—《셰익스피어 이야기들》역자 서문

어린이를 위한 셰익스피어 주요 극의 개작(改作) 이야기

영문학자와 번역문학가, 시인과 수필가로서 피천득은 영문학뿐 아니라 세계 문학에서 가장 위대한 시성(詩聖)으로 윌리엄 셰익스피어를 꼽았다. 동서양을 통틀어 윌리엄 셰익스피어(1564~1616)는 진실로 '천심만혼(千心萬魂)' 즉 천 개의 마음과 만개의 혼을 가진 작가로 시대와 장소를 뛰어넘어 보편적 인간성을 그린 가장 종합적이고 포괄적인 시인이자 극작가였다. 요즘처럼 산문의 시대가 아닌 극의 시대였던 당시에 배우를 겸했던 셰익스피어는 20여 년 창작 기간에 믿기 어려운 놀라운 창작력으로 소네트 등 시편을 제외하고 비극, 희극, 사극, 문제극, 로만스극 등 다양하게 극 작품만 38편을 기적적으로 써냈다. 더욱이 그의 극은 대부분 세계 문학의 불후의 명작이 되었다.

셰익스피어가 창조해낸 수많은 인물, 햄릿, 오필리아, 맥베스, 리어 왕, 포샤, 샤일록, 팔스타프, 로미오와 줄리엣 등은 허구적 인물이지만 불멸의 인간 표상이 되어 실제 인물보다 더 진실하게 드러나고 더 현실적인 인물로 독자의 마음속에 독특한 개성과 전형성을 지닌 인물들로 깊이 각인되어 있다. 시인이며 극작가인 셰익스피어는 진실로 '군계일학(群鷄一鶴)' 즉 수많은 닭 사이에 고매하게 서 있는 키 큰 한 마리 학이고, 작은 관목들 사이에 우뚝 솟아있는 거대한 나무다. 언어의 마술사 셰익스피어가 창조해낸 다양한 인간성은 그가 우리에게 남겨준 최고의 발명품이며 선물로, 셰익스피어를 동서양 전체 문학사에서 시의 성인(聖人)이라고 부르는 데 아무런 주저함이 없다.

셰익스피어는 16세기 말에서 17세기 초 영국에서 작품활동을 하며 희곡 38편을 모두 요즘처럼 산문이 아닌 시(운문)로 썼다. 그의 극은 대부분 영시의 대표적 운율 형식인 약강5보격으로 각운이 없는 무운시(無韻詩)로 창작되었기에 셰익스피어는 극 시인이 되는 것이다. 셰익스피어를 평생 사랑하고 존경한 피천득은 154편이나 되는 셰익스피어 소네트를 오랜 기간 심혈을 기울여 번역 출간했고, 여러 편의 소네트를 한국 고유의 시 형식인 시조로 번안을 시도했다. 피천득에게 무한한 문학적 상상력의 저수지였던 셰익스피어에 대한 그의 생각을 살펴보자.

셰익스피어를 가리켜 '천심만혼(千心萬魂)'이라고 부르기도 하고, 한 그루의 나무가 아니요 '삼림(森林)'이라고 지적한 사람도 있다.
우리는 그를 통하여 수많은 인간상을 알게 되며 숭고한 영혼에 부딪치는 것이다. 그를 감상할 때 사람은 신과 짐승의 중간적 존재가 아니요,

신 자체라는 것을 느끼게 된다.

그는 나를 몰라도 나는 언제나 그의 이야기를 들을 수 있다. 이런 점에서 그는 세대를 초월한 영원한 존재이다. 그의 이야기를 듣는 데는 노력이 요구된다. 그러나 큰 돈이 드는 것도 아니요, 부자연한 웃음을 웃어야 하는 것도 아니다.

마음 내키는 때 책만 펴면 햄릿, 폴스타프, 애련한 오필리아, 속세의 티끌이 없는 순수한 미란다, 무던한 마음씨를 느끼게 하는 코델리아, 지혜로우면서도 남성이 되어 버리지 않은 포샤, 멜로디와 향기로 창조한 에리엘이 금시 살아서 뛰어나오는 것이다. (수필 〈셰익스피어〉)

피천득은 여기서 셰익스피어 문학의 정수와 핵심을 정확하게 지적해내고 셰익스피어의 극 중 인물들을 실제 인물처럼 느끼고 그들과 함께 지내고 있다.

《셰익스피어 이야기들(Tales from Shakespeare, 1807)》은 19세기 초 영국 낭만주의 시대에 수필가 찰스 램(1775~1834)과 그의 누나 메리 램(1764~1847)이 공동으로 어린이들을 위해 셰익스피어 희곡 38편의 작품 중 20편을 이야기체로 요약 각색하고 개작한 산문 작품집이다. 피천득은 이 새로운 작품의 가치에 대한 적극적인 믿음이 있었다.

피천득이 《셰익스피어 이야기들》을 처음 읽은 것은 언제인지 분명치 않다. 해방 직후 경성대학교(서울대학교) 예과 교수로 전격 임명된 피천득은 찰스 램과 메리 램의 《셰익스피어 이야기들》에 관심을 보이게 되었다. 고(故) 석경징 교수와의 대담에서 그는 다음과 같이 말했다.

예과에 선생으로 갔는데 뭘 가르쳐야 할지 정해지지도 않았어. 도서관에 들어가 보니까 램(Charles Lamb)의 《셰익스피어 이야기들》이 있더라고. 아무튼 내 눈에 띈 게 그거야. 그리고 조선 인쇄회사라는 데가 있었어요. 거기서 일제 때 일본 교과서도 찍고, 돈도 찍고 그랬어요. (…) 그 사람보고 이걸 어떻게 찍어줄 수 있느냐고 그랬더니, 아 찍어 드리지요 그래. 그래서 《셰익스피어 이야기들》을 학생들에게 가르쳤어. 그런데 예과에서 그걸 쓴다니까 서울의 학교에서 죄다 그걸 쓰더군. (…) 그런데 그걸 가르친 게 나로서는 이로운 점도 종종 있었어. 내용이 어려운 것도 아니었고.

—〈석경징과의 대화〉

아마도 일제 강점기에서 해방된 직후 대학생들의 영어 실력도 높지 않을 테니 피천득은 비교적 쉬운 영어로 쓰인 램 남매의 《셰익스피어 이야기들》의 원서를 영어교재로 사용한 게 틀림없다. 반복해서 몇 번이나 가르치다 보니 아마도 번역할 필요성을 느꼈을 것이고, 당시에 한국에 서서히 일어나기 시작한 셰익스피어에 관한 관심도 한몫했으리라. 그래서 현재 남아 있는 번역본은 1957년 대한교과서주식회사에서 출간한 《쉑스피어의 이야기들》이다.

피천득은 개인적으로 수필가 찰스 램을 매우 좋아했다. 심정적으로 거의 친연관계를 느끼고 있는 듯하다. 그의 수필 〈찰스 램〉의 일부를 읽어보자.

나는 위대한 인물에게서 매력을 느끼지 못한다. 나와의 유사성이 너무나 없기 때문인가 보다. 나는 그저 평범하되 정서가 섬세한 사람을 좋아한다. 동정을 주는 데 인색하지 않고 작은 인연을 소중히 여기는 사람, 곧잘 수줍어하고 겁 많은 사람, 순진한 사람, 아련한 애수와 미소 같은 유머를 지닌 그런 사람에게 매력을 느낀다. (…)

그는 오래된 책, 그리고 옛날 작가를 사랑하였다. 그림을 사랑하고 도자기를 사랑하였다. 작은 사치를 사랑하였다. 그는 여자를 존중히 여겼다. 그의 수필〈현대에 있어서의 여성에 대한 예의〉에 나타난 찬양은 영문학에서도 매우 드문 예라 하겠다.

피천득은 '한국의 찰스 램'이라 불리기도 하는데, 어떤 평자는 찰스 램을 '영국의 피천득'이라고 부르기도 했다고 한다.

찰스 램과 메리 램 남매의 공동작업

메리 램과 찰스 램은 언제 어떻게 셰익스피어 작품을 개작, 각색하게 되었나? 그것은 당대《정치적 정의》(1793)라는 논쟁적 책을 쓴 자유주의 정치철학자이며 무정부주의 선구자였던 윌리엄 고드윈(1756~1836)의 권유에 의해서였다. 소설가이기도 한 고드윈은 일찍이 영국 낭만주의 문학운동을 시작하였고 시인 P. B. 셸리(1792~1822)의 장인으로서 셸리에게 사상적으로 심대한 영향을 끼쳤다. 공상과학소설《프랑켄슈타인》(1818)을 쓴 셸리의 두 번째 부인 메리 셸리는 초기 영국 여권 신장론자인 메리 울스턴크래프트의 딸이다. 일찍이 어린이 교육의 중요성을 깨달아 말년에 출판업을 시작한 급진적 사회개혁주의자 고드윈은 루소의 영향을 받아 어린이 교육을 위한 어린이

문고를 만들어 출판했다. 1806년 고드윈은 문학 모임에서 만난 메리 램에게 셰익스피어 작품을 어린이들을 위해 쉽고 짧게 요약한 개작을 요청하였으며, 이것을 계기로 램 남매는 《셰익스피어 이야기들》을 함께 쓰기 시작했다.

램 남매는 어린이 문제에 관심이 많았다. 일생 독신으로 지냈으나 찰스 램은 그의 엘리아 수필집에서 볼 수 있듯이 어린이를 무척 좋아했다. 찰스 램은 수필 〈꿈속의 어린이들―하나의 환상〉과 〈(어린) 굴뚝 청소부 예찬〉에서 깊은 애정을 가지고 어린이를 그렸다. 수필 〈기혼자의 태도에 대한 독신자의 불만〉에서 그의 어린이 찬양을 한 구절 읽어보자.

어린이는 실질적인 특성을 갖고 있으며 그 자체가 이미 하나의 본질적인 존재이기 때문에 사랑스러운 것이기도 하고 또 사랑스럽지 않은 것이기도 하다. 나는 그 성질 속에서 애중 어느 쪽의 원인을 발견함에 따라 그들을 사랑하기도 하고 또 미워하기도 하지 않을 수 없다. 어린이의 천성이란 너무도 엄숙한 것이므로 다른 것에 대한 단순한 부속물로 여겨지거나 거기에 따라 사랑을 받거나 미움을 받기도 해서는 안 된다. 그들은 나와 대등하게, 모든 선남선녀와 마찬가지로 저마다 자기라는 하나의 뿌리를 가지고 서 있다. 아아, 그러나 당신은 말할 것이다. 그래도 그들은 사람의 마음을 끄는 나이이며, 어린 나이의 상냥한 유년시절에는 그 자체가 우리를 매혹하는 무엇인가가 있다고. 그것은 옳은 말이다. 그렇기 때문에 나는 어린이에게 한층 세심한 주의를 하는 것이다. (윤종혁 옮김)

찰스 램은 19세기 초 가정에서 도덕 교육만을 강요받던 어린이들에게 문학을 통한 상상력 교육을 하고자 했다. 특히 셰익스피어 같은 대문인의 극 작품을 산문으로 쉽게 각색하고 짧게 개작하여 어린이들에게 읽히기를 원했다. 셰익스피어 극은 38편이라는 방대한 분량도 문제지만 거의 모두 시로 쓰였을 뿐만 아니라 근대 초기 엘리자베스 시대의 영어로 쓰여 19세기 초 영국 어린이가 읽기에는 거의 불가능했다. 당대 아동문학이 지나치게 강조했던 도덕과 훈육 교육을 반대한 찰스 램은 셰익스피어 문학의 장대한 상상력으로 어린이들을 자유롭게 교육하고 싶어 했다.

1802년 10월 23일 절친한 친구이며 시인, 비평가였던 S. T. 콜리지에게 쓴 편지에서 찰스 램은 당시 어린이 책에 관해 다음과 같이 말한다.

> 바볼드 부인의 평범한 작품은 보육학교의 모든 오래된 고전 작품들을 없애 버렸습니다. 내 누님 메리가 런던 뉴베리 서점의 직원에게 어린이용 고전 작품들을 구해달라고 요청했을 때 오래되고 부서진 서가 구석에 있던 그 책들을 찾아내지 못했습니다. 바볼드 부인과 트리머 부인의 재미없는 이야기책들은 주위에 쌓여 있었지요. 바볼드 부인의 책이 전해주는 하찮고 재미없는 지식들은 지식이라는 모양으로 어린이에게 제공되고 있는 것처럼 보입니다. 어린이를 어른으로 만들어 주었던 야성적 이야기들에 대한 아름다운 호기심 대신에 (…) 어린이는 말은 동물이고, 빌리는 말보다 훌륭하다는 등과 같은 것들을 배울 뿐입니다. 과학은 어른들뿐 아니라 어린이들의 생활에서도 시를 대체했습니다. 이 뼈아픈 악을 바꿀 가능성은 없을까요? 만약 당신이 어린 시절 이야기들과 할머니의 우화들 대신에 지리와 자연사에 관한 지식들로 머리를 채웠다면 지금

어찌 되었을지 생각해보십시오. 그것들을 저주합니다. 여기서 내가 말하는 것은 성인과 어린이에게 인간적인 모든 것을 황폐화시키는 저주받은 바볼드 부인류의 아동 책들입니다.

—《비평가로서 램》 165쪽

낭만주의자 찰스 램은 이 글에서 어린이 책과 교육에 대한 자신의 생각을 분명하게 밝히고 있다. 지식이라는 이름으로 포장된 별로 쓸모없는 잡동사니들 그리고 어린이들의 도덕과 훈육을 강조하는 일부 아동도서보다 어린이들의 상상력을 고양하는 동화 등의 이야기가 중요함을 강조하고 있다.

찰스 램은 1802년 친구인 토마스 머닝에게 쓴 편지에서 '정신력의 언어'를 말하며 "상상력은 훌륭한 족보를 가진 암말이며 잘 달린다"라고 정의하며 인간의 언어생활에서 상상력이 논리보다 훨씬 더 풍요롭게 만든다고 주장한다. 찰스 램은 《셰익스피어 이야기들》을 쓴 한참 후인 1821년 10월 발표한 수필 〈마녀와 다른 밤의 공포들〉에서 자신이 어려서부터 마녀나 마녀 이야기를 너무 좋아하여 구약 성서 등 그와 관련된 이야기를 많이 들음으로써 작가로서의 자신의 삶과 문학에 끼친 영향을 설명하였다.

찰스의 11년 연상 누나 메리 램도 여자 어린이 교육에 관심을 가졌는데, 작가이자 시인인 메리는 자신의 어린 시절 교육을 회상하며 특히 중산계급 이하의 여자 어린이 교육에 관심을 보였다. 남동생 찰스는 남자여서 기숙학교인 크라이스트 호스피털 학교에 다닐 수 있었으나 집안의 열악한 경제적 사정과 말을 더듬는 것 때문에 대학에는 진학하지 못했다. 여자이기에 비정규 학교를 잠깐 다니면서 철자

법과 글쓰기의 기초를 겨우 익힐 수 있었던 메리는 중산층과 그 이하의 여자 어린이들이 남자 어린이처럼 평등한 독서 교육 기회가 주어져야 한다고 굳게 믿게 되었다.

램 남매 저자의 〈머리말〉 읽기: 개작 전략과 작업 분담

《셰익스피어 이야기들》의 〈머리말〉은 메리가 그 내용 전반부의 4분의 3을 쓰고 찰스는 마지막 문단과 그 직전 문단의 뒷부분을 맡았다. 이 이야기책은 기본적으로 어린 독자들을 위한 것이다. 메리가 자신이 쓴 〈머리말〉에서 가장 강조한 점은 바로 여자 어린이의 읽기와 쓰기를 도와주는 것이다. 이것이 이 책에서 메리가 수행하고자 한 최선의 목표이다.

이 책은 어린 소녀들을 위한 목적으로 쓰여졌다. 소년들은 소녀들보다 훨씬 어린 나이에 아버지의 서재를 사용하는 것이 전반적으로 허용되기 때문에, 소년들은 자주 그 자매들이 이 용감한 책을 살펴볼 수 있는 허락을 받기 전에 이미 셰익스피어 희곡의 최고 장면들을 암기할 기회를 자주 가진다.
따라서 이 책의 이야기들을 셰익스피어의 원문으로 읽을 수 있는 기회가 많은 소년들에게 정독할 것을 추천하기보다는 어린 소녀들이 이해하기에 가장 어려운 부분들을 소년들이 그 자매들에게 설명해주기를 바란다.

어려서부터 아버지 서재를 자유롭게 출입할 수 있는 소년들이 자매들을 도와줌으로써 그들을 기쁘게 해줄 수 있다고 생각한 메리는 셰익스피어 극을 쉽게 풀고 요약하여 하나의 이야기로 만드는 자신들의 각색이나 개작 작업 역시 결국 이러한 활동에 속한다고 생각했다. 이런 의미에서 램 남매의 《셰익스피어 이야기들》은 19세기 초부터 영국에서 본격적으로 등장한 새로운 장르인 '아동문학'으로 분류되는 것이 타당하다.

메리 램은 다양한 주제, 방대한 배경 그리고 화려한 언어 예술의 결정체인 셰익스피어를 개작하는 과업을 달성하기 위해 16세기 말부터 17세기 초에 쓰인 셰익스피어 극의 아름다운 어휘들을 가능한 한 많이 살리면서, 될 수 있으면 그 이후에 새로 생겨난 어휘를 사용하지 않고 극 내용을 요약하여 다시 쓴다는 게 얼마나 어려운 일인지 토로한다. 또 다른 어려운 문제는 셰익스피어 작품에 들어 있는 타의 추종을 거부하는 '탁월한 심상'을 어린이들의 수준에 맞게 쉬운 언어로 희미하고 불완전하게 표현할 수밖에 없다는 점이었다.

그 이유는 셰익스피어가 사용한 언어의 아름다움은 그 많은 탁월한 어휘들이, 그 진정한 뜻을 표현하기에 터무니없이 부족한 어휘들로 바꿔야 하는 필요성 때문에 너무 자주 파괴되어 그 의미가 산문같이 지루한 것이 되기 때문이다. 또한 셰익스피어가 사용한 무운시(각운을 맞추지 않은 시)가 변형되지 않고 주어지는 몇몇 장면에서도 어린 독자들이 산문을 읽고 있다고 믿게 만드는 단순하고 명백한 생각에서 의도되었다. 그러나 아직도 셰익스피어의 언어는 그 자체의 자연의 토양과 야성적 시적 정원으로부터 옮겨 심은 것처럼 보인다. 그 언어는 그 자체의 고유한 아름다움의 많은 부분이 사라질 수밖에 없었다.

여기에서 메리는 셰익스피어의 황홀하고 거대한 언어의 정원을 어린이들의 눈높이에 맞추어 산문 이야기라는 작은 정원으로 축소하는 작업의 아쉬움을 토로하고 있다.
동생 찰스 램이 〈머리말〉 끝부분에서 《셰익스피어 이야기들》의 전체 목적을 잘 요약해주고 있다.

 셰익스피어의 이야기들은 어린 독자들의 상상력을 풍부하게 만들고, 미덕을 강화시키며 모든 이기적이고 황금만능주의적인 생각에서 벗어나고, 모든 달콤하고 명예로운 사상과 행위들에 대한 교훈을 주어 궁극적으로 예의, 온화함, 관대함, 인간미를 가르칠 것이다. 셰익스피어 작품들은 이러한 미덕들을 가르치는 예시들로 가득차 있다.

셰익스피어주의자인 찰스는 불완전하고 축약된 《셰익스피어 이야기들》을 읽는 어린이들이 후일 성장하여 시간적 여유가 있을 때 자신의 본격적인 상상력을 북돋아 주던 무한한 사건들과 등장인물로 가득한 축약되지 않은 원전으로 셰익스피어 희곡들을 읽기를 권장하고 기대한다.

《셰익스피어 이야기들》의 〈머리말〉에서 메리와 찰스는 개작의 목적과 방법에 관한 이야기를 한다. 흥미롭게도 이 〈머리말〉 쓰기 역시 남매간에 철저하게 배분되어 따로 썼지만, 함께 보고 마지막 손질을 했을 것이다. 메리와 찰스는 우선 셰익스피어 극 중에서 20편을 골랐는데, 일단 영국 역사와 로마 역사를 다룬 사극은 모두 배제했다. 오래된 역사가 어린이들에게 큰 흥미를 불러일으키지 못할 것으로 간주했다. 비극과 희극만 해도 그 양이 적지 않으니 어린이용 책의 부피도 생각했을 것이다. 찰스는 비극 6편《햄릿》,《맥베스》,《오셀로》,《리어 왕》의 4대 비극과《로미오와 줄리엣》,《아테네의 타이먼》을 각색, 개작했다. 20편 중 나머지 14편은 누나 메리의 몫으로 주로 희극으로 분류된다. 세분하면 순수희극으로《한여름 밤의 꿈》,《공연한 소동》,《마음에 드시는 대로》,《베로나의 두 신사》,《베니스의 상인》,《말괄량이 길들이기》,《쌍둥이의 희극》,《열두 번째 밤》의 8편, 소위 문제극으로《끝이 좋으면 다 좋다》,《푼수대로 받는 보응》의 2편, 로맨스극으로《폭풍우》,《겨울 이야기》,《심벨린》,《타이어 왕자 페리클레스》4편이다.

　이렇게 볼 때 메리가 주 저자라 볼 수도 있는데도 불구하고 1807년 초반에는 저자 이름에서 메리의 이름이 빠졌었다. 이는 아마도 메리가 정신착란으로 어머니를 죽인 사실이 책 판매에 미칠 민감한 반응을 우려했기 때문일 것이다. 그렇지만 주 저자 이름을 삭제한 것은 큰 잘못이다. 물론 1838년 간행된 제7판부터 메리 램의 이름이 책 표지에 처음으로 실린 이래로 계속 찰스와 나란히 책 표지에 등장하였다.

평생 독신으로 함께한 찰스와 메리

　메리 램과 찰스 램은 어려서부터 가족 병력인 정신병 증세가 있었다. 특히 메리 램은 1796년 9월 정신 발작으로 어머니를 칼로 찔러 죽이는 끔찍한 사건을 일으켰다. 이에 남동생 찰스 램이 누나의 법정 보호자로 지정되었는데, 그렇지 않으면 메리는 정신 병원으로 갈 수밖에 없었다. 집안의 정신병력과 누나에 대한 책임감으로 찰스 램은 일생 독신으로 지냈다. 물론 찰스는 사랑하는 여인들이 있었으나 두 번씩이나 청혼 실패를 경험하였다(두 번째 청혼 실패는 가족의 정신병 이력 때문이었다고 한다). 그래서 메리와 찰스 두 남매는 일생 독신으로 한집에서 오붓하게 살게 되었으며, 집안 살림은 누나가 거의 도맡아 했다. 《셰익스피어 이야기들》도 한 책상에 앉아서 공동 집필을 하였다. 찰스 램은 그의 수필 〈하트 터드서에 있는 메케리 엔드〉에서 누님 메리 램에 대해 다음과 같이 애틋하게 적고 있다.

우리 두 사람은 취미나 관습이 서로 잘 맞는 편이다. 그러나 물론 '상이한 점'도 있다. 대체로 우리는 조화를 이루고 있다. 하지만 가까운 친척 간엔 으레 그렇듯이 이따금 말다툼도 한다. 두 사람 사이의 동정은 말로 표현하기보다는 오히려 말 없는 가운데 서로 알고 있는 처지다. (…) 방향은 다르나 우리 두 사람은 모두 대단한 독서광이다. 나는 옛날의 로버트 버튼이나 그 시대의 색다른 작품 어떤 한 대목에 (천 번이나 반복해 읽으면서) 매달리는 편이지만 누이는 최근의 새로운 이야기라든가 모험담 따위에 정신이 팔려 있어서 우리가 같이 쓰는 독서용 테이블은 나날이 새로운 도서가 부지런히 공급된다. 나는 서사체 책자는 싫어한다. 사건의 진전 따위에 나는 별 관심이 없으나 누이는 반드시 이야기 줄거리가 있어야 하고 서툴든 그럴듯하게 표현되었든 간에 그 속에 생생하고 힘찬 생활의 모습과 좋은 사건이든 나쁜 사건이든 많이만 실려 있으면 된다. (…)
비탄에 빠져있을 때 누이는 진정한 위안자가 되어준다. 하지만 귀찮은 사건이라든가 자질구레한 어려운 일을 당했을 때는 해결하겠다고 나설 필요가 없는데도 그녀는 간섭이 지나쳐 때로는 사태를 악화시킨다. 그녀는 언제나 나의 번거로움을 덜어주지는 못하지만, 생활이 즐거울 때는 반드시 이쪽의 만족을 3배로 늘려준다. 함께 연극 구경을 가거나 누구를 방문할 때는 멋진 동반자요, 함께 여행하기에는 더없이 좋은 길벗이 된다. (윤종혁 옮김)

두 남매가 한 지붕 아래서 독신으로 살며 문학적으로도 서로를 보완해주면서 얼마나 가깝게 지냈는지 알 수 있다. 누나는 정신병력이 있는 자기 때문에 결혼도 안 하고 자신을 돌보는 남동생을 늘 감사하게 생각했고, 동생은 문필 생활에 바쁜 자신을 위해 집안일 등 모든 허드렛일을 해주는 누나가 언제나 고마웠다. 이렇게 이 남매는 세계문학사에 보기 드문 남매 문학가이자 동반자로서 아름답게 살았다.

개작(改作)과 축약의 구체적 예 : 비극《햄릿》과 희극《마음에 드시는 대로》

이제는 셰익스피어 비극과 희극에서 한 편씩 뽑아 찰스 램과 메리 램의 개작 이야기를 구체적으로 비교해 보자.

우선 비극의 덴마크 왕자 햄릿의 개괄적 내용을 보면,《햄릿》이 시작되면 햄릿 왕자는 시해당한 부왕의 죽음을 슬퍼하고 부왕이 서거하고 한 달도 안 되어 숙부 클로디어스와 결혼한 어머니 거트루드 왕비로 인해 비탄에 빠진다. 그 무렵 부왕의 유령이 햄릿 앞에 나타나 자신은 동생에게 독살당했으며 자기 죽음을 복수해달라고 아들 햄릿에게 요청한다. 햄릿은 이 시해 사건의 증거를 찾으며 계속 복수를 연기하고 주저한다. 복수라는 행동에 대한 햄릿의 불확실성과 무능력은 자신을 점차 우울하게 만들고 주위 사람들은 햄릿이 미쳐가고 있다고 생각하기 시작한다. 노회한 대신 폴로니어스는 햄릿 왕자가 자신의 딸 오필리어와 사랑에 빠졌다고 믿는다.

 클로디어스 왕의 외양 상의 죄의식에도 불구하고 햄릿은 쉽게 아버지 왕의 시해를 복수할 수 없었다. 그런데도 햄릿은 어머니 왕비를 위협하고 커튼 뒤에서 엿듣고 있던 폴로니어스를 살해한다. 클로디어스 왕은 신변의 위협을 느껴 햄릿을 친구 로젠크란츠와 길든스턴을 대동시켜 영국으로 보낸다. 두 친구는 영국에 도착하면 햄릿 왕자를 죽이라는 비밀 명령을 받았으나 이를 미리 알아차린 햄릿이 편지를 조작하여 자기 대신 두 친구를 죽음으로 이끌었다.

 덴마크로 돌아온 햄릿은 그 사이에 오필리어가 자살했고 그 오빠 리어티스는 살해당한 아버지 폴로니어스의 복수를 공언했다는 말을 듣게 된다. 클로디어스 왕은 햄릿과 리어티스의 검술 시합을 주선하여 검에 독을 발라 햄릿을 죽이고자 비밀 계획을 세웠으며 햄릿과 리어티스는 독이 묻은 검에 찔려 죽게 된다. 거트루드 왕비도 최악의 경우 햄릿 왕자를 죽이기 위해 클로디어스 왕이 준비한 독이 든 술잔을 마시고 죽게 된다. 햄릿이 죽기 직전 숙부인 클로디어스 왕을 찔러 살해하면서 비극은 끝이 난다. 이것이 셰익스피어 원작의 결말이다.

 찰스 램은 개작한 비극 햄릿의 결론을 다음과 같이 내리고 있다.

  자기 생명이 몇 분 안 남았다는 것을 알아챈 햄릿이 자기가 들고 있는 칼날 끝을 자세히 살펴보니 그 끝에 독약이 좀 남아 있었다. 그는 맹호 같이 숙부에게 뛰어들어 그 가슴에 칼을 푹 박아버렸다.

이리하여 햄릿은 아버지의 혼령에게 약속하고 맹세하였던 복수를 완수하게 된 것이다. 햄릿은 자기 몸이 죽어가는 것을 감각하면서, 이때까지 자초지종을 목격한 친구 호레이쇼에게 그는 죽지 말고(호레이쇼가 왕자와 동행하기 위해서 자결하려 하므로) 살아남아서 햄릿의 사적을 널리 선포하도록 해달라는 부탁을 남기고 마침내 절명하고 말았다.

찰스와 메리 램이 쓴 영어 원문과 피천득의 번역 부분을 자세히 비교해 보면 원문의 마지막 몇 행의 번역이 생략되어 있음을 알 수 있다. 그것은 아마도 이 비극의 결말을 더 극적으로 만들기 위해 햄릿 왕자의 비장한 최후로 끝맺음한 것으로 보인다. 번역자 피천득은 그 뒤에 붙은 죽은 햄릿에 대한 찬사는 필요하지 않은 부분으로 보았다. 동생이 형을 독살하고 왕위를 찬탈하고 형수를 아내로 삼는, 한 나라의 법과 도덕이 무너지는 패악하고 황폐한 상황은 주요 등장인물들이 모두 죽은 후에야 개선되고 그때야 법치와 윤리가 다시 회복된다는 것은 인간 최대의 비극이다. 이러한 장엄한 비극 의식은 셰익스피어의 최고 대표작인 《햄릿》에 잘 나타나 있다. 비극 《햄릿》은 '문학의 모나리자'로 불리며 우리가 풀어야 하는 하나의 미스터리다. 이런 심원한 주제를 어린이들에게 들려주기 위해 이야기로 다시 풀어쓰는 것은 결코 쉬운 일이 아니다.

찰스 램이 이야기체로 개작한 《햄릿》은 비교적 충실하게 원작을 요약했고, 박진감 있게 이야기를 전개하고 있다. 극 《햄릿》에는 르네상스 시대 최초의 근대적 사유자였던 젊은 햄릿 왕자의 유명한 극 중

독백들이 여러 차례 나온다. 우리가 《햄릿》을 읽는 가장 큰 재미가 시대와 삶에 대한 햄릿의 고뇌에 찬 절규로 가득한 독백들일 것이다. 이런 독백은 시대를 초월하는 것이다. 그러나 램의 개작 이야기에 처음 나오는 대화는 부왕의 독살사건에 대해 햄릿과 왕비의 극렬한 말다툼이다. 아마도 이것은 아쉽고도 유감스럽긴 하지만 어린이들을 위한 이야기로 만들기 위해 《셰익스피어 이야기들》에서 비극적이고 철학적인 유명한 대화들을 모두 생략한 이유일 것이고 어린이용 이야기를 만드는 개작자들이 스스로 선택한 안타까운 한계이리라.

그러나 이 점을 제외한다면 램이 이야기체로 다시 쓴 햄릿은 그 자체가 매우 탁월한 작품이라 할 수 있겠다. 번역자 피천득도 〈역자의 말〉에서 "원전의 맛을 과히 손상시키지 아니하고 산문으로 옮기는 데 있어 이렇게 잘 된 것은 없다"고 말했다. 그리고 개작자 찰스 램은 〈머리말〉에서 이 축약된 이야기는 어린이들이 후에 성인이 되어 온전한 《햄릿》을 읽을 때 큰 도움을 줄 것이라고 말했다. 편집자가 보기에도 램의 햄릿 이야기는 19세기 초 영국 어린이들의 상상력을 고양하고 도덕 함양을 향한 목표는 어느 정도 성공했다고도 보인다.

이번에는 메리 램이 개작한 셰익스피어 희극 중 가장 유명한 《마음에 드시는 대로》의 개작에 대해 논의해보자.

셰익스피어의 5막짜리 이 희극은 두 개의 무대가 설정되어 있다. 첫 번째 무대는 동생 프레더릭이 형의 왕위를 찬탈하고 차지한 궁정이고 두 번째 무대는 동생에게 적법한 왕의 지위를 찬탈당한 공작과 그의 추종자들이 머무는 아덴 숲이다. 공작의 딸 로절린드는 아직도 궁정에 살고 있으나 올란도와 사랑에 빠진다. 올란도를 증오하는 형 올리버는 올란도가 아덴 숲으로 도망가도록 내몬다. 프레더릭은 올란도의 아버지인 롤런드 드 보이스 경이 공작의 친구였음을 알고 로절린드를 추방한다. 로절린드는 가니메데라는 가명의 젊은 남자로 위장하여 올란도에게 구애 수단을 알려주어 사랑의 열병을 치유해 주겠다고 약속하고 올란도를 만난다.

올리버는 올란도를 죽이기 위해 공작의 아덴 숲에 나타난다. 그러나 올란도는 사자의 공격으로부터 형 올리버의 목숨을 구해주고 형의 뒤늦은 후회를 끌어낸다. 올리버는 그 후 앨리어로 변장한 로절린드의 사촌, 프레더릭의 딸 셀리아를 사랑하게 된다. 두 처녀의 진정한 신분이 밝혀지면서 결혼식이 이루어진다. 또한, 이때 동생 프레더릭이 회개한다는 소식이 전해지고 오랜 숲 생활을 하던 공작은 오랜 망명 생활을 끝내고 왕궁으로 돌아간다. 인상적이게도 메리 램이 개작한 이야기에는 셰익스피어 희극에서의 대화가 여러 차례 직접 인용되고 있다. 18세기 영국의 대비평가 새뮤얼 존슨은 비극에서보다 희극에서 셰익스피어의 천재성이 더 잘 발휘되고 있다고 말한 바 있다. 메리 램은 이야기를 다음과 같이 끝맺는다.

이 기쁜 소식은 그것이 너무나 예상외의 반가운 일이었으므로 이날 두 공주의 결혼 잔치와 기쁨을 더 한층 크게 만들어 주었다. 셀리아는 지금에 이르러서 왕위 상속자의 권리가 없어지고 왕위 계승권이 로절린드에게로 돌아갔는데도 불구하고 두 사촌 간 우애는 질투나 시기가 개재할 수 없을 정도로 강했다. 셀리아는 도리어 큰삼촌과 사촌언니가 잘 되게 된 것을 진정으로 축하하였다.

지금에 이르러서 공작은 추방되어 방랑 생활을 하는 역경에 자진해서 따라와 동고동락해준 여러 참된 친구들에게 일일이 상급을 줄 기회를 가지게 되었다. 그 친구들은 공작의 역경을 즐겁게 분담해 살아오다가 이렇게 다시 궁으로 가서 합법적인 공작을 모시고 평화와 번영을 누릴 수 있게 된 것이 무한히 기쁜 일이었다.

 램 남매의 영어 원문과 피천득의 번역을 비교해 보면 전체적 의미는 대체로 같으나, 피천득은 직역 또는 의역을 통해 불필요하다고 느껴지는 부분은 생략하였다. 비극 《리어 왕》의 경우 피천득은 마지막 부분 번역을 생략한 것으로 보아 큰 맥락을 중시하고 있음을 알 수 있다. 이것은 모두 한국 독자들을 배려한 것이다. 직역을 고집하지 않는 피천득의 이러한 유연한 번역 태도는 시 번역과 산문 번역에서 동시에 수행되고 있다고 볼 수 있다.
 희극 끝부분에 왕국의 질서가 회복되고 인간관계가 정상화되고 무엇보다도 젊은 남녀 간 사랑의 결정체인 결혼식이 합동으로 열리는 것은 우리가 모두 꿈꾸는 이상 사회가 아닐까? 개작자 메리는 이 유명한 희극을 어린이들을 위해 멋지고도 충실하게 바꾸었다. 어떤 의미에서 찰스가 개작한 비극 《햄릿》보다 메리가 개작한 희극 《마음에 드시는 대로》가 더 우수하다고 느껴지기도 한다. 희극 개작이 더 어렵지 않았을까?
 셰익스피어의 위대한 희극 《마음에 드시는 대로》가 우리에게 주는 또 다른 의미는 인간과 자연의 관계다. 아덴 숲으로 대표되는 자연환경으로의 여행은 복잡한 도시의 일상생활, 세속을 벗어나는 자연으로의 회귀다. 아덴 숲이라는 자연 속에서 사람들은 사회의 관습과 제약에서 벗어나 자유롭게 상상하고 자신을 재구성하는 계기를 가질 수 있다. 이 이야기를 다시 쓴 메리 램은 자기 시대의 어린이들에게 인간과 자연의 조화로운 관계 속에서 사랑과 상상력, 공감과 절제, 용서와 화해를 회복할 가능성을 보여주고 싶었을 것이다.

찰스와 메리의 셰익스피어 주요 작품 개작 작업은 크게 보아 복잡한 원작을 주요 등장인물만 소개하고, 산문으로 동기를 설명하고 주요 플롯(줄거리) 이외의 부차적 플롯은 생략하고 각 작품에 대한 자신들의 문학적 평가를 한 것이다. 그러나 낭만주의 주창자였던 찰스 램은 셰익스피어 작품의 상상력을 좀 더 살려 어린이들의 사유를 자유롭게 고양하고자 했다면, 초기 여성주의자였던 메리 램의 경우는 〈머리말〉에서 잘 나타나듯이 여자 어린이들에게 여성적 품위를 높이는 윤리적 측면을 좀 더 고려했다고 볼 수 있다.

문학의 궁극적 목적은 결국 '즐거움'과 '교훈'이다. 이 두 가지 목표는 동전의 양면처럼 분리될 수 없고 한 작품에서 어떻게 역동적으로 조화를 이루는가에 대한 문제와 연결된다. 셰익스피어 극 작품의 이중적 구조인 상상력(재미, 즐거움)과 도덕성(교훈, 가르침)은 이 두 남매의 개작된 이야기에서 어느 정도 대칭적으로 상호 보완되고 있다고 볼 수 있겠다. 따라서 우리는 찰스 램과 메리 램의 《셰익스피어 이야기들》을 셰익스피어의 작품과 별도로 두 남매의 독창적 창작품이라고 평가해야 할 것이다.

이 책 《셰익스피어 이야기들》에서 용기를 얻은 메리는 찰스와 협업하여 1808년 이야기 모음집 《레스터 부인의 학교》를 써서 1825년까지 8판을 찍어냈고, 1810년에는 찰스와 함께 어린이용 시선집 《어린이들을 위한 시편》을 출간하였다. 이 두 작업에서도 메리의 역할이

월등했다. 메리는 3권의 작품으로 어느 정도 재정적 독립을 이루었고 약간의 문학적 명성도 얻었다. 그 후 여권주의자인 메리 램은 1814년 《새 영국 여성 잡지》에 〈바느질에 관하여〉라는 평설을 써서 여성에게 바느질은 하나의 직업으로 경제적 독립을 줄 수 있다고 주장하였다.

램 남매가 셰익스피어 극 중에서 대표 작품 20편을 요약해서 다시 쓴 《셰익스피어 이야기들》과 피천득의 한글 번역판에는 두 가지 다른 점이 있다. 우선 피천득은 원서에 있는 차례대로 첫 번째 작품을 《폭풍우》로 하지 않고 비극 《햄릿》을 맨 처음에 놓았다. 아마도 《햄릿》이 '문학의 모나리자'로 불릴 정도로 워낙 인류 문학사에서 유명한 문제작이라 첫 번째로 배치한 것 같다. 그리고 나머지 작품은 차례로 밀렸을 뿐 원서와 같은 순서다. 다만 원서에서 맨 마지막 20번째로 배치된 《타이어 왕자 페리클레스》를 19번째로 당기고 비극 《오셀로》를 20번째로 배치하였다. 편집자는 작품 순서를 원서대로 재조정하지 않고 역자 피천득의 의도를 존중하여 번역본 순서대로 두었다.

두 번째 차이점은 피천득이 원서에 없는 사극 《안토니와 클레오파트라》를 축약하여 《셰익스피어 이야기들》 맨 뒤에 추가했다는 것이다. 아마도 이것은 피천득이 이 극을 너무 좋아해서 자신이 직접 램 남매의 방식을 따라 축약하여 21번째 이야기로 삽입했을 것이다. 여기서 편집자는 역자 피천득의 의도와는 별도로 원서에 충실하기 위해 《안토니와 클레오파트라》를 별도의 부록으로 구성했다. 그리고 원서에는 찰스 램과 메리 램이 쓴 〈저자 머리말〉이 있으나 피천득의 번역본에는 없다. 번역자 피천득이 〈저자 머리말〉을 왜 누락시켰는지 모르나 편집자는 독자들의 편의를 위해 〈저자 머리말〉을 번역해서 실었다.

피천득은 셰익스피어 전공학자는 아니었으나 시인, 수필가로서 찰스 램과 메리 램 남매가 쉽고 재미있게 짧은 이야기로 축약 개작한 《셰익스피어 이야기들》을 번역 소개함으로써 한국 독자들에게 16~17세기 근대 초기 영어로 쓰여 읽기 어려운 셰익스피어의 방대한 극작품의 세계로 안내하는 역할을 훌륭하게 수행했다. 1950년대 중후반 한국에서 《셰익스피어 이야기들》은 일반 독자들에게 세계 문학의 보물창고 중 하나인 셰익스피어 문학 소개와 전파에 일정한 몫을 담당했다. 21세기에도 셰익스피어는 단순한 문학의 영역을 넘어 '셰익스피어 산업'이라는 문화예술 사업을 계속해 나갈 것이다.

아무쪼록 높은 시적 상상력과 탁월한 언어적 능력을 갖춘 번역가 피천득의 《셰익스피어 이야기들》 번역본이 셰익스피어 영어 원문 희곡 작품을 읽기가 부담스러운 우리나라의 어린 독자뿐만 아니라 나이 든 독자들에게 즐거운 읽을거리가 되기를 기대한다. 나아가 어린이들이 이 축약 개작된 이야기를 읽은 후 성인이 되어 반드시 영어 원문은 아니라도 축약되지 않은 원문 전체를 잘 된 번역본으로 읽었으면 좋겠다. 이 축약본만 읽고는 셰익스피어 작품들을 읽었다고 결코 말할 수 없기 때문이다. 이 세상에는 할 일도 많고 읽을 책도 많지만, 인류 역사상 인간성을 가장 깊이 있게 재현하고 넓고 치열하게 탐색했다고 평가받는 셰익스피어의 위대한 작품들을 우리는 읽어야 하지 않겠는가.

편집자 정정호

피천득 문학 전집 출판지원금 후원자 명단(가나다순)

강기옥	김미원	김윤숭	박무형	신명희
강기원	김미자	김재만	박성수	신문수
강기재	김복남	김정화	박순득	신숙영
강내희	김부배	김준한	박영배	신윤정
강순애	김상임	김진모	박영원	신호경
강은경	김상택	김진용	박윤경	심명호
강의정	김석인	김철교	박인기	심미애
강지영	김선웅	김철진	박정자	심재남
고동준	김선주	김필수	박정희	심재철
고순복	김성숙	김한성	박종숙	안 숙
고윤섭	김성옥	김해연	박주형	안국신
공혜련	김성원	김현서	박준언	안성호
곽효환	김성희	김현수	박춘희	안양희
구대회	김소엽	김현옥	박희성	안윤정
구명숙	김숙효	김후란	박희진	안현기
구양근	김숙희	김훈동	반숙자	양미경
국혜숙	김시림	김희재	배시화	양미숙
권남희	김애자	나종문	변주선	양영주
권오량	김 영	나태주	변희정	염경순
권정애	김영석	노재연	부태식	오경자
김갑수	김영숙	류대우	서 숙	오문길
김경나	김영애	류수인	서수옥	오세윤
김경수	김영의	류혜윤	서장원	오숙영
김경애	김영태	문수점	석민자	오영문
김경우	김용덕	문용린	성춘복	오차숙
김광태	김용옥	민명자	소영순	오해균
김국자	김용재	민은선	손 신	우상균
김남조	김용학	박 순	손광성	우한용
김달호	김우종	박경란	손은국	우형숙
김대원	김우창	박규원	손해일	원대동
김두규	김유조	박기옥	송은영	위성숙

유미숙	이승하	장석환	차현령
유병숙	이애영	장성덕	채현병
유안진	이영란	장종현	천옥희
유자효	이영만	장학순	최미경
유종호	이영옥	전대길	최성희
유해리	이영자	전명희	최원주
유혜자	이원복	정경숙	최원현
윤근식	이은채	정목일	최현미
윤재민	이인선	정 민	추재욱
윤재천	이재섭	정범순	피수영
윤형두	이재희	정복근	하영애
윤희육	이정록	정선교	한경자
이경은	이정립	정우영	한경자
이광복	이정연	정은기	한종인
이근배	이정희	정익순	한종협
이기태	이제이	정정호	허선주
이길규	이종화	정혜연	홍미숙
이달덕	이창국	정혜진	홍영선
이동순	이창선	정희선	황경옥
이루다	이태우	조광현	황길신
이루다	이해인	조남대	황소지
이만식	이형주	조무아	황아숙
이배용	이혜성	조미경	황은미
이병준	이혜연	조순영	황적륜
이병헌	이혜영	조은희	금아피천득선생 기념사업회
이병호	이후승	조정은	금아피천득문학전집 간행위원회
이상규	이희숙	조중행	서울사대 동창회
이상혁	인연정	조한숙	서울사대영어교육과 동창회
이선우	임공희	주기영	서초구청
이성호	임수홍	지은경	재) 심산문화재단
이소영	임종본	진길자	주) 매일유업
이수정	임헌영	진선철	주) 인풍
이순향	장경진	진우곤	

편집자 소개

정정호(鄭正浩) 1947년 서울 출생.
서울대학교 영어교육과 졸업. 같은 대학원 영어영문학과 석사 및 박사과정 수료.
미국 위스콘신(밀워키) 대학교에서 영문학 박사 학위(Ph.D.) 취득. 홍익대와 중앙대 영어영문학과 교수 · 한국영어영문학회장과 국제비교문학회(ICLA) 부회장 · 국제 PEN한국본부 전무이사와 제2회 세계한글작가대회(경주, 2016) 집행위원장.
최근 주요 저서 : 《피천득 평전》(2017)과 《문학의 타작: 한국문학, 영미문학, 비교문학, 세계문학》(2019), 《번역은 사랑의 수고이다》(이소영 공저, 2020), 《피천득 문학세계》(2021) 등.
수상: 김기림 문학상(평론), 한국 문학비평가협회상, PEN번역문학상 등.
현재, 국제 PEN한국본부 번역원장, 금아피천득선생기념사업회 부회장.

피천득 문학 전집 7 번역 이야기집

셰익스피어 이야기들

초판 1쇄 발행 2022년 5월 10일

책임편집	정정호
펴낸이	윤형두
펴낸곳	범우사

등록번호	제 406-2004-000048호(1966년 8월 3일)
	(10881) 경기도 파주시 광인사길 9-13 (문발동)
대표전화	031)955-6900, 팩스 031)955-6905
홈페이지	www.bumwoosa.co.kr
이메일	bumwoosa1966@naver.com

ISBN 978-89-08-12479-0 04080
ISBN 978-89-08-12472-1 04080 SET

＊ 잘못된 책은 바꾸어 드립니다.